有爱的青春陪伴者

浮梓

上册

叹西茶 著

贵州出版集团
贵州人民出版社

图书在版编目（ＣＩＰ）数据

浮槎 / 叹西茶著. — 贵阳：贵州人民出版社，2023.10
ISBN 978-7-221-17846-6

Ⅰ．①浮… Ⅱ．①叹… Ⅲ．①长篇小说–中国–当代 Ⅳ．①I247.5

中国国家版本馆CIP数据核字(2023)第160739号

浮 槎
FU CHA

叹西茶/著

出 版 人：朱文迅
责任编辑：唐　博
特约编辑：雪　人
装帧设计：颜小曼　唐卉婷
封面绘制：陶　然

出版发行：贵州出版集团　贵州人民出版社
地　　址：贵阳市观山湖区中天会展城会展东路SOHO公寓A座
印　　刷：长沙鸿发印务实业有限公司
版　　次：2023年10月第1版
印　　次：2023年10月第1次印刷
开　　本：880毫米×1230毫米　1/32
印　　张：18
字　　数：580千字
书　　号：ISBN 978-7-221-17846-6
定　　价：65.80元

贵州人民出版社微信

如发现图书印装质量问题，请与印刷厂联系调换；版权所有，翻版必究；未经许可，不得转载。

浮槎来 上卷

目录 CONTENTS

002 / **第一章** · 沙岛初遇
今天早上还来了个外地小哥。

018 / **第二章** · 海边救人
就这么对你的救命恩人?

032 / **第三章** · 海岛夜景
日子还长,我们走着瞧。

047 / **第四章** · 灯塔烟花
你抢小孩的东西?

061 / **第五章** · 开学之日
新同学的名字叫陈鲟……

076 / **第六章** · 寄人篱下
小七很热心肠的。

091 / **第七章** · 游泳比赛
鱼眼睛没白吃,真漂亮。

105 / **第八章** · 海堤疗伤
你影响到我的生活了。

118 / **第九章** · 冲突又起
我做的事比你猜的还出格。

132 / **第十章** · 泳池溺水
一辈子,又有什么关系?

浮槎来 上卷

目录 CONTENTS

147 / 第十一章 · 天台对话
喜欢是排除万难，一往无前。

162 / 第十二章 · 误会解开
我不会回去。

178 / 第十三章 · 生日愿望
许愿啊，那就祝苏新七天天开心好了。

192 / 第十四章 · 暴雨过后
你就是个傻子。

205 / 第十五章 · 惬意时光
你和我比抓螃蟹？

219 / 第十六章 · 关于未来
小岛没有变，是我们变了。

231 / 第十七章 · 凤凰花开
小七，往前走吧。

239 / 第十八章 · 突发意外
他要她万无一失。

251 / 第十九章 · 山雨欲来
那时以为这个夏天才刚开始，时光还很漫长。

264 / 第二十章 · 日食降临
从此山高路远风烟阻绝，这个夏天结束了。

浮槎去 下卷

目录 CONTENTS

282 / **第一章** · 物转星移
Sturgeon，鲟鱼的意思。

301 / **第二章** · 好久不见
都过去了。

314 / **第三章** · 回不去了
她把自己的骑士弄丢了。

324 / **第四章** · 一叶扁舟
苏新七，你真是好样的。

339 / **第五章** · 重新开始
看上你了，想追你。

355 / **第六章** · 公平竞争
这次你说开始，你说结束。

370 / **第七章** · 绝处逢生
我愿意成为爱得更多的那个人。

385 / **第八章** · 痛苦回忆
你和陈鲟……现在怎么样了？

400 / **第九章** · 重修旧好
我别无所图，任你索取。

412 / **第十章** · 金屋藏娇
他大概真是被她下蛊了。

426 / **第十一章** · 定情信物
陈鲟，我们再定一次情吧。

浮槎去 下卷

目录 CONTENTS

440 / **第十二章 · 公开澄清**
她甘愿成为一个靶子。

454 / **第十三章 · 当年之事**
她是我的公主。

467 / **第十四章 · 再回沙岛**
你的黑骑士回来了,你还要不要当我的公主?

479 / **第十五章 · 故地重游**
不管怎么样,你都不能抛下我。

489 / **第十六章 · 情比金坚**
我们很好,和以前一样好。

504 / **第十七章 · 真相大白**
人在做,天在看。

518 / **第十八章 · 问心无愧**
心中迷雾散去,前路已然清晰。

534 / **第十九章 · 新年快乐**
未来的一切都是值得期待的。

546 / **第二十章 · 日出东方**
浮槎来去,一生长久。

555 / **番外一 · 香菜**
苏新七的心如同海水般随风荡漾。

560 / **番外二 · 潮汐**
愿汐来潮往,爱的人永远在身边。

上卷・**浮槎来**

第一章
沙岛初遇

　　大年初一清晨，五点钟天光未亮，海天难分，近岸海水一浪又一浪地冲堤拍岸，析出蓝白色的浪花，海风劲烈地呼啸，山顶的风车迎风而动，咸湿的空气里还透着点海腥味。

　　苏新七一手拿着一根线香，一手捂住自己的耳朵，重心往后放低身子，伸长了手小心翼翼地去点爆竹。引线绽出火花的那一瞬，她立刻往后退了几步。

　　鞭炮声噼里啪啦地响彻海岛，边上的老黄狗吓得夹起了尾巴，苏新七看着一连串顺延而去的火花，脸上露出了笑。

　　苏新七的父亲苏国荣朝她比了个大拇指，不吝称赞："不愧是我女儿，有胆量！"

　　大年初一"出天方"是习俗，本来这新年第一串爆竹是要家里的长子或者顶梁柱去点的，但苏家"取其精华"——庆祝过去一年平安顺遂，祝福新的一年和和美美，"去其糟粕"——让家里的独生女苏新七来完成这个仪式。

　　苏父叉着腰，一脚踩在家门口海蛎壳堆成的"小山"上，无比自豪地说："今年我们家又是第一。"

　　虽然这个状元没什么实质性的奖励，但苏新七和父亲仍觉得很有意义，起码她没白白早起，赢了和李祉舟的赌约，下学期他就必须给她带一个月的早点。王姨的手艺，苏新七可是一直惦记着，尤其是她包的虾饺堪称一绝。

苏家打响了新年第一炮,苏新七家的"大地红"(一种鞭炮)才歇声,岛上其他地方陆陆续续地也传来了爆竹声,像是有人从上空丢下了一大把摔炮,遍地开花。

苏新七拂了下被海风撩乱的长发,嗅着空气中弥散开来的刺鼻味,眯了眯眼睛,望着渔港的方向。一艘艘渔船静静地横陈在那儿,在半亮的天光中像是一个个枕戈待旦的战士,时刻准备着下海撒下今年的第一网。

太阳从海平面上升起又落下,渔船离港归港,渔民撒网收网,沙岛上的人就这样听着汽笛声,在日复一日地和海洋打交道中度过了一年又一年。

汀山县沙岛镇就是个四面环海的小岛,面积很小,骑着"小毛驴"(一种踏板车)沿着环海路骑行一圈都不需要两个小时。

沙岛风景独好,但因为四面环海,连岛造桥工程浩大,非一日之功,所以交通不便,一年到头很少有外地人到访,平日里岛上的居民想要离岛,也只能坐轮渡,晃晃荡荡两个多小时。

地理位置远僻有利有弊,外面的人觉得海岛是"桃花源",与世隔绝远尘避俗,岛上的生活节奏舒缓悠闲,岛上的居民也说得上是安居乐业。但时代变了,岛上的居民世世代代都生活在这座岛上,与外界缺少联系,使得整座岛都跟不上时代的步伐,尤其对生长在这里的朝气蓬勃的年轻人而言,岛上的生活有时是单调的。

所以逢年过节,尤其是春节,更是隆重至极。小地方人情浓,岛上民风热情,到了这种时候总是会大肆庆祝一番。

第一缕熹微的晨光映射在海面上时,沙岛镇热闹了,三五成群的渔民们相邀着前往妈祖庙祭拜,祈求新的一年风调雨顺出入顺利,鱼虾丰饶大发利市。即使是年初一,岛上的海鲜市场也不冷清,每个摊口前都有攒动的人群。在这个日子,人们喜笑颜开,见了面就是互祝"新年快乐"。

苏新七的父亲是个渔民,自然也是要带上供品去祭拜的,他们一家人一起去了妈祖庙,祭拜结束回家后没多久就有人上门拜年。苏父是沙岛上颇有经验的老船长,在岛上渔民中很有威望,因而拜年的人一批接着一批。

逢年过节,叔叔婶婶关心苏新七的学习情况是保留项目,尤其她今年高三,眼看六月就要参加高考,但凡上门的人都要对她说上一两句"继续加油""考个好大学"之类的祝福,她都很礼貌地应下。

苏新七寻了个机会给李祉舟发了条消息,从他的回复来看,他那边的情况也差不多,和她一样正在"包围圈"中接受关爱。

中午吃过饭,苏父出去串门,苏新七和母亲知会了一声就踩上自行车去了李祉舟家。

海风凛冽,拂面挟寒。

苏新七的家离码头很近,出门就是海,几乎每天半夜都能听到渔船发动机此起彼伏的轰鸣声,时时刻刻都能听到滔滔的海浪声。

李祉舟一家原先就住在苏新七家旁边,他们做了好长时间的邻居。他的父亲以前也是个讨海人,常年和她的父亲一起搭伙出海捕鱼,在苏新七读初中时,李家一家人迁到了岛心,在那儿开了一家海鲜面馆。虽然不再是邻居,但苏、李两家人没因此淡了情谊,苏新七和李祉舟的关系也没走远。

李家在岛心的房子是一栋二层民房,样式老旧。这栋房子是二手房,原先的主人举家搬走了,李父李母就花了点钱把房子买了下来,重新装修了一番。搬过来后,李父不再做捕鱼的营生转而做起了小本生意,用他自己的话说就是"赚的钱虽然比不上出海,但胜在踏实"。

房子一楼是店面,门上挂着一个牌子,白底红字写着"李师傅海鲜面馆"。大年初一不做买卖,店铺的卷帘门合着,苏新七把自行车停在了电线杆边上,小跑着就顺着房外楼梯上了二楼。

李家三口就住在楼上,此时大门敞开,喜庆的贺岁歌曲悠悠传来,细细嗅一嗅还能闻到阵阵诱人的香味。

苏新七往屋子里面探了下脑袋,李母正端着个盘子从厨房出来,见了她两只眼睛立刻笑弯了。

"哎哟,我'儿媳妇'来啦。"

苏新七和李祉舟从小一起长大,上的同一个幼儿园、小学、初中,现在还在同一个高中读书,是名副其实的青梅竹马、两小无猜。双方长辈见他们关系好,总喜欢拿他们开玩笑。

"王姨,新年快乐。"苏新七拜完年,鼻子嗅了嗅,"虾饼?"

"鼻子真灵,尝尝,刚炸的。"

新年到人家家里做客是要喝一杯茶,吃一块果品点心的。苏新七拿了一个虾饼,一口咬下去,又酥又脆,她含糊地问:"祉舟呢?"

"他啊,在房间里。"李母回头喊,"祉舟,快出来,小七找你来啦。"

苏新七看到书房的门被打开,李祉舟从里面走出来。她有些惊讶道:"你在复习？"

李祉舟个儿高，长得白净，戴着副眼镜，斯斯文文的还有点弱不禁风，看着就是饱读诗书成绩优异的模样。

听苏新七这么说，李祉舟摇了摇头，解释道："我搬到书房睡了。"

"嗯？"苏新七讶然，想了下还是说，"祉舟，你不能钻进书里了。"

"不是。"李祉舟见她误会，无奈苦笑，挠了挠头。

李母知道儿子嘴笨，索性替他解释道："祉舟爸爸有个朋友的儿子要转到你们学校去，他爸爸托我们帮忙照顾。我和你叔叔不放心他一个孩子住外头，就决定把他接来家里，正好祉舟也能多个伴儿……过几天你们开学，他就来了。"

"岛外来的？"

李母点头："和你们一样，高三。"

苏新七更觉得奇怪了。

高中只剩一学期了还转学？还是从内陆转到海岛来？

苏新七没多问，李家来了客人，李母忙着招待，苏新七给李祉舟使了个眼色，两人悄摸着溜了出去，刚出门就碰上了赵筱婧和她的几个姐妹。

苏新七和她们不对付。地方小的一个坏处就是岛上住的就那么些人，人口流动又小，家家户户间就算不是深交也是脸熟，所以讨厌的人抬头不见低头见，躲都躲不掉。

赵筱婧看到苏新七又和李祉舟走在一起，阴阳怪气地说了句："学霸约会呢？"

苏新七冷眼乜斜她。

赵筱婧边上的几个人还是有些怕苏新七，畏畏缩缩地拉着她："走吧，大过年的，别招惹她了。"

赵筱婧瞪了苏新七一眼，愤愤地走了。

李祉舟拉了下苏新七的手："走吧。"

他们去了海滨大浴场，夏天时去海滨洗海澡的人很多，入冬后除了冬泳爱好者，几乎很少人去那儿，何况大年初一。

海天辽阔，水清沙细，海风凛冽，潮水涨了又退。

苏新七捡了几个贝壳，放在嘴边吹了吹沙子，突然问："你今天几点起的？"

没回答。

苏新七转过头看李祉舟,目光落到他的耳朵上,上面挂着一个耳背式助听器。

海边风大,风声呼呼的,她拉了下他的手,等他转过来时,才拔高声问:"你今天几点起的?"

"四……五点。"

他的声音像被海风吹远了,苏新七盯着他问:"四点还是五点啊?"

李祉舟不敢正视她:"……我不太记得了。"

苏新七打从出生就认识他,他不会撒谎,小时候他们每次一起做坏事,家长和老师一问他,他就一五一十全招了。

她把贝壳揣进兜里,拍了拍手,问:"早上听到鞭炮声了吗?"

李祉舟摸了下耳朵:"听到了,很响。"

他听到了,说明那个点他已经戴上了助听器。

苏新七没拆穿:"下学期记得给我带早饭。"

李祉舟看着她的嘴,笑了笑:"好。"

他们在海滩上走了会儿,顺道把几条搁浅的鱼丢回了海里。苏新七余光瞧见李祉舟的耳朵都被风吹红了,她停下脚步,解下自己的围巾利索地给他围上。

"别病了。过几天开学测试,你还要帮我补下物理。"

李祉舟低头冲她笑:"我都有时间,你随时可以来找我,我去你家也行。"

"我来找你吧,你家里安静。"

苏新七戴上棉服的帽子,想起什么,转头问:"那个要住进你家的人你认识吗?"

李祉舟老实地应道:"以前我跟我爸去过他家,见过几次。"

他想了想说:"他爸爸是我爸爸的救命恩人。"

"这样啊。"

苏新七点头,难怪李叔和王姨会把人接到家里来照顾。她迎风眯了眯眼,说:"他怎么高考前转学,还转到我们岛上来?"

李祉舟摇了摇头:"我也不知道原因,可能是压力太大,想换个环境。"

或许吧。

苏新七迎着海风吐纳一口气,转过头面带微笑:"忘了说了,祉舟,新年快乐。"

李祉舟低下头,眼眸带笑,一派真诚。

"小七,新年快乐。"

讨海人被称为"海上农民",农民是没有年假的,捕鱼贩卖是他们最主要的收入来源。一艘渔船价值不菲,每次出海船身都会损耗,船体的修护是一笔很大的固定支出,每艘船都有一定的寿命,如果不出海,渔民无形中也会有损失。

因此除了休渔期那段时间,平日里只要天气不算极坏,渔民就要出海。外行人觉得这份职业和海洋打交道,有点神秘浪漫,只有渔民及其家人知道其中的不易。

苏新七的父亲初三那天就出海了,他是半夜出发的,苏新七还特地定了个闹钟,两点的时候和母亲一起送父亲出门。

父亲走后,苏新七和母亲一起给已故的阿公烧了炷香,请他保佑这次出海顺顺利利。

渔港的深夜并不沉寂,一艘艘吨位不同的渔船接二连三地从港湾内驶出,渔船发动机的轰鸣声回荡在沙岛上空,其中夹杂着三两声的鸣笛声。声音喧嚣,岛上的居民早已习惯,熟睡的人也不觉被惊扰,翻个身仍在梦中。

苏新七半夜回去继续睡,早上六点又早早起来,换上渔裤和母亲一起去了码头。

她们到时,岸上已经来了很多人,大多是妇女,戴着头巾,三三两两地站着聊天。苏新七母女一出现,她们就和苏母攀谈起来。

"惠贞,你来了啊。"

苏母刘惠贞笑着打招呼:"你们这么早就来了啊。"

"不比你早多久。"

苏新七站在边上,一一向阿姨问了好。

"哎哟,还是你家小七勤快,这么冷的天还来帮家里的忙。"一个阿姨说。

苏母摸了下苏新七的背,倒是没假谦虚,直率道:"让她多睡会儿她不愿意,怕我和她爸太累,非要跟着来。"

另一个阿姨立刻接道:"还是女儿好,贴心、懂事。我家那小子不睡到日上三竿是不知道醒的。"

"女儿也是分人的。我家不也是女儿，还真比不上小七，学习好，还勤快。"

苏母听人夸自己女儿，心里受用，翘上去的嘴角就没放下来。

码头陆陆续续有渔船停靠，岸上的妇女们翘首以盼，等着自家渔船回来。每次一有船靠岸，妇女们立刻就和帮工一起迎上去。渔船上出海回来的渔民把一筐筐新鲜的鱼虾蟹搬下船，岸上的妇女和帮工会把这些海鲜分类装筐，有的当场贩卖，有的送去市场和鱼贩子进行交易，有的渔民会留一部分海鲜带回家。

苏新七一直没看到父亲的渔船，难免有些担心。

苏母搓着手难掩焦虑，海上风云变幻莫测，她父亲就是因为海难走的。虽做渔民的家属已有多年，但"江湖跑老，胆子跑小"，苏母见多听多了海上事故，回回家里人出海，她的一颗心就不上不下地吊着。

苏新七见母亲眉头微蹙，宽慰她说："今天天气很好。"

苏母望着海，握住了女儿的手。

一轮红日早已跃出海平面，晨光熹微，海面波光粼粼，縠纹似的。随着渔船陆续归港，码头好似炸开锅，人声喧哗，络绎不绝。

"回来了，你爸爸回来了。"苏母脸上露了笑。

苏新七引颈眺望，果然看到了熟悉的渔船，她的嘴角不由得扬起，套上塑胶手套，准备工作。

苏父的船靠了岸，苏新七立刻拉着母亲迎上去。

"爸爸。"

苏父从船上往下看："乖女儿，你也来了啊。"

渔船落下锚开始卸货，苏父抬着一筐鱼下了船，脸上春风得意，乐呵呵的。

"收成不错。"苏父对苏母说，"捕到了黄花鱼，一会儿带几条大黄花鱼回去，给亲戚家都送一条，回头再蒸一条给小七补补身体。"

野生黄花鱼的营养价值可比养殖的高多了，价格自然也不低，苏母听到这话，两眼都藏不住笑，忙伸手去接鱼筐。

苏新七帮着父母把船上的鱼筐搬下来，之后又把那些活蹦乱跳的海鲜一一分了类。父亲这回出海收获良多，等分完类，把一筐筐鱼搬上鱼贩子的运输车后，日头已经有点高了。

"小七，你歇着，别累着了。"苏父喊道。

苏新七应了"好"，走到边上不碍着他们收拾。

岸上卖鱼女在剥扇贝，好几条漏网之鱼在地面上扑腾，几只侥幸逃脱的螃蟹横行霸道，海风一阵阵袭来，码头上的腥味更浓了。

"小七！"

苏新七正眯着眼吹风，听到熟悉的声音后立刻回头。

李祉舟小跑着过来："我给你发了消息，你没回，我就猜到你在码头这儿。"

他站定后说："忙完了吗……怎么不叫上我？我可以帮忙。"

苏新七摘下塑胶手套，嗅了嗅手，指间还留有鱼腥味。

"太早了。"她笃定地说，"昨天晚上没什么云，你肯定很晚才睡。"

李祉舟不好意思："是有点晚……今天晚上去山顶吗？"

苏新七转头："又是什么座的流星雨？"

"人马座，运气好的话我们这儿能看到。"

苏新七撩了下头发，应道："好啊。"

李祉舟露出了笑，也像她一样望着海。

远处一艘小型渡船从日出的地方缓缓驶来，白色的船体比起刚捕鱼回来的渔船整洁多了。沙岛只有两班渡船，早晚各一班。沙岛不是热门景点，不为众人所知，因此会搭乘渡船的基本上都是岛民，夏季天气热的时候还会有些向往"诗和远方"的游客来岛上游玩，冬天天一冷就少了，现在正值春节期间，乘客更是寥寥。

渡船驶向渡口，离岸越来越近，船身的编号都能看清。

"早班渡船到了，是王叔的船。"李祉舟说，"船头上有人。"

苏新七闻言看向渡船的船头，朝暾太过刺眼，因为背光的原因，她只能看到一个修长的剪影。

"祉舟啊。"

李祉舟听到苏母喊他，转过身问候道："阿姨。"

"来，把这条黄花鱼带回去，让你妈蒸了给你补补。"

李祉舟作为沙岛人，父亲也曾是渔民，自然清楚野生黄花鱼的价值，他忙摆手，一着急就有些无措。

苏新七接过母亲手上的袋子，直接递到他面前："拿着。"

李祉舟抬眼，犹豫了两秒，接下了袋子，转过头说："谢谢阿姨。"

"和阿姨还客气什么呢。"

苏母又看向苏新七："你爸爸把船开回港了，这边也收拾得差不多了，你是想回家呢，还是和祉舟去玩？"

苏新七低头瞧了眼自己的打扮，抬头对李祉舟说："我回去换一身衣服，一会儿去你家找你。"

他们说好今天一起学物理，李祉舟笑着点点头："好。"

苏新七回家把沾上鱼腥味的衣服换了，母亲又给她煮了碗鱼丸线面。吃完东西后，她上楼往挎包里装了卷子和作业本，下楼准备出门时，又被母亲给喊住了。

"小七，你是要去祉舟家吧？"

"对。"

"你等下，我昨天晚上做了鱼丸，装点给你小姨送过去。"苏母边说边打开冰箱，拿出一盒打包好的鱼丸，套上袋后递给苏新七。

苏新七的小姨和小姨夫开了一家旅馆，岛上拢共就两家正规旅馆，他们家就是其中之一。旅馆在海崖那儿，视野开阔景色奇佳，来岛上的人想体验海岛风情，都会想住在海边。

苏新七骑着自行车顺着沿海公路绕道先去小姨家。骑到半道时，轮胎底下忽然一响，她吓一跳，以为车胎爆了，刚想下车检查，就见不远处，海港围栏上坐着几个吊儿郎当的男生，指着她笑得七倒八歪。

其中一个染着黄毛的男生还挑衅似的又朝她那儿扔了一个擦炮。

"七公主，新年好啊。"

"你不会又要去找李祉舟那个聋子吧？"

"别找他了，我们带你兜风去啊。"

那个黄毛叫吴锋宇，和苏新七是同班同学。他算是混混头儿，岛上唯一的修船厂就是他家开的。在沙岛，他家算是大户，家底厚，他又是独生子，早就被宠得无法无天了。

吴锋宇平时在学校就吊儿郎当的没个正行，没事就伙同一群不学无术的拥趸调戏女生、欺负同学，老师都拿他们没辙。学校里的学生不敢招惹这伙人,岛上的狗见了他们都绕道走,偏偏苏新七不怕,她越不惧,吴锋宇他们就越喜欢找她麻烦。

"好啊,等我从海崖回来。"

苏新七极轻地一笑,径直往前,把起哄调笑声甩在后边。

上崖坡陡,海风又大,苏新七把车寄放在崖下的便利店,拎着鱼丸顶着风步行上了海崖。

崖顶海风飕飕,崖上错落地伫立着几栋民房,每栋房子外头都挂着彩旗,在凛冽的海风中猎猎飘动。

苏新七直接去了小姨家的旅店,进了门,一个小男孩就冲她跑了过来。

"姐姐!"

苏新七从兜里掏出一颗糖,递给小弟。

店里前台站着一个打扮精致的女人,见到她出声说:"小七来了啊。"

"小姨。"苏新七走过去,把手上的袋子递过去,"我妈让我给你带的。"

"鱼丸啊,行。"苏新七小姨收下。

"姨夫呢?"

"去串门了。"苏新七小姨问,"你爸爸今天出海怎么样?"

苏新七一边帮小弟剥糖纸,一边说:"挺好的。"

"妈祖保佑。"苏新七小姨又问,"你下午没什么事吧,留在这儿陪'小螃蟹'玩玩?"

"小螃蟹"是小弟的小名,苏新七摸了下他的脑袋,回道:"我一会儿要去祉舟家。"

"又去找祉舟啊。"苏新七小姨的表情有些微妙,觑了苏新七一眼,压低声斟酌着说,"小七啊,你现在高三了,今年就要上大学了,是大姑娘了,不能还和小时候那样,总和祉舟玩在一起……不然岛上的人该怎么看你们。"

苏新七不在意,还开玩笑说:"不就是说我是李家的准媳妇吗?我爸妈都同意了。"

"瞎说。"苏新七小姨皱眉,"你爸妈也是,你们还是小孩就算了,现在都这么大了,这玩笑哪能开,他们不会是真想把你赔给李家吧?"

话才出口,苏新七小姨就意识到自己口快了,她噤了声,小心地瞧了瞧外甥女。

苏新七没放心上,岔开话题问:"过年又没人住旅店,你怎么不带小弟去崖下玩?"

"怎么没人住,今天早上还来了个外地小哥。"

"啊?"

"他一个人来的,在你来之前出去了,没碰上?"

"没。"

"那个小哥看着不大,酷酷的,应该是来岛上散心的。"

"哦。"苏新七对游客没兴趣,趴在前台那儿,瞥到内台桌面上放着一盒"彩雷王",她伸手拿起来看了看。

"你姨夫买的,乱花钱,也不看看这东西多危险,我哪敢给我儿子玩。"苏新七小姨埋怨道。

苏新七笑了笑:"那我拿走了?"

苏新七小姨略微惊讶:"你还喜欢玩这东西呢……拿走吧,小心点啊,别炸手上了。"

"好。"苏新七把"彩雷王"拆了揣兜里,顺便拿走了一个打火机,最后摸了摸小弟的脑袋,"我先走了。"

离开旅店下崖后,苏新七从便利店那儿取回自行车,骑上后沿着环海路往回骑。吴锋宇他们果然还没走,她抿起唇,用力蹬了两下自行车,加速朝他们骑过去。等距离近了些,她猛踩刹车,单脚支地。

她从兜里拿出两个"彩雷王",掏出打火机背着风点着了,然后迅速脱手往吴锋宇他们那儿丢过去。她扔得准,两个爆竹正好滚到那群人的脚边,在他们还未发现时猛地炸开。

"什么玩意儿?!"

两声贯耳的爆炸声吓得吴锋宇他们一群人一个激灵,差点没跳进海里。

苏新七瞧见他们那熊样儿,嘴角微微上扬。这时已经有人看见她了,吴锋宇反应过来后脸都黑了。

苏新七一点也不怵,脚一蹬骑着车慢悠悠地往前行进。从他们几个身边经过时,她又丢了个"彩雷王"过去,把那伙人吓得仓皇四散。

那个"彩雷王"落到地上悄无声息,引线压根儿没被点燃。

苏新七踩着车前进,背对着他们喊了句:"以后别让我听到你们说祉舟的坏话。"

沙岛地形主要是山地，岛上大部分都是灌木林，能开发居住的地方只有海岛边缘的一小块朝海洋衍生出去的土地。居住面积有限，因而岛上房屋拥挤，从高处往下看，高低不一形式各异的房屋都簇拥在港湾那块，密密麻麻地紧挨在一块儿，人仿佛都能踏着屋顶走。

沙岛上最高的一座山海拔不过五百米，岛上人都叫它"美人山"，因为从侧峰看，它就像是女人的侧脸，凹进去的是眼睛，凸出来的是高挺的鼻子，连下颌线都有。

美人山山脚下有座妈祖庙。妈祖是渔民的保护神，一年到头香火不断。从妈祖庙出发，沿着简陋的登山梯爬上山顶，体力好走得快也就一个小时。美人山山顶是观海的最佳点，游客来沙岛，岛民们都会建议他们上山顶，岛上的小孩也常到山里玩，山顶那栋烂尾楼是很多人的秘密基地。

苏新七和李祉舟吃完晚饭，八点钟从山脚往上爬，山上没有灯，他们拿的手电筒照路。李祉舟体力不怎么好，苏新七爬一段就要拉着他休息会儿，他们到山顶时已过九点，仰头星光璀璨，仿佛银河就在头顶。

山顶风更大，能把人吹得打趔趄，从顶上往下看，万家灯火明亮。海上灯塔的探照灯将一束光射向海面，岛上连绵的山脉上伫立着一架架发电风车，风车的叶片在海风的带动下缓缓旋转。

苏新七拉着李祉舟绕到烂尾楼背风处躲着，海风没正面吹在身上，没一会儿身子就暖和了。

"冷吗？"苏新七问。

李祉舟摇了下头："还好。"

苏新七从兜里拿出一个暖手贴，撕开包装后塞进他手里："焐着。"

"我不冷。"李祉舟想还给她，"你焐着吧。"

苏新七把手揣兜里，仰头望天："天狼星。"

李祉舟无奈，只好握着暖手贴，也抬起头："你就只认识最亮的一颗。"

苏新七耸了下肩，说："其他的星星一年四季位置都不一样。"

"其实很好记的，我教你。"李祉舟伸出尾指，煞有介事地说，"小指相当于是1°，中间三个指头差不多是5°。"

他又握紧拳头比画了下："这样是10°，食指和小指之间是15°，拇指和小指张开是25°，你只要记得这些，就可以定位到一些星团、星座。"

他伸直手臂，兴致勃勃地说："你看，天狼星你找到了，以它为坐标，往西北方向20°左右就能看到猎户座的'腰带'。"

苏新七试着比画了下，果然看到了三颗并列的星星。

李祉舟接着说："猎户座一共七颗星，找到了'腰带'上的三颗星星，很容易就能找到剩下的四颗……"

他指了指，回头问："看见了吗？"

苏新七点头，李祉舟指着猎户座左上角的一颗星："这是参宿四，在它东北方向40°左右的地方，那两颗比较亮的星星就是北河二、北河三，你的星座。"

苏新七顺着他的手看去，果然看到了双子星。

"很耀眼。"她说。

李祉舟乐此不疲地接着比画，从北斗七星到小熊座、大熊座，再到金牛座、巨蟹座，介绍完星座，他又找起了星团。

苏新七没有阻止他，也没有听得不耐烦，相反她听得很认真，眼睛也顺着他指的方向一一去寻找。她知道只要有关宇宙星河，李祉舟就会格外兴奋。

"天上这么多星星，你怎么都记得住？"

李祉舟坦率道："不难的，多看些星图就行，星图不难记的，和海图差不多。"

人眼毕竟目光有限，李祉舟把一些能看清的知名星座和星云指了遍，才收回手说："要是有天文望远镜就能看得更清楚。"

"大天文学家，等你考上了大学就会有的。"苏新七捶了下他的肩，笑道，"你会是岛上第一个考上清北的。"

李祉舟挠了下头："不一定呢。"

"上次市质检，你排名那么高，物理还拿了全市第一，保送都有可能，到时候你就能学你最喜欢的天文学了。"

李祉舟腼腆一笑，转过头问她："你呢，想好要选什么专业了吗？"

"还没，不急。"苏新七轻描淡写地说。

"离高考不到四个月了。"

苏新七深吸一口气，闻到了海岛特有的海腥味，望着远方说："只剩半年……我们就要离岛了。"

李祉舟听她语气并没有一点高兴的感觉，不由得问道："你不想离开沙岛？"

苏新七望着天，沉默了片刻才回道："小时候觉得沙岛太小了，除了山就是海，顿顿吃海鲜也很讨厌，以前总想去岛外生活，现在大了，反而舍不得离开。"

"没有海的地方，感觉也没那么向往了。"

李祉舟安慰她："我们并不是离开了就不回来了，沙岛还是我们的家乡，上了大学，寒暑假还是能回来的。"

他顿了下，重新开口问："你这么喜欢大海，要不要选和海洋相关的专业？"

"嗯？"

"海洋技术、海洋管理、海洋科学、海洋环境……你都可以考虑看看。"

"听起来挺有意思的。"

李祉舟看着她，笑了下说："你要是感兴趣，我帮你找几本书，先了解下。"

苏新七没拒绝。她从小就长在海边，也常和大海里的生物打交道，海洋对她来说已经是生活的一部分。可能就是因为太过熟悉，她反而忽视了它，在规划人生方向时，没把大海纳入考量范围内。

"你学海洋学，我学天文学，星辰和大海，正好呼应。"李祉舟双眼发亮，语气激动。

浩瀚的星河，辽阔的海洋，天高海阔，饶是苏新七也不免有些心神激荡，对未来有了憧憬。

"流星！"李祉舟望着天，忽然兴奋地喊道。

苏新七仰起头，果然看到了拖着彗尾划过的流星，稍纵即逝。

"小七，许个愿吧。"

苏新七笑他："你不是说流星是被地球引力吸引的宇宙空间物质，怎么还相信许愿这种事？"

李祉舟不好意思地一笑："阿嬷说了，心诚则灵。"

苏新七也笑了："你许吧，让宇宙所有的星辰都给你力量，保佑你顺利成为天文学家。"

李祉舟嘴角噙着浅笑，仰头望着天。等天际划过流星时，他才抬起手放在嘴边做喇叭状，朝着天空喊道："希望离了岛后，我们还能在一起。"

苏新七闻言稍愣，刚想开口说话，忽然听到头顶传来一声不屑的讥笑。声音很轻，在呼呼的海风声中却格外突兀，她脊背一凛，顿时警觉。

苏新七转过身，下意识地拉住李祉舟，往后退几步，微微抬头。

借着星光，苏新七隐约看到烂尾楼楼顶的栏杆上坐着一人。他戴着鸭舌帽，海风把他的外套吹得鼓鼓的，看姿势，他似乎正往下看。

李祉舟听力不好，没听到刚才的笑声。他开始还有些莫名，顺着苏新七的目光一看，不由得吓了一跳。

"你是谁？"他握紧苏新七的手，看着楼上的人问。

那人没回答，所在处透出一点亮光，仅是一瞬，苏新七瞥到了他的眼睛，冷然、淡漠又凌厉，攻击性很强。

李祉舟正要打开手电筒往楼上照，苏新七拦住他，低声说："我们回去吧。"

李祉舟也觉得此地不宜久留，警惕地看着楼上的人，见他没有多余的动作，这才拉着苏新七离开。

苏新七跟在李祉舟身后，到了登山梯那儿，她回过头，那人仍坐在顶楼上。

下山比上山容易，加上有紧迫感，李祉舟拉着苏新七一刻也没敢停。他们不到一个小时就从山上下来了，看到近处的灯火，他提着的心才算稍稍落地。

苏新七听李祉舟喘得厉害，伸手自然地轻拍着他的后背帮他顺气："让你走这么急。"

李祉舟长长地喘一口气，擦了下额头，往山顶看了眼，仍是心有余悸。

"那个人……不是岛上的。"

苏新七不意外，岛民身上都有种特有的气质，说不清道不明，碰上了自然懂，而且岛上的人她都认识，就没有山顶上的那号人。

"现在这个时候，岛上怎么还有外人，会不会是逃犯？"

李祉舟显得忧心忡忡的，他之所以会往这方面想是因为早有先例。沙岛地处偏僻，早几年常有逃犯为了逃避缉拿躲在这儿，这两年抓得严了，岛上治安才算好了些。

"我们要不要报警？"李祉舟说。

苏新七忽地想起什么，摇了摇头说："可能是游客。"

"啊？"李祉舟想了想，"也是，我们也没证据证明他是坏人。"

晚上海风大，苏新七说："回去吧。"

他们抄近路回去，岛上房屋拥挤且不规律，巷子多，横七竖八的，不是常年住在这儿的人很容易就会迷路。现在这个点，岛上还有很多人没睡，三三两两地坐在巷子口闲聊。

苏新七的家和李祉舟的家在两个方向，他们在一家便利店门前站定道别。

"回去小心点。"苏新七叮嘱道。

李祉舟点头："你也是，到家了记得给我发消息。"

"好。"

和李祉舟分开后，苏新七往家的方向走，走了有十分钟，忽听身后有人喊她。

"小七。"

苏新七站定，转过身，看到朝自己跑来的李祉舟时还有些意外。

李祉舟跑近，到了苏新七跟前，弯下腰撑着膝盖喘着气。

"你怎么没回家？"

李祉舟边喘边说："忘了告诉你了，我明天要和爸妈一起去岛外做客。"

"要出省吗？"

"嗯，就那个叔叔……我爸的救命恩人。"

苏新七了然："那你可以回家后再发消息告诉我，还追过来，不嫌累啊？"

李祉舟缓过了劲，直起腰，单纯地一笑："我觉得还是当面和你说比较好。你放心，我很快就回来了，你不用担心物理卷子做不完。"

苏新七心头一暖，扬了扬唇冲他笑："知道了……傻瓜。"

第二章
海边救人

初四那天苏父不出海,"初四"谐音"出事",寓意不好,在海上讨生活的人都信这个。渔民靠天吃饭,稍有不慎就会葬身鱼腹,所以顾忌比较多,宁可信其有。

苏新七不用早起去帮父母的忙,就睡晚了些。她八点起床,吃了早饭后又回了房。李祉舟不在岛上,她只好自己复习。

再过几天高三生就要开学了,现在距离高考也没多少时间了,她还是有些紧迫感的。虽然她在学校的成绩不错,但沙岛的师资力量和学生水平与大城市还是有很大的差别,她现在只能勉强算是"鸡头"。

沙岛镇只有一所中学,就是苏新七就读的沙岛中学。沙岛人少,学生更少,高中三个年级的学生加起来也就三百来号人。高三三个班,两个理科班,一个文科班,一个班也就三十几个人。

学校学生少,中学开办至今,考上本科的学生寥寥无几。学校的升学率不高,每年高考结束,学生去向大致无差,一部分人去读专科,大多数人留在岛上。家里有船的子承父业,没船的去修船厂当学徒,或去别人船上当船夫,或当海女、鱼贩子,极少的人去外面谋生。

高考没走出去,大概一辈子就只能留在岛上了。

大海变幻莫测,岛民的生活却是一成不变。留岛对苏新七来说也没什么,毕竟她早已习惯这样有些单调的生活,和祖辈一样依海为生也未尝不可。但李祉舟不同,他是注定要离开这座岛的,她不能让他一个人走。

苏新七和李祉舟都读理科,但不在同一个班。虽然每次校考他们的排名都挨着,他第一,她第二,但到了市质检,差距就拉开了。他是"凤头",上学期他在省里的物理竞赛中拿了奖,省里有好多知名的私立院校向他抛出了橄榄枝,免除学杂费还给一笔奖学金想邀他入学就读,都被他拒绝了。

沙岛中学的老师对李祉舟寄予厚望,觉得他一定可以开沙岛之先河,考上国内的顶尖院校,给学校增光。

苏新七很有自知之明,她的成绩考个一本院校还可以,但要和李祉舟进同一所大学是不现实的,于她而言,能去同一个城市就足够了。

今天天气晴朗,风和日丽,没出海的渔民就趁着空闲补网晒网,或是将渔船里里外外修整一番。

苏新七做完两张卷子,起身下楼,出了门就看到父亲在修补渔网。她过去帮忙,这活儿要手巧有耐性,倒也难不倒她。

"祉舟去岛外了?"苏父问。

苏新七手上没停,应道:"嗯。"

"没伴,无聊了?"

"有点。"

苏父露齿笑了:"你们两个,从小就爱黏在一起,也不和其他同龄人玩。"

苏新七把头发随手勾到耳后,轻描淡写道:"玩不到一起。"

苏父抬眼瞧她,自己的女儿他还是比较了解的,虽然她性子比较寡淡、不热络,对很多事没那么上心,但也不是孤僻的人。小的时候她还是很喜欢和别家的小孩上山下海地玩的,只是后来……

苏父在心里低叹一口气,随后豪爽道:"和岛上的孩子玩不到一起没关系,等上了大学,多交几个朋友,带他们来沙岛,老爸用海鲜大餐款待。"

苏新七轻轻一笑:"怎么感觉你比我还期待。"

"那当然。想想你刚出生那会儿才丁点儿大,现在眼看就要到离开家的年纪了。长大了啊,要飞出去了。"苏父看着苏新七很是感慨,似乎是想到即将和女儿分别,他眼眶还有些微热。

苏新七抬头,见父亲一脸不舍,心头一暖。

沙岛上的人基本上世世代代都是渔民,在海上讨生活没那么容易,一艘船没有男人不行,儿子是家庭重要的劳动力。沙岛上很多夫妻想尽办法也要生出个儿子来,在苏新七这一代,唯有她是独生女,其他同龄女孩都有兄弟姊妹。

苏母当初生苏新七的时候难产,母女俩都在鬼门关里兜了一圈,苏父心疼妻子,就没再要孩子。为这事,苏家的长辈没少训他,说他不生个儿子,以后一身捕鱼的本事无人继承,苏父耳根子硬,始终没动摇,对独生女也是疼爱有加。

苏新七一直觉得自己是幸运的。她的家庭虽然算不上富裕,父母也没什么文化,但他们把能为她做的事都做到了,能给的东西都不求回报地给了她。

冬日的太阳晒在人身上暖和,海风虽然凉,但没那么刺骨。苏新七和父亲在日头底下一边补网一边谈心,时间过得很快。

修补完几张渔网,苏母喊他们吃饭。午饭蒸了黄花鱼,就是昨天苏父打上来的。野生黄花鱼和人工养殖的最大区别就在于鱼鳃边上的那块鱼膏,苏新七在父母的盯视下把它吃进了肚子里。

饭后,苏新七提着个小红桶出门消食。临走前她还从地上捡了一小块渔网废料和一条绳子,打算去海边"钓螃蟹"。

沙岛西海岸有一处礁石群,因为那里有一对相望伫立的巨大礁石,当地人就取了个颇有噱头的名字,叫情人礁。后人给这对礁石附会了许多故事,流传最广的版本就和牛郎织女的故事差不多,天上的仙女和地上的凡人男子相爱而不能相守,最后双双化成礁石,永久守望。

情人礁海岸礁石林立,海水深,海浪也比大浴场那儿的汹涌。每年台风季海水暴涨时能把大半的礁石淹没,因为危险,岛上的人都会告诫家里的小孩别上那儿玩。

人少僻静,苏新七有时会去那儿坐坐。

午后日光正好,正值平潮期间,几乎所有的礁石都裸露在空气中,许多海鸟在顶上歇脚,海浪声有规律地阵阵响起。

苏新七从一个礁石跳到另一个礁石上,她找了个合适的落脚点,蹲下身子,在岩石缝里掏了掏,摸出两个青口贝。她拿渔网一裹,用绳子一扎,又捡了个石头把青口贝砸碎,做了个简陋的小诱饵包,找了个石头缝,把饵沉进去。

下了饵,她把绳子的另一端往手上一绕,坐在礁石上等着。

海边风大,苏新七把帽子往头上一戴,礁石上的海鸟都好奇地打量她。

大约十分钟后,她绕绳子的手感受到了一股拉力,低头一看,螃蟹咬饵了。她看准时机,快速一提,在螃蟹还没松钳之前把它装进了桶里。

这个土方法抓螃蟹很快,有时候一次能有好几只咬饵,苏新七一连换了好几个地方,没多久小红桶就过半了。她抓螃蟹也就是饭后消遣,不图多,尽兴就好。

消遣结束,她提起桶准备回家,正欲原路返回时,余光忽地瞥到海里有人。

惊疑之下,她不由得停下脚,定睛看去,果然看到一颗人头冒出海面,一个浪拍过来,忽又不见了。

溺水?

苏新七脑海里率先浮出这个念头。她来不及细细思考,丢下手中的桶,毫不犹豫地脱下身上衣物和鞋,下一秒就扑进海水中。

冬天海水冰凉,幸好今天太阳大,此时又是正午日头最高的时刻,苏新七憋着一股劲游到了十米开外,海上有浪,阻力大,她越往前游得越吃力。她刚刚在岸上粗粗地判断过了,落水那人离岸至少有七八十米,这距离放在大浴场那儿,她很快就能游过去,但情人礁这边的海可不温和。

游到半途,苏新七就已感觉手脚冻得有些发麻,她一边游,一边四下搜寻,就是没有看到人。

沉下去了?

苏新七深吸一口气,潜入水中,睁着眼在海里搜寻。这边离岸近,海水也不深,但没有设备她不敢潜到底。

潜了段时间,她冒出海面换口气,重新扎回海里。近岸的海水不澄净,杂质多,没有护目镜,她的眼睛长时间泡在水里很难受。她竭力睁着眼寻人,除了鱼、珊瑚之类的水生物再无其他。

就在她觉得救人希望不大,准备无功而返时,忽地觉得有东西贴着她的腿游过来,她低头就看到一个人形模样的生物。

苏新七吓一跳,差点呛水,她踩着水浮出海面,正疑心是不是自己看错时,前方冒出了一颗脑袋。

那人戴着泳帽和护目镜,看不出他的长相,隔着镜片苏新七都能察觉到他正在肆无忌惮地打量她。

她微微皱眉,海水刺骨,她的唇瓣已经冻得发白,体力也快耗尽。那男生看起来比她好很多，在水里悠游自在，应该是来冬泳的人。

苏新七见他没事，回过身就要往岸上游，才游出去两米，她的小腿倏地一抽，使不上力。

今天下水急了，她没来得及热身，海水又凉，泡这么久肌肉一僵就容易抽筋。

腿使不上劲，蹬不了水，苏新七整个人往下一沉，双手下意识地扑腾了两下，嘴里灌进了咸腥的海水。就在她往海里坠的时候，忽觉肋下一紧，有人及时托住了她。

苏新七下意识地挣扎了下，海水哗啦啦地溅起。冒出海面的那刻她深吸了一口气，下一秒就听到一个沉冷的男声不耐烦地说："不想死就别动。"

苏新七还算冷静，知道配合。他救人的姿势很专业，先让她仰面朝上，一手从她的左臂和上半身横过，握住她的右小臂，倒蛙泳带着她往海岸的方向游。

苏新七不敢乱动，怕一个不慎两人都沉下去。她被托着，两人挨得近，彼此的喘息声都能听得十分清晰。他的气息一点都没乱，凫水的动作也有条不紊，光凭这些她就能判断出他的泳技很好。

到了岸边，脚能够到底了，苏新七被一把抱上最近的礁石，救她的人也紧随着一跃出水。

苏新七仰头看他。他摘下泳帽和护目镜，手往后随意地撩了下自己的湿发，随后低下头。此时太阳就在他头顶上，背着光，她看不清他的脸。

他身上只着一条紧身泳裤，苏新七很快就移开了视线，那人却不避嫌，大刺刺地蹲下身，盯着她的脸看。

苏新七觉得被冒犯，眉头一皱，眼神也变得不悦。

那人蹲下后，他们的视线持平，她这才看清了他的脸。

孤高、狂妄。

苏新七的脑海里一时间闪过这几个词。他不是本地人，是外来者，明明她才是这个岛的人，可在他面前，她却觉得一点优势都不占。他身上带着很强的侵略气息，狂狷傲慢，轻佻嚣张。

他的目光从上往下移，眼神玩味。

苏新七刚才急于救人，没顾虑那么多，情急之下果断地把外衣外裤都脱了，现在她身上就只有贴身的内衣裤。在海里的时候两人不觉得有什么，上了岸,这样的状态让她很别扭。

其实岛上的人常年游泳,男男女女下了海,穿得再少的都有,苏新七长在海边,也不是保守的人,但他毫不回避的目光,让她尤其不快。

苏新七不满的情绪已经很明显了,偏偏那人还不识趣,看着她歪头露出一个玩世不恭的笑,说:"海边也不全是黑妹。"

苏新七铁青着脸,低声说了句话,有些咬牙切齿。

她说的方言,那人听不懂,挑了下眉:"骂我?"

苏新七实在不想搭理他。她弯腰捏了捏自己的小腿,肌肉还有些僵硬,但痉挛的疼痛感已经减轻了。

在海里游了一圈,她浑身都被冻红了,头发还在滴水,海边风又大,她忍不住打哆嗦,再这样下去,非得失温不可。

苏新七的衣服都在另一边的礁石上,距离不算远,但礁石之间的间隙不一,估计还得蹚海水,她在考虑自己单脚蹦跶过去的可能性。

正分神,眼前忽然一暗,有东西盖在了脑袋上,苏新七愣了下,扯下来一看,是条浴巾。她转头去看,那人正在扯裤头。

他裸着上身,手上扎着腰带走过来,又蹲在她身边,伸手就去摸她的腿。

苏新七一躲,警惕地看着他。

"腿,帮你抻抻。"

"不用。"苏新七生硬地拒绝,顿了下,攥紧浴巾又克制地补了一句,"谢谢。"

那人嗤笑,估计是觉得她别扭,他睨了她一眼,问:"在哪儿脱的?"

他说话直白得近乎粗野,苏新七听着不适,此时也只能忍着。

她指了个方向。那人倒没再为难她,套上上衣,踩着礁石几个跳跃就离远了。

苏新七捶了捶又捏了捏自己的小腿,尝试站起来动了动,除了肌肉还有些酸胀,倒是不疼了,起码能使上力了。

她披着浴巾,一手在胸口攥着,盯着那人离开的方向,正疑心他会不会恶作剧,转眼就看到他抱着她的衣物和鞋子,提着个小红桶往回走。

那人走近,把她的衣服往礁石上一扔,又把小红桶递给她,促狭道:"还剩一只傻的。"

苏新七往桶里看了眼,螃蟹都跑光了,就剩一只在桶底转悠,找不到

023

出口。

白忙活了。

她接过桶放下，拿起一件衣服，抬眼看着他。

几秒后，苏新七忍不住了，蹙了蹙眉，说："我要穿衣服。"

"都看完了。"

他语气轻佻，苏新七听着就来气，正想发作，他却走开了。

她回头去看，他捡了几颗小石子，一跃跳上一块大礁石上，拿着小石头往远处扔出，本来落脚歇息的一群白色海鸟被惊得扑棱着翅膀四下逃散。

苏新七的眉头又皱起，忍了忍，也顾不上身上湿湿的，迅速套上衣物。

穿好鞋，她拿着浴巾转过身，那人已经从礁石上下来了。

她走过去，在离他还有段距离的地方站定，手一伸，把浴巾递过去："给。"

那人没搭理她，抬起眼，勾了勾手："过来。"

苏新七抿着嘴，没动。

他挑了下眉，冷笑着问："就这么对你的救命恩人？"

苏新七无比后悔自己刚才下海的举动，简直自找麻烦。她是奔着救人去的，最后却被人给救了。虽然她的出发点是想救他，但不可否认，现实就是他的确是她的救命恩人。

她往前走了一步。

"再过来点。"

苏新七皱着眉站定不动，他倏地逼近，伸手拿过她臂弯上的浴巾。苏新七正要走，眼前一黑，浴巾又盖在了头上，还没等她扯下，就有人用浴巾在给她搓头发。

他力道大，动作毫无章法，苏新七身子都站不稳，左右晃动。她被蒙在浴巾下，看不清东西很没安全感，只能抬手去拍他的手。

"放开我！"她着急道。

那人被她打了两下，一把抓住她的手，随后拿走浴巾。

苏新七眼前豁然大亮，她一头长发被搓得乱糟糟的，脸还被浴巾蹭红了一片，火辣辣地刺痛。

她不快地把自己的手抽出来，扒拉了下头发，头发现在是不滴水了，可是打结了。

苏新七表情懊恼，始作俑者却一点歉意都没有，反而一脸闲适，似乎很满意自己的"杰作"。

他又用浴巾擦了擦自己的湿发，边擦边走，到了边上拿起丢在一旁的黑色健身包，把浴巾随意往包里一塞，然后把包往背上一抛，踩上夹脚拖鞋就走。

走到一半，他停下，侧过身问："不走？"

他走的是另一条道，离马路近，苏新七本想原路返回，但从这儿走回去还得蹚水，她想了想，最后还是提上桶跟了上去。

苏新七隔着不近不远的一段距离跟着那人，她急着回去，可他好像故意似的，走得不徐不疾的。

磨磨蹭蹭，好不容易到了环海路，苏新七看到马路边上停着一辆踏板车，她觉得眼熟，仔细打量了下，有些意外。在看到那男生跨坐上车后，她更是讶然，不过很快就明白过来了。

"上来。"

苏新七听他这命令的口吻就反感："不用了。"

她说完径自往前走，走了一段路，那人骑着车追过来，缓缓地跟在她边上。

"喂。"

苏新七加快脚步。

他追上来："风这么大，你不凉啊。"

苏新七下意识地往前后看了看，几个岛民正在马路的另一边整理浮球，她沉着脸，走得更快了。

海风薄凉，挟带着腥味，午后日光明媚，海面波光粼粼。

苏新七埋头只顾走，那人倒是不再用言语招惹她，他骑着车，一会儿落在她后面，一会儿超过她在前面停下，始终在她前后晃悠。

走了会儿，她就觉得浑身黏糊糊的，自己都能闻到身上的咸腥味，尤其是头发，都打绺了，被太阳一晒还有小盐粒。湿答答的衣裤贴着皮肤也很不舒服，不透气，像罩着一层保鲜膜一样。

从情人礁另一头走回家至少也得要二十分钟，她这副模样回家，不得把家里人唬一跳。

苏新七不想让父母担心。她抿着嘴思索了会儿，最后抬眼望向前方。

那个人又把车停边上了,他一脚撑着地,似乎在看后视镜。

她打定主意往前走,这回没有越过他,而是站在车旁边,面无表情地问:"会载人吗?"

他瞟了她一眼,不以为意道:"上来。"

苏新七没多犹豫,跨坐上了踏板车的后座,和前面的人隔着点距离,端坐好。

"去哪儿?"他掰了下后视镜,把一个头盔朝后递给她。

苏新七不客气地接过头盔,一边戴在头上,一边回道:"你住的旅馆。"

他从后视镜看人,苏新七正好对上镜中他的眼睛,她看到他的表情有些意味深长。

她撇了下嘴,没理会。

"抓着点。"

苏新七决然回道:"不用。"

她听他哼了声,倒是没再说什么。

他拧了下车钥匙,骤然提速又一个急刹,苏新七没个防备,身体在惯性下往前滑,一下子就撞上了他的后背。

"不好意思,力道没拿准。"

苏新七的心跳漏了两拍,有些吓着了,又听他语气戏谑,火气噌地就上来了,正要下车,他又把车骑了出去。

这回启动算是平稳,但车骑出去没一会儿,他就不断地在提速。

海风迎面扑来,从一开始的和缓到后面的凛冽,苏新七的眼睛被吹迷了,风糊住口鼻,呼吸都不大顺畅。

路两旁的风景迅速后退,线条不断被拉长、模糊。

苏新七从来不知道踏板车还能有这速度,不知道是不是因为呼吸不畅,她的心跳也渐渐快了,心里有一种失重感,身子仿佛轻了。

她从眼缝里看到前面是转弯,但骑车的人一点要减速的意思都没有,她一颗心提着,想出声,一张嘴风就灌进来,堵着她的嗓子,让她发不出声。

踏板车进入弯道,车胎擦着地面的声音很刺耳,苏新七觉得自己就要被甩出去了,下一秒她的手下意识地就搂上了前面那人窄瘦的腰。

他们从情人礁往海崖方向去,一路风驰电掣,路上遇到的人听到车子的声音纷纷侧头看来,唯恐避之不及。有的人以为是谁家的调皮孩子还会骂上两句，他们可能怎么都想不到，苏新七会坐在车上。

到了崖底，车开始爬坡，骑车的人把油门一轰到底，没用多久，踏板车就从崖底冲到了崖顶。

车停在旅馆门前，苏新七胸口透过气来，她一秒都没耽搁，松开搂着他腰的手，直接从后座上下来，两脚着地时腿还有点软。

"刺激吗？"骑车的人问。

苏新七摘下头盔，冷着脸，给了他一个冷峭的眼神："疯子。"

她把头盔往车头上一挂，只身往旅馆走，门一推，门框上的风铃一响，前台立刻有人站起来。

苏新七小姨看见苏新七有点意外："欸，小七，你怎么——嘿，小帅哥，回来了啊，在海岛上兜风感觉怎么样？风景不错吧。"

风铃的响声持续了会儿，苏新七知道那个"疯子"跟在她身后进来了，他的声音响在她脑后。

"是挺好看。"

他的语气意味深长，似有所指。

苏新七头也不回，直接从小门那儿钻进前台。小螃蟹正在玩手机，看见她立刻把手机丢了，迎上来喊了声："姐姐。"

苏新七摸了下他的脑袋。

苏新七小姨招呼住客："外边风大吧，海边还是有点冷，你快回房间暖和暖和。"

"嗯。"

旅馆楼梯就挨着前台，苏新七听他把车钥匙放下，等他上了楼后，她才回过身。

苏新七小姨刚才忙着招待住客，也没仔细看苏新七，这会儿空了才要和她说话，转过头一打量，顿时惊讶。

"哎哟，小七，你头发怎么湿答答的，刚洗的？"

"不对啊。"她鼻子灵，凑近嗅了嗅，"一股咸腥味，你下海游泳了？我说你这孩子，大冬天的，是不是又和你爸去的，你们父女俩，没一个省心的，被你妈知道了非训你不可……"

苏新七有些头疼地打断小姨一连串的斥责："小姨，你给我找一套干净的衣服，让我先洗个澡，我等下再和你说。"

旅馆一楼是主人住的地方，苏新七借地冲了个澡，洗了澡身上总算是好受了些。她换上小姨拿来的衣服，把头发吹个半干，随意绾着就往前台去。

她没想到那个"疯子"也在，微微皱了下眉，钻进前台，就当没看到他似的。

苏新七小姨一边在电脑前操作，一边和人聊着："再续一晚？"

"嗯。"

"可以多待几天，岛上好玩的地方还多着呢，海鲜也多，吃个够再走。"苏新七小姨余光看到苏新七，抬起头冲着人笑，"我看登记信息，你和我外甥女一般大，你要是需要向导，我让她带带你。你们同龄人有话说，能玩到一块儿。"

就这么两三句话的工夫，苏新七就被自家小姨给卖了。她听他哼笑了声，没接话应好也没拒绝，态度暧昧。

苏新七撇了下嘴，没当场和小姨唱反调让她尴尬。

"好了，给你续上了。"苏新七小姨回过头，喊道，"小七，帮姨拿两瓶饮料送给这个小帅哥。"

苏新七也没问他想喝什么，从后面的货架上就近拿了两瓶雪碧，走过去放在前台桌上。她看了他一眼，他也正看着她，眼神玩味。

苏新七小姨站起身，把两瓶雪碧往他面前推了下："这是赠送的，你要还有什么需要打前台电话就行。"

"嗯。"

苏新七小姨等人上了楼，立刻和苏新七说："刚刚那个小哥就是我之前和你说的住客，挺帅的吧。"

如果是一个小时前，苏新七会附和小姨的话，但现在她对那人一点好感都没有，只觉得他面目可憎。

苏新七小姨没察觉到她的异常，接着往下说："小帅哥的名字也很特别，单字一个'鲟'，鲟鱼的鲟，看着就像个海椰头（方言：土生土长的海岛小伙）的名，就是姓氏不太吉利，姓'陈'，可惜了。"

沙岛上的人大多都是靠海为生的渔民，比较迷信，在船上都不说"沉""翻"等字，同音字也很少说。岛上陈姓人极少，少数几家都是从岛外搬来岛上做点小本生意的，当渔民的好像没有。

陈鲟，名字是挺特别。

"欸,快说说,怎么下海了?"苏新七小姨忽地想起还有这茬,立刻问道。

苏新七刚才洗澡的时候就想好了,不说实话。要是让小姨知道她只身下海救人,最后还被人救了,肯定不会替她瞒着,很有可能还会召集全家开一个批斗大会。

她咳了下说:"我下海游了一会儿,你别告诉我爸妈。"

苏新七小姨轻轻打了下她,训道:"你这孩子,还长本事了,没你爸在边上都敢下海冬泳了,万一出事怎么办,你这不闹着玩吗?"

"我就是看今天天气好,在海岸边游了会儿,没游远。"苏新七认错态度诚恳,软下声央求道,"小姨,没有下次了,你帮我保密,行吗?"

苏新七小姨嗔怪地看她一眼,正要说话,楼梯上下来一人。

现在楼上就住着陈鲟,下来的人只能是他。

苏新七小姨仰头看向人,一改几秒前的语气和表情,咧开嘴热情地问:"小帅哥,有什么需要吗?"

陈鲟的视线瞄向前台桌子上的房卡:"房卡忘了。"

苏新七回头正好和他对上眼,他也没多留,拿上落下的房卡瞟了她一眼就走了。

"也不知道他听没听到我们刚才在说他。"苏新七小姨低声嘀咕了句。

苏新七也在猜,不知道他有没有听到她们的对话,听到了多少。

苏新七小姨又捡回刚才的话,接着说:"大过年的,我也不给你妈添堵,你现在人没事就好,不许有下次,多危险啊。"

苏新七笑了:"嗯。"

苏新七小姨拉过她的手:"下午留下来陪小螃蟹玩。"

毕竟有求于人,苏新七只得应下。

她在前台陪着小螃蟹做寒假作业。他现在才上小学一年级,教的都是拼音和简单的算术,她一心二用,一边教他做题,一边用电脑背着单词。

苏新七小姨去厨房熬了两碗姜汤出来,招呼苏新七:"来,喝了,驱寒,别感冒了。"

打从苏新七满十四周岁后,父亲每年冬天都会带她去海里游一遭,冬泳对人有好处,能增强体质。她的身体打小就好,小病小痛都少,今早虽然挨了冻,但洗了个热水澡后,已经缓过来了。

小姨一番心意,苏新七虽然觉得自己不会生病,却也欣然接过碗,吹了吹,憋着气把姜汤喝进肚子里,辣得皱了下鼻子。

苏新七小姨欣慰地笑了,把另一碗递给她,说:"来,把这碗给楼上的小帅哥送去。海岛潮湿,他刚来,不一定受得了。"

苏新七微蹙眉头,没把抗拒的情绪表现得太明显:"他不一定喜欢喝。"

"喜不喜欢是一回事,我们送不送是另一回事。顾客是上帝,把上帝伺候好了,才有钱赚。"苏新七小姨打着小算盘,"他要是对沙岛和我们旅馆有好感,下次指不定就带着家人朋友一起来玩呢?"

生意人就是算盘打得响,潜在客户一个都不放过。

"来,快送上去,我去收拾下厨房。"

苏新七无法,只得接过碗。

"210房啊。"

苏新七端着碗上了楼,到了门前,她犹豫了下,敲了敲门。

"谁?"

苏新七干巴巴地说:"客房服务。"

里面没声了,她站着等了会儿,门从里面开了。

陈鲟显然洗过澡了,他换了身衣服,头发没吹,额前的头发半湿不干地翘着,显得随性。

他倚着门框,上下打量了下苏新七,开口道:"有别的服务?"

浑不吝的,开玩笑也没个度。苏新七很想把那碗冒热气的姜汤泼他脸上,但他现在毕竟是旅馆的客人,她按捺着脾气,把碗往前递了递。

"姜汤。"

陈鲟看了眼碗里黑咕隆咚的汤水,往后退回房间,把门敞着,示意她进来。

一伸手的事还要她端进去,苏新七无言地看他一眼,本着速战速决的原则,走进房间。

窗子开着,房间内温度很低,临海的房子都能听到海浪声。

苏新七目不斜视,直奔桌子,把碗往桌上一放,转身就要出去。

陈鲟一挡:"不顺便收拾一下?"

苏新七抬眼,漠然道:"我不是清洁工。"

"老板娘不是你亲戚?"

苏新七没应。

陈姆讥嘲一笑:"你们海岛人,连亲人的事都不帮?"

南方人特别重视宗族关系,海岛更是,一艘渔船上基本都是本家人搭伙干活,风险共担,他这么说根本就是毫无根据的臆测。

苏新七冷下脸,不客气地刺他:"你根本不懂。"

她说完往边上跨一步想绕过他,他再次挡下她,低着头,也没恼,勾了勾唇。

"我外地来的,你给我说说?"他盯着她,"听说海上有渔排,带我去看看?"

"码头有船,到了那儿问一下就会有人带你去。"苏新七语气冷漠,也算答了。

陈姆不满意:"老板娘不是让你带我逛逛吗,不乐意?"

苏新七瞪着他,用眼神回答了他这个问题。

"真可惜。"陈姆往边上的桌子一倚,双手往后撑着,眼睛看着苏新七,语气懒懒散散的,有些漫不经心,"老板娘还挺爱聊天的,你说她会不会对冬泳感兴趣?"

他停了下,不怀好意地哂笑:"小七。"

第三章
海岛夜景

　　苏新七下午就待在旅馆里，坐在前台偎着取暖器陪小螃蟹做完题又陪他玩游戏。小姨帮她把衣服扔洗衣机里洗了，又帮她烘干。傍晚的时候，她换上自己的衣服，用旅馆的电话和家里人说晚上不用等她吃饭，她要去二叔那儿。

　　冬天日子短，傍晚六点不到家家户户就开饭了，苏新七的小姨夫掌勺做饭，苏新七小姨待客有道，主动邀请陈姆一起吃晚饭。不过他拒绝了，说晚上要去渔排。

　　陈姆穿了外套下楼，又借了踏板车，他当着苏新七小姨的面，极为自然地冲苏新七使了个眼色："走吧。"

　　苏新七无言，屁股黏着椅子，在他的注视下还是站起身，转过头和小姨说："我带他去二叔那儿。"

　　苏新七小姨的目光在两人之间睃了下，表情从略微惊讶到了然。她盈盈笑了："我就说你们同龄人容易玩在一块儿。"

　　她把车钥匙递给陈姆："会载人吧，让小七载你也行，她路熟。"

　　陈姆接过钥匙，略有深意地看了苏新七一眼。

　　苏新七憋闷，回过身从柜子上拿下一个头盔。她和小姨道了别，低头跟着陈姆往外走。

　　踏板车就停在旅馆门前，陈姆坐上车，插上钥匙，一脚撑着车，把头盔往头上一戴，熟练地掉转车头，回头示意苏新七上车。

苏新七站在车旁，好声好气地试图和他打商量："我带你到码头，再找艘船接送你，可以吗？"

陈鲟没耐性和她磨叽，他不客气地一把夺过她抱着的头盔，二话不说往她脑袋上一扣，扯着系带把人拉到跟前。

"不如你现在主动和老板娘说实话？不然我怕我一个不小心就说漏了嘴，多对不起你。"

"你——"

苏新七眉心一拢，觉得这个人真心恶劣。

一开始就坦白和撒了谎之后再说实话是不一样的行径，她现在很后悔一开始选择欺骗小姨，和小姨说实话大不了被痛骂一顿，在家关几天禁闭，也好过现在被一个生人拿捏着把柄，陷入被动。

陈鲟看她表情不好，心情反而愉悦："都说海岛上的人热情好客，怎么你对我就这么冷淡？"

苏新七给他一个明知故问的眼神，不留情面地回嘴："也没见过像你这么无赖的客人。"

陈鲟"呵"了声："救了你还成无赖了，我是逼你下海了？"

苏新七冷着脸，浑身上下都透着抗拒。

陈鲟满不在乎，敲了下她的头盔，有些不耐烦了："上车，再不走，你小姨要出来问情况了。"

苏新七心头愤懑，十分抵触和他待在一起，可现在她又不得不听他的。新年还没出正月，她没想到自己开年就不顺，遇着个蛮不讲理的痞子流氓。

她不情不愿地坐上车，尽量靠后坐，不和他挨着。陈鲟往后视镜里瞟了眼，嗤笑一声。

他这回倒是老实了，中规中矩，慢慢悠悠的，似在兜风。

车速慢了，苏新七也不觉开心，反而嫌他太磨蹭，她想尽快了事，从他身边脱离开去。

傍晚时分，金乌将落未落，余晖洒在海面上，波光一荡，碎成一片。海天相接处一片绛色霞光，像诸神府邸，分外好看。

苏新七指路旧码头，陈鲟按她指的方向前进，他们一路向西，好像追逐着落日。

到了码头，太阳已经落下一半了，苏新七下了车后把头盔往车头上一挂，站在岸上望了望，看到一艘小渔船正准备走，立刻跑上前，冲船上的人招了招手，问："叔叔，要去喂鲍鱼吗？"

船上的人直起腰仰起头，爽快一笑："是小七啊，想搭船去找你二叔？"

苏新七点点头。

"上来吧。"

苏新七道了谢。

陈鲔找了个地方停好车，朝她走来。

苏新七没招呼他，从码头阶梯下去。吴叔的船就停在下面，她跨脚就上了船。

吴叔见她身后跟着个男孩，看着眼生，不由得问道："小七，你朋友？怎么没见过，不是岛上的吧？"

"他不是我朋友，"苏新七很快撇清关系，"是我小姨旅馆里的住客。"

吴叔一听是游客，立刻热情地招呼道："来玩的啊，那是得去渔排逛逛。快，上船，我先把你们送过去。"

陈鲔很自如地上了船，和苏新七并排站在一起。

小渔船是木质结构，外壳的防水漆都褪了色，船身周边挂着几个黑色轮胎，桅杆上挂着缆绳。船上空间不大，没有船舱，这种类型的船不是用来捕鱼的，就是海上交通工具，养殖户开着去喂鲍鱼、海参的。

船一开动，柴油发动机橐橐直响，吴叔在前头掌舵，苏新七和陈鲔坐在船尾，后端螺旋桨快速转动，破水声不小，桨推着船往前行进，留下一条白练。

海上风浪大，小渔船在茫茫海域中就如旋落的一片叶子，无所依护，随着海浪起起伏伏，摇摇晃晃。

不常乘船的人很容易晕船，海上坐船和在地上坐车完全不一样，地上坐车是"硬颠簸"，海上行船却是"软颠簸"。大海不会像凹凸不平的路面那样把人颠得七荤八素，但它的力量不容小觑，在摇摆跌宕中就能把人的五脏六腑腾移挪位。

苏新七余光看了眼陈鲔，他屈起一条腿，一手搭在膝上，背靠着船，闭着眼，脸上没什么表情，但下颌线一直绷着，像是咬紧了牙。

她嘴角扬了扬，心情愉快地偏过头去看大海，很快被海风吹眯了眼。

小渔船驶出几海里就能看到养殖场，一大片红的、白的浮球漂在海面上，再往远了看就能看到一座突兀拔出海面的小型孤岛。绕过岛屿，浮在海上的一座座小屋映入眼帘，在夕阳的最后一抹余晖下，像童话故事里才有的场景。

渔排是渔民用于养殖或临时放养海鲜的水下网箱和巨型泡沫组成的海上平台，很多养殖户为了方便就在渔排上搭了简陋的房子，久而久之，这样独具特色的水上空间就成了一处景点，外地人来到岛上都会来一睹风采。

驾驶船的吴叔一转舵，减了速，缓缓把渔船靠近渔排。小屋里有人走出来，见了船就喊："老吴。"

苏新七从船尾站起来，冲人喊："二叔。"

苏二叔转过头，很意外："小七，这个点你怎么来了？"

他又看向她边上的陈鲔，"哟"了声，揶揄道："我以前就想过哪天你会带着男朋友私奔到我这儿来，没想到这天这么早就到了。嘿，长得还和你二叔一样帅。"

陈鲔在停船的那刻就睁开眼了。他没坐过这样的小渔船，动力不足还不稳，晃了一路人都犯恶心了。他人不舒服，脸色就有些沉，但听到苏二叔说的话，他还是勾了勾唇。

苏新七从船上跨到渔排上，身子小幅度晃了下，还没稳住就说："是小姨家的住客。"

陈鲔也上了渔排，他还是头一回觉得脚着地的感觉这般好，虽然脚下不是真正的地面。

吴叔把人送到后，知会了声就开着船往自己的养殖场去。苏二叔知道陈鲔是游客后，更加热情。

"小哥，怎么称呼你啊？"

"陈鲔。"

"陈……小鲔啊，你一个人来沙岛玩啊？"

陈鲔乍一听他这么喊，还有点不适应："嗯。"

苏二叔竖起大拇指："有胆量，年轻人，尤其是男孩，就是要多出来走走，长点见识……第一回上渔排吧？"

陈鲔点了下头。

"嘿，新鲜吧？"苏二叔憨憨地笑着，又关切地问，"你和小七晚饭都吃了吗？"

苏新七一听这话，心中警铃大作："我们吃——"

"还没。"陈鲟瞥了她一眼。

苏二叔开怀大笑，撸起袖子一副要大显身手的模样："我这儿难得来客人，今天晚上我就露一手，让你尝尝地道的海鲜大餐。"

"二叔，不用了吧，我们回岛上吃就行。"苏新七拦住自家兴致大发的二叔。

"我们岛上人热情好客可是出了名的，哪有不留客人吃顿饭的道理。"苏二叔冲陈鲟一招手，"等着，叔现抓现做，保准是你这辈子吃过的最鲜的海味。"

苏新七给了陈鲟一个警告的眼神，希望他识相点。

陈鲟看着她，嘴角噙着笑，眼神挑衅，懒懒地应道："好啊。"

苏新七眉头一蹙，心情又差了。

她本来打算带陈鲟来渔排随便看下就让二叔送他们回岛，现在可好，还要赔上一顿饭的时间。她了解自家二叔，自来熟，兴致来了话就多，这下回岛更是没有定时了。

初四果然不宜出门，她想。

渔排附近是大片的养殖场，这个点养殖户陆陆续续地来喂食，每次有船从边上经过，渔排便会摇荡起来，水床似的。

陈鲟站在横木上，低下头，还能从木板的缝隙看到底下的海水一漾一漾的。渔排上有七八个铁皮房子，刚才在船上远远看着还像模像样的，近了一看才发现这些房子很简陋，比陆地上的活动板房还不如。

太阳已经完全落下了，天幕沉沉，海上唯一的光便是铁皮屋里漏出的一点昏黄的灯光。

陈鲟瞥向站在一旁表情郁闷的人，故意说："不带我参观参观？"

"自己看。"

"你就这样对你的'私奔男友'？"

他语气促狭，不怀好意。苏新七情绪不好，冷淡地回讥："你少自作多情了，我才不会跟你这种人走。"

天色晦暗，铁皮屋的灯光从窗口斜切出来，陈鲟就站在光明与黑暗的交界处，不知道是不是背光的缘故，苏新七觉得他的脸看上去比刚才阴沉，没了那一分玩世不恭。

陈鲟盯着她,忽然用力一踩脚下的木板,整个渔排顿时晃荡起来。苏新七没防备,身子一晃,整个人重心不稳往边上一个趔趄,险些栽倒。

陈鲟及时扶住她,趁她还没站稳把人往自己这儿带了带。他微弓着身,脑袋贴向她,眼睛看向远处亮起的灯塔,晦暗不明。

"本来没想留下,你给了我一个理由,日子还长,我们走着瞧。"他附在她耳边低语,声音沉沉,像是狩猎宣言。

苏新七怔了片刻,回过神后立刻揉开他的手,怒视着他。

陈鲟顺势往后退了一步,摊着手,笑得很贼。

"哎哟,今天风真大……小七,来搭把手。"苏二叔从屋子里走出来,没察觉到苏新七和陈鲟之间不寻常的氛围,还一脸开心,"那个,小鲟啊,外边风大,你进房子里坐坐,别冻着。"

"好。"陈鲟应道。

"小七,哎,你这丫头,怎么还杵着不动呢?快来,帮叔一起捞网箱。"

苏新七绷着脸,紧抿着唇,一点帮厨的兴致都没有。虽如此,但她还是隐忍着情绪,转过身走向二叔。她不想在这个时候扫了他的兴,让他白高兴一场。

苏二叔横跨在浮木上,弯下腰捞出一根绳子,缓缓拉起一个网箱。他提溜起箱子一看,登时双眼一亮,看向跟过来的陈鲟,笑着说:"小鲟啊,你运气好,今天能吃到花蟹。"

渔排上都是"看海吃饭",捞着什么吃什么,开盲盒一样。苏新七随意绾起头发,帮着二叔捞起几个网箱。她从屋子里拿出两个桶,把箱子里的海鲜"哐哐"往里倒。

"嗬,还有鲅鱼。"苏二叔拿过两个大盆,"我去弄虾和螃蟹,小七,你把鱼杀了。"

"哦。"苏新七头也不抬,熟练地抓着鲅鱼,拿过一旁的棒槌,对着鱼脑袋用力一敲,刚才还在桶里活蹦乱跳的鱼立刻不动弹了。

陈鲟低头看着她,挑了下眉,总觉得她这凶狠的样子是故意做给他看的,或者她是把他当成了那条鱼。

"帮不上忙就别在这儿碍事。"苏新七抬头看人,一手拿着刀,目光冷沉沉的。

陈鲟举起双手做投降状,往后退了两步,看着她。

苏新七无视他，直接拿刀刮鱼鳞，动作娴熟，眼都不眨。她麻溜地剖开鱼腹，把内脏掏出来扔在一边，拔了鳃，又舀水把杀好的鱼冲洗干净，顺手就丢进空盆里，捞出另一条活鱼，一刻不歇，手起刀落。

外头黑，苏二叔把小铁屋外边的灯打开，一盏低瓦数的小灯泡就悬挂在门檐下，时不时还因为电压不稳闪烁一下。

海浪声滔滔不绝，袅袅入耳，细听还能听到海底不知名生物的低鸣，星河在上，波光在下。

苏新七就蹲在鱼排边上，灯光倾洒在她身上，她的脸随着她的动作一会儿切进灯光中，一会儿隐进黑暗。她的背后是无垠的大海和一轮初升的皎皎明月，衬得她整个人都氤氲在一种神秘的氛围当中。

陈鲟倚在一旁的桅杆上，他的目光不偏不倚地落在苏新七身上，饶有兴味。

他还是第一回看女生宰活物，她抿着唇目不转睛，下手干净利落的模样很是迷人，沾了血水的手都有别样的风情，扬起的发丝都是好看的。

他不是个喜欢看电影的人，但现在这场景让他不由得联想到以前为了应付学校老师勉强去看的几部文艺电影。她的一举一动在他眼里都像是慢镜头，带点抒情蒙太奇的效果。

陈鲟无声地勾唇笑笑，想自己大概是被勾了魂了。

苏新七一连处理了两条海鱼，动作间随意绾着的头发散了。她低着头，头发被风一吹糊了一脸，偏偏两只手都不干净，她只能微微甩头，企图把发丝撇到一边。

陈鲟眯了下眼，无声地走到苏新七身后，俯身拢起她散落的长发。

苏新七的耳朵被碰到，痒痒的，她忍不住打了个哆嗦，欲回过头，陈鲟低声制止道："别动。"

他把她的散发拢成一束，脱下自己的护腕当发圈，帮她把头发扎起来。

苏新七只觉头皮一紧，随后就听见他说："先将就着吧。"

她觉得有些别扭，心里和脑袋都不自在，但手上还有活儿没收尾，散着发的确碍事，所以尽管他行为冒犯，这回她倒没那么抵触。

苏新七把海鱼处理好后就去了厨房帮忙，苏二叔看到她的发型还打趣了句，说发带挺别致。

她也知道用护腕绑头发有些滑稽，但发圈掉进海里了，她身上又没有能扎头发的东西,帮厨散着发总归不卫生,只好先应付着用。

苏二叔平时就住在渔排上,这里虽然简陋,但锅碗瓢盆、油盐酱醋一应俱全。他的厨艺也不错,动作麻溜,几个锅同时点火,蒸的蒸,炖的炖,炒的炒,很快一桌子菜就出来了。

苏二叔把一盘螃蟹摆上桌后,示意苏新七:"可以吃了,去把小鲟喊进来。"

苏新七沉默了片刻才应了"好"。

陈鲟搬了把塑料椅,坐在外面吹风。苏新七从屋子里出来,忍不住打了个寒噤。夜晚海风更凉,她一个从小生长在海边的人都受不住,他倒是抗冻,大晚上的吹海风,在酒店的房间也开着窗,好像一点都不怕冷。

她走到他背后,平静地喊他:"吃饭了。"

陈鲟闻声回头。

不知是不是错觉,苏新七居然在他脸上看到了一丝落寞、萧索。

"真乖。"陈鲟看着她忽地笑了。

苏新七皱皱眉,看他仍是惯常的轻佻,心道是自己看错了。

陈鲟搬上椅子,跟着苏新七进了屋。屋子小,平时为了方便,苏二叔都不摆桌子,自己凑合着吃就是了。但今天难得来了客,他摆上一张四方小桌,桌子一撑开,更显屋子逼仄狭小。

"小鲟,来,坐这儿。"

苏新七不想和陈鲟挨着,正要在他对面落座,就听二叔喊她:"小七,你坐小鲟边上,我开电暖器,这样正好能照着你们两个。"

苏新七是有点冷,犹豫了下,最后还是依言坐在了陈鲟身边。

苏二叔把电暖器放在两个小孩中间,开到最大功率:"海上冷,别冻感冒了。"

他又问陈鲟:"小鲟今年多大了,会喝酒吗?"

"十八了。"陈鲟只答了一个问题。

苏二叔眉开眼笑,转过身抱来一瓶酒,拿来两个杯子,坐下就倒:"来,陪叔喝一杯。"

苏新七忍不住开口:"二叔,他不能喝酒。"

苏二叔倒酒的手一顿,笑了笑,只给自己倒了满满一杯:"冬天海上冷,不喝点酒夜里睡不着,冻骨头。"

039

他转头逗苏新七:"小七,冷吧?你也来点?"

苏新七没理会。在她还小的时候,二叔就爱拿筷子蘸酒逗她,为此阿公阿嬷没少训他。

屋子小幅度地晃了晃,外面风更大了。

苏新七把手放在膝上搓了两下,正想着今晚好像降温了,忽觉身上一暖,低头去看,电暖器端端正正地照向她这边。

她略微讶异,抬眼看陈鉧。他正附和着二叔的话,眼睛没往别处看,无事人一样,好像电暖器不是他挪的。

"小鉧,来,尝尝这个螃蟹,原汁原味,下锅的时候还在爬呢,绝对新鲜。还有这个绿头鲍,自家养的,肉肥。"苏二叔又把筷子一转,指向一盘蒸鱼,"这是小七做的,蒸鲷鱼,你也尝尝。"

陈鉧挑了下眉,拿起筷子夹了块鱼肉放进嘴里,蒸鱼没放多少调料,只搁了少许葱姜蒜,把鱼的鲜味给提了出来。

"怎么样?"苏二叔问。

苏新七也忍不住看他。

陈鉧偏过头,冲苏新七勾了下唇:"还不错。"

苏新七别过头,脸色稍霁,拿起筷子把鱼的眼珠子夹过来吃了。

陈鉧见了,觉得很好玩。

"来来,碰一下,新年新气象。"苏二叔举杯。

陈鉧和苏新七举起了茶杯,和二叔碰了下,说了两句吉祥话,祝他新年快乐、身体健康。她正要收回杯子喝汤时,陈鉧用自己的杯子碰了下她的,他没说话,仅是看着她,嘴角噙着意味不明的笑。

夜色越沉,铁皮屋外面风声浪声交杂在一起,屋子里交谈声也没断过。

苏二叔喝了酒话就多,难得见到游客,即使对方年纪小,他攀谈的欲望仍然不低,他问陈鉧多大、家住哪里、父母工作……

陈鉧并不是有问有答,有时候还会故意把话岔开。

苏新七发现陈鉧好像不喜欢别人打听他的事,神神秘秘的,二叔问了那么多也没问出什么,反倒是二叔把自己那点事全给倒了出来。

"海上生活苦啊,不是所有人都受得了,还是陆地好,有个一亩三分地,踏踏实实的也不错……但是我们这些渔民祖祖辈辈都靠海吃饭,离不开了。"苏二叔放下酒杯,突然感慨了句。

苏新七抬眼看他，他的表情有点怅惘，眼神很落寞。她知道二叔是酒后忆起了伤心事，想女儿了。

她的二婶是从外面嫁过来的，五年前，二婶嫌二叔在岛上当渔民没出息，劝他离岛谋生也不愿意，最后两人离了婚。二婶带着堂妹苏新漾回了老家，她们平时也不来岛上，二叔也就逢年过节能抽个空去见见女儿。

苏新七给他舀了碗鱼汤，站起身递过去："二叔，不能再喝了。"

苏二叔回过神："就一杯，暖暖身子，我有分寸。"

陈鲟把自己的碗推给苏新七，意思很明显。

苏新七眉间一蹙，有点无语。

鱼汤在苏新七那一边，她就当他是够不着，于是拿过碗舀了小半碗汤，又把碗推还给他。

苏二叔在一旁见两人之间的互动，觉得很有意思，年轻人之间一点小动作都显得青涩可爱。

他笑眼弯弯，一脸揶揄地问陈鲟："我们家小七漂亮吧？"

他表情扬扬得意，指着苏新七接着夸道："不是我做叔叔的吹啊，我们小七……是岛上年轻女孩里面最好看的，比电视里的明星还标致。"

"二叔！"苏新七瞪了陈鲟一眼，觉得窘迫。

边上坐着的要是熟人，二叔说这种话倒也就算了，可陈鲟一个外面来的，看的人、知道的东西指定比岛上的人多，此时听到二叔的话兴许还会觉得乡下人无知还自大，她觉得自己现在就是王婆摊子上的瓜，他一定觉得可笑。

苏二叔浑然不觉侄女的心情，仍笑呵呵地和陈鲟打趣："我大哥家就只有小七这么一个女儿，嫁去外面我们可不舍得。你要是看上了小七，考虑下入赘我们老苏家，当个渔民，和我们一起出海捕鱼去？哈哈。"

苏新七听二叔越侃越没边了，眉头微紧，正要阻止他接着往下说，还没来得及出声就听旁边的陈鲟极低地呵笑一声，慵懒地道："好啊。"

苏新七乜他一眼，不再理会。

她晚上吃得少，吃了小半碗饭，喝了两碗鱼汤就饱了。苏二叔谈兴不减，拉着陈鲟把沙岛的历史讲了一遍，又给他介绍岛上哪个地方好玩，哪些吃的不能错过，比导游还尽职尽责。

"可惜你只待几天就回去了，不然我还能带你深度游。别看沙岛不大，好玩的多着呢。你问小七，她打小就上山下海满岛跑，小时候比现在活泼

041

多了。"

陈鲟顺着话题自然而然地去看苏新七,她低着头在拆螃蟹,都没有要搭理他们俩的意思。

"你要是多待一阵,还能跟船出海看看,海上玩的可不比陆上少,风景也美。"苏二叔忽地想到什么,一拍大腿,兴奋道,"渔排后面的石头岛,一会儿可以带你上去玩玩,那儿牡蛎多,夜景也漂亮。"

苏新七闻言,放下手中的花蟹,看向二叔,平静地陈述道:"我再不回去,爸妈该急了。"

"你在我这儿还能出什么事?"苏二叔看了眼墙壁上的挂钟,已经八点过半,时间是不早了,"去石头岛上看看风景,就送你们回岛。"

苏新七还想说什么,看见二叔面泛红光乐乐呵呵的,她嚅了嚅唇,还是默许了他的话。

苏二叔自己有艘小渔船,好几年前买的,年前为了讨个喜庆,他还特意给船身重刷了漆。渔船就系在渔排的木桩上,苏二叔招呼陈鲟和苏新七上船,二叔因为喝了酒,于是喊了一个船工帮忙开船。

渔排离石头岛不远,本来就是借它庇护渔民才能在海上安营扎寨,船驶了不到十分钟,苏二叔就让船工减速靠岸。

"小七,你带小鲟上去玩玩,我在这儿等你们,有什么事喊我。"

"哦。"苏新七不情不愿地起身,接过二叔递过来的手电筒,踩着岸边的礁石登上岛。

石头岛是一座小型离岛,上面并不是只有石头,岛上还是有灌木丛和乔木的,只不过裸露的岩石占了大部分的面积,所以就取了这么个名字。

每年台风季涨潮的时候,石头岛大半的面积都会被海水淹没,等退了潮,岛上的岩石上就会长满牡蛎。沙岛上的人平时常来石头岛上挖牡蛎,苏新七没事的时候也会跟着母亲来这儿,所以她对这座小岛并不陌生。

夜间的石头岛杳无人烟,一点灯火也无,冬季除了海浪声,岛上听不到其他动静。

苏新七拿手电筒照着路,也不管身后的人有没有跟上来,自顾自地往前走。

"小七。"陈鲟悠悠地喊。

"别这么叫我。"苏新七没好气地说。

"苏七？"

苏新七张了张嘴本想纠正他，转念一想又觉得没这个必要，反正过不了两天他就离岛了，以后他们也不会再有联系，知不知道名字又有什么关系。

陈姆不紧不慢地跟在苏新七身后，他步子迈得大，尽管她走得快，他一直也没落下。

他借着前面的一点光左右看了看，除了灌木丛、树和石头就没看到别的，不由得说："海上能看到什么夜景？"

苏新七不走心地回道："等下你就知道了。"

陈姆挑眉，看向前方，目光落在她的后脑勺上，她还用他的护腕扎着头发，好像已经习惯了，所以没摘下。

"出过岛吗？"他随口问。

"嗯。"苏新七很敷衍。

"都去过哪儿？"

苏新七缄默，不想和他闲聊。

"北京、上海去过吗？"陈姆百无聊赖地接着问，不是为了要她的一个回答，只不过想招惹她。

苏新七抿了下唇，还是沉默地埋头往前走。

岛上没有铺好的马路，全都是走的人多了就成的路，坑坑洼洼并不平坦，有时候还要从一块岩石跳到另一块岩石上。

陈姆跟着她跃到一块岩石上，又说："不想去看看大城市的夜景？"

苏新七忍了忍，还是开了口："城里的未必有岛上的好看。"

陈姆哼笑，他发现只要一涉及沙岛，她就会做出反应。

苏新七领着陈姆穿过岛心，走了十多分钟，来到崖上，眼前豁然开朗。

"喏。"苏新七关了手电筒，迎着海风微微抬首。

陈姆走到她身旁站定，他们就站在岛边上，脚底下是海水，放眼望去是人间星河。

星临万户动，一轮皎月底下是沙岛千家万户的灯火，光影憧憧，碎在近海的海面上，好像海底和陆上存在着两个世界，在朦朦胧胧的海雾中辨不清哪个世界是真实的，哪个世界是虚幻的，亦真亦假。

043

苏新七转过头看陈鲟,见他似在失神,嘴角抿出一抹笑。

"这就是石头岛的夜景。"

陈鲟听出了她的话外音,转头回望着她。看到她眼底的得意,他也把嘴角一扬,顺着她的话说:"是不差。"

今晚天朗月明,海上的雾也不大,对面的沙岛在月光和雾气的掩映之中更显缥缈,像是神话里的蓬莱仙岛。

苏新七望着对岸心情舒坦,她也有阵子没来石头岛上看过夜景了,上一回还是去年开捕节那天和李祉舟一起来的,离现在已经过去好几个月了。

想到李祉舟,苏新七忍不住又去想他去做客的事,不知道他这一路顺不顺利。

陈鲟往边上走了两步,手一撑站到了一块大岩石上,望着对岸的沙岛。

"你家在哪儿?"陈鲟问。

苏新七下意识地往一个方向看去。

陈鲟瞟向她:"码头那块?"

苏新七别开眼,没回答他的问题,而是说:"走吧。"

陈鲟的语气居然有些无奈:"一刻钟的欣赏时间都不愿意给?"

苏新七也不是刻薄不讲理的人,听他这么说就没催他,重新把目光投向对岸。

海浪拍岸,沙岛上不知谁家放起了烟花,漫天华彩美不胜收。今晚天时地利,饶是生长在海岛上的苏新七也被迷了眼,她有些遗憾自己没把家里那台旧相机带出来,不然还能拍几张照片等李祉舟回来给他看看。

她正惋惜着,就听到"咔嚓"一声。

苏新七愣怔,转过头看到陈鲟拿着手机正对着她,见她看过来还"啧"了声,但也没因为偷拍被发现而尴尬和窘迫,反而一副老神在在的模样。

"你在干什么?"苏新七语气不善地质问。

陈鲟晃了下手机,从容道:"拍张旅游纪念照。"

没听过旅游纪念照拍别人的,苏新七不悦,直接说:"删了。"

陈鲟在岩石上蹲下身,把手机一抛:"你自己来。"

苏新七没料到他会这么做,手忙脚乱地去接,险些让手机砸地上。

他用的苹果手机,智能机流行没几年,岛上还没几个人用。海岛信号不好,这类科技产品价格不低,渔民在海上用不上,所以智能机在岛上的普及度和实用性还不及对讲机。

苏新七用的还是按键机,但她对苹果手机也不陌生。小姨赶潮流,苹果手机刚出来的时候她就托朋友给她带了一台,吴锋宇没事也爱在班上卖弄他爸爸给他买的新款苹果手机。

陈鲟把手机屏幕锁了,苏新七按了下 Home 键,屏幕上提醒她输入密码。

她走过去,抬起头毫无感情地开口:"密码。"

"我生日。"

又耍把戏,苏新七并不想被他牵着鼻子走,她抬起拿着手机的手,面无表情地说:"不想要了?"

陈鲟不怒反笑,仿佛早猜到了她不会乖乖顺从,他无所谓地耸了下肩:"扔吧。"

苏新七手一紧,有一瞬间真的很想把手机丢下海里,但她不是情绪化的人,也很少会冲动做事。

陈鲟拿准了苏新七不会扔手机。他从岩石上跳下来,逼近苏新七,朝她伸出手。

苏新七拿手机的手警惕地往后一缩,陈鲟没去抢手机,而是从她的外套兜里把手电筒拿出来,他把手电筒的开关推上去,照了照路,示意她跟上。

"走吧,待久了你叔该以为我们在小树林里做坏事了。"

苏新七脸色微沉,追上去,冷着声不快道:"把照片删了。"

陈鲟回过头,把手电筒往苏新七脸上照,她受不了强光,眯起了眼。

"不是让你自己删吗?"他把手电筒按下,照向她脚下,"小心点,在自己的地盘上摔了多丢人。"

苏新七跨过一道坎,站到他面前:"生日。"

陈鲟故意问:"什么?"

苏新七咬牙切齿:"你的生日,什么时候?"

陈鲟扬起嘴角,看着苏新七眼神暧昧。他垂眼看了下她手里的手机,捉弄道:"回去问问老板娘,她看过我的身份证,应该知道。"

他说完回头接着往前走。

苏新七站在原地愣了两秒,才皱起眉头,十分不快。

她把手机揣进兜里,不再和他搭话。

第四章
灯塔烟花

苏二叔等在船上,看到岛上有灯光照出,扯着嗓喊:"小七,小鲟。"

陈鲟率先走出来,苏新七跟在后头,苏二叔问:"怎么样,夜景好看吗?"

陈鲟点了下头,苏新七一言不发,低着头越过他往船的方向走。

苏二叔见她走得快,提醒道:"小七你慢点下来,岸边滑——"

他话音未落,苏新七就踩到了一块不大稳的石头上,脚底打滑,人不可遏止地往后仰倒,本以为会摔个结实,可预想中的疼痛却没有降临。

苏新七仰倒后一时发蒙,听到背后有人闷哼一声,她还有些茫然。

"哎哟,小七……小鲟你有没有事?"苏二叔离不开船,只能焦急地询问。

苏新七这才反应过来,赶忙起身,转过头去看。

陈鲟垫在她身后,她起来后,他也坐起身。

"真滑。"他抬眼问苏新七,"磕着了?"

苏新七动了动手脚,没什么大碍,冬天穿得厚,加上他有意护着她的脑袋,她并没有受伤。

"没有……你呢,怎么样?"手电筒掉下去了,没有光源苏新七看不清他的情况,只能开口问。

陈鲟甩了下手,捂着脖子转了转脑袋,片刻后才戏谑道:"我今天救了你两回,再来一次,你是不是就该以身相许了?"

苏新七缄默。她和陈鲟上了船后,苏二叔赶忙问:"你们两个伤着没有……小七?"

苏新七摇了摇头,苏二叔又问陈鲟的情况,他坐在船尾,应了句"没事"。

苏二叔不放心,又问了一遍:"这边石头上都是牡蛎,壳没全撬下来,锋利得很,你们有没有擦伤?"

苏新七除了小腿蹭到了礁石,身上还是干净的。她把目光投向陈鲟,船上只亮着一盏小黄灯,光线亮度有限,她上下打量他,他两手揣兜,脸和脖子看不出有伤。

"伤着了要说,不能马虎,我先送你们回岛。"苏二叔说完,吩咐船工开动船驶出去。

夜晚的大海更显广袤深邃,发动机和螺旋桨的声音盖住了海浪声。船工开船虽稳,但船行海上还是难免颠簸。

陈鲟屈着腿坐着,背靠船身,闭着眼养神。良久,他幽幽地开口问:"看上我了?"

苏新七一直在观察陈鲟的脸色,上船后他就闭目养神,下颌线绷着,表情不难看但也没那么放松,她一时分辨不出他是晕船难受,还是刚才摔着了。

犹豫了下,她还是出声询问:"你有伤到哪儿吗?"

"我说没有你不信,要不……亲自检查下?"陈鲟微微睁眼看她,语气一如往常,吊儿郎当没个正经。

苏新七瞥他一眼,缄默。

她有些气闷,在自己生长的地方,一天之内被同一个外地人搭救了两次,丢脸不说,偏偏这个人还和她不对付。她不占理,所以就算再怎么看他不顺眼,事实摆在眼前,人情欠着,她也不得不忍气吞声,隐忍着情绪。

古话说得好,善游者溺,她还是太大意了。

苏二叔把陈鲟和苏新七送到了沙岛旧码头,船靠岸后,陈鲟率先下了船,苏新七紧随其后。

"哎,你们等会儿,我把船固定好,带你们去卫生院看看。"苏二叔喊。

陈鲟双手插着兜,回过头上上下下打量了下苏新七,过了会儿才说:"你去看看,我回旅馆。"

他说完沿着码头拾级而上,苏新七思忖了片刻,转过身对二叔说:"二叔,你别下船了,我带他去卫生院就行。"

"你刚摔得厉害吗?撞到骨头没有?"

苏新七摇头。

"还是得去检查下。小鲟也是,我看他护着你摔得不轻。"

苏新七点了点头,朝二叔挥了挥手:"你回去吧,开船小心点,我们走了。"

和二叔道了别,苏新七转身三步并作两步沿梯而上,生怕陈鲟骑着车走了。到了码头岸上,她左右环顾了下,看见陈鲟戴上头盔把着车头,看样子像是要启动车子。她一急,拔腿跑过去,一边跑还一边招手。

陈鲟看见她跑过来,一脚撑着车,把头盔的护目镜往上一推。等她到了跟前,见她气喘吁吁的,他忍不住轻笑。

"就这么想和我一起走?"

苏新七跑得急,气还没喘匀,深吸一口气正要开口,垂眼就看到他把着车头的一只手背上横七竖八都是划伤,道道冒着血珠,触目惊心。

她吓一跳,立刻就想到刚才摔的时候他一手护住了她的脑袋,这些伤应该就是那时候被牡蛎的残壳划到的。

"我带你去岛上的卫生院。"苏新七立刻说。

"不去。"陈鲟想都没想就说。

苏新七一脸严肃:"伤口不处理会感染。"

陈鲟扫了眼自己的手,毫不在意:"擦伤而已。"

苏新七张嘴还想说,陈鲟把另一个头盔往她头上一罩,问她:"走不走?"

她看了他一眼,系上头盔的带子,抬头说:"换我来骑车。"

陈鲟抬眼:"还想有第三次?"

苏新七无语,有点憋屈。

"上来。"

苏新七迟疑了下,还是坐上了后座。

"跟我回旅馆?"陈鲟嘴角噙着不明的笑,从后视镜里看人。

这句话被他这么一说就有了歧义,苏新七没理会,想了想,最后说:"送我回家。"

陈鲟略一挑眉,有些意外。

"坐好了。"

苏新七吸取之前的教训，双手往后抓紧了。陈鲟看到她的动作只是笑，没说什么，拧了钥匙，一轰油门，车子蹿了出去。他保持着中速，苏新七在后头指引方向，带着他抄小路。

因为地小，沙岛的房子建得拥挤且不规则，房子之间的小巷十分狭窄，七弯八绕的像迷宫，也没设置指示牌，要没有本地人领着，外地人根本不知道要怎么走。

每个巷子口还有三三两两的人在聊天，用的本地方言，拗口得很。小巷里还有小孩在嬉笑打闹，拿着小烟花棒到处挥舞。

陈鲟碰着乱跑不避让的小孩就不耐烦地猛按喇叭，那些孩子一点也不害怕，还冲他扮鬼脸挑衅。

"你小心点，别撞着人了。"苏新七忍不住提醒了句。

陈鲟不屑地问道："往哪儿？"

"右边。"

陈鲟照着苏新七说的走，七拐八弯，最后停在了一道铁门前。他推上护目镜，抬眼看到大门上"沙岛卫生院"几个掉色的大红字，又把护目镜按下，轰了下油门。

"欸，等下。"苏新七一急，想也没想拉住他的衣角。

陈鲟略微偏头："这是你家？"

苏新七避而不答："来都来了……"

陈鲟不理，他从来不是会被任意拿捏的人，更不会轻易妥协。

"下车，自己进去。"

冥顽不灵，苏新七有些气结。她想了想，把自己头盔的护目镜推上去，看着他说："你在外面等我一会儿，我马上出来。"

她说完没有立刻下车，而是等着他回答。

陈鲟盯着苏新七看了几秒，最后才点了下头。

苏新七下车后，看着他后退着走，确定他老实等着后才转身跑进卫生院，看到看诊室里亮着灯，她走进去。

"赤脚爷爷。"

诊室里一个头发花白的老人家正在灯下捧书阅读，他是卫生院的院长王为民，在岛上行医大半辈子，对岛民来说他就是华佗一样的存在，岛上的人但凡有个头疼脑热的都会到他这儿来看看。

他是外地人,知青下乡的时候来了沙岛,在这里有了爱人,自然而然地就留下来了。老一辈的人开玩笑说他是赤脚大夫,岛上的小孩也就跟着大人喊上了"赤脚爷爷",老人家从不计较,欣然接受。

王为民听到声抬起头,推了下眼镜看了看来人:"小七啊,你怎么来了,身体不舒服?"

苏新七摇了下头,说:"我来买棉签和酒精。"

"家里有人受伤了?是不是你爸爸出海……"

"不是。"苏新七顿了下,在想要怎么解释,"有个朋友,在石头岛玩的时候,被牡蛎壳划伤了。"

"你朋友人呢?怎么不来这里处理伤口?"

"他……不方便过来。"

"脱鞋玩水划到脚了是吧?"王为民笑笑,并未怀疑苏新七的话。他站起身,在屋里的柜子上拿了瓶酒精,又从玻璃柜里拿了包棉签,"牡蛎残壳划到的伤口一般都不深,简单清洗下伤口,拿酒精消下毒,这几天注意点,别碰水。"

苏新七点头,低下头要掏钱,王为民阻止她:"这么点东西你拿去就好。"

"那怎么行呢?"

王为民拿了个小袋子把酒精和棉签装上,递给她:"别跟爷爷客气了,你妈妈早上还送了鱼丸过来,我不能吃白食是吧。"

苏新七笑了,没再推拒,接过袋子道了谢。

她提着袋子从卫生院出来,踏板车还停在外面,陈鲟却不见了。

苏新七愣了下,走过去看了眼车头,车钥匙还挂在上面。她往四周瞧了瞧,正准备到处找找看时,就看见他从一条小道的拐角处走出来,手上还拿着一把小烟花棒。

陈鲟走回来,扫了眼她手中的袋子,把自己手里的烟花棒往前一送:"拿着。"

卫生院附近并没有商铺,苏新七觉得奇怪,问他:"你去哪儿买的?"

"不是买的。"陈鲟把烟花棒塞给她。

苏新七被迫接过,一开始没明白,等听到远处小孩的哭声后,她才恍

051

然大悟,更是觉得不可思议。

"你抢小孩的东西?"

陈鲟跨坐上车,把脚撑一踢,边戴头盔,边看着苏新七说:"还不上来,迟了可人赃俱获了。"

苏新七看着手里的烟花棒,脑子里只有一个念头——无耻!

她听到不远处有大人询问,安抚小孩的声音,也来不及细想自己怎么就成了同伙,趁着家长们还没来,她坐上后座,把头盔的护目镜按下。

陈鲟等她坐稳后,熟练地启动车子往前走。在经过那几个小孩时,苏新七听到哭声更大了,她下意识低下头,莫名心虚。

陈鲟的记忆力好,按原路返回。等上了环海路,苏新七才发现他去的方向和旅馆正相反。

"这不是回旅馆的方向。"苏新七朝前喊道。

"我知道。"

他们现在去的方向是新码头,会经过她家,但她想他应该不知道她家在哪儿。

苏新七问他:"你要带我去哪儿?"

"到了你就知道了。"

苏新七堵得慌,他这话说得好像她才是外地来的。

陈鲟加快车速,沿着环海路疾驰。苏新七缩着脑袋,海风往她脖子里灌,她觉得冷。在经过自己家时,她扭头看了眼,家门口亮着大红灯笼,门外没人。

等车速降下,苏新七看向前方,这才知道陈鲟要带她去哪儿。

陈鲟将车头一转,从沿海路拐进了一条朝海洋延伸出去的小路,小路的尽头是一座高耸的灯塔。

夜晚灯塔的航标灯亮着,灯光很亮眼,照射范围能有二十海里[①],灯光所到之处一片黄澄澄,海面波光粼粼,縠纹荡漾。

苏新七下车:"来这儿干吗?"

陈鲟拔下钥匙,摘下头盔挂车头上,随意抓了下头发:"放烟花。"

他下了车往灯塔走,到了石栏那儿背过身,手一撑轻松坐上栏杆。

苏新七只好跟过去,把那把"赃物"还给他。

陈鲟抽出一根烟花棒,从兜里掏出打火机,看她:"玩吗?给你点。"

注:① 1 海里 =1.852 千米

苏新七把所有的烟花棒往栏杆上一放,用行动回答他。

陈鲟哼笑,把手上的烟花棒点了,随意地挥着,火花四溅,没一会儿就燃到头了。

"这么快。"陈鲟又拿了两根,一并点了,还扭头问,"真不玩?和小孩换的。"

苏新七的态度一点没松动。

"也是,你喜欢玩动静大的,我应该换几个'彩雷王'给你。"

苏新七没听懂,也不想问。她垂眼去看他的手,把酒精和棉签拿出来,说:"你手背上的伤要处理一下。"

烟花灭了,陈鲟把剩下的小棒一丢,抬起手看了眼自己的伤,不走心地说:"死不了。"

苏新七拧开酒精瓶的盖子,拿出两根棉签,抬头一言不发地看着他,虽无声,但眼神有力,一点也不退让。

陈鲟和她对视了会儿,轻笑一声。

"这么担心我?"

"我不想欠你人情。"苏新七看向他的手,微微抬了下下巴。

陈鲟眯了下眼,过了会儿,点了点头,递过手。

苏新七松口气,拿棉签蘸了酒精,凑过去帮他消毒。

他手背上的伤口虽然不深,但数量多,显得凌乱狰狞。苏新七看着都觉得手背发痛,有点下不去手,拿着棉签犹豫了几秒。

"酒精碰上去可能会有点痛,你忍着点。"

陈鲟无心应道:"嗯。"

苏新七尽量放轻动作,先给最长的那道伤口消了毒,中途还抬头看了眼陈鲟。他面色无异,好像一点都不痛,不知道是他的忍耐性异于常人,还是痛感神经不发达。

皎皎月轮悬于头顶,星光隐匿,远处码头有鸣笛声传来,放眼远眺,海平线上还能看到一两点亮光,不知是归航还是起航的渔船。

陈鲟低头,苏新七低垂着眼睑,一脸专注地看着他的手,细致地帮他把大大小小的伤口都消了毒,她生怕弄疼他,力道轻之又轻。

她现在这副温柔顺婉的样子和她杀鱼时的杀伐果断全然不同,无论哪种模样,陈鲟都很受用。

053

苏新七借着灯塔的光把陈姆手背上的伤一一擦拭了,伤口清去脏东西后,露出鲜红的血肉,有点怵人,她下意识对着他的手背轻轻吹了吹。

陈姆手指一动,看着她的眼神瞬变。

苏新七做得很自然,以前祉舟磕着碰着了都是她帮着处理伤口的,所以她习惯了,一时也没觉得奇怪。

吹了几口气后,周围越发安静,她这才醒悟,意识到对方是陈姆。

苏新七拿着棉签的手一僵,觉得四周风声浪声都远了。陈姆一直不出声,手也不动,她忍不住抬头看他。

陈姆弯着身,毫不避讳地注视着她,眼神晦暗,像夜幕下的深海,深不可测,海面之下似有潮涌。

苏新七一时沉迷,愣了会儿才后知后觉他们的脸凑得太近了。她回过神,正要后退拉开距离,陈姆先一步有了动作,他像是闻风而动的鸶鹞,瞄准地面猎物后就毫不犹豫地俯冲而下。

苏新七来不及避开,只觉唇上一热,瞳孔蓦地微缩,脑中"嗡"地一响,条件反射地后退躲开,不可置信地看着眼前的人,如梦惊醒般,既清醒又茫然。

陈姆好像也回了神,眼神清醒了些,他没动,仍是和苏新七对视着。

刚才的举动完全是受本能驱动,他一点也不后悔。

苏新七怔怔地僵立了会儿,等反应过来发生了什么后,越发觉得他恶劣至极,简直坏到了极致。她冷下脸,双目如冰凌般回视着他,反感之情溢于言表。

陈姆眸光微闪,野心勃勃。

下一秒,苏新七伸手拿过石栏上的酒精瓶,高高地举起手,在陈姆做出反应前果断地对着他兜头浇下。

出了初五,年味渐渐淡了,沙岛的生活恢复了往日秩序。渔民出海捕鱼,鱼贩子也奔走起了生意,岛民们又开始忙碌了起来。

初七那天下午,苏新七在房间里做数学卷子,正凝神思考一道三角函数的大题时,书桌的抽屉忽然传来一阵振动声,她冷不丁吓了一跳,缓了下放下笔拉开抽屉。

抽屉里有部苹果手机,此时正有力地振动着,屏幕上显示着来电人的名字——郑舒苑。

一看就是个女性名字，苏新七本不想接，毕竟这不是她的手机，但她又怕这是陈姆借别人的手机打来的电话。

犹豫了会儿，苏新七还是拿起手机点了接听键。

"怎么才接电话，你在哪儿？"听筒里传来一个脆亮的女声，电话甫一接通，她劈头盖脸就问。

苏新七听郑舒苑这么问就知道对方和陈姆应该挺熟，她想了想，开口道："你好——"

"你是谁？陈姆的手机怎么会在你手上？"

苏新七才出了个声，对方不等她说完一句话，立刻气势汹汹地发问，语气不善。她皱了下眉，解释道："手机是我捡的。"

"捡的？"郑舒苑语气好些了，"在哪儿捡到的？"

"沙岛。"

"岛上？"郑舒苑喃喃自语，"这是什么地方，他怎么跑那儿去了？"

苏新七不愿多谈，直接说："你要是认识手机的主人，能把他的地址给我吗？我把手机寄还给他。"

郑舒苑沉默了会儿才回道："我给你我的地址，你记一下，把手机寄到我这儿来吧，我拿给他。"

苏新七只想尽快将陈姆的手机脱手，也不管郑舒苑是他的什么人，反正寄给她总比留在自己这儿强。

她拿起笔："你说。"

郑舒苑报了个地址，又说了自己的手机号，苏新七一并记在卷子的空白处。

"你给我个账户，我给你转一笔钱，算是邮费和感谢费。"

郑舒苑说这话可能是出于感谢，但语气高高在上的。苏新七转了下笔，平静地回绝道："不用了。"

"那好吧，谢谢你了。"

"不用。"

客套了两句后，苏新七挂断电话。她扫了眼卷子上的地址，又看向自己手上的苹果手机，觉得这就是一个烫手山芋。

看着手机，她又忍不住想起它的主人，一个登徒子。

初四那天晚上的事，苏新七回想起来仍觉得荒诞且愤怒，他越线侵犯，她予以回击，两人对峙互不相让，最后草草收场。

苏新七回到家，在父母的提醒下才记起自己头上还有陈鉧的护腕，与此同时她想起他的手机还在她兜里。

那晚她失眠了，在床上翻来覆去一晚上，脑子里反反复复的都是那个恶作剧般的场景。辗转反侧了一夜，第二天她就决定去小姨的旅馆走一趟，找机会把手机和护腕还给陈鉧，和他彻底撇清关系，不承想到了旅馆才得知，他一早就退了房赶早班轮渡离开了。

苏新七扑了个空，对于陈鉧的离开她并不失望，反而松了一口气，只是他的东西落在了她这儿，手机这种贵重物品丢又丢不得，她很犯愁。

陈鉧应该早发现手机落在了她这儿，可他一直没电话来要，苏新七还在想他是不是不打算要这个手机了，郑舒苑的这一通电话倒是解决了她的一个困扰。

下午正好有空，苏新七想着吃完饭抽个时间去岛上的快递点把手机给寄了。这手机放她这儿就是一个引子，看到它她就不由得想起陈鉧，徒添烦恼。

她又把视线移向抽屉里的黑色护腕，表情迟疑。

"小七。"

苏新七忽地听到楼下有人喊，愣了下旋即惊喜起来。她合上抽屉，站起身推开窗，就看到李祉舟站在门前。

李祉舟仰头看到苏新七时露齿一笑，表情开朗地又喊了一遍她的名字。

"你回来啦。"

李祉舟点头："刚下船。"

苏新七一笑，转过身下楼，跑到门外，说："你来得正好，我刚好有道题做不出来……快进来啊。"

李祉舟走进苏新七的家，见客厅没人，问道："叔叔出海了，阿姨呢？"

"去市场了。"

李祉舟跟着苏新七上楼："我给你带了礼物。"

苏新七看向他手中提着的大布袋子，抬眼问："吃的？"

李祉舟点了点头："还有别的。"

苏新七领着李祉舟去了自己的房间。他们从小一起长大，没那么多顾忌，也不觉得去对方房间有什么不妥。

"怎么样，还顺利吗？"苏新七让李祉舟坐椅子上，自己往床边一坐，抱来一个布偶看着他问。

"嗯，挺好的，我还和我爸在城里玩了两天。"

李祉舟把手上的袋子提放到桌上，目光一滞看到了桌面上的黑色苹果手机。他惊讶道："小七，你也换苹果手机了？"

"不是我的。"苏新七下意识否认，明明没想掩饰什么，却莫名有点不自在。

李祉舟没多想，以为是她家人的。

他从自己的外套口袋里拿出了一部白色苹果手机，有些不好意思地说："我爸给我买的。"

"市质检的奖品？"

李祉舟点头："其实除了偶尔和你发发消息，我不太用得到手机，旧手机也还能用，这个……用不上。"

"现在用不到，以后出了岛总会用上的，别忘了，你就要是大学生了。"

李祉舟腼腆一笑，收起手机，说："我去商场逛了下，给你带了点水果和零食。"

他一样一样地从布袋里往外拿东西。海岛果蔬贵，种类还少，外面的水果运到沙岛来需要加上一笔运输费，单价能翻上一番。李祉舟知道苏新七喜欢吃水果，所以特意买了带回来。

他把一盒盒包装好的水果拿出来，苏新七拿起一盒樱桃看了看，忍不住说："你怎么买这么多？又贵又重，提回来多累。"

"不会。"李祉舟把吃的全拿出来，对着苏新七笑得一脸单纯，"水果是我回来前才买的，都是新鲜的，你一定喜欢。"

苏新七被他感染到，也挂上笑，看向还鼓囊的布袋，问："还带了什么？"

"几本书。"

李祉舟从袋子里拿出几本还没拆包装的新书递过去，苏新七接过来看了看，几本书的封面皆是蓝色，全是海洋相关的书籍。

"我去了趟书城，给你找了几本书，可能会对你以后选专业有帮助。"

苏新七没想到他还记着这事，随便抽出一本书拆了，翻看了下，说："明天早上我去找你,一起去学校。"

"好。"

苏新七想到什么,放下书问:"对了,阿姨之前说的,要住进你家的那个人,跟着你一起来了吗?"

李祉舟摇了摇头:"我去他家做客的那天没看见他,他爸爸说他不愿意来海岛,可能不转来我们学校了吧。"

"哦。"苏新七反应寻常,不是很意外,大城市的学生应该看不上沙岛的学校,何况都高三了,不转学才是明智之举。

"那你能搬回自己房间了。"

李祉舟点了点头。

李祉舟和苏新七几天不见有许多话可聊,他把外出看到的、遇到的新鲜事都说了,苏新七大部分时间都在听,偶尔回应他。她待在岛上每天能做的就那么点事,没什么新奇的,唯一一件不平常的事她不想提。

下午,苏新七让李祉舟帮她答疑解惑,他不在的这几天她攒下了不少解不出的习题。他们在楼上学习,等苏新七把所有的卷子都做完,日已西斜。

苏新七把笔往桌上一搁,伸了个懒腰,转过头说:"多亏了你,总算是弄完了。"

李祉舟帮她把卷子整理好,见时间不早了,提出要走。

"晚上你也留在我家吃饭吧?"苏新七说。

李祉舟刚要回答,就听楼下有人大喊:"小七!苏新七,我回来了!"

苏新七愣了下,起身推开窗,目光往下就看到陈沅站在楼下,抬着脑袋冲她可劲挥手。

陈沅看到苏新七,开口就说:"我上来了啊。"

她说完就进了苏新七的家,十几秒后出现在了房间门口。看到李祉舟她也不意外,自然地打招呼:"学霸也在啊。"

李祉舟回了个礼貌的笑。

陈沅走近,看到桌上的卷子,眼睛一亮:"小七,你作业都做了吗?可否……借我一阅?"

"要哪个科目的?"苏新七问。

"全部!"陈沅抱着一颗感恩的心,看救世主一样看着苏新七。

苏新七无奈:"明天记得给我带到学校。"

"我就知道你最好了。"陈沅给了苏新七一个熊抱。

李祉舟站起身,觉得她们女生之间应该有话要说,他在场不方便,于是开口道:"小七,我先回去了。"

"不留下吃饭?"

"不了。没提前说,这个点我妈应该已经把饭做好了。"

苏新七也就没强留他,送他下了楼,道了声:"明天见。"

李祉舟走后,苏新七从冰箱里拿了两个土笋冻上楼。

陈沅听到脚步声,回过头,指着桌上的一堆水果问:"祉舟送的?"

苏新七点头:"他去做客买回来的。"

"我也带了好多吃的回来,明天放学你去我家呗。"

"好。"

苏新七递了个土笋冻过去,陈沅"嗷"的一声接过,拿勺子挖了一口放进嘴里,食物Q弹的口感让她一脸幸福。

她又挖了一口,边嚼边含糊地说:"要说沙岛有什么让我舍不得的,就只有这个了。"

"第一次让你吃的时候你还觉得很恶心。"

"谁能想到虫子这么好吃?"

苏新七见她吃得这么开心,把自己手上的土笋冻也给了她,问了句:"回老家开心吗?"

陈沅猛点头:"当然啦。城市多好玩啊,我简直乐不思'岛'。我爸妈本来初五那天就要回沙岛的,我软磨硬泡,最后我爸没办法,他先回来了,我妈陪我又待了两天。"

"你就这么不喜欢沙岛啊?"

陈沅瞄了眼苏新七,观察了下她的脸色,斟酌着说:"也不是不喜欢……只是相比之下我还是喜欢岛外,人多发达,衣食住行各方面都很方便,不像沙岛,没事就停水停电,地方也不大,待久了有点无聊。我这么说,你别不开心啊。"

苏新七点了下头,并没有不高兴:"岛上的确不方便。"

陈沅接着说:"我和你不一样,沙岛是你的家乡,你没在别的地方生活过,没有对比所以不会觉得岛上无聊,等你以后去外面读大学,可能就会认同我说的话的。"

陈沅不在沙岛长大,她的父母两年前来沙岛谋生,在岛上开了家超市,他们不放心陈沅一个人,就带着她来了沙岛,在岛上的中学就读。

小地方的人团结,相对来说有点排外,尤其是孩子,喜欢抱团欺负外地人。陈沅刚来岛上的那段时间就被排挤了,她不会讲方言,在学校里和其他同学玩不到一起,吴锋宇那群人还时不时找她麻烦,过分的时候还会敲诈她,让她从自己家超市偷东西给他们。

陈沅和苏新七相熟还是因为有一次放学,她又一次被吴锋宇那伙人围堵了,当时班上的同学没人站出来帮她,只有路过的苏新七见义勇为,把她护在了身后。那之后,陈沅就对苏新七很有好感,主动和苏新七做了朋友。

陈沅把两个土笋冻都吃了,摸着肚子一脸满足:"虽然土笋冻好吃,但我还是想回去,沙岛对我来说没有归属感,你看,岛上我的本家都没几个。"

苏新七听到陈沅的话,脑海中第一时间浮现出陈鉧痞里痞气的脸,这种下意识的联想让她不由得愣了下。

第五章
开学之日

初八,清晨六点,半夜出海的渔船陆陆续续归来,出海口鸣笛声接连不断,码头的人来来往往,忙碌非常。

苏新七将醒未醒时就听到外面一阵嘈杂,时针刚擦过六点,天光蒙蒙发亮。她起了床,洗漱完下楼,家里父亲出海未归,母亲去了码头。她吃了母亲特地给她煮的鱼面,之后上楼回房收拾好东西,背上书包出了门。

连着几天天气明媚,今天太阳轮休,天空阴沉沉的,海上起了好大一阵雾,天海一色,界线更加模糊。

这个点"李师傅海鲜面馆"已经开张,岛上的人起早贪黑,捕鱼季渔民们更是忙得不可开交,一忙家里孩子的三餐就照顾不到,所以高三生一开学,面馆也跟着开张,学生是店里的主要生意来源。

苏新七骑着自行车先去找李祉舟,才到门前,李父看见她,大声招呼道:"小七,早饭吃了吗?来店里吃一碗面?"

苏新七在楼梯底下停好自行车,锁了车后应道:"不用了,叔叔,我吃了。"

李母这时用火钳夹着一个煤球从库房走出来,看见苏新七立刻露出笑,说:"祉舟应该收拾好了,你喊他一声。"

"好。"

"小七。"

还未等苏新七上楼找人,李祉舟就背着书包从楼上下来,他走到苏新七面前,递过一个袋子给她。

苏新七疑惑,接过问:"什么?"

"早餐。"

苏新七打开袋子一看,里面果然有个保鲜盒,她笑了:"我都忘了这事了。"

"我明天还给你带。"李祉舟穿着校服,外面套了一件棉衣,见苏新七衣着单薄,还关切地说,"今天天气预报说会降雨,你穿这么少会冷的。"

他说:"你等我一会儿,我上去给你拿一件外套。"

"不用了。"苏新七拉住他,"我里面穿保暖衣了,不冷。"

"真的?"

"嗯。"

李祉舟犹豫了下,妥协道:"好吧。"

"小七,学霸。"

苏新七和李祉舟闻声都转头去看,陈沉在巷子口冲他们挥手。她小跑前进,离近了后说:"我特地绕过来的,就想着能不能碰上你们。"

"卷子都带了吗?"苏新七问她。

"带了,我办事你放心。"陈沉一拍胸口。

苏新七点点头,看向李祉舟:"我们走吧。"

学校离李祉舟的家很近,他们抄小路走的,一路上碰上了不少同年级的学生,正月还没出就要去学校,大家的表情都很沮丧。

"我有个独家消息,你们想不想知道?"陈沉突然神神秘秘道。

苏新七瞥她一眼:"你想说就说吧。"

"一点都不配合。"陈沉嘟囔了句,接着压低声说,"昨晚校长到我家超市买东西,我听他和我爸说,这学期学校会来新老师,教物理的,据说是名校名师,来交流学习的。"

苏新七下意识地看向李祉舟,他的确有些惊喜:"物理老师?"

"嗯。"陈沉点头,"学霸,你说他会不会是冲着你来的?"

李祉舟谦逊道:"不会吧。"

"除了看到了好苗子想要过来栽培下,他一个名师完全没理由来我们学校啊。不是我灭自己威风啊,我们学校有什么好学习的。"陈沉想了想,撇嘴道,"来支教的?"

苏新七不关心原因,学校有好的老师要来任职这件事还是很值得高兴的。她看向李祉舟,即使他不说,她也能感受到他的喜悦。

爬了个小坡,苏新七他们到了校门口,两只雄赳赳气昂昂的石狮仍倨傲地睥睨着坡下的莘莘学子。

苏新七在门口碰上了吴锋宇,他见了她咧嘴一笑,调侃道:"哟,恭迎七公主啊。"

"小——"吴锋宇还想喊李祉舟的绰号,接收到苏新七犀利的眼神后不由得噤声。他想起几天前的"彩雷王",脸色变得难看。

苏新七冷漠地瞟了他们一眼,没多搭理,他们这些人越理越来劲。

校门口进去就是校道,两边是草坪,夹道种着凤凰树,春季不是凤凰花开的季节,此时树木抽芽,青葱翠绿。

沙岛中学的地理位置比起靠海,离美人山更近,学校的老教学楼依山而建,就在山脚下,后来校方筹建了两栋新教学楼,一栋初中部,一栋高中部。新楼一年前投入使用,初中部和高中部加起来总共没几个班,全搬去了新楼上课,旧楼也没荒废,学校痛下血本买了一些实验器材放在里面,把旧教学楼变成了实验楼。

穿过草坪就是高中部教学楼,一楼是教师办公室,苏新七他们才到楼下,年级主任就把李祉舟喊了过去,好像是要安排他在开学动员大会上作为学生代表进行演讲。

高三年级在四楼,苏新七和陈沅是理科二班的,上学期换座位的时候两人成了同桌,她们到班上时人还没到全。教室里很嘈杂,已经到校的学生三五成群地聊着天,或谈着假期见闻,或抱怨学校这么早就开学。

二班的班主任是个三十出头的女老师,教英语,她来过教室一趟,叫先到的同学把教室打扫一下,但听话的学生没几个。

苏新七是学习委员,作为表率,她主动把地扫了,在卫生角拿了小桶和抹布去厕所装水。

厕所在走廊尽头,苏新七才进女厕就碰上赵筱婧和她的几个好姐妹,她们正霸着洗手台,对着镜子往脸上搽东西。

"让一下。"苏新七提着桶直接说。

赵筱婧正在抹口红,在镜中看到苏新七不施粉黛的脸,心头不爽,出言挑衅道:"我们先来的,凭什么让给你?"

苏新七表情冷峭，直直地盯着她们。

"算了吧，筱婧，先让她装水。"赵筱婧边上的女生拉了下她的袖子，低声道，"她打扫完教室，老师就不会再要我们动手了。"

赵筱婧面色不善，有些不甘心地让出了洗手台的位置。

苏新七提着桶走过去，拧开水把抹布洗了，最后装了一小桶水。

赵筱婧在苏新七转身的一瞬间伸出腿，苏新七头也不低，提起桶一脸平静地缓声开口："如果我是你，就不会这么做。"

赵筱婧脸一垮，一些不好的回忆涌上脑海。赵筱婧看着苏新七手上装满水的桶面色郁郁，心里清楚惹怒了她，她什么事都干得出来。

苏新七就这么等着，几秒后，赵筱婧脸色难看地收回了脚。苏新七也就没多计较，提着桶离开了厕所，也不管她们在背后怎么议论她。

学生们陆陆续续地来了，开学第一天有个动员大会，时间还没到，班主任来到教室让所有人坐在位置上保持安静，温习功课。她让班长管好班级秩序，又把苏新七叫了出去，让苏新七去旧教学楼的打印室拿卷子。

"要不要我陪你一起去？"陈沅问。

苏新七摇了下头，这种跑腿的活她干过很多次了，熟门熟路。

旧教学楼靠山，在校园的最里边，大楼是用岩石垒成的，带着浓厚的海岛特色，十分古朴。楼前种着几棵木棉树，二月正是木棉的花期，绿叶落尽，枝丫上绽放着粉橙色的花朵，远远看着像是红珊瑚。

苏新七仰头观赏着木棉花，比起夏季开得如火如荼的凤凰花，她更偏爱春天的木棉。

天色阴暗，浓云泼墨似的，她不敢多逗留，怕一会儿雨就落下来了。

打印室在一楼，那里的老师认得苏新七，一见着她就说："来拿卷子啊。"

苏新七点头。

老师从桌上拿了三沓厚重的试卷："三个班的，你都拿走吧。"

"好。"

苏新七抱着三沓卷子出门，才下台阶，脑袋被敲了一下，低头一看，脚边落下一朵木棉花。她没太在意，走了两步，又被砸中，正想着今天运气不佳，又有几朵开得正好的木棉花同时落在她脚边。

她心生疑窦，仰起头，看到二楼栏杆那儿晃过一个人影，很快消失不见。

不知道是哪个闲着没事做的无聊恶作剧，苏新七眉头微拧，站在楼下等了会儿，没看到那个人再出现，也没看到有人下来。

天色催人，她也就作罢，抱着卷子一路快步回到了高中部教学楼。

苏新七先把卷子给理科一班和文科班送去，最后才回到自己的班级。班上的同学看到她抱着卷子回来，纷纷抱怨出声，哀鸣阵阵。

苏新七把卷子分为四份，让第一排的同学往后传，她回到座位上，没多久卷子就传到了她这桌。

"怎么刚开学就要做题，学校的纸都不要钱的吗？"陈沅苦着脸，哀声说。

动员大会还没开始，苏新七觉得闲着也是闲着，索性拿出笔，做卷子消磨时间。

班长没什么威严，管不住班上的同学，老师不在，教室里就没个消停，偶尔诡异地安静三秒后紧接着就会爆出一阵大笑声。噪声最大的要数教室后排，吴锋宇和赵筱婧他们一伙人凑在一起打牌，时不时爆出两句脏话。

苏新七排除外界干扰，专心做题。她刚把完形填空做完，窗外稀稀拉拉地下起了雨，一分钟后雨势渐大，"啪嗒啪嗒"地敲在窗玻璃上。

她坐在窗边，听到声音忍不住停下笔扭头去看。从她的位置看向窗外，可以看到远处的美人山，"美人"的五官在雨雾中若隐若现，更添了几分朦胧美。

"哇，太浪漫了。"陈沅埋头，忽然出声。

苏新七回头看过去，陈沅正猫着腰在看言情小说，估计是看到了精彩处，她笑得一脸花痴。

"我也想拥有这样的爱情，轰轰烈烈，至死方休。"陈沅抬头，深情地说，"太动人了，你要不要看看？"

苏新七不为所动，她看不来这种爱得死去活来的爱情故事，总觉得浮夸。

"小七，你说沙岛有没有发生过感人的爱情故事？应该有的吧！这边也偶尔会有远洋船靠岸，海员和渔女的爱情，'接个热吻就匆匆离去'（注：聂鲁达《水手》），多动人呀。"陈沅撑着下巴，一脸天真地说。

苏新七听到"热吻"就像是关键词触发一样，脑子里忽地闪过零碎的画面。她蹙了下眉，冷静地开口说："这样的故事都是无疾而终，并没有那么美好。"

陈沅对此却有不一样的看法:"有的故事就是因为无疾而终才令人难以忘怀呀。"

苏新七缄默。

她想起自己的父母,他们没有大起大落的故事,仅是嘘寒问暖餐食相依,不求深刻但求隽永就已足够。

苏新七和陈沅并没有再深入地谈下去,对于爱情她们都一知半解,仅是聊了两句就重新投入自己的事情中,或是扎进题海中,或是沉浸在故事里。

外面的雨越下越大,天色越暗,教室里的日光灯洒下苍白的灯光。坐在走廊那边的同学忽然喊了声"老师来了",班上先是响起一阵兵荒马乱的声音,接着就是不寻常的安静。

班主任走进教室,目光先是在班上环视一圈,看到学生们个个埋头苦读,心知肚明,但没戳破假象,她拍了下手打破沉静。

"同学们停一下。"

班上的人听到指示纷纷抬头,苏新七没有,她的阅读题才看到一半。

"这学期我们班转来一位新同学,是从岛外来的,大家认识一下,以后好好相处。"班主任说着朝教室门口招了下手。

"小七,新同学。"陈沅碰了下苏新七的胳膊。

苏新七填了个选项,缓缓抬起头,然后脸色微变。

陈鲟单肩背着书包,踱着步从门外走进,手上还突兀地拿着一朵木棉花把玩着。他的状态很松弛,一点也不像转校生,半点局促也无。他才进教室,底下的学生就叽叽喳喳地讨论开了。他满脸无所谓,目光在班上游移,最后定在一个地方,微微勾了勾唇。

班主任也不让转校生做自我介绍,她是过来人,知道学生有多讨厌这个环节,于是善解人意地说:"新同学的名字叫陈鲟……"

她转过身在黑板上写下"陈鲟"两个字,接着说:"陈鲟同学刚转过来肯定不适应新环境,大家多帮帮他,平时多交流,高中最后一学期,我希望大家都能好好相处。"

班主任话音刚落,底下的学生又七嘴八舌地讨论开了。

"他也姓陈,我本家。"陈沅满脸难掩惊喜,巴巴地望着陈鲟,激动得好像他乡遇故知,"小七,你不觉得他的名字很特别吗?你说是不是他妈妈怀他的时候喜欢吃鲟鱼啊?"

"他好高啊，超过一米八了吧。

"长得还帅，你看赵筱婧她们眼睛都看直了。"

苏新七平时话就不多，陈沅自顾自地说着话，没得到回应也不觉得奇怪，她没察觉到苏新七的情绪异常。

苏新七看着站在讲台上的人，攥着笔的手无意识地收力。本以为她和陈鉧今后不会再有交集，可现下他居然成了她的同班同学。她忽地记起那晚在渔排，他说日子还长，当时她还以为他是故意拿言语威胁她，现在想来他说的原来是转学这件事。

不是冤家不聚头，苏新七思绪微乱。

"陈鉧，你暂时在后排的空座坐下，等大会开完我再给你调位置。"班主任说。

陈鉧颔首，背着书包穿过众人的视线，从容地往教室后排走。

第三组最后一桌没人坐，陈鉧看到桌椅时没忍住皱了下眉。

这所学校从建筑风格到设施都很陈旧，教室的地板是水泥地，窗户也是老式的平开窗，室内只安装了吊顶风扇，桌子用的还是很有年代感的老木桌，桌面坑坑洼洼的，像是被虫蛀了，还有数不清的划痕和涂鸦痕迹，椅子是长条椅，感觉都被坐得包浆了，锃光瓦亮的。

这张空桌就是刚才吴锋宇他们打牌的地方，陈鉧拿脚勾了下椅子，坐下后往抽屉里扫了眼，看到一堆瓜子壳后又皱了下眉。他把书包往椅子上一放，从眼神到行为都透着反感。

"好了，大家保持安静。现在雨还很大，动员大会可能会推迟，都坐着等通知。现在大家先把刚才发下去的卷子做了，之后要讲的。

"不要喧哗，等下会有年级老师上来巡查，新学期新气象，不要一开学就被点名批评。"

班主任临走前反复强调要保持安静，可等她一走，班上就哄闹起来。理科二班夹在文科班和理科一班中间，前后门没关，都能听到隔壁两个班的吵闹声，还有不少人跑来串门。

吴锋宇是学校的混混头，左右两个班不学无术的学生都唯他马首是瞻，平时屁颠屁颠地跟在他身边，下课也要来找他扎堆，因此二班的风气是最坏的，总被年级老师点名批评。

"宇哥，班主任下楼了，现在这层没老师在。"

有个瘦瘦小小的矮个男生从外面一溜烟跑进来，跟报信的小兵似的，吴锋宇喊他"瘦猴"，又使唤他："你去楼梯那儿望风，巡查的来了说一声。"

"好嘞。"

知道这层没老师后，班上的声音更嘈杂了。吴锋宇从第一组最后一桌晃悠着走到第三组，站在陈鲟的座位边上，装腔作势地敲了敲桌子，拿腔拿调地开口："转校生，哪儿来的？"

陈鲟抛了下手上的木棉花，冷淡地也吴锋宇一眼，没当回事。

陈鲟这副目中无人的姿态带点挑衅意味，吴锋宇自然不爽，抬起一只脚踩上陈鲟坐着的椅子一端，微微俯身做出一种逼迫人的姿势，语气唬人："新来的，问你话呢？"

陈鲟挑眼看吴锋宇，眼神嘲弄，他虽坐着，但也没被压下气势。

吴锋宇边上的一个男生粗声粗气地喊："喂，新来的，懂不懂岛上的规矩啊？宇哥问你话呢，没听见啊。"

陈鲟嘴角上挑，轻嘲一声，不以为意。

吴锋宇被他这一声讥讽的笑刺激到了，众目睽睽下，他脸上挂不住，恼羞成怒，面孔也狰狞起来。

"哑巴啊？别不是和李祉舟一样是个残废吧？"他说着挥手就要去拍陈鲟的脑袋。

苏新七本来没打算理会后排的闹剧，可他们拿李祉舟开玩笑，这就踩到了她的底线。

"残废"两个字像细针一样扎在她的神经上，她的眼神骤然冷下，搁下笔倏地站起来，才转过身还未来得及发火，就看到陈鲟把吴锋宇按在了桌上。

陈鲟像押犯人一样，反剪着吴锋宇的手，另一只手把他的脑袋往桌上按。陈鲟下手毫不留情，吴锋宇脑袋磕在桌上，"哐"的一声把班上人都吓一跳。

"岛上的规矩，是什么？"陈鲟语调好像漫不经心却又透着一股阴鸷的狠劲。

吴锋宇的脸在粗糙的桌面上摩擦，手被反压着，只要一挣扎就痛得不行。

边上的几个男生都有些蒙了，他们平时跟着吴锋宇在学校里狐假虎威横行霸道惯了，此时碰上一个真正的狠角，一时竟然都不知道该做何反应。

就在这时，瘦猴小跑进教室，嘴上喊着："老头来了，在二楼。"

"老头"在沙岛中学指的就是教导主任,他对付不听话的学生颇有手段,动不动就叫家长,时不时就退学警告。

瘦猴这一嗓子让全班都静了一瞬,随后教室里"乒乒乓乓"一阵乱响,椅子摩擦地面的声音此起彼伏。教室后方的男生愣了下后纷纷溃逃,二班的就老老实实地坐回原位,隔壁班的就脚底抹油溜之大吉。

"一群尿货。"吴锋宇还和犯人似的被押着,脸上无光,他又不想讨饶,硬是梗着脖子说,"喂,教导主任要来了,你再不松手,我们两个都吃不了兜着走。"

陈鲟没松手,捏着吴锋宇的后颈把他往下按,直到他吃不住力弯下腰,才开口说:"椅子,扶起来。"

吴锋宇在学校里向来是横着走的,哪能受得了这气,这回要是听话了,他以后在学校算是没法混了。

"新来的,不懂岛上规矩了吧?有本事你和我比海泳,你要是能赢我,以后我喊你哥。"吴锋宇涨红了脸,硬挺着说。

陈鲟没忍住嗤笑了声,扬声问:"比游泳?"

"对,怎么,不敢是不是?"吴锋宇挣了下。

陈鲟似笑非笑:"好。"

吴锋宇愣了下才反应过来他这是应战的意思:"还不松手?"

"椅子。"陈鲟言简意赅。

吴锋宇脸都要绿了,他咬了咬牙,喊人:"瘦猴。"

瘦猴小跑着过来,吴锋宇从牙缝里蹦出字来:"给新同学把椅子扶好。"

瘦猴看了眼陈鲟,弯下腰把长条椅扶起来放回原位,还帮他把书包捡了起来,讨好地用手拍了拍,放在桌上。

陈鲟挑了下眉,松开手。

吴锋宇往前跌了一步才站稳,他扯了扯自己的前襟,还不甘心地想放两句狠话,又一想老师要来了,只好磨了磨牙,盯着陈鲟龇牙咧嘴地说:"别反悔,我们海里见。"

陈鲟无心地点头,完全不将吴锋宇的挑衅放在心上。他走向自己的座位,眼睛往窗户那边看去。

陈沉倏地缩回脖子,表情心虚。她往苏新七那儿靠了靠,低声说:"我刚和本家对上眼了,他好像在往我们这儿看。"

苏新七"嗯"了声。

"他太厉害了,你看没看到刚才吴锋宇吃瘪的表情,太解气了。"

苏新七的笔尖在卷子上一顿,微微出神。

教导主任上了楼,站在走廊上往教室里看,每个班的学生都在埋头苦读,二班的学生尤为专注,好似方才的鸡飞狗跳没发生过一样,也没有人向老师告状,大家都默契地保持缄默。

教导主任离开后没多久,班主任走进教室,说今天的雨太大了,动员大会改为广播的形式,请大家认真听讲。

动员大会没什么新意,校长开场老调重弹,反复强调这学期是最要紧的关头,鼓励大家咬牙坚持千万不能泄气。他语气昂扬亢奋,但是教室里的学生却心不在焉的,一点也没被校长感染到。

苏新七也没认真听,埋头做卷子,只有在校长介绍新来的物理老师冯赟时才抬起头来。

冯赟发表了简短的演讲,他的声音听上去温文尔雅,谈吐有度,说教意味不强,听他的演讲不难想象他应该是个饱读诗书的文化人。冯赟在演讲中还提到了李祉舟,说去年在省里的物理竞赛上就注意到了他,还借他恭维了下沙岛中学的老师。

陈沅撑着下巴说:"你看,我说得没错吧,堂堂一个名师怎么会放着好好的城市不待,跑来我们这个名不见经传的小破庙教书,他肯定是有自己的理由的。"

她看向苏新七说:"这老师肯定是觉得祉舟很有潜力,惜才,不忍心他埋没在小岛上,所以想亲自培养他。"

苏新七不置可否,嘴角却微微上扬。

冯赟演讲完后就是学生代表讲话,李祉舟的声音通过广播传出来和平时不太一样。苏新七听得很仔细,能通过一些语气词觉察出他有些紧张,感受到他在读错一个字时的些微窘迫。

动员大会光是讲话就用了半个多小时,大会结束前还有一个宣誓环节,全体学生起立,由学生代表带领着宣读誓词。李祉舟的声音铿锵有力,教室里学生的声音一个班赛一个班的高,尤其是男生,扯着嗓子在吼,他们不是真心在为高考宣誓,就是在起哄。

大会结束后,班上立刻就闹哄哄的,班主任有心让学生放松,也没加以约束。她站在讲台上,冲着靠窗的位置招了招手,指示道:"新七,你带陈鲟去下教辅室,领一套教材。"

这是班干部的职责,老师既然都这么说了,苏新七即使不愿意也没办法回绝。

她把笔袋往试卷上一压,从书包里拿出一把折叠伞,站起身主动往陈鲟那儿走。到了他跟前,她面无表情地问:"带伞了吗?"

陈鲟眉峰一挑,往她手上看:"你不是带了。"

苏新七没和他扯皮,走回座位,向陈沉借了她的伞。

"走吧。"

陈鲟拿上那朵木棉花,起身跟上苏新七。等出了教室,到了楼梯那儿他才开口:"苏新七?"

苏新七快步下楼,没睬他。

陈鲟把两级台阶并作一级走,轻而易举就跟了上去。

"哪个 xin?"

苏新七加快下楼的脚步,突然领口一紧,一口气堵在胸口,脚下差点踩空。

陈鲟拿一根手指钩住她露在外面的卫衣帽子,不紧不慢地说:"慢点。"

他一步跨下台阶,回过身,两级台阶的高度差让他正好能和苏新七平视:"装不认识?"

"我和你本来就不熟。"苏新七瞥他一眼,表情冷淡。说完,她径自下楼,绕过他的时候肩膀还轻撞了下他。

陈鲟笑了笑,一手插兜,一手把玩着木棉花跟上去,戏谑地笑道:"你会和不熟的人——"

苏新七脑子里浮出画面,料到他要说什么,她顿住脚,转过头盯着他,眼神冷峭,警告意味非常明显。

陈鲟嘴角扬起的幅度更大了,要笑不笑的,眼神意味深长:"一起放烟花吗?"

苏新七看了眼他手中的木棉花,还是忍着没质问。

他就是有意戏弄,顽劣至极,凭借仅有的一天的相处经验,她知道此时不接茬才是最好的回应方式。

教辅室设在对面的初中部教学楼,下了楼,苏新七看了看天,雨势还是很大。楼前凤凰树的叶子在风雨中颤颤巍巍,草坪上的草还没冒出新芽,枯黄的败草被雨水一浇更像是褪了色。

苏新七想了下,把自己的伞丢给了陈鲟。他单手轻松接过,再抬眼时她已经撑开伞,走进了雨中。

陈鲟抖了下伞,撑开,两三步追上去,把一半的伞覆在她的伞上方。

苏新七余光看见他和自己离得近,忍不住蹙起眉,不耐烦地说:"你别和我走这么近。"

她说完还往边上跨了一步,企图拉开两人的距离。可她才挪了步,一抬头,脑袋上还是罩着两层伞。

陈鲟低头看她,半笑着说:"怕跟丢了。"

苏新七低头看了看路面,再往边上跨就进草坪了,她只好加快脚步,想要甩开他,紧走了两步也没成功,他跟得紧,两把伞就跟黏着似的,拉都拉不开。

高中部和初中部教学楼中间隔着草坪,能穿过去的路就只有窄窄的一条,来往的人看到他们两个奇怪的撑伞姿势都忍不住打量。

学校的谣言传得很快,三人成虎,苏新七不想高中最后一学期还成为谈资,对于陈鲟的戏弄她觉得无聊又恼怒。

"你到底想干吗?"风挟带着雨丝往伞里溜,苏新七张嘴就吃了点雨水。

陈鲟看了眼雨丝的方向,偏了下伞面,低头看她,眼神里透着明晃晃的笑意,语气傲慢:"没被人追过?"

苏新七愣了下,顿住脚。

陈鲟快了一步,察觉到她落后时就停下了脚,撑着伞回过身,两人面对面站着,伞面还是交叠的。

苏新七的表情些微复杂,她仰头看向陈鲟,想要从他脸上找出开玩笑的蛛丝马迹,他的表情一如平常,懒懒散散的,眼神却像初四那晚在灯塔时那样,深不见底。

漫天的雨倾泻而下,雨水拍打着伞面,声音灌耳,心静的人越听越享受,心乱的人满腔思绪都被敲乱。雨帘蒙蒙,每把伞下都是一个小世界。

苏新七无端地觉得烦躁,抿了下唇,定定地看着陈鲟,半晌才开口,声音清冷,如料峭的海风:"别在我身上找乐子。"

陈鲟回视着她,低笑着问:"怕了?"

苏新七绷着脸,陈姆微微向前倾身,双眼直视着她,眼神里透着一股势在必得的劲:"日子还长,这才刚开始。"

苏新七握紧伞柄,嘴唇抿紧,直直地和他对视着毫不避让。

陈姆见她严阵以待的模样,垂眼哼笑,抬手轻弹了下她的脑门,举重若轻的模样:"不用这么提防我,你防不住。"

他说完转回身,偏头看她一眼:"还不走……小七。"

额间那一点触感存在感很强,苏新七不满他又动手动脚,她还算沉着,抿着嘴不打算再和他一来一往地对峙。虽然她和他相处的时间不长,但他的秉性她大概是摸到了些。

他天生反骨,和他硬来会激起他的战斗欲,没完没了,而苏新七也并不打算向他示弱,所以只能冷处理,或许时间久了,他觉得没劲就会另寻乐子。

苏新七打定主意不再和他多谈,撑着伞继续往前走。

初中部还没开学,此时教学楼静悄悄的。教辅室在一楼最靠里的那间教室,苏新七收了伞带着陈姆过去,和教辅室的老师说了来由,那老师知道高三年级有转校生,还好奇地多看了陈姆几眼。

高三也就剩一学期了,没什么新教材,有的也就是各科目总复习的习题册,老师点了点册子的数量,然后拿出登记表示意陈姆填写。

"要高考了还转学?"老师问。

陈姆拿语气词搪塞过去,没有正面回答。

苏新七的目光落在他的手背上。从刚才到现在她一直都没机会仔细看看他手上的伤,现在趁他低头写字,她观察了下,他手背上的擦伤都已经结痂了,暗紫色的划痕横七纵八,盯久了会让人头皮一紧。

她挪开眼去看登记表,意外地发现他的字居然挺好看的,虽然写得随意,但笔画遒劲,字迹飘逸,是豪放大气的风格。

陈姆填好表,拿起那些练习册往胳膊肘里一夹,抬了抬下巴示意苏新七离开。

回去路上陈姆的伞还是挨着苏新七的,两人远远看着就是关系亲密的样子,像对小情侣。

苏新七冷着脸忍着不适,一路沉默,陈姆也没再开口招惹,只是偶尔看她一眼。

快到高中部教学楼时，苏新七看到了一楼的李祉舟，她有些惊喜，脸色稍霁，快步走过去，开口喊道："祉舟。"

李祉舟正要上楼，隐约听到熟悉的声音，他转过身往雨中看去，在看到苏新七的那刻就露出了明朗的笑。

苏新七小跑几步，收了伞走到李祉舟身前。

陈姆这回没有紧跟上前，他眯了下眼，收了伞往楼梯口走，经过苏新七身边时拿手拉起她的帽子往她脑袋上一盖，懒声道："放在你那儿的东西记得还我。"

李祉舟看到陈姆，先是一愣，而后表情十分意外："你是——"

陈姆的目光在李祉舟脸上掠过，没打招呼也没听对方说完整句话，他不做停留，慢悠悠地独自上了楼。

苏新七烦躁地拉下帽子，看了眼陈姆的背影，抿了下嘴。

"你们认识？"李祉舟看陈姆刚才的举动，觉得他和苏新七有些熟稔，不由得问道。

苏新七回道："他是班上新来的转校生。"

"他已经转来我们学校了？我还以为他不来了。"

"嗯？"

李祉舟解释："他就是我之前和你说的，我爸朋友的儿子。"

苏新七的表情一时复杂，早上在知道班上来了个转校生后，她就隐隐猜测是不是李祉舟之前提过的那个人。

"他爸爸之前说他不愿意来沙岛，没想到最后还是来了。"

苏新七看着李祉舟，心头愁云笼罩："他真的要住进你们家？"

李祉舟点头："他既然来了，我爸妈肯定不会让他一个人住在外面的。"

苏新七皱了下眉，郑重其事地说："祉舟，你平时离他远一点，他要是做了什么出格的事，记得告诉我。"

李祉舟看她一脸严肃，试探地问："你知道他的事？"

"嗯？"苏新七不解，"什么事？"

李祉舟忙摇头，眼神飘忽，岔开话题说："小七，你太夸张了，陈姆住在我家，我爸妈都在，他能做什么出格的事。"

苏新七抬眼看着李祉舟，尽管他故作镇定，她还是看穿了他的表情。关于陈姆，他有意隐瞒一些事，从刚才的对话不难推测出应该是不好的方面。

她知道祉舟心善，不愿意在背后说人坏话，也就没打算逼迫他开口。

反正陈鲔这个人，她多少有点底。

"你别被欺负了。"苏新七叮嘱道。

李祉舟回以一笑："不会的。"

苏新七仍不放心，却也没再多谈，她拉了下李祉舟，两人一起走上楼梯。

"早上的演讲你说得很好。"苏新七边走边说。

"我有点紧张，说错了几个字。"李祉舟难为情地摸摸鼻子，而后又一脸欣喜地说，"我见到新来的物理老师了，他还和我聊了下。"

"怎么样？"

"他人很好，而且也喜欢天文，还是大屿市天文研究会的成员，他告诉我他读研时的研究方向就是天体物理。"李祉舟的眼神难掩仰慕和喜悦，好像千里马遇见了伯乐，他从书包里拿出一本书递给苏新七，"这是他的著作，特意带了一本送给我。"

书是关于天文学的，类似科普读物，苏新七接过后翻开书封，看见扉页上写着赠语——

赠祉舟小友：

宇宙浩瀚，有幸与你共赴星河。

李祉舟笑颜绽开："他以后就是我们的物理老师了。"

苏新七被他高兴的情绪所感染，忍不住扬起唇，由衷地道："真好。"

第六章
寄人篱下

开学首日并没有具体的课程，上午动员大会结束后不久，各班的班主任又组织开了新学期的第一次班会，先是讲了下这学期的教学计划，然后就是严肃地告诉学生最后一学期不好好学习的后果，最后又春风化雨般地描述大学生活的多姿多彩。

班会结束后又是新一轮的试卷袭击，各科目老师像是暗地里较劲一样，一个比一个狠，开学就给学生来了个下马威，但是这声势并没有把所有学生都唬住，沙岛中学很多学生都是等着高中毕业就回家帮忙。

"怎么又有这么多试卷啊？果然高三生是不能有休息时间的。"陈沅去了趟洗手间的工夫，桌面已经被雪白的卷子给埋了，她苦着脸忍不住抱怨了句。

苏新七把卷子分科整理好，转头看向窗外，雨已经小了，现在只剩下稀稀拉拉不成气候的余奏。父亲刚给她发了条短信报平安，她心里头吊着的石头总算是落了地。

陈沅把卷子胡乱一折，一股脑塞进抽屉里。她看了眼时间，问："差不多放学了，去食堂吃饭吗？"

苏新七点了点头。

岛上没有公共汽车，苏新七一般都是骑自行车上下学，把车停在李祉舟家，然后和他一起走来学校。

从她家到学校连走带骑自行车就算抄近路也得要半个小时，高一、高二学习还没这么紧迫，只要天气好她每天都会回家吃午饭，如果台风季下暴雨回不去，李祉舟就会拉上她去他家吃饭。

现在升了高三，时间紧、任务重，每天中午就两个小时的休息时间，花一小时往返吃个午饭实在有点奢侈。李祉舟之前和苏新七提过，以后中午可以去他家吃饭，李父李母也热情邀她。但苏新七觉得偶尔一顿两顿叨扰一下可以，一学期都上别人家吃饭有点麻烦别人，即使苏、李两家关系好，她也觉得不好意思，所以就婉拒了。

陈沅的家也远，以前都是她爸妈中午骑摩托车来接她回家吃饭，在知道苏新七高三最后一学期中午不回家后，她也决定留校吃食堂。

放学铃一响，班上的同学按捺不住往外冲，走廊上每个班的人挤在一起，打打闹闹十分混乱。

苏新七起身走出座位，也不知道受什么驱使，眼睛不自觉地就往陈鲟的座位看过去。今早老师要给他换座位，他拒绝了，所以他现在仍坐在第三组最后一排。

座位上没人，也不知道他什么时候离开的。

"走吧。"陈沅说。

苏新七回神，走到教室后面，她的雨伞被挂在了后面黑板的边上。

拿上伞，苏新七和陈沅去了一班，李祉舟还坐在座位上，低着头在做题。

"祉舟。"苏新七喊他。

教室外嘈杂，李祉舟没听见，苏新七不想提高声喊他，这会让周围的人下意识地对他的耳朵有不好的联想。她想了下，走进教室，到了他的座位旁，敲了敲桌子。

李祉舟这才抬起头，看到苏新七，习惯性地先露出笑。

"放学了。"

李祉舟放下笔，把卷子收好，拉上书包拉链，站起身说："我们走吧。"

到了教室外，他忽然记起什么，回头问："陈鲟还在你们教室吗？"

"没有，他已经走了。"苏新七回他。

"还想叫他一起走的。"

陈沅这时插嘴问道："学霸认识陈鲟？"

"算是吧。"李祉舟说，"他以后应该会住在我家。"

陈沅一脸惊讶。

李祉舟又问："你们真不来我家吃饭？"

苏新七摇了下头："等哪天想吃海鲜面了我再去。"

李祉舟还要再劝，苏新七扯了下他的袖口："走吧。"

李祉舟了解苏新七的性格，虽然善解人意，但决定的事谁都很难说服她，于是作罢。

他们一起下了楼。小雨飘洒，苏新七撑开伞，伞面才展开，里面簌地掉出一样东西。她吓一跳，低头定睛一看，居然是一朵木棉花。

"咦，小七，你的伞里怎么有花？"陈沅说，"还是木棉，你去实验楼啦？"

苏新七不用猜都能想到是谁把花放里面的，当下只觉得陈鉧阴魂不散。她也不捡那朵花，任由它凋零风中。

学校食堂是外包的，出了校门右拐走个十米就是。苏新七陪着李祉舟一起走到了校门口，之后他回家，她就和陈沅一起去了食堂。

食堂的饭菜都是岛上家常的菜肴，以海鲜为主，苏新七和陈沅去得迟，蔬菜已经没了。

"天天吃海鲜，下辈子我可能要变成鱼了。"陈沅拿筷子夹起一块鱼肉嘟囔，扭头问，"小七，你从小吃到大，不腻吗？"

苏新七摇头。

"也是，你们本地人吃海鲜就和吃米饭一样，没有吃腻这个概念。"

陈沅喝了口海带汤，左右看了看。现在只有高三年级开学，所以食堂人不多，她们还坐在角落里，更是不起眼。

"小七，那个陈鉧……"

苏新七抬眼，听陈沅接着说："你说他为什么这学期转来我们学校啊？老师来支教我能理解，他我就不明白了。"

从大城市的学校转到名不见经传的小岛上读书，还是高三最后一学期，的确是匪夷所思。苏新七不是没想过这件事，但仅仅只是想了下，没有追根究底，她没有那么强的好奇心，尤其是对陈鉧。

但陈沅就不同，除了学习，她对任何事都存着一颗探索的心。

"我想了想，最后只能想到一种可能……"陈沅俯下身，压低声说，"他出事了。"

苏新七拿筷子的手微不可察地顿了下。

"他一定是出了什么事才被迫转学的，到底什么事会有这么大的影响啊，被霸凌？"陈沉提出猜想又自我否定了，"看早上他的表现，他不能被别人欺负了呀。"

陈沉好奇得抓心挠肝的："好想知道哦。"

苏新七想到早上李祉舟遮掩的态度，听陈沉这么说她微微走了下神，片刻后才恍然回过神来，觉得自己过于关注陈鲆。

开学第一天还没排课，下午仍是自习，班主任搬来一把椅子在教室坐镇，底下大部分学生根本没在认真读书，吴锋宇他们还偷摸着在抽屉里玩牌。

坐在讲台上其实只要往下瞄一眼，学生有什么小动作基本上都能看出来，但是班主任没点破。到了这个阶段，再耳提面命也没用了，想读书的人自然会自觉，不想读书的只要不制造混乱，不打扰别人，她都是睁只眼闭只眼的。

午后雨停，天色稍亮。

课间时间，苏新七在走廊上和李祉舟碰面，这是他们的习惯。理科一、二班的课是交叉着上的，他们会利用课间时间交换情报，比如下节课会讲什么内容，布置了什么作业之类的。不过今天没课，他们聊的话题也不是关于学习的。

李祉舟说他中午在家见到了陈鲆的父母，他们下午要带陈鲆去把转学手续办好，可能还要置办一些生活用品，苏新七这才知道陈鲆没来学校的原因。

下午没课，老师又有会议要开，学校干脆把放学时间提早了一个小时，连晚自习都取消了。

和中午放学一样，苏新七和陈沉去找李祉舟，他们一起走到了校门口，陈沉的妈妈骑车来接她回家，苏新七和李祉舟一起步行回到了他家。

"李师傅海鲜面馆"的卷帘门合着，苏新七正觉得奇怪，就听楼上有声音传来。

她抬头看去，就见李父和两个生面孔一起从家里走出来。

"他们就是陈鲆的爸妈。"李祉舟低声说。

苏新七点头，再往上看就看到了陈鲆。他插着兜不紧不慢地跟在大人们身后，垂眼看到苏新七和李祉舟时也面无表情。

"你们真不多待两天？"楼梯上，李父半是询问半是挽留。

"不了，还有生意，不能耽搁。"陈父回头说。

苏新七打量了下陈鲟的父亲，比起李父，他显得更年轻，长得也很和善。他个高，她注意到他下楼时的姿势有点别扭，身子不住地摆动，行动不大利索，好像腿脚不便的样子。

出于礼貌，苏新七并没有投以过多注视的目光，眼神一转看向陈鲟的母亲。和岛上饱受风雨干苦力活的中年女人相比，陈母保养得宜，尚有风姿，她的嘴角始终带着笑，给人的第一印象就是很好相处。

陈父陈母从楼上下来，陈父先看到了李祉舟，忙招呼道："祉舟回来啦，还挺早。"

李祉舟礼貌地问了叔叔阿姨好，然后回道："老师有事，学校提早放学了。"

陈父转头看向苏新七，看了眼她穿着的校服，问："你朋友？"

李祉舟点头，主动说道："陈鲟和小七在一个班。"

陈父欣喜，看着苏新七笑着说："那敢情好……小七？"

苏新七迟疑了下，点了点头。

陈父接着说："陈鲟刚转过来，对学校不熟悉，希望你和祉舟多帮帮他。"

苏新七抬眼看向陈鲟，他从楼上下来，陈母正站在他身边万般叮嘱，他的脸上没什么表情，对他母亲的叮咛有些敷衍，也不知道有没有听进话。

陈鲟忽然转过头，苏新七的视线正好和他碰个正着，她心底一惊，正要别开眼，他先一步看向了他方。

他一改之前吊儿郎当的面目，整个人格外冷淡，苏新七还莫名有点不适应，无端觉得他的心情不是很好。

李祉舟满口答应陈父会好好帮助陈鲟，苏新七迫于陈父的目光，只好客套地点点头。

李母这时提着一大袋东西从楼上下来，边走边说："给你们装了点东西带回去。"

陈父回过身，说："嫂子，太客气了。"

"没什么，都是自己做的一些吃的，你们带回去。小鲟你们放心吧，我和你李哥会好好照顾的。"

"给你们添麻烦了。"

之后大人们又是一阵寒暄，苏新七觉得自己留也不是，走也不是，有点尴尬。

幸好没多久,陈父就说:"时间不早了,我们该走了,再不走赶不上晚班轮渡了。"

李父去把自己的面包车开过来,准备送他们去码头,李母帮着把东西提上车。

陈母一直抓紧时间和陈鲟说话,陈父回头喊:"上车吧。"

陈母依依不舍,最后还拍了拍陈鲟的手,劝慰道:"就在这儿待半年,等高考结束就回家,都会过去的。"

陈鲟这才开口,结果只是说:"走吧,赶不上船了。"

苏新七的目光在他们身上转了圈。她很能理解陈母的感受,毕竟要和亲儿子分开,陈父虽然没叮嘱什么话,但看儿子的眼睛也透着慈爱、不舍,倒是陈鲟,对他的父母过于冷漠。

他的叛逆期来得未免太迟了,又或许他一直都是这样的人,窝里窝外都横,嚣张跋扈,随心所欲至极。

苏新七想,他是被惯坏了,活脱脱一个纨绔子弟。

今天是陈鲟住进李家的第一天,李父李母为此特地准备了一顿丰盛的晚餐,不仅把各种海鲜变着花样地烹调,他们怕陈鲟刚上岛吃不惯,还特地去市场买了高价的猪肉、牛肉以及价格不菲的蔬菜回来。

做好饭,李父先去书房喊了李祉舟,过后才走到陈鲟的房间前,敲了敲门。

"小鲟,吃饭了。"

房里什么动静都没有,过了会儿才有轻微的脚步声响起。

陈鲟打开房门,李父笑得亲切,招呼他:"饿了吧?来,吃饭。"

陈鲟点了下头,反手带上门走出去。

餐厅的桌子是四方桌,李祉舟摆好四副碗筷,李父指了个位置说:"小鲟你坐这儿。"

陈鲟坐下,李祉舟坐在他对面,李父坐在他右手边,李母把煲的汤端上桌后坐在了他的左手边。

李父帮陈鲟添了碗米饭,又把一盘炒牛肉摆到他面前,热情地说:"来,小鲟,动筷子,在叔叔家不用拘束,当自己家,该吃吃该喝喝,我和你王姨都很好相处的。"

李母附和："是啊，千万不要觉得不自在……来，尝尝牛肉，你妈妈说你喜欢吃辣，我特地加了辣椒的，你尝尝合不合你口味？"

陈姆抬头，对面李祉舟也在看着他，他们一家人都盯着他看，哪还有胃口吃饭。

盛情难却，他夹了一箸牛肉放进嘴里。

李母忙问："怎么样，会不会太辣了？"

陈姆嚼了几口咽下去，牛肉勉强有点微辣，可能海岛人不怎么吃辣，所以辣椒都是不怎么辣的。

"不会。"他淡淡地应了声算是给出回答。

"那就好，我就怕你吃不惯。"李母算是松口气，笑着说，"不合口味你尽管说，想吃什么你也可以和姨说，我给你做。"

不熟的长辈因为礼节而给予的关怀让人十分不适，陈姆才落座没多久就已经想下桌。他夹了块肉就了一大口米饭，囫囵咀嚼了几下就咽下肚。没一会儿，他碗里的小半碗米饭就没了。

李父瞧见了，忙拿了个小碗过来，舀了一碗汤放在陈姆手边："喝碗鱼汤暖暖肠胃。"

李母也说："小姆，别光吃饭，多吃点。海鲜都是新鲜的，这盘海虾还是下午小七的爸爸送来的。"

她随后解释道："小七就是下午和祉舟一起回来的那个女孩。她和祉舟从小一起长大，你们现在一个班，有什么不懂的可以问她，小七很热心肠的。"

陈姆听到"热心肠"三个字时微不可察地挑了下眉。

"有事也能找祉舟，你们两个都是男孩，有什么话说起来也方便。"李父顿了下，看着陈姆问，"小姆是几月出生的？"

"四月。"陈姆语气淡淡。

李父一拍大腿："我记起来了，你出生的时候，我还去医院看过你。"

李母看了眼自己的儿子，弯眼笑了："你们同年生的，祉舟的生日是十一月，他是弟弟。小七的生日和小姆的倒挺近的，她是六月出生的。"

陈姆把李母的话在心里过了一遍，没有应和。

"我吃饱了。"陈姆把一碗汤喝尽后，站起身说。

李父抬头，诧异道："这就吃饱了？"

"嗯。"

李母说："都没吃多少，再吃点吧。"

"不了。"陈鲟回得有些生硬。

气氛微妙地尴尬着，李父哂笑着说："今天忙了一天，累了吧，回房休息去吧。"

陈鲟微微颔首，先行离了桌。

李母听到房门合上的声音，表情讪讪，低声说："这孩子是不是有些……孤僻？"

"孤僻"两个字她是用方言说的，李父听了后摆了下手："没有的事，他才上岛，不适应而已。"

李母眉头微展，还是不太放心："他会不会被之前的事打击到了？"

李父沉默了会儿，叹息一声才说："毕竟还是个半大的孩子，发生那样的事，心里肯定不好受，哪能一下子就缓过来。他爸妈也怕他会有心理阴影，所以才想着让他到岛上待个半年……以后我们注意点，别在他面前提以前的事。"

李母点了点头。

说完陈鲟的事，李父李母这才关注起亲儿子，刚才怕冷落了陈鲟，他们都没好在饭桌上询问李祉舟开学的事。

李母给儿子夹了一只虾，细声细语地问："今天开学怎么样，还顺利吗？"

李祉舟露出一个笑，说："挺好的。"

"我听来店里吃饭的学生说你们学校来新老师了？"李父问。

李祉舟点头："物理老师，人很好。他说去年在物理竞赛上就见过我，还送了我一本他自己写的书。"

大概天下父母听到自家孩子被老师看重都会欣喜骄傲，李父李母也不例外，他们听李祉舟这么说，脸上都绽开笑，一脸欣慰。

李父抬手拍了拍李祉舟的肩，甚是欣慰："我们老李家总算要出个读书人了，真给爸长脸，等你考上大学了，我就给你买一架更好的望远镜。"

李祉舟露齿一笑："谢谢爸。"

陈姆一手枕着脑袋仰躺在床上,隐隐约约听到李家人的欢笑声,不仅如此,还能听见窗外人的交谈声。岛上的房子离得近,民房隔音效果不好,隔壁邻居家里的动静有时也能听得到,一点私密性都没有。

华灯初上,陈姆倒没觉得落寞,只感到无聊。房间里没什么可消遣的东西,笔记本电脑他倒是带了,不过没网也用不了,手机又不在身上。

想到手机,陈姆不由自主地就想到了苏新七。

今天她对他的态度可谓是冷漠至极,看来那天晚上他是真把她得罪了。

陈姆抚了下唇,一点反省的意思都没有。

窗外天色渐暗,吃完饭邻里间都凑到门口谈天说地,小孩子扎堆在巷子追赶打闹,"咯咯"的声音格外刺耳,还有岛上的土狗,一只叫了,别的也会有样学样,叫声此起彼伏没个消停。

陈姆本想小睡一下养养神,结果反而被外面的动静吵得更烦躁。

他从床上坐起来,低吼一声,拿上外套穿上后走出房间。

客厅里很安静,李父李母去楼下准备明早店铺的食材,李祉舟也不在外面,陈姆随便扫了眼后就两阶并一阶,几步上楼去了阳台。

海岛夜间冷,海风飕飕,又咸又腥,陈姆把外套拉链一拉到底,走到了栏杆那儿,手一撑坐了上去。

海岛的房子都不高,最多也就三层,李家的房子因为坐落在地势较高的地方,还能看到底下错落的房顶。岛上缺淡水,供水主要靠岛外定期输送和海水淡化,因为供应不足用水紧张,停水是常有的事,因此几乎每家每户的楼顶上都有一个铁皮储水罐应急。

陈姆回头往楼下看去,几个阿姨在楼前聊天,时而高声议论,时而附耳低语。巷子里没灯,幽幽暗暗,时不时有小孩嬉笑着跑过去。

他正吹着风,就听到阳台门被推开的声音,一抬眼就看到李祉舟走了出来。

李祉舟看到陈姆先是愣了下,一时进退不得,有些尴尬。

陈姆只扫了李祉舟一眼,没打招呼。

李祉舟主动开口:"你小心点,别摔下去了。"

陈姆瞥了他一眼。

李祉舟拿起手上的手持望远镜示意了下,解释道:"我上来看星星的。"

他说完等了会儿,陈姆还是没说话。李祉舟和陈姆不熟,找不到话题,也就不再没话找话，径自走到栏杆的另一边，拿起望远镜看天。

早上下过雨，下午天空还是阴沉沉的，晚上云才散开些，星星黯淡，观赏性不高。

"山顶会不会好点？"李祉舟自言自语地说了句。

陈鮕闻言，忽然记起上回来沙岛的头天晚上，他去了山顶，碰上了一对大冷天去看星星立盟约的傻瓜，现在回想起来，好像能对上号了。

他眉头微紧，出声喊："喂。"

李祉舟反应了两秒才转过头迟疑地问："怎么了？"

"你和苏新七是男女朋友？"陈鮕开门见山地问。

李祉舟被这个突如其来的问题吓得有些慌张，张了张嘴，磕磕巴巴地说："不……不是，我们就是……是很要好的朋友。"

"没在交往？"

"没有。"李祉舟回答得很干脆，好像怕迟疑一秒就会让人怀疑他说的话的可信度一样。

天台无灯，没人看得清他涨红的脸。

陈鮕展眉，低笑一声说："那就好。"

"嗯？"李祉舟有点迟钝了。

陈鮕抬眼看着李祉舟，他坐在栏杆上，给人一种居高临下的感觉。

"我看上她了。"他一字一句缓缓地说。

苏新七第二天早上骑着自行车到了李祉舟家，锁好车，她和李父李母打了声招呼，直接上楼，推门而入。

"祉舟。"

苏新七没在客厅看到人，喊了一声，没得到回应。

她听到洗手间有动静，以为是李祉舟，正想再喊他一声，才转过头就看到陈鮕光着膀子从洗手间走出来，边走边擦着湿发。

陈鮕看向苏新七，她看到他并没有惊慌地别开眼，而是冷淡地缓缓移开视线，跟没见着他这个人似的。

陈鮕轻哼，往房里走去，也没带上门，当着苏新七的面就套衣服。

苏新七皱眉，足尖一转打算去敲李祉舟的门，突然想到什么，顿了下足，转过身直直地走到了陈鮕的房门口，从口袋里拿出黑色的苹果手机。

"还你。"

陈鲟又用干毛巾擦了擦头发,随手抓了抓,之后他把毛巾一丢,转过身走过去,垂下眼,从她手上接过手机,扬了下眉说:"我让你还的不是手机。"

他抬眼,嘴角噙着笑看着她:"是护腕。"

苏新七抿紧唇,冷淡道:"扔了。"

"定情信物说丢就丢?"

苏新七冷眼看他,没应声。她能猜到如果她把护腕一起带来了,他又会是另一套浑不吝的说辞。

"有个叫郑舒苑的女生找过你,我接的电话。"

陈鲟听了没什么反应。

还了东西,苏新七觉得自己和陈鲟算是两清了,正要走,又听他问:"开过锁了?"

这话在苏新七听来就好像是在质疑她不尊重别人的隐私一样,她沉声反驳:"没有。"

陈鲟略微意外,因为密码他给过明示了,只要她问下旅馆老板娘就能知道。

"照片没删?"

苏新七缄默。

陈鲟转了下手机,看着她语气暧昧道:"把照片留在男生手机里,知道会发生什么事吗?"

苏新七捏了捏拳,强装冷静,不想在他面前落了下风。她暗吐一口气,缓缓启唇,讥诮道:"一张照片而已,你想留着就留着,反正真人也不会和你有什么关系。"

苏新七说这话完全是因为赌气,图一时之快想在口舌上占个上风,她说完在看到陈鲟眼神骤变的那刻就后悔了。经过几次照面,她知道他是那种胜负欲很强的人,一旦受到挑衅,只会迎面而上。

陈鲟往苏新七那儿逼近一步,苏新七立刻警惕,就在这时,隔壁房的房门开了。李祉舟走出来,脸上还有才睡醒的痕迹,他因为起迟了有些慌张,在看到苏新七站在陈鲟房门口时愣了下,站定。

他的目光在陈鲟和苏新七之间转了个圈,最后落在苏新七身上:

"小七？"

苏新七敛起情绪，转过身看向李祉舟，脸色稍缓，温和地说："你起迟了？"

李祉舟早起还没戴助听器，他盯着苏新七的嘴，辨认她的口型，看清她说的话后，又看了陈姆一眼，点了点头。

李祉舟要去洗手间洗漱，走之前又戒备地看了眼斜倚在门框上的陈姆，有些警惕似的，推着苏新七往客厅走。

"你坐着等我下，我马上就好。"

苏新七在客厅坐着，陈姆回了房间，没一会儿穿好外套整装出来。他径自去了厨房，烧了杯水喝，过后又打开冰箱橱柜看了看。

苏新七听到厨房里翻箱倒柜的动静，觉得陈姆真是一点也没有寄人篱下的自知之明，在别人家跟当自己家一样，半点不见外。

陈姆找到自己要的东西后合上柜门。

他从小就习惯了寄宿的生活，对他来说，李家不过是另一个寄居地。他父母每个月会给李父李母他的生活费，他的日常开销不需要李家人负担，额外的照顾他也不需要。因此，他一点也不会觉得不安，更不需要唯唯诺诺去讨好人。

苏新七坐在客厅等候期间，拿了本口袋书在背单词。她背得专心没注意到身后的脚步声，正默读着蓦地颈侧一凉，她条件反射地缩了下脖子，脸上难得出现惊慌的表情。

她回过头，看到陈姆正弯腰趴在沙发背上，手上拿着一罐可乐，看到她一脸惊慌似乎还很愉悦。

"你干吗？"她愠怒道。

陈姆说："什么时候再带我去渔排看你二叔？"

"不想。"苏新七回绝得干脆利落。

陈姆端看着她透着薄愠的脸，片刻后戏谑问："都浇了一瓶酒精了，还没消气？"

苏新七见他还敢提这事，瞪了他一眼。

陈姆勾了勾唇，率性道："你要是气不过，再浇一次也行。"

"以后也一样，我不保证会对你做出什么事，你要是不乐意，尽管报复回来。"他说这话时眉目张扬，眼神炽热，毫不隐藏自己对苏新七的野心。

坏得明目张胆。

苏新七抬眼和他对视,他眼中的锋芒让她有些心惊,她有一刹那的摇摆,仅是渔船螺旋桨快速转过一圈的时间就镇静了下来。

"再有下次,浇的就不一定是酒精了。"半晌,她才冷着脸启唇说道。

她这态度陈鲟早料到了,此时也不当回事,他无视她排斥的眼神,扯过她的帽子,往里丢了件东西,自顾自地说:"去渔排的事我就当你答应了。"

他说完直起身,挑了下眉故意问:"跟我一起去学校?"

苏新七冷着的脸就是回答。

陈鲟不以为意,堂而皇之地按了下她的脑袋:"班上见。"

他说完就走了,苏新七愣愣地坐在原位,觉得他简直不可理喻,自行其是到了一定境界。

帽子往后坠,苏新七绷着脸,艰难地别着脑袋,扯过自己的帽子,从里面拿出了他刚扔进去的东西——一盒牛奶,还不是见惯了的国产品牌。

苏新七看着手中的牛奶,心情五味杂陈。

李祉舟洗漱完从洗手间出来,又回到房间戴上助听器,收拾了下东西拿上书包。

"小七,你吃早饭了吗?"李祉舟往客厅走。

苏新七回过神:"哦……吃过了。"

"陈鲟呢,先走了?"

"嗯。"

李祉舟走近,目光不由自主地投向她手中的牛奶。

苏新七站起身,莫名有些不自在,解释道:"你家的牛奶,陈鲟拿来给我了。"

她把牛奶递过去:"你还没吃早饭,正好喝了。"

李祉舟抬眼,过了会儿才说:"这不是我家的牛奶,是陈鲟他爸妈带来的。"

苏新七的行为一时变成了借花献佛,拿牛奶的手伸也不是,放也不是。

李祉舟看出了苏新七的为难,尽管自己的心情有些古怪,仍是对她粲然一笑,体贴道:"他既然给你了,你就喝吧。"

苏新七看着他,把牛奶放在了客厅的桌上,然后问:"你不吃早饭?"

李祉舟不知道为什么,因为她这一个举动,忽地有些高兴。他背上书包,说:"来不及了,我带点吃的去学校就好。"

他又有些歉然:"对不起啊,说好要给你带一个月早餐的。"

"走吧,真想吃我会直接来你家的。"

李祉舟去厨房拿了垫肚子的点心,苏新七在门外等他,他们一起下楼,和在面馆里忙活的李父李母道了别。

上学的路上,苏新七问李祉舟:"昨晚还能看到星星?"

"看不到,云太厚了。

"那你还看到那么晚,今早都起迟了。"

李祉舟有些窘迫,昨晚他其实很早就上床休息了,只是翻来覆去睡不着,罕见地失眠了。

他看向苏新七,她察觉到他的视线,转过头看他,奇怪道:"怎么了?"

"你和陈鲟……熟吗?"李祉舟踟蹰了下,还是问出了口。

苏新七的表情微不可察地凝滞了下,而后摇了下头:"不熟。"

她定了定神,又问:"怎么突然这么问?"

李祉舟看向前方:"总觉得你们好像以前就认识,今天早上……你是敲错门了,以为我还睡在那个房间?"

苏新七摇了摇头,坦白道:"我找的是陈鲟。"

李祉舟眼神闪烁,垂下头,低声问:"你们……在说什么?"

李祉舟的语气有点小心翼翼,苏新七听他这么问,心口一酸,有些不是滋味。

在听力方面她一直都比他本人更加敏感,她和陈鲟就在门口说话,没刻意回避,如果他的耳朵和常人一样,隔着道门他是可以听清他们说的话的。

苏新七停下脚,李祉舟疑惑地跟着停下,回过身看着她,眼神不解。

"祉舟,我和陈鲟之前见过。"苏新七深吸一口气说。

"啊?"李祉舟表情诧异。

"初四那天,你外出做客,他来岛上了,就住在我小姨那儿。"

李祉舟更意外:"他之前就来了?"

苏新七点了下头:"不过初五一早就走了。"

"难怪去他家的时候他不在。"

苏新七接着说:"他离开的时候把手机落下了,今天早上我找他是为了还手机。"

李祉舟点了点头，了然道："他把手机落在旅馆了啊。"

苏新七语塞，沉默了几秒再想开口却已错过了时机。

她不是故意说得这么模棱两可，只不过她和陈姆相处的那一天出奇地荒谬，相遇和分别的场景都荒唐得匪夷所思，她不知道要从何说、怎么说。

李祉舟看着苏新七，忽而露齿一笑，没有继续问下去。他拉了下她的衣服袖子："走吧，要迟到了。"

因为莫名的负罪感，苏新七接下来一路都有些沉默。

李祉舟也是如此。

他对苏新七太过了解，他们打小认识，只要对上眼睛就能猜出彼此的想法，她的一些微表情别人发觉不了，他却能轻易读懂。

他看出苏新七有话没说出口，其实不用她说，光是陈姆昨晚的话他就能猜到他们之间一定发生了什么。

在昨晚之前，李祉舟从没想过他和苏新七的关系会改变，他们认识的时间太长了，从记事起到现在，占了各自人生的一大半，以至于他理所当然地认为他们会一直这样亲密无间。

他没有刻意去界定他们之间的关系，是朋友更是亲人，他早已习惯了身边有她的存在，可她并不属于他。

陈姆的出现让李祉舟认清了这个事实，他感到前所未有的不安。

第七章
游泳比赛

　　苏新七堪堪在早读课的铃声响起来之前到了班上,她才坐下,班主任就视察来了。教室里稀稀拉拉地响起读书声,班主任拍手训了一嗓子,朗读声才铿锵了些。

　　苏新七拿出英语单词本,接着背"F"开头的单词,刚背到"fierce(狂热的)",陈沅突然拿手肘杵了她一下。

　　"你看,陈鉧。"陈沅拿眼神往教室前门示意。

　　苏新七抬头,看到陈鉧背着书包站在走廊上,班主任正面对面地和他谈话,说的应该是迟到的事。

　　她有些奇怪,明明他比她更早出门。

　　陈沅拿书本挡着脸,凑过来压低声说:"早上,你还没来之前,我听吴锋宇他们在后面聊天……说要找校外的人,收拾陈鉧一顿。"

　　苏新七微微转过头往第一组吴锋宇的座位看去,他和周边坐着的几个男生看热闹似的引颈往窗外看,一副幸灾乐祸的模样。

　　她再转回头,陈鉧正好从前门进来。他神色稀松平常,脸上没看到有被打的痕迹,身上的衣服也干干净净的,一点也不像是被收拾了一顿的样子。

　　苏新七观察得久了,陈鉧像是若有所察,转过头精准地看向她,对上视线的那刻他扬了下眉,勾了勾唇。

　　"真帅。"陈沅一脸花痴样。

　　苏新七看她一眼,默不作声。

早读下课，班上哄闹成一团，班主任把新学期的课表贴在了黑板旁边，苏新七把今天的课抄在了黑板边上，之后去洗手间洗手，好巧不巧，又碰上赵筱婧和她的小姐妹们。她们总喜欢把洗手间当成根据地，商量一些蔫坏的事，也不知道是什么恶趣味。

苏新七自顾自地洗手，赵筱婧她们看见她也没提防着，继续说她们的事。

"筱婧，你就去要吧。"

"我有点不敢。"赵筱婧居然有些羞涩。

"没事的，搭个话交个朋友而已嘛，你这么好看，陈鲟不会拒绝的。"

赵筱婧微微得意："你们和我一起去吧，站在我身后就行。"

苏新七面无波澜地洗完手，在赵筱婧她们之前离开了洗手间。经过李祉舟的教室时，她往里面看了眼，正好看见他和他的班主任——他们的数学老师在讲台上交流，看样子好像是在讨论题目。她见状也就没把他喊出来，直接回到教室坐下，拿出下节课的教材备好，然后看向窗外放空。

过了会儿，苏新七听到了赵筱婧和陈鲟说话的声音。她并不是刻意要听，只是坐在第四组倒数第二个座位，离陈鲟的位置有些近，声音自然而然地就传进了她的耳朵里。

赵筱婧和她的几个好姐妹一起推推搡搡扭扭捏捏地走到陈鲟的座位旁，陈鲟正低头看手机，察觉到边上有人，他才施施然抬起头。

几个女生都没穿校服，染了头发化了妆，好像是在模仿电视上的女明星，刻意把自己往成熟了打扮，却没掌握到精髓，显得不伦不类。

赵筱婧对上陈鲟的眼睛，故作娇羞状，举手挥了下："嗨。"

陈鲟没什么反应，乜着她们，静待下文。

有个女生轻推了下赵筱婧，她这才拿出手机，晃了下朝他示意："以后都是同学，能要个联系方式吗？"

陈鲟明白了她们的来意，转了下手中的手机，说："一换一。"

他睃了眼几个女生，赵筱婧瞧他这意思好像并不是要她的联系方式，心里不大痛快，但她身边的好姐妹脸上却隐隐露出压抑着的喜悦。

"苏新七的联系方式，有吗？"半响，陈鲟才懒声问道。

几个女生的表情同时一变，都有些惊诧和难看。赵筱婧更是面色铁青，不死心地确认了一遍："谁？"

陈鲟回过头，微抬下巴往第四组靠窗的位置示意："岛花。"

苏新七登时有种如芒在背的感觉,她自然听到了陈鲟的话,心下恼怒,想装作没听见也不行,因为一直竖着耳朵偷听的陈沅一把抓住了她的手晃了晃,还用自以为没人听到的声音说:"小七,陈鲟想要你的联系方式。"

苏新七额角一跳,只好把视线从窗外挪回来,回过头冷眼睨了下陈鲟,警告意味十足。

正巧这时吴锋宇去洗手间回来,看到赵筱婧她们站在陈鲟座位旁,还阴阳怪气地说:"哟,和新同学搭讪呢。"

后排气氛诡异,全班人似乎都在看热闹。瘦猴一直待在班上,知道事情的来龙去脉,就凑上去,附在吴锋宇耳边把刚才的事给说了。

吴锋宇听完,眼睛在陈鲟和苏新七之间来回转了转,他走到陈鲟座位那儿,毫不客气地一屁股坐在长椅的另一边。

"看上我们七公主了啊,眼光不错啊!不过,她是我先看上的,我小时候就想娶她当老婆。"吴锋宇充大,跷着二郎腿,双手往后架在桌上,故作大佬姿态,好像完全忘了昨天被陈鲟修理的窘态。

陈鲟闻言回过头,上下打量他一眼,都不屑于掩饰眼神中的讥诮:"海泳,什么时候?"

"哟,你真要和我比啊?"吴锋宇昨天提出比游泳其实是个缓兵之计,他原以为陈鲟不敢应承,没想到陈鲟不带犹豫地就接受了挑战,此时居然还主动提起。

"你可想好了,现在认输还来得及,向我鞠个躬,道声歉,喊我一声'哥',以后在学校我罩着你。"

"废话真多。"陈鲟半点不惧。

吴锋宇被一激,指着他放狠话:"今天中午,海滨大浴场,不见不散,输了你以后就乖乖地给我当小弟。我可事先告诉你,我在学校连续拿了两年的游泳冠军,到时候你输得太难看别怪我欺负外地人啊,哥给过你机会了。"

吴锋宇的行事和说话腔调都很做作,像是古惑仔电影看多了,又没模仿到神韵,龇牙咧嘴地故作狠状,在陈鲟眼里就格外滑稽。

"学校冠军?"他指间翻转着手机,不以为意地一笑,"我赢了呢?"

吴锋宇到底是岛上长大的人,比游泳他很有信心,听陈鲟这么说只觉得陈鲟大言不惭,自不量力。

"你说。"吴锋宇下巴一抬，胜券在握的样子。

陈姆眼睛往苏新七的方向看，她已经转过头去，从他这个位置能看到她的侧脸，早晨熹微的曦光更衬出她的姝丽。

"我赢了，你以后少打她的主意。"他说。

这时上课铃响了，数学老师拿着一个大三角板从教室外走进来。吴锋宇发狠地冲陈姆说了句"等着"，便起身回到自己的座位。赵筱婧和她的好姐妹们表情难堪，也愤愤不甘地走了。

陈沅还没缓过神，盯着苏新七不放。

苏新七拿出数学复习卷，最后忍不住说："你一直看着我干吗？"

"再一次见识到了你的魅力。"

苏新七差点被酸倒牙，瞥她一眼："上课了。"

陈沅从抽屉里随便抽出一张卷子装模作样地摆着，迅速回头看了眼，又凑近苏新七压低声说："陈姆在看你。"

苏新七不为所动。

"他好像真的对你有意思，你们昨天才认识的吧？"

苏新七面无表情，眼看陈沅的想象力就要发散开去，她赶紧制止道："认真听课。"

"哦。"陈沅在嘴上做了个拉拉链的动作。

老师在讲台上分析试卷，苏新七低头看着试卷上的题，听着听着就跑了神，想到了课间的事。

在沙岛中学，苏新七因为长得漂亮，在学校一直很受男生欢迎，从初中到现在，像吴锋宇这样对她献殷勤的男生不少。

苏新七性子冷，有点难接近，写信、送零食、接送上下学这些讨好人的套路她通通不买账。她向来是当面果断拒绝的，久而久之，那些男生就知难而退了。

可陈姆和以前的那些人不一样，当面拒绝或冷处理好像对他没用，他是那种不达目的不罢休的人，她很清醒地认识到，除非他没了兴趣，否则别人很难左右他。

讲台上，老师突然厉声训了下后排不听课的学生。苏新七回过神，再想听课时都不知道已经讲到了哪一题。她蹙了蹙眉，想到陈姆，竟有点苦恼，不知道该拿他怎么办。

课间休息时间，苏新七和李祉舟照常在走廊碰面，他们讲话期间总有好事者往他们身上打量。第一节课课间李祉舟还觉得有些奇怪，第二节课课间他听到班上同学背着他的一些议论，第三节课课间他大致知道了隔壁班发生的事。等到放学，陈沉心直口快，一下就把早上的事给说了。

一个上午的时间，这事就像春风吹绿草，一下在学校里传个遍。

陈鉧昨天才报到就因为敢和吴锋宇硬碰硬出了名，苏新七本身在学校里就是个为人熟知的人物，他们两个成了故事主角，讨论度一下就上去了。

等中午放学，苏新七从陈沉那里听到的版本已经是陈鉧和吴锋宇为争夺她的芳心约好中午在海滨大浴场决战。这事被众人这么一渲染，她就成了舆论的中心，成了学校的"红人"。

"学校贴吧还有人开了投票帖，我刚才进去看了下，觉得吴锋宇赢的人还是很多的。"陈沉语气惋惜，"虽然我更想本家赢，但是比游泳，他一个外地人，肯定赢不了的吧？"

陈沉转过头问："小七，你觉得呢？"

苏新七想到和陈鉧初次相遇那次，他不是个游泳"小白"，相反深谙水性、泳技娴熟，但她没说，只是冷淡地摇摇头，不想发表意见。

"他会赢的。"一旁一直沉默的李祉舟突然说道。

苏新七略微讶异，陈沉问："为什么啊？"

李祉舟看着她们，犹豫了下才开口说："陈鉧是省游泳队的运动员。"

苏新七和陈沉俱是震惊。

海上的天气变幻莫测，昨天才下了一场雨，今天云开见日明，气温没回升多少，但太阳露了脸，有了阳光，人心理上就会觉得暖和。

海滨大浴场离沙岛中学不远，从环岛路走小道十分钟就能到海滩。

正午，日头正高，冬季本来应该人迹罕至的海滨大浴场处处是人，仔细一看，多是沙岛中学的学生，三五成群，或围在海滩上，或站在礁石上，全都是一副看热闹不嫌事大的模样。

"哇，人这么多啊！"陈沉望着海滩上乌泱泱的人群，感慨道，"看这阵仗，半个学校的人都来了吧。"

苏新七看到海边来了这么多人也很惊讶，看样子不仅高三年级的同学来了，还没开学的学生闻风而来的也不少。本来岛上的学生就是个圈，消息传得快，你告诉他，他告诉他，寒假期间又无聊，三三两两成群结队来看热闹的人就更多了。

"看来陈鲟和吴锋宇比游泳的事一传十十传百，在学生里传遍了啊。"陈沅抻长脖子眺望，"我们往前站点吧，看得比较清楚。"

"就在这儿吧。"苏新七说。

前面人多，苏新七知道自己如果露脸势必会引起关注。本来她就不想来浴场，但是李祉舟担心陈鲟万一出了事，他父母不好和陈鲟的父母交代，所以想过来看看。既然他要来，她自然不会让他落单，只好陪同。

陈沅四下看了看，拉着苏新七的手，指了个方向示意李祉舟："我们去崖边上，那边人少，离海还近，能看得清楚。"

沙岛的海滨浴场山海相接，呈一个"凹"字形，中间是沙质绵软的海滩，两边是岩石山，山上树木葱茏，山下浪花朵朵，沙滩平缓坡度不大，因而潮差很大，涨潮时近海的海岸形成天然的浴场，近可在浅滩上嬉水，远可到大海的更深处凫水，两相皆宜，夏季的时候岛上老小都喜欢来这儿消暑。

苏新七被半拉着往崖边走，到了临海的位置，她不忘回头提醒李祉舟："小心点，滑。"

李祉舟冲她笑笑，点了点头。

他们爬上了山体斜逸而出的大岩石，苏新七找了个安全的位置让李祉舟坐那儿，她自己也随后坐在他旁边。陈沅站着，抻长脖子往海边望去。

"他们好像在热身。"陈沅回头说。

苏新七坐在高处，有着观测优势。她视力尚好，很容易就看到了底下的场景，陈鲟和吴锋宇就站在海边，一群人围着他们辐射开去。

陈沅拿手在眼睛上搭凉棚，看了会儿"啧啧"称道："陈鲟不愧是省队的，装备齐全……身材真好。"

苏新七的目光不由自主地往中心看去，吴锋宇和陈鲟都只着一条泳裤，戴上了泳镜，因为脱了衣服，两人的体型很容易就能看出差别，吴锋宇干瘦，陈鲟要比他健硕。

"还是离得远，看得不是很清楚，我还想看看游泳运动员的肌肉呢，一定很完美吧。"陈沅直白地说。

苏新七脑海中忽地闪过一些画面。他们相遇那天，她是近距离接触过他的身体的。那天在海里，他托着她的时候，肌肉有力，上了岸后，虽只粗略地看了几眼，但她也大致看出了他身形匀称，肌理清晰，和夏日海边玩耍的男生不同，是训练有素的样子。

"好像要开始了。"

陈沅突然喊了一嗓子，苏新七猛地回过神，思及自己刚才的走神，暗恼了下，转开眼就见李祉舟一直在看着她。

"怎么了？"她问。

李祉舟笑笑，问："你想什么想得出神了？"

苏新七沉默片刻，回道："没什么，发了会儿呆。"

李祉舟没有再问，而是看向海洋："海水应该很冷，不会有事吧？"

这种事谁也不敢保证，冬天游海泳本身就对身体素质要求很高，海洋不是风平浪静的泳池，一个不慎葬身海底都有可能。

虽如此，但苏新七倒是不大担心，陈鲟是运动员，且她又见过他冬泳，知道他是有经验的。至于吴锋宇，岛上的男孩子虽然没有经过系统训练，但是打小就泡在海里长大，水性好，也没那么容易出事，何况海边这么多人看着。

"你说吴锋宇他们会不会使坏啊？"陈沅不无担心地问。

苏新七也不担心这个，吴锋宇虽然赖皮，但作为海岛人，在游泳这件事上他自负，此时他肯定觉得自己胜券在握，倒不会去动坏心思。

"'垃圾船'下海了。"陈沅眺望，像个转播员一样实时播报赛事最新的进展，"好像是瘦猴他们在划船。"

海滩上常年停放着一艘小船，这种小船没有发动机，纯靠手摇橹，岛民们常划着它去清理近海的海上垃圾，因而得名"垃圾船"。

苏新七看到"垃圾船"在离岸约一百米的地方停下，大概是要把那儿当成终点。

"陈鲟和吴锋宇下海了。"陈沅又有些激动，"要开始了。"

海上没有出发台，也没有赛道，吴锋宇和陈鲟下海后蹚水走了一段距离，直到海水过腰才停下。

苏新七看着海中的人，忽地觉得陈鲟往他们这儿看，她莫名一惊，下意识别开眼。

李祉舟转头看苏新七，她抿了下嘴，说："风有点大，冷吗？"

李祉舟摇了下头回道："还好。"

苏新七看着他被冻得通红的双耳，作势要起身："我们回去。"

这时陈沉指着海回头冲他们喊："快看，开始了。"

李祉舟拉住苏新七的衣摆："都开始了，看完再走吧。"

苏新七只好重新坐下，帮李祉舟挡着点风。等她再次把视线投向大海时，陈鲟和吴锋宇已经出发了。

比赛一开始，海滩上的人就爆发出一阵呐喊声，多是给吴锋宇加油的。虽然他平时没少欺负人，但怎么说也是土生土长的沙岛人，陈鲟和吴锋宇今天的比赛已经不仅是私人恩怨了，吴锋宇此时还代表着沙岛男儿的脸面。

海上有浪，即使是近海浪头也不可小觑，一百米说长不长，但比起游泳馆的一百米，海上的难度显然大了许多，在海里快速前进不仅考验爆发力，也考验体力耐力，冬泳更考验人的意志力。

比赛开始没多久，海滩上就爆发出一阵惊叹声，陈鲟出发时就发了力，像入海的鱼一样猛蹿出去，不消片刻就领先于吴锋宇。他的自由泳姿很专业且观赏性很高，摆臂打腿的动作一气呵成，岸上人的目光都被他吸引过去。

游程过半，陈鲟狠超吴锋宇两个等身的距离并不断拉开更大的距离，他体力惊人，吴锋宇到后半段游速明显慢了，他却始终保持着迅疾的速度，动作有条不紊，即使面对浪头也沉着冷静不失方寸。

苏新七虽对陈鲟这个人评价不高，但在游泳方面她也不得不承认，他完全是"水中骄子"。

陈鲟一鼓作气游到了终点，一跃撑跳上船后，海滩上的声音渐渐消弭，取而代之的是一阵不可思议的寂静。

"哇，浪里白条……这就是专业选手的实力吗？"陈沉看完全程，下巴都要惊掉了。

李祉舟也由衷地道："真的很厉害。"

苏新七心中惊骇，但没发表看法。

海滩上的人很快就议论开了，显然，大半的人还觉得陈鲟赢了不可思议，可亲眼所见又不能不信服。

海边风寒，苏新七看了看手表，不愿多待，起身说："走吧。"她朝李祉舟伸出手，"叔叔阿姨还等着你回去吃饭呢。"

李祉舟自然地抓住苏新七的手，借力起身，拍了拍衣服。他往海里看了眼,"垃圾船"已经往回划了,海滩上的人也意兴阑珊地如鸟兽散。

"我要不要等下陈鲟?"

苏新七抬头看李祉舟,他耳根都冻得发红,遂说:"他又不是不认得路,你先回去吃饭。"

苏新七喊上陈沅,三人从崖边走下来,李祉舟犹豫了下,最后还是依了苏新七的话,离开了浴场。

陈鲟海泳赢了吴锋宇的事乘了海风一样,没多久就刮遍了校园的每个角落。

苏新七在食堂吃饭的时候听到许多人在热议这件事,回班级的路上也听到好几回陈鲟的名字,他一战成名风头正劲,像一滴冷水滴进了沙岛中学这锅热油里。

"哇,陈鲟才来学校就成了大红人,果然有些人天生就是关注焦点。"陈沅听到擦肩而过的人在讨论陈鲟,不由得感慨道。

她觑了觑苏新七,一副有话不知当讲不当讲的样子。

"我和陈鲟不熟。"苏新七直接说。

陈沅被识破心中所想,摸了摸鼻子,索性问:"他今天当众对你表白,你什么感想?"

苏新七说:"没有。"

"啊,一点心动的感觉都没有?"

"嗯。"

陈沅往前一步,转过身面对着苏新七倒着走,边走边说:"果然是你,你眼里除了祉舟就容不下别的男生了吧……陈鲟条件挺好的,长得帅,看衣着家境应该也不错,还是个运动员,以后指不定能被选进国家队,前途无量啊,你不考虑考虑?"

"无聊。"苏新七拉了下陈沅,让她避开后边的人。

陈沅转过身挽着苏新七的手:"哎,如果换成是我,我一定会心动。早上看他拒绝赵筱婧她们,我就觉得他帅呆了。"

苏新七和陈沅没有共鸣,她早就领教过陈鲟恶劣的性格,不会被表象所迷惑。

离下午上课还有一个小时,教学楼安安静静的,高三三个班都人数寥寥,理科二班也就只有出黑板报的学生提早来了。

苏新七回到座位上后就拿出错题集打算把早上讲过的错题整理起来。陈沅本来是想要刷刷卷子的，只不过坚持了没多久就懊丧地放下笔。

苏新七昨晚熬夜了，饭后犯困。她看了眼时间，放下笔趴在桌上打算小憩一会儿养养神，教室难得安静，她很快就睡熟了。

苏新七是被桌面的一阵振动声给吵醒的，她微微蹙了下眉，睁开眼就看到陈鲟那张带着笑意的脸。

陈鲟一手撑着脑袋看她，随手把来电给挂了。

苏新七不是自然醒的，脑袋还有点蒙，趴在桌上怔怔地看着陈鲟，难得犯傻。

她的眼睛像潟湖，不似海洋深沉，又比内陆湖清澈。

陈鲟凑近她，过了会儿拿手碰了下她的眼睑，低笑了声说："鱼眼睛没白吃，真漂亮。"

陈鲟的指腹微凉，苏新七眨了下眼，登时清醒了。她拿一根手指顶着他的额头，把他的脑袋推远，而后直起身，皱眉不悦地看他一眼，又转头在教室里看了圈，没看到陈沅。

"找你同桌啊，我让她出去透气了。"陈鲟看出她在找谁，直接说。

苏新七冷下脸。

"不再睡会儿？"陈鲟语气还有点可惜。

苏新七没搭理他，看了眼时间，才过了十分钟。虽然睡的时间短，但午睡休息个十来分钟也能养回精神，她重新拿起笔，打算继续整理错题。

陈鲟倒也识趣，看她在学习就不再出声，手上转着手机，大刺刺地盯着她看。

苏新七忍了忍，实在受不了他赤裸裸的视线，转过头不客气地说："你的座位不在这儿。"

"中午去看我游泳了？"陈鲟避开她的话锋，反问道。

苏新七又一次陷入被动，不想承认，可他说的的确是事实。

"我看着就像。"陈鲟扬唇，冲她挑了下眉，"不谢谢我帮你解决了个麻烦，那小子以后不会再缠着你了。"

苏新七有点郁闷，其实吴锋宇于她而言不算是个大麻烦，小时候因为两家离得不远，她和吴锋宇还一块儿玩过，"七公主"这个外号就是以前过家家玩角色扮演的时候取的。后来大家长大了，苏新七和李祉舟越走越近，两人脾性相合，学习也拔尖，渐渐地就和以前待在一起的同龄玩伴疏远了。再后来，吴锋宇越来越混，总爱在她跟前献殷勤，但他知道她的脾气，还不敢太过分。

可陈鲟，油盐不进，她现在都不知道他的七寸在哪儿，或许根本就没有。本来高中最后一学期她就想平静地度过，结果他一来全给搅和了。

如果说吴锋宇他们是困扰，陈鲟则是烦恼。

苏新七忍不住道："你比他更麻烦。"

陈鲟听她这么说，不愠反笑，他把手机往上一抛一接，歪了下脑袋看她："是吗？"

"打算怎么解决我？"他噙着笑，没个正经地说。

苏新七冷眼瞥他，看神经病一样。

这时陈鲟的手机又有来电，他看了眼屏幕，转过头趁苏新七没提防，抬手碰了下她的脸颊："睡出印了。"

苏新七触电般往边上一躲，拍开他的手，眉头紧蹙，正要开口让他别动手动脚，看见他接通电话，她碍于礼貌，只好不悦地缄口不言。

"喂。"陈鲟接电话，眼神却看着苏新七，看她吃闷亏的模样勾唇一笑。

电话是郑舒苑打来的，才一接通，她劈头盖脸就问："刚才为什么挂我电话？"

"很吵。"陈鲟答得直截了当，毫不委婉。

郑舒苑追问："为什么又不回我消息？"

"不想回。"

"你……"郑舒苑气闷，沉默了三秒，压下了脾气，好声好气地问，"你打算什么时候归队？"

陈鲟声音微沉："挂了。"

"欸——等等。"郑舒苑急了，"那件事警察局都出公告了，和你没关系，你不用想太多。等再过一阵子，风波过去了你就归队吧，教练还等你回来呢。"

陈鲟缄默，几秒后兀自挂断了电话。

苏新七没有刻意去听陈鲟的电话，但郑舒苑的嗓门大，她隐约能听到一些，没头没尾的，也听不出个所以然。

陈鲟挂断电话后沉默了会儿，苏新七敏锐地觉察出他情绪的异常，面上仍是不动声色，不过问也不安慰。

陈鲟敲了下桌面，待苏新七看过来后才说："出去透透气？"

苏新七绷着脸，用眼神回绝。

陈鲟没强迫她，站起身，摸了下兜，不知道掏出了什么东西，熟练地扯过苏新七的帽子往里一丢，也没说什么，揣着兜往教室外走。

苏新七盯着他的背影有些无语，他是真把她的帽子当回收袋了，什么东西都往里扔。她扯过帽子，别着脑袋，往里摸摸，摸出了一个半个巴掌大的海螺。

这个海螺外形还挺奇异，外壳是淡紫色的，螺尾又长又细，螺身向外长了好几个角，整体看上去像魔法杖，怪异又别致，不是海滩上常见的那些海螺，至少她以前没见过这样的，也不知道陈鲟是在哪儿捡到的。

苏新七抿了抿嘴，有些中意这个小玩意，她握起手，看向走廊。陈鲟趴在栏杆上，看不到正面。

没多久，陈沉回来了，她去了学校小卖铺，再回到教室，看到苏新七醒了，她很是心虚，举了举手中的薯片，解释道："我去买吃的了。"

她坐回位置，把薯片往苏新七怀里一塞："给你。"

苏新七看她一副过意不去的模样，也没有出言责怪，只是说了句："以后别听他的话。"

"哦。"陈沉摸摸鼻子，觑了苏新七一眼，看到她的确没生气才算松口气。

临上课前，教室里陆陆续续地来了人，直到上课铃响，班上同学也没来齐全。吴锋宇逃学了，后排和他交好的男生都没来，班上同学私底下都在说吴锋宇一定是输了比赛，觉得丢人，没脸来学校。

第一节生物课，老师看到后排空空的也没说什么，逃学这种事他早已司空见惯，给二班班主任打了个电话就算了事。

高三最后一学期就是不断地刷题讲题，下午第一节课正是最犯困的时候，老师在上面讲题，学生们在底下昏昏欲睡。

生物课下课，苏新七去理科一班，看到李祉舟正和新来的物理老师冯赟在讲台前说话，她没进去打扰，在走廊上站着，等了会儿，身边站了人，她以为是李祉舟，转过头就说："新老师——"

陈鲟背过身，双手往后架在栏杆上撑着，扭头看她："新老师怎么了？"

苏新七拧眉，回过头往一班教室看了眼，李祉舟还在里面和冯赟说话。

陈姆跟着她往教室里看了眼，随口问道："岛上有网吧？"

苏新七睇他一眼："嗯。"

"晚自习上吗？"陈姆又问。

沙岛中学的高中部是强制要求学生上晚自习的，如果不想上，需要父母亲自和班主任说。晚自习要到九点才下课，苏新七的家离学校远，她父母都不放心她晚上一个人骑自行车回去，所以开学就帮她和班主任申请了免自习。

苏新七满脸防备，陈姆看她这副模样就知道答案了。他勾勾唇，语气散漫道："带我去一趟？"

"不去。"苏新七拒绝得很干脆。

陈姆无所谓地点点头，目光一抬，往一班教室看去："他是不是也不上晚自习？"

苏新七脸色微沉："你别影响祉舟。"

陈姆不言，只是看着她。

苏新七和他无声地对峙了会儿，最后妥协道："放学后我带你过去。"

"嗯。"

陈姆虽然抓住了苏新七的软肋，他却有点不爽。

正巧这时李祉舟看向窗外，陈姆和他对上视线。

苏新七没看到李祉舟往她这儿看，倒是察觉到了其他人的目光，窥探、好奇、暧昧、轻鄙……经过一个上午的发酵，她和陈姆现在是话题中心，此时站在一起更是惹人非议。

苏新七想避嫌，正要走，陈姆先行一步："放学等我。"

苏新七深感自己再次被牵着鼻子走。

"小七。"李祉舟从教室里出来，往前看了眼，正好看见陈姆回班级的背影，他犹豫了下，还是问出口，"你和陈姆在说什么？"

苏新七回头："他问晚自习的事。"

李祉舟想和苏新七聊聊陈姆，但又不知道该如何开口，又以什么立场。

他端详着苏新七的脸，她的表情和平时没什么区别，恬静又淡然，看人时眼神会有点疏离，看他时却有笑意。

李祉舟忽地心安，冲她一笑。

苏新七和平常一样，只要他笑，她也会展颜浅笑："冯老师上课怎么样？"

"很好。"李祉舟不吝赞美，连连称赞道，"他讲题讲得很透，每道题考什么知识点都会点出来，深入浅出的，还很有耐心，班上要是有同学没听懂，他会讲解得更详细。"

"你刚才在问问题？"

"冯老师问我最近的复习情况。对了，小七，我放学后要和老师去实验楼做实验，你去吗？"李祉舟看着她说，"你要是想去，我和老师提一下就好。"

苏新七想到刚才和陈鉧的约定，沉默了下，摇头："我和你的水平不一样，我要是跟着去，老师还要顾虑我，我就不拖你后腿了。"

第二节课上课铃响，在走廊上打闹的学生才依依不舍地拖着沉重的步伐回到教室。

二班第二节课是物理课，冯赟上的，毕竟是城里来的老师，学生们对他都很好奇，他一进教室，就备受打量。

苏新七也在打量，李祉舟说起冯赟时满是溢美之词，但她和这位新老师还没接触过，只在刚才课间时瞄了眼，印象不深。

冯赟的肤色很白，不像海岛人因为常年暴晒，皮肤都比较黑。他穿得很正式，头发梳得一丝不苟的，戴着副银边眼镜，给人一种旧时代知识分子的感觉，像是教语文的，不像是物理老师。

"老师看着好年轻啊，你猜他多少岁？"陈沉小声问。

苏新七想了想，不从外表，单从经历上猜："三十五岁左右。"

"四十了。"

苏新七略微惊讶，陈沉冲她挤了下眼睛："那天校长和我爸说的，看不出来吧。"

"嗯。"

苏新七抬头，新老师从容地做自我介绍："同学们好，高三最后一学期将由我来担任你们物理科目的老师，我的名字是冯赟。"

他说完，拿起粉笔在黑板上写下自己的名字。

赟，美好的意思，苏新七当时想，这名字寓意真好。

第八章
海堤疗伤

傍晚下课，李祉舟和苏新七打了个招呼后就去了实验楼。苏新七和陈沅说自己还有事，让她先走。

陈鲋下课后就一直站在走廊上，赵筱婧她们约他一起去玩，他头也不回地拒绝了。

苏新七在座位上故意磨蹭了会儿，等值日生都走了后才收好东西，背上书包，起身往外走。

陈鲋见她出来，收起手机："好了？"

"嗯。"苏新七莫名有些别扭，低下头往前走。

陈鲋跟上："先去取你的车？"

"不用。"苏新七说，"我们从侧门走。"

陈鲋没忍住，嗤笑一声："弄得和做贼一样。"

苏新七乜他一眼。陈鲋接收到信号，举起双手做投降状，脸上却还是笑着的。

苏新七忍了忍，没和他计较。

沙岛上只有一个网吧，岛上会去网吧消费的主要是想玩游戏的中学生，网吧做的是学生生意，位置自然离学校不远。苏新七带陈鲋走侧门，一是为了避人耳目，还有就是因为侧门离网吧更近。

学校周围都是老房子，中学侧门这一块的房子因为建得早，没有好好规划，又旧又乱。这边很多房主把房子租出去，人员比较混杂，这也是大人不愿意让孩子过来的原因之一。

往前再走个百来米就到地方了，一栋两层楼的楼房，一楼是台球厅，楼上就是网吧，一块劣质的电子招牌挂在门前，彩灯都不亮。

陈姆往周围打量了一下，发现这块好像就是所谓的娱乐区，除了台球厅、网吧，附近还有游戏厅、KTV、旱冰场，此外竟然还有舞厅和一家不起眼的电影院。

麻雀虽小，五脏俱全，沙岛虽然不比大城市，但娱乐的去处还是有的。沙岛人也不仅仅只知道捕鱼卖鱼，疲累之余还是会找找乐子的。

"到了。"苏新七抬眼示意了下。

陈姆看她："不一起上去玩一会儿？"

苏新七想都不想就说："我走了。"

她抬脚要走，正巧有人从台球厅里出来。

"哟，这不是我们的七公主吗？"

苏新七听到这声，脸色微变。

台球厅里出来的不是一个人，而是一伙人，都是男的。陈姆随意扫了眼，里面有几个还是他认识的，就是吴锋宇一伙人，他们见着陈姆时脸色都不怎么好看。

还有几个是他没见过的，社会气息比较重，为首的那个也就是刚才喊苏新七的人，扎着渔民头巾，穿着牛仔夹克，一直拿眼睛打量苏新七。

陈姆沉下眼，盯视着他，面色不善。

苏新七也毫不躲避地回视着为首的人，眼神冷峭，她自然认得他，比她大三届的林勇强。

如果说吴锋宇是小混混的话，林勇强就是地痞恶霸。

苏新七刚升初中那会儿，岛上两所小学的学生会聚在一起，那个年纪正好情窦初开，她隔三岔五就能收到信，还有男生会给她送零食。

林勇强那时候读高一，常带着一帮人在校门口堵她。这事被她父亲和二叔知道了，直接抄上家伙，狠狠修理了他们一顿，那之后林勇强就老实多了，苏新七也得以过上了相对平静的中学生活。

苏新七上高一时，林勇强从沙岛中学毕业，他的父亲也是个渔民，家里有自己的渔船，毕业后他没再往上读，子承父业，去船上帮忙捕鱼。

说起来，沙岛上很多渔民和林勇强一家的关系都不太好，因为他们家的船不厚道，总偷网，别人辛辛苦苦下的网，林家父子就赶在别人起网前把网给偷了。一网的鱼少说也值点油钱，所以被偷网的渔民对林家是恨得牙痒痒，苏家尤是。

苏新七的父亲是沙岛上出了名的老船长，有经验，对洋流的流向、鱼群的习性了若指掌，他下网总是又稳又准，每次出海总能打到满满一舱的鱼。林家的船总盯着苏家的网偷，林勇强以前挨过苏家人的打，多少存了点报复的意味，因为偷网这事，苏、林两家交恶，在海上没少起摩擦。

林勇强使唤吴锋宇给他点烟，吴锋宇瞟了眼陈鲟，觉得有些丢面，就给瘦猴使了个眼色。瘦猴掏出打火机，巴巴地凑上去。

林勇强一把推开瘦猴，打了下吴锋宇的后脑勺，训道："我现在都叫不动你了？"

吴锋宇脸色铁青，敢怒不敢言，最后还是忍气吞声地给林勇强点烟。

吴锋宇在学校里横行霸道充老大，这会儿却畏葸地给人当小弟，苏新七对此并不吃惊。以前林勇强还在学校的时候，吴锋宇就跟着林勇强混，吴锋宇现在敢在学校作威作福，也是因为林勇强给他撑腰。

吴锋宇家里有钱，苏新七好几次见到林勇强勒索他，但他就是不反抗，还定期上供求庇护。林勇强压榨他，他就去压榨学校里的学生，苏新七很看不起吴锋宇这种欺软怕硬的行为。

陈鲟稍稍一想也就明白了他们之间的关系，他看向吴锋宇，讥诮道："这也是岛上的规矩？"

林勇强一手夹着烟，指了指陈鲟，问吴锋宇："他也是中学的？看着眼生啊。"

吴锋宇脸上无光，尴尬地低声说："他就是……陈鲟。"

林勇强意味深长地"哦"了声，又猛地拍了下吴锋宇的脑袋，"啪"的一声十分清脆："你个孬种，和外面的人比游泳都能输，沙岛的脸都被你丢光了，说你是我的小弟我都嫌丢人。"

吴锋宇被这么羞辱，满脸涨得通红。

林勇强戳他脑门："看什么看，罩着你我都嫌跌份，以后保护费交双倍，不然别想让我帮你撑腰。"

苏新七想到陈沅早上和她说过的话，觉得此地不宜久留，她拉了下陈姆的衣袖:"走吧。"

"欸,才来怎么就要走了?"林勇强低头看了眼苏新七的手,贱兮兮地说,"我还以为七公主只喜欢那个聋子呢,看来是只喜欢小白脸啊。小白脸中看不中用,不如我这种糙汉子有劲。"

林勇强说完,跟着他的几个小喽啰挤眉弄眼地哄笑出声。

苏新七身体一僵,还没做出反应,陈姆拉起她的帽子往她头上一盖,轻按了下她的脑袋,微弯着腰在她耳边说:"走吧。"

苏新七刚要回头,陈姆推了她一把。

"嘀,搁我这儿逗英雄呢,也不看看——"

林勇强说着往前走了几步,正想动手,陈姆转身避开,毫不犹豫地一个踢腿,直接踹上林勇强的腹部。他下脚狠,林勇强受不住力,往后一个趔趄,摔了个结实的屁股蹲儿。

陈姆扭头,用眼神示意,苏新七只犹豫了一秒,便转身离开。

"啊!"林勇强大概是磕到尾椎骨了,痛得五官挤在一起,他爆粗口咒骂,指着陈姆,大为光火,"给我按住他,往死里打。"

跟着他的几个喽啰齐齐冲上去。

陈姆练过跆拳道,知道怎么躲闪和出招。林勇强的拥趸们也不是吃素的,毕竟都是在船上干活的,力气大,光靠蛮力也能压制住人。陈姆以一敌多,身上挨了几下拳脚。

躲闪间,陈姆脸上挨了一拳,他浑然不觉得痛似的,眉头都不皱一下,往旁边吐了口血水,眼神一沉,开始反击。

他越斗越狠,下手快准狠,他知道打人的哪儿最痛,所以那些人也没在他这儿讨到便宜。

林勇强没想到陈姆居然有两下子,这么多人都没把他打趴下。林勇强捂着屁股蛋,回头冲吴锋宇他们怒喊:"你们几个孬种,傻站着看戏呢,还不一起上。"

吴锋宇脸上一阵红一阵白的,看着陈姆忽然一股热血涌上心头,他一咬牙,冲上前对着林勇强的屁股来了一脚,直接把林勇强踹趴下了。

"宇哥……"瘦猴他们几个都看傻眼了。

吴锋宇回过神看着趴在地上的林勇强也傻了,他刚才真是气血上头,没忍住就干了一直想干的事,冲动了。

事已至此，吴锋宇索性破罐破摔，回头冲瘦猴他们喊："抄家伙……帮陈鲂。"

陈鲂一人到底势单力薄，对方前赴后继，轮番消耗他的体力。就在他渐落下风之际，吴锋宇他们一人操着一根台球杆冲上来，胡乱挥舞。林勇强一方的人见了，怒火更甚，有样学样，也找起了称手的家伙，两方乱战成一团。

他们的动静把楼上网吧、周围店里的人给惊动了，围观的人越来越多，但没人敢上来阻拦，都怕被殃及。

每个人身上都挂了彩，但没人停手，两方的人都打红了眼，失去了理智。就在这时，两个身穿警服的警察拿着警棍冲出来，一边挥着警棍，一边厉声喊："都给我住手，听到没有！"

警察冲进人群里，挥舞着警棍，强行把两方的人隔开。

陈鲂后退几步，眼睛血色未退，目光一片肃杀。他朝地面吐了口血水，随意地拿手背揩了下嘴角，余光看到苏新七缓缓走近。

沙岛原来只有一个派出所，在码头那儿，后来沙岛上潜逃人员多了，又增设了两个，其中一个就在娱乐区附近，毕竟这一带鱼龙混杂，容易出事。

两个警察把陈鲂、林勇强、吴锋宇等人带回所里做笔录。警察是知道林勇强一伙人的，岛上不安定分子，所里常客，隔三岔五就要请他来喝喝茶。

才到派出所，一个老警察就指着林勇强："又是聚众闹事。你说说，都第几回了，不听训是吧，嫌上回拘的时间不够长是吧？"

林勇强揉了揉自己的屁股蛋，斜着眼看陈鲂，说："这回可不是我先动的手。"

老警察板着脸："报警的女孩说了，你欺负她同学，还狡辩？"

林勇强指了指自己边上的几人，每个人都挂了彩："你看看。"

老警察一时犹疑，往陈鲂身上打量。

"我是正当防卫。"陈鲂面不改色地说。

"你——"林勇强指着他。

"给我站好了，在所里还想闹，当我是摆设呢？"

"你们几个呢？"老警察看向另一旁的吴锋宇等人，这起闹事让他困惑的点就在这儿，吴锋宇几个他眼熟，平时常看见他们跟着林勇强厮混，今天却改换立场，把他给整蒙了。

吴锋宇虽然在学校里作威作福的,但都是小打小闹,今天还是他第一回来派出所,慌得很,就怕警察把他给拘了,真要蹲了局子,他爸估计会把他的腿打折。

他眼珠子转了转,咽了口唾沫,畏畏缩缩地说:"陈鲟是我的同班同学,老师说了要多帮助新同学,我看他被欺负,看不过去,就……"

"好你个吴锋宇,跟我反水呢,你信不信我——"

"给我闭嘴!"老警察一拍桌子,横眉冷对。

吴锋宇本来就心虚,此时被一吓更是胆战心惊的,他畏缩的模样在老警察看来就是惧于林勇强的淫威。

陈鲟乜了吴锋宇一眼,什么也没说,算是默认他说的话。

老警察再次打量了下陈鲟,他长得清秀,脸上还有挨揍的痕迹,又是外面来的,天然就给人一种处于弱势的感觉。

老警察在沙岛多年,知道岛上年轻人排外,何况林勇强又是个有前科的,理所当然地把今天的冲突认定为地头蛇欺负外来客。

"还伤着哪儿了,要不要紧?"老警察端详着陈鲟的脸,语气温和许多。

陈鲟缄默,摇了下头。

脸都见青了,身上肯定也好不到哪儿去,老警察当他不好意思说,喊来一个辅警,语气平和道:"你跟他去做个笔录,没事就可以走了,去岛上卫生院看看,别伤着了。"

"那我们呢?"吴锋宇有些焦急地追问。

老警察的目光在吴锋宇等人身上睃了下,考虑到他们还是学生,最后也摆摆手,宽容道:"做完笔录就走吧。"

"我们是不是也可以走啊?"林勇强吊儿郎当地问。

老警察冷哼一声:"想得美,你们几个,今晚就在这里和我做伴。"

"凭什么,你个老不死的——"

老警察把警棍一拍,怒目圆瞪:"怎么,再骂一句试试。"

陈鲟看了林勇强一眼,目光讥诮,从容地从问询室离开。

陈鲟做了笔录,之后警察也没为难他,有个辅警本想带他去卫生院看看,被他拒绝后就让他早点回去休息。

他从做笔录的房间出来,意外地看到苏新七还在接待大厅。

苏新七是报案人,也需要做笔录,完事后她就等在外面,看到陈鲟出来后她站起身。

外面天色已暗,璧月澄照。

才出来,苏新七就接到了李祉舟的电话,她猜他大概是看到她自行车还在,担心她出事,所以打来询问。

苏新七看了眼陈鲟,走到一旁去接电话。

"喂,祉舟。"

李祉舟听到苏新七的声音,立刻问:"小七,你在哪儿?还没回家吗?"

苏新七抿了抿唇,垂下眼:"忘记告诉你,我今晚去陈沅家了。"

李祉舟显然松口气:"那就好,还没回去吗?"

"嗯,一会儿就走了。"苏新七说,"自行车就放在你那儿,我明天早上和陈沅一起走。"

"好。"

挂了电话,苏新七看着手机,心里有点不是滋味。今天晚上她用同一个借口向父母和祉舟撒了谎,这对她来说已经是过分的行为了。

派出所出去就是海湾,苏新七挂断电话转过身,陈鲟已经坐在了海港围栏上。

就在苏新七结束通话没多久,陈鲟的手机就有电话进来,他从兜里掏出手机,随意扫了眼就接通了。

电话那头不知问了什么,陈鲟随意应道:"嗯,在外面。"

苏新七大概能猜到是谁给陈鲟打的电话,这个点是开饭时间,电话应该是李祉舟打来的,要他回去吃晚饭。

陈鲟听到脚步声,略微偏过头。苏新七看着他,表情有些不安,像是担心他会说漏嘴。如果是平时,陈鲟指不定会逗她一下,但今晚没有心情。

"不用等我,你们吃吧。"陈鲟挂了电话,回头不痛不痒地说,"走吧,送你回去。"

苏新七能觉察出他情绪不佳,好像从看到警察出现的那刻他的脸色就没好看过,她上下打量他,目光最后落在他嘴角的伤口上。

"去卫生院看看吧。"

陈鲟抬手揩了下嘴角,无所谓道:"不用。"

苏新七皱眉,觉得他一点都不像专业运动员。在她看来,运动员应该很宝贝自己的身体才是,可他每次受伤都处理得马马虎虎的,完全不重视。

陈鲟见她眉间挤出一个小"川",扬了下唇:"心疼了?"

苏新七瞥他一眼,觉得多说无益,直接示意他:"走吧。"

陈鲟挑眉:"又想忽悠我?"

苏新七知道他指的是上回她骗他去卫生院的事,她觉得有些好笑,他一米八的大个,还和小孩一样,怕去医院。

陈鲟现在这副模样,就这么回去肯定会吓着李叔和王姨,苏新七想了想,说:"不去卫生院,去海堤。"

沙岛有个大海湾,海堤将港湾与海洋隔开,港内不能捕捞、养殖。岛上的渔船大多都停靠在湾内,海堤挡潮防浪,港内总是平静的,一艘艘大小不一的渔船停靠在一起,在夜色中像守夜的战士。

海堤一头是出海口,渔船从那儿进进出出,另一头与沙岛相连,吴锋宇家的修船厂就在那附近,现在已经关门。海堤靠岛这头有一栋破旧的小房子,和海堤是一体的,房子比堤坝还高,是当初建大堤时一起建的。

苏新七带着陈鲟摸着铁栏杆爬上楼梯,她从书包里掏出钥匙,借着微弱的月光,把房门打开,最后摸了摸墙壁,往下拉了下拉绳。

灯光亮起的那刻,陈鲟眯了下眼睛,环视房内一周。

房间内杂乱无章,放着小型的锚、缆绳、渔网还有浮球,此外还有一个立柜,柜子上放着电池、手电筒之类零零碎碎的东西,角落里还有一张单人床,只有床板,上面什么也没有。

他一时无法定义这个房子,不知是仓库还是人住的地方。

陈鲟走到窗边,推开窗往外看了看,窗外就是大堤的另一边。海域辽阔漫无边际,此时海浪拍堤,波涛阵阵,"哗啦"声不绝于耳,从这儿还能看到海上的渔船。

咸湿的海风灌进房里,苏新七没忍住打了个喷嚏。

陈鲟合上窗,转过身斜倚在窗上,开口问:"这是你家的房子?"

苏新七拉开柜子的抽屉翻找东西,头也不抬地回答他:"二叔的。"

陈鲟看了眼那张什么也没有的单人床:"他住这儿?"

"偶尔。"

这房子是苏二叔为了出海方便建的,现在他大部分时间住在渔排上,这里相当于闲置房,苏家人就把它当成个小库房,出海捕鱼难免伤筋动骨磕着碰着,所以房子里也备着各种应急的药。

苏新七从抽屉里找出了酒精、棉签和创可贴，还有止痛化瘀的药酒，她转过身示意陈姆处理伤口。

房内没椅子，陈姆径自走向那张单人床，把外套往床上一丢，直接坐下。

苏新七走过去，把手上的东西放在床板上，又从书包里拿出一包湿巾递给陈姆："这里没水，只有这个。"

陈姆抽出一张随意地擦了擦手，他手臂上有几处擦伤，好像是刚才打架的时候被对方衣服上的铆钉弄的。他手背上的伤才掉痂，现在旧伤添新伤，满手伤痕累累。这要是换成以前，他可能会比较在意，现在都无所谓了。

苏新七又抽出一张递给他，示意他把脸也擦擦。

陈姆接过，抬眼看她："又想和我两清？"

苏新七看他一眼，想起上回的事，低头示意他："自己来。"

陈姆眉毛一挑，哼笑着说："待遇还变差了。"

他嘴上虽然这么说着，但也还是听话地拿起棉签，蘸了酒精，糊弄地往自己手上的伤口擦了擦。

苏新七有点看不过眼："仔细点，不然会发炎。"

"可以了。"陈姆把用过的棉签往地上一丢，低头扫了眼床上那堆东西，拿过一排创可贴，撕了一个下来，拆开包装纸就要往创口上贴。

苏新七忍不住了，直接上手拦下，她从他手上抽过创可贴，弯腰拿过棉签和酒精。

陈姆嘴角微扬，自觉地抬高手。

苏新七总感觉又中了套，她看着他，警告道："老实点。"

陈姆身子往后微仰，眼底透着薄笑："你把我带到这种地方来，现在才说这话不觉得迟了？"

苏新七抿嘴，她也是一时想不出还能带他去哪儿处理伤口，这才把他带到海堤上来。现在想想，孤男寡女的确不合适，但她刚才并没考虑那么多，深究起来，是因为傍晚的事让她对他降低了防备。

"放心吧，强扭的瓜不甜。"陈姆抬了抬手，"弄吧。"

苏新七不知道他哪儿来的自信，撇了下嘴，拿棉签蘸了蘸酒精，示意他把手抬高些。

她帮陈姆把手上的伤口仔细地消了毒，又规整地帮他把创可贴贴上，而后抬眼端详着他的脸，眼神犹豫。

陈鲟抬手摸了摸脸："破相了？"

"欸……你别用手碰。"他的嘴角和下颌都有小伤口，苏新七拿着棉签进退两难，最后还是咬咬牙，"把头稍微抬起来点……别动。"

陈鲟仰着脑袋，目光就直直地盯着苏新七，直白露骨。

他的眼神太过炽烈，手脚还算老实，让他别动他就真的一动不动。

苏新七偶然和他对上眼，拿棉签的手一抖，心底莫名会有种焦灼感。她强自镇定，眼神回避，屏息帮他把几个细小的伤口都用酒精消了毒，之后拿创可贴往他下巴上一贴，迅速收手往后退。

她把酒精瓶的盖子拧上，说："最近几天别去游泳了。"

陈鲟摸了摸下巴，心道她还挺了解他的，这叮嘱到位。

苏新七想到傍晚打架的场景，她把警察带来后还看见他被对方用球杆捞了两下，想来他身上应该有打击伤。

她拿过一瓶药酒递给他："这个是消肿化瘀的。"

陈鲟接过瓶子，玻璃瓶里装着不知名的棕色液体。他对着灯光晃了晃，拔开塞子，还没凑近，一股刺鼻的酒精掺杂着各种药材的味道扑鼻而来，光是闻味他脑子里就已经有具象的画面了。

他忍不住呛了下："你确定这是消肿化瘀的？"

苏新七冷着脸，从他手上把药酒抢过来："爱用不用。"

陈鲟轻笑，下一秒就将身上的黑色卫衣脱了。

苏新七瞠目，别开眼仓皇道："你脱衣服干什么？"

陈鲟把手从衣袖里抽出来，一脸理所当然："不脱怎么上药？"

"我的意思是让你把药酒带回去抹。"苏新七语气稍微急促。

"带回去？"陈鲟扭头往自己后背看了眼，"让李祉舟帮我？"

苏新七语噎。

陈鲟歪了下脑袋看她："耳朵红了。"

苏新七下意识抬手摸了下自己的耳朵，余光看到陈鲟嘴角上扬，一副得逞的模样，她这才反应过来自己是被诓了。

陈鲟把卫衣往边上一放："我现在是伤员，有什么不好意思的。"

苏新七想反驳回去，低头看到他背上明显的红肿，要说出口的话又堵在了喉头。

虽然傍晚的事不全是因她而起，但她也算是导火线，她不得不承认，陈鲟今天修理了林勇强一顿她是很解气的,她觉得自己这心理有点阴暗,因此对陈鲟存了点愧疚之心。

房子里就他们两人,陈鲟自己够不到背,能帮忙的也就只苏新七。她拿着药酒站在原地,过了会儿才说服自己,速战速决。

"你背过身,别乱动。"她语带警告。

陈鲟无声一笑,转过身。

苏新七在手心里倒了点药酒,两手来回搓动直至掌心发热。她看着他宽阔的后背犹豫了下,最后深吸一口气,暗示自己就当是揉面团。

她把手罩上他肩头红肿的地方,两人肌肤接触的瞬间,她心里有些异样,能明显地感受到陈鲟的肩颈肌肉硬邦邦的,像石块。

"冰吗?"苏新七问。

苏新七的手掌微烫,指尖却是冰凉的,一冷一热刺激之下,陈鲟的肌肉自然就有了反应。

"不会。"他说着放松下来。

"我使劲了,你忍着点,"苏新七事先提醒他,"会有点痛。"

"嗯。"

苏新七用力揉着他背上红肿的部位,她不只是用蛮力,还讲究点手法。以前她父亲每回出海回来,身体劳累或者磕着抻着哪儿了,都是她帮忙搽药酒的,次数多了,她也摸索出了点心得,知道要怎么揉才能更快消肿。

她边揉边观察陈鲟,他很吃得住劲,就算是她父亲这样的成年人,在她的力道下都会痛得龇牙咧嘴的,他却一声不吭,让她不得不怀疑自己是不是用对了劲。

陈鲟回头,他的肩头已经红成了一片,火辣辣地发烫,肌肉却舒展了许多,肿痛的感觉被灼热感取代。以前在队里,队医也常给他开背,她这技术都快赶上专业的了。

他抬眼看苏新七,她抿着嘴,表情认真,动作一点也不敷衍。他扬了扬唇,问:"我们这样算不算是有'肌肤之亲'了。"

苏新七闻言往他红肿的地方用力一按,陈鲟吃痛地闷哼一声。

"泄私愤呢。"陈鲟磨了下牙。

苏新七收回手:"好了。"

陈鲟双手往后一撑,微仰着上半身,忽然开口说:"苏新七,怎么办?

我迷上你了。"

苏新七虽然早知道陈鲟这人口无遮拦,但还是被他大胆的用词吓到了,什么话都能脸不红心不跳地说出口,她觉得自己有必要借此机会和他讲清楚,免得日后他又纠缠。

"我不喜欢你。"苏新七一脸严肃,郑重其事地说。

"哦。"陈鲟了然地点头,然后云淡风轻地问,"关我什么事?"

苏新七愣了下,没料到他会是这么个反应。

"我喜欢你是我的事,你不喜欢我是你的事,不冲突。"

苏新七抿了下唇,冷然道:"你影响到我的生活了。"

陈鲟勾唇:"抱歉啊。"

苏新七有一种拳头打进棉花里的感觉。陈鲟和她以往拒绝的男生不一样,他没有羞耻心。无论她是断然回绝,还是好声好气地摆事实讲道理,他一概不听,这可能与他运动员的身份有关,他的目标感很强,轻易不会动摇。

她觉得头疼。

"你喜欢李祉舟?"陈鲟突然问。

苏新七瞟了他一眼:"我和祉舟的关系没你想得那么龌龊。"

"喜欢一个人不龌龊,喜欢还藏着掖着才龌龊。"陈鲟抬首,目光直视苏新七,嘴角噙着漫不经心的笑,眼神却锋芒毕露。

苏新七心口一震,眼神飘忽了下。面对他赤诚热烈的目光,她有种败下阵来的感觉,几乎是有点气急败坏地说:"高三最后一学期,我没时间也没心情陪你玩。"

"你的意思是高考结束后就答应?"

他故意曲解,苏新七胸闷,用眼神回复他。

"我等着。"陈鲟无视她回绝的眼神,用肆意的姿态说道。

苏新七当真是节节败退,被堵得哑口无言,最后别开眼,略显狼狈地收尾。

"随便你。"

她还想说的是反正到那时候,他们大概天涯海角各奔东西,以后不在一个地方,也就不会再有什么瓜葛。

苏新七没把这话说出口,怕陈鲟又说出什么惊人之言。但更深处,她没敢细究,好像自己也拿不准这件事。

"我要回家了。"

苏新七看了眼手表,时间不早了,她不想再和陈姆单独多待,谁知道他会不会又弄出什么幺蛾子。

陈姆颔首,穿上卫衣,又拿过外套随手拍了拍披上。

"创可贴你带走。"苏新七绷着脸,语气平淡地说。

陈姆挑了下眉,弯腰拿起一排创可贴,撕了几个揣进兜里。他先行走出房门,站在外面等着。苏新七把棉签、酒精之类的东西放回原处,离开房间后锁上门。

第九章
冲突又起

房子比海堤高上一丈，视角比平地高上许多，视野也更加开阔。放眼望去，今夜云开星明，海风飕飕，海浪声声不息，夜晚出海捕鱼的渔船从出海口缓缓驶出，五星红旗的旗面在夜色中越加浓烈。

从海堤上下来，苏新七给陈鲔指了一条路："沿着这条路往前走，拐两个弯就是祉舟的家。"

陈鲔问："你怎么回去？"

自行车是取不了了，也不能让家里人过来接，苏新七只能走回去。陈鲔大概也猜到了，他揉了揉后颈，下巴一抬："走吧。"

他走了两步，回头看到苏新七站定不动，问："不是这个方向？"

经过今天的事，苏新七对陈鲔又多了几分了解，她扯了下书包的带子，极轻地叹口气，不再做无谓的口舌之争，低下头往前走，径自越过陈鲔。

陈鲔扬唇一笑，不紧不慢地跟上去，踩着苏新七的影子跟在她身后。

大夜弥天，他们一前一后沿着海港护栏踏着浪声默默无言地往前走，苏新七不想说话，陈鲔也不在她耳边聒噪，像个带刀侍卫一样，只是跟着。

约莫走了一刻钟，苏新七往后瞥了眼，忍不住开口说："从这儿到我家还要走半个小时。"

"还挺远。"陈鲔不以为意，随口应道。

苏新七见他一点也没打消送她回去的念头，索性由他，心想让他走上一个多小时，兴许吃点苦头以后就知道收敛了。

陈鲟不疾不徐地跟着，余光看到边上的一家店，他往前紧走了两步，抬手钩住苏新七的帽子。

苏新七不提防脖子一紧，不由得往后退一步，愠怒道："又做什么？"

陈鲟抬眼示意："吃点东西。"

苏新七顺着他的目光，看到了一家鱼丸店，今晚折腾到现在还没吃饭，她也的确有点饿了。

"走吧。"陈鲟拉了下她的帽子。

苏新七不满地从他手上把自己的帽子扯回来，抿抿嘴，倒是没拒绝。

陈鲟看到的这家店是岛上的老字号，店主是一个鬓发已白的老奶奶，岛上人都喊她"徐奶奶"，她做的鱼丸远近闻名。苏新七的阿嬷和徐奶奶是旧相识，小时候常带她来店里坐，自从阿嬷去世，她就很少光顾鱼丸店了。

鱼丸店店门大敞，店里没人，陈鲟径自挑了个位置坐下，抬头看着墙上贴着的菜单。

苏新七冲着隔着布帘的厨房试探地喊："徐奶奶。"

没一会儿，帘子被人掀开，徐奶奶拿着一把芹菜出来，看样子是正在择菜。她见到苏新七没有马上认出来，端看了几秒才恍然："是小七啊，哎哟，你都多久没到奶奶这儿来了，女大十八变，我差点没认出来。"

老人家说的方言，陈鲟听不懂，只能猜个大概的意思。

"奶奶，您还开火吗？"苏新七问。

"开，想吃什么奶奶给你做。"

苏新七看向陈鲟："你要吃什么？"

徐奶奶这才注意到店里还坐了客人，打量了陈鲟两眼，又看向苏新七。

老人家的眼睛见过太多世面，老到通透。苏新七只好硬着头皮解释："他是我们班新来的岛外同学。"

"外面来的啊。"徐奶奶再次看向陈鲟。

苏新七点头，心里松口气。

"岛外"这个词在沙岛很容易就能引起岛民的好奇心，只要触发这个关键词，一般都能把话题转开，苏新七就是故意点明陈鲟岛外人的身份好转移视线的。

"哎哟，脸上是怎么了？"

苏新七不动声色地解释："他不小心摔了。"

"太不小心了，海边滑，这么漂亮的脸留疤就可惜了。"徐奶奶是老一辈的话术，看到长得好的小辈不管男女都夸漂亮，她用不太标准的普通话问陈鲟，"你看看想吃什么，奶奶给你做。"

苏新七在陈鲟对面坐下，她把书包放在一旁的椅子上，抬头说："奶奶家的鱼丸好吃。"

陈鲟略一颔首："那就吃鱼丸。"

"奶奶，两碗鱼丸。"

"好嘞，还要别的吗？"

苏新七看向陈鲟，他盯着菜单问："土笋冻是什么？"

苏新七记起他自小在内陆长大，她眨了下眼，直接问徐奶奶："奶奶，土笋冻还有吗？"

"有呢有呢，今天才熬制的。"

"那要两个。"

"行，奶奶给你们拿。"

徐奶奶很快就拿了两个土笋冻出来，她一一放在陈鲟和苏新七面前，和蔼地说："你们先垫垫肚子，奶奶去煮鱼丸。"

陈鲟拿汤匙拨开香菜，碰了碰碗里黑不黑白不白像果冻一样的东西，问："里面是什么，笋吗？"

苏新七没回答，只是说："你尝尝不就知道了。"

陈鲟觉得这玩意奇怪，不过也不惮尝试，反正吃不死人，他扼了一勺，直接就放进嘴里嚼了嚼。

土笋冻加了酱油和醋，入口先是有点咸有点酸，膏状的东西像果冻，吃起来却比果冻有嚼劲，尤其是里面条状的东西，好像不是笋，不脆但很劲道。

陈鲟吃不出里面是什么，用汤匙扼了扼，分离出一小条白色物体："是什么？"

苏新七抬头，面无表情地陈述道："是虫子。"

陈鲟拿汤匙的手顿住，苏新七说完后，他盯着那条白色物体看了会儿，她不点破还好，说了后他都能看到虫身的褶皱，不由得一阵恶心，有些反胃。

苏新七见他脸色微变，忍俊不禁，嘴角一弯，眼底眉梢都透着笑意。

陈鲟放下汤匙，抬眼就看到她难得解颐，本就明艳的脸更是生动耀目。

他轻展眉头，也不恼，眉峰一挑，看着苏新七说："几条虫子，值了。"

吃完东西，陈鲟一路护送苏新七回到家。到了家门口，她也没和他多说，背着书包就走。

陈鲟目送她进了家门，想到今晚的事，笑了下，这才转身返回。

苏新七第二天是和陈沅一起去学校的，陈沅的妈妈把她们送到了李祉舟家。

苏新七在上楼前再次叮嘱陈沅："别忘了我刚才说的。"

"我记得啦，你昨晚是和我一起回去的。"陈沅觑了苏新七一眼，咕哝道，"昨晚你去哪儿不告诉我就算了，居然连祉舟都瞒着。"

苏新七抿唇缄默。

这时楼上响起脚步声，苏新七抬头，正巧对上陈鲟的眼睛。

"早啊。"陈鲟看上去心情不错。

苏新七抿唇不答。

陈鲟双手插兜优哉游哉地往下走，下了楼他往苏新七身后看了眼，发现她今天没穿带帽子的衣服。他有些遗憾，把手从外套口袋里抽出来，往她那儿抛了一盒牛奶。

苏新七一惊，手忙脚乱地去接。

陈鲟不待她回绝，径自往前走，按了下她的脑袋："喝了。"

陈沅看着陈鲟离去的背影，啧啧道："什么偶像剧剧情啊，这也太帅了吧。"她突然有个大胆的猜测，"小七，你昨晚……不会是和陈鲟在一起吧？"

苏新七没否认。

陈沅瞪圆眼睛，讶然道："你们——"

"没有。"苏新七打断她的想象，"发生了点意外。"

陈沅想到陈鲟的脸，显然是和人打架了，她还想再问，楼上又响起了脚步声。

苏新七下意识把陈鲟给的牛奶放进书包的侧口袋里，等做完这个动作，她才蹙了蹙眉，也不知道自己为什么要这么做，好像做贼心虚一样。

陈沅意味深长地看了眼苏新七。

苏新七心里暗叹，这会儿也没办法解释，她抬头，抿出浅笑："早啊，祉舟。"

李祉舟背着书包从楼上下来,手上拿着一个保鲜盒,到了苏新七面前,把盒子一递。

"说了要给你带一个月的早餐,但是你每天都吃了来的,我就给你切了点新鲜的水果。"

苏新七没和他客气,接过后道了声谢。

"还有……"李祉舟单肩背着书包,从里面拿出一个笔记本,"力学你比较薄弱,我整理了一些经典题型,把解题思路和易错点都写在了上面,你拿回去看看,应该会有用的。"

苏新七这回略微诧异,接过笔记本翻了翻,所有的题目都是他手写的,解题过程十分详细,重点题型还用红笔标注了。

"你怎么还帮我整理这个?多浪费时间。"

李祉舟背好书包,笑笑说:"没花多少时间,我就当复习巩固了。"

"真好,我也想有个祉舟这样的青梅竹马,不仅送吃的,还帮忙整理习题。"陈沅满脸歆羡,不过她也很有自知之明,耸了耸肩又说,"算了,我这水平,全是薄弱项,真要给我整理习题估计够呛。"

"谢了啊。"苏新七把笔记本装进书包里。

"我们之间还说什么谢谢啊。"李祉舟说,"走吧。"

他们和在面馆里忙活的李父李母打了招呼,一起往学校走。陈沅突然问:"祉舟,陈鲟不是住在你家吗?你们怎么都不一起走?"

李祉舟下意识看了眼苏新七,面色略有些尴尬。他摸摸脑袋,说:"他好像不喜欢和人走得太近,在家里也是,喜欢独处……昨晚他很晚才回来,脸上还带着伤,我爸妈问他,他也不说。"

李祉舟说的是实话,虽然因为苏新七,他和陈鲟相处起来有些不自在,但他也从没刻意冷落过陈鲟。可陈鲟好像没想和他交好,他们基本上不交谈,就连他的父母,他都有些疏离,只是维持着表面的客套。他有时候会以为陈鲟是因为他爸爸的事对他们家有怨气,但转念又觉得自己小人之心,反倒过意不去。

陈沅觑了眼苏新七,闭紧嘴。

苏新七心情微妙,怕李祉舟心里在意,适时开口说:"你别管他,他不妨碍你就好,喜欢独处就让他自己待着。"

李祉舟点了点头。

今天周六，本该是假日，但高三生还是得来学校上课，所以一大早，教室里的学生都快快不乐，垂头丧气的。

陈姆踩着早读课的上课铃进了教室，他进门就受到了班上大半同学的瞩目。

"欸，陈姆怎么才到，他不是比我们早走吗？"陈沉碰了碰苏新七的手。

苏新七抬头，很快垂眼道："不知道。"

陈沉燃烧了一早上的好奇心这会儿是按捺不下去了，她放下书，凑过去问："昨晚你和陈姆都干吗去了？"

苏新七知道这事不交代清楚，陈沉是不会罢休的，她叹口气，言简意赅道："昨晚我带他去网吧，在台球厅那儿碰上了林勇强他们，陈姆和他们打了一架。"

"啊……"陈沉捂嘴，"难怪他脸上有伤，最后没事吧？你呢，有没有受伤？"

苏新七摇头："我报警了。"

"你们去派出所了？"

"嗯。"

"我的乖乖，真够惊心动魄的。"陈沉左右瞧了瞧，压低声说，"一定是吴锋宇叫人打的陈姆，他可真可恶。"

苏新七沉默了下，想到昨天傍晚的情况倒是不知道该怎么解释。

陈沉知道吴锋宇向来就巴结着林勇强，昨天他游泳输给了陈姆，心里肯定不甘，所以她理所当然地以为是他怂恿的林勇强，结果一到课间，她傻眼了。

吴锋宇一下课就去陈姆的座位上鞍前马后地伺候着，"姆哥"长"姆哥"短地叫得亲热，他的那些小弟也有样学样。

"姆哥，之前多有得罪啊，我给你道个歉，你大人不计小人过，以后我们好好相处，你有什么需要帮忙的，尽管开口，我一定帮。"

吴锋宇能屈能伸，昨天早上还梗着脖子跟陈姆叫板，今天就甘当小弟了。昨晚从派出所里出来他就想过了，林勇强这棵树是靠不了了，昨天他动手打了林勇强，日后指定会遭报复，况且游泳比赛输给了陈姆，他在学校里已经没那么威风了，大势已去，倒不如趁此机会和陈姆搞好关系。他算是看出来了，陈鲟是个硬茬，身手好，人也够狠，不比林勇强逊色。

陈鲟瞥他一眼，对他们这种拜码头的行为持一种且受着的态度，伸手不打笑脸人，反正他们乐意受他驱使，他就坦然接受。

"鲟哥，你刚来岛上不熟悉，放学我带你转转？"

陈鲟乜他，眼神嫌弃，而后把目光投向走廊，微眯了下眼。

吴锋宇顺着陈鲟的视线看过去，在看到背对着教室，并排站在走廊上的两人后立刻明白了。他眼珠子滴溜一转，谄笑着说："鲟哥，你要是想要七公主的联系方式，我有啊。"

陈鲟警告地睇他一眼。

吴锋宇立刻解释："愿赌服输，昨天我输了，以后我不会再打七公主的主意了。"

陈鲟冷哼一声。

吴锋宇趁机说："我可以帮你啊。"

陈鲟挑了下眉，往走廊上示意了一眼："他们一直走得这么近吗？"

吴锋宇点点头，往长椅上一坐，说："七公主和李祉舟那小子从小就认识，他们两个的关系很好，上学放学都一起走，课间也常待在一起，学校里很多人都以为他们在谈恋爱。要我看啊，李祉舟就是个只会死读书的书呆子，手不能提肩不能扛的，配不上七公主。

"但是七公主对他护得紧，学校里谁要是敢欺负李祉舟，就算是说他一句坏话，她都真敢和人动手。"

吴锋宇怕陈鲟不信，主动坦白："我就吃过苦头，年初那会儿喊了下李祉舟的外号，好家伙，她可是直接拿'彩雷王'砸我们啊。"

陈鲟闻言，嘴角微微上扬。

吴锋宇又指了指另一边叽叽喳喳聊八卦的赵筱婧："去年赵筱婧捉弄了下李祉舟，结果游泳课时被七公主狠狠地修理了一顿。"

陈鲟眉头一动。

"别人都以为他们是关系好，所以七公主才对李祉舟这么好，但是我小时候和他们玩过一阵，知道七公主对他那是过意不去。"吴锋宇神秘兮兮地指了指自己的耳朵，"你知道李祉舟的耳朵不太好吗？"

陈鲟自然见过李祉舟的助听器，他不是好事的人，从来没想要去了解李祉舟失聪的原因，此时听吴锋宇这么说倒好像和苏新七有关系。

"他失聪不是天生的,是小时候落下的病根。"吴锋宇瞅了走廊一眼,接着说,"大概是六七岁的时候吧,七公主把李祉舟带上了她爸的渔船,两人躲在船舱里跟着出海了,结果就出了事。李祉舟掉进了海里,救是被救上来了,但生了场大病,好像是高烧几天不退。等他病好,耳朵就听不到了,大概是烧坏了。"

此时上课铃响,苏新七从教室外进来,陈鲟的目光紧随着她,让人看不出内里情绪。

第二节课下课是课间操时间,今天没雨还出了太阳,广播就通知全体学生下去做操。

苏新七没在一班找到李祉舟,问了人才知道他被冯赟喊走了,她于是作罢,和陈沉一起去操场排队。

沙岛中学的操场就是两百米跑道中间的一块小草坪,前天下过雨,草地还是松软的,人踩在上面像是踩在海绵垫上一样。

三个班,每个班各排两队,两个理科班是男生一队,女生一队,文科班则是女生一队半,男生补齐。

苏新七的个子算是班上女生中较高的,她排在队伍的后面。早操开始前,她转过头看向隔壁班的队伍,想看看李祉舟有没有来,结果一转头就看到了陈鲟,他就站在她的斜后方。

陈鲟看到苏新七回头,意味深长地摸了摸下巴上的创可贴,冲她勾勾唇。

苏新七抿唇蹙眉,迅速转回头去。

陈鲟不恼,早操音乐一开始,他盯着苏新七看得津津有味,本来简单的早操动作她做起来好像格外有美感,比女子体操队那些人都赏心悦目。

操场上认真做操的学生不多,苏新七一开始还做得很标准,但后方陈鲟肆意观看的眼神让她的动作越来越畏缩,束手束脚的,十分不自在。好不容易挨到了跳跃运动,所有学生乱跳一通,最后几节没做完,后排的男生就自行离开了。

早操结束,苏新七站在原地等陈沉。

"刚才在找我?"陈鲟走到苏新七身边,微弯下腰看着她。

苏新七瞟他:"我找祉舟。"

"你是他的陪读吗?整天围着他转。"

苏新七脸色微沉:"不关你的事。"

"他想学天文就让你学海洋。"陈鲟睐了下眼,冷笑一声,"他让你学什么你就学什么,你是应声虫吗,没点主见?"

苏新七之前就猜那晚在山顶上的生人是陈鲟,此时听他出口讽刺更是确定。她眉头紧蹙,冷言冷语地回他:"那是我的事,与你无关。"

两人忽然对峙起来,就在这时,吴锋宇喊了声"鲟哥",朝他挤了挤眼睛。

"呵。"陈鲟冷哼,看苏新七一眼,走了。

苏新七气闷,而后想想又觉得没必要。

因为间的事,苏新七后两节课都有些不在状态。

陈鲟对李祉舟有敌意,最让她心烦的是,她好像是缘由。

中午苏新七和陈沉去食堂吃饭,刚打了饭坐下,没吃两口,陈鲟端着盘子坐在了她旁边。

陈鲟点了剁椒鱼头,他拿没用过的勺子把鱼眼睛挖出来放在了苏新七的餐盘里。

课间不欢而散,他这算是示好。

陈沉咂舌,忍不住问:"你知道小七喜欢吃鱼眼睛啊?"

陈鲟挑眉,扬唇一笑,慢条斯理地说:"我还知道她——"

"你怎么没回去?"苏新七在他说出混账话前不悦地打断他。

"麻烦。"

"和李叔、王姨说了吗?"

"嗯。"

苏新七把话头岔开后就无话可说,倒是陈沉,她本来就对陈鲟有诸多好奇,但他们不熟,她也不敢主动搭话。兴许是因为在苏新七面前,陈鲟表现得没那么不好相与,她胆子就放大了。

"你好,我叫陈沉,我们是本家,我也是岛外来的。"

陈鲟淡淡地应了声:"嗯。"

陈沉看着他,心直口快就问:"我是因为爸妈来做生意才转学到岛上来的,你呢?高三转学为什么啊?你之前不是运动员吗?怎么不——"

苏新七只觉不妙,厉声打断她:"小沉!"

苏新七转过头去看陈鲟,果然他脸色转沉,不复轻松,语气也冷了几分:"怕什么?"

苏新七暗自平稳呼吸:"没有。"

"说说,李祉舟还说我什么了?"

"他什么都没说。"苏新七端详着陈鲟的脸色,后知后觉自己的语气有些急促,反倒像是心虚。

陈鲟冷笑:"什么也没说,呵,你想知道什么?"

苏新七在他的目光下脊背微凉。

陈鲟盯着她紧抿着的唇,冷哼:"紧张什么?"

苏新七这会儿心里焦灼,进退维艰。陈鲟有不想让人知道的秘密,这是她推测出来的,但此时此刻就算她说的是实话,陈鲟也会觉得她是在狡辩,他一定以为祉舟把他的秘密告诉给了她,而她想隐瞒。

苏新七沉默片刻,放下筷子,眉眼也凛然起来:"不管你信不信,祉舟只说过你是运动员,别的他什么也没说过。"

她加重了语气:"你不许为难他。"

陈鲟回视她,目光微黯,语调也低了几度:"也想修理我吗?"

涉及李祉舟,苏新七毫不退让:"你要是敢——"

"护花使者当上瘾了?"

苏新七抿紧唇。

陈鲟绷着脸,目光阴沉,沉声说:"你护得了他几回?"

苏新七捏紧手指,神色怫然。对她来说,祉舟是底线,别的她可以忍让,唯独他,不行。

"不管你之前是比赛嗑药还是欺凌同学,我都不感兴趣,但是祉舟,他什么错都没有,你离他远点。"

苏新七捏着拳,声线隐隐颤抖,显然是真动怒了。

陈鲟脸色阴沉,眼神都是冰冷的,他冷笑道:"看来李祉舟是真没和你说。"

他微微俯身,头一回语气凉薄地对苏新七说:"你把我想得太善良了,我做的事比你猜的还出格。"

陈鲟说完,饭也不吃了,起身离开。

三月,南方回暖,气温上升得很快,出太阳时仿佛初夏光景。沙岛上乔木新绿,美人山上百花竞开,一派生机勃勃。

这个季节也是出海捕鱼的高峰期，再过两个多月就是休渔期，每个渔民都想趁着这段时间多打几网鱼，因而渔港码头每天都是百舸争流，渔船进进出出好不热闹，码头上人来人往，挑鱼贩鱼十分繁忙。

和大人们比起来，象牙塔里的学生自然显得逍遥，三月初高中开学了，学校里每日都闹哄哄的，像凤凰树掉种子似的，"噼里啪啦"。

日光底下无新事，校园里的生活更是日复一日，上学放学，时间被切割成无数节课，在铃声反复敲打中流逝。

转眼间高三年级距高考就剩一百天了，沙岛中学虽然有志于读书的人不多，但学生们在各科老师营造的氛围下也难免有了紧迫感。毕竟在这个社会，学历还是很有用的，如果家里孩子真能考上大学，父母是不会硬逼着他们留岛继续当渔民，风吹日晒劳碌一生的。

百日誓师大会这天，苏新七和往常一样，六点起床，在家背半个小时的书，吃了早饭后就骑着自行车往李祉舟家去。

高三时间紧张，苏父也曾提议过让苏母每天骑摩托接送苏新七上下学，但苏新七觉得父母已经够忙的了，她不想平添麻烦，仍是坚持骑自行车。独自上学除了不想辛苦父母，她也很享受清晨傍晚骑着车，迎着海风，在朝暾夕阳中缓缓前进的感觉，那是一天中难得的悠闲时光。

到了李家，苏新七背着书包上楼。李祉舟正在餐厅吃饭，听到声音他应了声，把最后一口粥喝了，然后说："我拿下书包。"

苏新七站在客厅等着，李祉舟才进房间，他隔壁屋的房门就开了。

陈鲟显然才睡醒，裸着上身，头发乱糟糟的，他掀起眼帘看到苏新七，表情毫无波澜，目光掠过她，径自往洗手间走。

苏新七垂眼，抿了下唇。

自从上回食堂的冲突后，陈鲟这阵子对她冷淡许多，甚至可以说是把她看作陌生人一般。她没想到，之前屡次拒绝都没能把他推远，结果一次意料之外的争吵就让他们回到了原位。

她想她是踩到了他的痛点。

陈鲟对苏新七的态度来了个翻天覆地的变化，对此，陈沅深感愧疚，觉得都是自己多嘴惹的祸。苏新七倒没什么特殊的感觉，甚至一开始还有些庆幸，觉得生活总算能恢复平静，可到底和从前有些不一样，比如此时，她并不能做到完全无视陈鲟。

李祉舟背了书包出来，正想要敲敲隔壁的门，结果看到房门大开，他知道陈鲟起来了也就作罢。

"我们走吧。"

苏新七和李祉舟一起下了楼。到了楼下，李母看到他俩，一边下面，一边笑着问："小七，吃了吗？"

苏新七点头。

李父抬头问李祉舟："小鲟起来了吗？"

"起来了。"

"这孩子……昨晚回来得太迟了。"李父嘀咕了句，表情有点担忧。

陈鲟这段时间和吴锋宇那些人走得近，校内校外基本上都走在一起。陈鲟托吴锋宇给他弄了辆电动车，他们一伙人经常骑着电动车绕岛。

苏新七晚上在家都能听到环岛路上的动静，每当这时她都会走神。

"陈鲟……没欺负你吧？"苏新七抬头。

李祉舟摇头："你最近怎么老问这个问题？"

苏新七缄默。

"他最近总是很晚才回来，我爸妈都很担心他。"李祉舟主动说起陈鲟的事，脸上也露出了点忧虑，"他好像有点……自暴自弃。"

苏新七垂眼，踢了下路边的小石子。

自暴自弃，这个词就能说明一定的问题了。

苏新七没开口问，之前她就猜到陈鲟身上有秘密，看上回他的反应，有些事他并不想让人知道，而她也不想让祉舟为难。

"不管怎样，都是他自己的选择。"苏新七平静地说，"你不用替他考虑太多。"

"你们……"李祉舟闻言看了她一眼，内心有些纠结，他踟蹰了下，仍是善解人意道，"他只是一时想不开，不明白现在的选择对未来会有多大的影响……如果我能拉他一把，不也挺好的吗？"

苏新七愣怔。

"但是我不知道该怎么劝解他。"李祉舟稍显苦恼。

苏新七陷入沉思。片刻后她回过神，不想让自己多去想陈鲟。她转头看向李祉舟，换个话题问："昨晚你又和冯老师去山上看星星了？"

提起星空，李祉舟的眼神瞬间就亮了。他点点头，笑着说："昨天晚上没什么云,观星效果很好。你应该来的,老师有专业的天文望远镜,可以很清楚地看到星云,还能看到月球表面的陨石坑。"

"听起来很不错。"

"我们约好明天晚上再爬一次山,你跟我们一起啊。"

苏新七想了想,点了下头:"好。"

李祉舟听她应承很高兴:"到时候可以让老师给你讲讲天文知识,他可比我专业多了,说得也有趣。"

苏新七见他神采焕然,不由得笑道:"看来你真的很喜欢冯老师。"

李祉舟摸摸脑袋:"他是个好老师。"

苏新七深以为然。

冯赟的确知识渊博,授课老到,她本来以为他会是那种老学究式的教学方式,但意外的是他上课并不枯燥,课堂上寓教于乐,偶尔也会开个玩笑。

誓师大会其实也没什么新鲜的,和开学典礼无甚差别,无非是把所有学生拉到操场上,先听校长动员,然后全体高三生举着拳头宣誓。十年寒窗磨一剑,剑是利是钝并不会因为一个大会而有太大的改变。早上大会上信誓旦旦热血沸腾要悬梁刺股最后搏一把的学生,到了下午大多都激情消退,在睡意下被打回原形。

对苏新七和李祉舟这样的学生来说,今天不过是高三生涯中平常的一天。

晚上放学,李祉舟和冯赟去了实验楼,苏新七留下做值日,她不想让陈沅妈妈多等,就让陈沅先走,自己多做了一份卫生。

苏新七打扫完教室,提着垃圾桶下楼,在半道碰上了陈鲟,他手里抱着个篮球,和吴锋宇几个从楼下上来。

陈鲟察觉有人挡着,抬头看到是苏新七,表情未变,垂眼扫了下她手上的垃圾桶,一句话也没说。

"七公主,值日呢。"吴锋宇一如往常,歪着头流里流气的。

他觑了眼陈鲟,在心里打起了小算盘,看着苏新七说:"碰上就是缘分,你既然还没走,不如跟我们去吃烧烤啊。"

他又看向陈鲟:"鲟哥,怎么样,这顿你请啊?"

陈鲟把篮球一转,跨步上楼,直接从苏新七身边错过,头也不回地冷声说:"别没事找事。"

"我去。"

"不去就——欸？"吴锋宇盯着苏新七，怀疑自己幻听了。

苏新七绷直了背，面无表情地开口："我跟你们去。"

陈姆站定，低头审视着苏新七，她回头看向他。

两人相视片刻，他才说："想去就去吧。"

第十章
泳池溺水

苏新七背着书包跟着陈姆去了学校侧门,他把电动车停在了附近的巷子里。

陈姆直接走向一辆崭新的黑色电动车,跨坐上去。

吴锋宇有眼力见儿,冲苏新七指指陈姆的车:"七公主,你坐姆哥的车。"

苏新七有些犹豫。

陈姆偏过头表情冷淡,有些不耐烦:"反悔了就趁早回家。"

苏新七抿紧唇直视他,过了会儿扯了下书包带朝他走过去。她走向车头,拿过放在上面的头盔直接戴上。

陈姆瞥她一眼,倒是没说什么。

苏新七把护目镜按下,还有些忐忑。

"坐好了。"

陈姆语气薄凉,苏新七看着他的后脑勺,双手往后扶好。

小巷狭窄,陈姆骑得慢,等上了环岛路,他也没有加速,不串道不飙车,老老实实中规中矩的,苏新七这才渐渐放下心来。

沙岛上的烧烤摊子不少,基本都在码头附近,傍晚日落时分开张。渔民们出海捕鱼,有时候需要走上个三五天,船上没什么好吃的,嘴里没味,所以他们归来下船后第一件事就是去摊子上坐坐,喝上几瓶酒,点上几盘烤串祭下五脏六腑。

陈鲟随便挑了个排档，把车停在边上。吴锋宇等人也跟着停下，瘦猴他们几个一下车就冲进排档里，几个人占了张大圆桌。

苏新七下车后摘下头盔，陈鲟把车锁好，拿过她手上的头盔，下了车随意往椅座上一放。

"走。"

陈鲟迈开步子，苏新七抬眼看他，下意识地扯了下书包的带子，跟上去。

"鲟哥，坐这儿。"吴锋宇挥手，又问，"吃什么？"

陈鲟给了他一个眼神。吴锋宇心领神会，看向苏新七问："七公主，想吃什么，尽管说。"

码头这儿离苏新七的家不远，她晚上出来散步时总能嗅到烧烤摊的孜然味，但她很少光顾，她的父母都不让她多吃这种食物，她自己也不好这一口。

苏新七扫了眼架子上的烤串，有些她根本看不出是什么，不过她本来也不是跟来吃东西的，于是应道："你们点吧，我不挑。"

吴锋宇看向陈鲟，陈鲟点了下头。

陈鲟挑了个位置坐下，苏新七犹豫了下，落座在他身边。她有点不自在，双手放在膝上，正襟危坐。

吴锋宇点了单，拎着一提啤酒走过来："吃烧烤怎么能没有啤酒？"

他拿了罐啤酒放在陈鲟面前，又拿起一罐看向苏新七："七公主，来一罐？"

苏新七拒绝的话还没说出来，陈鲟睨了吴锋宇一眼，开口道："她不喝……给她拿瓶饮料。"

吴锋宇促狭一笑："得嘞。"

这个点还早，烧烤摊上没什么人，老板手脚麻利，先上了盘烤串，过了会儿又端上一盘烤牡蛎。

"烤鱼还要等等，你们先吃着。"老板娘热情地招呼道。

刚从烤架上拿下来的烤串还冒着热气，泛着油光香味十足，勾得人食指大动。

"七公主，我们还是托你的福才蹭了顿烧烤，你别客气啊。"吴锋宇到底有点小聪明，这话说得油滑。

陈鲟拿过苏新七面前的雪碧，单手把拉环拉开放她面前，瞥了她一眼：

"饿着肚子，你说什么我都没心情听。"

苏新七愣了下，旋即抿了下嘴。

陈鲔不傻，她平白无故跟他来吃烧烤，肯定是有事找他。但实际上，苏新七在楼梯上答应的那一瞬间没有经过深思熟虑，完全是冲动的，事后她自己也觉得莫名。

"炒蛤蜊好了。"老板娘又端上一个小盘。

苏新七的目光在桌上睃了一圈，随后拿起一串烤玉米。

吴锋宇冲她比了个大拇指："不愧是七公主。"

苏新七微蹙了下眉，不解。

吴锋宇解释道："一般女生和男生吃烧烤都不会挑烤玉米……她们怕嘴张太大，吃相不好看。"

岛上的烤玉米是把整根玉米切成等分的几块穿在一起的，苏新七听了吴锋宇的话，垂眼看了看手中的玉米串，而后面色不变，镇定自若地张嘴咬了口。

陈鲔余光看到她这举动，勾了下唇。

"鲔哥，来，走一个。"吴锋宇举起啤酒。

陈鲔淡淡地看他一眼，捏起啤酒罐，朝他随意举了下。

夕阳西沉，回港的渔船越来越多，烧烤摊的生意也渐渐红火起来，顾客大部分都是才下船的渔民。

"老王，来一盘烤鱼，多加料。"

苏新七听到这声音动作一滞，暗道冤家路窄。

陈鲔显然也听出了林勇强的声音，他没什么反应，八风不动老神在在，手上还悠闲地晃着啤酒，偶尔看苏新七一眼。

林勇强和他船上的几个船夫一起走进大棚里，目光一转就看到了陈鲔等人。他满含讥嘲地笑了两声，朝他们那桌走过去，把手往吴锋宇肩上一搭："怎么回事啊，吃烧烤都不喊我了？"

吴锋宇给林勇强当了许多年的小弟，此时面对林勇强还是会心里发虚，他勉强扯出一个干巴巴的笑，下意识地看向陈鲔。

林勇强顺着他的视线看过去，故意吊起嗓子说："怎么，认新大哥了，看不上我这个旧老大了，连七公主你都让给他了？"

苏新七冷下脸，陈鲔一个眼神都没给林勇强，像是压根儿没看见他，不把他当回事。

正好这时老板端着一盘烤鱼送过来,林勇强见了,霸道地指使道:"老王,这一盘先给我们那桌。"

"这……是他们这桌先点的。"老板面露难色。

林勇强不满:"他们几个学生崽等着就等着,我们哥几个才从船上下来,肚子都饿瘪了,这盘鱼先给我们。"

老板显然知道林勇强是什么样的人,怕他砸场子,这会儿不敢得罪他,但把这盘鱼先给他们那桌又于理不合。老板很是为难,权衡之下就和看着比较好说话的学生打商量。

老板是看着苏新七说的:"要不这盘鱼就先给他,叔一会儿再给你们做一盘。"

陈鲒抬起眼看向老板,眼神凛冽,他还没开口,边上的苏新七先说话了:"这盘鱼是我们点的,凭什么要让给他?"

周围的人一时都看向她,目光各异。

"他是最后来的,这盘鱼给了他,王叔你再重新给我们做一盘不就让其他桌的人多等了吗?"

苏新七绷着脸,语气却不咄咄逼人,而是有理说理缓缓道来。其他桌的客人本来在海上就对林家渔船偷网的行为十分不满,没想到林勇强到了岸上更过分,都敢明抢了。

"老王,这船进码头还讲究个先来后到,怎么到你这儿吃个饭还能插队?"隔壁桌一个渔民大叔开口说。

"就是,哪能这么做生意啊。"有人附和。

老板被说得面红耳赤,他做的也是小本生意,不敢得罪人,不听林勇强的话怕他砸摊子,顺从他又徒惹众怒,此时端着盘烤鱼就跟拿着一个烫手山芋一样。

林勇强环视了一周,眼神不善,表情憨着坏:"弱肉强食,这岸上和海上一样,就那么点鱼,不抢只能饿肚子。"

"来来来,给我。"他说完走向老板,蛮横地就去抢老板手上的铁盘,完全是强盗做派。

沙岛的烤鱼都是先烤个半熟,上桌之后再用炭火慢慢熬炖,因此铁盘里有热汤,老板就站在苏新七旁边,林勇强上手抢时,他下意识反抗,一

135

争一抢间盘里的热汤洒了出来，溅到了她身上。

天气回暖，苏新七仅着薄薄的春衫，热汤直接就透过衣服烫到了肩颈上的皮肤。那一瞬间，肩上好像针扎一样，她没忍住低唤了一声。

"你……"陈姆起身，直接把老板手上的铁盘往林勇强那儿一掀。

林勇强似早有防备，迅速往后一躲堪堪避开，但汤汁还是溅到了他的裤脚上。

林勇强撸起袖子就冲上来要打陈姆，其他人自然不会作壁上观，气势汹汹地把椅子一撇，和吴锋宇他们动起了手。

烧烤摊上其他的顾客有怕殃及池鱼躲到一旁的，有看热闹不嫌事大在旁边看热闹起哄的，还有平时就看不惯林家人的做派，也加入了混战的。

烧烤摊登时乱成一锅粥，老板和老板娘在旁边连连摆手劝架都不管用，最后只得报警。码头这块也是是非之地，渔船出海归航矛盾不少，所以附近设了一个派出所，没一会儿的工夫，警笛声就呼啸而来。

陈姆一直把苏新七护在身后，听到动静他当机立断，拉上她的手就往外跑，到了电动车停放的地方，他将头盔往她脑袋上一戴，迅速跨坐上车，插上车钥匙。苏新七此时也没再犹豫，坐上后座。

"抱紧。"陈姆微微回头，沉声说。

苏新七抿了抿唇，现在是"逃命"的时刻，计较不了那么多，遂抬起手。

陈姆低头看了眼环在腰上的手，没有迟疑，一拧"油门"。车就像离弦的箭一样蹿了出去，苏新七的身子因为惯性倏地往后仰了下，不由得搂紧前面的人。

他好似生来就喜欢声势浩大，为人做事都是如此。

陈姆骑着车载着苏新七一路疾驰，最后在灯塔处停了下来。

车停下，陈姆单脚着地，低头看了眼还搭在腰上的手，回过头露出个玩味的笑来。

"抱上瘾了？"

苏新七惊魂未定，听到他的声音才后知后觉地倏地松开手。她翻身下车，解下头盔，表情不是很好。

她把头盔递过去，陈姆看了她一眼，直接握住她的手腕，把人往跟前一拉，另一只手扯开她的衣领。

苏新七一惊，抓住领口，瞪他："做什么？"

"我看看烫伤没有？"

苏新七揪着自己的衣领不放："没事。"

陈鲟抬眼上下打量她，嗤笑一声，轻嘲道："第一次见面的时候就看得差不多了，现在矫情什么？"

陈鲟出言不逊，苏新七看着他，皱起眉，怫然地把他的手推开。

"我没事。"她的声音比方才更沉冷了些。

陈鲟轻哼了声，扫了眼她的肩颈，倒是没再去扯她的衣领。

吴锋宇来了电话，陈鲟一脚踩在车上，一脚撑地，从兜里掏出手机接通。那头大概是问了他们在哪儿，苏新七听他回了句"灯塔"，之后也不知道对面又说了什么，他随意"嗯"了两声就把电话挂断了。

陈鲟再次看向苏新七，她抱着头盔站在一旁，表情一如既往地不冷不热。

天边绛色的晚霞渐渐暗淡，海面越加深沉，近来白天越来越长，天色暗下就意味着时间不早了。

苏新七现在没什么谈话的兴致，肩颈处的灼热感十分明显，略一动作就一阵生疼，她很想找个地方看看自己那块皮肤到底被烫成了什么样。

沉默片刻，苏新七把头盔往车座上一放，捋了下头发，抬头说："我先回去了。"

陈鲟没应声。

苏新七扯了下书包肩带，转过身，走了几步又停下，她踌躇了下，还是转过身，走回到陈鲟身边。

"你最近是不是每天都很晚才回去……李叔和王姨很担心你。"

陈鲟偏过头睨她："李祉舟说的？"

苏新七没否认："他也不希望你自暴自弃。"

"呵，自暴自弃。"陈鲟眸光微闪，冷笑道，"你今天找我就为说这个？"

苏新七缄默，算是默认。

"我怎么没看出你还有老好人的潜质？又是因为李祉舟，怕他亲自来找我，我会为难他，所以替他来说教？"

"我……"苏新七有一瞬间想否认，但到底没说出口，如果不是因为祉舟，她有什么立场，又为了什么要劝陈鲟？

陈鲟等了会儿没听到她的回答，不屑地哼笑了声，说："他说什么你听什么，就因为他的耳朵，你有负罪感，想拿自己来赎罪？"

他蔑笑:"呵,真伟大。你把他当成你的债主,他也乐意。"

苏新七瞳孔微缩,垂在身边的双手下意识地攥了起来。她并不奇怪陈鲟会知道祉舟和她的事,这并不是什么秘密,只要有心就能打听得到。

小的时候,苏新七就很想登上父亲的渔船,随他一起去远洋看看。出海风险大,打起鱼来顾不上别的,大人们怕出事从不带小孩出海,所以不管她怎么央求,父亲从不心软。那时她还有小儿天性,胆大任性,就怂恿当时的玩伴,要他们和她一起瞒着父母随船出海看看,可是没人愿意,就连平时最调皮淘气的吴锋宇都不敢,她为此闷闷不乐,最后找上了祉舟。

那个时候,李家还在苏家隔壁,她和祉舟还没这么要好,或者可以说同龄的孩子都和他玩不到一起,因为他太文静了。他是捧着童话书被家长、老师夸赞的小孩,不是上山打鸟下海抓虾的小孩。可就是这样的一个人,在知道她的想法后,主动表示愿意陪她出海。

"因为你看起来不是很高兴。"

她永远忘不了祉舟说的这句话,他是除了家人,唯一一个愿意为了让她开心而去做自己害怕之事的人。

他为她的任性买了单。

苏新七至今还记得那天的情景,阴天,乌云,呼啸的海风,摇晃的渔船,汹涌的大海,还有为了拉住她,掉落海中,慌乱地挣扎着的男孩。

李祉舟被救起后反反复复高烧了三天,等病痊愈后,耳朵就听不见了。

苏新七眼前浮现出一张捂着耳朵哭泣的稚嫩的男孩的脸,这是她内心深处最怕、最不愿面对的事实。

她让他的世界失去了声音,而他却告诉所有人,是他央求她带他出海的。

忆起往事,苏新七心口钝痛。她绷直后背,凛凛地看着陈鲟,声线有些不稳,像是在极力地克制着情绪。

"……你什么都不知道。"

她眼神透着愠怒,陈鲟不以为意,凉薄道:"一对耳朵,你打算拿几年的人生赔给他,一辈子?"

"那又有什么不可以?"苏新七语气里拧着一股劲,说的话更是偏执,"祉舟从没要求我做什么,就算耳朵听不见了他也从来没怪过我,从来没有……所以一辈子,又有什么关系?"

陈鲟看到她坚定的眼神时怔了下,旋即眸光微黯,他沉声质问:"一辈子，以什么身份？朋友、恋人，还是奴隶？"

苏新七神情一凝，他的话太过刺耳，激得她微微战栗，眼眶不自觉地湿热。

"就算是奴隶，也是我自愿的，与你无关。"

陈鲟的目光压迫性极强，无形之中会让人惊惧。

苏新七握紧拳，抑制住起伏不定的情绪，沉默了片刻，沉着嗓冷漠道："今天是我多管闲事了，你的事也与我无关，以后我不会再管。"

她深吸一口气："我走了。"

苏新七看着陈鲟后退两步，转过身背对着灯塔，快步离开。

陈鲟没有出声阻止，这里离她家很近，他知道。

暮色四合，天际已有一钩弯月现出，海面如墨。

月色下，陈鲟的表情晦暗不明。

苏新七从灯塔那儿走回家，苏母见她没骑自行车问了句，她借口说今天有点累，是搭了别人的车回来的，苏母见她神色疲惫，也没多问。

苏新七背着书包上楼，回到房间，她卸下书包，小心翼翼地扯开衣领朝衣柜上的镜子看了看，肩颈那片的皮肤都泛红了，拿手轻轻一碰还有点刺痛。

家里没有烫伤药，苏新七也不敢问父母要，怕他们担心。思忖片刻，她去了浴室，用冷水拍了拍创面，挤了点牙膏抹在烫伤处，创面登时一阵清凉，疼痛感略有减轻。

这是民间疗法，以前阿嬷教的，苏新七也不知道科不科学，只是这时候没别的办法，只能将就着试一试。

"小七。"

苏新七听到母亲喊她，立刻扯上领口，在镜中端详了自己一眼，确认没有异样后才从浴室出去。

"今天是学校有事？"苏母端着一碗面在苏新七房间里。

"值日，所以回来晚了。"

"这样啊。"

苏新七走近，苏母忽然嗅到一股味道，不由得道："你身上怎么有薄荷的味道，是抹了什么？"

苏新七一惊，表情未变，轻描淡写地说："头有点晕，擦了点清凉油。"

苏母一听，忙问："怎么了，是不是着凉了？"

苏新七摇头："可能是今天中午没睡午觉，有点累。"

"除了头痛，还有没有别的地方不舒服，要不要去卫生院拿点药？"

"不用，也不是很难受。"

苏母仍是不放心："换季最容易生病。来，你先把面吃了，今天晚上早点睡，别熬夜做作业了。"

"嗯。"

苏母把碗放在桌上，苏新七注意到她手上还拿着一个精品袋。苏母把袋子也放下，解释道："这是刚才老吴家的孩子送来的，说你忘在学校了，他给你送回来。"

苏新七先是奇怪地轻皱了下眉，随即反应过来，老吴家的孩子就是吴锋宇。她怕母亲察觉到什么，故作恍然，一副回过神的模样："啊……中午买的，忘在教室了。"

"你瞧你。"苏母不疑有他，"老吴家那孩子皮归皮，没想到还挺热心。"

"啊……唔。"苏新七别开眼，应得有些敷衍。

苏母看着苏新七把面吃了，又叮嘱了两句才下楼。苏新七等母亲走后才拿起那个精品袋看了看，里面装的都是文具。她蹙蹙眉，把袋子往桌上一倾，东西都倒出来后，她仔细打量了下，除了几支水笔、铅笔就是一盒胶水。

她盯着那些文具看了看，目光落到那盒胶水上，心念一动，便拿过胶水，拆开盒子一看，里面装的根本不是胶水，而是一管膏药。她拿出来一看，是烫伤膏。

苏新七的心情一时微妙，看着手上的烫伤膏，良久才略微苦恼地轻叹一声。

不用费心想她都知道是谁授意吴锋宇给她送烫伤膏的，正是因为如此，她的心情才会这么怪异。

苏新七把烫伤创面上的牙膏洗了，重新抹上烫伤膏，再次回到房间，她随手拿了本书摊在桌上，注意力却怎么也集中不了。

苏新七看不进书，索性趴在桌上，拿过桌面上摆着的紫色海螺把玩，这是上次陈鲟送的，她觉得可心就留下了。她把海螺贴在耳边，能听到"呼呼"的声音,比窗外真实的海风声还近、还轻。

看着海螺,她不免想起赠送它的人,想到他就不由得想到他傍晚说的话,可谓是声声刺耳,自大又傲慢。

苏新七觉得自己今天就不该一时脑热主动靠近陈鲟,到现在她都没想明白自己的动机,她想她是被祉舟影响了,才会犯了糊涂,以为陈鲟真需要人拉一把,是她愚蠢、自以为是。

苏新七看了眼手中的海螺,把它收进了抽屉里。

周六这天晚上,苏新七如约和李祉舟、冯赟一起登上美人山观星。

是夜满天星斗,似天上仙人过节,张灯结彩,好不璀璨。

冯赟把望远镜背上了山,架好后调整好焦距示意两个学生凑近来看。

李祉舟拉过苏新七:"小七,你看看,能很清楚地观测到月球上的环形山。"

苏新七凑近望远镜,果然能清楚地看到明亮的发光体,还能看到月球上的陨石坑,专业的天文望远镜果然和普通的不一样,她不由得赞叹了声。

"今天观测条件好,也许能看到木星的云带。"冯赟说。

苏新七第一回用专业的天文望远镜观测星空,兴致颇高,转着望远镜左看右看。

冯赟和李祉舟在一旁聊着宇宙大爆炸,苏新七偶尔抬眼看去,能看到冯赟满眼赞赏地看着李祉舟,表情专注,他似乎不只是把李祉舟看作学生,更似知己。

苏新七观星时忽然听到他们聊竞赛的事,愣了下直起身问:"竞赛?"

李祉舟回过头,解释道:"冯老师说省里有个天文知识竞赛,他推荐我去参加。"

"去呀。"苏新七不假思索道。

李祉舟有些犹豫:"要出岛。"

"需要很久吗?"苏新七看向冯赟。

"一周左右。"

"什么时候?"

"下个月月初。"冯赟看着李祉舟接着说,"这个竞赛是省天文协会举办的,目的就是为了选拔天文方向的人才,你如果能拿奖,有可能会被大学破格录取。"

四月初离现在也没多久了，苏新七复看向李祉舟，鼓励道："去试试吧。"

"可是……"

"我相信你。"苏新七笃定道，"你一定可以的。"

李祉舟怔了下，旋即扬起嘴角露出一个明朗的笑："好，我也相信你。"

冯赟的目光若有似无地落到苏新七身上，而后又看向李祉舟。他扶了扶眼镜，望了望天，过了会儿说："山上风大，我们别逗留太久了，容易着凉。"

他们很快就收了望远镜下山，才至山脚，远远就听到环岛路上有电动车的喇叭声。

动静很大，冯赟显然不是第一回听到，遂开口问了句："是学校的学生？"

李祉舟迟疑了下才应道："……是陈鉧他们。"

冯赟虽然任教不久，但学生里冒尖出名的人他还是知道的，何况陈鉧和他一样，是这学期来的。

冯赟和陈鉧私底下没什么交集，就是在课堂上也没有互动。陈鉧虽然不怎么听课，但他不像吴锋宇他们喜欢扰乱课堂纪律。

"陈鉧住在你家？"冯赟记起自己前两天登门家访时，在李祉舟家见过陈鉧，当时李父李母还询问了他的情况。

"嗯。"

冯赟转过头，拍了拍李祉舟的肩，语重心长地说："陈鉧志不在学，基本是放弃升学了，最后一学期，你别受影响。"

他说完顿了下，把目光投向苏新七："新七也是。"

冯赟说这话自然是出于师者的立场，苏新七不知道为什么，听到他告诫似的语气，心里莫名不适，闷闷地点了下头。

苏新七是骑自行车来的，她把车停在了山脚下的妈祖庙前。下了山后，她和李祉舟、冯赟道了别，取了车后就往家的方向走。上车前她回头看了眼，李祉舟和冯赟两人与她背向并排而行，两人走得近，好像还在讨论山顶上未尽的话题。

看得出来，冯赟很重视李祉舟，良师益友，苏新七觉得欣慰。

高三生周六补课，仅周日一天假期，还要应付一沓试卷，出门玩也不能尽兴，休息得也不彻底，疲惫劲还没缓过来，又要上学了。

下午第二节课的下课铃刚响，二班教室里的学生就蠢蠢欲动，三吆五喝地约着去操场。

高三生的课程表满满都是考试科目课，美术、音乐通识这类的兴趣课全都没了，学校可能是怕学生压力太大，身体素质跟不上，所以保留了一周两节的体育课。

理科班的体育课是在周二周四，到了高三，体育老师上课基本上都是让学生自由活动的，愿意在操场上活动的就自行安排项目，想回教室自习的也自便，只要不翻墙逃学，老师都不会管。

陈姆趴在桌上睡觉，被教室里的骚动声吵醒，黑着脸直起身，眉宇间都写满不快。

吴锋宇走过来："姆哥，体育课，游泳去吗？"

"那个水坑？"陈姆语气还有些不痛快。

沙岛中学原先设有游泳课，本来以前都是老师带着学生去大浴场游的，但是前两年出了起事故，一个学生溺水而亡，那之后学校就取消了游泳课，还禁止学生结伴下海。但岛上的孩子几乎都是泡着海水长大的，不让他们游泳就是剥夺了岛上的一大乐趣，且中学生正是叛逆的时候，越禁止他们就越跃跃欲试。

出于各方面考虑，学校就在校内建了个游泳池，泳池极小，用学生的话说就是刚起腿就到对岸了。泳池打从建成后就饱受吐槽，在广阔的海洋里游惯了的学生自然看不上它。

吴锋宇也看不上学校的泳池，他左右看了看，用两根手指比了个走路的姿势，压低声问："不然……去海边？"

陈姆往窗边看了眼，教室的人差不多都走光了。他拿过桌上的矿泉水，拧开喝了口，随后站起身。

"走吧。"

体育课上课后，老师集合点了个名，带着做了下热身运动，之后就让学生们解散活动。

今天天气明朗，阳光普照，下午三点钟的光景，气温已上了20℃，是穿着外套会出汗的程度。学校的泳池虽埋汰，但聊胜于无，一些贪凉贪玩的学生还是愿意下去游一游的。

143

泳池就在围墙边上，那边原先是人迹罕至的地方，是翻墙逃学的最佳地点，但因为今天泳池里有学生，体育老师怕出事，一直在池边上站着。

陈鲟和吴锋宇他们一起坐在池边的看台上，始终没找着机会翘课。

"老师怎么一直杵在这儿？"吴锋宇说。

"陈鲟，下来玩啊。"赵筱婧游到池边上，招呼道。

陈鲟往泳池里随意瞟了眼，对这个王八都嫌小的"水坑"提不起半点兴致。

陈鲟仰头，阳光强烈，他眯了眯眼，再低头时就看到苏新七和陈沉从泳池的另一边走过。

吴锋宇觑了眼陈鲟，用手做喇叭状，朝对面喊："七公主，游泳吗？"

苏新七往他们那儿看了眼，目光掠过陈鲟时稍作停留，而后别开视线，拉着陈沉往别处去了。

"啧，七公主看来不想下水啊。鲟哥你还没看过她游泳吧？"吴锋宇竖起大拇指，"很厉害的，往年运动会女子组冠军，顺便一提，我是男子组冠军。"

陈鲟乜他一眼。

吴锋宇表情讪讪："不过比不过你，可惜你是这学期才来的，夏季运动会是参加不了了，不然一定大杀四方。"

他说："我们学校夏季运动会游泳项目很受重视的，市里游泳队的教练都会来挑人。鲟哥，你游得这么好，不考虑当个专业运动员？"

陈鲟垂下眼，表情有点让人捉摸不透："你怎么知道我不是？"

吴锋宇吓了一跳："你是？"

陈鲟沉默片刻，抬眼冷漠道："我说什么你都信？"

"啊……开玩笑啊，不过你可以考虑——"

"你们岛上是不是三岁小孩都会游泳？"

陈鲟问得突兀，吴锋宇愣了下才说："夸张了，土生土长的岛民差不多都会游，不过……也不是没有例外。"

"哦？"

吴锋宇眼珠子一转，贱兮兮地笑着说："有机会你会看到的。"

陈鲟兴致缺缺，也没追问，懒洋洋地晒着太阳，余光看到吴锋宇把瘦猴拉到一边，鬼鬼祟祟地不知道又憋着什么坏水，抑或是准备做什么恶作剧。

他收回眼，没过问他们的事。

下了课体育老师才离开泳池，泳池里的学生也都上了岸去换衣服。陈鲟晒了一节课的太阳，整个人晒舒服了，正想离开看台，吴锋宇突然拦下他。

"再坐坐。"

陈鲟乜斜他："搞什么？"

吴锋宇一脸高深："有好戏。"

"看。"

吴锋宇突然往对面一指，陈鲟顺着他的手看过去，就看到李祉舟急急忙忙地朝泳池这边跑过来，到了泳池后，站在池边焦急地左顾右盼。

他还没看明白吴锋宇打的什么主意，正要质问，下一秒就看到瘦猴出现在李祉舟身后，猛地推了李祉舟一把，把人推入池中。

吴锋宇"哈哈"大笑："沙岛的旱鸭子，就只有他了。"

陈鲟看到在水中挣扎的李祉舟脸色一变，又在看到从操场那头奔过来的苏新七时沉下了眼，他立刻跳下看台，朝泳池另一端跑去。

李祉舟比一般人怕水，因此挣扎得也更激烈。周围还没离开的几个学生都被吓住了。陈鲟赶到泳池的另一边时，正好看到苏新七毫不犹豫地跳入水中。

苏新七游向李祉舟，费劲地把他的脑袋托出水面，吃力地把人往岸上带。

岸上，陈鲟蹲下身朝池里伸手，苏新七看了他一眼，用力把人往上一托。陈鲟架着李祉舟的胳膊把人拉上来，平放在地上。

苏新七也从泳池里上来，她顾不上自己，上岸后做的第一件事就是一把推开陈鲟。

"滚。"她说。

陈鲟往后退了一步，表情阴晴不定。

苏新七跪在地上，拍了拍李祉舟的脸，急切地喊道："祉舟，祉舟。"

李祉舟没有反应，苏新七慌了，忙用双手按压他的胸膛。按了几次后，她深吸一口气，俯下身，给李祉舟做人工呼吸。

边上的人神色各异，吴锋宇看到苏新七的举动，再看陈鲟山雨欲来的阴沉表情，暗自叫苦不迭，后悔不已。

所幸李祉舟救得及时，没呛多少水，苏新七给他吹了两口气后，他就猛烈地咳嗽起来。

145

"祉舟，祉舟。"苏新七摸了下他的脸，眼眶都红了。

李祉舟合着眼，还在咳嗽着，嘴上间断地喃喃说道："耳朵……"

"耳朵，耳朵怎么了？痛吗？"

李祉舟胸口剧烈地起伏着，半晌才睁开眼，入眼就看到一脸担忧的苏新七。他好似怔了下，又听她反复喊他的名字，这才松口气般，低声说："还好……你没事。"

陈鲟听到这话，表情更是沉冷。他大概能猜到瘦猴是用什么理由把李祉舟引到泳池这儿来的。

这么大动静，体育老师也被惊动了，知道有学生落水后他赶忙组织人把李祉舟送去了校医务室。苏新七顾不上自己，也跟了过去，从始至终，她都没再正眼看过陈鲟。

人散后，吴锋宇觑了觑陈鲟，他知道自己这回是触到"龙鳞"了，心里发虚，嘴上也没底气："鲟哥，那什么，我就是开个玩笑，没想把李祉舟怎么样，这破池子的水深淹不死人的，再说不是还有那么多人在——"

陈鲟铁青着脸，不待他说完，转过身一脚把他踹进池子里，冷着声斥道："你是不是有病？"

第十一章
天台对话

李祉舟落水虽然被救得及时，但也吓得不轻，老师给他父母打了个电话，没多久，李父李母就急匆匆地来了学校，把人给接回去了。

苏新七请了假，东西都没收。李祉舟被送往卫生院，她回家换了套衣服，急匆匆赶去了卫生院。

李祉舟落水后不久就发起了高烧，院长王为民说可能是耳道发炎引起的，给他开了消炎药，挂了点滴。

李父李母把店关了，一直待在卫生院里。李祉舟发烧后意识有些不清醒，梦魇一般睡不踏实。苏新七看着他这么难受，心口一直揪着。

自从小时候发生那个意外后，他一直很怕水，虽然长在海边，却不会游泳，因为这事，从小到大，他没少被嘲笑和戏弄。

苏新七见李父李母满脸忧心愁眉不展，不由得开解道："叔叔阿姨，你们要不要回去休息下？祉舟我陪着就好。"

李母摇了摇头，看着病床上躺着的人，抹了抹眼睛，声音都带了哭腔："不看着他，我不放心。他现在这样，就好像七岁那年一样，我怕万一……"

"瞎说什么，院长都说了，等烧退了就会没事的。"李父沉声说道，过了会儿又用斥责的语气说，"你说这孩子，这么大的人了，怎么还会不小心滑进泳池里，知道自己不会水，还不离泳池远点。"

李父李母刚到学校那会儿，李祉舟还有意识，被问起怎么会掉进水里的，他只是含糊地说是自己没注意，踩空了。

苏新七垂眼，咬了咬唇。

她不难猜出他这么说的动机。他父母都知道陈姆现在和吴锋宇那些人玩得好，他不说无非是担心说了实话，陈姆以后在他家难以自处。他一直都是这样的人，比起自己，总是先考虑别人的处境。

傍晚的时候，冯赟来卫生院看望李祉舟。李父李母十分感谢他挂心，一直反复说着"谢谢"，言语里听不出半点客套。

挂完两瓶点滴，李祉舟退了烧，李父李母这才稍稍宽心。苏新七再次劝他们回去吃个饭，冯赟也跟着劝说。李父李母想着晚上还得陪床，且也要给两个孩子带点吃的，他们不放心地又去咨询了下王为民，确定李祉舟没大碍后才回去。

李父李母离开后没多久，李祉舟就醒了。

苏新七见他睁眼，立刻上前俯身询问："醒了？怎么样，还有哪里不舒服吗？"

李祉舟满脸茫然。

苏新七这才想起他没戴助听器，她指了指嘴唇，放慢语速，一字一句地问："还有哪里不舒服吗？"

李祉舟反应了几秒，才迟钝地摇了摇头。

他神色苍白憔悴，苏新七忍不住指了指自己的耳朵，又问："耳朵呢，疼吗？"

李祉舟眼神迷茫，抬手就要去碰自己的耳朵。一旁的冯赟适时抓住他的手，待他看过来后才开口解释道："你耳朵发炎了，先别碰。"

李祉舟的表情一时愣怔，过了会儿好像才想起什么，脸色灰白。

苏新七看了觉得心里难受，他这副难过失落的模样让她想起了七岁那年，只不过那时他尚小，还会哭，还会表达自己的崩溃，现在却是接受现实后的沮丧、认命。

"我去叫赤脚爷爷过来。"

苏新七走出病房，深吸一口气，平复心情后去了前面的诊室。她带着王为民往病房走，刚进门就看到冯赟坐在床边，伸手摸着李祉舟的额头。

苏新七顿住脚。

冯赟听到声转过头，从从容容地收回手，起身朝王为民颔首示意。

王为民再次量了量李祉舟的体温,检查了下他的耳朵,用听诊器听了听他的心跳,最后说:"没什么大问题,这两天注意休息就好。"

苏新七走上前,关切地问:"爷爷,祉舟的耳朵……"

"我给他开了消炎药。"王为民回答道,又低着头,一字一句地叮嘱李祉舟,"最近就先别戴助听器了。"

李祉舟沉默地点头。

王为民再嘱咐了几句就走了。病房里恢复安静,李祉舟看着苏新七,张了张嘴想开口,但喉咙黏涩,只发出了几个无意义的音节。

苏新七赶忙拿上杯子去病房外接了杯温水,回来时正好碰上要走的冯赟,她放慢脚步,抬头问:"老师要走了吗?"

冯赟点头:"祉舟醒了我就放心了。"

他回头往病房看了眼,问:"新七,老师问你,祉舟是自己滑进泳池的吗?"

苏新七怔了下,垂下眼,片刻后说:"不是。"

"我就知道,他是个自尊心强,心地还善良的孩子。"

冯赟的话似感慨,听不出褒贬。他推了下眼镜,再次看向苏新七,说:"老师先走了,祉舟就麻烦你了。"

这话说得有些奇怪,冯赟好像在委托,但苏新七没放在心上,只当他一时失言,用错词了。

苏新七回到病房,李祉舟已坐起,她快步走过去,把手中的杯子递过去。

"还好吗?"她问。

李祉舟润了润嗓子,觉得喉咙舒服了才开口回道:"没事了。"

苏新七很想细问,但想到他刚退烧,身子虚弱,且又没戴助听器,读唇难免吃力,因此作罢。

"你下午……不去上课,没关系吗?"李祉舟用不确定的语调问。

"没事,请假了。"

"我没事,你不用紧张。"

苏新七抿了抿唇,片刻后还是忍不住说:"你怎么会上他们的当?"

李祉舟看着她的唇,理解她的话后才答道:"我以为……"

"以为我出事了?"苏新七帮他说完下半句话,然后皱皱眉,面色严肃地说,"吴锋宇那帮人的话你都不要相信。"

她顿了下:"包括陈鲟……你就不该袒护他。"

"我——"李祉舟想说什么,忽然看到自己的父母来了,立刻噤声。

苏新七见他这样,也就不再谈论这个话题。

李父李母提着保温盒来的,他们给两个小孩带了晚饭。苏新七没什么胃口,勉强吃了点东西。李父看她有点累,就说:"小七,时间不早了,你先回去吧。"

"不用。"

"回去吧,祉舟有我和你阿姨照顾,明天还有课,你早点回去休息,晚了你爸妈该担心了。"

"可是……"

"回去吧。"李祉舟说,"我已经没事了。"

苏新七抿唇犹豫了会儿才站起身:"那叔叔阿姨,我先回去,你们也要注意休息。"

她看向李祉舟:"我明天再来看你,好好休息。"

李祉舟冲她一笑:"嗯。"

天色已暗,夜幕沉沉,夜灯下飞蛾转着圈在飞,岛上刚开春就已有虫鸣。

苏新七图方便,把电动车借放在了环海路旁认识的人家里。从卫生院出来后她沿着小路往外走,才至半道,身边忽然掠过一个黑影,还没反应过来,她人就已经被拉进了边上的小巷子里。

苏新七被人按在墙上,闷哼一声,抬起头,并不惊慌。

巷子虽然暗,但借着几家微弱的灯光,她还是看清了眼前人的轮廓,他身上还挂着她的书包。

"谈谈。"陈鲟眼神幽深,低声说。

"松手。"苏新七语气冷漠,出口成冰。

陈鲟按着她肩膀的手一紧:"我说,谈谈。"

苏新七挣了下,双手使劲一推,把陈鲟往后推开了些:"别碰我。"

她绷着脸,憋了一下午的怒气这时都往上涌:"你想说什么,祉舟落水和你没关系?"

苏新七语气嘲讽,显然已经认定李祉舟被推落水是陈鲟指使的,所以先入为主地认为陈鲟是想要狡辩。

想到下午的事,她当真后怕又愤怒:"你要是不痛快,大可以冲着我来,为什么要找他麻烦？拿别人的弱点开玩笑，有意思吗？"

苏新七双拳紧握，深吸一口气，声线颤抖："祉舟和李叔、王姨说是自己不小心滑进泳池里的，对你，他已经仁至义尽了，你别拿别人的善良当好欺负。"

陈姆的脸掩在阴影里，看不清表情，但能感觉到他周身的气压更低了，让人压抑。他往前一步，低着头看人时给人一种锐不可当的压迫感。

苏新七绷直后背，紧贴着身后的墙。

两人对峙，气氛凝滞。

陈姆今晚找她，本是想把事解释清楚，现在却打消了这个念头。她声声讨伐，字字句句都在指摘他，维护李祉舟，在她心里，孰轻孰重已经很清楚了，她早就给他"定了罪"，他任何的澄清在她看来都只会是无耻的辩解。

他心头一阵冷一阵热，这种感觉不陌生，恍惚间好像回到了半年前，成为众矢之的的那阵子，无人信他。

"说完了？"陈姆微微抬首，垂下眼帘，用一种睥睨的姿态看着苏新七，语气冰寒，挑衅道，"是我指使的又怎样？"

他继续说："听你这么说，李祉舟可真是个大圣人，我应该对他感恩戴德才对，只可惜……凡是我做过的事就不需要任何人替我掩护。如果我是他，我会以眼还眼以牙还牙，而不是委委屈屈地躲在一个女生后面，靠她来打抱不平，他这不是善良。"

他顿了下才接着开口："是没用。"

"他不是你，你完全是一个流氓。"苏新七听他这么贬低李祉舟，立刻尖锐地驳斥。她气得发抖，咬着牙怒目圆瞪，语气发狠道，"你以后离祉舟远点，他要是出了什么事，我不会让你好过的！"

陈姆微微弯腰逼近她，直视着她的眼睛，冷笑着，字字清晰地说："我等着。"

两人的距离一时拉近，彼此的呼吸声都犹如在耳旁。

就这样僵持了会儿，苏新七率先移开视线，伸手去夺他肩上挂着的书包，一边扯一边说："你也离我远点，最好老死不——"

"你做梦。"陈姆不待苏新七把话说完，一把握住她的手腕，把她挤到墙角。

苏新七下意识往后一躲，无处可逃，只能警告地瞪着他。

陈鲟微偻着腰，一手撑墙，抬眼看着她，眸中像是有海洋的涡流，叫人难以逃离。

"去他的星辰大海，我偏要把你拖上岸。"他低声说。

李祉舟请了几天假在家休息，下周市考，高三年级各科老师都在紧锣密鼓地赶复习进度，他虽没去学校，但功课也没落下。学校发生的一些事托陈沉的福，他都知晓，例如苏新七在周四的体育课上把瘦猴和吴锋宇等人推下了水。

苏新七每晚放学都会带上新发下来的试卷去李祉舟家，告诉他上课的内容、复习的重点。她怕他一个人待久了，又听不到声音容易胡思乱想，所以他请假的这几天，她每晚都会在李家待到八九点，差不多做完一张卷子再回家。

周五晚上，苏新七和前几天一样，直接去了李家。李父在面馆忙活，她上楼时，李母正在做晚饭，她打了个招呼，背着书包熟门熟路地去了李祉舟的房间。

冲刺阶段主要就是复习旧知识，老师在课上除了讲题画重点，并没讲什么新知识，李祉舟基础很扎实，苏新七不用费多少时间就能把老师给的重点说完，他还时常反过来给她讲解疑难点。

时间渐移，夕阳最后一点余晖从窗上消逝。

苏新七和李祉舟正埋头做题，忽听李母敲门喊他们出来吃饭。她看了眼手表，搁下笔，轻轻拍了拍李祉舟，示意道："先吃饭。"

李祉舟点点头，瞄了眼稿纸，匆匆在卷子上填了个选项后才放下笔起身。

苏新七先从房里出来，刚到客厅就碰上进门的陈鲟。今天天热，他穿着件短袖，头发湿湿的，在灯下发亮。

李母系着围裙，手上端着一盘菜从厨房出来，看见陈鲟一时有些意外，因为近段时间他都很晚才回来，算起来，他有些日子没和他们一起吃饭了。

"小鲟啊，游泳去了？"

陈鲟看了眼苏新七，随意地应了声："嗯。"

"你回来得正好，快去洗个澡，一起吃饭。"

陈鲟本来是想回来换套衣服就出门的，现在改了主意，他拿了换洗衣物，火速冲了个澡。再回到客厅时，苏新七和李祉舟已经坐在了餐桌上，李父也在，李母下楼把他从店里换上来吃饭。

"小鲟，快坐下吃饭。"李父招呼道。

陈鲟走过去，环视一圈，最后坐到了苏新七对面。

李父帮他添了一碗饭："去游泳了？"

"嗯。"

"现在天气热了，下水运动运动也好，但是要注意安全，千万别游远了。"

陈鲟点头，目光若有似无地往对面看。

苏新七吃得十分不自在，又怕李父看出什么来，忍不住抬头警告性地瞪他一眼。

李父看了看陈鲟，踟蹰了下，缓缓开口说："你爸妈今天给我打电话了，他们很关心你在岛上的生活，你有空多和他们联系。你一个人在外，他们见不着，很担心的。"

他停了下，接着苦口婆心地说："我知道你们这个年纪的孩子都不爱被管着，我年轻的时候也这样，但是现在做了父母，立场不一样了，难免要劝劝你，你别怪叔多嘴。"

陈鲟倒没表现出明显的抵触情绪，不过也没开口附和回话，弄得李父有些尴尬。苏新七于心不忍，抬起桌下的脚，轻轻踢了踢对面的人。

陈鲟掀眼看她，片刻后，才不冷不热地开口说了句："知道了。"

"好孩子。"李父表情欣慰。

李祉舟先吃完了饭，苏新七紧随其后，她放下碗，起身正要和李祉舟一起回房写作业，抬眼就看到陈鲟一脸玩味地看着她。她心头警铃大作，下一秒就听见他问："今天有什么作业？"

苏新七皱眉，还没回答，李父就一脸老怀甚慰地说："祉舟、小七，你们把作业拿到外面来写，正好也辅导下小鲟。"

李祉舟下意识地看向苏新七。

苏新七抿紧唇，知道陈鲟压根儿不是会关心作业的人，他突然这么说肯定又憋着什么坏，但毕竟李父提了，她也不好直接说不愿意。

李父把餐桌收拾干净，苏新七和李祉舟拿了作业出来，陈鲟也象征性地随便拿了本习题册往桌上一摊，装模作样地看起来。

李父看见三个孩子相处和谐，倍感舒心。他没在楼上多待，很快就下楼去面馆帮忙了。

李父一走,陈姆立刻把笔往桌上一丢,拿出手机拨了个电话。

"今天晚上不去了。"他说了一句话就利落地挂断电话。

苏新七猜他大概是给吴锋宇打的电话,她目不斜视,打定主意不理睬他,所以不管对面有什么动静,她都不给眼神,径自拿过卷子,和李祉舟探讨最后一题的解法。

一题解答完毕,对面始终安静,她忍不住余光一瞥,发现陈姆拿着手机点来点去,看样子像是在玩游戏。

陈姆一声不吭地自己玩自己的,没做出什么干扰他们学习的举动,他这么安分,苏新七反而觉得异常,也不知道他在打什么主意。大晚上放弃出去鬼混,老老实实地待着,又不学习,看上去百无聊赖的。

陈姆一盘游戏结束,"啧"了声抬起头。苏新七忙垂眼,盯着自己的卷子看得仔细。

室内灯光温馨,打在脸上能让人的轮廓变得柔和可亲。陈姆手上随意地转着手机,视线定在苏新七身上,就这么毫不掩饰地看着她。李祉舟抬头看向他时,他也没闪躲,眼皮一掀,给了李祉舟一个挑衅的眼神。

三个人共处一室,各怀心思。

苏新七做完两张卷子,把不懂的题目留到了最后问李祉舟。李祉舟没戴助听器,不方便开口说话,就拿了张稿纸,把解题步骤详细地写上去。

苏新七低头看稿纸,她和李祉舟的脑袋凑得很近,陈姆看着很不爽,便学她,用桌子下的脚轻轻踢了踢她。

苏新七正入神思考,脚上莫名挨了一下,条件反射地往后一缩,同时拧起眉头,不满地抬眼。

陈姆微微抬首,下巴往边上一撇,示意她挪开点。

苏新七欲要无视他,结果他得寸进尺,仗着腿长,直接踢上了她的小腿。

"你……"苏新七忍无可忍。

"小七,怎么了?"李祉舟疑惑地抬头,"看不懂吗?"

苏新七把胸口的怒气往下压了压,回过头温和道:"没有……被蚊子叮了。"

李祉舟没怀疑,欲要起身:"我去拿花露水。"

"不用了。"苏新七拉住他,余光刺了下陈姆,"时间不早了,我该回去了。"

李祉舟转头看了眼墙上的钟,时近九点,的确不早了。

"你等等。"他说完,埋头奋笔疾书,把剩下几题的解题思路写了下来,然后把稿纸递过去,"看不懂,可以给我发消息。"

苏新七把稿纸往书里一夹,点点头:"好。"

陈鲟的目光在他们之间转了圈,身体往后一倚,看着苏新七,挑声问:"送你?"

苏新七冷眼回视,不客气地说:"不需要。"

陈鲟被这么直截了当地拒绝也不觉尴尬,他点了下头,挑了下眉,又问:"明晚还来吗?"

苏新七警惕地不答,下一秒就听见他用戏弄的语气说:"我等你。"

苏新七气结。

她现在总算是知道为什么陈鲟会在这儿干坐一晚上了,他意不在学习,就只是想杵在她和祉舟之间,简直无聊幼稚。

"无聊。"苏新七这么想的,也就这么说了,她冷睨了他一眼,收好东西,背上书包。

李祉舟把苏新七送下楼,在楼下站了会儿才上楼,进门时正好看见陈鲟走上通往阳台的楼梯。他想了想,回房戴上助听器,也上了楼。

陈鲟架起一只脚坐在阳台栏杆上,就听到阳台的铁门被人推开,他余光瞟了眼,看见李祉舟也不打招呼,又把目光投向远海。

"听说你是游泳运动员?"李祉舟走到栏杆那儿站定,忽然说。

夜幕中陈鲟神色莫辨,他语气凉薄道:"你应该知道我的事。"

李祉舟不语,算是默认。

"我要是你,就会离得远远的。"

李祉舟看着陈鲟,缄默片刻,忽然说:"我想和你谈下小七。"

"哦?"陈鲟这才正眼看他。

"你让她不自在了。"李祉舟开门见山地说。今晚他虽听不见,但饭桌上的氛围他却能敏锐地感受到。

他直视陈鲟,难得强势了些,接着说:"还有两个月就高考了,我不希望她受到任何的影响。"

陈鲟微微抬首,目光下垂,给人一种无形的压力,冷不丁地问:"你喜欢她吗？"

"我……"李祉舟凝噎，声音卡在了嗓子眼里。

陈鲟冷笑一声，说："扯着'高考'的大旗，说得这么冠冕堂皇，说白了你就是想让我离她远点，这是出于朋友的立场，还是你的私心？"

李祉舟心绪紊乱："我只是不想看到她困扰。"

陈鲟挑挑眉，忽地狡黠一笑，缓声说："你和她一起长大，应该很清楚她不是那种轻易就会被影响的人，你会找我，是因为你知道……对我，她动摇了。"

李祉舟心口一震，眼神登时暗淡无光，无言以对。

陈鲟看他一眼，狷狂道："你可以明着来。"

李祉舟缄默片刻，才涩然开口："你不懂。"

陈鲟回头："因为你的耳朵？"

李祉舟心头刺痛，蓦地抬头，半晌才失神地应道："对。"

失聪这件事一直是李祉舟心里的一道疮疤，虽然他总是装作乐观积极，没被打倒的坚韧模样，但内心深处他仍是自卑的。他之所以刻苦，是想证明自己并不比健全人差。岛上的长辈、学校里的老师都觉得他以后会有出息，但这些赞赏背后无不隐藏着对他的同情和惋惜，就算他日后获得了成功，也不过是一个身残志坚的典型。

这种卑微的心理让他在处理人际关系时更加小心翼翼，苏新七对他好他知道，他也很清楚她对他呵护有加的原因。正因如此，他更不敢妄动，他怕自己稍有不慎，他们的关系就会失衡，更怕她因为愧疚，违心地答应他无理的要求。

在陈鲟出现之前，李祉舟一直满足，或者说假装满足于和苏新七的好友关系。他知道她在男生中很受欢迎，对于她的那些追求者，他天然地感到不安，她对别人越漠然，他越会可耻地感到安心，好似自己对她来说是特殊的。

李祉舟有时候会想，如果他是个健全的人，他会不会不这么怯懦，能不能往前再跨一步？可如果不是这对耳朵，他们都成不了至亲的朋友。

一个彻底的悖论，或许这对耳朵就是代价。

陈鲟回头，李祉舟低垂着脑袋，看上去有些颓然。同是男生，他其实多少能懂李祉舟的心情，但懂和理解是两回事，他并不同情李祉舟，更不会心软。

　　同一个难题，每个人的选择都是不一样的，有的人留在原地，有的人迂回绕远，有的人逃避无视，有的人横冲直撞。

　　对陈鲟来说，喜欢是排除万难，一往无前。

　　他眸光内敛，恣肆道："你喜欢也好不喜欢也好，对我都没差，不管怎么样，苏新七，我争定了。"

　　四月初，沙岛已是郁郁葱葱，岩山上的乔木越加葱茏，山花烂漫。

　　李祉舟答应冯赟去参加天文知识竞赛，比赛要离岛，初赛、复赛、决赛，顺利的话要一周的时间。李父李母不太放心李祉舟出远门，本来是想陪同的，但面馆忙起来离不开人，冯赟向他们保证会好好照顾李祉舟，他为人师表，对李祉舟又很上心，有他照看，李父李母才算安心。

　　李祉舟出发的那天，苏新七早早地起来去了码头，她到时离早班轮渡发船还有半个小时，冯赟背着个包先上了船，李父李母拉着李祉舟在岸上反复叮嘱，颠来倒去无非是要他各种小心。

　　"出门在外，防人之心不可无，陌生人给的东西别拿，知道没？"李母再次强调道。

　　李祉舟表情有些无奈："我知道了。"

　　他转过头看向一旁的苏新七，李父瞧见了，拉了下李母："好了，有冯老师在，应该不会有大问题，留点时间让孩子们说说话。"

　　李母被李父拉到了一旁。李祉舟有些难为情，下意识摸摸鼻子，说："不是让你别来送了，就一天的假，睡个懒觉多好。"

　　苏新七回道："我已经习惯早起了，你要走我肯定要来送的，七天呢。"

　　"说不定一两天就回来了。"

　　苏新七没有说些客套的鼓励的话，亲昵地拍拍他的肩，没给他施加压力："就算这次失利了，还有下次、下下次，你好好享受过程就好。"

　　"而且……"她施施然一笑，"昨晚在山顶上，我还对着流星许愿了，你不是说过吗？心诚则灵，你只管全力以赴就好，剩下的就交给'星星'。"

　　她一语双关，李祉舟立刻就领会了她的意思，露齿笑了。

　　晨光熹微，朝暾的光芒照在海面上，金波万道。

　　李祉舟低头看着苏新七，辉光映衬下，她的瞳仁呈现出一种近似琥珀的剔透感,像海明珠,晶莹无垢,净无瑕秽,此时此刻她的眼底倒映着他的身影,她只看着他。

他莫名悸动,像是刮过一阵飓风,心潮似海水般荡漾起来,心底忽然迸发出一股不顾一切的冲劲。

"小七,我——"

"祉舟,该上船了。"

李祉舟刚开口,一句话没说完就被冯赟打断,一鼓作气再而衰,刚鼓起的勇气被这么一打岔就像是被针扎了的气球,登时就瘪了下去,冲动的劲头一过去,一些话就没办法轻易说出口了。

苏新七见他表情微微沮丧,不由得问:"怎么了?"

"没。"李祉舟轻轻摇了下头,听到入港轮渡的鸣笛声,他苦笑了下,"好像快到时间了,我要走了,等我回来……我会立刻去找你的。"

苏新七点点头:"加油,我等你的好消息。"

从陆地来的轮渡靠了岸,从岛上出发的轮渡就起了锚,李祉舟上了船,没一会儿,轮渡缓缓驶离了码头。李祉舟站在甲板上挥手,苏新七踮起脚,举高手也朝他挥手致意。

轮渡越开越远,苏新七一直眺目远望,直至它变成一个模糊的小点,最后消失不见,她心底莫名怅惘,惘然若失。

朝阳初升,响晴薄日流云四散,又是个明媚的好天气,大海在阳光下如同一整块未被切割的碧玉,泛着湖蓝的色彩,波光粼粼,异常炫目。

李父李母送走李祉舟后就回了家,苏新七在码头上枯站了会儿,享受着令人微醺的海风细细吹拂脸颊的感觉,等斜照在身上的阳光开始微微炽热时才动身回家。

她家离轮渡码头本就不远,今早她是走路过来的。从码头出来,苏新七正打算散着步回家,忽然看到环岛路上站着一个高挑的女生,扎着个丸子头,穿着水手服衬衫,下面搭一条格子短裙,一双细长的腿就这么暴露在空气中。

苏新七见过她,刚刚轮渡靠岸时,船上下来了几个人,除了眼熟的岛民,就是这个透着生人气息的女生了。那时她正和祉舟道别,也没多注意,只道是游客。

自轮渡靠岸到现在差不多二十分钟过去了,苏新七看了眼那个女生,她拖着个小行李箱，手上拿着手机，一会儿放在耳边，一会儿又拿下，没多久又放在耳边。

苏新七猜她大概是想给谁打电话，但是对方没接。

难道是岛上谁家的亲戚？

苏新七觉得自己的这个猜测可能性很高，毕竟一个女生单独来海岛玩还是不太常见。

她犹豫了下，想着一个女孩人生地不熟的，还是走上前去。

"怎么不接电话？"

苏新七才走近就听女生抱怨了句，莫名地，她觉得女生的声音有点耳熟，像在哪儿听过，但是又记不起来。

"你好……有什么需要帮忙的吗？"苏新七走近，抬眼打量了下女生，目光并不冒犯。

那女生也上下打量了下苏新七，最后目光落到苏新七的脸上，眼神稍稍警觉。

苏新七并不生气，出门在外有防人之心是必要的。她解释道："你是岛外来的吧，我看你一直站在这儿，是不是有什么麻烦？"

女生握着手机，迟疑了几秒，最后才开了口："我是来找人的。"

"嗯？"苏新七心想自己猜得果然不错，遂问，"你是有亲戚住在岛上吗？"

女生摇摇头："我来找男朋友。"

苏新七暗道稀奇，来岛上探亲的她见过许多，来看男友的倒是第一回碰上。

"你知道沙岛中学怎么走吗？"女生问。

苏新七微讶，点头答道："知道，我是中学的学生。"

女生一听，登时绽开笑颜，忙问："你是那里的学生，高中生？"

苏新七点头。

"高几？"

"高三。"

女生更振奋了，目光熠熠："那你认不认识陈姆？他是转校生，这学期才来的。"

苏新七神色微凝，看着眼前女生娇妍的脸，忽然知道自己为什么觉得她的声音耳熟了，因为自己曾经和她通过话。

郑舒苑，她记起来了。

"不认识吗？"郑舒苑问。

苏新七敛起情绪，不动声色地点点头："认识。"

"那你知道他住在哪儿吗？"

苏新七看着郑舒苑期盼的眼神，片刻后再次点了下头。

"那你能不能带我去找他？"郑舒苑显然很激动。

苏新七有那么一瞬间的迟疑。郑舒苑似乎看出来了，她咬了咬唇，又问："这里没有出租车吧，有摩的吗？你告诉我地址，我自己过去。"

岛上统共这么点大，开摩的赚不到多少钱，每年也就夏季，上岛玩的人多了，有些岛民会拿自家的摩托车接这个活儿赚点外快。

苏新七低头扫了眼她手中的行李箱，轻叹一声，说："我带你去吧。"

从码头到李祉舟家，徒步费时间，苏新七四下环顾了下，正巧看到附近有辆三轮车，司机师傅她认识，校门口小卖铺的老板，他似乎刚进了货回来，这会儿装好货正准备回去。

苏新七小跑过去，和司机师傅说了几句话，得到首肯后朝郑舒苑招招手。

三轮车是专门用来载货的，后斗放满了大大小小的箱子，没有给人坐的地方。郑舒苑知道要搭这辆车时，眼神有点嫌弃。

苏新七先把郑舒苑的行李箱放上了车，转头看到她表情不太好，抿了下唇说："有点远，走路要半个多小时，你将就下吧。"

太阳越来越晒了，郑舒苑也不想走路，咬咬牙，爬上了车，小心翼翼地扶着车架蹲下。

苏新七上了车也找了个合适的地方蹲下，后背靠着后斗车帮，对司机师傅说了声"可以了"。

三轮车速度不快，明明驶在平地上却还是很颠簸，噪声大，且这辆三轮车后斗是敞开的，阳光、海风一一接收。

郑舒苑没一会儿就受不了了，她撇着嘴，从自己斜挎着的小包里拿出一面镜子，对着自己的脸端看了下头发有没有被风吹乱，化的妆有没有花。

相比郑舒苑的难受，苏新七则泰然许多，她眯着眼看着海面，偶尔拿手撩一下头发。

女生对于同性的漂亮其实是更为敏感的，郑舒苑见苏新七毫不狼狈，举手间还隐约透着点说不出的气质,忍不住多看了她两眼。

"我叫郑舒苑,你呢?"郑舒苑主动攀谈。

苏新七看向她,心道自己果然没猜错。

"苏新七。"

"苏新七?"郑舒苑重复念了遍她的名字,似乎觉得有些奇怪,但她没多纠结,又问,"我们大概多久能到陈鲟住的地方。"

苏新七听到她又提陈鲟的名字,愣了下神,而后移开目光往车前方看,同时回道:"十来分钟吧。"

"哦。"

郑舒苑其实还想问苏新七陈鲟在学校的事,但此时坐在三轮车后斗上,一开口就会被咸腥的海风挟着沙尘灌一嘴,只好作罢。

好不容易挨到车停,郑舒苑迫不及待地下了车,着地时两条腿都是麻的。苏新七因为靠着车帮,所以还好。她帮着把行李搬下来,又和司机师傅道了谢。

苏新七带着郑舒苑去了李祉舟家。李父李母正在面馆忙着,看见她来还有些讶异,见到跟着她的郑舒苑更觉不解。

"她是陈鲟的……朋友。"苏新七如实解释道。

李父李母恍然,忍不住多打量了郑舒苑几眼,心里都在犯嘀咕。

"小鲟啊,还没起床呢,你们直接上去叫叫他。"李父说。

苏新七本想把人带到了就走,可让郑舒苑一个人上去她又不知道陈鲟睡哪间房,送佛送到西,她只好陪着郑舒苑上了楼。

"陈鲟!"郑舒苑进门就喊。

没人回应,苏新七沉默了下,走向陈鲟的房间,敲了敲门。

一声没人应,两声没人应,敲了三声房内才有人出声,语气有些烦躁不耐烦:"谁啊?"

"我。"苏新七收回手,垂下眼漠然地说,"你女朋友来找你了。"

第十二章
误会解开

房内响起一阵窸窣声,没过多久房门打开,陈姆只着一条休闲裤,裸着上身,脸上明明还留有才睡醒的痕迹,神色却透着慵懒自得的笑意。

"你总算开窍——"他的话在看到苏新七身后不远处的郑舒苑时戛然而止,同时脸色微变,声音也沉了下来,"你怎么来了?"

陈姆回到房间套了件上衣,再出来时苏新七已经不在了,客厅里就站着郑舒苑一个人。

她握着行李箱的拉杆,一脸怒容,质问道:"为什么不接电话?"

陈姆睨她一眼,不答反问:"你怎么知道我在岛上?"

"叔叔阿姨告诉我的啊。"郑舒苑不满道,"陈姆,哪有你这样的?说都不说一声就转了学,还不和队里的人联系。你知不知道大家都很担心你。"

陈姆一脸漠然:"你不训练来干什么?"

郑舒苑观察了下他的表情,知道他现在不喜欢听人提起队里的事,也就不去触这个霉头。她耸了下肩,冲他使了个眼色,用有点娇俏的语气说:"来给你过生日啊。"

陈姆怔了下。

"不是吧,你不会连自己的生日都不记得吧?"郑舒苑松开行李箱,微微抬起下巴,邀功似的说,"我特地和教练请了假来给你过生日,惊不惊喜?"

陈鲟瞥了她一眼，毫不领情："你是不是闲得慌？"

郑舒苑一瞪眼："我说你这人，我千里迢迢赶到这里来给你过生日，你还不高兴？"

她撇嘴："我昨晚坐飞机到的大屿市，今天一早就坐车去了码头，又坐了两个小时的船才到这里，现在头还晕着，你能不能给我点好脸色？"

"瞎折腾。"陈鲟抓了下头发，倒是没再挖苦，他扫了眼她手上的行李箱，"待几天？"

"教练就给了我两天的假。"

后天归队，明天就得走，陈鲟看她风尘仆仆的模样，想着人都来了，也不能赶回去，遂指了指客厅的沙发："等着。"

郑舒苑见他松了口，面上一喜。

陈鲟洗漱完出来，回房间拿手机，点开一看，除了郑舒苑的几个未接电话，还有他父母的。

他爸给他转了一笔钱，他妈给他发了条庆生的消息，陈鲟简单地回复，收起手机往外走，到了客厅朝郑舒苑抬手示意。

"走。"

郑舒苑起身问："去哪儿？"

"给你找个地方待着。"

"哦。"

郑舒苑拖着行李箱往外走，陈鲟听到车辘辘声，乜她一眼："就出门两天，带行李箱不嫌沉？"

"就这箱子，我还嫌小呢。"

陈鲟不耐烦地摸了下后颈："麻烦。"

他帮她把行李箱搬下楼，本来想叫吴锋宇把他家的小三轮骑过来拉行李，但李父听说他们要上海崖，拉着个行李箱不方便，便主动说开车送他们上去。

陈鲟没客套推辞，等李父把小面包车开出来后就把行李箱搬上了车，示意郑舒苑："你坐车上去。"

郑舒苑看他："你呢？"

"我骑车。"陈鲟的目光落到巷子里的一辆电动车上。

"那我和你一起。"

"不行。"陈姆想都不想就说,"我的车不载人。"

"你怎么这样?"

陈姆不理,直接把人一推:"上车。"

郑舒苑不情不愿地上了车。等李父的车启动后,陈姆骑着电动车跟在面包车后面,一路缓行上了海崖。

李父把人送到海崖后就走了,陈姆把电动车停在旅馆前,挥了下手示意郑舒苑跟上来。他们进了旅馆,苏新七小姨在前台,看到陈姆时愣了下,过后又好奇地打量了下郑舒苑。

陈姆转来沙岛中学这事苏新七小姨是知道的,毕竟他经常和一帮男孩子骑着电动车在岛上来来回回地蹿,想不知道都难。

陈姆拿郑舒苑的身份证开了间房,拿了房卡后直接提着行李箱上了楼。郑舒苑在后头跟着他,到了房间,陈姆刷卡开了门,把行李箱随意地往里一推,插上卡。

郑舒苑走进房里四处看了看,旅馆比不上市里的酒店,条件马马虎虎,好在还算干净,风景不错,窗外就是海,能凑合住。

她看到电视柜上放着两瓶水,口渴想喝,又不知道这两瓶水到底放了多久,就走到床边,拨了前台的电话,让人送两瓶饮料上来。

"你就在房间里待着。"陈姆说。

"你呢?"她问。

"回去补觉。"陈姆转身,语气不佳。

郑舒苑见他要走,忙跑过去拉住他,跺了下脚不可思议道:"你就把我一个人丢在这儿?"

"你可以在附近逛逛。"

"陈姆!"郑舒苑怒了,愤然道,"我是来给你过生日的。"

"谢了。"陈姆不咸不淡地说,多少有点不知好歹。

郑舒苑知道和他来硬的没用,只好软下声来,拉着他的衣服晃了下,撒娇似的说:"一个人待着没意思,你要睡,睡这儿好了。等你睡饱了,带我去玩。"

陈姆把衣服从她手上抽出来,垂眼看人:"不合适。"

"有什么不合适的?"

"老板娘会误会。"

郑舒苑眨眨眼，笑盈盈道："误会就误会，你什么时候在意过这个？"

旅馆老板娘是苏新七的小姨，被她误会要糟，陈鲟不想和郑舒苑解释，敷衍着说："你想玩，下午我找人带你。"

"不要别人，我就要你陪着！"

"下午再说。"

陈鲟语气搪塞，正巧这时房门被敲响，他按下门把，没承想开门就看见苏新七站在门外，手上拿着两罐雪碧。

他在心里骂了句。

苏新七看到陈鲟，难免意外，等看到他身后的郑舒苑后，了然了。

"你们要的饮料，雪碧行吗？"苏新七面无表情地说。

"是你啊，这是你家的旅馆？"郑舒苑从陈鲟身边挤出来。

"我小姨的。"苏新七把雪碧一递。

郑舒苑眉头微皱，说："我不喝汽水的，有没有果汁？"

苏新七还没回答，手上的雪碧就被人夺走了。

陈鲟把两罐雪碧塞给郑舒苑，表情不善："给什么喝什么。"

"你！"郑舒苑气结。

苏新七无视他们的"打情骂俏"，饮料送到后转身就走。陈鲟正要追上去，郑舒苑像是看出了什么，伸手拉住了陈鲟。

"怎么回事？"郑舒苑往苏新七离开的方向看了眼，"刚才我就奇怪了，你起床气那么重，以前在队里，谁都不敢叫醒你，怎么她一敲门你就起来了，一点脾气都没有？"

陈鲟抽手，蓦地记起什么，沉下脸问："你是不是和她说什么了？"

郑舒苑仰头，眼珠子左右转了转："……我能说什么。"

陈鲟见她这副心虚的模样就有谱了。他额角一跳，拿手指隔空点了点她的额头，语气不爽："我看你是来给我添堵的。"

陈鲟说完就走，任由郑舒苑在后头怎么样喊他，他都不停下。

下了楼，陈鲟没在前台看到苏新七，一楼厨房那儿传来交谈声，他仔细听了听，苏新七就在里面。

苏新七小姨看陈鲟下了楼不走，站起身问："小哥，有什么需要吗？"

陈鲟不好当着她家人的面把人喊出来，摆了下手。走出旅馆，他坐上电动车，等了会儿不见人出来，这才启动车子，下了海崖。

苏新七和姨夫从厨房里出来，听到外面的声音时垂下眼，若无其事地整理了下自己的散发。

"小七，你等会儿，姨夫换套衣服就送你回去。"

今早苏新七从李祉舟家离开后正巧碰上海钓回来的小姨夫，小姨夫正好有事要去她家一趟，她就跟着他先上了海崖，打算搭个便车回家。

"欸，小七，过来下。"苏新七小姨招手，等人走近才问，"陈鲟是你同学吧？"

"嗯。"苏新七表情淡淡。

"也难怪他过年的时候来岛上……我之前听祉舟妈妈说他现在住他们家？"

苏新七点头。

"祉舟和陈鲟，两个男孩的性子完全不一样啊，祉舟乖，陈鲟看着坏点。"苏新七小姨指指楼上，"小女友还一个人来我们这儿找他，啧啧，用情至深啊。"

苏新七不接话，垂下眼看桌面。

苏新七小姨端详了下苏新七的表情，叹口气有点惋惜地说："我还指着你也能谈个恋爱，好好享受下青春呢。"

苏新七无语。

上回她和陈鲟他们去吃烧烤，在烧烤摊上和林勇强闹了一场，惊动了警察。沙岛小，什么事都传得快，这事当然也瞒不过她的父母。

第二天她父亲就找她聊天了，她半真半假地把事情说了一半，老实交代的是林勇强为难她和陈鲟帮她的事，隐瞒了陈鲟缠着她的事，但现在看小姨这态度，兴许她父母也早知道了，只是怕她难为情，没问。

"小姨，你怎么还鼓励早恋呢？"

苏新七小姨嗤笑，说："你小姨我开明着呢。再说，你今年都十八岁了，算什么早恋。"

苏新七不以为然，正好这时手机响了下，她掏出来看了看，会心一笑。

"谁啊？"苏新七小姨问。

"祉舟。"苏新七一边回了个消息，一边说，"他去参加一个竞赛，早上出发的，现在下船了。"

苏新七小姨看着她，微微皱了皱眉，说："小七，姨问你个问题。"

"嗯?"

"你喜欢祉舟吗?"

苏新七怔住,抬起头,表情茫然:"我和他……是好朋友啊。"

"没别的?"

苏新七收起手机,抿了下唇,说:"小姨,你到底想问什么?"

苏新七小姨的语气稍稍认真,开口说:"小姨问你啊,岛上那么多男生,你怎么就只和祉舟做朋友?"

"……因为他人好,合得来。"

苏新七小姨看着她,目光幽深,意味深长地说:"我记得你小的时候,和别的男孩子玩得比较好的。"

"人总是会变的。"

苏新七小姨叹了一口气,摸了摸苏新七的脑袋:"你不用和小姨打马虎眼,我知道,因为他的耳朵,你一直都很内疚,所以那个事故发生后你就总和他在一块儿,也不和别的小孩上山下海了对不对?"

苏新七想开口否认,喉间却涩得要命。

"你对他有歉意,小姨理解的,但是你不能一直绕着他转啊,你是打算把自己赔给他吗?真要给李家当媳妇啊?"

这个问题不久前陈鲟也问过,只不过他说的话更尖锐难听。

苏新七攥了攥拳,故作轻松地笑着说:"祉舟不好吗?学习好,长得也好,我家和他家关系又好,我们要真在一起了,不是很登对吗?"

苏新七小姨看苏新七笑着说出这些话心里当真难受,作为长辈她都不知道该怎么劝,因为她也没做错事,只不过是太懂事了。

她私心想,这孩子要是自私点多好。

"你啊,小小年纪活得太拧巴了,就得要个人强行把你从自己的世界里拉出来才行。"苏新七小姨最后感慨似的说。

苏新七从海崖回来后就一直待在家里,她原本计划早上送李祉舟离开后就安心复习的,可这一整天她都没法沉下心来看书刷题。

她心里乱糟糟的,千头万绪,剪不断理还乱。她本以为自己是因为小姨的话在想祉舟的事,可一次跑神后她赫然发现书上多了个"鲟"字。她一慌,忙拿笔胡乱地把那个字涂掉,涂到一半又泄气地把笔一丢,觉得自己欲盖弥彰的模样实在可笑。

苏新七就这样有些浑浑噩噩地度过了近一整个白天。傍晚，苏母让苏新七去趟渔排，给她二叔送点青叶粿，过几天就是清明，吃青叶粿是岛上的风俗。

这个点正好是养殖户出海喂食的时候，苏新七到了旧码头，搭了便船，开船的叔叔热心地把她送到了苏二叔的渔排上。

苏新七到时，苏二叔不在，她看他的小渔船不在，就知道他出去喂鲍鱼了。

她已经有阵子没来渔排了，最近一次还是之前带陈姆来的那回，她和二叔倒是见过一两回，他上岸置办东西，去她家坐了坐。

渔排还是老样子，桅杆上的红旗倒是换成了新的，颜色鲜艳。房门没锁，苏新七把青叶粿放进了厨房。苏二叔一个人住，难免不讲究了些，厨房里各种厨具乱摆，她看不过去，趁着等候的时间帮忙收拾了下。

把厨房整理完后，苏新七搬了张小凳子坐在外面。四月日子长了，天黑得越来越晚，六点的时候太阳还在海平线上，敛起了耀眼的光芒，变得柔和而温暖，橘色的小圆球像颗饱满的咸蛋黄。

天际流云散漫，变幻无穷，海上白色的海鸟低飞捕食，叫声欢快，一些海鱼还会跃出海面，鱼身在夕阳的余晖中反射着粼光。

大自然的美是最治愈人心的，欣赏着这样的落日海景，苏新七放空脑袋，焦躁了一天的心，总算归于平静。

一半的夕阳落下海面时，苏二叔开着他的小渔船回来了。他隔着老远看到苏新七就喊："小七，你怎么来了？"

苏新七起身，走到边上，答道："妈妈让我给你送青叶粿。"

"青叶粿？啊，差点忘了，清明要到了。"苏二叔把船停下，拍拍手，看了看天，叹口气说，"看来接下来几天天气都不会太好。"

苏二叔系好船，上了渔排，弯下腰拍了拍裤脚，问起苏新七的近况："最近怎么样，学习累吗？"

"还好。"

"快高考了，也就苦这么一阵了，再坚持坚持。"苏二叔往前走了两步，忽地记起什么，转过身问，"那个小鲟……是你同学？"

苏新七怔了下，点了下头。

"前阵子我在港内的船上看见他了,隔得远还以为看错了,前几天又在吴家的船上看见他,出海遇上了聊了两句,才知道他是从外面转学过来的。"

"听说过转学出去的,倒是没见过转来我们这小地方读书的。"苏二叔摇了下头,又问,"我看吴家那小子很听他的话,他们关系很好?"

"哦。"

"吴家那小子以前不都跟着林勇强瞎混?对了,林勇强最近还有没有打扰你?"

苏二叔很少上岸,所以岛上传遍了的事他也不知道。苏新七沉默了下,老实说:"碰上过一两次。"

苏二叔立刻问:"他没把你怎么样吧?这个渣滓,和他爸一样,之前就应该把他打老实了。"

"没有。"苏新七垂下眼,透过浮木的间隙看着底下的海水,隔了两秒说,"陈鲟打了。"

"什么?"

"陈鲟把林勇强教训了一……两顿。"

苏二叔闻言先是一愣,看了看苏新七,思维开始合理发散。他单手叉腰,"哈哈"一笑,颇为豪爽地说:"看来这小子是真想进我们老苏家的门啊,不错不错,有我当年的风范。"

苏新七本来还有些不自在,被他这么插科打诨地一侃倒是释然了。她轻叹一口气,望了望天:"太阳下山了,我要回去了,青叶粿记得吃。"

"不留下来一起吃个饭?叔掌勺。"

"不了吧。"

"那叔送你回去。"

苏新七想了想说:"我搭便船吧,省得你跑一趟,浪费油。"

"便船啊,我想想,还有谁在。"

还没等苏二叔想出个人来,远远地他就看到一艘渔船往渔排的方向驶过来。等距离近了点,他瞅了眼船号,说:"好像是吴家的船,他家又没养鲍鱼,怎么这时候会来这儿?"

吴家的渔船是小型的捕捞渔船,有驾驶舱,船身是白色的,上面还有乱七八糟的涂鸦,花里胡哨的。苏新七即使记不得船号,看这不伦不类的外壳都知道这是吴锋宇家的船。

没多久,渔船驶近,速度放慢,苏新七一眼就看到了船上的人。

陈鲟背对着渔排,正蹲下身,拿着一瓶矿泉水在喂郑舒苑,后者坐在甲板上,双手抱着肚子,一副无力难受的模样,苏新七猜她是晕船了。

吴锋宇先看到苏新七,他显然有些意外,回过头喊道:"鲟哥。"

陈鲟转过头,吴锋宇冲他使了个眼色,用口型无声地说"七公主"。

陈鲟怔了下,刚想起身,衣角被拉住了,郑舒苑有气无力地撒娇道:"陈鲟,我们回岛上吧,这船晃得我头好晕……又想吐了。"

陈鲟把衣服一扯,略显无情地回道:"憋着。"

苏二叔也看清了船上的情况,关切地问了句:"是不是晕船了,要不要下来歇下?"

吴锋宇觑了眼苏新七,一拍手,殷勤地说:"叔,我们就是想来你这儿问问,有没有晕船药?"

苏二叔想了想,不太确定地说:"好像有,我去找找。你们先下来,晚上风大浪大,船晃。"

"好嘞。"

吴锋宇跑去驾驶舱和自家厂里的师傅说了声,很快,船就靠在了渔排边上。

陈鲟示意郑舒苑起身,他撑着船舷一跃,跳下了船,渔排随着他落地的动作小幅度地晃了晃。

渔船和渔排之间有一米左右的间隙,郑舒苑因为晕船腿软,不敢独自下船,可怜兮兮地看向陈鲟,叫了他一声。

陈鲟余光看向苏新七,她并不看他,而是盯着船身的涂鸦眉头不展。

"陈鲟。"郑舒苑又喊了一遍。

陈鲟走过去,冲她招手:"跳过来。"

"掉海里了怎么办?"

"淹不死你。"

郑舒苑撇嘴,磨磨蹭蹭才用最后一点力气跳下船。她的落脚点正好在渔排浮木的边缘,脚一滑就要掉下去,陈鲟眼疾手快拉了一把,把她往后方带了两步。

"吓死我了。"郑舒苑顺势倚进陈鲟怀里,回头心有余悸道。

"站好。"

陈鲟把人从怀里推开，下意识看向苏新七。这回她倒是看过来了，只不过看的不是他。

苏新七见郑舒苑病恹恹的，指了指自己刚才坐着看夕阳的凳子说："坐下休息下吧。"

郑舒苑的确有点站不住，拖着步子走过去坐下，缓了会儿才看向苏新七问："你怎么在这儿？"

"这是我二叔的渔排。"苏新七语气淡淡。

"你家亲戚还挺多。"郑舒苑嘟囔了句，而后眼睛四下打量渔排的房子，好奇又带点嫌弃，"这种房子真的能住人吗？"

陈鲟乜她："闭嘴行不行？"

他语气警告，郑舒苑瞪他一眼，闭了嘴。

这时苏二叔从房里出来，拿着一盒药说："找着了，备用的都没拆过，我刚看了下，没过期。"

陈鲟把药丢给郑舒苑，又把手上的矿泉水递过去。

郑舒苑扫了眼说明书，掰了颗药就水吞下。

苏二叔看她眼生，加上会晕船，遂笑着说："小姑娘岛外的吧？"

"哦，我来找陈鲟的。"

"我猜就是小鲟的朋友。"苏二叔语气自然，热情大方地说，"远来就是客，我们沙岛人别的不说，待客还是很友好的。"

"你们都还没吃饭吧？"苏二叔拍拍陈鲟的肩，举手做了个喝酒的动作，笑着问，"怎么样，晚上留叔这儿吃饭？"

一个女孩大老远跑来僻远的孤岛上找一个男孩，两人的关系似乎不言而喻，但苏二叔没多问、没调侃，对陈鲟的态度也没变。虽然他之前说要陈鲟入赘，那也只是玩笑之语，他一个长辈，不会在这个时候说些不着调的话让几个小辈不自在。

苏新七看二叔这样就知道他爱热闹自来熟的老毛病又犯了，她察觉到陈鲟的目光，故意不去看他，心里正想着要怎么劝回二叔，郑舒苑却先开口了。

"不行，陈鲟今天过生日，不能随便应付。"

苏二叔看向陈鲟："今天你生日？"

陈鲟无所谓地点了下头。

这下连苏新七都有些讶异。

"那就更得留下来吃顿饭了,叔给你做顿庆生宴,保证不应付。我的手艺你是尝过的,怎么样,还是你有别的安排?"苏二叔问。

陈鲟看向苏新七,没什么迟疑就回道:"没有。"

听到他这么说,还在船上的吴锋宇一脸苦笑,他叫了人,本来定好晚上去岛上的KTV帮陈鲟庆生的,没承想半路杀出个七公主,他们这些兄弟瞬间完败。

"那就这么定了。"苏二叔兴致很高,像是自己过生日一样,他朝苏新七看去,"小七你也留下,船上的,大的小的都下来,一起。"

话都说到这份上了,苏新七回去无船,只好被动留下。她看向陈鲟,一回头目光与他撞个正着。

陈鲟见她看过来,心情颇好地勾了下唇。

吴家的师傅下了锚从船上下来,他和苏二叔认识,两个大人主动担任主厨的职位,看他们那磨刀霍霍的架势像是要做一顿满汉全席。

夜幕降临,海上生明月,晚风料峭。

陈鲟正要找苏新七说话,郑舒苑就开口喊住了他:"陈鲟,好冷啊,你把你的外套给我穿。"

陈鲟抬眼朝铁房子看:"去里面待着。"

"里面也冷。"郑舒苑说着搓了搓自己裸露在外面的长腿,看他眨巴眨巴眼睛,"我没想到海上晚上这么冷,穿少了。"

郑舒苑见他不为所动,咬了咬唇说:"我下周还有比赛呢,在这儿感冒了怎么办?教练会骂死我的,我可是因为给你过生日才来这个鬼地方的……"

陈鲟额角一跳,绷着脸把身上的外套脱下,随手往她身上一丢,不耐烦道:"明天一早你就走。"

苏新七走到一旁,不打算再听他们的对话,余光看到有人向她走来。

吴锋宇以前因为捉弄苏新七挨过苏二叔的打,到现在他都还有些怵,所以等到人走了后才从船上下来。

"七公主,好巧啊,我和鲟哥本来打算去石头岛的,没想到还能碰上你。"

苏新七乜斜了他一眼，没给他好脸色。

"那什么，你气还没消呢？"吴锋宇赔笑，"你不是把我和瘦猴都推进水里一次了，这还不解气？"

"上回的事是我不对，鲟哥已经教训过我了。你不知道他有多狠，让我负重在海里游了一个小时，和武装泅渡差不多了，上了岸我好几天拿不起筷子啊。"吴锋宇想起来还心有余悸，打了个哆嗦，讨好道，"你大人有大量，别跟我计较了？"

苏新七抿着唇，缄默片刻，迟疑着低声问："不是他让你们推祉舟下水的吗？"

吴锋宇忙摆手："不是不是，是我……缺心眼，不关鲟哥的事。"

他回头往陈鲟那儿看了眼，压低声说："你以为我和瘦猴那节体育课为什么会在泳池旁干站着？"

苏新七瞳孔微缩，讷讷道："是他……"

"就是鲟哥的意思，他说你心里有气，要我们站着等你来，还不许反抗。"

苏新七恍然，再回头看陈鲟时，眼神就柔和了些。

苏二叔知道今天是陈鲟生日后对这顿晚饭很上心，不仅把自己的水箱统统拉上来了，还去隔壁几户人家那里拿了不一样的食材。

虽然有吴家的师傅帮忙，但两个人短时间要弄一大桌子菜难度还不小。苏新七作为小辈里唯一一个会做饭的，抱着"既来之则安之"的心态主动去帮忙，硬菜她不会，只好打打下手，帮着杀鱼杀虾，备备菜码。

苏新七从厨房里拿了条围裙系上，把头发一缩，蹲在渔排边上，从桶里捞出一条肥美的海鱼，用棒槌一拍，而后用剪子利索地刮鱼鳞，开膛破腹，取出内脏，舀水冲洗，一整套动作行云流水，堪比市场鱼贩子。

夜色昏暗，灯光迷离，陈鲟想起他们第一次见面那天晚上。

他走过去，铁屋的灯光把他的影子投射在苏新七身上。

苏新七手一顿，不用抬头就知道站在边上的人是谁。她舀了水把手上的血水冲净，垂下眼开口直接说："挡着光了。"

陈鲟移到她对面，蹲下身，微微颔首看她："需要帮忙？"

苏新七抬头："你会干什么？"

几个盆里分别装着海鱼、虾蛄、螃蟹、鲍鱼、海蚌、鱿鱼……陈鲟的目光扫过一圈，最后把手伸向装着梭子蟹的盆子。

"螃蟹是不是洗洗就行？"

刚抓上来的梭子蟹还活力满满，满盆乱爬。苏新七拍开陈鲟的手："别被钳着了。"

陈鲟看着她的脸，虽然还是表情淡淡，似是疏离，但她现在对他的态度比前阵子好多了，说话也不带刺了。他挑了下眉，心想寿星原来还有这福利。

陈鲟心情颇好，拿手指弹了下盆子，里面的螃蟹受到惊吓，横着乱爬。

"螃蟹怎么分公母？"他随口问。

苏新七蹙了下眉，眼神震惊。

陈鲟莫名紧张，第一时间反省这个问题是不是有点耍流氓，惹她生厌了？他正想着要怎么补救，下一秒就听苏新七嫌弃地说："你连这个都不知道？"

陈鲟虚握起手抵在唇边低咳了下，指指那些梭子蟹，理所当然地说："以前只在餐桌上看过，食物我管它们是公的母的，熟的就行。"

苏新七无语，小心翼翼地抓起一只梭子蟹，把它的腹部露给陈鲟看："喏，这只，腹部盖子是三角形，就是公蟹，你看它的腿，公蟹腿上的绒毛比母蟹多。等它们熟了，吃的时候也能分辨出来，公蟹里面有蟹膏，母蟹里面是蟹黄。"

她认真在科普，陈鲟也没仔细听她说的内容，一直盯着她看，偶尔应和下。他压根儿不关心螃蟹的性别，只不过很享受她心平气和地与他交谈的样子。

"这些螃蟹……等下用蒸的。"陈鲟故意找话，问些有的没的，他有些贪恋眼下两人和平相处的时光。

"嗯。"苏新七把那只梭子蟹丢回去，"螃蟹怕冷，吹吹风会老实点，下锅的时候不会乱爬。"

陈鲟看她表情无澜，用十分平静的语气讲貌似冷血的话，不由得低笑。

苏新七听到他的笑声怔了下，后知后觉自己和他说了太多，她不自在地别开眼，故作镇定。

"陈鲟，你蹲那儿干吗？脏兮兮的，过来啊。"郑舒苑突然喊。

苏新七低下头，随手抓过一条鱿鱼，拍在砧板上，拿起剪刀毫无感情地说:"离远点,小心被墨汁溅到。"

她这话语气虽然也是淡淡的,但态度急转直下。陈姆端详着她的神情,揣摩了下,忽而哼笑。

"吃醋?"

"没有。"苏新七立刻否认。

她说完没再听到陈姆说话,没忍住抬头往对面看。陈姆蹲着,双手搭在膝上,嘴角噙着意味深长的笑,促狭地看着她,一副得志的模样。

"她不是我女朋友,是我以前体校同学。"陈姆见好就收,适时开口解释道。今晚气氛这么好,他不想惹怒她。

"哦。"苏新七抿了下唇,低头处理鱿鱼,一边处理内脏,一边说,"你们是什么关系与我无关。"

"有没有关系你心里清楚。"陈姆双目灼灼,话里有话。

苏新七耳朵一烫,一时竟没法反驳,过了会儿再想开口说话怕又是刚才那样,听着像是此地无银,她因而缄默,免得被他牵着鼻子走。

厨房里隐隐飘出了食物的香味,苏新七加快手上动作,拿剪子处理鱿鱼软骨。海风拂过,她随手绾着的头发掉落了几绺,头发没碍着视线,她也没打算管。

她专注于手上的鱿鱼,忽觉耳郭一热,陈姆把她散落的几绺头发勾到了耳后,收回手时不小心碰到她的耳垂。

苏新七没防备,冷不丁吓了一跳。她正在处理鱿鱼的眼睛,惊吓之下手上没个轻重,猝然一捏,把墨囊捏坏了,囊中的墨汁"哧"地射出,陈姆凑得近,正好被击中。

脖子上被喷上湿答答的液体的一瞬间,陈姆的脸都黑了,他该庆幸的是他个高,否则脸上也得遭殃。

苏新七借着灯光看到他脖子上黑乎乎的墨汁,怔了下说:"你先别动……"

她把手上的鱿鱼和剪子放下,洗了洗手,从自己的外套口袋里拿出一包纸巾,抽出一张,正要凑过去帮他擦干净,忽又觉得不合适,就把纸巾递给他。

"擦擦。"

陈姆受不了脖子湿黏黏的,黑着脸,舀了点淡水直接泼向脖颈,冲洗

175

了几遍才罢休:"干净了吗?"

他抬起头,把脖子露给苏新七看。

灯光暗淡,苏新七往前凑了凑:"还有点。"

陈鲟再冲洗了遍:"好了?"

"还有点。"苏新七把纸巾递给他,"擦擦吧。"

陈鲟绷着脸,接过纸巾擦着脖子。墨汁会留色,即使洗净了,皮肤上还是会有淡淡的黑印子。苏新七看他脸色臭臭的,又不好发作的模样,忍不住笑了。

陈鲟把纸巾揉作一团,摸摸脖子倒是没摸到异物。他瞥向苏新七,轻轻弹了下她的脑门:"你还好意思笑?"

苏新七瞪他:"谁让你突然碰我。"

她咳了下掩饰自己的笑意:"早让你离远点,是你自己不听。"

她这话有点强词夺理,陈鲟听了不觉生气,反觉得稀奇,总觉得她今天和平时不大一样,至少对他不再那么处处防备了。

"碰一下就喷墨汁?"陈鲟摸摸后颈。

苏新七刚想开口,就听二叔喊她:"小七,鱼都弄好了吗?"

苏新七回道:"哦,好了。"

"拿进来,我先把鱼做了。"

"好。"

苏新七瞪了陈鲟一眼算是回击,也不再耽搁,把已经处理好的海鱼拿去厨房。

陈鲟走到桅杆边,望着远处的灯塔,没由来地一笑,心情颇好。

郑舒苑走过来,看到他神情愉悦,心里不快,连名字都不喊了:"喂,你不会是认真的吧?"

陈鲟看过去:"玩假的有什么意思?"

"你到底看上她什么?"郑舒苑撇嘴,语气不满。

"杀鱼的样子很漂亮。"

郑舒苑瞪目:"你是变态吗?"

陈鲟敷衍道:"你就当我是吧。"

"陈鲟!"郑舒苑愤懑,咬了咬唇,豁出去般问,"你要逃避到什么时候?"

话问出口，郑舒苑看到陈姆的脸色瞬间就变了，整个人散发着一股生人勿近的气息。她心里不安得打鼓，双手紧攥，咽了咽口水，索性一鼓作气把想说的话说了。

"之前的风波差不多过去了，现在已经没有多少人关注游泳队的事，人都是健忘的，别人的事就是看个热闹，你的成绩能进国家队的，等以后游出了成绩，为国家拿了荣誉，他们还会以你为荣。"

郑舒苑郑重其事地说："陈姆，你不属于这里。"

陈姆失神了会儿，一阵海风吹来，他回神，眼神暗淡，晦涩难明。

"我不会回去。"

良久，陈姆开口，声音如冰似雪。

郑舒苑急了："你怎么——"

"游泳队已经和我没关系了。"陈姆眼神似刀，凌厉又生冷，不耐烦地说，"我现在心情还不错，别和我提以前的事，扫兴。"

他说完走开，留郑舒苑一个人在原地愤愤不平。

吴锋宇看两人好像有口角，看了眼陈姆，走到郑舒苑身边，一副好事的模样，问："郑美女，怎么了，和姆哥吵架了？"

"要你管。"郑舒苑没好气地说。

吴锋宇脸皮厚，"嘿嘿"笑着说："我说，姆哥看上我们七公主了，你还是死心吧。"

郑舒苑听他哪壶不开提哪壶，狠狠白了他一眼，不解气地又说："他们是不可能的，陈姆不会一直待在这个破岛。"

"欸，你这话我就不爱听了，我们岛虽然小，但也不破……再说了，你刚才也看到了，姆哥和七公主有说有笑的，有没有可能还真不一定。"

"你！"郑舒苑气急，忍不住跺脚，"他说过的，等我拿了世界冠军，会考虑让我做他女朋友的。"

吴锋宇没听明白，还没问又听她自己一个人在那儿自言自语似的嘟囔："陈姆这个浑蛋！"

第十三章
生日愿望

苏新七把食材处理完后就去厨房帮忙了,她一直没让自己闲下来,倒不是有多忙,毕竟掌勺的不是她,只不过她不想出去,怕落了单,陈姆又主动靠近她。

她莫名有点畏惧和他独处,拿不准自己该用什么态度面对他,像之前那样冷脸以对她似乎做不到了。不是打从心底的排斥是很难刻意拒人于千里之外的,那样反而会适得其反,显得没底气,像在伪装。

苏新七把这归因于自己误解他而产生的愧疚感,陈姆对她来说就像海上的天气,越来越不可控,她唯一能做的就是尽量避开他。

苏二叔和吴家师傅的厨艺都不错,岛上的人别的不说,料理海鲜可以说是一绝。两个大男人扎进厨房里,两个炉同时开火,外头海风呼啸,里面热火朝天,各种鲜香的气味混杂在一起,勾得人食指大动。

苏二叔收了火,把最后一道菜——油焖大虾端出去,看着一桌色香味俱全的海鲜大餐点点头很是满意。

苏新七拿着碗筷跟过去,苏二叔邀功似的问:"怎么样?"

苏新七扫了眼桌上的食物,虽然各色海鲜都有,每个菜都卖相奇佳,但她总觉得少了点什么,仔细想想才恍然大悟。

这顿饭是给陈姆庆生的,却没有称得上点题的食物,这一大桌菜说是过年过节吃的都行。

苏新七犹豫了下,最终还是回到了厨房。

苏二叔叫几个小辈进来吃饭，陈姆随意落座，郑舒苑生气归生气，还是坐在了他旁边。吴锋宇正想在他另一边坐下，屁股还没碰上凳子，就收到了身边人的一记眼刀。

"啊，瞧我，这是七公主的座位。"吴锋宇打着哈哈，往旁边挪了个位置，和他家师傅挨着坐在一起。

"小七。"苏二叔朝厨房喊，"先别收拾了，吃完饭再说。"

"好……就来。"苏新七的声音有些模糊不清。

苏二叔拿了瓶新酒，给吴家师傅倒了杯。

"来，动筷子，尝尝我们两个大叔的厨艺。"苏二叔又向厨房喊了声，"小七。"

"来了。"

苏新七端着一个碗从外面走进来，苏二叔疑惑："你还煮了什么？"

桌上所有人都看向她。苏新七有些别扭，越发觉得手上的碗烫人。她抬眼，正对上陈姆的目光，心里惴惴，犹豫了下才定定神朝他走过去。

她故作云淡风轻，把碗放在他面前，垂下眼用随性的口吻说："我看厨房里有挂面，就煮了。"

一碗平常的海鲜面，上面盖着一个完整的荷包蛋。

苏二叔一拍手，说道："哎哟，瞧我们两个大叔，都没想到要煮一碗长寿面，还是女孩心细。"

饶是平时从从容容的陈姆，这时也有些讶异。

以前生日他基本都是在队里过的，队友们聚一聚，吃吃喝喝就完事了，他的父母也只是打个电话发个红包，还没人给他煮过长寿面。尽管他不是追求形式的人，但此时此刻，看着一碗普通的面条，他的心情前所未有地微妙。

苏新七不想显得这碗面多珍贵多隆重，放下碗后坐下，用稀松平常的语气解释："这是岛上的习俗，我就是随手做的，讨个彩头。"

她故意把这碗面说得廉价、不用心，陈姆听在耳朵里却是反调。他转头看她，她面上虽然故作镇定，但眼神细微的不自在和紧张却出卖了她。

陈姆勾唇低笑，好心情又回来了。

随后，陈姆也没拿这碗面打趣苏新七，逗她开心。桌上的菜他每样都动了几筷子，只有苏新七煮的那碗面他实实在在吃完了。

苏新七虽然面上不显,但心里却按捺不住地感到愉悦,这种感觉让她惶恐不安。

席至一半,苏二叔问陈鲟:"小鲟啊,怎么样,这个生日过得还满意吗?"

陈鲟颔首:"嗯。"

倒是边上的郑舒苑不高兴地嘟囔:"……连个蛋糕都没有。"

她这话被苏二叔听到了,他也不计较,爽快地说:"海上捞不到蛋糕,是有点可惜。"

"欸,有了。"没一会儿苏二叔忽然一拍大腿,兴冲冲地起身,"等着啊,叔给你们变个魔术。"

苏二叔说完,脚踩风火轮似的走出屋去,没过多久,端着一个盘子回来。盘子上用青叶粿摞了三层,堆出了一座小山,他手上还拿着三支红蜡烛。苏新七一看就知道他在打什么主意,无奈一笑,暗道用青叶粿当蛋糕,亏得二叔想得出来。

"小鲟啊,渔排上没蛋糕,叔只能给你弄个替代品了。"他把"蛋糕"放桌上,"青叶粿是小七妈妈做的,等下都尝尝,这个叫'中式蛋糕',哈哈。"

陈鲟看着那个"蛋糕",一点都不嫌弃,反而觉得比以前吃的所有蛋糕都有意思。

苏二叔把蜡烛点了立桌上,表情比在座的年轻人还兴奋。关了灯,他又喊道:"来,我们给小鲟唱首《生日歌》。"

说完苏二叔带头起了调,他那大嗓门一吼,吴家师傅也跟上,吴锋宇见两个大人都这样了,也不管不顾地扯开嗓唱,一时铁屋里的声音压过了外面的海风声。

一首荒腔走板的《生日歌》唱毕,苏二叔忙喊陈鲟:"小鲟,许个愿。"

陈鲟显然不适,有种被家长点出来表演的局促感。

"快,许个愿。"苏二叔催道。

陈鲟没这个经验,一时也想不出要说什么,余光看到苏新七。她也正看着他,瞳仁映着烛光,双目熠熠,似乎也好奇他会许什么愿。

他看着那个不伦不类的"蛋糕",蓦地一笑,用举重若轻的口吻说:"许愿啊,那就祝苏新七天天开心好了。"

苏新七心头一跳,抬眼看向陈鲟,他正看着她,眼神灼灼,她莫名被触动。

四月的沙岛异常忙碌,码头迎来送往,渔港里的船几乎倾巢而出,夜以继日地在海上进行捕捞作业,很多大型渔船还驶去了公海,十天半个月才回港,为的就是在休渔期来临之前多打几舱的鱼。

苏新七的父亲就去了远洋,海上没信号,外出的渔民和家里联系不上,也没法报平安,留在岛上的家属能做的也仅是去妈祖庙拜一拜,祈祷渔船一帆风顺,平安归来。

父亲出海,苏新七心里自然挂念,每天早晚都要看看天气预报和新闻。看到渔船失事的报道她就会很紧张,生怕是父亲的船出了事,每每这时,她都会提心吊胆,在知道出事的渔船不是自家的后,她虽松口气却也难以安心。

清明前后,沙岛一连下了好几天的雨,烟雨蒙蒙,岛上人的心情也像是蒙了一层云翳般。那几天苏新七天天跟着母亲去美人山下的妈祖庙祭拜,人在无能为力的时候,总是会把希望寄托于某些事物上。

苏新七总觉得不安,以往这种时候祉舟都会陪在她身边安慰她,但今年他不在岛上,山高水远的,联系不便。他出发那天晚上给她打了好几个电话,那时她在渔排上,信号不好没接到,等上了岸回拨过去也没打通。

他离开的这几天,苏新七给他发过好几条消息,他总是隔好久才回复。她猜他比赛时间紧张,所以没多打扰他,更没拿自己的烦心事影响他。

苏新七忐忑的心情一直持续到父亲出海归来为止。渔船归港那天,她和母亲一起去了码头,看到父亲平安下了船,她悬着的心才算落了地。

苏家的渔船满载而归,但不是所有出海的渔船都这么幸运,从沙岛出去的几艘渔船在风暴中翻了船,船上的人全员葬身鱼腹无人生还。那几天岛上哀乐阵阵,恸哭声幽幽不绝,闻者心有戚戚。

岛上的白事都影响到了学校,失事人员里就有学生家长,谁谁的父亲没了这种事很快就传遍了。中学每个学生家里几乎都有渔民,对海上事故他们心有余悸,那阵子校园气氛低迷,学校为了安抚学生,纾解他们的心理压力,还特地请了个心理学专家来岛开讲座。

讲座分为几场。高考在即,高三生的临考压力也大,学校优先安排高三生去听讲座。讲座时间安排在了周一下午后两节课,学生们虽然对讲座不感兴趣,但是在上课和讲座之间,他们还是更乐于选择后者的。

沙岛中学有个破旧的大礼堂,面积不大,一个年级百来号人挤着坐勉强能容下。讲座的主讲人是个中年女性,她讲的内容其实很有意思,也分享了很多解压的方法,但买账的学生没几个,底下的学生大多都在做自己的事。

听了半个小时后,苏新七也有点坐不住。礼堂狭小,人又这么多,里面空气混浊,坐久了头昏脑涨的。最近一段时间因为心里老挂着事,她都没休息好,此时坐在礼堂只觉得胸口发堵,胃也不大舒服。

坐在旁边的陈沉看她表情不太对,忍不住低声问道:"小七,你怎么了?"

苏新七越发觉得礼堂逼仄,太阳穴发胀,喉间干涩。她费力地把那股呕吐感压下去,弓着腰站起身,对陈沉说:"我去趟洗手间。"

"没事吧?"

苏新七摇了摇头,俯低身子从一排人前走过,和站在后面的班主任说了声后就离开了礼堂。一从室内出来,她顿觉胸口一松,透过气来。她去洗手间洗了把脸,冷水一浇,人立刻就清醒了,那股欲要作呕的反胃感也消了几分。

洗了脸,苏新七走出洗手间,才出来就碰上了靠在走廊上的陈鲟。他拿着个手机百无聊赖地转着,眼神一转看到她,立刻就问:"不舒服?"

苏新七停下脚,自上次在渔排给陈鲟过生日后,这几天她见到他总觉得不太自在。

陈鲟看她脸色是不太好,两只眼睛下还有淡淡的青色,看上去有点疲累,不由得问:"没休息好?"

苏新七摇了下头,想了想还是回道:"礼堂里太闷了。"

她说完看了陈鲟一眼,低下头往前走,经过他身边时,胳膊被一拉。

陈鲟待她看过来,才说:"闷还进去?"

苏新七好不容易缓过来,的确不想再回到礼堂,讲座没那么快结束,刚才在洗手间时她就在想要不要和老师说一声,回班级坐着算了。

"今天出太阳了,要不去海边走走?"陈鲟半是蛊惑道。

苏新七很心动。

说实在的,讲座主讲人分享的那些解压方法对她都不适用,她自有一套纾解压力的方法,那就是到海边吹吹风赶赶海。这阵子连天降雨,她心理压力大也出不了门,积攒了不少的负能量。

陈鲟见她迟迟不答,显然动摇了,遂二话不说,把人一拉:"走。"

苏新七被拉着走了几步,使了好大力气才堪堪停下。

陈鲟回头,苏新七抽出自己的手,抬眼看向他,片刻后才出声道:"我自己走。"

陈鲟嘴角一扬,示意她跟上。陈鲟熟门熟路地带着苏新七绕到了游泳池那块。

游泳池靠近侧门,墙外就是沙岛的"娱乐区"。

陈鲟的电动车停在巷子里,两人出了校门,他坐上车,插上车钥匙,回头把头盔一递。

既然都出来了,苏新七也不矫情,接过头盔,松开绑着的头发戴上头盔后直接坐上了后座。

"坐稳了。"

陈鲟启动车子,轰了下油门,缓缓地把车骑了出去。

从横七纵八的小巷出来,上了环岛路后陈鲟一直保持中速前进,他骑得很稳,苏新七渐渐松开了紧握的手。她把头盔的护目镜掀开,任由海风拂面。

连续几日降雨后,今天天气变好,太阳也露了面,气温回升。这时节天气不冷不热,放眼望去,海上风平浪静,湛蓝得好像一块剔透无瑕的蓝宝石,天际五色轮囷,霞光万道,海天相接处美不胜收。

苏新七也不知道陈鲟要载她去哪儿,不过她一点也不害怕。不知道是不是海风的缘故,此时此刻她的状态很松弛,大概因为现在的海风和美景是逃讲座换来的,所以轻松之余她又隐隐觉得有点刺激。

陈鲟从后视镜中看到苏新七纷飞的发丝,勾勾唇,心情愉悦。

他们几乎绕了小半个岛屿,陈鲟最后把车停在了路边。苏新七下车,摘下头盔转头四顾,看到近海的一片红树林后立刻就知道他们到了岛的另一面。

沙岛的人口主要都聚居在东海岸,西海岸虽然地势更为和缓,但海岸以泥滩为主,滩涂上长满了参天的红树林,那里的环境更适合野生动物生存,所以西海岸仅有十几户人家分散居住。

陈鲟拔下车钥匙,下了车后示意苏新七跟上。

苏新七看他翻过公路栏杆,心下一惊,立刻说:"你要去红树林?"

陈鲟点头。

"不能进去。"苏新七走到栏杆边，面色微凝。

陈鲟上岛有段时间了，自然知道她反应这么大的原因。他看着她勾唇笑笑："你也信那些故事？"

苏新七抿唇，她虽然是沙岛人，但这片红树林她却从未去过。

或许每个地方都有一个禁区，对沙岛来说，西海岸的红树林就是这样一个存在。

岛上关于红树林的传说很多，故事内容虽然不一，但恐怖的基调大体是一样的。有的说红树林里淹死过很多人，那些人死后徘徊不去成了海鬼；有的说那里的树活了上百年都成精了；还有的说以前打仗的时候，很多岛民活不下去，都去红树林里上吊了，现在里面挂满了尸体……

各种故事曲折离奇，老一辈人说起来神神秘秘煞有介事，这片红树林可以说是岛上所有孩子的童年噩梦，每当谁不听话时，家里的长辈就会恐吓说要把他丢进红树林里，这一招立竿见影百试不爽。

苏新七小时候真心实意地害怕过，长大后读了书，虽然接受了科学的熏陶，但因为从小耳濡目染，对于鬼神之事她心底还是敬畏的。

"里面风景很美，不想去看看？"陈鲟再次开口，语气诱惑。

苏新七迟疑着。

陈鲟看她表情肃然，像是真觉得这片树林是不祥之地。他轻挑眉，朝她伸手，宽慰道："过来，有我在，别怕。"

苏新七还有些犹豫，望了眼连片苍苍的树林，站在公路上完全看不穿树下的情形。

日光西斜，海风浮动，树叶沙沙作响，一群白色海鸟从林中飞起，结队朝海而去。

看到活物，苏新七再看向那片树林时就觉得没那么恐怖了。她看向陈鲟，他始终伸着手，目光笃定，她心里无端升起一种信赖感。

她暗咬了下唇，手脚并用地翻过栏杆。

从公路到红树林需要下一道斜坡，斜坡上长满了杂草，越往下走脚下的泥土越松软，陈鲟打头，时不时回头看看苏新七。

红树林分布在潮间带，根系发达，能在海水中生长，它的高度与气温相关，沙岛西海岸的树木几乎都有十米高，耸然伫立，像一根根原木立柱。

往下走了一段路，苏新七抬眼就能看到林中场景，树木丛生，树根虬结，叶盖参天，从树底下往上看和在公路上俯瞰的观感不同，她顿觉自己的渺小。

再往下走就是泥泞的泥滩，陈姆让苏新七在原地等着，他自己踩着露出水面的树木根系，几个纵跳消失在了林深处。

苏新七望着幽暗的树林，心下忐忑，她巴巴地等着，约莫十分钟后看到陈姆划着一艘小船朝她这儿来。

"上来。"

苏新七踮着脚，有样学样，踩着树根上了船。

这艘船极小，木壳的，不是动力船，船身仅容得下两个人。她惊奇，不由得问："你从哪儿找来的船？"

"找吴锋宇家的修船厂定做的。"陈姆见苏新七坐好，摇动船桨把船推了出去。

树林里薄雾缭绕，时不时传来不知名的鸟叫声，四下无人，林中空幽，苏新七仰头能看到日光在叶间跳跃，低头往船外看，水质清澈，还能看到里面的水草和浅海鱼。

林中并不像传说中那样阴森恐怖，"浮槎"其中，她恍然有种进入爱丽丝仙境的错觉。

陈姆回头，见她一脸惊奇，挑了挑眉问："真的一次都没进来过？"

"嗯。"

"怕鬼？"

苏新七微窘，不自在地说："以前小就很好骗，长大后……就不喜欢冒险了。"

"我要是早几年认识你，现在也不用这么卖力了。"陈姆语气透着揶揄的笑意。

苏新七知道他话里的意思，也不回应，装作没听到的模样往树林里四下打量。

陈姆余光看她，倒不介怀。

红树林的树木盘根错节，不熟悉里面情况的人可能会迷路，陈姆显然不是第一回来，划起船来游刃有余。

"我们去哪儿？"苏新七把目光从树干上的附生植物上挪开，看向陈姆。

"带你看日落。"

约莫在林中行进了二十分钟,苏新七敏锐地感觉到光线亮堂了许多,没多久眼前豁然开朗。

红树林的尽头是广袤的海洋,一轮圆日正悬在海平线上将落未落,海面映着夕阳斜晖,粼光闪闪。觅食的海鸟盘旋海上,倏尔飞起倏尔俯冲,刚从曲折幽暗的树林中出来,再看到壮阔的海景,那种感觉是格外不同的。

苏新七在沙岛看过无数次日落,原以为自己早已将岛上的各种美景看过,可此时此刻她还是被眼前的落日图景所震撼。

陈鲟把船上的缆绳系在就近的树根上,回身坐下。

"好看吗?"他问。

"嗯。"

一只海鸟俯冲而下,掠过海面,再飞起来时嘴里叼着一条海鱼。苏新七的目光一直紧随着它:"原来岛上的海鸟都住在这里。"

苏新七沉溺于欣赏美景,陈鲟也不出声打扰她,他们并排静默地坐着,观日薄海面,看海鸟捕食,听风吹树叶声。

"心情好点了?"良久,陈鲟问。

苏新七回头,陈鲟伸直双腿,双手往后撑,看着她扬了下唇:"果然愿望说出来就不灵了。"

苏新七反应了下才知道他指的是上回生日,他许愿祝她天天开心的事。

她心口微烫,抿了下唇,故意说:"可能是你心不诚。"

陈鲟笑:"真冤枉。"

他看着她:"对你,我说的所有话都是真心的。"

苏新七心悸,胸口一紧,眼神惶然闪躲。

陈鲟并不紧逼,他等得起。

美景当前,苏新七觉得心里松快不少,对陈鲟也没了芥蒂。她托着腮看着渐渐沉下去的太阳,缓缓开口说:"也没有不开心,只是每回我爸爸去公海,我都会担心。"

"岛上每年都会有船失事,有的渔民出了海永远回不来。"她望着波光粼粼的海面说,"大海真的很神奇,你看现在风平浪静,但是谁也不知道它什么时候会发怒。

"我外公就是死于海难,连尸骨都没捞回来。他以前总说,大海对我们岛上人来说亦敌亦友,人在海上,生死全凭天意。他一辈子捕鱼,经验丰富，最后还是没能敌过大海。

"外公去世后，我妈妈就想让爸爸别再当渔民了，但是岛上人大多以海为生，我爷爷、爷爷的爷爷都是渔民，我爸爸是老大又是船长，家族里的人都跟着他出海，靠捕鱼谋生，他没办法说不干就不干，而且……"她看着远方，目光迷离，有些怅惘，"他也离不开大海。"

苏新七说完兀自一笑，说："你是不是觉得我杞人忧天，想太多了？"

"不会。"陈鲟看向她，语气虽淡却很正经，"人命的事，再怎么担心都正常。"

他顿了下说："我爸以前也出过海。"

苏新七着实吃惊："是吗？"

"嗯，年轻的时候。"他勾唇一笑，"不然你以为我这名字是吃出来的？"

"那后来……"

苏新七问出口就觉得不合适，陈鲟却无所谓地耸了下肩，坦然地说："出了次事故，不能再待在船上了。"

苏新七忽地想起他父亲不利索的腿，又联想到了祉舟说的话，陈鲟的父亲曾经在海上救过李叔的命。

她心下戚戚又有些动容，她知道这算是私事，他愿意讲给她听，无非是想开解她。

"我外公说过，能在海难中活下来的人都是有大福分的人，你爸爸以后都会平平安安的。"沉默了片刻，苏新七开口真挚道。

陈鲟扬了扬唇，本来是想安慰她来着，结果反而成了被安慰的那个。

海风吹来，他眯了眯眼，说："以后心情不好就找我，毕竟许了愿，神仙不帮忙，我得负责。"

苏新七与陈鲟对视着，心旌一动，一颗心仿佛随着身下的小船悠游徜徉，他的眼睛就是夕阳下的这片海。

夕阳西下，海风温柔，不知是不是因为夕阳的映照，苏新七两颊绯红，双瞳剪水，整个人焕发着柔和的光彩。

陈鲟有些挪不开眼。

一群海鸟恰好觅食归来，落到了他们头顶的树梢上。

林间一阵响动，苏新七一个激灵回过神。她心怦怦乱跳，惊悸地坐直了身体，移开视线胡乱地往别处看，掩饰般理了理鬓发，不自在地说："太阳落下去了,我们回去吧。"

仅仅几秒的时间,陈姆自天堂、地狱走了一遭,他暗自磨了磨牙,双手再次往后一撑,有种比完赛后的虚脱感。

他仰头看着头顶吃饱餍足的海鸟,心里低骂。

臭鸟。

从红树林出来,天色已暗,环岛路上没有安路灯,西海岸住户又少,更显得人烟缥缈四下寂寥。

陈姆把头盔递给苏新七:"送你回去。"

"我的东西还在学校。"

陈姆跨坐上车,插上钥匙,同时说:"我让人帮你拿回来。"

回去路上陈姆还是中速行驶,他想得很周到,知道苏新七肯定不会想他直接把她送到家门口,所以在离苏家还有段距离时就停下了车。

车停稳后,苏新七下车,摘下头盔,理了下散发,抬起头正巧对上陈姆的眼睛。她眼神飘忽了下,把头盔递过去,略有些不自在地说:"我回去了。"

陈姆接过头盔往车把上一挂,也从车上下来:"走吧。"

"这里离我家很近了,我自己回去就行。"

陈姆搓了下额角,垂眼看她:"我就是想和你一起走一段,非得要我说这么明白?"

苏新七一臊,心头痒痒的。

他们沿着环海路往前走,彼此无言,两人之间的磁场有点欲说还休的暧昧,像初夏溽热又湿黏黏的海风。

苏新七理了下被吹乱的散发,预感到夏天真的要来了。

苏家门户紧闭,只有门檐上的灯亮着,陈姆看见了,问:"你家里没人?"

"哦,岛上有人家办丧事,他们都去帮忙了。"

沙岛重视宗族关系,谁家有红白事,亲朋好友左邻右舍都会去祠堂帮忙。中午苏母就给苏新七打了电话,说晚上没那么早回来,让她在外面吃了再回家。

她话才说完,手臂被搂住,陈姆拉着她站定:"既然这样,一起吃晚饭。"

苏新七抬头:"我家里没人和跟你吃晚饭有什么必然的联系吗?"

188

"没什么联系，只是个借口。"陈鲟低头，率性承认道。

苏新七的眼神闪了下，陈鲟三番五次地率性而为，尽管心里有准备，但她还是会因为他的直白而慌张。

陈鲟没给她拒绝的余地："走吧。"

苏新七没说答应，但行动上也没抗拒，她被拉着走了几步，最后手臂卸了力，任由他拉着往前走。

陈鲟握住她的手腕，手一动正想顺势滑下牵住她的手时，余光看到苏家门廊的立柱背后人影一闪，接着一个人从柱子后面走出来。

"小七。"

苏新七听到声音有点不敢认，直到视线相接才确认对方真是李祉舟，她略有些吃惊："祉舟，你回来了？"

"嗯。"

苏新七欲要走向李祉舟，手动了下没挣开。她回头，陈鲟看着她，没什么表情。

"我……"苏新七竟然有些心虚，抿了下唇，放低声音说，"今天谢谢你带我去散心，下次……我请你吃饭？"

"这么说就没意思了。"陈鲟松开她的手，有点意兴阑珊，"走了。"

他回过身走了两步又停下，微微偏过头，语气淡淡道："书包我晚点让人给你送过来。"

苏新七胸口有点堵，没放任自己在低迷的情绪里滞留，最后看了眼陈鲟的背影，深吸一口气，转过身笑着往家门口走去。

"你什么时候到的，怎么没提前和我说一声？我好去码头接你。"苏新七问，"怎么样，玩得开心吗？"

李祉舟一直没说话，站在阴影处，表情呆滞。直到苏新七站在他面前，抬手在他眼前挥了挥，他才好似回神，动了下脑袋。

苏新七察觉到他的异常，忍不住问："怎么了？"

李祉舟双眼无神，低头看了苏新七好一会儿才开口问："你和陈鲟——"

"没有。"苏新七话一出口就知道回得急了，她缓了口气接着解释，"下午学校开讲座，我觉得礼堂很闷，有点不舒服，陈鲟带我出来走走。"

李祉舟定定地盯着苏新七看了会儿，第一回痛恨自己这么了解她。他站在暗处，没人看到他眼底的痛苦挣扎，最后归于死寂。

"这样啊，你好点了吗？"

苏新七点头，她看他状态不对，眉间微蹙，关切地问："祉舟，你没事吧，怎么看上去这么累？"

李祉舟机械地转动脑袋，声音干瘪："赶了一天的路。"

苏新七抿了下唇。

她没问他竞赛的事。她了解他，如果结果是好的，他会主动告诉她，看他现在这副失魂落魄的模样，她合理地猜测是因为比赛失利了。

"祉舟——"

苏新七正想开口安慰下他，一辆面包车停在了她家门口。李父下车，看到两个小孩站在门口，笑着招呼道："刚回来就往小七家跑，都两个小时了，还没说完话呢？"

苏新七微怔，看向李祉舟："你等了这么久？"

"我答应过你的，回来立刻来找你。"李祉舟的笑有点苍白。

"我不知道……"

"没事，我就是……想见你一面。"

苏新七心里过意不去，看了眼李叔，想了下说："我和你一起回家。"

"不用。"李祉舟想拉住她，手刚抬起就无力地缓缓垂下，他收紧手指，"我今天有点累。"

"那……明天学校见。"苏新七说。

李祉舟深深地看她一眼，从阴影处走出来，朝着面包车走去。

苏新七看着他的背影，莫名觉得他的步伐比以往沉重，肩上像有座大山压着。他这次回来情绪十分消沉，像是被霜打蔫了的茄子一样。

别人或许不清楚，但她知道，虽然他为人低调，不争不抢的，但自尊心很强，也正因为如此，他在耳朵失聪后就开始对天文产生了兴趣，耳力不如人，他就要比常人看得更远。在同龄孩子还在看故事书的年纪，他就研究起了星图，老师都说他是个天赋很高的孩子，但她看过他在人后付出的努力。

苏新七想，他应该很看重这次的竞赛，否则不会受这么大的打击。

第二天早上，苏新七去找李祉舟，到了面馆，李父告诉她，他今天请假在家休息，她听了不由得更加担心。

苏新七一个人去了学校，在校门口碰上了陈沅。

"你昨天下午和陈鲒一起提前走了？"

苏新七不太自在，但也没否认："对不起啊，应该和你说一声的。"

"没事，吴锋宇和我说了。"陈沅瞅着苏新七，笑得揶揄。

苏新七知道陈沅误会了，她想解释但无从开口。她现在很茫然，对陈鲒，她也道不清到底是种什么感情，她越想厘清就会越混乱，这种失控的感觉让她不安。

到了教学楼楼下，苏新七遇上了一周未见的冯赟，她第一眼先注意到了他右手缠着的绷带，问了好后她忍不住询问："老师你的手怎么了？"

冯赟抬了下手，笑笑说："出了点意外，没什么大碍。"

他扶了下眼镜，镜片后的眼睛不动声色地端详着苏新七："祉舟没和你一起来？"

"他请假了。"苏新七迟疑了下，还是开口问，"老师，祉舟的比赛……"

冯赟轻叹一声，惋惜道："差一点，他太紧张，失误了。"

苏新七心想难怪，失误总比实力不足更让人沮丧。

"比赛失利，他心情不太好，你多安慰安慰他，逃避是没用的，是不是？"

苏新七点了下头。

和冯赟道别后，苏新七和陈沅一起上楼，陈沅问："学霸回来啦？"

"嗯。"

"听你和冯老师的意思，比赛结果不太好？"

苏新七微微叹气："这次比赛他挺重视的，失误对他打击有点大。"

陈沅恍然大悟道："我就说他今天怎么请假了，这样也好，休息一下，兴许明天他就想开了。以他的成绩，不靠奖项照样能上名校，读感兴趣的专业。"

苏新七没她这么乐观："希望吧。"

第十四章
暴雨过后

　　市考结束，五月还有个省考，高三科任老师唯恐学生松懈，每节课开头都要耳提面命一番。

　　苏新七一整天都心不在焉的，担心祉舟钻牛角尖，还担心她父亲，他才归港没多久，今晚收拾收拾又要起航去公海，还有陈鲟。

　　课间时间她时不时转头往后排看，连陈沉都看出了猫腻。苏新七很纠结，她想昨晚陈鲟离开时大概是生气了，否则刚刚对上眼时他不会率先移开视线。

　　她有些苦恼，犹豫着要不要去道个歉。可转念一想，她又为什么要和他致歉。他们现在也不是什么特殊的关系，就算重新选一次，她昨晚还是会走向祉舟。

　　苏新七就这么矛盾地过了一天，直到傍晚放学也没和陈鲟说上一句话。她心思沉重，放学后直接去了李家，和李祉舟聊了会儿天。他看上去还有些颓唐，苏新七并没有说些泛泛而谈的安慰话，只是陪他坐了坐，把他离开这段时间岛上发生的事告诉他，海难的事她没提，怕他听了难过。

　　晚上父亲要出海，苏新七没在李家多留，早早回了家，和父母一起吃了晚饭。

　　电视上天气预报说南方地区将迎来雨季，未来一段时间，局部地区将有特大暴雨。

　　苏母听播报员这么说，忧心忡忡："会不会刮台风？要不这段时间就别出海了。

"台风没那么早，下个月就禁渔了，得抓紧时间多打几网鱼。"苏父放下碗，看苏新七也一脸担心，笑了笑，摸了下她的脑袋，宽慰道，"好好复习，不用担心，我会安全回来的。"

苏新七私心自然不想父亲冒险，但是她能明白作为一家之长，他身上肩负着沉重的担子不容他退缩。她不是个任性的女儿，这种时候她只能懂事，让父亲在海上少些牵挂。

"你小心点。"

苏父点头，拍拍胸膛说："放心吧，你爸爸我是老船长了。"

苏新七笑了下，心里还是不安。

苏父出海后，沙岛的天气还算好，虽然晨起时天总是阴沉沉的，但午后阳光总会破开云层，驱散阴霾。

黑板上的高考倒计时已是"5"开头，时间越来越紧迫，课间时间趴桌上补觉和体育课自觉地留班上自习的人也越来越多。在这种氛围下，班上那些喜欢调皮捣蛋的学生都没了打闹玩笑的兴致。

下了课，陈鲟倚在走廊上，吴锋宇走过来，背靠着栏杆，忽然冲陈鲟挤挤眼睛，说："鲟哥，你有没有发现，七公主最近老看你？"

陈鲟微微勾唇。

吴锋宇看他这样儿是早知道了。他狡黠一笑，低声说："行啊，欲擒故纵？现在鱼都上钩了，你还不收线？"

陈鲟表情散漫："我才是咬饵的鱼，现在就看她什么时候愿意收线，把我钓上来。"

吴锋宇愣了下，旋即竖起大拇指，由衷赞道："高，实在是高。"

陈鲟哼笑。

"最近学校太没劲了，一个个都成三好学生了，以前也没见他们多努力，这么多人临时抱佛脚，佛祖就两只脚，哪能谁都抱上？"吴锋宇摊摊手，一副潇洒的模样，"像我，知道自己不是读书的料，索性放弃，一身轻松。"

他转过头："我爸说了，等考完就让我去船厂里帮忙。鲟哥你呢，有什么打算没有？"

陈鲟没有回答。

游泳队教练给他打了几次电话劝他归队，不过游泳队教练也没强求，说可以给他一段时间调整一下，等高考完再回来，到时候还可以念体育大学。

他妈昨晚给他打了个电话，大概也是来探口风的，旁敲侧击地询问他还想不想当运动员。如果不想的话，她就给他申请个国外的大学，等高考结束就送他出国。

陈姆没有给出明确的选择。

回想起来，他会进游泳队完全是阴错阳差，七岁那年他替生病的表哥参加了个少儿游泳大赛，结果拔得头筹被市队教练看上了，懵懵懂懂地就进了市队，再后来又被选去了省队。

他进队也有近十个年头了，训练枯燥又艰苦，一开始他什么也不懂，只是凭着爱好坚持下来，后来奖项越拿越多，有了荣誉感就有了更高的目标。

他原以为自己会像其他专业运动员一样，反复训练，参加不同的比赛，到了年纪退役，结果刚被选入国家队，还没来得及去报到就出事了。

进队是意外，退队也是意外，前者是被动的，后者是主动的。发生了那样的事，即使队里还留他，他也待不下去了。

陈姆以前的大部分时间都是在训练中度过的，他一直以游泳运动员的最高成就为目标，也没想过做其他事，退队至今他都处于一种无所事事的状态，曾经为之奋斗的目标不在了，人难免会空虚和彷徨。

退队后，他面前的路似乎变多了，又好像没了路，他很少去想以后，随波逐流成了他的态度。他从追赶时间的少年变成了被时间推着走的人，少年的一腔热血还没消退，却仿佛凝结在了胸腔中，不再涌动。

傍晚放学，陈姆坐在位置上，余光看到苏新七收拾好东西，背起书包，朝他这儿看了眼。她在原位站了会儿，最后还是走向前门。

她去找李祉舟了，陈姆知道。

他抓了下头发，低骂了声。

陈姆喊上吴锋宇几个去大浴场游泳，今天太阳没出来，天空阴沉沉的，浓云密布且大有越压越低的趋势，海上的浪头比平时高上许多，海水很浑浊，吴锋宇说这是下暴雨的前兆。

果不其然，陈姆才游了两个来回，豆大的雨滴就砸了下来，一开始还稀稀拉拉的，没过多久雨滴就密集了起来，落入海中就像巨石般卷起千层浪，浪头一层压过一层，直逼海岸。乌云坠下，海面一时换了颜色，不再温和。

陈姆上了岸后就和吴锋宇他们分开了，他骑着电动车冒着雨冲回去，到李家楼下停好车,上了楼,刚进门就看到李母拿着手机一脸焦急,李父和李祉舟都围在她身边,俱是一脸关切。

李母语气急促地说:"惠贞,你先别着急,小七应该不会瞎跑的,兴许就在码头附近,说不定一会儿就回家了,不会有事的,你别乱想。"

陈鲟正要回房间,听她提起苏新七,立刻顿住脚,看向李父,沉声问:"苏新七怎么了?"

李父这会儿没心思深究陈鲟为什么这么关心苏新七,叹口气,沉痛地说:"今天海上刮大风,从公海回来的船上有人说苏家的船没及时返航,怕是凶多吉少了。小七一听这消息就跑出门了,到现在还没出去,她妈妈担心她出事,就打来问问,看她是不是来我们家了。"

"你说这孩子——"李父话没说完,就看陈鲟顿足,头也不回地往外走。他还没来得及阻止,人就下楼了。等他反应过来要出去拦人,才到门口就看见陈鲟骑着电动车冲了出去。

陈鲟戴着头盔,像一支发射出去的箭矢般劈开雨幕,破空而去,车轮激起阵阵水花。暴雨如注,这种极端天气环海路上都没有人,雨水不断覆盖上眼前的护目镜,他索性把护目镜往上掀开,裸眼望着前方,任由雨水扎进双眼。

他是往码头相反方向去的,李母说苏新七很有可能就在码头附近,但他却不这么认为。码头开阔,能避雨藏身的地方就那么几个,苏新七的家本来就在那附近,他相信她妈妈应该已经找过一遍了。

陈鲟认为苏新七不在码头还有一个原因,码头地势低,视力有限,他想她应该会想第一时间看到她爸爸的船。如果他猜得没错,她应该在岛上的一个制高点。

雨势渐强,陈鲟把车头一拐,路过吴锋宇家的修船厂,直奔海堤,最后在堤坝尽头停下。

他顾不上停车,下了车直接把电动车一推,抬头看了眼堤上黑黢黢的小房子,心下一沉。

来不及多想,他几步上了楼,房子的门是锁着的,他用力拍了拍,喊道:"小七,小七,苏新七!"

陈鲟接连拍了几下,里面都没动静,他以为自己赌错了,握拳用力砸了下门板,正要下楼再去别的地方找找时,门开了。

苏新七就站在门后,头发湿答答的,脸色苍白,双眼红肿,看到门外的人时眼神还有些木讷。

"你怎么……"

陈鲟看到她的那刻,一颗心算是落了地。他极轻地松口气,摘下头盔随手往地上一扔,用手随意地往后薅了下湿发,转过身脱力般往门框上一倚,偏过头冲她一笑。

"我这样像不像来拯救公主的黑骑士?"

苏新七有所触动,一时间恍若在风暴中看到了灯塔。

暴雨天,沙岛供电线路发生故障,整座岛陷入黑暗,在暗夜中恍如一座无人的孤岛。外头风雨潇潇,堤外海浪滔天,不断地冲撞着堤坝,大有向港内进犯之势,雨势浩大,往往这种时候,岛上家家闭户,无人出门。

苏新七从柜子里拿出两根蜡烛,陈鲟从兜里掏出打火机,甩了甩,试了几次才打着火。

点了蜡烛,房子里总算亮堂了些,苏新七把蜡烛立在柜面上,转过头看向陈鲟,正要说话,他却先一步把自己的手机递给她。

"给你妈妈打个电话报平安。"他说。

苏新七抿了下唇。她今天冲动了,出门前完全忘了和母亲报备,等到了海堤,想打个电话回家时才发现自己没带手机。

她接过陈鲟的手机,手机屏幕上还凝着水珠,表明主人是在风雨中穿行而来的。她按亮屏幕,陈鲟正要开口告诉她密码,下一秒就看到她对着屏幕点了几下,解锁了。

他挑了下眉,勾勾唇。

苏新七给家里打了电话,母亲的声音带着哭腔,苏新七很内疚,把自己的位置告诉母亲,让母亲不用担心,也不要冒雨来找她,等雨停了她就回去。

对于父亲的事苏新七很担心,但她知道母亲肯定也不好受。她隐忍着情绪说了几句安慰的话,母亲似乎也怕她想多,故作乐观,反过来又安慰她,但声音里的哽咽却骗不过她的耳朵。

苏新七眼眶一热,怕母亲察觉,匆匆挂断了电话。

她深吸一口气,眨眨眼把眼底的湿意逼退,抬起头把手机递还给陈鲟,轻轻地道了声:"谢谢。"

陈鲟身上的衣服完全湿透了，裤脚还往地上滴水。他把外套脱了丢到边上，抓住T恤衣摆正想脱下时，忽地想到什么，看向苏新七。

苏新七别开眼说："你脱吧，都湿了。"

她转过身，走到立柜那儿蹲下，打开下面的柜门，在里面翻找了下，抱出一张叠好的毯子。她二叔以前出海时偶尔会在海堤上歇歇，所以房子里备着一些日常用品和被褥。

苏新七把毯子抖开，回过身递过去："洗干净的。"

陈鲟裸着上身，接过毯子后一掀，直接罩在了苏新七头上："先顾你自己。"

苏新七快到海堤时雨才下大，她只淋了一小阵的雨，头发和外套虽然湿了，但穿在里面的衣服还好，不像陈鲟，里里外外都湿透了，她想他一定在雨里淋了许久。

她把毯子从脑袋上扒拉开，看他一眼，转身拿了根蜡烛，又去柜子里翻了翻，找到了一条裤子和一件衬衫。海边潮湿，房子里的衣物难免有些霉味，她披着毯子，把衣服抖了几下，回过身走向陈鲟。

"二叔的衣服，你将就一下，把湿衣服换了，不然会感冒。"

陈鲟没推拒，接过衬衫当着苏新七的面穿上，他随意扣上几颗扣子，接过裤子，一手放在自己的裤腰上，抬眼看向她。

苏新七一臊，移开视线，走到窗边，背对着陈鲟，面壁思过一样。

陈鲟笑笑，迅速换了裤子，把湿衣服扔到床板上："转过来。"

苏新七犹豫了下，转过身，看到陈鲟穿妥当了忍不住上下打量了下。他的身高和二叔差不多，衣裤的长度倒是合适。二叔胖些，他的衣服穿在陈鲟身上稍显宽松，但看上去并不松垮邋遢，反而有种休闲随性的感觉，老一辈的旧式衬衫他穿出了另一种味道，一点也不土气。

"冷吗？"陈鲟出声问。

苏新七回神，摇了摇头。

陈鲟走过去，扯起毯子的一角帮她擦了擦头发，又裹紧她："歇一下，等雨停了送你回去。"

苏新七仰头看他，情绪微妙。

天气这么恶劣，一般人都不会往外蹿，他悯然不顾危险跑来找她，从刚才到现在却什么都没问，既没指责也没安慰，好像她在暴雨天一个人跑来海堤并不是什么大事。

苏新七抿了下唇,问:"你怎么知道我在这儿?"

"猜的。"陈姆挑眉,"我的运气还不错。"

苏新七眸光一动,唇瓣一启又不知道要说什么,最后只是说:"我还不想回去。"

陈姆见她情绪不佳,想来是还在担心。亲人失联,这种情况口头上的安慰是苍白无用的,他也不想让她勉强自己,为了不辜负别人的好意故作乐观强颜欢笑。

"好。"陈姆颔首,"我陪你。"

苏新七很感激他,什么也没问没说,也不质疑她做的事,说实在的,她现在完全没有心情和精力去和人沟通。

外头风声雨声浪声似万马嘶鸣,雨水被风裹挟着不断地拍打着门板和窗户,好像随时都会砸开门窗,登堂而入。

苏新七转身,把窗户的插销往上一拔,才将将把窗户推开一道缝,一阵强劲的海风就灌进屋内。密雨斜劈,窗扇差点脱手,幸好陈姆眼疾手快,伸手拉住窗框,窗玻璃才没被震碎。

苏新七往窗外看了看,夜色漆黑,海面浊浪滔滔,奔涌的海水像是黑色的岩浆,欲要吞噬一切。

海上没有一点星火,看不到归航的船只。

苏新七满眼失望,陈姆合上窗户,把风雨挡在外面。他回头,见她神情有些恍惚,想了想还是说:"再等等。"

苏新七沉默地点头。

雨一直没停,苏新七坐在床板上,眼睛一直盯着窗户,精神高度集中,怕漏听了船鸣声。她隔段时间就去窗边看看,有时候耳边出现幻听,似乎捕捉到了船鸣声,起身一看,海上连只船影都没有。

等待的时间最熬人,明明一根蜡烛还没燃尽,她却觉得好似在地狱中被折磨了一整晚。

苏新七的脸在反复开窗关窗中渐渐没了血色。

陈姆见她时刻紧张,有点风吹草动就如惊的猫一样惊跳,他担心她失望积攒多了更会胡思乱想。

蜡烛将要燃到底时,苏新七又想起身开窗,陈姆先一步把她按下。

"坐着。"陈姆低头看着她,放缓语气安抚道,"雨还没停,浪这么大,你爸爸的船现在应该在某个地方趴锚避风,说不定等雨停了就回来了。"

苏新七知道他说的是对的,可此时此刻她的心态完全滑向了消极的另一端,她揪着毯子,指甲盖发白:"万一、万一……怎么办……"

她看着陈姆,眼圈一红,十分无措的样子。

陈姆第一回看到她六神无主的模样,整个人失去了平时的冷静,陷入一种无序混乱的情绪当中,一次又一次的失望已经击溃了她的心理防线,她正处于崩溃边缘。

他想也没想,往前一步,轻轻把她的脑袋按进自己怀里,没多久,他察觉到她在微微颤抖。

苏新七靠在陈姆身上,她极力地想要遏制住自己,可有了依靠,精神一松懈,绝望的情绪如决堤海水,顿时将她覆灭。

陈姆站定不动,轻拍着她的后背,任由她发泄情绪。

哭了一场,苏新七的心情平复了许多,她后知后觉有些难为情。陈姆没拿这事调侃,摸了下她的脑袋,说:"你休息一下,我帮你看着船。"

苏新七点了下头。

情绪起伏过于剧烈人就很容易疲累,暴雨一直下到半夜不止,港口始终没船回来,苏新七上半夜还强打着精神,到了后半夜就撑不住,靠着陈姆睡着了。

陈姆帮苏新七把毯子披好,又帮她把散落的头发理好,可能因为心里有事,她睡得不是很安稳,像在做噩梦。

房子里的蜡烛早已燃尽,室内一片昏暗,陈姆怕惊醒她,就和一块石头一样动也不动。他也没打算睡觉,恪守着承诺,替她看着船。

时间在风雨声中流逝,陈姆眼看着窗外从一片漆黑到微微泛白。清晨时分,外面风雨声消歇,只剩下浪声似交响乐最后一章般锲而不舍地奏着。忽地,一道船鸣刺开浪声传来,他以为自己听错了,定神再去听,几秒后又听到了一道厚重的船鸣声。

陈姆大为惊喜,伸手轻轻推了下苏新七:"有船回来了。"

苏新七皱皱眉头,听清陈姆说的话时一个激灵睁开了眼,立刻就清醒了,在那一瞬间她清晰地听到了一声船鸣。

她双眼发亮,起身快步走到窗边,推开窗往远处眺望,果不其然,有三艘渔船朝岛上驶来。

苏新七眯了眯眼，隔了段距离她不太敢确认。陈鲟拿上她的外套，又拉上她的手："走，去码头。"

下了楼，陈鲟让她把外套穿上，他扶起车，坐上试了试。

他拿袖子擦了擦后座："上来。"

苏新七没犹豫，跨坐上车，伸手搂住了他的腰。

陈鲟愣了下，当下也没生出什么旖旎的心思，只是叮嘱她："坐稳了。"

天光蒙蒙亮，环海路上一个人影都没有。

苏新七把脑袋埋在陈鲟后背上，昨晚下过暴雨，今晨海风料峭，但她却不觉得冷。陈鲟帮她挡住了迎面的冷风，她第一回知道原来他的背这么宽阔，和父亲一样能给人安全感。

从海堤到码头，陈鲟骑着车一刻未歇，不到半个小时就把人送到了码头。

天还没亮透，码头上零零散散地站了人，渔民家属雨停后就来了码头，苏母和苏新七小姨也在其中。

苏新七从车上下来，归来的船虽未靠岸，但距离已经不远了，她能够辨别出船体的差别，在看到中间那艘熟悉的渔船时，她没忍住红了眼。

"是我爸爸的船。"

苏新七转过头，眼里含泪，一脸虚惊一场的欣喜。

陈鲟实打实地松口气，在来的路上他就在想，如果归来的渔船不是苏家的，她该有多绝望，谢天谢地，他不用再看到她无助的眼神。

渔船靠了岸，苏新七踮起脚，看到了从机舱里走出来的父亲。而前方，母亲已经和小姨抱在了一起。

苏新七看向陈鲟，陈鲟微抬下巴示意道："去吧。"

船上的渔民们陆陆续续下了船，码头上时不时传来喜极而泣的声音，苏新七走到母亲身边时，她已经哭得泪眼婆娑。

苏父让船上的人先下了船，他自己殿后，才下船，苏新七就跑过去一把抱住他。苏母在苏新七小姨的搀扶下走过去，苏父生死场里走一遭，再次见到妻女也是百感交集，不由得眼底一红，搂紧女儿。

"我回来了。"苏父说。

苏母哽咽，实实在在地看到人站在眼前才放了心："回来就好。"

一家三口团聚，苏新七在父亲怀里哭了一场，苏父百般安慰才把她劝住。

苏新七缓过神来，担心了一晚的事总算有了个好结果。她揉揉眼睛，转过头目光四下搜寻，到处都没看到陈姆，不知道他什么时候离开的。

苏新七和父母一起回了家，他们才到家没多久，李家的人就到了。李父李母见苏父平安回来也是欣慰，大人们聚在一起说话，聊昨晚的暴雨和海上的状况。苏父想起昨晚的险境也是后怕，说要不是林家船偷网使绊子，他也不至于耽误返航的时间。话一出，几个大人就愤慨地痛斥林家人没道德。

苏新七换了套衣服下楼，看到李祉舟立刻招呼了声。

李父看到苏新七，立刻问："小七，你昨晚跑哪儿去了？把你妈妈急的。"

"是啊，祉舟担心你出事，和你李叔把海港跑了一遍都没找到你。"李母说。

苏新七看向李祉舟："昨晚去找我了？"

李祉舟沉默片刻，反问："你去哪儿了？"

"我在海堤上。"

李祉舟经提醒才记起海堤上的房子，那里的确是一个绝佳视点，他早应该想到的，明明他更了解她，可陈姆却找到了她。

"对不起啊，让你担心了。"

李祉舟摇了下头："你没事就好。"

苏新七看着他，眼神犹豫，像是有话要说却又不知该如何开口。

李祉舟捕捉到了她为难的神色，眼神一黯，说："陈姆已经回去了。"

苏新七耳郭一热，眼神微闪，被戳破了心思的她有些不自在，尤其在李祉舟面前。

"祉舟，你苏叔叔才下船，我们先回去，让他好好休息休息。"李父喊道。

李祉舟看着苏新七："我先走了。"

苏新七送他们离开，眼看着李祉舟上了车，轻轻地叹了口气。

这阵子他整个人消沉了许多，虽然他们仍像之前那样相处，但她总感觉有什么不一样了，他最近都不爱笑了。

苏父劫后归来，苏母带了果品去妈祖庙还愿。经过昨晚这么一遭，苏新七身心俱疲，正好今天周日，她洗完澡后打算补个觉，躺在床上时又不由自主地想起陈姆。

他昨晚陪她熬了一整夜,她后半夜好歹还睡了会儿,他是整宿都没休息,也不知道现在是不是和她一样在补觉。

　　苏新七在被窝里翻了个身,拿过手机想联系他,忽然记起她并没有他的号码,他给过,但她没存。

　　她把手机一丢,摸了摸枕下,拿出一个紫色的海螺,泄气地趴在床上看着,心里有些懊悔。

　　苏新七睡得很沉,中午时苏母上来喊她吃饭,见她睡得好好的都没忍心叫醒她。

　　一觉睡到了下午三点钟,苏新七悠悠转醒时觉得神清气爽。她拿过手机看了眼时间,翻了个身正想赖会儿床,忽听窗外有电动车的喇叭声传来。

　　苏新七一个激灵从床上坐起来,掀被下床,快步走到窗边,推开窗就看到陈鉧骑着电动车从她家门前驶过,没过多久就消失了。

　　她想了想,关上窗,先去洗漱了一番,而后回房间换衣服。挑衣服的时候,她居然苦恼了下,经过一番思索,还是选了平常穿的衣服。

　　苏新七收拾妥当,快步下楼,和母亲说了声后就离开了家。她往灯塔方向跑了段距离,很轻易就看到了陈鉧。

　　他坐在车上,一脚撑地,看到苏新七后说:"可算出来了。"

　　"你等我?"

　　"不然呢?"

　　他抬首示意:"上车。"

　　苏新七没犹豫,坐上后座,她垂眼看着他的腰,迟疑了下,最后伸出双手,攥住了他外套的两侧。

　　陈鉧挑眉一笑,直接把她的手往前拉了下,按在自己腰腹上:"抱紧了。"

　　苏新七脸颊微热,到底没收回手。

　　昨天下了一整夜的暴雨,今晨雨停了,虽无阳光,但乌云散去,天空透亮了许多,强风过境,海面又恢复了平静。

　　陈鉧带着苏新七兜了兜风,最后在路边停了车,带她去了情人礁附近的"野沙滩"。沙岛除了比较出名的大浴场,还有大大小小许多沙滩,去的人不多,但景色也不差。

暴雨后，沙滩上的泥沙都是松软的，傍晚退潮，赶赶海还能捡到不少美味。

"你爸还好吗？"陈鲟问。

苏新七点头："嗯，没受伤，现在在家休息。"

陈鲟颔首："那就好。"

他捡了块石子，扔进海里，又问："白天睡觉了？"

"嗯。"苏新七回答道，"你来之前才醒。"

"我来之前？"陈鲟意味深长地看了她一眼，"我来好几回了，你妈都快认得我了。"

苏新七一愣："那你……怎么不给我打电话？"

陈鲟噙着笑："你没给我号码啊。"

苏新七理亏，轻咳了下说："我不信你没有。"

陈鲟挑眉："你的意思是……我以后能给你打电话？"

苏新七被他看得不自在，她别开眼，把头发勾到耳后，没开口拒绝。

海风袅袅，潮涨潮退，他们并肩走着，保持着心知肚明的默契和暧昧。

正走着，陈鲟忽地把苏新七一拦，弯下腰像在找什么。她有些莫名，低头去看，看到沙里露着的两只小眼睛，立刻就明白了。

"别——"

苏新七还没来得及阻止，陈鲟的右手就被钳住了。他低骂了句，正要把那只小东西甩开，下一秒就听苏新七说："别甩。"

苏新七拉着陈鲟的手快步走到海边蹲下，把他被钳住的手泡进水里，又屈起手指敲了敲螃蟹的壳。等了会儿，它就松开了钳子。

"这是青蟹，你不能从正面抓它，它可狡猾了。"

陈鲟身子一动，伸出另一只手，苏新七拦下他："干吗？"

"抓回去炖了。"

"这只是公蟹，不好吃的。"

陈鲟的大拇指被钳出了一道口子，血水顺着手指往下流。苏新七轻皱了下眉，握着他的手腕，凑过去轻轻吹了吹。

"伤口好像挺深的，海水不干净，等下去卫生院消个毒吧。"

苏新七垂眼看着陈鲟的伤口，良久没听到回答，不由得抬眼，一下就撞进了他灼灼的瞳仁里。

一浪海水拍上岸,陈鲟和苏新七没及时躲开,裤腿都被海水浸湿了。

苏新七心口发烫,想到他们此时的狼狈模样,觉得十分滑稽。她没忍住笑了,眼底盛满了璀璨的笑意,比星光更甚。

"你就是个傻子。"她笑着说。

第十五章
惬意时光

周一早上,苏新七和往常一样去了李家。李父李母在面馆忙活着,她打了个招呼,正想上楼时,李母喊住了她。

"小七啊,快高考了,以后中午就别吃食堂了,没营养,和祉舟一起回来,阿姨给你做好吃的。"

"阿姨不用麻烦了。"苏新七以前拒绝过一次,现在还是没改变想法,她笑笑,"我要是想吃面,会来面馆的。"

"有什么麻烦的,多一副碗筷的事。"

李父也附和:"对啊,小七,食堂的大锅饭哪有家里做的饭菜好吃,你别和我们客气,我和你爸爸妈妈都多少年交情了,几顿饭算得了什么。"

他说完又独自嘀咕了两句:"小鲟我也得喊回来,老吃食堂哪行啊。"

李母闻言表情微变,瞥了眼自家丈夫:"人家是觉得在我们家不自在,你就别逼着他了,太热情了反而是负担。"

"怎么就是负担了,我答应过他爸妈,要把孩子照顾好的。"

"那人家也得领情。"

苏新七看他们拌嘴,有些尴尬。她清清嗓,适时开口:"叔叔阿姨,谢谢你们的好意了,我还是不麻烦了。"

她指指楼上:"我上去喊祉舟了。"

苏新七上了楼,没在客厅和厨房看到李祉舟。她看了眼洗手间,门开着,没人在里面。

"祉舟？"

苏新七往李祉舟的房间走去，经过陈鲟房间时，房门开了，陈鲟一把攥住她的手，把人拉进房里，反手关上门。

苏新七被压在门板上，抬头看他："你——"

陈鲟垂下眼看她，语气颇为不爽："你就非得和他一起上学？"

苏新七瞪他，又时刻注意着外面的动静。当听到隔壁房门打开的声音时，她立刻用一只手指抵住陈鲟的唇，用眼神示意他安静。虽然她知道祉舟早起不戴助听器，但她还是很紧张。

"怕什么。"

苏新七急了，估摸着祉舟应该去洗手间了，这才低声说："等高考结束，行了吧。"

陈鲟还算满意。

苏新七推开他："你快出去。"

陈鲟也不再招惹，开了门大大方方地走出去。苏新七小心翼翼地往外瞄了眼，看到洗手间门关着，这才迅速从房里出来，站在大厅里，装作一副刚到没多久的模样。

陈鲟去厨房倒了杯水喝，看到苏新七欲盖弥彰的举动不由得嗤笑。

他从厨房出来，把一盒牛奶塞给她，语气还有点不爽快："一起上学可以，你自觉点。"

苏新七把牛奶塞进书包里，时刻注意着洗手间的动静，她很紧张，担心祉舟随时会出来，所以对陈鲟的话也只是敷衍地点点头。

她见他还站着不走，皱了下眉："还有什么事？"

陈鲟低笑："中午一起吃饭。"

他没给她回绝的机会，说完就走了。

陈鲟离开后没多久，李祉舟从洗手间出来，看到苏新七站在客厅时，他愣了下。

"昨晚又看星星去了？"苏新七笑着说。

李祉舟沉默了片刻，走向自己的房间："我去拿书包。"

苏新七轻叹一口气。

李祉舟背着书包从房间里出来，又去厨房随便拿了点吃的："我们走吧。"

苏新七跟上他，忽然看到他耳朵空空，怔了下拉住他，等他看过来才说：

"你是不是忘戴助听器了?"

"没有。"李祉舟回道,"我放书包里了。"

苏新七有些着急:"你的耳朵又疼了?"

李祉舟摇摇头,表情显得寡淡:"戴久了耳朵闷。"

苏新七仍是担心,也不知道他这话是不是托词,明明以前天天戴他也没说过闷。

"要不要去卫生院找赤脚爷爷看看?"

"不用了。"李祉舟见苏新七面露担忧,露出一个安慰性的淡笑,"我没事,不用担心。"

苏新七听他这么说仍是不放心地叮嘱了句:"要是耳朵不舒服一定要告诉我,别忍着。"

她顿了下,看着他真挚地说:"不开心也要和我说,知道吗?"

李祉舟恍了下神,缄默片刻后,点了下头:"好。"

苏新七到了班上,陈沅比她先到,看见她就招手。

"前天晚上下暴雨,断电,吓死我了。"陈沅不无抱怨地说,"台风季不还没到吗?怎么雨下那么大,还挑周六晚上下,这要是读书的时候下,还能混个假期。"

"你昨天都干吗了?不用说,肯定在复习。"她叹口气,"我要是有你一半认真就好了,可是这些知识就是不进脑子啊。"

苏新七把书包放好,对陈沅的抱怨只轻轻地置之一笑。

她从书包里拿出笔袋和书本,看到包里的牛奶时她犹豫了下,最后还是拿了出来,放在了桌角上。

陈沅看到那盒牛奶时眼睛都直了,她觑了觑苏新七,干咽了下,凑过去问:"你和陈鲟,和好了?"

苏新七没否认:"嗯。"

陈沅惊讶地捂住嘴:"上次放学你们不还闹别扭吗?发生了什么,速速道来。"

苏新七看前后桌还没来人,就简要地把前天晚上的事说了下。陈沅听得心惊胆战,也是一脸后怕:"叔叔没事真是太好了,还有你,暴雨天怎么能一个人跑出去呢,太危险了。"

她说完又感慨道:"陈鲟,真够帅的,看来他是真的很在意你。"

苏新七略有些不自在地勾了勾头发,陈沅见着了,故意打趣她:"没想到啊,仙女居然也会动凡心,还会害羞。"

苏新七低咳:"瞎说什么。"

"……学霸知道吗?"

苏新七沉默了下,摇头。

陈沅点头:"也是,他知道了会不开心的吧。你们从小那么要好……"

苏新七有种背叛李祉舟的负罪感,她不知道要怎么处理目前的状况,只好选择搁置。

她需要时间来考虑未来的事,现在是高中最后阶段,她不希望被别的事干扰,只希望能一鼓作气考上大学。

苏新七正沉浸在思绪里,边上陈沅碰了她一下,她抬头就看到陈鲟踩着早读课的铃声从外面进来。他明明走得比她早,却到得比她迟,这种情况出现过好几回了,也不知道大早上的,他跑哪儿去了。

中午,苏新七和陈沅去食堂吃饭,才坐下,陈鲟就端着盘子坐在了她们对面。

"不是说了一起吃饭,怎么不等我?"陈鲟看了眼苏新七,自然地把自己盘子里蒸鱼的鱼眼睛挖出来给她。

苏新七回过头看着他:"你干吗?"

"吃完饭去干什么?"

"回班级,复习。"

陈鲟想了下说:"带上书,去五号口找我。"

海港那儿有很多下海口,岛上人按顺序给编了号,五号口就在学校附近。

苏新七皱眉:"做什么?"

"带你去个地方。"

苏新七怀疑有诈,回绝道:"不去。"

陈鲟不恼,转而看向陈沅:"中午借你位置坐下。"

陈沅从善如流,点点头:"没问题。"

苏新七也不是第一天认识陈鲟,她知道他要做的事,总有办法达成。

她现在已经没了和他作对的心思,与其在班上受人瞩目,倒不如跟他出去。

"五号口,我知道了。"

吃完饭,苏新七回教室拿了本复习题册。离开学校后,她直接去了五号下海口。陈鲟坐在一艘小型船上,看到她时示意她:"下来。"

苏新七走下台阶,打量了下船,忍不住问:"你到底定做了几条船?"

"两条。"陈鲟伸手,"上来。"

苏新七拉住他的手上了船。陈鲟直接出发,渔港内停了许多船,大大小小各种规格的都有,他划着桨穿梭其中,最后停在了一艘中型渔船前。

"爬上去。"

"啊?"苏新七指了指船,"这是谁的船?"

"吴锋宇家的,我租用了。"

陈鲟用眼神示意,苏新七会意,她把习题册咬在嘴里,手脚并用地踩着梯子爬上了船。陈鲟等她上去后,也跟着爬了上去,把小船的缆绳系在船舷上。

苏新七在甲板上走动,四下看了看,回头问:"你租船干什么?"

"藏娇。"陈鲟不正经地说。

苏新七见他又没个正行,瞥他一眼,没搭理。

陈鲟带她去了首舱。

苏新七往舱里打量了下,这艘船比她家的小,机舱自然也小。船舱中央是个柴油机,前面是操作台,周围的木格里放着电瓶、擦机布、手电筒等,不大的空间里摆着一张桌子和两把软椅。

陈鲟指指桌子:"以后中午都来这儿复习。"

苏新七闻言愣了下,皱皱眉:"为什么?"

"你不让我在学校和你相处,我只能另外找个地方。"

陈鲟说得理所当然,苏新七对他直白的话感到无所适从。

"你复习吧。"

苏新七狐疑地看着他。陈鲟坐下,抬起头见她面有疑色,他一眼就看穿她在想什么,不由得笑一声说:"我不打扰你。"

陈鲟噙着笑,意味深长地说:"为了以后的幸福,我现在忍忍。"

苏新七自动筛除掉他的胡话,坐下后把习题册往桌上一摊,从口袋里拿出一支笔,低头就开始刷题。

做了几题后，苏新七抬眼，陈鲟坐在她对面，拿着手机不知道在看什么。

"怎么了？"陈鲟抬眼看她。

苏新七摇了下头。

"渴吗？"陈鲟从后面的木格里拿了瓶水，把瓶盖拧松后放在她面前。

苏新七拿起喝了口，眼神还留在陈鲟身上。

她看过他市考的成绩，他的语文和英语其实还可以，尤其是英语，大概因为城里的孩子打小就重视外语，所以底子不差。苏新七想他是聪明的，只是没好好学，她本来想劝他也看点书的，但转念一想又作罢。

他不像寒门学子，指着高考一跃龙门，且他又是运动员，虽然好像因为某种原因，他转了学和暂时离队，但看郑舒苑的意思，省队还想让他回去。

今日早上天空阴沉沉的，午后云层漏出了点阳光，洒在海面上泛着粼光。海港里很安静，周围都是船，没有人声，港内风小，船也不晃。

苏新七静下心来做题，陈鲟也不干扰她，拿着手机消磨时间，坐久了就起身去甲板上走走，晒晒太阳。

船上的红旗在风中猎猎作响，陈鲟靠在船舷上，港内有个老头划着小船在捡垃圾，他盯着看了会儿觉得没意思，回到了舱内。

他本来想叫苏新七也起来走动走动，才进舱就看到她趴在桌上睡着了。他放轻脚步，脱了自己的薄外套给她披上，又把椅子搬过来，坐在她边上看着。

舱里开着门，时不时有一阵海风吹进来，不冷不热的更助眠。

苏新七睡得正熟，忽被一声鸣笛声惊醒，她蓦地睁开眼，人还迷糊着，下意识地嘟囔着问："几点了？"

"还早。"

苏新七侧着脑袋趴着，含糊地发出几个没意义的气声，像是认出了陈鲟，绷着的身体就松弛了下来，像一只乖顺的猫咪继续睡去。

晚上放学，苏新七去了隔壁班，李祉舟说要去实验楼，就没和她一起走。

苏新七独自去李家拿车，经过面馆时，李母笑着和她打招呼："我儿媳妇放学啦。"

苏新七愣了下，站定。

李母在围裙上擦了下手，从店里走出来问："祉舟呢，又做实验去啦？"

苏新七点头。

"你怎么不一起去呢？"

苏新七解释："我的水平和祉舟不一样，我去了冯老师还得顾及我。"

"哦，这样啊。没事，回头让祉舟给你补补。"

"嗯。"

"小七啊，阿姨问你件事。"李母看了看苏新七，放低声说，"你和小鲟……没什么事吧？"

苏新七面色微凝，有点尴尬："阿姨你怎么这样问？"

"我看小鲟那孩子好像对你有些不一样。"李母观察着苏新七的表情，除了些微窘迫也看不出什么，她晒笑了下说，"本来你们小辈的事，我这个做长辈的不应该多管闲事，但你是我看着长大的，我知道你善良听话，是个好女孩，阿姨呢，是怕你年纪小，识人不清，容易被迷惑。"

苏新七听到这儿心里不大舒服，李母接着说："小鲟呢，以前出过一点事你知道吗？"

苏新七抿了下唇，保持缄默。

"他……"

李母还要接着说，李父在店里喊："你拉着人家小七说什么呢？耽误孩子回家，还不来搭把手，把桌子收拾下。"

"就来。"李母应了句，又回头对苏新七说，"阿姨呢也年轻过，知道你们这个年纪的女孩喜欢什么样的男孩，但是那都不靠谱，等你大点了就明白了。你听阿姨的，别冲动，尤其在这种时候，就要高考了，更不能乱来，知道吗？"

李母最后还似真似假地笑着说了句："我还指着你给祉舟当媳妇呢，这要不是你们还没到年纪，我聘礼都送到你家去了。"

"还不回来。"放学人多，李父忙不过来，又喊了句。

"来了来了,催催催。"李母最后看一眼苏新七,强调了下,"听阿姨的话，为你好的。"

苏新七推着自行车从李家离开，心情郁郁，像压着一块大石头一样。

上了环海路，她骑上自行车，才骑行了一段距离就听到了电动车的喇叭声。没一会儿，陈鲟就出现了，除了他还有吴锋宇他们。

陈鲟骑着车，低速跟着苏新七，把电动车骑出了自行车的速度。等过

211

了渔港中心人最多的路段，他加速超过她，一个漂移把车停在了路边，挡住了她的去路。

苏新七捏了下刹车，看着他眼神疑惑。

陈鲟冲吴锋宇使了个眼色，吴锋宇拍了下后座上瘦猴的脑袋，示意他下车。

瘦猴朝苏新七走去，笑嘻嘻道："七公主，你坐鲟哥的车，自行车我帮你骑回去。"

苏新七往前后看了看，路上没人，附近几户人家门口也没见着人。她把自行车给了瘦猴，背着书包朝陈鲟走去，搭着他的肩坐上了车后座。

陈鲟把头盔递给苏新七，她戴上。陈鲟扬起嘴角，启动车子。

陈鲟载着苏新七一路晃晃悠悠地兜着风，虽然他骑得慢，但无奈路程太短，苏新七的家很快就到了，他在离她家还有小段距离时停下了车。

车停下，苏新七没动静。陈鲟松开车把手，偏过头看她，笑着说："到了。"

苏新七不说话。

陈鲟这下察觉到了她的异常，皱了下眉问："怎么了？"

苏新七沉默片刻，摇了摇头。

正好这时吴锋宇他们也到了，他们几个轮流踩着自行车，"吭哧吭哧"地把车骑来。

苏新七从车上下来，摘下头盔递给陈鲟，她理了下头发，抬头说："我先回去了。"

陈鲟接过头盔："去吧。"

苏新七回到家，上楼回了房间。房内有点闷，她把窗户推开，坐在书桌前出神。

王姨刚才说的话无疑是在敲打她，她不是傻子，能听出王姨的弦外之音。尽管如此，对王姨，她并没有生出什么厌恶反感的情绪，她能理解王姨，作为一个母亲，王姨自然是要为自己的孩子着想的。

苏新七忽地想起了小时候，祉舟才失聪那段时间，王姨心里有怨，很不待见她，连带着也不太和她家来往，还告诉祉舟以别和她一起玩。这样的状态大概持续了一两年，那时候岛上的孩子总爱拿耳朵的事捉弄祉舟，她为了这事常常和人打架。王姨见她真心对祉舟好,有她在别家的小孩都不敢取笑欺负他,渐渐地,态度才有了转变。

那时候王姨对她说过一句话——祉舟的耳朵是因为你才听不见的,你要一辈子对他好才行。

这句话苏新七记在了心里,这些年她像一颗行星,而祉舟就是她的恒星。

正因如此,苏新七才有负罪感。虽然她和祉舟并不是情侣,但他们之间的羁绊比情侣还深,也因此她总觉得自己"出轨"了,行星怎么能不绕着恒星转呢?

苏新七叹口气。她知道王姨并不是要包办婚姻,真想把她和祉舟凑成一对,只是觉得她不能先祉舟一步。

苏新七在房间里发了会儿呆,苏母喊她吃饭时她才下楼。

苏父的船送去维修了,没有船他没办法出海,这两天他越想越来气,今天就和家里的几个兄弟去了林家找人理论,话不投机动起了手,苏父知道林勇强总找女儿麻烦,打架的时候专门按着他打。

林家敌不过被打反了,苏家这边的人虽然也挂了彩,但打了一架出了一口恶气,心里爽快许多。

苏父心情好,晚上就小酌了一杯。

"报警就好了,干吗还和他家人打一架?万一打个好歹,还得给他赔钱。"苏母不赞同地说。

"就是咽不下这口气。"苏父说。

"这林家人也太缺德了。"

苏父抿了口酒,看向苏新七,叮嘱道:"小七啊,以后在岛上碰到林勇强,躲远点,他要是敢欺负你,看我不揍死他。"

苏新七点点头。

正吃着饭,外面传来电动车的喇叭声。苏新七不动声色地把母亲给她舀的汤喝了,放下碗起身说:"我出去散散步。"

"别太晚回来。"苏父说。

"好。"

苏新七提了个小桶出门,还特地拿了一小块肉放进去。她往灯塔方向去,看到陈鲟后立刻小跑着迎上去。

陈鲟看她提着桶,问:"想去赶海?"

苏新七点头，主动坐上后座。

陈鲟本来是来送东西给她的，此时见她有兴致出门，自然不会拒绝。

来岛两个多月，陈鲟对沙岛也熟悉了，哪块沙滩东西多他一清二楚，此时也不需要苏新七指路，他载着她直接去了一个稍大的"野沙滩"。

到了地方，陈鲟把车停在路边，拉着苏新七往沙滩走。从马路到海岸需要下一个小坡，"野沙滩"平时来的人不多，路不好走，岸边潮湿的地方还长了一丛丛芦苇，海风一吹，一荡一荡的。

苏新七小时候很喜欢和一群同龄人乱窜，岛上除了红树林，基本上她都去过。不过大了点后，因为无人作陪，她就很少再去比较偏僻的地方。

"你是不是把整个岛都走了一遍？"

"差不多。"

"你挺适应岛上的生活的。"苏新七提着桶跟在陈鲟身后，忽然问，"不想回去吗？"

"嗯？"

"陈沅一直都想回去，她觉得岛外比岛上好。"

"这里也没那么差。"

苏新七说："等台风季来了你就知道了，岛上夏天经常断水断电。"

"那正好。"

苏新七不解，陈鲟回头冲她勾唇一笑："我就喜欢断电。"

苏新七立刻就明白了他的意思。他们在海堤独处的那晚如果不是因为当时岛上断电，深陷黑暗，她也不会轻易在他面前露出软弱的一面。

"到时候你就知道不好受了。"苏新七故意说。

"我来找你。"

"嗯？"苏新七踩在一块石头上，抬眼看他。

陈鲟说："断电的晚上我就来找你。"

苏新七极轻地一笑，从容应道："好啊。"

他们今天到的沙滩碎石比较多，从坡上下来，苏新七弯着腰找痕迹。沙滩上有很多小沙球和小洞，那是沙蟹觅食和居住留下的痕迹。沙蟹又小又灵活，徒手抓费时费力，抓不了几只，苏新七作为土生土长的海岛人，自然有一套办法对付它们。

她在沙滩上挖了个坑，把装着肉的小桶放进去填平，陈鲟蹲下来看着她:"这能行?"

苏新七拍拍手:"你看着吧。"

天色昏暗,海风袅袅,海上仅有几只海鸟还在觅食。

苏新七脱了鞋,挽起裤脚。陈鲟要陪她,被她拦下了:"你手上还有伤,别碰水了。"

陈鲟一脸无所谓:"我还有一只手。"

退了潮的海岸上有许多海货,石头缝里还能摸到石蟹,石蟹比青蟹笨,空有两个大钳子不会夹人。苏新七抓了几只,但是她出门只带了一个桶,没东西可以装别的海货。

陈鲟在附近找了一张废弃的渔网,朝她示意:"扔进来,我兜着。"

苏新七把几只石蟹丢进网里,陈鲟提了提网兜,冲她挑了下眉:"来比比?"

"你和我比抓螃蟹?"

陈鲟挑衅道:"不敢?"

苏新七轻哼,被他一激,来劲了:"你只有一只手,输了别耍赖。"

陈鲟笑:"别轻敌。"

苏新七凭着海岛人的经验,直接找碎石垒得多的地方翻找,石蟹胆子小,最喜欢躲在石头底下。

陈鲟看她把好几个螃蟹窝都给捣了,忍不住笑:"你把螃蟹全家都给抓了,会不会太狠了点?"

苏新七抓着几只螃蟹往他手上拎着的网兜里一丢,说:"螃蟹不群居,少打感情牌。"

陈鲟提了下手上的网兜,扫了眼挤在里面的螃蟹,忽然问:"螃蟹喜欢独居,那你应该知道它们什么时候喜欢聚在一起吧?"

苏新七怔了下,陈鲟忍着笑,一副煞有介事的模样说:"你是不是坏了它们的好事了?"

苏新七看到陈鲟一脸憋到内伤的表情,皱了下眉,她耳根子有点热,瞪了他一眼:"无聊。"

陈鲟这才笑出声:"好了,算你赢了。"

"本来就是。"

陈鲟看着她:"不郁闷了?"

215

苏新七微怔,才反应过来他是在故意逗她。

放学时她情绪不对,他肯定是看出来了,但他没追问原因,只是想方设法帮她纾解,经他这么一打岔,她的心情好多了。

陈鲟一只手提着螃蟹,另一只手在外套口袋里掏了掏,拿出一个对讲机递过去:"说好的,奖励。"

因为父亲是渔民,苏新七对对讲机并不陌生。她接过看了看,抬头问:"送我这个干什么?"

陈鲟说:"岛上手机信号太差了,这东西比手机有用,发射和接收频率我已经调好了,只有我们两个人听得到,你有事随时找我。"

"会用吧?"

苏新七点头,晃了下手上的对讲机,故意说:"我感觉好像用不到。"

陈鲟轻轻弹了下她的脑门:"收好。"

他估摸了下时间,示意她:"走吧,送你回家,不然你爸妈该以为你被拐跑了。"

苏新七拦了下,指指他手里的网兜,说:"放了吧。"

陈鲟低笑:"也好,总不能让它们断子绝孙。"

苏新七也不搭理,径自跑到埋着小桶的地方,把桶挖出来,用手淘了淘,抓到了不少的沙蟹,至少熬一锅粥够了。

天色暗下,长庚星已亮,远处灯塔的探照灯照亮一方海面。

苏新七散个步满载而归,她把小桶放进厨房里,拿了个小盖子虚掩着。回到房间,她把陈鲟给的对讲机放进抽屉里,拿出今天发的卷子开始做题。

冲刺阶段卷子是做不完的,苏新七复习到晚上十一点才去洗澡,从浴室出来,苏母正好端着一杯牛奶上来。

"把牛奶喝了。"苏母跟着苏新七进了房间,把牛奶放在书桌上,站着没走。

苏新七随意地往脸上抹了点护肤霜,端起杯子一口气把牛奶喝了。

苏母看着她,面色温柔:"晚上去赶海了?"

苏新七点点头。

"和陈鲟?"

苏新七一惊,心跳都漏了一拍,她强自镇定,开口问:"是不是小姨……"

苏母摇摇头,又问:"和你小姨有什么关系,你的事不告诉妈妈,告诉你小姨了?"

"没有。"苏新七有点为难,"小姨之前误会了。"

苏母笑:"还想瞒呢,那男孩有事没事就骑着车在我们家门口转悠,你听到声就跑出去。还有,下暴雨那天晚上,你是用他的手机打的电话吧?"

这些都是猜测,苏母没有告诉女儿,她会注意到这些是因为今天李母找她了。

苏新七缄默,过了会儿才开口问:"爸爸知道吗?"

"他应该没发现,不然哪能喝得下酒。"

苏新七捏了下手指,有点无措:"妈妈,我……"

苏母轻叹了口气说:"你一直不愿意交新朋友,我以前还怕你会一直把自己封闭起来,现在好了。"

苏新七神色一滞,眼神迟疑。

苏母又摸了下苏新七的脑袋,低声问:"是不是在想祉舟的事?"

"你有你的人生,他有他的,我们做长辈的总不能横加干涉。"苏母看着苏新七,眼神慈爱,缓缓说道,"妈妈知道你对祉舟很愧疚,但发生意外是谁也预料不到的,我和你爸爸会好好补偿他的,你只管过好你的人生,做自己想做的事,和喜欢的朋友开开心心在一起就好。"

苏新七胸口微热,眼底泛起潮意:"谢谢妈。"

"傻孩子。"苏母莞尔,"好了,早点睡吧。"

苏母拿起空杯子要走,忽又停下转身,冲她一笑:"放心,我不会告诉你爸爸的,这是我们两个的小秘密。"

苏新七也忍不住笑了。

苏母走后,苏新七的心情始终没有平复下来,她很庆幸自己出生在这个家里,有一对疼爱她、理解她、支持她的父母。

时近凌晨,苏新七把第二天上学要带的东西装好后就熄灯上了床。她的房间离海近,此时万籁俱寂,能清晰地听到海浪涌动的声音。这一刻很美妙,不知怎的,她忽然就想到了陈鲟。

她翻了个身趴着,伸长手去够书桌的抽屉,把对讲机拿出来,重新躺回床上。

苏新七不确定陈鲟睡没睡,也不知道对讲机到底能不能用,她按着对讲机上面的通话按钮,试探地喊了声:"陈鲟?"

松开按钮,苏新七等了会儿,大约十几秒后对讲机里传来了电流的"刺啦"声,接着陈鲟的声音传出来:"我在听。"

苏新七笑了下,按着按钮说:"我要睡了。"

陈鲟很快就回了过来,声音里似乎带着笑。

"好,晚安。"

第十六章
关于未来

　　沙岛的天气越来越暖和，美人山的树木越发葱翠，山花烂漫。这时节山上结着各种野果，海里鱼虾丰饶，岛上的小孩每到放学就成群结队地上山摘果，下海捉鱼。

　　早上，苏新七去李祉舟家，上了楼在门口碰上正要出门的陈鲟。她怕祉舟已经起床，就没打招呼，打算直接进去。

　　陈鲟把人一拦，苏新七吓了一跳，眼睛往室内瞟了瞟，没在客厅看到人，这才低声说："你干吗？"

　　陈鲟直接说："今天天气不怎么样，中午换个地方，去海堤？"

　　苏新七摇头："王姨要我今天中午来这儿吃饭。"

　　"怎么没拒绝？"

　　"她都请我好几次了，总不好每次都拒绝。"

　　陈鲟没为难："答应了就来吧。"

　　苏新七抬眼，搞不清他现在是不是在生气。

　　苏新七想了想说："晚上我们去看电影？"

　　陈鲟想到岛上唯一一个小影院："那个小黑屋？"

　　苏新七故意说："不愿意就算了。"

　　"这算奖励还是补偿？"

　　"都算。"

　　"真精明。"

陈鲔走后，苏新七走进客厅，正要去敲李祉舟的房门，他背着书包出来了，看到她时还露出了一个浅淡的笑。

"祉舟，中午我和你一起回来，阿姨请我吃饭呢。"苏新七笑着说。

李祉舟盯着她的嘴，片刻后点了点头："好。"

苏新七见他读唇就知道他又没有戴助听器，她微不可察地微微叹口气。他最近都不怎么戴助听器，好像要与外界隔绝似的，课间时间也不怎么出教室，这周他们交谈的次数屈指可数。

中午放学，苏新七去找李祉舟，他们一起回了李家。面馆主要做的学生生意，周末吃面的人少，李父李母不忙就花时间做了一顿丰盛的午餐。

苏新七到时，李母立刻安排她落座，好像她是什么贵客一样。她有些不适应，扭头去看坐在边上的李祉舟，他端坐着在发呆，似乎没有交谈的欲望。

李母端着煲汤从厨房出来，招呼道："来，吃饭吃饭。小七，你有段时间没尝阿姨的手艺了，快吃吃看。

"祉舟，你也吃。"

李祉舟给苏新七舀了一碗汤，李母瞧见了，笑着说："小七啊，你看祉舟，就对你好。"

苏新七不知道说什么，只能回以一笑。李祉舟也没什么太大的反应，他是不经调侃的人，换作以前，他这会儿早就乱了阵脚。

李父看了眼墙上的钟，看向苏新七问："小七啊，小鲔是不是又去食堂了？"

苏新七头皮一紧，平静地答道："应该——"

她话还没说完，曹操就到了。看到陈鲔的那刻，苏新七居然没太诧异，她就知道他没这么好商量。

陈鲔慢悠悠地从门外走进来，李父看到了立刻起身招呼道："小鲔回来了啊，快坐下吃饭。"

陈鲔扫了眼苏新七，往餐厅走去。

李父给他添了碗饭，他直接在苏新七对面坐下。

李母看到陈鲔，表情有些微妙。

饭桌上安静了一阵，气氛古怪。

"小七，快高考了，最近学习是不是挺累的？"李母看向苏新七，打破安静。

苏新七抬头:"还好。"

"你学习上有什么问题都可以来问祉舟。"

"我会的。"

李母本来想让苏新七以后每天中午都来家里吃饭的,但看了眼陈鲟,又把这话按下了。她给苏新七夹了一箸菜,忽然说:"小七,你和祉舟从小感情好,会和祉舟报一个地方的大学吧?"

苏新七突然被这么问,愣了下,下意识抬眼,而后立刻移开。

"会的。"她说完手心都出了层细汗,不敢抬头。

李祉舟像是回过神般转头看了她一眼,表情倒是看不出高不高兴。

李母对苏新七的回答很满意:"我就说你们感情好,拆都拆不散。你们啊最好能进一所学校,以后还能互相有个照应。"

李父怕冷落了陈鲟,接着这个话茬问他:"小鲟呢?上次你爸来电话问你情况,听他说打算送你出国?"

苏新七闻言微怔,抬头看着他。

"不去。"陈鲟回应道,微抬下巴,懒懒地掀起眼帘朝苏新七示意了眼,"她去哪儿我去哪儿。"

饭桌上诡异地静了三秒,饶是知晓陈鲟心思的李祉舟也被他突然的表态给震惊了。苏新七更是被他的直白吓出了一身冷汗,如坐针毡。

陈鲟看着一桌人容颜失色的模样,浑不在意地哼笑一声:"开玩笑的,这么严肃干吗?"

他起身:"我吃饱了。"

陈鲟丢下一颗炸弹离开,饭桌上的气氛更诡异了。

李父干笑两声:"小鲟这玩笑开的,快,吃饭。"

桌上人心思各异,一顿饭吃得没滋没味。陈鲟走后,苏新七更是味同嚼蜡,草草吃完一碗饭,她就以回校复习为由离开了李家。

李家厨房里,李父李母一边刷碗,一边说话,李母想到中午饭桌上的事还有些不高兴:"小鲟喜欢小七,你看出来了吧?"

李父擦着碗,回道:"他不是说了吗?开玩笑的。"

"你是真傻还是装糊涂,下暴雨那天晚上,小鲟听到小七失踪了,二话不说就往外冲,这不是明摆着的吗?"李母哼一声,有些不快道,"我

221

看啊,小七对他也有好感。"

"他们这个年纪,对异性有好感都是正常的,有什么好大惊小怪的。"

"是不奇怪,你别忘了,你儿子也是这个年纪。"

李父放下碗:"你是说……"

"祉舟从小就和小七要好,你没发现祉舟这段时间有点不对劲?整个人蔫蔫的,也不爱说话了,我问他,他也不说怎么了。我看啊,就是因为小七。"李母理所当然地说,"本来嘛,他和小七青梅竹马两小无猜,两人以前多亲啊,小鲟插了一脚,这事放谁身上能高兴?"

李父觉得有道理:"我说你这几天怎么老让小七来家里。"

"我就是想让她和以前一样,多和祉舟在一起,离小鲟远点。"

"你这就不对了,孩子的事我们不要插手,而且小七喜欢谁那是她的事,我们总不好强求。"

李母白了他一眼:"怎么不好强求,你忘了祉舟的耳朵是怎么听不见的了,她得补偿。"

李父一听这话,表情就不大好了。他沉下声略有不满道:"看你这说的什么话,孩子小时候不懂事,胡闹,出了意外谁也料不到。这几年,老苏家事事照顾我们,已经够好了。你看老苏哪回出海回来不往我们这儿送鱼,再名贵的他都不收钱。"

"小恩小惠。"李母不领情。

李父眉头一皱:"照你这么说,小鲟的父亲当年为了救我,生生被锚缆绞断了大腿,我是不是也要像你这样,把人赔给他?"

"那我们这不是帮忙照顾……"李母说到一半,忽地想起自己刚才说的"小恩小惠",比起苏家对他们家的照拂,他们对陈鲟的这点照顾根本算不上什么。她自觉理亏,沉默了会儿还是犟着说,"别的我顾不了,你说我自私也好,我只顾得上我儿子。"

"行了行了,孩子们都还小,以后的事都还说不准呢,你现在瞎操什么心。"

厨房外,李祉舟拿着水杯转身离开。

苏新七从李家出来后,先去了五号下海口,没看见陈鲟,她又回了学校,在教室里也没着他人,倒是陈沉看见她这么早来还有点意外。

苏新七等了一个中午也没等来陈鲟，倒是临上课前，李祉舟来找她。

"中午睡午觉了吗？"苏新七看他有些疲累，忍不住问。

李祉舟没回答，看着苏新七好一会儿没说话。

"怎么了？"

李祉舟垂眼："晚上有天琴座的流星雨。"

苏新七立刻就懂了，要是以前她会答应得毫不犹豫，但今晚她已和陈鲟有约。

她的犹豫李祉舟感受到了，他眼神微黯，说："你要是有事也没关系的。"

苏新七看到他表情有些许失落，心里不好受。想到这些天来他情绪一直低迷，也不大愿意与人交流，难得他今天主动了，她不愿意让他难过。

"我没事。"苏新七笑着说，"晚上见。"

上课铃响，苏新七回到教室，她往陈鲟的座位看了眼，老师都到了他还没来。

她极轻地叹口气，有点苦恼。

今天是四月的最后一个周六，整个中学只有高三这一层楼还有人，都到这个时候了，各科老师在这天也不讲课，专门空出时间给学生答疑解难。

临近考试，学生的学习热情空前高涨，每节课讲台上都围满了问问题的学生。学生们问的问题难度不一，有的题目是平时讲了又讲的，尽管如此，各科任老师还是不厌其烦地一一解答。

这种半自习的状态全凭学生自觉，好学者问题不断，厌学者则小动作不断，讲台上讨论得热火朝天，教室后排的男生们玩得不亦乐乎。

苏新七做题做到一半，水笔漏了，她没注意蹭了一手的笔墨，黑乎乎的，怪脏的。讲台上老师还在解题，她也就没打算打搅，自觉地从教室后门去了洗手间。

笔墨不好洗，苏新七费了点时间，把手都搓红了才勉强洗净。洗好手从女厕出来，她看到陈鲟站在外面吓了一跳。

陈鲟先看到她发红的手，皱了下眉问："手怎么了？"

"不小心蹭到笔墨了。"苏新七抬眼看他，咬了下唇，"晚上我不能和你一起去看电影了。"

"有事？"

陈鲟看她表情愧疚,突然就懂了,他面无表情地说:"要去找李祉舟是吧?"

苏新七立刻解释:"祉舟最近心情不太好,想去山上,我——"

她听到外面有说话声,且越来越近,有人来上厕所了,她迟疑了下,噤了声。

陈鲟往外瞟了眼,冷笑一声:"去看你的星星吧。"

他说完就往外走,苏新七追了两步,碰上了赵筱婧和她的姐妹。苏新七脚步微滞,就这么一犹豫的工夫,陈鲟已下了楼。

陈鲟把课翘了,苏新七一个下午都魂不守舍的。傍晚放学,他也没像平时那样送她回家,她想这下他是真的生气了。

因为和李祉舟有约,苏新七吃完晚饭就出了门,苏母叮嘱她别玩得太晚。

七点钟出头,苏新七到了美人山山脚下,李祉舟已经在妈祖庙前等着了。他们从天灰蒙蒙的时候开始往山上爬,登上山顶时天色已暗,今天天气不晴朗,晚上云还没散,肉眼只能看到亮度比较高的几颗星星。

苏新七看到架在平地上的天文望远镜时愣了下,四下看了看,说:"冯老师也来了,怎么没看见他人?"

李祉舟缄默。

"风有点大,我们去那边吧。"

李祉舟带着苏新七去了烂尾楼那儿,他们背风站在墙后面,仰头看着天空。

"今天晚上有点云。"

李祉舟说:"观星条件是不太好。"

苏新七抬手指了指天上:"天狼星。"

李祉舟轻笑:"你还是只认识它。"

苏新七也笑:"我有看星图的,太复杂了,我没你这么聪明,记不住。"

"但是你教我的方法我还记得住。"苏新七说着比画着手势,"这个是5°,这样是10°,这样是15°,拇指和小指之间是25°,对吗?"

李祉舟点头:"对的。"

苏新七偏头看他,一时有些感慨,他们好像有段时间没像现在这样自然地相处了,她忽然有点内疚。

"祉舟，你今天心情好吗？"

李祉舟低头看她："为什么这么问？"

"因为你最近好像不太开心。"

李祉舟望着天空，沉默半晌才开口道："我只是……有点迷茫。"

"因为比赛失误的事？"苏新七安慰他，"一次失误而已，不代表你的实力就是这样，没关系的，你别太在意。"

"就算不通过比赛，以你的成绩也可以考到很好的大学去学习天文。"苏新七察觉到了他的颓靡，有心鼓舞，接着说道，"就剩一个多月了，等高考结束我们就能去岛外了，你不期待吗？"

李祉舟再次陷入沉默，那架望远镜就像一只眼睛。良久，他望着天，说出口的话轻之又轻，像浮在海风中，一吹就散。

"岛外没有那么美好。"

"嗯？"苏新七看着他，"你不舍得离开沙岛？"

"不想离开，也不想留下。"

苏新七不解："不想离开？不想留下？"

"小岛已经不是以前的样子了，小时候岛上只有我们，生活很简单，岛外的世界只存在于我们的想象中，尽善尽美，令人憧憬。"

苏新七听他说得伤感，一时也心有戚戚。长大明明是个漫长的过程，这一瞬间她却有点恍惚，好像昨日他们还是幼稚的孩童，并肩坐在海港围栏上晃着腿吃着冰棍，眨眼间他们就成人了。

"小岛没有变，是我们变了。"苏新七说，"我们长大了。"

李祉舟恍了神，望着天空的眼神越加黯淡："是啊。"

一时无言，唯有海风见惯了人间浮沉，年年岁岁不歇地吹拂着。

苏新七本意是想来开解李祉舟的，见他意志消沉，便乐观地说："其实长大也有长大的好处，我们可以去做自己喜欢的事了，之前不是说好了吗，你学天文，我学海洋。

"你给我的几本书我都看了，海洋生物学好像挺有意思的，我可以报考这个专业，星辰和大海——"

"小七。"李祉舟忽然沉声打断了她的话。

苏新七吓了一跳，她从未见过他情绪这么激动的模样。

"你不需要一直迁就我，小时候陪你出海，我是自愿的，你没有欠我什么,也不用补偿我。"李祉舟声音嘶哑,表情沉痛,他无力道,"不要再可怜我了,那样会让我更可鄙。"

苏新七怔了下,一时失言。

从美人山回来,苏新七一直处于一种混乱的状态中,脑子里一直想着刚才在山上,李祉舟说的那些话。

她反省自己,是不是哪里做得不够好,让他生出了那样的想法,以为这段友谊全是靠她委曲求全才维持下来的。虽然一开始,他们是因为事故才越走越近的,她也的确因为有愧所以对他格外照顾,但她所做的一切并非违心的,她也从来没有过怨言,因为他对她又何尝不是百般照顾。

苏新七从未觉得自己和李祉舟是不平等的,她也不是因为可怜,所以才将友情施舍给他。这段友谊维持到了现在是因为他们双向都在付出,可他却觉得她在委屈地牺牲,因为道德上的愧疚,所以用她的时间、精力、情感甚至未来在补偿他。

他固执地认为他在拖累她,在难以两全的时刻,苏新七虽偶有为难,但从不觉得他是个累赘,可她的一切解释在他看来好像都成了安抚的辩词。

苏新七一个人坐在房间里想了很久,完全理不清头绪,不明白祉舟为什么会突然这么说。或许这阵子,对于这段友谊她的确疏忽了,而疏忽的原因自然是陈姆。

想到陈姆,苏新七不免又是一阵头痛。她从书包里翻出自己的手机看了看,没有未接来电,也没有消息。她想了想,从抽屉里拿出对讲机。

犹豫了会儿,苏新七按下通话按钮,喊了声:"陈姆。"

良久,无人应答。

苏新七想他这个时候可能还在外面,便也释然。她其实还没想好和他说什么,今天爽约是她有错在先,单单道个歉未免太过敷衍,但哄人她又不会,真是苦恼。

晚上洗完澡,苏新七抱着对讲机躺在床上,又试着给陈姆讲了几句话,最后仍是石沉大海,毫无回应。

苏新七想他这气性也太大了,拿过手机正想给他拨个电话,转念一想道歉还是当面说的好,否则显得没诚意。正好明天放假,她到时候主动去找他聊聊好了。

睡前，她又给李祉舟发了条信息，他没有回复。

苏新七两头都落不到好，只觉郁闷。她不知道这算不算青春的烦恼，此时只希望明天一早起来，一切恢复如常。

晚上苏新七失眠了，颠来倒去直到半夜才勉强入睡。因为周日放假，她也没设闹钟，一觉直接睡到了九点钟，最后还是被窗外的喇叭声惊醒的。

她一骨碌从床上下来，走到窗前，拉开窗帘推开窗，一阵微暖的海风挟着咸湿的海味拂来。太阳已悬于半空，海面波光粼粼滑忽不定，往来渔船已经开始忙碌，天气大好。

苏新七转身跑去盥洗室，快速洗漱完后，她把睡衣换下，简单捯饬了下头发，拿上手机下楼。

"小七，起来了啊，锅里有粥，还是热的。"苏母喊她。

"我出门一趟，回来再吃。"苏新七换好鞋，朝母亲挥挥手，头也不回地往外跑。

"这女孩子大了。"苏母喟叹道。

苏新七往灯塔方向走，没在老地方看到陈鲟和他的车。她不死心，继续往前走，总算在情人礁那儿看到了停在路边的电动车。她走近看了眼，车钥匙被拔了，显然他就在附近。她四处瞧了瞧，最后把目光投向了礁石群。

她从小道走下去，踩着碎石攀上一块大礁石，举目四下搜寻了下，在礁尾那儿看到了一个颀长的身影，他身上就着一条泳裤，看样子是要下水。

"陈鲟。"苏新七喊了声。

她看他回头看过来，冲他挥了挥手。

苏新七踩着一块又一块的小礁石朝他的方向走去，礁石长期被海水冲刷腐蚀，表面光滑不好落脚，她走得小心，好不容易上了长礁，她加快步伐朝礁尾走去，还没走近，就见他戴上泳镜，一头扎进了海里。

苏新七脚步微滞，蹙了下眉。

他这完全是拒绝交谈的态度，显然还在气头上，似乎还不太想见她。

苏新七没被他这冷淡的态度劝退。其实从某一方面来说，她和他有点像，都是不服输不轻易放弃的性格，他越是不想搭理，她就越要招惹他。

苏新七一边走，一边脱下自己的薄外套，到了礁尾，把鞋袜也脱了。她把脱下的衣物放在陈鲟的健身包上，转过身深吸一口气，毫不犹豫地往海里一纵，"扑通"一声，也扎进海里。

陈鲟游了一段距离，停下来往回看，正好看到苏新七跳海。他心里一个"咯噔"，低骂了声，立刻往回游。

气温虽然回暖，但海水仍是砭骨，情人礁附近的海域水深且浪大，如果不是泳技出色、爱挑战的人，岛民们都很少会来这块游泳。

陈鲟全速往回游，隔一会儿就要去看下苏新七的情况，他担心她会像第一回见面时那样。在这种地方，只要抽筋，不消多时人就会脱力沉下去，到时候再要找人就难了。

一个浪头拍来，陈鲟露脸换了口气，再往前看时，已经看不到苏新七了。他摘下泳镜，往四周看了看，目力所及的地方完全没有她的身影。

陈鲟心里一沉，正要潜下水找人时，背后突然有东西贴上来。

苏新七双手搭在陈鲟肩上，踩着水半搂着他的脖子，笑着说："抓到了。"

陈鲟知道她胆子大，但没想到有时候还挺出格的，他沉着脸拉下她的手，转过身看着她斥道："自己什么水平不清楚，嫌命太长了？"

苏新七不服气："我是岛上长大的，水性很好。"

"下水还抽筋，水性很好？"

苏新七低声说："那次是意外。"

陈鲟黑着脸："你有几条命可以发生几次意外？"

"我想和你谈谈，你躲着我，我只好下海找你了。"苏新七说得义正词严，反过来质问道，"你有什么不满可以当面和我说，冷暴力算什么。"

陈鲟都要被气笑了，海里显然不是聊天的地方。他扫了眼她略微发白的唇瓣，微微颔首："上岸再说。还游得动吗？"

"可以。"

苏新七跟着陈鲟往岸上游，陈鲟的速度其实不快，苏新七一开始还能跟上，到了后面体力稍有不支，就落下了。

陈鲟回头，往她那儿游去："就这体力，还想在海里追到我？"

苏新七缓了口气："太久没下水了。"

陈鲟借了点力给她，他把她往礁石群那儿带，等脚能够着底了，把手一松，说："上去，穿好衣服回家洗个澡。"

苏新七表情微凝："你呢？"

"我再游会儿。"

他往后一仰，浮在水面上。

苏新七游过去："我们谈谈。"

陈鲟喉头一动："你确定要现在和我谈？"

苏新七看着他很真挚地说："昨天爽约是我不对，我向你道歉。"

陈鲟语气淡淡："电影我去看了，很无聊，不如看星星有意思。"

"对不起。"苏新七没有辩解，直接认错，"今天晚上我陪你再去看一场，行吗？"

她落了水，又低眉顺眼地道歉，顺服的模样更显得可怜兮兮的。陈鲟有火也发不出来，但就这样让这件事轻易地揭过去了，昨天那样的事不知道还会发生几次。

"打个巴掌给颗枣？"陈鲟的语气还是凉凉的，"你连和他的未来都规划好了，考去同一个城市读书，之后呢？在同一个地方工作生活，一辈子不分开？"

"不是。"苏新七立刻否认，听他说这样的话，她表情越加认真，语气也郑重起来，"我和祉舟是好朋友，你也是。你不能逼我在你和他之间选一个，我选不出来。"

"考大学的事是之前就说好的，那个时候我还不认识你，他是我最好的朋友，我当然会想和他在一个地方读书。"苏新七看着陈鲟的眼睛，眼神忽地有些软弱，语气也轻了。

"我之前是规划过未来，现在都被你打乱了，我也不知道我们之后会怎么样，你没有告诉我你毕业后会去哪儿，出国还是回游泳队？"

她眨眨眼，一颗水珠从睫毛上滴落。

陈鲟心头一动，顿时兵败如山倒："该哭的是我才对，你怎么还委屈上了？"

他无奈道："你就不是诚心来道歉的，是成心来气我的。"

"你还游吗？"她问。

陈鲟看她两只眼睛湿漉漉的，眨眼就能挤出水来，盯着人看的时候像在施咒，加上她此时的模样，这就是对他的考验。

"不游了。"陈鲟喘口气说。

他们爬上礁石，陈鲟从健身包里拿出一条毛巾往苏新七身上一盖："擦擦。"

他一边拿过裤子穿上，一边说："穿好衣服，我送你回去。"

苏新七抬头看他："我不能就这样回去。"

陈鲟转过身，上下打量她，幸灾乐祸道："现在怕挨骂了？"

苏新七眨了眨眼说："我妈妈知道我是来找你的。"

陈鲟太阳穴一跳，有种被上了紧箍咒的感觉，他抬手轻弹了下她的脑门："先穿衣服。"

苏新七把身上擦干，拾起衣裤穿上。陈鲟把Ｔ恤套上，站在一旁看她，一时又觉得好笑。

他没想到她能这么大胆，初次见面脱了衣服下海救他，今天为了和好，居然毫不犹豫就跟着他下海了，一般女生哪会做到这种地步？

苏新七坐在一旁穿袜子，听到笑声不由得抬头看他："你笑什么？"

陈鲟挑了下眉，轻佻道："我怎么就这么稀罕你？"

第十七章
凤凰花开

周一早上,苏新七去了李家,李祉舟不在,这是第一回他没有等她一起上学。

苏新七扑了个空还有些诧异,本以为那天他只是情绪不好,兴许过了一天他就想开了。她自以为很了解祉舟,现在却有些糊涂了,她完全没想过他会说都不说一声就把她撇下。

"祉舟啊,一大早就去学校了,说有事。"李父解释。

李母瞅了苏新七一眼,不冷不热地说:"也不知道什么事这么着急。"

苏新七抿嘴,正好这时陈鲟从楼上下来,他插着兜招呼也不打一个,优哉游哉地往学校去。

"小鲟,中午记得回来吃饭。"李父喊道。

"你说你……"李母拍了李父一下,不满道,"人家就喜欢食堂的饭菜,不喜欢我们家的,别跟个缺心眼似的。"

"你这态度,人家孩子怎么会愿意回来?"

苏新七尴尬地道了别,独自去往学校。走到半道,背上的书包被人拉了下,她吓了一跳,回头就看到陈鲟。

陈鲟低头看她,嘴角噙着笑,显得心情不错的样子:"怎么,你的小竹马抛弃你了?"

苏新七抿了下嘴,犹豫了下问他:"你有没有和祉舟说过什么?"

陈鲟眼神一冷:"你什么意思?"

"我……"苏新七自知问错话了,立刻认错,"对不起。"

陈鲟没计较:"你和他吵架了?"

"倒也不是吵架,就是……祉舟好像有点误会我了。"苏新七略微苦恼,"他最近心情不太好,像有心事,我们还是第一次这样……闹别扭。"

"他和你说什么了?"

"他让我……别再同情他了。"苏新七接着说,"我没有。"

陈鲟了然,同是男生他更能理解李祉舟,何况即使苏新七没说,李祉舟肯定也察觉到了她的变化。

"有心事正常,你不放心就找个机会和他聊聊。"

苏新七狐疑地看着陈鲟,不敢相信他这么善解人意。

上学时间校门口人很多,陈鲟不紧不慢地跟在苏新七身后,也不怕别人看见。学校里的人早就见惯不怪了,此时见到也只当他在死缠烂打。

苏新七进了校就往教学楼走,余光看到陈鲟要往另一方向走,她没忍住,放慢脚步,压低声问他:"你每天早上都干吗去了?"

"嗯?"

"你有时候出门比我早,但是踩点才到班上,故意的?"

"对我这么关注?"陈鲟挑眉一笑,没吊着她,直接说,"跑步。"

"啊?"苏新七有些意外,"你是去操场?"

陈鲟点头:"习惯了,早上不跑跑浑身难受。"

苏新七看他,虽然他不说,但她看得出来他对游泳队还有留恋。他并没有完全放下运动员这个身份,或者说他时刻准备着要回去,只是他自己不愿意承认。他还有顾虑,她不知道之前到底是出了什么事让他没办法下定决心归队。

"小七!"陈沅从后面追上来。

陈鲟朝苏新七看了眼:"走了。"

苏新七想到早上李母说的话以及她对陈鲟冷淡的态度,心里不太好受,不由得道:"中午一起吃饭。"

陈鲟对她的主动邀约略微讶异,扬起唇应道:"好。"

陈沅见陈鲟走了才加快速度跑过去,刚到苏新七身边她就问:"你和陈鲟一起来学校,祉舟呢?"

"他先来学校了。"

陈沉诧异:"你们居然没一起上学?"

她瞧了瞧苏新七的表情,试探地问:"你和他是不是吵架了?"

苏新七沉默了片刻,说:"没事,我会找他好好聊下的。"

她们一起上了楼,路过理科一班时,苏新七往教室里看,没在座位上看到李祉舟,陈沉也没找到,嘟囔了句:"学霸不在教室还会在哪儿?"

苏新七默然。

周一早上有升旗仪式,第二节课下课后全体学生都要去操场集合,升完国旗后政教处主任例行公事,点名批评了几个违纪学生,再老调重弹地提了下遵守校规校纪的重要性。

解散后,苏新七立刻跑向隔壁班的队伍,赶在人潮散去前拦下了李祉舟。

"祉舟,我们谈谈。"

李祉舟的表情很平静,眼神半点波澜都没有。苏新七发现他没戴助听器,一时有些挫败,但她仍不放弃,看着他一字一句地问:"你不想要我这个朋友了吗?"

李祉舟眼神一动,表情这才有了变化。他应道:"不是。"

"那为什么要躲开我?"

李祉舟看着她:"以前你帮我很多,现在我想试着一个人面对……所有事情。"

"你不需要我了?"

李祉舟苦笑了下:"小七,我们不可能一辈子在一起,不是吗?"

苏新七的心情有些复杂,说不上是失落还是难过:"你是不是还是觉得我和你做朋友不是真心的?"

李祉舟摇了摇头:"我知道你不是那样的人,但你对我始终有愧疚感。"

苏新七张了张嘴,没法否认。

李祉舟垂眼,掩去眼底的落寞:"你没有必要和我捆绑在一起,也不需要为我的人生负责,小七,往前走吧。"

苏新七心口一酸,很是怅惘迷茫。

难道人生就是不断地相识疏远分离吗?

五月,凤凰花开,沙岛中学校道两旁一片火红,红花绿叶相映成趣,风一吹,校道上落英缤纷,一条"花路"就此铺就。沙岛气温攀升,岛上几乎人人都穿上了短袖,除去雨天,大浴场每天都很热闹,夏天的海岸是天然的游乐场。

"夏三月,川泽不入网罟,以成鱼鳖之长。"每年夏季都是海鱼繁育和幼鱼生长的关键时期,为了长久地发展,东南海每年五月开始休渔,一切捕捞渔船停止作业。

每到伏季休渔期,沙岛的海港就停满了船,列行列队地整整齐齐地驻扎在渔港里,成为海岛的一大景观。

进入休渔期后,岛上的外地船夫大多会选择离岛,或归家或另谋兼职。不能出海的渔民也闲不下来,为了开渔后能正常出海,"捻船"工作是休渔期的重头戏,检修渔船维修设备,给船体除锈,清除船底的海草,补刷油漆和桐油……勤劳的渔民会在休渔期去找一份兼职,有些渔民会趁着难得的假期,走访亲友,带着家人一起去旅游。

夏季的码头也从没有冷清的时候,休渔期正好是养殖扇贝打捞海参的好季节,扇贝养殖户们忙着倒笼、分拣、装笼,每天一早就有渔船出发去海参基地,到了中午满载而归。等候着的渔民们帮着分海参称海参,又开始新一轮的工作。

苏新七的小姨夫就是海参养殖户,他自己有个海参养殖场,夏季正好是最忙的时候,因此休渔期一开始,苏父苏母就去帮忙了。苏新七有时候也会去帮帮忙,纯当劳逸结合。

五月第一个周末,苏父一早就把船拖上了岸,打算把船里里外外地整修一番。修船也是苦力活,尤其苏家的船还是大吨位的,要彻底检修不花费个三五天根本完成不了。

苏新七早上在家复习,十点左右母亲说煮了凉茶要送去海岸那儿,她想着刚写完一张卷子,正好出去走动走动,也就跟着一起去了。

修船的海岸就在吴锋宇家附近,苏母骑电动车出发,苏新七提着一大壶水和一袋一次性水杯坐在后面。到了地方,她下车往海滩走,还没走近,远远地就看到脚手架上站着熟悉的身影,一时惊诧。

"小七来了啊。"苏二叔站在脚手架上,回头看到苏新七,招招手喊道。

苏新七快步走到船边,这才真的确定站在架子上帮忙除锈的是陈鲟。她异常惊讶,直接问:"你怎么在这儿?"

陈鲟冲她挑了下眉:"帮忙。"

苏二叔补充道:"小姆看我们缺人手,主动来帮忙的……你怎么来了?"

"和妈妈一起来送凉茶。"

苏二叔看到了从后面走来的苏母,打了个招呼:"嫂子来了啊。"

苏母接过苏新七手中的茶壶,给帮忙的几个本家倒茶。苏二叔看见了朝苏新七喊:"快,小七,给小姆倒一杯,他一早上没歇,帮着我们又除海草又除锈的,累得够呛。"

他看向陈姆,示意:"小姆,你下去歇一下。"

今天天热,陈姆把上衣脱了,光着膀子干活,他从架子上下来,第一时间把衣服套上,朝苏新七走去。

他头上扎着渔民常用的头巾,看上去像个实打实的海榔头。苏新七见他一脸的汗,马上拿出一个杯子,倒了杯凉茶走过去,低声问:"你早上不是去游泳了吗?"

陈姆一口气把凉茶喝尽,喘了口气说:"正好碰上了你二叔,就来搭把手。"

"这么晒,很累的。"

陈姆无所谓地一笑:"还好,就当练体能了。"

这时苏父从船舱出来,手上拿着个钳子,站在甲板上俯视底下:"小七。"

苏新七一个激灵,立刻抬头应道:"爸,妈妈煮了凉茶,你下来喝一杯,解暑的。"

陈姆忽觉背后一阵焦灼,他把杯子递给苏新七:"我去忙了。"

"欸——"

苏新七想喊住他,余光看到父亲从船上下来,遂作罢。

苏父走过来,看了眼苏新七,清了下嗓问道:"你怎么来了?"

苏母听他旁敲侧击的,马上就明白他在试探什么。她心里觉得好笑,立刻说:"我让她跟着来的,我一个人提东西不方便。"

"这样啊。"苏父喝了杯凉茶,看看天,"今天太阳大,凉茶留下,你们早点回去吧。"

苏新七往陈姆那儿偷瞄了眼,又看向父亲,解颐一笑说:"我留下来帮忙吧。"

苏父摆手:"这不是女孩子干的活,快回去学习,别晒伤了。"

苏新七还想争取下,苏母拉住她的手:"听你爸的,我们先回去。"

母亲都这么说了,苏新七只好听从。

苏母拉着苏新七往回走了段路,见周围没了人才笑盈盈地问:"不想和妈妈回去啊?"

"不是。"苏新七不好意思地说,"我就想和他说几句话。"

苏母也不揶揄她,笑着说:"中午我还来送饭,你要不要帮忙?"

苏新七眼神一亮,点头:"要的。"

中午,苏母买了打包盒,把做好的饭菜装好,又载着苏新七去了海滩。

到了海滩,苏新七提着两大袋午饭往渔船那边去,大老远就看到一群人站在沙滩上,冲着海里又吼又叫的,她走近,这才看清海里有人在游泳。

苏二叔先看到她,走过来帮她拎袋子。

苏新七扫了眼岸上的人,没看到陈鲟。

苏母问:"你哥呢?"

苏二叔说:"海里呢,天太热了,他下去游两圈,凉快凉快。"

苏新七刚想问陈鲟,苏二叔又接着说:"小鲟也下去了,看不出来,这小子水性这么好,你爸都游不过他。"

苏二叔招呼岸上的人吃饭,今天不止有苏家的船在检修,岸上光着膀子穿个大裤衩的男人居多,他觉得女孩不便多留,把盒饭分下去后就说:"小七啊,你和你妈先回去,太热了。"

苏新七望了望海,苏二叔以为她在等她爸,于是说:"放心吧,我会喊你爸吃饭的。"

苏新七磨蹭了会儿,见陈鲟还没上岸,只好和二叔说:"陈鲟的饭,妈妈也做了。"

苏二叔爽朗大笑:"他来帮忙,我还能饿着他不成?"

苏新七只好离开。

回了家,她给陈鲟发了消息,他都没回复。

下午天更热,太阳明晃晃地悬在头上,晒得海滩的沙子都烫脚。苏新七又跟着母亲去送了两回凉茶,每次都因为有旁人在场,她只能和陈鲟匆匆说上两句话。

傍晚,金乌西坠,苏父带着一群帮忙检修的人来家里吃饭,苏新七听到动静从楼上跑下来,扫视一圈就是没看着陈鲟。

苏母看穿了女儿的心思,帮她问了句:"那个来帮忙的小伙子呢,怎么没喊来一起吃饭？"

"哦，喊了，他说回去换套衣服再来。"苏二叔一边洗手，一边回答。

苏母忙活了一下午，做了一大桌饭菜，顶得上筵席的标准。苏新七帮着布置碗筷，把厨房里的菜一盘盘端出去，听到熟悉的说话声时，她往门外看。

苏二叔带着陈鲟走进来，他把人领进餐厅，安排了个座，又看向苏新七："小七，你坐小鲟边上吧，同龄人，有话说。"

苏父一听不乐意了："还是坐我旁边吧，这边宽敞些。"

这时苏母出声了："你让她坐那儿干吗，又不能陪你喝酒。"

苏新七有母亲撑腰，光明正大地就坐在了陈鲟的左手边。陈鲟不动声色地看了她一眼，眼底透着笑。

"老苏这么宝贝女儿啊，连和男生坐一块儿都不让。"桌上有人开玩笑，"你下午不还夸人家小鲟不错，怎么，当你女婿还不够格啊？"

"那是。"苏父说得一点都不委婉，"小七我是要养一辈子的，谁都别想娶走。"

"还没喝就说胡话。"苏母吐槽了句，转头特意对陈鲟说了句，"多吃点，别客气。"

有大人在，苏新七和陈鲟也没办法多交流。苏父一开始还会盯着他们俩，后来见他们毫无互动，似乎放了心，开始和同桌人喝起了酒。

苏新七的心思不在吃饭上，她看陈鲟吃得差不多了，给他使了个眼神，起身打算先下桌，结果起来得急，把桌上的汤匙给碰掉了。

陈鲟眼疾手快地伸手，苏新七低头一瞥，忽然看到他左手心有一道红痕，她正要细看时，陈鲟转过手，把手心朝下。

"你的手怎么了？"

苏新七陡然出声，音量还不低，桌上静了一瞬，所有人都看向她。

陈鲟低咳了下，含糊道："没什么。"

"我看看。"苏新七盯着他。

陈鲟没料到当着家人的面她一点也不避讳。苏新七看着他，眼神坚持，他无法，只好摊开左手给她看一眼。

他的左手掌有一条纵长的伤口，此时还泛着殷红的血光，显然是新伤。

苏二叔坐他边上也看到了，"哎哟"一声，立刻问："这么大的口子……"

是不是下午除锈的时候划伤的？我说你怎么拿头巾缠着手呢，你这孩子，伤了怎么不说，伤口碰到铁锈，这可不是小事。"

"划了下而已，没事。"陈鲟收回手，不太在意。

苏新七眉头紧皱，拉了下他："跟我去卫生院。"

"不用。"

"外面等你。"

苏新七不管他的意愿，丢下话就往外走。她这么强硬，桌上的人包括陈鲟都有些错愕。

苏母率先回过神，开口对陈鲟说："伤口不能就这么放着不管，得去处理下。你听阿姨的，跟小七去趟卫生院，打个破伤风针，不然我们也不放心。"

苏母都这么说了，陈鲟推脱不得，只好起身离席。

陈鲟走后，桌上又静了几秒。

"小七好像挺关心小鲟的。"苏二叔有点摸不着头脑，嘀咕道，"和我掌握的情报不一样啊，我还以为小鲟是单箭头呢。"

他话才说完，苏父的脸更黑了。

第十八章
突发意外

太阳落山，暮色四合，海风送来一阵清凉。

苏新七在门外等了会儿，见陈鲟出来，立刻说："走吧。"

"没必要，过两天就好了。"

苏新七转过身看他，声音坚定："必须去。"

陈鲟看她表情肃然，态度坚持，摸摸后颈，妥协地往电动车那儿走。

"你手上有伤就别骑车了，我载你去。"

苏新七指指门口的电动车。陈鲟和她对视了会儿，见她毫不退让，有点无奈："你的地盘，听你的。"

电动车矮，陈鲟坐在后座，腿放得憋屈，苏新七等他坐好，直接启动车子出发。

等车离苏家有段距离了，陈鲟凑到她耳边说："先兜个风？"

苏新七没理会，车头一拐，往卫生院去。

到了卫生院，苏新七回头："下来。"

"买瓶酒精消个毒就行。"

苏新七拉上他的手，直接把人往院里拖。

进了卫生院，苏新七拉着陈鲟去找院长王为民。她把陈鲟的情况说了，王为民听完后先给他打了一针破伤风针，之后才帮他清创消毒包扎伤口。

"你这手……"王为民帮陈鲟处理伤口时，忽然对着他的掌心细看，好一会儿才抬头问，"指纹都不是很清晰了，经常泡水里？"

"嗯。"陈姆应得敷衍。

苏新七知道长时间干苦力的人的指纹细节会有变化，陈姆不做体力活，他的指纹是因为长期泡在水里训练磨没的，他付出那么多，现在却要放弃。

她抿了下唇，看着他掌心里翻着红肉的伤口，问："爷爷，他这伤口严不严重？"

"再深点就要缝针了。"

王为民夹着一团棉花，蘸了点酒精按在伤口上。陈姆微微皱眉，倒是没吭声。

"什么时候划伤的？"王为民问。

陈姆不太想回答，就想速战速决赶紧离开，可苏新七盯着他，一脸凝重，他只好有一答一。

"傍晚，四五点？记不清了。"

苏新七皱眉。

"你还挺能忍的。"王为民给他敷上药，"这可不是小伤，你们这些小孩，就是仗着年轻，不重视身体。"

陈姆没心情听教，等王为民把伤口包扎好立刻起身。

"明天记得来换药，最近伤口都不要碰水了。"王为民叮嘱道。

从卫生院出来，外面已是大夜弥天。

陈姆看了看天，说："我先送你回去。"

苏新七只管低头走，陈姆愣了下，喊她："你的车不要了？"

"停在那儿，明天来取。"苏新七头也不回地说。

陈姆追上去："你想走回去？"

"嗯。"

"出来太久，你爸会以为我把你拐走了。"

"你怕了？"

陈姆听她挑衅似的语气，不由得挑眉："我还真巴不得把你拐走。"

他们抄小道走上环海路，路上没安装路灯，从居民区往路上看人顶多能看出个轮廓，是看不清人脸的，苏新七走在靠海的一边，也不怕被人看到。

陈姆双手插兜紧跟着苏新七，他瞧了她一眼。从刚才开始她就一直保持沉默，情绪低落，刚才她说要走回去，他还以为她是想和他多待一会儿，现在看来是他想多了。

"我今天没和你说一声就跟你二叔去修船,生气了?"他问。

"没有。"苏新七语气平静,"你帮我家的忙我有什么好生气的。"

"那是……我没和你说一声就上你家吃饭,你不开心?"

"我还没这么小气。"

"啧。"

陈鲟快步走到她前面拦着她:"怎么了,情绪不高?"

苏新七和他对视,过了会儿才开口问:"你以前也这样吗?受伤了也不管?"

陈鲟这才明白她不高兴的原因,她这么关心他,他自然受用。

"没那么严重,就是看着吓人。"陈鲟举起左手蜷了蜷。

"赤脚爷爷说再深一点就要缝针了,而且被铁片划伤很危险,如果运气不好,会死的。"

陈鲟笑:"我的运气应该也没那么差。"

"你有多少运气可以拿来挥霍?万一呢?"苏新七表情严肃,语气凛然,"这不是你第一回这样了,你以前在游泳队受了伤也这么无所谓吗?"

陈鲟眸光微沉,敛起表情,脸上没了笑意。

苏新七知道游泳队是他的忌讳,她看着他微沉的脸,心中不安,却也没有打退堂鼓。她抿了下唇,毫不迂回地直接点破:"你在消极抵抗。我不知道你当初为什么会离队,但是我知道你还想回去,也可以回去,你只是过不了自己心里那道关。"

苏新七看着他的眼睛,放轻声音说:"我不是非要你回游泳队,回不回去是你的选择,就算不当运动员了,你也不能这么糟蹋自己的身体。"

她的声音有些抖,显然后怕:"像今天这样,万一,万一呢?"

暗夜无光,苏新七觉得陈鲟的眼睛比黑夜里的海还深,她心头打鼓,自觉刚才说的话大概是踩到他的底线了,忐忑之下正要收回搭在他肩上的手,就听他低声问:"就说完了?"

"嗯。"苏新七眨了下眼,"怕说多了你又觉得我老好人。"

陈鲟失笑,往前凑了凑:"你还挺记仇。"

苏新七看他反应不太像生气的样子,不由得暗松一口气:"你最近脾气变好了。"

"这是夸人的话?"

苏新七点头。

陈姆隔着咫尺的距离和她对视："想知道我的想法？"

苏新七神色犹豫，最后老实说："想……"

陈姆心旌一动，沉默了片刻才说："给我点时间。"

苏新七心口一松，回道："好。"

月亮升起，万家灯火明亮，近处潮声不息，远处轻歌袅袅。

他们散着步，聊些有的没的，虽然走得慢，但再慢也终有走到的时候。

到了苏家，苏母等在门口，陈姆也没有留下的理由，把苏新七送到后，和苏母打了声招呼就骑着车离开了。

"我爸呢？"苏新七问。

"喝醉了，在里面。"

苏新七走进家里，看到父亲斜倚在沙发上睡着了。

"你看你爸这德行，让他回房睡他也不肯，非得在客厅等你回来。"苏母无奈地摇摇头，对着苏新七笑道，"一个心碎的父亲。"

"小鲟打针了吧？"

苏新七点头。

"那就好。"苏母轻轻推了下她，"上楼休息吧。"

苏新七回头："好的，妈。"

"去吧。"

苏新七轻悄悄地上了楼，想了想又拿出手机给陈姆打了个电话。

陈姆接到苏新七打来的电话时正巧走到天台，推开门发现上面有人，李祉舟站在栏杆边上，他没回头，陈姆猜他应该没戴助听器。

他走到另一边，接通电话："这么快就想我了？"

"你晚上没出去吧？"苏新七不搭理他的混话，反问道。

"没有，听你的，养伤。"陈姆坐上栏杆，屈起一条腿，看着海。

一阵劲烈的海风刮来，站在栏杆边上的李祉舟像是忽然醒神，他转过身，看到陈姆的那刻似乎愣了下，他只看了陈姆一眼，没打招呼，很快就从天台下了楼。

陈姆没在意李祉舟的去留，他和苏新七聊了会儿，直到她母亲上楼找她，他们的通话才终止。

挂断电话后，陈姆还坐在栏杆上，转着手机，望着远海，想起今晚在

海港苏新七说的话。

如果想和她往下走,他就得谋定一条道路,现在好像该做决断了。

转眼立夏,沙岛的习俗是这一天要吃碗面,苏家人把这个节气当个重要节日过,正好休渔期,闲暇的时间多了,一家人能聚齐一起吃顿饭。

苏新七傍晚放学就被接去了海崖,晚上小姨家是主场,苏家的一众亲朋好友欢聚一堂,坐了好几桌,热热闹闹地吃了顿饭。

族里的长辈们坐在一起就是喝酒话家常,苏新七找了个机会提前离席,她和母亲说了声就悄悄地离开了海崖,打算去找陈鉧。

夜色如墨,今晚海风强劲了不少,天幕上一轮月亮高高悬挂,月轮周围环着一圈光环,月晕而风,可能再过不久台风就要来了。

从海崖下来这一路人影戈戈,今晚风大,这个点几乎家家户户都关了门宅在家里。灯烬月沉,海浪声越汹涌,越显得岸上寂寥。

到了崖底,苏新七看到迎面走来两个人,骂骂咧咧的。她听声辨人,认出了林勇强,不由得眉头一皱,低着头加紧脚步往前走。

"欸,这不是我们七公主吗?"林勇强打量了下苏新七,把她拦下,"好久不见了啊,你还没忘记我吧?"

苏新七沉下脸,往边上跨一步想绕开他。林勇强却不依不饶,也跟着跨了步,觍着脸说:"大晚上的碰上了就是缘分,跟哥哥走走,我请你吃夜宵啊。"

他一靠近,苏新七就闻到了他身上的酒味,她一阵反感,冷声道:"让开。"

"哟,七公主脾气还挺大啊。怎么,急着回去找爸爸啊?"林勇强要去拉苏新七的手,被她一把挥开。

"给你脸了是吧?"林勇强给他身边的人使了个眼色,那人上来就抓住苏新七的手。

"你干吗——"

林勇强捂住她的嘴,半拉半拽地拖着她走:"你爸之前把我揍得够呛,我早就想找个机会灭灭那个老东西的威风了,老船长,呵,我看他丢了女儿急不急。"

苏新七用尽全身力气抵抗,张嘴用力咬了一口林勇强的手。林勇强吃痛,骂了句脏话。苏新七趁他松手的空当刚想呼救,下一秒就被扇了一巴掌。

"我劝你老实点啊,乖乖跟我们走还能少吃点苦头。你要惹火了我,我可不知道会干出什么事来。"林勇强说着还用下流的眼神上下打量着苏新七。

四下无人,苏新七脑袋"嗡嗡嗡"的,她被捂着嘴拖着往下海口去,林勇强的小弟反剪着她的手把她带上了一艘小艇上,林勇强找出平时用来修理设备的胶带,绞了一截封住了苏新七的嘴。

"还真不能出声了,看来电视剧也不全是骗人的。"林勇强按下苏新七,"老实点。"

苏新七挣了挣,没挣开身后的桎梏。她强迫自己冷静,目光不动声色地四下睃着。

林勇强开船往港湾中心去,到了一艘渔船前,他先行攀上去,放下梯子,朝底下喊:"七公主,识相点,你在这儿想跑也跑不了,只要你乖乖听话,我不会为难你的。"

苏新七审时度势,挣了下手。

"松开她吧。"林勇强说,"让她自己爬上来。"

苏新七甩了甩手,脑袋快速运转。

她孑然一人,想在海港深处逃走概率不大,她扯了扯书包带,撕开嘴上的胶带,踩着梯子爬上船。

林勇强把她带进船舱里,大概是看她还算识趣,就没再把她的嘴封上。

"强哥,就这么把人抓来,不会出什么事吧?"林勇强的小弟问。

"怕什么,我们不就带她到船上玩玩,又不干什么,明天把人一放,就算她报警,我们就咬定没这回事。"

苏新七站在角落里,林勇强走近时,她往后缩了缩,他伸出手:"手机。"

苏新七盯着他,慢慢从兜里掏出手机。

林勇强一把抢过,晃了晃手机说:"别怕,哥哥不做什么坏事,就是想给你爸一个教训,让他着急。在海上他是老资历,我动不了他,在陆上可就不一定了。"

他指着自己的脸说:"看到没,上回他打的瘀青还没消下去呢,我不给他点颜色,他还真以为我是好欺负的。"

林勇强之后倒是没再对苏新七做什么,大概觉得她一个小女生,逃也逃不到哪儿去,所以自负地没对她进行肢体上的管制。

苏新七一直站在角落里,时刻防备着林勇强。上船后不久,他和他的小弟就找了副扑克玩起了牌。她盯着他们,一只手悄悄探向背后,小心翼翼地一点一点拉开书包的拉链。

"七公主,会打牌吗?一起玩啊。"

林勇强忽地转回头,苏新七僵住,紧绷着脸,摇了摇头。

她一动不动地站着,林勇强盯着她看了会儿,忽然站起来,质问道:"书包里有什么?"

苏新七抿着唇,后背沁出冷汗:"没什么。"

"书包给我。"林勇强伸手。

苏新七和他僵持了几秒,林勇强没耐心,上手就要抢。

苏新七破釜沉舟,手一动摸到书包里的对讲机,按下通话按钮,急切地喊道:"陈鲟,我在海港船——"

她一句话没说完整,林勇强和他小弟粗暴地抢走她的书包。林勇强扯开书包,拿出了里面的对讲机,面色阴沉。

林勇强把对讲机一砸,双眼瞪得通红,显然是被激怒了。他点点苏新七的脑袋:"哥是不是对你太客气了,还敢耍花样。"

"强哥,现在怎么办?"

"怕什么,对讲机那头有没有人还不一定呢,谁知道这是不是一个幌子?"林勇强啐了口,"把她嘴封上,灯关了,就算有人,海港这么多船,没那么容易找到我们。"

林勇强从船上找来了一条绳子,把苏新七的两只手捆在身后,拍拍她的脸:"老实点,不然别想有好果子吃。"

灯一关,舱里一片漆黑,苏新七更无安全感,她缩在船舱角落里,浑身发冷。时间一分一秒地流逝,就在苏新七以为陈鲟没收到消息,越加失望之际,外面传来了人声,她听到有人在喊她的名字。

林勇强也听到了外面的动静:"摩托艇,他还真来了。"

"强哥,怎么办?"

"慌什么,这么多船,我们不出声,他能找着?"林勇强压低声,转头看向苏新七,警告道,"老实待着,别以为有人来了你就能走。"

摩托艇的声音时近时远,苏新七听到陈鲟一直在喊她的名字。偌大的海港,无数条渔船,不知道船号,要在上面找一个人并不容易。

苏新七的注意力高度集中,虽然林勇强目前还没对她做出什么极为过分的事,但长夜漫漫,谁也不知道之后会发生什么。她不能抱着侥幸心理,把希望寄托于他的良心上,她必须静待时机自救。

"怎么还不走?"林勇强起身,"我出去看看。"

苏新七屏气凝神,在林勇强打开舱门的那一瞬间,迅速起身往外冲,林勇强被她撞了个趔趄。她一刻不停头也不回,毫不犹豫地从船舷上翻下海,"扑通"一声在寂静的夜里格外突兀。

陈鉧正四处找人,听到落水声时立刻掉转摩托艇,往声源处驶去。

苏新七双手被绑,嘴巴又被封上,在水中挣扎了会儿就往下沉。她屏住呼吸,在水中,时间无限拉长,缺氧状态下她的意识有些模糊,只觉得自己在不断地下沉,很快胸口发胀,一口气憋不住松了。朦胧之中,她看到上方有人朝她游来。

陈鉧揽住苏新七快速上浮,冒出海面的那刻,他马上撕开她嘴上的胶带,轻轻拍了拍她的脸,语气焦急:"小七,小七。"

苏新七猛烈地咳起来,睁了睁眼,看清陈鉧后,轻轻地喊了声他的名字。

陈鉧见她还有意识,心口一松,有种劫后余生的庆幸感。他解开她手上的绳子,让她靠在自己身上,抬起头,目光凛冽地看着站在甲板上的林勇强,眼底淬着一股狠意。

"鉧哥,鉧哥。"吴锋宇带着一众人划着船姗姗来迟。

陈鉧让他们帮着把苏新七抱上船,他上船检查了下她的身体,看到她微肿的一侧脸时眸光沉下,脸色凛然。

他刚要起身去找林勇强算账,苏新七拉住了他的手:"别去,报警就好。"

陈鉧看她这状态也不宜在这里多留,忍了忍,最后示意吴锋宇回岸上。

上了岸,苏新七已经缓过神来了,陈鉧和她皆是浑身湿透,他想了想,让吴锋宇就近去李家拿两套他的衣服,他则载着苏新七去了娱乐区的旅馆。

开了房进到房间,陈鉧关上门就捧着苏新七的脸看,他目光沉沉,声音隐忍:"他打你了?身上呢,有没有哪里不舒服?"

苏新七摇摇头:"身上没事。"

陈鉧碰了碰她的脸颊,触手冰凉,他轻推了下她:"先去洗个澡。"

苏新七进到浴室,把湿衣服脱下踩着,冲了个热水澡身上总算热乎起来。

吴锋宇送来了两套干净的衣服，陈姆拿了其中一套，敲了敲门。

苏新七打开一道门缝，陈姆把衣服递给她："我的衣服，先将就着穿着。"

"好。"

陈姆的衣服过于宽大，他的T恤都能直接盖住她的大腿，裤子更不用说，苏新七把系带扎紧，裤脚挽了好几截才勉强合适。

她从浴室出来，陈姆看了她一眼就别开视线，递了条毛巾给她："让吴锋宇买的，干净的，把头发擦干，别感冒了。"

陈姆拿了衣服去浴室，迅速冲了个澡出来。

"我先送你回家。"陈姆说着拿起外套就要往苏新七身上披。

苏新七抬头看他，拉了下他的衣角："你是不是想去找林勇强？"

陈姆沉下眼，没否认："你别管，回去好好休息。"

"别去。"

陈姆不吭声，苏新七仰头看着他，温声道："你手机给我，我报警就好。"

"报警便宜他了。"陈姆额角的青筋隐隐凸现。

"打架解决不了事情。"

"陈姆！你别冲动。"

陈姆低声说："还好我今晚没出门，否则——"

他根本想都不敢想，如果他没听到对讲机上她呼救的信息，那后果将会是怎样。一想到她今晚遭的罪，他就恨不得现在就找到林勇强，以牙还牙以眼还眼，不，他要林勇强十倍奉还。

"害怕吗？"陈姆问。

苏新七迟疑了下，还是点了下头，她轻声说："幸好你来了。"

陈姆却不想要这个"幸好"，他不能赌运，他要她万无一失。

"以后不会了。"

陈姆郑重许诺。今晚在海港，他找不到她，急得把所有渔船掀翻的心都有了。现在她就在眼前，那种失而复得的感觉几乎将他覆灭，早年在赛场上险胜的喜悦都不及此刻。

他不知道是不是所有人在他这个年纪都张扬热烈，对待喜欢的女孩都是这样，珍而重之，想把她捧在手心上，舍不得她受一点委屈，但他是。

苏新七走动间，裤脚松了。陈姆蹲下身帮她挽裤脚，同时说："我手机进水了,打不了电话,我先送你回家,你爸妈可能在找你。"

苏新七点点头:"好。"

她踩着湿答答的鞋子站起来,陈鰤拿起床上的外套抖了抖,帮她穿上后把衣服拉链一拉到顶。

苏新七在房间里找了个袋子,把脏衣服装上。陈鰤拿上车钥匙说:"走吧。"

从旅馆出来,时间已过晚上十点,天上圆月破云,洒落一地月辉。

苏父苏母从海崖上回来,见苏新七没回家,手机又打不通,急得团团转。陈鰤把苏新七送到家时,苏父正准备出去寻人,出门看见他们,再看苏新七身上的衣服,血压直往上飙,左顾右盼就想找个称手的家伙。

苏母把苏父拦住,看着苏新七轻斥道:"小七,你怎么都不接电话?"

苏新七看父亲瞪着陈鰤,一脸恨不得生啖其肉的表情,知道他们是误会了,赶忙上前解释,把今晚的事说了一遍。

"是陈鰤去海港把我带回来的。"

苏母拉过苏新七,摸着她的手急切地问道:"有没有受伤啊?"

"没事。"苏新七说,"陈鰤及时找到我了。"

苏父听完只觉血压更高:"那个林勇强,狗一样记吃不记打,敢动我女儿,看我这回不揍得他满地找牙!"

"欸欸欸,你干什么去,忘记上回警察说了,再打架斗殴,就把你拘了。"苏母训了苏父一句,"这么大人了一点都不稳重,先去报警。"

"他那种地痞就是不见棍棒不落泪!"

"你就别添乱了,你打了他,理就不在我们这边了,到时候被拘了,我还得去捞你……听我的,报警,让警察来处理。"

苏父气得脸色铁青,攥着拳手背上青筋毕现。

苏母拉着苏新七,看向陈鰤:"小鰤啊,谢谢你了,今天时间晚了,你先回去休息,改天和小七一起来家里,阿姨请你吃饭。"

陈鰤颔首,看了苏新七一眼,又看向苏父,问:"叔叔,要去派出所吗?我正好顺路,可以送你过去。"

苏父和他对视一眼,咳了下说:"行,我就法治一回。"

苏新七看着陈鰤,他回过头,冲她笑了下:"好好休息。"

陈鰤载着苏父走后,苏母把苏新七拉进家里,上上下下打量着她,看到她颊侧微红,赶紧问:"林勇强打的?"

苏新七见瞒不住,只好点头。

"林家真是一家子流氓,在海上捕鱼用些下三滥的手段,上了岸还这样。"苏母心疼地摸摸她的脸,"痛不痛啊?"

"现在不痛了。"

"身上呢?有没有伤啊,让妈妈看看。"

苏新七忙摆摆手:"身上没事的。"

苏母还不放心:"那个林勇强……有没有欺负你啊?"

苏新七知道母亲担心什么,摇摇头说:"没有。"

她摸了下还湿着的头发,指指楼上:"我先上去换套衣服。"

"你去吧,妈给你温杯牛奶,压压惊。"

苏新七上了楼,用沐浴露再洗了一次澡。穿好衣服出来,她把从旅馆带回来的脏衣服和刚才换下的陈鉧的衣服一起丢进洗衣机里洗了。

深夜十一点,苏新七下楼看了眼,父亲还没回来。她回到房间想联系陈鉧,可手机和对讲机都没了,她没办法,只好干等着,心里隐隐不安。

折腾了一晚,她身心俱疲,没等到父亲回来就睡了过去。第二天一早,苏新七惊醒,顾不上洗漱,立刻跑下楼,看到母亲,马上问道:"爸爸呢?"

苏母叹口气:"在派出所呢。"

"还没回来?"苏新七犹疑道,"他是不是去找林勇强了?"

苏母也没瞒着,说:"刚才派出所来电话,说他把人给打了……等下我去所里一趟,看看情况。"

苏新七皱了下眉:"我也去。"

"你别跟着了,你爸本来就疼你,再要看到你,气不过,指不定又要闹了。"苏母说,"你吃完饭就去学校,放心吧,妈妈会处理好的。"

苏新七犹豫了下,点点头。

她匆匆洗漱完,也没心思吃早饭,骑着自行车就去了李家。

最近几天苏新七因有人接送上下学就没来李家,李祉舟背着书包正要出门,看见她从门外跑进来还有些惊讶。

"陈鉧,他在吗?"苏新七语气焦急,眼睛往后面的房间看。

李祉舟的眼神重归灰寂,摇了下头说:"他昨晚好像没回来。"

苏新七眉头一拧,知道自己的担心成真了。

"怎么了?"

苏新七重新对上李祉舟的眼睛,这才意识到自己太着急了,她想了想说:"昨晚他帮了我,我想和他道声谢。"

李祉舟敛下眼,沉默了片刻问:"你怎么了吗?"

事情已经过去了,苏新七不想他再为自己担心,遂摇摇头笑着说:"没什么大事,已经解决了。"她扯了下书包带,"走吧,我们去学校。"

李祉舟默然。

去往学校的路上,苏新七因为心里记挂着陈鲟,有些分心,就没怎么开口。李祉舟偶尔看她,见她眉宇忧愁,他心知肚明,也不说话。

他忽然想到"貌合神离"这个词,心中苦笑。

"祉舟。"

到了校门口,苏新七听到有人喊李祉舟,回过神看到了冯赟,他看向她,也打了个招呼。

"老师好。"

"祉舟,昨晚怎么没去实验楼?"

李祉舟没回答。

他没戴助听器,苏新七拉了下他:"老师问你昨晚怎么没去实验楼。"

李祉舟表情未变,有些淡漠地说:"身体不舒服。"

苏新七一听立刻关切道:"怎么了,是不是耳朵——"

"没事。"李祉舟垂下眼,像在喃喃自语,"已经没事了。"

冯赟扫了他们一眼,推了下眼镜,说:"祉舟,跟我来下。"

"老师喊你呢。"苏新七见他一直看着她,笑笑说,"没关系的,都到学校了,我自己去班级就好。"

李祉舟站在原地,从书包里拿出一本本子递过去:"近几年省考的高频题,我归纳了下,你看看有没有用。"

"你怎么又花时间给我弄这些?"

"我自己也要复习。"

李祉舟背好书包,最后看了眼苏新七后朝冯赟走去。

苏新七看着他远去的背影,心里莫名空落落的。

第十九章
山雨欲来

陈鲟直到上午第三节体育课才来学校,他脸上挂了彩,嘴角破了,颊侧贴着一个创可贴,来到操场时,班上许多人都在偷偷打量他。

"鲟哥,来了啊。"吴锋宇走过去。

陈鲟坐在双杠上,放眼在操场上搜寻。

"七公主刚被老师喊去帮忙了,好像是弄花名册。"吴锋宇告诉他,又问道,"早上怎么样,那些警察没为难你吧?"

"就那样。"

"和七公主她爸一起?"

陈鲟嘴角微微扬起。

吴锋宇笑着打趣:"可以啊。"

他又问:"那个强……林勇强怎么样?我早上可听说了,他爸都报警了,往常都只有别人报警抓他们的份,他们可是破天荒第一回当受害人,稀奇啊。"

陈鲟冷笑:"活该。"

吴锋宇无端背后一凉,想到自己以前也曾经捉弄过苏新七,不由得一阵心虚,干笑着说:"鲟哥,你对七公主是真心好,都见不得她受委屈。"

就在这时,陈鲟看到了苏新七,她站在操场的另一头,似乎也看见了他,正往他这儿来。

他眉一挑,从双杠上跳下来,拍了下手,说:"一会儿看着点,别让人去器材室。"

吴锋宇心领神会："明白！"

陈鲟等苏新七走近了，转过身往边上的小平楼走。苏新七隔着段距离跟着他，等转过楼，她眼看着他进了器材室，拔起腿，毫不犹豫地跟了过去。

她一进去，身后的门就被关上了，陈鲟扬唇笑着说："你就这么来找我，不怕人看见？"

"看见就看见。"苏新七眉间微皱，指着他的脸问，"怎么弄的？"

"就不小心摔的。"

苏新七掐他："还忽悠我，都闹到派出所去了。"

"你不是都知道了。"

苏新七看他还很得意，有点生气："我爸脾气冲，你怎么也跟着胡闹？"

"不给林勇强一个教训我不甘心。"

陈鲟看她神情郁郁，宽慰道："放心吧，事情已经解决了，你爸爸已经回家了。"

苏新七看了下他的脸："伤口处理过没有？"

"小伤。"

苏新七眉头一皱，陈鲟立刻说："这回真是小伤，你不信，我揭下来给你看看。"

苏新七连忙制止："别碰了。"

她看着他的嘴角，眉头不展，轻训道："你真是，手上的伤才好，脸上又有伤了，就没个好的时候……痛不痛啊？"

陈鲟偏了下头，故意凑近她："吹吹？"

苏新七看着他青紫的嘴角，又好气又好笑，扭头懒得理他。

清风徐徐，窗边的薄帘轻轻飘起，借风荡出微细的波浪。

这事发生之后，苏新七一直都很小心，家里人早晚接送她上下学，在学校陈鲟也护着她，以防林勇强蓄意打击报复。没过几天，就有消息说林家人禁渔期偷渔，船被渔政扣了，林家的人也被拘了。

天理昭彰，报应不爽。苏新七听到这个消息时松了口气，再出门也就不用提心吊胆处处提防了。

高三省质检定在五月中旬,省质检和高考最为相似,考试成绩和排名参考价值很高,学校老师都很重视,考前一直在给学生押题,拖堂的次数也越来越多了。

凤凰花开到灿烂,立夏后,沙岛的天气是一天比一天热,中学教室顶上的扇叶从早转到晚就没个停的时候。即使这样,教室里还是闷热的,也不知是高考在即还是天气的原因,学生们都像雨前的蚂蚁一样,浮躁、沉不住气。

苏新七是易出汗的体质,从小畏热,天一热就要不停地喝水。课间时间喝水的人多,她去饮水机装水时桶里已经没水了。班上新订的水还没送到,她只好悻悻地回到座位上,最后还是受不了,去洗手间洗了把脸,漱了漱口。

回到班级,她意外地看到自己桌上放着两瓶水和一支雪糕,怔了下不由得看向正在啃冰棒的陈沅,问:"你买的?"

"我是托你的福才吃上了冰棍。"陈沅冲她眨了下眼,小声说,"陈鲟让我带给你的。"

苏新七了然,抬头看向走廊。陈鲟背倚栏杆,见她看过来,微挑了下眉。她抿出一个浅笑,坐下后拿过一瓶水,拧开喝了一半,这才解了渴。

走廊上,吴锋宇百无聊赖地嚼着口香糖,看到陈鲟和苏新七之间的小互动,不由得喟叹道:"七公主也变了,以前是海岛的高岭之花,现在越来越可爱了。"

陈鲟一个眼神过去,吴锋宇一个哆嗦,立刻解释:"鲟哥你别误会啊,我没有别的想法。"

他又问:"下个月就高考了,我以前可是听说七公主打算和李祉舟那小子报一个地方的大学,鲟哥,你有没有危机感啊?"

陈鲟乜他:"我需要吗?"

"不需要,不需要。"吴锋宇讪笑,"七公主和李祉舟最近倒是不常走在一起了,我反倒看见他老和那个老师走在一块儿。之前晚上来学校拿东西还看到他们从实验楼出来,就实验室那几样器材,什么实验啊能待这么晚?"

陈鲟和冯赟没什么交集,听吴锋宇这么说倒是记起之前有一回去红树林,正巧碰上冯赟了。想来那个老师也不相信岛上的传说,作为外来客,和他一样,都对"禁地"充满了好奇心。

"鲟哥，七公主的生日快到了，你知道吧？"吴锋宇忽然问。

"嗯。"

"这可是十八岁生日，挺有意义的，鲟哥，你想好送什么了吗？"吴锋宇挤挤眼睛，狡黠一笑，"要是没有我可以给你出个主意。"

陈鲟对他的提议不抱期望，但也不妨一听："说。"

"我们岛上有个习俗，一个男人如果心仪一个女人，就会亲自下海捞海蚌，把蚌珠挖出来，做成一串手链送给她。如果她接受了，这对男女就会受到海神的祝福，长长久久。"

陈鲟挑眉："这故事你也信？"

"多美好啊，女生就喜欢这种。"

陈鲟哂笑："你们岛上的情侣、夫妻就没分开的？"

"哥，你以为随便一个男的都能凑到一条手串吗？你是不知道海珍珠多难得，现在有几个男人能有那个时间、耐心、精力天天泡海里去找。我爸说在他那个年代，经济不好，岛上还有很多采珠女，现在就没剩几个了。虽然海珍珠一颗能卖不少钱，但是要投入大量的时间精力，还不如挖牡蛎划算。"

吴锋宇老成地叹口气："我妈说了，现在的男的都不如以前了。"

陈鲟失笑，盯着坐在窗边的苏新七，若有所思。

苏新七很重视这次省质检，临考前几天她每天都把时间花在复习上。陈鲟也很知趣，不去打扰她学习。

陈鲟重新给苏新七买了个对讲机，苏新七时常聊着聊着就睡着了，陈鲟隔了许久没收到消息就知道她找周公去了，对话就这样戛然而止，有头无尾，但谁也没抱怨，反而乐在其中。

省质检前的那个周日假期，苏新七也没休息，和陈鲟去了学校。周日校内无人，她作为班干部有班上的钥匙，就光明正大地开了门。

苏新七坐到自己的位置上，陈鲟往她边上一坐，立刻趴在桌上。

她看向他："你既然困，干吗还约我出来复习，在床上躺着睡不好吗？"

"不一样。"陈鲟抬手摸了下她的脑袋，"你看你的。"

周日的校园寂无人声，窗外偶尔传来小鸟的啁啾声，太阳渐渐高升，斜射进窗户里，在桌面上洒下一小片暖黄。

教室里只有苏新七执笔书写的轻微沙沙声，她写完一张卷子，转过头看陈姆闭着眼还在睡。她很少看见他睡着的样子，往常中午在海港午休，基本上都是她趴着小憩，他帮忙扇风。

天气炎热，苏新七见他额间出了层薄汗，遂轻手轻脚地起身去把教室里的风扇打开，再回到位置上，凑过去看他的睡颜。

他睡着的样子比醒着的时候乖顺多了，眼睛合上，少了凌人的气势，不再猖狂不羁。苏新七觉得他比刚来岛上那会儿黑了些，眉眼显得更深邃了，越发像一个海椰头。

唯一的假期，他不睡懒觉也不去海里游泳，就陪她在教室里无所事事地坐着，也不嫌无聊。思及此，苏新七不由得一笑。

他们在教室里待了一早上，阳光退到走廊时，苏新七看了眼时间，喊上陈姆准备去吃午饭。她背上包，把教室的门锁了，和陈姆一起下了楼。

才至一楼，苏新七正要往外走，忽然被陈姆拉了一把，躲进了楼梯底下。

"干吗？"

"有人。"

苏新七猫着腰往外看，没多久就看到草坪中间的小道上走来了两个人。她定睛仔细看了看，微微讶异。

"祉舟和冯老师。"苏新七很快就想明白了，"他们应该是去实验楼了。"

陈姆想到那天吴锋宇说的话，便说："实验楼就那几样器材，天天去，是能发现第四定律？"

苏新七回道："他们不一定是去做实验，冯老师可能在实验室给祉舟补课，他很看重祉舟的。"

这时陈姆看见冯赟把手搭了李祉舟的肩上，点了下头说："看出来了，忘年交。"

苏新七没多想，见他们关系好还有些欣慰。祉舟近来状态不好，有个长辈亦师亦友地开导他是件好事，或许她存有私心，希望有人能填补她作为朋友的失职。

省质检是在周四、周五两天，考完后学校并不打算大发慈悲给高三生一个休息的机会，仍是通知所有学生周六要来学校补课。消息一出，才下考场的学生都唉声叹气怨声载道,幸而"天公作美",第二天台风提前登陆,学校怕出事,只好放假。

每年夏季都是台风频来的季节,沙岛几乎是次次不落,岛上的人早就习惯了,还戏称"三天一小刮,五天一大刮"。早年间,海岛对台风的防范和善后手段差,每回刮台风都造成不少的损失,近几年政府开展应对工程,取得了不错的效果。

今年第一场台风来得早,岛上的公共喇叭一早就循环播放应急提醒,劝告岛民们如无外出必要最好居家。今晨阴云压顶,许多渔民就把渔船用铁链拴在一起,早早地收好东西,关门闭户。

未过午,台风登陆,一时风雨大作,强风能把海浪掀个几丈高,惊涛拍岸,海港内也不平静。停靠在渔港的渔船止不住地震荡,狂风呼啸不止,雨水淅沥,整座岛屿像被罩在一层薄纱里,若隐若现。若此时海上有人往沙岛看,定会误以为自己看到了蜃景。

一直到下午三四点强风才渐渐消歇,但雨一直没停,淅淅沥沥地下到了傍晚才收住。台风过境后,陆陆续续有人出了家门,这次的台风等级不高,破坏性尚小,但岛上仍有树木被吹折,芦苇荡偃倒,一些没固定好的小渔船被吹翻。

外面狂风肆虐,苏新七在房间里做了一天的题。傍晚时分桌上的台灯一暗,她心里有预感,起身去开房间的大灯,灯不亮,果然断电了。

岛上的供电系统经不起大风摧残,苏新七早已习惯,房里暗沉沉的,她下楼,母亲在厨房点了两支蜡烛,看见她就说:"又停电了,不知道哪边的电缆又出问题了,今晚应该是来不了电了,你等下拿一根蜡烛上楼,你爸出去帮忙了,我们先吃饭。"

"好。"

苏新七吃了顿"烛光晚餐",再回到房间时,天色已暗下。她推开窗望去,岛上一片昏黑,天与海融为一色,天地混沌如鸡子。

雨后料峭,苏新七关上窗,正要点燃蜡烛时,忽然想起陈鉧说过的话,他说过断电的晚上他就来找她。

似是心有灵犀,苏新七才想到这儿,抽屉里的对讲机就有了动静,那头传来三声敲打,这是他们的暗号,用来确认对方在不在对讲机边上。

苏新七拿出对讲机,回道:"我在。"

"能出来吗？"陈鲟问。

苏新七听他这么问就知道他就在附近，立刻回道："你等我一下。"

她放下对讲机，拿了件外套穿上，临下楼前又折回来拿了样东西揣兜里。下了楼，她和母亲说了声就出门了。

到了碰面的老地方，苏新七远远地看见车灯，加快脚步跑过去。

"你真的来了。"

陈鲟看她，话里有话："今晚就算不断电我也会来，可算等你考完了。"

他把头盔递给她："上车。"

苏新七接过头盔："去哪儿？"

台风过后，岛上也没别的去处，陈鲟正思索，就听她说："去海堤。"

陈鲟听清了，问了句："带钥匙了？"

"嗯。"

陈鲟盯着她，苏新七脸上微热，招架不住别开眼，她挣开手，径自戴上头盔。

陈鲟低笑。

台风过后，港内恢复平静，环海路上到处都是树木断枝还有各类被刮来的不知名物品，空气潮湿，海腥味透鼻，夜色浓重如天地失色，岛上断电，更显得四下黢黑。

海堤上也没电，苏新七没点蜡烛，进了屋后推开窗，望着汹涌的海洋。

陈鲟站在她身后，和她并排站在一起观海。

风乍起，海浪拍击着堤坝，大海漫无涯涘，岛上居民楼透着微弱渺小的点点烛光，海风渔火，无限温存。

陈鲟忽然喊她："小七。"

"嗯？"

他顿了下，看着她低声问："我要是回游泳队，你跟我走吗？"

海浪声声，室内一时无言，良久，苏新七轻而又轻地应道："好。"

五月下旬，沙岛时晴时雨，大风小风不断，随着天气渐渐炎热，来岛游玩的人也变多了，周末节假日轮渡的班次增加了，苏新七小姨家的旅馆也迎来了一年中的旺季。

六月初，一场台风刚过，沙岛骄阳似火。

苏父因为捕捞证的事要出岛一趟，苏新七早上去码头送他，好巧不巧，居然再次在那儿碰上了郑舒苑。她这回不是一个人来的，还带了一群朋友，苏新七扫了眼，加上郑舒苑，一行有五个人，三男两女。

郑舒苑看见苏新七，主动上前说："碰上你正好，我们要去你小姨的旅馆住两天，我们人多，她能开车来接吗？"

苏新七扫了眼她身后的人，想了下说："你等等。"

她走到边上给小姨打了个电话，没多久回头说："你们等一会儿，旅馆会有人接你们过去。"

"大概要等多久啊？"

苏新七想起小姨说的，回道："二十分钟左右。"

郑舒苑去过海崖，知道她没说假话，也就没再说什么。

电话也打了，苏新七正犹豫要不要走，郑舒苑又喊住了她："苏……"

苏新七看向她："新七。"

"这附近有没有商店啊？我有点渴了。"

"有。"

一个男生主动说："能麻烦你带我去一趟吗？"

苏新七点头。

"你们在这儿等车，我去买水。"

那男生和同伴打了招呼就跟着苏新七走了。码头的小商铺就在苏新七家附近，走路过去得要个十来分钟，距离是不远，但和陌生人走在一起难免尴尬。

"你好，我刚听舒苑叫你……新七？你和她之前见过？"

"她来过岛上一次。"

"那真是巧了。哦，自我介绍下，我叫罗粤，和舒苑是一个学校的，我们几个正好趁着休息来海岛玩玩。"

苏新七颔首，心里想的却是别的。罗粤和郑舒苑是一个学校的，那么自然和陈鲟也是同校，兴许他们认识。

罗粤偷瞄了下苏新七，又问："你是学生吧？"

"嗯。"苏新七像是猜到他接下来会问什么，主动道，"高三。"

"嘿，巧了，我也是。"

苏新七并不惊讶，既然郑舒苑和陈鲟同届，他大概率也是高三生。

"你是岛上的,应该知道哪里最好玩吧,有推荐吗?"

"海滩、美人山……"沙岛没有设立景点,苏新七对小岛太过熟悉,一时半会儿还真想不出有什么必去的地方,顿了下说,"你们可以到处转转。"

就这么一问一答地聊着,到了小卖铺罗粤买了几瓶水,还给苏新七买了瓶。拿了人家的好处,苏新七也不能丢下他,让他自己走回去,只好又陪着他往回走。到码头时苏新七看见旅馆的车已经到了,小姨夫正帮他们搬行李。

"小七啊,你妈妈去养殖场帮忙了,你爸又不在家,你小姨说了,让我把你也接上海崖,中午你就在我们家吃饭。"

"不用了,我自己在家随便煮点就好。"

"那哪行。你过几天就要考试了,营养不能落下,上车,没把你带回去你小姨得批评我。"

苏新七笑笑,点头:"好。"

车往海崖驶去,路上郑舒苑和罗粤他们有说有笑的,苏新七的小姨夫有时候也会搭腔,介绍下岛上的风景还有特色小吃,车内氛围不错。

"我们要不要现在打个电话给陈鲟,吓他一跳?"坐在郑舒苑旁边的一个女生忽然说。

苏新七一听这话就知道自己猜对了,他们果然是陈鲟的旧识。

"陈鲟?"苏新七小姨夫疑惑。

罗粤问:"叔,你认识陈鲟啊?"

"怎么不认识,我们全家都认识,小七和他还很熟呢,是不是啊?"苏新七小姨夫往副驾驶座看了眼。

郑舒苑不服气:"她怎么能有我们熟,我们和陈鲟都认识好几年了。"

"这熟不熟的,和时间长短没关系的。"苏新七小姨夫笑得一脸高深。

郑舒苑瞅了苏新七一眼:"我给陈鲟打个电话。"

她掏出手机拨了个电话,对面一直没人接,罗粤见状问:"是不是还没起?"

"可能吧。"郑舒苑有些泄气。

苏新七微微抿了下唇。

她知道这个点陈鲟应该在海里游泳,他近段时间游得频繁,有时候在海里一泡就是一整天,她只道他是为了回游泳队在做准备,也没有特地去过问。

车驶上海崖,停在旅馆前,苏新七先行下车,帮他们把行李搬下,又把人领进旅馆。苏新七小姨见到游客一脸热情,给开了两间标间和一间大床房,让苏新七把他们带上楼。

苏新七把他们领到房间门口就走了,临下楼前隐约听到他们又提到了陈鲟,她猜他们大概是为他而来,下楼后就用自己的手机给陈鲟发了条短信。

夏季旅馆比较忙,苏新七在前台帮忙。约莫半个小时后,郑舒苑一行人从楼上下来,罗粤上前询问:"附近有超市吗?我们想买些东西。"

"有。"苏新七小姨应道,怕这些外地游客不熟悉路,容易走丢,遂看向苏新七,"小七,你带他们去一趟?"

"好。"

苏新七带着他们去崖底下的小超市。路上郑舒苑又给陈鲟打了几次电话,都无人接听。她沉不住气,忍不住抱怨了几句:"他怎么回事啊,都不接电话?"

"不会是不接你的吧。"罗粤掏出自己的手机,拨了个电话,几秒后他疑惑,"通话中?"

恰好这时苏新七的手机响了,她若有所感,拿出来一看,果然是陈鲟。

罗粤正好站在苏新七边上,他眼神好,正好瞥到她手机屏上的来电人,不由得愣了下:"陈鲟?"

苏新七抿唇,没和他们解释,往前走了几步,接通电话:"上岸了?"

"嗯,你让我回电话,怎么了?"

苏新七说:"你来海崖一趟,你的朋友们来找你了。"

"朋友们?"陈鲟顿了下,似乎猜到了,也不多问,直接说,"你在那儿等我,别走。"

"好。"

苏新七挂断电话,转过身看向面色各异的几个人,淡定地往斜后方指了指:"小超市到了,你们要买什么可以进去看看。"

郑舒苑的脸色很不好看,她给陈鲟一连打了十几个电话,他看到后不及时回就算了,反而先给苏新七打了电话,在他心里孰轻孰重不言而喻。

"陈鲟说什么了?"郑舒苑语气生硬。

"他等下就来海崖,你们要找他,可以在旅馆等着。"

罗粤闻言意味深长地看了苏新七一眼。

陈鲟是什么性格罗粤这个老朋友最清楚，陈鲟哪里是轻易听话的人，别说他们几个，就是他亲爸亲妈来了他都不一定会主动来找。

半个小时后，陈鲟骑着电动车上了海崖。罗粤他们就在旅馆外面看风景，看见他立刻招呼道："陈鲟，这儿呢。"

陈鲟扫了他们几个一眼，一刻没停，转头走进旅馆。

苏新七就坐在前台，托着下巴帮小姨整理住客信息，听到风铃声，抬眼就看到陈鲟。她起身，看他头发还潮潮的，笑了下说："我就猜你去游泳了。"

这时风铃又响了，郑舒苑率先走进来，见陈鲟和苏新七在说话，语气难掩不满："陈鲟，你怎么回事啊，没看见我们啊？"

罗粤走过去，一手搭上陈鲟的肩："有段时间不见，你怎么黑了？看来海岛的阳光的确比较灿烂，没关系，回去在泳池里泡上几天又能漂白。"

陈鲟抖下他的手，乜他一眼，不太热情："怎么来了？"

"队里放了几天假，我们几个就寻思着来看看你。"罗粤看了眼苏新七，捶了陈鲟一下，谑笑道，"我怎么看你好像乐不思蜀啊。"

"陈鲟，我们几个第一次来这儿，你不带我们逛逛就不够意思了。"另一个男生说。

苏新七小姨这时提着一个衣篓从楼上下来："今天天气好，不去逛可惜了。小鲟，你可以带你的朋友们去附近的海滩走走，前几天涨潮，现在能捡到不少好东西。"

她热情道："你们要想去，我让人送你们。"

陈鲟看向苏新七："去吗？"

苏新七立刻就感受到了周围焦灼的目光，陈鲟这话问得，好像她不去他就不去似的。

苏新七小姨爽朗地笑了："小七你也去，正好放松下。"

苏新七看了眼一直不友好地审视着她的郑舒苑，抿了下唇，从前台出来。

苏新七小姨夫又被喊来当临时司机，小螃蟹吵着要坐车，一辆车坐不了那么多人，苏新七主动坐上陈鲟的电动车。郑舒苑看到后，想到他曾经说过自己的车不载人，又是愤恚。

海滨浴场离海崖不远，苏新七小姨夫开车把人送到后留下话，让他们玩尽兴了给他打电话,他再开车来接。

上午大浴场的人没有傍晚多,基本上都是放了假的小孩在玩沙子,还有一两个提着桶在挖蚬子的岛民。

台风过后天朗气清惠风和畅,苏新七和陈姆到海滩时,郑舒苑他们几个已经玩上水了,罗粤还挥手示意:"过来啊。"

苏新七想他们旧友之间应该有话要说,遂顿住脚,指了指海滩的另一边:"我去帮忙挖蚬子。"

陈姆也怕她不自在,点点头。

苏新七脱了鞋,挽起裤脚,走过去帮忙。陈姆就站在原地看她,也不去找罗粤他们,最后还是罗粤主动走向他。

"你真是一点没变,还是这么欠揍。"罗粤在陈姆身边站定。

"来干什么?"陈姆语气冷淡。

罗粤杵了他一下:"怎么,见到老朋友不高兴啊?"

"德行。"罗粤和陈姆是一起从市队被选到省队的,从小就认识,早知道他的脾性,也不计较,"我带话来的,老沈说了,高考结束你就赶紧滚回去。"

他上下打量陈姆:"离队这么久,你不会不行了吧?"

"呵。"陈姆冷笑。

罗粤搭着他的肩:"你还不服,下海比比?"

陈姆推开罗粤的手:"这个月有联赛,怕打击你的信心。"

罗粤哂笑,看着他,表情淡了些,认真地问:"想好了,要回去?"

"嗯。"

罗粤犹豫了下,还是说:"压力可能会很大,之前的事……你还是要有心理准备。"

陈姆看着苏新七,她弯着腰专心地观察着沙滩,一发现异处立刻下手去挖。她几乎没有挖空的时候,下手稳准狠,边上的岛民还朝她竖起了大拇指。

他勾勾唇,说:"我知道。"

罗粤顺着他的目光看过去,忍不住问:"她劝你回去的?"

"不是。"陈姆顿了下说,"她不是推力,是拉力。"

"哟。"罗粤还有些讶异,"说人话了,看来你这段时间在岛上是被感化了。"

陈鲟乜他一眼。

罗粤笑:"你可算有新的奔头了。"

陈鲟没否认,再转过头时看到苏新七双手拎着什么东西朝他奔来,脸上还露着明艳的笑,比阳光晃眼。

"陈鲟……水母,新鲜的。"苏新七表情明媚,跑到陈鲟跟前时又有些焦急,她小心翼翼地指着袋子里透明的水母说,"怎么办,一会儿它该化了?"

陈鲟知道她惦记着给他做海蜇汤的事,看着她脸上沾着的细沙,他心口一软,拉上她就说:"走,我们现在回去。"

罗粤看着他们奔离的背影,愕然片刻后喊道:"我们呢?"

"自己想办法。"

陈鲟拉着苏新七头也不回,她亦步亦趋地跟着他,脸上挂着粲笑,笑眼在日光下熠熠生辉。

那时以为这个夏天才刚开始,时光还很漫长。

第二十章
日食降临

今年高考正逢端午，六月八日那天正好是农历五月五，因此考前几天，岛上处处飘着粽香。往年端午岛上都很热闹，今年因为和高考撞期了，乡里各个家族都贴出了公告，说要把节日庆典挪到晚上。

岛上两所小学和沙岛中学被征作考场，考前两天，三所学校全部封闭，高考的监考员都是岛外的老师，那几天岛上能看到许多生面孔。临考前一天，学校通知所有的学生都去各自的考场踩个点，岛上的公共广播反复播放着考生注意事项。在这样的氛围下，一些不考试的学生都有些紧张。

高考前一天晚上，苏新七约了李祉舟出来，他们一起去了美人山，但是没有爬上山顶，而是在山脚下的妈祖庙祈福。

"明天就考试了，紧张吗？"拜完妈祖，苏新七跪在蒲团上问道。

"还好。"李祉舟看向她，"你呢？"

"我有点。"苏新七笑笑。

李祉舟安慰她："没事的，你就当作是模拟考，正常发挥就好了。"

苏新七点头："你也是。"

她感慨道："好快啊，之前一直说等高考结束要干什么，转眼就要考了。"

李祉舟点头："嗯。"

苏新七仰头看着正殿里的妈祖神像，虔诚地说："希望娘娘保佑祉舟一切顺利，考出好成绩，能如愿去到想去的学校就读天文专业。"

李祉舟抬头看着庄严肃穆的神像，心里平静无澜，沉默了片刻才说："希望小七……永远开心快乐，无忧无虑。"

苏新七微怔："怎么许这么宏大的愿望？"

李祉舟冲她微微一笑："我相信你一定能考好的，既然许愿，就许个大的，娘妈胸怀宽广，不会和我计较的。"

"既然这样……"苏新七端正跪着，双手合十，合上眼说道，"希望祉舟平平安安，万事顺遂，前程光明。"

以前每次许愿，他们都会希望以后不管去到何处都还能在一起，但这次却默契地谁也没提。

李祉舟垂下眼，先行起身，又去扶苏新七："晚了，我们回去吧。"

"好。"

他们从庙里出来，到了道口，苏新七叮嘱道："我们不在一个考场，你明天记得带好证件，还有笔要多备几支，对了，助听器一定要戴……"

她说到这儿忽然意识到自己又表现得过于操心，像把他当作不能自理的小孩。她停了下，笑笑说："这些你肯定都知道，你做事向来比我周到。"

李祉舟看她小心解释的模样，心口微堵。他露出一个笑来："早点回去休息吧，明天加油。"

"我会的。"苏新七回以一笑，"你也是。"

海风瑟瑟，太阳早已西坠，天际绛色的红霞暗下。天幕像被深海浸染，换了颜色，日与夜更替之间，四下一片深蓝。

他们背对而行，渐渐成了两抹模糊的剪影。

苏新七独行了一段路，在一个下海口看到了坐在海港围栏上的陈鲟。她走过去，在他身边站定，把手肘支在栏上，望着港内影影绰绰的渔船。

"想去岛外吗？"陈鲟低头看她。

"嗯？"

"高考结束后我要回游泳队一趟。"

苏新七转头看他："你回去会有压力吗？"

陈鲟微微点了下头。

苏新七回头，看着猎猎的红旗，轻声说："好啊……你负责说服我爸妈。"

陈鲟心头一动："你真和我一起去？"

苏新七点头。

265

陈鲟又问:"你不好奇我当初为什么离开游泳队?"

"你想说吗?"

陈鲟沉默了片刻:"等考完,考完我告诉你。"

苏新七点点头:"后天晚上有端午祭,我爸妈要去族里帮忙,家里没人。"

陈鲟眸光一闪,凑近她低声问:"邀请我去你家?"

苏新七斜他一眼:"那天晚上我可以出门。"

陈鲟笑:"我来找你。"

"走吧,送你回去,晚上好好睡一觉,明天好好考。"

"嗯。"

四场考试节奏紧张,坐在考场上的考生在题与题之间追逐时间,争分夺秒,等在场外的家长则是在烈日下消磨时间,在"本场考试开始"和"本场考试结束"的广播声中,两天光阴倏忽而逝,高考结束了。

最后一场考试结束,考生才走出考场,沙岛各处就此起彼伏地响起了鞭炮声。今天是端午,为了不影响考生,岛上禁止白天放炮。按捺了一天的岛民知道考试结束后比考生还高兴,急不可耐地就点起了爆竹,双喜临门,一是祝端午安康,二也是为毕了业的学生贺喜。

苏新七走出考场时还有些恍惚,似乎体会到了庄周梦蝶的茫然,四周一片欢呼雀跃的景象她似曾见过,一时竟然分不清自己是不是真实的。

她看着周围的同学和老师,莫名有些失落,十年磨一剑,从此就各奔前程了。

学校外面围了一群家长,不管自家孩子平时如何,这两天总是有优待的。校门打开后,刚考完试的学生一拥而出,这一刻不念过去,不忧未来,是最自由的。

"小七。"

苏新七走在人潮后面,远远地就看到父亲在校外朝她挥手。她露出笑来,加快脚步走过去。

苏父不问苏新七考得怎么样,拿过她的书包就说:"你妈妈说要第一时间烧香,现在在妈祖庙呢。累了吧?饿不饿?走,回家吃饭。"

苏新七所在的考场就是她以前就读的小学,离家近,苏父也没骑车来,父女俩就散着步走回去，一路边走边聊。

"爸爸，我和你商量件事。"苏新七觑了父亲一眼，"我想出岛玩几天。"

"可以啊。"苏父爽快地应道，"想去哪儿？你说，正好休渔期爸爸没事，我们一家三口去旅游。"

苏新七头皮一麻，面色微窘，试探地问："我可以和朋友一起去吗？"

苏父一听，眉头就皱起来了："和陈鲟？"

苏新七点头。

"那不行。"苏父横眉竖目，"这臭小子，还真想把你拐走啊。"

"不是的，他要回游泳队，我想……跟着去看看。"

"回游泳队啊。"苏父语气有所缓和。苏父对运动员等为国家争光的人都比较有好感，这也是他对陈鲟另眼相看的重要原因。

"那也不行。"苏父的态度还是没变，"你以前都没一个人出过远门，我不放心，我和你妈不在身边，万一出了事怎么办？"

"爸爸，我都要上大学了，应该学会独立了，你和妈妈也不能一直在我身边，事事帮我处理。"苏新七晓之以理。

苏父心头一堵，忽然想到今天结束，他的宝贝女儿就要收拾行囊，准备奔赴远方了。她要学会独立，而作为父亲，他要学会放手。

"你怎么这么快就长大了？"苏父神情感伤，叹了口气说，"你让陈鲟来家里一趟，有些事不亲自交代我不放心。"

苏新七看父亲态度软化，面上一喜，挽着他的胳膊说："谢谢爸。"

他们抄了近路往家走，经过轮渡码头时，苏新七看见了冯赟，本来她没多注意，可他对面站着一个陌生的女人和一个七八岁的小男孩，看情状，他们好像闹得不愉快，两个大人的脸色都不太好看。

苏父开家长会时见过冯赟，此时看见了不免问道："那是你的老师吧？"

"嗯，物理老师。"

"哦，就那个对祉舟很好的老师？"苏父扫了眼冯赟对面的女人和小孩，"那是他的老婆孩子吧，特地来岛上找他一起过节？"

苏新七不清楚冯赟的家庭情况，但她想的和父亲一样。

别人的私事他们没有多打探，随口聊了两句就作罢。

回到家里，苏母正好从妈祖庙回来。当天晚上，苏家一家人热热闹闹地吃了顿晚饭，既是过节，也是为了庆祝苏新七结束高考，顺利毕业。

饭后,家里的大人们都去族里帮忙,苏新七给陈姆发了条短信,特地换上身长裙,难得打扮了下,在家门口等着他。

岛上的端午祭挪到了晚上举办,其热闹程度不亚于往年。天色暗下后,请神队伍抬着妈祖的小神像从庙里出来,一行人举着火把浩浩荡荡地沿着环海路走。耆老打头念着祝词,乐队一路吹拉弹唱,神像每经过一户人家,那户人家就烧香礼拜,点一串爆竹,然后加入队伍中,跟着神像环岛,岛上的人相信这样能得到神的庇护。

游行队伍到码头附近时,苏新七还没等到陈姆,她给他打电话,电话铃响了很久,一直没人接。她正想着要不要再打个电话,周围炮声响起,抬神队伍已临近家门。她记起母亲出门前的交代,赶忙拿下门厅香炉里的一支线香,等队伍经过时把已经挂好的鞭炮点了。

引线一燃,鞭炮响起火花乍现,苏新七把线香插好,再出来时借着火把的光忽然看到陈姆走在队伍里。她愣了下,跑过去却不见他人影,回过头又在另一个地方看见他。她追过去,人又不见了,再回头又看见他到了另一个位置,在人潮中看着她笑。

苏新七知道他是故意的,她也不恼,再次追上。陈姆看她过来就换位置,两人在攒动的人群中你追我赶,周围人潮汹涌,他们眼中只有彼此。

一钩弯月垂挂在天际。

苏新七追得累了,身上出了层薄汗。海风旖旎,她抬眼看陈姆还乐此不疲,看着她得意地笑着,想了想,转过身逆着人流往回走。

没一会儿,苏新七就听到了陈姆喊她的声音,她微微一笑,头也不回。

情势对调,苏新七成了逃的那个,陈姆成了猎人。逆着人流比顺着人流难走,没过多久陈姆就追上了苏新七,他一把拉住她的手,两人就站在路中央,身边的人如流水,缓缓擦过。

"生气了?"

苏新七翕动鼻子,看他一眼,忍不住说:"幼稚。"

陈姆端详了下她的脸,又往下看了眼她身上的裙子,低笑着说:"是我不解风情了。"

他们从人群中挤出来,站在环海路旁,看着行进的队伍缓缓挪动,火光把他们的脸庞映亮。

陈姆看到几个小孩挥着仙女棒,心念一转,让苏新七等着,他重新混进入潮里，没一会儿拿着一把仙女棒回来。

苏新七看着他："你又抢小孩的东西。"

"这回冤枉我了。"陈鲟说，"前几天我帮他们出了头，现在他们都认我当大哥。"

苏新七忍俊不禁。

陈鲟给苏新七点了一根仙女棒，说："你们岛上的风俗还挺有意思的。"

"你以前都是怎么过端午的？"苏新七轻轻晃着仙女棒问。

"不过，队里没有过节的氛围。"

"游泳队不放假？"

"偶尔。"陈鲟说，"回家也没什么意思，他们都忙。"

苏新七看着他："那以后节假日你就跟我回岛上。"

陈鲟挑了下眉："没名没分的不好吧？"

他们站在路旁，举止亲昵，请神队伍里时不时有人转过头来打量他们。世上没有不透风的墙，在小地方，一有风吹草动，不消多久，消息就会随着海风一传十，十传百。

"你想要什么名分？"苏新七问。

陈鲟失笑。

"对了，我爸爸同意我跟你一起出岛了，你明天晚上来我家吃个饭？他说有事要当面和你交代。"

"鸿门宴啊。"

苏新七看他："你怕了？"

陈鲟耸了下肩，一副无畏的模样："不入虎穴，焉得虎子。"

苏新七笑了："我爸爸没那么可怕。"

陈鲟不置可否。

乐声渐远，队伍的主力往前行进，末尾只剩下零零散散的一些人在追逐打闹。

陈鲟看到对面有小卖铺，低头问道："渴吗？"

苏新七刚才和陈鲟玩了一阵子猫抓老鼠的游戏，出了汗，此时的确有点渴。她点点头，陈鲟摸了下她的脑袋："等着。"

火光消逝，月色溶溶。

苏新七站在原处等着陈鲟，看向渐渐远去的队伍时，忽然看到了李祉舟。

他独自逆着人流,好似失神似的,机械地走着,被人撞了几次也不知躲闪。

"祉舟。"

苏新七喊了他一声,他似乎没听到,整个人还是恍惚地走着。她朝他的方向跑过去,到了他跟前,再次喊道:"祉舟。"

李祉舟这才有了点反应,木讷地抬起头,眼神空洞。苏新七看他脸色不对,皱了下眉,立刻问:"怎么了?"

李祉舟未答,整个人仿佛灵魂出窍了似的,只剩躯壳。

"祉舟,你怎么了?"苏新七看了眼他的耳朵,是戴着助听器的,她再次问,"是出了什么事吗?"

李祉舟始终不言语,只是看着她。

"小七。"陈姆买了水回到原处没看到人,四下找了找才看到,他走过去,目光掠过李祉舟落到苏新七身上。

苏新七转过身,正打算走过去和陈姆说明情况,忽然一只手被紧紧地抓住,她诧异地回头:"祉舟?"

"别走。"李祉舟开口只说了这两个字。

陈姆皱了下眉,在离他们不远不近的地方站着。

苏新七手腕微痛,看了眼陈姆,回过头轻声对李祉舟说:"祉舟,你先松手,我们找个地方——"

"别去找他。"李祉舟打断她,态度显得执拗,他语气略微急切,像抓着唯一的救命稻草,言辞哀哀,"你别去找陈姆,我们还像以前一样好吗?只有我们,只有我们。"

苏新七微怔,不明白他为什么忽然说这种话。

陈姆看着他们搭在一起的手,又听李祉舟这么说,神色怫然,沉声道:"小七,过来。"

苏新七回头看他,一时两难。

沉默片刻,她转过头看向李祉舟,缓声劝道:"祉舟,你今天好像不太舒服,我先送你回家,有什么事我们明天再谈,好吗?"

李祉舟垂着头没回应,苏新七以为他同意了,正想抽出手时,他忽又抓紧她:"别过去。"

"祉舟——"

"他杀过人,他是个杀人犯!"李祉舟忽然激动道。

海风骤起，潮声涌退，在绝境中，美善的灵魂露出獠牙。

苏新七吓了一跳，等反应过来他说的话时又是惊愕。她回过头，陈鲟的脸隐入夜幕中，他伫立不动，浑身散发着低气压。

浮云不动，天地万物似是静止。半晌后，陈鲟抬眼看着苏新七："你相信他的话吗？"

"我……"苏新七喉间干涩，觉得自己此时就站在一根平衡木的支点上，无论走向谁，他们都会倾覆。

陈鲟动了下身体，朝他们走去，苏新七转过身面向他。从陈鲟的角度来看，她这个姿势像是在护着李祉舟。

他定住脚，眼神又是一黯，看着她，自嘲道："你不是选不出来，你已经做出了选择。"

"陈鲟，我……"

"他说得没错，我就是因为这个才离队的。"陈鲟冷笑了声，最后看了她一眼，转身离开。

星垂月悬，请神队伍远去后，更显灯火阑珊，万物寂静。

苏新七带着李祉舟就近去了灯塔那儿，他们靠在栏杆上，望着海面，良久没有开口，好像谁也没从刚才那场冲突中回过神来。

海浪声声，远海有几艘渔船，船上的人举着火把，映亮一方海面。这也是端午祭的一个重要仪式，岛上的渔民请法师在海上作法。法事结束后，他们会把一些祭品投入海中，祈求风调雨顺。

苏新七看着在风中摇晃不定的火焰，忽然笑了下开口说："还记得有一年端午，我们跟着上了船，结果坏了事。"

李祉舟也记起了，追忆道："那天风大，我没站稳，你为了拉我把火把扔了，差点把船点了，被长辈训了一顿。"

"回家还被关了两天禁闭，你怕我无聊，每天来陪我，看影碟、玩跳棋、下象棋、下飞行棋、掷沙包……"苏新七一笑，"你平时都不玩这些的，是特意去找的那些东西吧？"

李祉舟说："小卖铺里有的我都买了。"

"还有次中秋节，我们去博饼，你博到了一整套的《哈利·波特》，记得吗？我们是一起背着家长在海滩上把这套书看完的。"

"嗯,那些书我到现在还留着,上面还有盐渍。"

苏新七笑笑:"我爸还说我把你带坏了。"

"那段时光……我很开心。"李祉舟看着远处的几簇火焰,眼底微微泛着光。

苏新七喟然道:"我也是。"

交谈戛然而止,他们都有些怅惘,好似陷入过往的回忆中。

从幼时相识至今,他们共享了太多美好的时光,这座岛屿、这片星空以及无垠的大海见证了他们的成长,承载了太多珍贵的回忆,所有的一切恍如昨日,却也永远回不去了。

"能告诉我,你今天怎么了吗?"良久,苏新七开口,轻声细语地询问。

她心底其实有个猜测,怀疑他是不是考试没发挥好,所以才情绪反常,就和前段时间比赛失利时那样。

李祉舟失神,忽然说起另一件事:"你知道'吞钩'吗?"

"嗯?"

"鱼在咬钩后因为刺痛不断挣扎,鱼钩就会越陷越深,它以为可以逃得掉,却不知道这样只会加快死亡的速度。"

苏新七心口一震,蹙了下眉,看着他,关切道:"为什么突然说起这个?"

"你不觉得很讽刺吗?"

苏新七看着表情嘲讽的李祉舟,只觉陌生。

"祉舟,你怎么了?如果是因为考试,结果还没出来,你不需要——"

"你想和陈鲟去一个城市吗?"

苏新七被问个措手不及,愣怔片刻后却没否认。

李祉舟看向海面,表情淡淡的,甚至过于平静:"我以为只要一切回到原位,所有事情都可以当作没发生过,我们还能像以前一样,可不是所有人都想回到过去,发生过的事也永远不会消失。"

苏新七听他言语落寞,语气戚戚,忍不住喉间微哽,难过地说:"对不起,祉舟,是我没有履行诺言,我答应过你的,会一直陪在你身边直到你不需要我为止,是我失信了。"

李祉舟却笑了:"为什么要道歉?是我让你往前走的,我已经绊住你很久了,不应该……再把你困在我身边了。"

他望着天,今夜繁星点点,夏夜大三角盘踞一方,他顿了下说:"我曾经以为我们就像是海王星和冥王星,你知道吗?冥王星会周期性地切入海王星的轨道内侧,但它们因为轨道共振永远不会碰撞,只会短暂地擦身而过。"

"但小七你不是星星。"他回过头看她,眼神又恢复了以往的温柔,"你是太阳,永远属于光明。"

苏新七眼角一酸,听到他的话有种想要落泪的冲动。她吸了下鼻子,看着他说:"就算你只是星星,你也是最亮的一颗,是我永远记得的天狼星。我们不会擦身而过的,只要这座岛还在,我们就永远有联系。"

海风拂来,环海路上有小孩在唱着歌,唱的是《大海啊故乡》。歌声因风送听,余音袅袅,透着点点愁思,令舟子都为之失容。

李祉舟静静地听了会儿,心头无喜无悲。片刻后他开口说:"今天晚上吓到你了。"

苏新七趴在栏杆上转头看他:"能告诉我发生了什么事吗?"

李祉舟回望着她,她的眼底如一汪清泉,透彻清亮,他不愿泉眼里落入尘埃。

"没什么,我会处理好的。"

苏新七看他表情平静,以为他已经平复了情绪,不由得放下心来。

"都会好起来的,不要担心。"苏新七顾及他的自尊心,委婉地安慰道。

李祉舟缄默。

时间渐移,端午祭已到了尾声,岛上放起了烟花,漫天绚烂转瞬即逝。

苏新七和李祉舟在灯塔待到了请神队伍折返,他们跟着人流往回走。一路上陆陆续续有人离队回家,到美人山脚下时队伍已是人数戋戋。

美人山在苏家和李家之间,到了山脚下,请神的人都往妈祖庙走,李祉舟不让苏新七再送,定住脚转过身说:"有点晚了,你快回家吧,叔叔阿姨回去看到你不在会着急的。"

苏新七不太放心:"我陪你回去吧。"

李祉舟摇了下头,看着她,有些艰难地开口说:"陈鲟的事……"

"我会亲自问他的。"

李祉舟默然点头,垂下眼有些难堪:"对不起。"

"祉舟,你不用道歉,人都会有情绪失控的时候,我了解你。"

李祉舟深深地看了她一眼。

苏父苏母一晚上都在庙里帮忙，下山时正巧看到苏新七，不由得招呼道："小七。"

苏新七回头，苏父问："要回家吗？"

她看向李祉舟，他说："和叔叔阿姨一起回去吧。"

苏新七想了想，点了下头："你小心点。"

她看他一眼，转过身向父母走去。她才走了几步，李祉舟喊住她："小七。"

苏新七顿住脚回过头，李祉舟望着她，眼底情绪不明，他忽而笑了下，缓缓说道："你今天晚上很漂亮。"

苏新七有些动容，回以一笑："谢谢。"

海风轻送，烟花已阑珊。

苏新七回到家，上了楼回到房间后立刻给陈鳒打了个电话。她虽早有心理准备，但听到电话那头无人接听的机械女声时还是不免失落。她又拿过讲机敲了敲，对面没有回应，按照以往的经验，她今晚是别想联系上他了。

陈鳒黯然的神情一直浮现在她的脑海中，只要一想到他当时失望的眼神，她心里就同针扎一样，懊悔不已。

苏新七趴在床上，摸出枕头底下的海螺，心情跌到谷底。

今晚的事发生得太突然了，祉舟莫名的失控以及他对陈鳒的指控都让她大为惊讶无所适从。在当时那个情境下，她不知道该做出什么反应才好，她只知道不能让他们起冲突，他们两个她谁也不愿意伤害。

陈鳒是杀人犯？

苏新七一开始听到这话时只觉得荒谬，可这话是祉舟说的，她从来都相信他不会撒谎，也许正是因为这点，她动摇了。她的不信任伤害到了陈鳒，他一定对她失望极了。想到他离去前的眼神，苏新七心口钝痛，她现在已经不知道他最后说的话是气话还是事实。

如果是气话，那祉舟的指控从何而来？他不是那种会空口造谣的人。

如果是事实，那又是怎样的事实？陈鳒离开游泳队，转学来岛上的原因是他被指控杀了人？

苏新七把脸埋进枕头里，觉得脑子如同糨糊一样，比今天在考场上做不出题还难受。

不管怎样，她明天都必须找陈鲟好好谈谈。

苏新七辗转反侧了一夜，没怎么睡好，天际翻过鱼肚白时分她就醒了。醒来后她第一时间摸过手机看了眼，没有未接来电，她犹豫了下，还是给陈鲟发了条短信。

心里有事她就没办法再睡回去，索性起来。等她换好衣服下楼，手机一直没有动静，短信好像石沉大海。

苏母在厨房忙活，看到苏新七下楼，不由得道："怎么起得这么早，是不是忘了自己已经毕业，今天不用去学校了？"

苏新七点了点头，苏母见她有点憔悴，皱了皱眉问："怎么看起来这么累，昨晚没睡好？高考完太兴奋了？"

苏新七没解释，顺势道："有点。"

苏父提着一篮子菜从市场回来，进门看到苏新七也说她怎么起这么早。他把买来的菜拎进厨房里，说："新闻说今天有日食，外面好多人在说这事呢。"

苏母问："什么时候啊？"

"说是中午。"

"哎哟，那我得去庙里拜拜。"

苏新七没仔细听他们在说什么，她的心思已在家门外。匆匆吃完饭，她和父母说了声就出了门，骑上电动车径直往李家去。

她不知道这个点陈鲟醒没醒，只知道自己等不下去了，她想立刻见到他。

清晨的海岛才将将醒来，一轮红日跃出海面，将几缕流云染红。海风挟着潮湿的凉气，山顶的风车日夜不停地悠悠转动着，这个点勤劳的岛民已经忙活开了。

苏新七骑着车一刻不停地到了李家。面馆已经开张，锅炉冒着热腾腾的蒸汽，李父李母在灶前不停地忙活着，准备着菜。

苏新七下车，正要上楼时，李父喊住了她："小七，你怎么在这儿，祉舟没去找你啊？"

苏新七愣了下，说："我没看见他。"

"奇怪，他一早就出门了，不是去你家那是去哪儿？"

苏新七回道："可能是错过了，等下我回家看看。"

"也是，他应该走的小路，你们没碰上正常。"

苏新七点头，犹豫了下还是开口问道："叔叔，陈鲟在家吗？"

275

她才问出口,李母就瞅了她一眼,不太高兴的样子。李父倒是神色寻常,回道:"小鲟啊,他昨晚都没回来,不知道跑哪儿去了,这孩子也不说一声。"

苏新七微微皱眉,和李父李母道了别后,她给陈鲟拨了个电话,一直无人接听。她没办法,只好骑上车又往家的方向去。

到了家她没见到祉舟,问过父母也说他没来过,给他打电话他也没接。她没办法在家等着,就和母亲说了声,让母亲等祉舟来了告诉他一声,她会去他家找他的。

苏新七骑上车先去了情人礁那儿,她在礁石上来来回回走了个遍都没看到陈鲟的身影,岸上也没有他的衣物,她不放弃,骑着车往别的地方去找。

一个上午的时间她沿着环岛路找遍了岛上大大小小的海滩,最后连美人山她都爬了,就是没找到陈鲟。她莫名有些害怕,怕他丢下她,独自回去了。

苏新七从美人山下来已经临近正午,她正发愁还要去哪儿找陈鲟时,在海港碰上了吴锋宇他们几个。她像是找到救星一般,直接跑过去,拉着人就问:"陈鲟,在哪里……你知道吗?"

"鲟哥啊……"吴锋宇眼神飘忽,"我没见着啊,我还以为他和你在一起呢。"

苏新七盯着他:"你真不知道?"

吴锋宇表情遮掩,支支吾吾地说:"我不知道啊……今天早上没碰到……会不会去海里游泳了,七公主你要不要去大浴场找找看?"

苏新七盯着他不放。

吴锋宇心虚得紧,忍不住说:"你盯着我也没用啊,我真不知道鲟哥在哪儿。海岛这么大,他去哪儿不和你说还能和我报备不成?"

苏新七听到他的话,忽然福至心灵。海岛这么大,她还有个地方没找过。思及此,她没再耽搁,骑着车前往西海岸。

到达红树林时太阳已至头顶,苏新七从上回陈鲟带她下去的地方往下走,独自靠近红树林她还是有些害怕。

"陈鲟。"

苏新七试探地喊了声,踩着树根往密林深处走。树木参天,葱郁的叶盖遮住了大片阳光,只漏下几缕光线。林中尚有未散尽的雾气,和上回不一样,这次她独自走在林中,想到从小听到的那些骇人的传说,心里止不住地感到恐惧。

"陈鲟,你要是在就回我下……我向你道歉,别生气了。"

鸟鸣深林,苏新七左右环顾,又喊了几声,皆没得到回应。就在她以为陈鲟也不在这儿时,一艘小船出现在了她的视野中。船上没人,虽如此她还是感到喜悦。她扶着树木,小心翼翼地往船的方向走,树林里越来越暗,连仅有的几缕阳光都消失不见了。她抬头往天上看了看,透过树叶的间隙,看到太阳似乎被什么东西遮住了。

苏新七这才记起早上父亲说过今天有日食,她手心出汗,加快脚步,在天色完全暗下前上了船。脚踩上船板,她吁了口气,正要再喊一喊陈鲟时,低下头,忽地在船的另一边水中看到了一个人影。她吓了一跳,正要细看,天光暗下,林中没了光源,万物隐去一切踪迹,连海鸟都不再鸣叫。

苏新七下意识屏住呼吸,几分钟后,太阳的光芒开始一点一点地重回大地,借着不甚明亮的光她看清了浮在水面上的人。

他紧闭着双眼,脸上毫无血色,整个人已无生命气息。

苏新七看着他的脸,捂着嘴,腿一软,跌坐在船上。

沙岛发生过好几次命案,早些年治安不太好的时候,有逃犯会躲在岛上,出过几回大事故。海岛人爱游泳,溺水死亡的也有好几个。近几年岛上加强了治安,政府大力宣传安全知识,加强安全教育,除却天灾,已经很久没发生过事故了。

红树林里死了人的事是个大事件,派出所接到报警电话立刻派了好几辆车去现场,这事很快就在岛上传得沸沸扬扬。本来对红树林岛上人人都心存畏惧避之不及,加上今天有日食,一时间岛上什么离奇的说法都有,人心惶惶。

李父李母接到警方电话急急忙忙地跑来码头派出所,当得知李祉舟的死讯时,李母不堪打击,直接昏了过去,李父也险些栽倒。他的第一反应是不相信,大厅里一片混乱,没多久卫生院就来了人。

警察带李父去认了人,从停尸房出来,李父一个大男人是被人架着走的,前后不过短短的十几分钟,他像是老了十岁,整个人已没了主心骨。

苏新七一直坐在大厅里,像是没了魂一样,双眼无神,整个人只剩一副皮囊还在,周围的嘈杂声都没能唤醒她。

李父看见她，忍不住哽咽出声，悲恸地问道："小七，祉舟……祉舟怎么会出事？他、他不是去找你了吗？他怎么会、怎么会……"

苏新七机械地转过头，目光空洞，看到李父脸上老泪纵横，眼珠子这才动了一瞬。

苏父苏母得到消息，活也不干了，直接去了派出所。在大厅看到苏新七时，苏父马上冲过去："小七。"

苏新七回头。

苏母看她这副模样，眼圈一红，忙走过去抱住她："别怕，妈妈在呢，妈妈在呢。"

苏新七看到父母，脑子里有根弦蓦地绷断，她眨了下眼，千头万绪一起涌上脑海。她环抱着母亲，鼻尖一酸，痛哭出声。

苏父看着女儿，又看到瘫坐在一旁，捂着脸失声痛哭的李父，心头一堵，也红了眼。

法医初步检查了李祉舟的尸体，没在他身上找到致命的伤口，初步断定死因是溺水。

红树林平时根本不会有人涉足，李祉舟死得蹊跷，不能排除他杀。苏新七作为第一个发现尸体的报案人需要留下来做笔录，警方等她情绪稍稍平复后才开始询问。

"你和李祉舟是什么关系？"一个老警察问。

苏新七眨了下眼，有些失神："很好很好的朋友。"

"他平时会去红树林吗？"

苏新七摇头。

"你去过吗？"

苏新七恍了下神："去过一次。"

"去干什么？"

苏新七神情恍惚，眼底一片茫然："看日落。"

"今天早上你为什么会去红树林？"

"找人。"

"李祉舟？你们约好在红树林见面？"

苏新七又摇了下头。

老警察的眼神忽地犀利："那你是去找谁？"

苏新七抿着唇，良久未语。

"你去找谁？"老警察沉着声又问了一遍。

苏新七沉默不答。

"小姑娘，你不要紧张，现在只是例行询问，你只要把你知道的告诉我们就好。"老警察说完，又肃然道，"事关你朋友的调查结果，不要隐瞒。"

苏新七攥着手，低着头，听到外面的恸哭声，忽然想起昨晚，祉舟说她是太阳，他笑着说，她今天晚上很漂亮。她那时候怎么也不会想到，这竟然是他对她说的最后一句话。

"陈鲟。"半晌，苏新七低声回道，"我去找陈鲟。"

"陈鲟？"老警察似乎觉得这名字耳熟，正要再问，大厅里传来了动静。

苏新七听到有熟悉的声音喊她的名字，她身子一僵，缓缓回头，透过询问室的窗户看到了陈鲟。

她找了他一上午，可就在刚才她却无比希望他不在岛上，她不介意他丢下她，独自回去了，可此刻，他却在眼前。

上天好像在和她开一个过分的玩笑，她觉得自己像是被愚弄的小丑。

祉舟的指控、吴锋宇的遮掩、红树林、小船……所有的一切似乎都指向了一个事实。

她不愿意相信。

老警察看到陈鲟，忽地就记起了来人，他问苏新七："是他吗？"

苏新七眼神死寂，机械地点了下头。

老警察给同僚使了个眼色，那人把陈鲟带了进来。

陈鲟进门就冲到苏新七的身边，急切地问："你怎么样？"

苏新七神色木然，像失去了灵魂的布娃娃，眼神里都没了神采。

"你早上去哪儿了？"她忽然问。

"我……"

陈鲟略有犹豫。

苏新七看着陈鲟，一颗心似是坠入深渊，万劫不复。她讷讷地问："为什么？"

陈鲟怔了下，而后像是听懂了她的质问，脸色微变。

苏新七望着他，眼泪无声地往下淌，心口空落落的，好像被剜去了什么东西。

陈鲟抬手想帮苏新七擦泪,她往后一躲,神色戚戚。

陈鲟涩然:"你怀疑是我?"

苏新七神色怔忪,心口绞痛,木然道:"祉舟昨晚说你——"

"他说我杀过人,所以你觉得是我把他推下海的?"陈鲟盯着苏新七的眼睛,心里似乎还藏着一丝希冀。

苏新七喉间苦涩,一时间思绪错乱,嚅了嚅唇:"祉舟……不会一个人去红树林的。"

除非有人约他,而这个人是谁,陈鲟想,苏新七心里有了答案。

他神色寂寥,自嘲道:"在我和他之间,你总是相信他。"

苏新七看到他眼神失望,心口钝痛,正要说什么,一旁的老警察打断了她的话,朝陈鲟确认了下:"你是陈鲟?"

陈鲟脸色冷寂,点了下头。

"我们现在怀疑你和李祉舟的死有关,你跟我同事去旁边做个调查吧。"老警察面无表情地下令,双眼鹰一般机警,似乎担心陈鲟下一秒就会反抗。

陈鲟冷笑,他太习惯被人用这样的眼神注视着了,好似他是恐怖分子,是社会渣滓。

他看着苏新七,心口那团火在渐渐熄灭,慢慢地成为一堆灰烬。

原以为她站在深渊口是来救他的,他为了她奋力往上攀爬,却没想到她再次把他推落进深渊里。

"我跟你们走。"陈鲟的表情是不寻常的平静,似已心如死灰。

苏新七忽然慌了,她站起身,无措地看着他:"陈鲟,我——"

她的话语在陈鲟冷漠的眼神中冻结。

陈鲟站直身体,神情漠然,看着苏新七的眼神毫无情绪,就如同看着一个毫无瓜葛的陌生人。

"苏新七,都结束了。"他的语气毫无起伏,说完就往门外走,没有回头。

苏新七怔怔地站在原地看着陈鲟离开,脸上的泪水无声地淌着。直到他的背影消失在拐角,她才痛也似的回过神,跌跌撞撞地往外追去,却被挡在门外。

那道暗色的房门似是命运之门,从此山高路远风烟阻绝,这个夏天结束了。

浮槎

下册

叹西茶 著

贵州出版集团
贵州人民出版社

有爱的青春陪伴者

下卷・浮槎去

第一章
物转星移

九月，盛夏时节，休渔期一结束，沙岛的渔民就迫不及待地驾着船出海捕鱼。海港出海口百舸争流，船鸣声此起彼伏，岛上的码头早晚都很热闹，鱼市的摊子上总算不卖冻鱼，各类新鲜的海鱼轮番上市。

自从开通了几条直达沙岛的旅游线路后，沙岛交通便捷了不少，沙岛俨然已成了热门的旅游岛屿，是游客到了大屿市后必打卡的去处之一，不是节假日的时候，一些离得近的人也会来岛上购买最新鲜的海货。

清晨，太阳还未升起，岛上的码头已是一片繁忙景象。

苏新七早起和母亲一起去码头帮忙，父亲的渔船靠岸后，她帮着分拣海鱼，再把一筐筐分好的鱼类搬上货车，一舱的鱼全都装好时，太阳已跃出海面。

"小七，走，回家，剩下的让你爸弄。"苏母朝苏新七挥手示意。

"好。"

苏新七回了家，吃了早饭后就在家里陪母亲话家常。父亲回来后她又陪他修补渔网，把渔具洗了。

"最近工作怎么样？还顺利吗？"苏父一手拿着软水管，直起腰问。

苏新七摘下塑胶手套，歪过头往短袖上蹭了下额头上的汗，笑着回道：

"挺好的。"

"可别报喜不报忧,你不说老实话,我和你妈都不放心。"

"爸,我又不是刚毕业,都工作一年多了,你怎么还不放心?"苏新七说,"真的挺好的,上司和同事都很好相处,虽然忙,但能学到不少。"

苏父看着她,叹口气说:"律师这工作不好做啊,你还是做刑事的。前几天有条新闻就说有个刑事律师被报复了,爸爸也不是反对你做这行,就是……要注意安全。"

苏新七点点头:"知道了,我会小心的,你放心吧。"

"再忙也不要忘了吃饭,你这次回来又瘦了。"苏母插了句话。

"哪有……"苏新七见母亲嘴一张就要理论,她怕母亲又长篇大论,赶忙顺从道,"好的,我会好好吃饭的。"

苏母嗔怪地看她一眼,犹豫了下还是问:"你们律所还是那几个人啊,没招新人?"

"哦,上个月招了两个实习的。"

"男的女的啊?"

苏新七一听这话就知道母亲要说什么,自如地回道:"一男一女,大四来实习的。"

"啊,还没毕业啊。"苏母语气遗憾,最后索性直白道,"妈妈也不是催婚啊,就是觉得你一个女孩子在外面太辛苦了,如果能有个人在你旁边,我也放心。你说你在市里,万一有个头疼脑热的,我和你爸又赶不过去。"

"妈,我自己能照顾好自己的,真生病了我还有合租的室友能帮忙,新漾不也在大屿市读书吗?"

"新漾比你小,还是个学生,她不需要你照顾就不错了。你别只顾着工作,要是碰上合适的,可以试一试。"

苏新七无奈一笑,把目光投向父亲。

苏父心一软,帮着说话:"小七有自己的打算,你就别操心了。"

苏母瞟他一眼:"你又不是不知道……"

苏父使了个眼色,苏母立刻缄口。

苏新七知道他们在顾忌什么，不动声色地笑笑，搂上母亲的肩，宽慰道："我知道你们担心我，我会好好照顾自己的。再说了，小沅也在市里，我有朋友的，放心吧。"

苏母看着她，张嘴想说什么，最后只叹息一声。

午饭前，苏新七骑车去了趟海崖给小姨送新鲜的海鱼，从海崖回来，在家吃了午饭，她就搭船去了渔排。

"姐，来啦。"苏新漾远远地看见有船过来，立刻挥手打招呼。

苏新七提着东西从船上下来："你爸爸呢？"

"在厨房呢。"

渔排上摆着好几张桌子，有几桌还坐了人在吃饭。近两年沙岛旅游业发展起来了，苏二叔就趁着这个热潮在渔排上开起了海上饭馆。游客多猎奇，也想吃现抓现煮的食物，因此渔排的生意还挺兴旺的，旺季的时候每天都满座，晚上还会有人特地来吹海风吃烧烤。

"今天来吃饭的人多吗？"苏新七问。

"还行，刚走了两桌。"苏新漾围着围裙，接过苏新七手上的几个袋子，打开来随意看了眼，"伯伯这回出海收获挺多啊。"

苏新七去了厨房，见二叔和小工在忙，也不添乱，打了声招呼就出来了。她帮着苏新漾把几张桌子收拾了，重新铺上新的一次性塑料桌布，忙完后搬了把椅子坐在外面。

午后阳光正灿烂，苏二叔怕食客晒着，白天的时候给每张桌子安上了太阳伞，苏新七就坐在伞下，看着粼粼的海面，呼吸着带咸腥味的空气，觉得心旷神怡，整个人都松弛了。

苏新漾从海里捞出西瓜，切了块西瓜递给苏新七："你今天去海崖了吗？"

"嗯。"

"周末旅馆挺忙的吧。"

苏新七咬了口瓜："嗯，很多市里来的两天游旅游团住那儿。"

"下午我们骑车绕岛啊，下个月中秋我要去我妈那儿，回不了岛。"

苏新七点头："行。"

下午两点过后，渔排上的食客都乘船离开了，苏二叔总算得了空，满头大汗地从厨房出来，点了支烟，招呼她们两姐妹："给你们做碗海蜇汤？下午回市里可就吃不上了。"

"好啊，谢谢爸。"

苏二叔吸了口烟："等着。"

他从网箱里捞出新鲜的水母，进了厨房，没多久就端着两碗海蜇汤出来。

"快点吃啊，不然一会儿化了就只能喝汤了。"

苏新七接过碗，垂眼看着碗里切成丝的水母，有些失神。

苏新漾喝了口汤，嚼着脆脆的海蜇，转头看到苏新七一动不动，不由得说："姐，你发什么呆啊？再不吃海蜇就化了。"

"噢。"苏新七回神，舀起一勺海蜇汤尝了尝，汤里加了白醋，有点酸，很开胃。

"夏天果然要喝海蜇汤。"苏新漾一脸满足。

苏新七眨了下眼，片刻后才应了声："嗯。"

过了饭点，饭馆还是很忙，苏新七和苏新漾帮忙把中午的碗筷洗了。苏二叔还要准备晚上的食材，就让店里的小工开船把她们送到了岛上。

上了岸，苏新七从家里骑了电动车出来，载着苏新漾环岛。环岛路上挂着各种横幅，大多是"欢迎来到美丽的沙岛"之类的旅游宣传语，少有几条是政府的警示语，禁止渔民在环岛路的围栏上晒渔网。

"岛上变化太大了。"苏新漾在后座上喊。

苏新七深以为然，即使她隔段时间就会回岛上看看，但每次回来还是觉得小岛和上回不一样了。

这种变化体现在大大小小各个方面，小到环岛路上的路灯，大到设立的各个景点。自从沙岛发展旅游业以来，政府大力开发岛上的旅游资源，把大浴场、情人礁、美人山、红树林都设成了景点。

苏新七先载着苏新漾去了情人礁。情人礁是开放性景点，前两年修了栈道，除了游客，岛民也喜欢在栈道上散步。在栈道上可以观赏到各种奇形怪状的礁石,还有惊涛拍岸的景象。那对情人礁石更是游客来此必合照的标志性景物,栈道上还特地立了块牌子,把岛上关于它们的传说故事写了出来,引得一众情侣争相来这儿打卡,祈求地久天长。

苏新漾俯身看了看栈道栏杆上一溜的同心锁,啧啧说道:"财富密码啊,还真有人信。"

"图个开心罢了。"苏新七说。她站在栈道上眺望远方,有几个人在礁尾那儿坐着,应该是当地的岛民在海钓。

"我也想下去玩。"

景区其实是不让下去的,但本地岛民有各种路径能去到礁石那儿。苏新七看了眼时间,说:"下次来吧,今天迟了,你不想去别的地方了?"

苏新漾有些遗憾:"好吧。"

离开情人礁后,苏新七和苏新漾又去了几个沙滩。碍于时间紧张,她们在每个地方都没逗留太久,在东海岸逛了后,她们骑车去了西海岸的红树林湿地公园。

以前岛民对于西海岸的红树林持有一种敬畏的态度,人人谈之色变,后来红树林被开发成了公园,去的人多了,神秘感被打破后,人们对那片森林也就能泰然处之了。

湿地公园需要门票,苏新七和苏新漾是本地人,出示身份证即可进入。公园入口处有好些商店,卖些防晒物品和小吃,为了方便游客观赏,森林里也修了穿梭在林间的栈道,园内还有划船项目,游客可租一条船在林间游玩。

公园里划船的师傅认识苏新七,看见她主动招呼她们上船。苏新七没有推辞,虽然师傅说不收钱,但她还是扫码付了船费。

小船在密林中徜徉,薄阳倾洒,点点光斑跳跃在枝叶上,几束阳光透过树叶间隙落到水面上,照出水底下的浮游生物和悠游其中的浅水鱼。海风轻送,林中十分凉爽,夏日的红树林是避暑的胜地。

穿过密林就是大海,苏新七坐在船上,看着西斜的太阳,听着周围人开心的笑声,眼角一湿。

太阳和树林还在,流水依旧,那些美好和悲痛的记忆仍然深刻,除了至亲的人,谁也不会在意这个地方曾经有人逝去。

从红树林出来,时间已近傍晚,苏新七还要赶晚班的轮渡,就没在岛上多耽搁。她回到家收拾了下东西,和父母道了别后就去了码头,和苏新漾一起乘船回到市区。

一个多小时后,轮渡靠岸,苏新七下了船,苏新漾要回学校,她们从码头出来就分了手,之后苏新七提着个泡沫箱打了个车去了永安区。

大屿市分为五个行政区域,最繁华的是临海的滨海区、碧水区、湾泊区,永安区和河汊区不靠海,算得上是老城区,文化底蕴浓厚,古厝很多,也是当地旅游景点最多的两个区,永安古厝就是比较出名的景点之一。

车进入古厝路,苏新七让司机在路边停车,下车后她提着箱子往厝内走。华灯初上,周日晚上的古厝还很热闹,假期呼朋唤友、携老挈幼来厝里游玩的人很多。

古厝内的主道上各种商铺鳞次栉比,卖伴手礼的居多,厝内有许多相互连通的小道,条条通往民居。从小道走进去,既能去红砖厝博物馆参观,还能去各种名人故居领略前人风采。巷子里也有店铺,小巷人流量少,生意不如主道好,但也有例外。

苏新七沿着小道往深处走,转了两个弯,没多久就到了一家面馆前。夜色中面馆暖黄的灯光照着店前的一方土地,像海上的航灯,店内飘出浓汤的香味,吸引着前来觅食的老饕。

这家面馆在市里小有名气,虽然不在古厝的主道上,但前来吃面的食客不在少数,它属于本地人会来吃的面馆,人多的时候还要等位。

苏新七走进面馆,李父正在擦桌子,抬头看见她立刻直起腰招呼道:"小七啊。"

"叔叔。"

苏新七走上前,把手上的泡沫箱递过去:"我爸爸让我带给您的。"

李父在围裙上擦了擦手,接过箱子:"你回岛上了啊。"

苏新七点头。

李父打开泡沫箱看了眼，有鱼有虾，不由得笑道："你爸收成挺好啊，岛上都还好吧？"

"都挺好的。"

"7号桌的面好了。"李母从厨房掀开帘子往外喊，看见苏新七时她愣了下，旋即笑着说，"小七来了啊。"

"阿姨。"

李母走出来："吃饭了吗？阿姨给你煮碗面？"

这时面馆又有人点单，正值饭点，苏新七不想给他们添麻烦，忙说："叔叔阿姨你们忙吧，我就是来送海鲜的。"

"留下来吃碗面吧。"李父说。

苏新七摇摇头："不了……明天要上班，晚上还有工作。"

李父听她这么说也就没有强行挽留："那行，改天闲了一定来吃面，叔给你做大碗的，放一只大梭子蟹。"

苏新七笑着点头："好的。"

和李父李母道了别，苏新七走出面馆。她往路口走了段路，忍不住顿住脚，转过身回头看了眼，忆舟面馆的牌匾在夜色中不甚明晰。

苏新七回到滨海区的出租屋时已经过了晚上九点，她进门把包挂在了架子上，换了鞋立刻跑进客厅把电视打开，找到了体育频道。

"小七，你回来啦。"

客卧门打开，一个敷着面膜的女人探出脑袋，她叫孟芫，苏新七的新室友。

苏新七的上一个室友是她的大学同窗，七月辞职回了老家，房间就空了出来。一个人住两室一厅在寸土寸金的滨海区实在太过奢侈，苏新七本来打算租个单身公寓搬过去，但是律所附近的房子她看了几家，没有合适的，不是小区环境不好就是房租不太合适，且她住惯了现在的套房，地段好，离地铁站近，房东也挺好相处的，最主要的是离冯赟住的小区很近。

权宜之下，苏新七就在网上发了一条招租信息，孟芫正好研究生毕业在找房子，看到网上的信息就主动联系上她。

孟芜和苏新七年纪相仿，现在在一所私立高中教英语，她们俩一起住了两个月，都是心里有数的人，懂得合租礼仪，因此相处得还不错。

苏新七给自己倒了杯水，回头看她："饿吗？我从岛上带了鱼丸，给你煮一碗？"

孟芜从房间里走出来，摸了摸肚子："这个点吃夜宵真是罪过……帮我那碗加点醋。"

苏新七笑笑，看了眼电视屏幕，演播室里主持人和特邀嘉宾在对谈。她把电视声音调高，仍不放心地对孟芜说："比赛开始了叫我。"

孟芜冲她比了个"OK"的手势。

苏新七拎着装着鱼丸的袋子进了厨房，鱼丸是母亲今早刚做的，煮个五六分钟就熟了。她看鱼丸浮起来后，往汤里撒了点盐，关上火，把切好的葱花一撒，拿了两个碗装好，又往其中一碗倒了点醋，用托盘端去客厅。

"尝尝，自己家做的。"

孟芜盘腿坐在坐垫上，接过碗，把嘴边的面膜掀上去，拿筷子戳了颗鱼丸放嘴边吹了吹，小心翼翼地咬了一口，立刻伸出大拇指。

"筋道，果然还是家里做的好吃，不像外面的店，偷工减料。"

苏新七笑了下："冰箱里还有，你想吃自己拿来煮。"

"行，谢了。"孟芜没有客套，爽快地笑着说，"要不是这个周末我要赶课件，我肯定跟你一起去沙岛。"

"你在大屿市里，有的是机会。"苏新七回答道。

此时，电视画面已转到了赛场上，今晚有游泳世锦赛的决赛，苏新七一路赶着回来就怕错过了直播。

她坐在沙发上，眼睛一眨不眨的，目光紧紧地盯着屏幕。

赛场上，运动员们已经在泳池的起点处热身了，背景音里，特邀嘉宾在介绍着中国的两名选手。

"……5号泳道的陈鉧大家都很熟悉了，他是这次锦标赛的夺冠热门，在××奥运会上他以黑马之姿拿到了200米自由泳的金牌、400米自由泳的银牌，同时他也是上届世锦赛200米自由泳、400米自由泳的冠军。这次比赛大家对他的期望很高，之前的预赛、半决赛他的状态都很好，今晚200米决赛，他能否卫冕成功也是本次比赛的最大看点。"

镜头随着特邀嘉宾的介绍转向了5号泳道，陈鲟戴着泳帽泳镜正站在跳台上深呼吸，苏新七看着他的脸，心情微妙。

比赛开始，一众选手一跃入水，演播室里解说员在介绍着赛况，第一个转身后，陈鲟位列第五。苏新七盯着屏幕，双手紧紧地攥着，一颗心不上不下地提着，赛场上人声鼎沸，她仿佛身临其境般，攥着一手心的汗。

第二个转身后，陈鲟超过几个对手升至第二，演播室里的解说员越来越亢奋。最后一个转身，陈鲟奋起加速，很快就升至第一位，解说员见他反超激动得高喊了两声陈鲟的名字。

1号泳道的澳大利亚选手和陈鲟咬得很紧，直到比赛结束，5号泳道上五星红旗第一时间出现，苏新七这才松了口气，露出了一个笑。

镜头扫向陈鲟，他摘下泳镜，和两边泳道的选手击了下掌。夺冠后他并没表现得多激动，演播室里的嘉宾说他在奥运会上夺冠的时候也很淡定，明明年纪不大却有种老将的风范，不骄不躁宠辱不惊。

"少年老成。"孟芫回头看到苏新七怔怔地看着电视屏幕，入定了似的，她咽下鱼丸，问，"你很喜欢他？"

"嗯？"苏新七回神，视线还留在电视屏幕上，记者在采访陈鲟。

"陈鲟，你喜欢他。"孟芫这回用的陈述句，"你很关注游泳赛事，我好几次看到你在看他的比赛，你岛上长大的，应该很喜欢游泳吧？"

苏新七没解释，只是笑笑。

她没和孟芫说过她和陈鲟的事，一是忌交浅言深，其次他们的事一直是她心底一道隐秘的伤口，她并不想让别人知道。

孟芫见她谈兴不高，也没追问。

电视上，记者问陈鲟："今晚的比赛感觉怎么样？紧张吗？"

"还好。"

"拿了冠军激动吗？"

"嗯。"他这么回答，表现得却很稳重。

"明天400米决赛有信心再拿一冠吗？"

"嗯。"

"这次拿了冠军有没有想感谢的人？"

陈鲟似乎想了下，最后看着镜头，轻佻地笑了下，说："我自己。"

孟芜有所预感，感慨了句："要上头条了，这个笑今天晚上会刷屏。"

苏新七看着那个笑，好似看见了少年时的他，张扬、不羁，她的眼前似乎又晃过了过往的画面，眼角一酸。正好采访结束，她把目光移开，深吸一口气，端过碗把鱼丸吃了。

晚上洗完澡，苏新七把明天工作需要的资料整理了一遍，又把上回写的庭审记录从头到尾检查了下，确认无误后发给了王峥。处理完工作，她合上笔记本电脑，从床头柜上拿过手机，点开来看了眼。时间不早了，她习惯性地打开社交软件看了眼朋友圈，圈里除了一些家人朋友的日常，最多的就是同行的法律法条分享与解读。

她往下刷了刷，又看到了陈鲟。

苏新七大学的时候是校辩论队的，在队时有几个新招进来的学妹加了她的微信，她们平时没怎么交流，顶多算是朋友圈的"点赞之交"。今晚一个文学院的学妹发了一条动态，截了张今晚陈鲟在采访时的图片，他扬唇笑着说"我自己"，学妹还配了文案——太帅了！！！冠军！！！

苏新七点开图片看了良久，神色略微黯然。她给学妹的这条状态点了个赞，退出微信，把闹钟打开，又从枕头底下摸出一个紫色海螺，把它放在灯光底下看了会儿，最后探身关上灯，握着海螺酝酿睡意。

日有所思夜有所梦，苏新七在睡梦中又回到了沙岛，回到了那段黑暗的日子。

她看到了端午祭那晚的祉舟，他笑着对她说她今天晚上很漂亮，她哭着想追过去时，他转身就不见了。她又看到了派出所里的陈鲟，他看着她，眼神难以置信失望至极，她开口想要说话却发现自己发不出声音。

画面一转，她碰上了吴锋宇，他一字一句地告诉她，那天早上，陈鲟潜水去了，因为陈鲟想捞到海蚌，为她凑出一条手链，在她生日那天给她一个惊喜。

苏新七从梦魇中惊醒，睁眼蒙了好一会儿，良久回过神，抹了下眼角，掀开被子起身。

孟芜要上早读，工作日起得早，她看到苏新七从房间里走出来有些惊讶："你上班时间不是九点吗？怎么起这么早。"

苏新七一边往洗手间走，一边答道："有点工作要提前去律所准备。"

孟芜叹了口气："同是打工人……三明治吃吗？"

"谢谢。"

孟芜早上七点前要到校，她匆匆吃了早饭就出门了。苏新七比较从容，吃了饭化了个妆，带上昨晚整理好的文件才出门。

她工作的律所离租的房子有近十公里的路程。滨海区早晚高峰期堵车严重，苏新七曾经试过打车上班，早上七点过后打车，她得在路上堵一个多小时才能到律所，而七点之前出门，不消一刻钟她就能到律所，成为第一个开门的人。

苏新七最后还是选择了地铁，成为早晚高峰期"地铁罐头"里的一员。

从小区出来，苏新七往地铁站走。今天起得早，时间充裕，所以她不着急，还特地绕到小区后边的公园走了走。

周一早上公园里的老年人居多，年轻人不是要上学就是要上班，没有闲情吟赏烟霞。苏新七忙里偷闲，在公园里散了会儿步，正要离开时，转过身看见了冯赟，她表情一沉，眼神霎时就冷了。

"新七啊，好巧啊，你也来锻炼啊？"冯赟主动打招呼。

苏新七看着他亲和的笑脸，只觉得作呕，他越故作温文有礼，她就越觉得他面目可憎。

"最近工作还顺利吗？"

苏新七看他用一副长辈的口吻和她说话，立刻嫌恶道："你不用在我面前装好人。"

"新七，你对我的误会什么时候才能解开？"冯赟的表情有些无奈，语气沉重,"当年祉舟出了事,我也很痛心,你知道的,我很看好他——"

"你不配提他。"苏新七沉下声打断他,语气稍稍激动,她攥着拳克制道,"别假惺惺了,是你害了他。"

"你是律师,说话要讲证据,你说我害了他,有证据吗?我知道这几年你一直盯着我,我还在大屿没搬走就是因为我行得正、坐得端,不怕你看。"

苏新七逼视着他:"我相信祉舟。"

冯赟叹口气,苦口婆心道:"警方都说了,祉舟是自杀,他有严重的心理疾病,不管他给你留下了什么话,那都是不可信的,你不能相信一个病人的胡言乱语。"

"心理疾病?在你来之前,他都好好的。自从他和你出岛参赛后,整个人都变了,你敢说这和你没关系?"苏新七质问。

冯赟很从容,看着苏新七,推了下眼镜,反问:"你有没有想过他会变化是因为你?或者更确切地说,是因为你和陈鲟。你选择了陈鲟,抛弃了他。"

冯赟又一笑,温和地说:"后来你又背弃了陈鲟,我昨晚看了比赛,冠军,很厉害。"

苏新七心口一揪,双手隐隐在颤抖。冯赟拿捏住了她的弱点,祉舟和陈鲟都是她的软肋。曾经有段时间她陷入了疯狂的自责中,似乎所有罪恶的源头就是她,如果没有她,祉舟的耳朵会好好的,陈鲟也不会受到伤害。她花了很长一段时间从这种消极的状态中走出来,因为她要让真正有罪的人受到惩罚。

苏新七强制自己冷静下来,直视着冯赟,眼神异常坚定,她咬着牙发誓般说:"总有一天,我会让你为你所做的事付出代价。"

大屿市是个海滨城市,旅游业发达,改革开放后凭借着优越的地理位置,依托着几个天然良港,商业发展很快,近十年已经一跃成为国内一线城市,吸引着来自全国各地的年轻人。

夏天太阳热辣,柏油公路被晒得松软,一脚踩下去会粘住鞋子似的,城市的洒水车每天定时定点出动，那点小水花抑制扬尘还有点作用，但降温效果远不如一阵海风。

苏新七见完委托人回到律所，水也顾不上喝一口，敲开了王峥的门。

王峥算是她的师父，三十五岁，之前是一家律所的合伙人，是国内有名的刑事律师，胜诉率很高，做过几次无罪辩护且都赢了，他靠着几个大案要案打出了名声。

苏新七能跟着他算是机缘巧合，大四时她和两个同学代理了一个民事案件，最后经过调解顺利结案。当时那个委托人正好是王峥家的家政阿姨，他们也因此结识。

一年前王峥出来单干，成立了个人律所，想找个助理帮忙，他不喜欢已经执业的律师，那些律师身上多少都有前人留下的痕迹，处事理念不同相处起来会很麻烦，比起已经有涂抹痕迹的画布，他更喜欢白纸，于是就找上了苏新七。

当王峥说明来意时苏新七是很惊诧的，王峥名声在外，学法的没几个不知道他，当得知他的目的时，她更意外了。她的本科学校不是名牌大学，像王峥这样的律师，想找个助理明明可以有更好的选择，怎么会看上她这个名不见经传的毕业生。

她有困惑，也当面问了他。王峥的回答是他自己就是从草根打拼上来的，并不看重学历。他还告诉她，他和她的导师是好友，看过她的毕业论文，虽然有些观点稍显天真，但提出的问题够大胆，是他喜欢的风格，所以他看中她了。

苏新七不是虚荣心重的人，但能得到业界前辈的肯定还是高兴的。虽如此，她一开始还是拒绝了他，理由她也直截了当地说了，她学法的初衷就是进检察院，成为一名检察官。

她有这个想法倒不是因为稳定，而是四年前，在她朴素的认知里，检察官是正义的代表，这个职业可以让有罪之人受到法律的制裁。

王峥听到她这个理由时笑了，但他没有否定她，而是给出了另一个理由，就是这个理由说服了苏新七，让她成了他的助理。

"刑事律师和公诉人是法庭上的双方,'知彼知彼,百战不殆',你想成为一名优秀的检察官,没想过在那之前先把律师身上的本事学走吗?在检察院里你不一定能学会如何成为一名检察官,但在我这儿,你可以。"

苏新七记得他是这么说的,她当时觉得向一个律师学习如何做一名检察官这件事简直荒谬,但回去细想后她又不得不承认他说得有几分道理。检察院不容易进,就算进去了也是从基层做起,她此前早早地做好了打算,不读研直接考检察院,但王峥的话让她动摇了。

王峥的本事自不用说,在他身边可以学到很多东西,苏新七被他那句"知己知彼,百战不殆"打动了,律师界有句话说"好律师是用案子喂出来的",她认为好的检察官也是,跟着王峥也许更有机会接触到大案子。

几番考虑之后,苏新七决定给自己一个试错的机会,于是她成了王峥的助理,从尚未毕业一直做到了现在。

"王律。"苏新七推门进去。

"回来了。"王峥抬头。

苏新七把委托合同递给他:"调查报告我会尽快写出来。"

王峥看了眼合同,点了点头:"下午准备下,和我一起去趟看守所。"

苏新七一听就知道是要去见当事人,也不多问,点了点头:"好。"

从王峥的办公室出来,苏新七走到了自己的办公桌前,拿了杯子去茶水间倒了杯水,一杯水下肚她总算顺过气来。

"小七。"

苏新七从茶水间出来,听到行政助理杨惠喊她就走了过去。杨惠比她大个几岁,她一直叫对方"杨姐"。

杨惠往王峥的办公室看了眼,压低声问她:"中午一起吃饭啊。"

"行。"苏新七答道。

"王律下午让你干吗了?"

"去看守所。"

"你又要出去啊?"

苏新七点头。

"这么热的天……要去多久啊,下班前能回来吗?"

"不出意外的话,应该可以。"苏新七问,"有事?"

杨惠说:"城南有家健身馆新开业,我想去看看。"

"你想健身啊?"

杨惠捏捏肚子上的肉,撇了下嘴说:"再不动动夏天就过去了。"

杨惠一直很介意自己的体型,苏新七笑笑:"要是回得来我就陪你去看看。"

"上道。"杨惠又问她,"你要不要也办张卡,一起锻炼锻炼。我和你说,现在的人都亚健康,多动动对身体好。"

苏新七沉默片刻,问:"能游泳吗?"

"嘿,巧了,我告诉你,这家健身馆主打的就是游泳健身项目。"

苏新七有些意外,泳池占地太大,一般健身馆都不会有泳池,所以她想游泳时都是直接去的游泳馆。

"到时候去看看,要是合适你也办张卡呗,还能一起去健身。"

苏新七其实并不想办健身卡,城南离她住的地方有段距离,要是想健身,她住的小区附近也有健身房,没必要舍近求远,但她还是没拂了杨惠的好意,应了好。

这时律所的门被推开,实习生卢成和章筱筱从外面回来,进门就直奔落地空调去。两个年轻人争着抢着站在空调前面,吹上冷风的那一刻都舒爽地吁了口气。

"看这两个小孩。"杨惠笑着说。

卢成吹了会儿风,转过身走向苏新七,说:"学姐,我给你带了鲜榨果汁,橙汁、西瓜汁还有甘蔗汁,你看看想喝哪一杯?"

"就给你学姐带,我没份啊?"杨惠故作不满道。

"这不学姐挑了还剩两杯,杨姐别急,你也有。"

章筱筱也走过来,亲昵地挽上苏新七的胳膊,瞟了卢成一眼,说:"别献殷勤啦,小七姐才不会看上你。"

她又看向苏新七:"小七姐,你别被他迷惑了,他可坏了,刚去检察院还向检察官小姐姐要微信来着。"

"欸,你别诬蔑我啊,我加微信是为了以后工作方便,再说了……"卢成故作风骚地往后撩了下头发,朝苏新七抛了个媚眼,"不是说'男人不坏、女人不爱'吗?"

苏新七从容地笑笑:"我是喜欢坏男人,但是……你还不够坏。"

她拿过一杯橙汁,抬手示意了下:"谢谢。"

苏新七走回自己的办公桌,听卢成和章筱筱又在斗嘴,杨惠从中调停,不由得笑了笑。

下午,苏新七和王峥一起去看守所见当事人,会见结束后已近四点,王峥有事要去趟法院,苏新七自行打车回到了律所,整理下午的会见记录。

专注做事,时间就会过得飞快,苏新七把会见记录发到王峥的邮箱里,抬眼看了下时间,已经到下班的点了。

两个实习生见王峥不在,到点就脚底抹油。杨惠背上包,招呼苏新七:"小七,走啊。"

苏新七记起去健身馆的事,应了声"好"。她起身收拾了下东西,把笔记本电脑装进包里。

杨惠:"你还带工作回去呢?"

苏新七点头。

杨惠:"律师这行就是没日没夜的,不把笔记本电脑带回家是我最后的倔强。"

苏新七施施然一笑,把办公室的灯和空调关了,检查了下窗户才关上律所的门,和杨惠一起离开。

太阳西下,余晖照在大厦的玻璃幕墙上,映出流云。傍晚的气温并没有下降多少,热岛效应让整座城市如同罩在玻璃罩子里,闷热异常。滨海区虽临海,但海风并不能完全缓解燥意。

城南临海,那一片区域是文艺青年扎堆的地方,各种小清新店铺、文化产业创意园区、潮店、游乐园一应俱全。近几年随着互联网的发展,城南的网红店如雨后春笋,一年四季就没个冷清的时候。

苏新七和杨惠打了个车去城南路，就几公里的路程堵了二十分钟才到。

下了车，杨惠指着前面说："到了。"

苏新七抬头打量了下前方独门独栋的大型健身馆，双层建筑，外观设计风格还挺后现代的，从不规则的玻璃幕窗里还能看到馆内的场景。

"这里以前是不是一个商场？"苏新七回忆道。

"对，去年倒闭了，现在被人盘下来重新装修成健身馆了，外面看着是不是挺高大上的？"

"嗯。"

"里面可大了。"杨惠掏出手机，"最近好多人来这儿打卡，我朋友圈都刷屏了，不然我也想不到要来这儿看看。"

苏新七走近，抬头看到健身馆的 logo（标志）时表情微凝。

杨惠一边拿着手机对着健身馆拍照，一边说："这个健身馆的标志还挺特别的，一条鱼，底下那一行英语，我查查是什么意思。"

"鲟鱼。"

"啊？"杨惠没反应过来。

"Sturgeon，鲟鱼的意思。"

"这么生僻的单词你都认识，服气。"

苏新七默然。

"小七，你帮我拍张照，我也打个卡。"

杨惠把手机递过去，苏新七接过，等杨惠摆好姿势后，举起手机对准她按下快门："换个姿势。"

苏新七微微蹲下身想把杨惠拍得修长些，她正找着角度，手机屏幕中忽然出现一个身影。她的脑袋一嗡，如遭雷击，立刻抬头看过去，那人已走进健身馆里。

她起身，匆忙把手机还给杨惠，急切地说："杨姐，我有事，先进去了。"

"欸，小七……"

苏新七顾不上解释，迈开腿就往健身馆的正门跑去。健身馆才开业不久，门口还摆着花篮。她推开厚重的大门,目光往内不断地巡睃着。开业特惠,下班后来锻炼的人挺多的,馆内空间很大,她仓皇四顾,就是没看到刚才那个身影。

健身馆分为好几个区,苏新七正要进里面找找,一个健身顾问上前拦下了她,礼貌地询问道:"女士,您是来健身的?"

"嗯。"苏新七有些着急,目光还在馆内游弋。

"您已经是我们的会员了吗?"

"不是……"苏新七深吸一口气冷静下来,看着那个顾问说,"你能先带我参观下吗?"

"当然。"

顾问带着苏新七一个区域一个区域地参观,从特教区到有氧运动区再到力量训练区、综合训练区,顾问尽职尽责地介绍区域功能、健身器材。

苏新七压根儿没在听,她的注意力都在人身上,步履仓促,走遍了好几个区都没看到想找的人。

顾问见她步履匆匆,似乎对健身馆不太感兴趣,为了业绩,她有针对性地建议道:"我再带你去瑜伽室、操厅、单车室看看?"

苏新七想了下,问:"你们这儿是不是有泳池?"

顾问忙点头:"有的有的,在楼下。"

"带我去看看吧。"

苏新七跟着顾问下了楼,绕过更衣洗浴区,推开一扇大门,入眼就是一个大泳池。池子里有不少人在游泳,她的目光从那些人身上一一扫过。如果陈鲟在池子里,仅凭泳姿她都能够精准地认出他。她来来回回看了几遍,最后才死了心,他不在这儿。

苏新七觉得是自己看错了,表情难免失望。

顾问观察苏新七的表情,还是很尽职地说:"女士,我们馆才开业,您有什么不满意的地方尽管提,能解决的我们都会给您解决的。"

苏新七抚了下太阳穴,忽然心念一转,问道:"你们馆长是谁?"

"啊?"顾问有些蒙了。

"你们馆长叫什么名字?"

顾问虽觉莫名,但基于职业素养还是如实回答道:"我们馆长是罗粤,罗先生。"

苏新七听到这个回答,沉下的心又冉冉升起。她双眼微亮,笑着说道:"给我办张健身卡吧。"

第二章
好久不见

夏季白昼长,城南路的路灯晚上七点钟才一一亮起,夜色渐浓,城南区反而越加热闹,年轻人的夜生活才将将开始,附近的居民在饭后也会去滨海栈道走一走消消食。

健身馆二楼,办公室里,陈姆站在落地窗后,低头看着底下。苏新七从健身馆正门出来,她走了段路,突然站定,转过身抬头往二楼看。陈姆一动不动,表情也没变,冷冷淡淡的。

办公室的窗玻璃镀过膜,外面看不到里面,罗粤走过去,低头往底下示意了眼:"你暴露了,她在馆里找你呢。"

"谁?"

"少装了,你进门就拉着我东躲西藏的,玩躲猫猫呢,我不信你没认出她。"罗粤瞥他,"我还以为你在国家队这几年已经心静如水了,怕碰上她你还来大屿干吗?"

陈姆面无表情:"下半年在这儿训练。"

"少来。你这几年大多时间都在澳大利亚的俱乐部训练,也就集训的时候会回来待上一段时间,今年训练基地搬到大屿来,你突然就愿意回来了,别人可能觉得你想家了,我可不信。"

陈鲟乜他:"爱信不信。"

罗粤被陈鲟这么说也不恼,一手搭上他的肩,有些幸灾乐祸地说:"藏不住了,她刚问了顾问我的名字,然后就办卡了。你猜,她还记不记得我?"

陈鲟推开他的手:"你是不是太闲了,健身馆新开业不用忙?"

罗粤耸了下肩:"你这个投资人在这儿,我可不得伺候着。"

"别把我的钱赔光了。"

"怕什么,赔了你就多拿几个冠军。"玩笑话说罢,罗粤正色道,"说真的,你这次能休息多久?"

"十天。"

"老沈还算有点良心,锦标赛结束知道给你几天假,不然谁受得了。"

老沈是陈鲟的主教练,他把陈鲟从市队选上省队,之后又陪着陈鲟去了国家队,专门负责陈鲟的训练事宜。陈鲟在澳大利亚的时候他也跟着,其实每次比赛结束老沈都会给他放假,不过以前他都不休息,赛后也照常训练。这次赛后回国,老沈让他休息半个月,陈鲟没拒绝,回家住了几天,提前来了大屿。

罗粤看着陈鲟说:"我让舒苑来馆里当游泳教练,她答应了,大概明天会到,还有几个省队的老朋友,听说你在大屿,也想来看看你。怎么样,明晚你把时间空出来,一起吃个饭叙叙旧?"

"再说吧。"

"啧,就这么定了。"罗粤抬了抬下巴,"你晚上没什么事吧,去池子里比画比画?"

"你比不过我。"陈鲟一点也不谦虚。

"那是。"罗粤坦然,冲陈鲟挤了下眼睛,"你练的'童子功',谁比得过你?"

陈鲟乜斜他:"滚。"

陈鲟看了下时间,戴上手上的鸭舌帽,转过身往门外走去:"走了。"

"欸,你这就走了?不下水了?"

"人太多。"陈鲟几天没下水,今天来健身馆本是想下去游两圈的,现在却没了心情。

陈鲟从健身馆出来，他压低帽子，寻常人一样从从容容地走着，夜色掩护下，没有人认出他是前几天占领头条的双冠王。

大屿的游泳训练基地在湾泊区，基地有宿舍，陈鲟来大屿之前，罗粤帮他租了个房子，就在湾泊区，他不训练的时候住那儿。

陈鲟今天是自己开车来的，他嫌城南路这边容易堵车，来的时候就把车停在了商贸大楼的地下停车场。商贸大楼离健身馆有个三百米的直线距离，他不赶时间，就在滨海栈道上走了走。

夜色下的海洋深邃得神秘，岸上的人间灯火照不透深海。陈鲟把手肘撑在栏杆上，眯着眼望着远海，目力所及之处有几艘邮轮在缓缓航行。

这里的海与澳大利亚的不同，陈鲟忽然想起自从十八岁后，他已经有几年没在国内的海里游过泳了。

夜色稠浓，栈道上人来人往，小地摊越来越多。

陈鲟没在栈道上逗留太久，继续往前走，过了红绿灯就是商贸大楼。大楼里灯光太亮，他怕被认出来，没进楼里搭乘电梯，绕道去了停车场的地下出口，往下走进了停车场。

地下停车场灯光晦暗，偌大的地方没有人声，有点像香港警匪剧的场景，似乎下一秒匪徒就会出现。

陈鲟找到了自己的车，却没有立刻上车，他站在车前，忽然开口说："还要跟下去吗？"

他的声音显得停车场越加空旷，空气寂静了几秒。

苏新七知道自己暴露了，她躲在一根立柱后面，屏息抿唇十分紧张。

几秒后，她闭上眼，深吸一口气，缓缓启唇，声音有些颤抖："你想见到我吗？"

陈鲟循声望过去，盯着那根柱子："跟踪我的人不少，你不出来，我怎么知道你是谁？"

苏新七抿了下嘴，睁开眼说："你知道。"

陈鲟冷笑。

过了会儿，苏新七听到车开锁的声音，以为他要走了，犹豫了下，最后还是从柱子后面缓缓走出来。

陈鲟靠着车身，手上拿着车钥匙把玩着，眼睛直直地看着那根柱子，直至后面的人走出来。

苏新七抬眼触上他目光的那刻，心脏一揪，竟觉得有些不真实。

他们之间隔着五年的光阴，于她而言，分别恍如昨日，他在她的心里没有淡去，反而随着四季更迭越发刻骨铭心。她原以为再次见到他，她会懊悔、痛心、自愧，但所有负面的情绪都没来得及涌上心头，只看他一眼，思念顿时如潮水将她淹没。

苏新七眼眶微热，不敢走近，看着陈鲟心里竟十分忐忑，说话的语气也透着慌张无措。

"……好久不见。"

陈鲟看着她，如同看着一个陌生人。

苏新七攥着一手的汗，她可以在法庭上镇定自若侃侃而谈，却在他的眼神中败下阵来。

"我知道你不想见到我，我只是……"苏新七一顿，剩下的话说不出口。

她想见他，这个念头可以让她跨越山海，让她丢下一切从北半球到南半球，从白天跨到黑夜，可以让她尾随着他一路走到这儿，却不能给她足够的勇气，让她把想念宣之于口。

她害怕他会厌恶反感，也害怕自己会忍不住露出祈求的姿态。

"我想和你说声祝贺，你成功了。"苏新七深吸一口气，敛起情绪，不想让他觉得自己在纠缠，惹他生厌。

她露出一个浅淡的笑，故作坦然道："你不用刻意躲着我，健身馆我不会再去了，我也不会打扰你的生活，以后……祝你一切顺利。"

苏新七说到这儿，鼻尖一酸，好像现在是迟到五年的道别，今晚之后，天涯海角，他们再无瓜葛。此刻她甚至后悔今晚跟着他来到这儿，如果他们没有碰面，或许她还能抱着一丝愚不可及的奢想，自欺欺人。

她后退一步，深深地看他一眼，最后转过身，轻轻说了声："再见。"

"你这么肯定我还记得你是谁？"

苏新七走了两步，忽然听到陈鲟的声音，她顿住脚，低下头，掩去眼底的落寞："眼神不会骗人的。"

陈鲟神色清冷，眼神幽暗，他语带嘲讽，冷笑了声说："你以为你是仙女下凡，这么多年过去了，我还会对你念念不忘？"

苏新七恍了下神，心口一阵酸楚。她握了握垂在身旁的双手，咬了下唇，片刻后才说："你当然记得我……恨一个人有时候比爱刻骨。"

她语气轻嘲，轻飘飘的，陈鲟听着却觉得刺耳。

"既然知道，你还敢出现在我面前？"

苏新七嚅了嚅唇，心里明明有很多话要说，到了嘴边却只剩下最苍白无力的词汇。

"对不起。"

陈鲟沉下声："你说过了。"

苏新七忆起那年，一阵恍惚。

当年他洗清嫌疑，第一时间就离了岛。她从祉舟的葬礼离开，追去码头时轮渡船已经起航，她只能在岸上追着船，哭着向他道歉。后来她去找他，他不想见她，再后来他就出了国，她知道自己彻底伤害了他。

"我以为你没听到。"苏新七喉间涩然。

"有差别吗？"

苏新七摇了下头，没指望一个道歉就能把伤害抹去，但她此前一直抱着一个无耻妄想，她以为他没听到她的道歉，所以才会毫无留恋地离开，但现在，她该清醒了。

有辆车从车库里驶出，车灯从他们身上划过，很快四下又归于昏暗。

苏新七回过神，逼退眼底的潮意，暗自吸了吸鼻子，下定决心后转过身，语气郑重道："当年的事，我欠你一个面对面的道歉。"

她眨了下眼，鼓起勇气抬眼与陈鲟对视，由衷地说道："那时候我没有选择相信你……对不起。"

陈鲟沉默着，没有回应。他只是静静地看着苏新七，双眼似灯塔的探照灯，欲要看进她的心里。

半晌，他动了下身，打开车门坐进车里，驶离车库。

苏新七看着他的脸从身边一晃而过，好像这已经是他们所能到达的最近的距离了，以后山长水远相见陌路，只剩她还留在那年夏天。

陈鲟驾车从滨海区驶到湾泊区。他直接去了训练基地，下了车径自往训练池去。晚上基地里还有人在训练，他们都以为陈鲟在休假，甫一见到他还有些惊讶。

"鲟哥，你怎么来了？"泳池里有人问。

陈鲟没回答，戴上泳镜一头扎进水里，猛地游开。

一众人有些蒙，纷纷看向岸上的老沈。老沈摆摆手，表情嫌弃，埋汰道："别管他，单身，休了假精力无处发泄，让他游。"

所有人哄笑，很快就散开各自训练去了。

陈鲟似是不知疲倦，在水里接连游了十几个来回才上岸。他披上浴巾，往池边的长椅上一坐，摘下泳帽，擦了擦头发。

老沈走过去，掐着表看了眼，低头瞧着他说："还不错，下次报个1500米试试？"

"行。"陈鲟拿了瓶水，拧开盖仰头一口气喝了一半。

"再练练？"

陈鲟瞥他："出尔反尔？"

"我看你好像不怎么需要休息，今天游得比平时训练还猛，你比赛要有这劲头，早把世界纪录破了，就零点零几秒的差距。"

陈鲟不理会老沈的阴阳怪气，下水游了番他感觉好受多了。发泄完了，他也不在训练池多待，洗了澡换上衣服就回了运动员宿舍。

训练基地的宿舍两人一间，空间不大，摆着两张床，中间就剩一条过道。

陈鲟和林成义住一个宿舍，林成义是个老将，比陈鲟大五岁，是队里的老大哥，陈鲟刚进国家队那会儿多受他的照顾，他们的关系还不错。

陈鲟回到宿舍的时候,林成义正躺在床上看漫画,见陈鲟回来他并不惊讶,简单地打了个招呼:"回来了啊。"

陈鲟摘下帽子:"嗯。"

"刚去游泳了?"

陈鲟随意薅了下湿发,回答道:"游了两圈。"

林成义放下漫画,坐起身问:"你休假怎么还回队里?"

"事情办完了。"

"啧,你才比完赛,多休息一阵子不好啊。"

陈鲟说:"在队里一样能休息。"

"世界冠军的自我修养。"林成义朝他竖起大拇指,忽地又说,"刚小郭给我发信息,知道老沈说你什么吗?"

陈鲟正在换衣服,心不在焉道:"嗯?"

"说你单身,精力没处发泄,只能来训练。"林成义嘿嘿笑着,"你说他损不损。"

"呵。"陈鲟浑不在意。

"我说小鲟,队里不反对谈恋爱,你都二十三岁了,世界冠军也到手了,可以找个对象了。"林成义做出一副长辈模样,谆谆劝导道,"看你平时除了训练就是训练,在国外也是,比赛虽然重要,但你也得享受生活啊。"

"你不会是不喜欢姑娘吧?"林成义说完又自我否认了,"不对啊,你刚进队的时候有喜欢的姑娘啊,那姑娘还挺漂亮的。"

陈鲟皱眉:"你怎么知道?"

林成义挠了下头:"有次和你借泳镜,在你柜子里看到的……你那时候不总偷摸看她照片吗?以为我没看见啊。"

陈鲟坐在床边,垂眼不语。

林成义神经大条,没察觉他的异常,接着说:"你刚进队那两年练得那叫一个猛,起早贪黑的,有她的原因吧?"

陈鲟没否认。

林成义继续说:"我还脑补了下,以为你们像电视剧里演的那样,她家里反对你们在一起,你为了证明自己,所以才埋头苦练。"

"不过看这两年,你和她也没在一起。"林成义似有遗憾,喟叹一声无心地问,"那姑娘现在在哪儿,你知道吗?"

陈鉧越发沉默,良久才哑声说:"都过去了。"

王峥最近在忙一个贪污案,他是二审的辩护律师,案子近期要开庭,苏新七上午陪他去法院开庭前会议,商议开庭事宜。庭前会议是法庭辩护的前奏,法官、检察官、律师三方都在,各方都有自己的立场,会上气氛紧张硝烟四起。

王峥和检察院的检察官李溦尤是,从会议一开始,他们就如针尖对麦芒,势同水火,你一言我一语,夹枪带棒火药味十足,简直就是把庭前会议当成了法庭辩护。

苏新七见惯不怪,一边写着会议记录,一边观察法官的表情,转头和李溦边上坐着的孙奕飞对上眼,见他冲她笑,出于同学关系,她也回了一个笑。

王峥和李溦争执不下,谁也不肯让一步,会议几乎进行不下去,最后还是法官从中调停,这个会才勉强有了个折中的结果。

会议结束,苏新七和王峥与检方的人一前一后走出法院。下台阶前,李溦转过身,微抬下巴,一脸倨傲地睨着王峥,不客气道:"无罪辩护,你可真敢想。"

王峥挑了下眉,轻笑了下说:"既然我争取到了二审开庭审理,你就不能说没有无罪判决的可能。"

李溦冷笑:"你总帮那些渣滓脱罪,良心不会不安吗?"

王峥耸了下肩,平静以答:"我只是保障我当事人的合法权利。"

"呵,说得好听。"李溦鄙夷地瞧了王峥一眼,又看向他身后的苏新七,换了个和善的表情,笑着说,"新七,别跟着他了,你快弃暗投明吧,检察院的大门永远为你敞开。"

苏新七知道这种时候只要保持微笑就好。

王峥极轻地笑了一声,李澈乜他一眼:"王律,别太得意,法庭上见。"

"庭上见。"王峥颔首,"正义的……李检。"

苏新七看见李澈的脸色马上就变了,她觉得下一秒李澈就会骂出来。她心里暗叹,立刻给孙奕飞使了个眼色,他接收到信号,立刻凑上去对李澈说:"澈姐,我们该走了,王叔在等呢。"

李澈忍了忍,最后沉着脸转身下了台阶。

"那个,小七,我先走了,有时间一起吃个饭。"孙奕飞一边往下走,一边挥手。

苏新七应了声好,察觉到王峥的目光,她回过头,想了下说:"我会和检方保持距离的。"

"没必要,工作归工作,生活归生活。"

这句话在苏新七心里过了一遍,她看着他,忍不住说:"你一定要激怒她吗?"

王峥噙着笑,一脸云淡风轻:"让猎物保持活力,捕食才有乐趣。"

王峥野心勃勃张扬高调,在专业领域时而会唯我独尊。苏新七忽地想起陈姆,她看过他所有的采访,他也说过类似的话,年少时的他就是个锋芒毕露的人。

苏新七走了神,王峥看着她,直接点出来:"你今天状态不对。"

苏新七回神,她昨晚回去后喝了酒,今早脑袋昏沉,注意力的确不太集中。她没有找借口,开口欲要道歉,王峥直接就说:"别把心事带到工作上来,赶紧调整。"

苏新七点了点头:"好。"

从法院回到律所,苏新七坐到自己的工位上,按了按太阳穴。她拉开抽屉,从里面拿出薄荷膏放在鼻下闻了闻。

"学姐,你怎么了,是不是不舒服?"卢成关切道,"会不会是中暑了,去医院看看吧?"

苏新七抬头:"不是,只是昨晚没休息好。"

"你熬夜工作了吧?"

苏新七没多解释。

"你好好休息下,要是下午还没缓过来还是去找医生看看比较好。"卢成指指她的桌面,"你的工作我能帮你做一些。"

苏新七看他热心,拒绝了难免又要客套几句,沉默片刻后给他找了几份文件让他检查。卢成似乎觉得帮上了忙,拿着文件兴冲冲地走了。

卢成走后,杨惠走过来问:"没事吧?"

苏新七摇了下头:"昨晚喝了点酒。"

"嚯。"杨惠看着她,眼神难掩好奇,"你昨晚怎么回事啊,去了健身馆后整个人都不对劲了,进去丢下我,出来还丢下我。"

苏新七歉然道:"杨姐,昨天真不好意思啊,下次我请你吃饭赔罪。"

"行了,我又不是兴师问罪来了……你要是难受的话,去泡杯蜂蜜水,喝了会好点。"

苏新七点点头。

"对了,今天早上法援中心给律所发函了,邀请我们所的律师去青海进行法援活动呢。"

苏新七以前做过法律援助的工作,但都是去周边的乡下,听到这次去青海,不由得说了句:"还挺远的。"

"谁知道呢。"杨惠说,"王律这么忙不会去的,他也不需要法援中心的案子,你是他助理,他忙你也闲不下来,不过那么远,估计你也去不成。"

苏新七笑笑,和杨惠聊了几句,拿起杯子去茶水间泡了杯蜂蜜水。

夏日骄阳似火,苏新七中午在律所稍作休息,下午就顶着大太阳跟王峥一起去会见委托人。王峥很忙,作为他的助理,苏新七基本上也和陀螺一样,熬夜加班是家常便饭,有时周末也要把时间让给工作。

苏新七对此倒没什么怨言,虽然她并不完全认同他的理念,但跟着他的确能学到很多。且作为老板王峥很大方,他让苏新七每个月写工作日志计时,到了月底会按工作时长给她结算工资,一个月下来数目还是很可观的。

在咖啡厅见完委托人出来,王峥回头说:"晚上有个饭局,你也去。"

苏新七没有拒绝，应声道："好。"

想请王峥吃饭的人很多，他几乎每天都有应酬，苏新七曾经不解，不明白像他这样一个功成名就的大律师，为什么还要挤出时间去和人虚与委蛇。但王峥说了，人脉是律师重要的资源，维系良好的人际关系是必要的，虽然消耗了时间成本，但长期来看是有益的。

晚上约王峥吃饭的是一家船舶公司的几个高层，王峥以前帮他们公司打赢过官司。

饭局是在一家本地菜馆，这家菜馆以海鲜大餐最为出名，苏新七出了岛就很少在外面吃海鲜。可能是心理作用，即使大屿临海，她还是觉得这里的海鲜不够新鲜，即使烹饪花招再多，也远不如在渔排上加点盐清蒸或水煮，原汁原味的来得可口。

苏新七胃口缺缺，勉强吃了几口饭。她看他们互相奉承，说着一些客套的场面话，心里觉得没意思，但面上还是做足了功夫。毕竟王峥在这儿，她就还没下班。

应酬少不了喝酒，几个高层轮番敬酒，苏新七躲不过也喝了几杯。她很有眼力见儿，察觉到他们还有些不好在台面上说的事要谈，就趁机说要去趟洗手间，起身从包厢里离开。

她去洗手间洗了个手，打算过个十分钟再回去，十分钟正好可以让王峥和他们谈一谈而又不必立刻给出承诺，这就是王峥带她赴约的意义。

洗手间在走廊尽头，苏新七出来后站在走廊的窗边往外看了眼，天色暗下后，外面灯火璀璨。

她按了按脑袋，昨晚喝了酒，今天下午才勉强缓过劲来，晚上又喝了几杯，酒劲上来后太阳穴发胀，抽着疼。她打开包，从里面拿出烟和打火机，点着烟后吸了一口，尼古丁入肺，她一下子就感觉好受多了。

陋习总让人感到放松，也难怪人沾上后容易堕落。

苏新七自嘲一笑，夹着烟就要去洗手间里掐了，却没想到一转身碰上了几秒前才想起的人。她眨了眨眼，一度怀疑自己是不是酒喝多了出现了幻觉。

陈姆正在打电话,抬眼看到苏新七时表情明显一怔,他微不可察地皱了下眉,旋即又看向她手里的一点猩红,眼神更是晦暗。

"今晚不回基地,明天我会过去。"陈姆说完这句话后,利索地挂断电话。

苏新七迎上他的目光,又是一阵局促。她下意识地把夹着烟的手背到身后,略带慌张地解释道:"我今天是陪老板来这儿应酬的,我也不知道你会在这儿……我没有跟着你。"

陈姆看她一眼,没说什么,转身进了洗手间。

苏新七的表情暗淡下来,怕陈姆出来时又看见她,立刻去洗手间里把烟掐灭。她走得急,在路上撞上了一个人。

"你怎么回事啊,走路都不看的吗?"

"抱歉。"

苏新七抬头,郑舒苑正要抱怨,看到撞她的人是谁时,先是愣了下,很快狠狠皱起眉头,不快道:"是你,你怎么在这儿?"

苏新七自然也认出了她,遂如实说:"吃饭。"

"真是倒霉。"郑舒苑满眼嫌弃,又试探地问,"你刚没碰着谁吧?"

苏新七回视她:"如果你指的是陈姆,我碰到了。"

郑舒苑看苏新七的眼神立刻充满了防备,她质问道:"你是不是又在打什么主意?我警告你啊,五年前我就告诉过你——"

郑舒苑咄咄逼人的声音在看到陈姆时戛然而止。

陈姆的目光先落在苏新七身上,而后看向郑舒苑问:"在干什么?"

郑舒苑撇了下嘴:"没什么,找你呢。"

陈姆径自越过苏新七,朝郑舒苑示意:"走吧。"

"噢。"

郑舒苑给了苏新七一个警告的眼神。苏新七看着他们并排离开的背影,神色失落。

她知道五年的时间中很多事情都已改变,但当这些变化一次次具象地呈现在她面前时,她还是免不了会难过。

回到包厢,苏新七的情绪始终消沉,还好王峥他们在谈事情,也没多注意她。

饭局结束，王峥和几个高层在门口握手道别。等人走后，他捏了捏鼻梁骨，人看上去不太舒服。

苏新七知道他今晚被灌了很多酒，遂问道："王律，要不要给你叫个代驾？"

"不用了，我让人来接。"王峥看向她，"你打个车回去，明天可以迟点来律所。"

苏新七点头："好的。"

这时路边停了辆车，车内人按了下喇叭，王峥叮嘱苏新七路上注意安全，随后走向那辆车，打开车门坐上副驾驶座。

苏新七无心一瞥，看到了驾驶座上李溦的脸，仅仅只是一瞬的时间，车门关上。几秒后，车子启动，缓缓驶离。

她并不疑心自己看错了，也一点都不惊讶。王峥和李溦的事，她之前在无意中就发现了。她一开始有些诧异，毕竟一个是检察官，一个是知名刑事律师。几次和检察院交锋，苏新七还特意观察了下王峥和李溦，在工作上他们完全是针锋相对的状态，就像今早的庭前会议，彼此照着对方的七寸打，一点没留情面，她想象不到这样水火不容的两人私底下是怎么相处的。

苏新七没在这件事上多纠结，毕竟不管他们做的什么职业，拥有什么头衔，归根结底都是人。爱情会降临在哪两个人身上、什么时候降临都是没有道理可言的。就像当初，她怎么也想不到自己会喜欢上陈鲟，那么喜欢。

第三章
回不去了

陈鲟回到包厢,罗粤他们还在热聊,说说笑笑的。

"陈鲟,你休完假后就在大屿训练?"一个人问。

陈鲟抬眼:"会去青海。"

"今年的高原训练这么早啊?"

"嗯。"

阔别五年,旧友相见难免要碰几杯,陈鲟即使在休假也很自律,滴酒不沾,一直很清醒。他不是喜欢聊天的人,整个晚上就没说几句话,出去一趟回来后越加沉默,也没太注意他们在聊什么。

桌上几人的话题已经从年少糗事换到工作恋爱,他们这些人中有点成绩的还留在省队,有的则已经退役。退役的人不是选择读书,就是去做游泳相关的工作,还有就是罗粤这种自己创业的。

他们喝了点酒,一时有点感慨,其中一个穿着花衬衫的男人指着陈鲟,大着舌头说:"还是陈鲟厉害,能进国家队,拿世界冠军,以后都不用愁,不像我们,泯然众人了。"

他喝完一杯酒,来了劲,接着说:"当年出了付聪那档子事,陈鲟离队,我以为他职业生涯到头了。陈鲟,我当年可都是相信你,站在你这边的。"

在座几个还清醒着的一听付聪的名字都变了脸色，尤其是罗粤，他表情怫然，沉下声说："王一航，你酒喝多了，醉了吧，要不要出去醒醒酒啊？"

"马后炮。"郑舒苑知道内情，面色不豫地低声道了句。她小心翼翼地觑了眼陈鲟，他脸上没什么表情，就是这样才让人害怕。

陈鲟的目光扫过桌上面色各异的一众人，忽然笑了下："都这么严肃干什么？"

所有人都拿捏不准他这态度，罗粤就势接道："就是，这么严肃干吗？都多久的事了，没劲，聊点新鲜的……舒苑，你住的地方找了吗？"

郑舒苑愣了下才接道："明天找中介，这两天先住酒店。"

"那行，等你安顿好了再来馆里上班。有你这个美女教练，办健身卡的人能翻一番。"

其他人也讪笑着附和了几句，都假装刚才的尴尬不存在。

陈鲟觉得没劲，寻了个时机以队里有事为由先行离开。其他人大概都猜得出他是因为刚才的事不高兴了，没刻意挽留。

从包厢出来，陈鲟下楼结账，郑舒苑追下来："陈鲟。"

陈鲟抬眼："你怎么下来了？"

郑舒苑撇了下嘴说："没意思，还不如回酒店待着……你要回队里？"

陈鲟不答反问："你住哪个酒店？"

"就健身馆附近的……SISYPHOS。"

陈鲟扫码付款后，把手机往兜里一揣，说："走吧，先送你过去。"

郑舒苑面色一喜，立刻跟上去。

从饭馆出来，陈鲟正要去取车，转眼看到了站在路旁的苏新七。她正在拦车，这个点路过的出租车都载了客，她一连拦了两辆都没停下来。

陈鲟看她似乎不舒服，一手按着胃，一手时不时揉一下脑袋，他脚步微顿。

郑舒苑见他慢了，顺着他的目光看过去，立刻明白了，她直接问："你是不是还忘不了她？"

陈鲟回神。

郑舒苑看着他,一字一句地说:"当年因为她,你差点就被游泳队除名。你要是能原谅她,那也能原谅王一航他们,付聪的事他们虽然没有明确站在你这边,但是也没跟着别人一起诋毁你。"

陈鲟眸光微闪,很快收回视线,敛起所有情绪,平静地说:"走吧。"

九月中旬,大屿刮了场台风,一连下了好几天的暴雨,整座城市像糊了层湿透的纸巾,潮湿得让人透不过气来。连日不见光,屋子里的物件似乎都透着霉味,阴天让人的情绪也很消沉。

苏新七回到出租屋,脱下被雨打湿的外套,换了鞋,先去厨房倒了杯水喝。

这周孟芜的男友来大屿,她晚上不回来,房子里只有苏新七一个人。她洗了个热水澡,换上睡衣吹好头发从浴室出来,给自己煮了碗鱼丸面,简单把晚饭解决了。

吃完饭,她抱着笔记本电脑窝在沙发里处理文件,外面下着大雨,雨珠敲窗的声音显得室内更加安静。

晚上九点钟的时候,苏新七接到了陈沅的视频电话。才接通,陈沅上来就抱怨最近天气不好,每天下雨,都没办法出门玩。

陈沅高考后去了一个高职读护理专业,但她志不在医,在校的时候就喜欢捣饬美妆,毕了业就签了一家网红公司,成了一个美妆博主,时常开直播分享美妆教程。

苏新七早已习惯她咋咋呼呼的,笑了下说:"你今天不用直播啊。"

"休息,本来想去找你的,下暴雨。"陈沅嘟了下嘴,瞥到苏新七手边放着几份文件,惊叹道,"你还在忙啊?"

"过两天要出远门,一些工作想尽早处理掉。"

"出远门,去哪儿啊?"

"青海,法援。"

"啊,这么远啊,多久才回来啊?"

苏新七想了下,说:"四五天吧。"

"好吧,律师就是忙,等你回来告诉我,我找你去。"陈沅又叮嘱了句,"青海海拔还挺高的,你要照顾好自己啊,提前吃点红景天,别高反了。"

"嗯。"苏新七点了下头。

"我们有阵子没聊天了,你有没有新情况啊?"陈沅摘下美瞳,看了眼镜头问,"你那个同学,检察院的,最近约你了没?还有之前的警察小哥哥,还联系着吗?还有给你送花的同行,有几个吧,有进展吗?"

苏新七听她这么说,无奈道:"都只是工作上的联系。"

"是你单方面和人家只保持工作上的联系吧?"陈沅一脸了然,她一只眼睛敷着卸妆棉,用另一只眼睛看着镜头说,"我敢保证,只要你朝任何一个方向主动迈出一小步,甚至不用迈步,给个眼神就行,他们立刻就会朝你飞奔而来。"

苏新七被逗笑了,陈沅看着她的笑靥,尽管相识多年还是不得不感慨一句:"你长这样就当不了美妆博主,显得化妆品多余,容易引人嫉妒……美女,赶紧看看那些爱慕你的男人吧,别老看法律条文研究案子啦。"

苏新七抿着浅淡的笑听她瞎侃。

"说真的,小七,你别总拒人千里之外。"

苏新七垂下眼,忽然轻声说了句:"我见到陈鲟了。"

陈沅惊得差点把卸妆水洒了:"你见到陈鲟了?什么时候的事?"

"就最近,他回国了,现在在大屿,接下来这段时间可能会在大屿训练。"

陈沅瞪着眼睛好不容易才把这个消息消化了,她凑近屏幕,看着苏新七问:"你们……见面了?"

苏新七点头,抬手理了下头发,笑着说:"他不太想见到我。"

"小七。"陈沅见她笑着说这句话都心疼了。

"我没事,意料之中。"

苏新七和陈鲟之间的事陈沅都知道,这会儿也不知道该怎么宽慰她。

"小七,你还喜欢陈鲟吗?"陈沅沉默了几秒后问道。

苏新七回想起和陈鲟近两次的碰面,一见到他,她就难以自抑。

"我忘不了他。"她很认真地说,"我很想他。"

"既然这样……"陈沅说,"那你就冲上去表白,或许他心里还有你呢?"

苏新七哑然,片刻后摇了摇头:"不现实。他……现在挺好的,我不想打扰他的生活,我的出现会让他总想起曾经不被信任的回忆。"

陈沅张了张嘴,不知道该怎么劝。她十七八岁时总觉得无疾而终的爱情才深刻,现在才知那时是多么天真,这样的爱情背后有多少不为人知的痛苦和遗憾。

"那你也放过自己吧,你要他往前走,你也别困在过去了。"陈沅叹口气说。

苏新七缄默。

大约雨天真的会让人变得忧郁,苏新七挂断视频后给自己倒了杯红酒。回到房间,她坐在床上看着窗玻璃上的雨珠放空许久。外面狂风呼啸,她想起了陈鲟骑着车来海堤找她的那个晚上,亦是风雨交加。

她探身打开床头柜的一个抽屉,里面放着一个护腕和一个对讲机,还有形形色色的贝壳,那是她和陈鲟在赶海时捡的。

苏新七看着一屉的回忆想,她把自己的骑士弄丢了。

苏新七向王峥申请去青海参加法援活动,她本以为王峥会反对,没想到他立马就批准了。他说让她调整好状态再回来。

临行前,苏新七挑了个周末去了永安古厝。那天多云,但假日的古厝还是人烟辏集十分热闹,她特地错开饭点,午后去了面馆。

苏新七到时,面馆里没什么人,李父李母正坐着和人说话,苏新七走进去,朝他们颔首打了个招呼。

"小七,过来,来见见校长。"李父喊道。

苏新七走近,转过头才认出背对着她的中年男人是以前沙岛中学的校长朱建豪。没记错的话,她读初二的时候,他从岛外调了过来,等她高中毕业,他就被调回去了。

在面馆见到朱建豪,苏新七很意外,赶忙致意:"您好。"

李父搬了把椅子让苏新七坐下,抬头笑着和朱建豪说:"苏新七……和祉舟同届的,不知道您还有没有印象?"

朱建豪戴着副方框眼镜,穿着较为正式,不太茂密的头发梳得一丝不苟。他打量了眼苏新七,立刻说:"记得记得,他们那届考上大学的我都记得,除了祉舟,她考得最好是不是?"

"对对对。"李父应道。

朱建豪看向苏新七,问道:"你现在是继续读书,还是出来工作了?"

"我工作了。"苏新七回答道。

"在大屿?做的什么工作?"

"律师助理。"

朱建豪笑着点点头:"律师是个好工作啊,以后还能为家乡做贡献。"

苏新七看着朱建豪,忽然记起当年警方调查冯赟时,他说朱建豪是他的不在场证明人。他们两个都不是岛上的人,只在岛上工作,端午节那晚冯赟邀请朱建豪到他的住处吃饭,因为高考结束高兴,他们喝了酒,最后双双醉去,直到第二天日上三竿才起。关于此事,冯赟的前妻也是这么说的,警方由此排除了冯赟的嫌疑。

苏新七恍了下神,忽而笑了笑说:"为家乡做贡献说不上,能把祉舟的事查清楚我就算学有所成了。"

她观察着朱建豪的表情,只见他微微怔了下,随后就低下头惋惜地叹口气,说:"祉舟真的……唉,可惜了。"

李母忍不住哽咽了声,红了眼。

苏新七心头浮着一层云翳,她与朱建豪对视着,问道:"校长和冯赟还有联系吗?"

朱建豪明显愣了下,随后清了下嗓说:"冯老师啊,我到教育局工作后就没再和他联系了,听以前的同事说他现在开了家教育机构……怎么,你们现在还怀疑祉舟的事和他有关?"

"就是他害的祉舟!"

李母的情绪一时失控,李父忙安抚她,聊到祉舟的事,他也是一脸悲痛。

朱建豪表情为难，小心措辞道："祉舟的事我也很心痛，但是没有证据的事……"

苏新七看了李父李母一眼，又看向朱建豪，坚定道："我会找到证据的。"

店内一时静默，只剩下空调"呼呼"转的声音。

朱建豪看了眼腕表，咳了下说："哎呀，一不小心坐久了，我得走了，不然家里人一会儿该来电话催了。"

李父见他起身也站起来，说："下次来古厝再来吃面啊。"

"好的好的。"朱建豪和李父握了下手，"生意兴隆，保重身体。"

他又看向苏新七，用长辈的口吻客套地说了句："工作加油。"

苏新七和李父送朱建豪到了门口，等他走后，苏新七才问道："校长怎么来了？"

"周末陪家人来古厝玩，中午在店里吃面，碰上了。"李父叹了口气，"他还记得我们，以前祉舟学习好，有学校想招他，这个校长还来过家里，说希望祉舟留在沙岛中学，给学校、小岛增光。他还说会尽可能给祉舟最好的教育资源，冯赟……就是他请过来的。"

李父抹了把眼睛，声音满是沧桑："校长的出发点也是为了祉舟好，但冯赟表里不一，谁能想到他是个畜生，你说我能怪校长吗？唉，都是造化弄人啊。"

李父："小七，我们是不是拿那个畜生没有办法了？没有人相信我们说的，有时候想想，我真不如豁出去和他拼了。"

苏新七忙出声阻止："叔叔，我们说好的，不要冲动，拿你的命换他的，根本不值得。"

李父沉重地长叹一声："我知道的，你放心，我不会乱来，我要是倒了，你阿姨一个人撑不下去的。"

李母这几年精神状态不太好，苏新七很想安慰他们，但言语缓解不了剜心的痛苦。

她曾经询问过王峥，在没有任何实质性的物证和可靠的人证的情况下，要控告冯赟是不可能的，还很有可能会被反诉。

下午,苏新七在面馆帮忙。做餐饮的每天起早贪黑十分辛苦,店里之前有个小工,上个月辞职了,现在店里就只有李父李母两个人操持,她要是有时间都会过来搭把手。

四五点钟的时候,天色越来越暗,黑云压城电光闪闪,眼看一场暴雨就要来临,古厝里的游客散去,巷道里冷清许多。

"天气不好,今晚来吃面的人不多。"李父说。

李母从厨房露出个脑袋,对苏新七说:"小七今晚留下来吃饭。"

苏新七想着过两天要走,点头应好。

话音才落,门外有人掀开塑料门帘走进来,苏新七转过身,露出笑来,热情地招呼道:"欢迎光——"

她的话在看到进来的人时消了音。

李父看到来人也愣住了,直到陈鉧摘下帽子,他这才敢认,立刻惊喜道:"小鉧,真是你啊,你怎么知道我们在这儿开店了?"

"我爸说的。"陈鉧把手上的东西递过去。

"哎哟,你这孩子,来就来,还买什么东西。"

李父接过各种礼盒,苏新七怕他拿不住,上前搭了把手,拿了东西默默站在一旁。

"谁来了啊?"李母从厨房走出来。

"小鉧。"李父说。

李母看向陈鉧,想到以前的事,略有些尴尬:"小鉧啊,好几年没见了。"

李父拍了拍陈鉧的肩:"长大了,壮实了。"

"小鉧晚上有事吗?"李母把手在围裙上擦了擦,看了眼苏新七,语气谨慎,"要是没事,留下来吃碗面?"

苏新七双手攥着礼盒的绳子,抿了下唇开口说:"叔叔阿姨,我突然想起——"

"好。"

苏新七话还没说完,忽听陈鉧应了话,她怔了下,愣在原地不知道还要不要把话说完,自己还该不该走。

321

李父看陈鲟点了头，喜笑颜开。李母接过苏新七手上的东西，喊她："小七，你来厨房帮忙。"

苏新七掀起眼帘看了陈鲟一眼，他没看她，脸上也没什么表情。她沉默片刻，低着头跟着李母进了厨房。

陈鲟和李父在外面说话，苏新七在厨房帮李母打下手。李母虽说是留人吃碗面，但也没真就煮一碗面糊弄，她把厨房里有的食材都拿出来，准备做顿丰盛的。

"小七啊，你帮阿姨把鱼处理了。"

苏新七点头，拿了把剪子，抓了条鱼利落地开膛剖肚。

为了让食客放心，当初装修面馆时，李父特意让师傅给厨房装了个大玻璃窗，方便堂食的客人能看到厨师的操作，吃得安心。

陈鲟坐在店里，一抬眼就能看见苏新七，她低着头，手上拿着剪子在杀鱼。鱼还是活的，鱼尾不住地打摆，她抿着嘴，脸上神色淡淡，下手毫不犹豫。

"小鲟？小鲟？"

陈鲟回神，李父递了杯温水给他："喝水。"

"你爸妈还好吧？"

"嗯。"

"今年的世锦赛我看了，真争气，为国争光了。"李父冲他竖起大拇指，又问他，"今年还出国训练吗？"

"暂时没计划。"

"那是在大屿训练？"

陈鲟点了下头。

李父高兴道："以后你有空，就来面馆坐坐，带上你的教练和队友，叔请吃饭。"

陈鲟只是微微颔首。

李母把做好的几样菜从厨房端出来，李父拿了碗筷，招呼苏新七："小七，剩下的让你阿姨弄，你先过来吃饭。"

苏新七有些犹豫,但厨房里就剩煲汤和几道蒸菜需要等候,没她可以帮忙的地方了。她磨蹭了会儿,最后还是李母把她推了出去。

吃饭的桌子是张方桌,苏新七本想坐在李父身边,又觉得不太合适,坐陈鲟旁边她又怕他反感。正迟疑不定,李父把一副碗筷摆在陈鲟边上的位置上,示意她:"快坐下。"

再犹豫就显得刻意了,苏新七暗咬了下唇,走过去坐下。她把口袋里的手机放在桌上,双手放在膝上,都没敢去看陈鲟。

"来,你们两个快动筷子。"李父看着对面两个从始至终都没说过话的人,心里暗叹。

当年的事对他们夫妻俩是场灾难,对两个孩子的伤害也不小,何况他们当时年纪小,还不成熟,很多事没办法轻易揭过去。

李父张了张嘴想开解,话到嘴边又化作一声轻叹。孩子大了,道理都懂,他作为长辈,劝谁都不是,说多了反而是负担。

天色渐暗,李父把店内所有的灯都开了,没过多久,外面就传来了淅淅沥沥的雨声。

李母把最后几个菜端出来,四个人坐一桌吃饭。席间,李父李母问了陈鲟和苏新七一些工作生活上的问题,他们问一答一,没多说别的,饭桌上的气氛稍显沉闷。

苏新七低着头,机械地往嘴里塞饭,食不知味。她能感受到陈鲟的气息就在身边,他们明明离得这么近,却仿佛有着天涯之隔。

正出神,桌上的手机忽然振动起来,她一惊,立刻拿起手机,站起身说:"我接个电话。"

苏新七离开位置往店门口走去,在门槛处站定,把手机捂在心口,深吸了口气才接通电话。

"小七做律师的,就是忙。"李父看了眼陈鲟说。

陈鲟没应,垂下眼,脑子里想的是刚才无意中看到的东西。

她的手机壁纸很眼熟,似乎是他奥运夺冠的照片。

第四章
一叶扁舟

黑云翻墨，云层里时而有电光闪动，而后雷声骤响，似是天神震怒。滂沱的大雨倾泻而下，一些没来得及离开的游客脚步匆匆，慌不择路地冲进巷道的小店里躲雨，忆舟面馆也来了不少人。

苏新七接完一个电话，回到餐桌和李父李母道了声歉，说："叔叔阿姨，律所有点事，我现在要过去一趟，就先走了。等我回来，再过来看你们。"

李父起身："从这儿到律所还挺远呢，外面下这么大雨……你等着，叔去开车，送你过去。"

"不用不用。"苏新七拦了下，"我打车就行，店里来客人了，阿姨一个人会忙不开的。"

李父还是不放心："雨太大了，车不好打。"

"我开车来的。"陈鲟站起身说。

苏新七的心脏紧缩了下，有点蒙，不知道他这话是什么意思。

李父拍了下手："那正好，小鲟你送小七过去，这样我比较放心。"

苏新七看向陈鲟，他没回绝，她眼神微亮，嘴角微微地翘起。

"小七，带伞了吗？"李父问。

苏新七点头，李父拍了下陈鲟的肩："你等下，叔给你拿把伞。"

李母在厨房煮面，李父走后，苏新七看向陈姆，咬了下唇说："谢谢。"

"别误会。"陈姆声调微凉，"我只是想找个理由离开。"

苏新七眼底的光亮一点点黯淡下去，她垂下眼，转过身默默地拿起自己的包，走进厨房和李母道别。

李父从里屋拿了把伞出来，递给陈姆："小七的律所在滨海区，外面雨大，开车小心点。"

陈姆接过伞，戴上帽子，点了下头。

苏新七从厨房出来，和李父说了声再见。她转头看向陈姆，笑了下说："我们走吧。"

陈姆朝李父颔首示意了下，转过身跟着苏新七往门外走，才走了两步，李父忽地喊住他："小姆。"

陈姆停住脚，回头。李父看着他，很认真地叮嘱道："要把小七安全送回去。"

陈姆眸光微动，抬手压了下帽檐，应道："好。"

暴雨如注，古厝的排水系统不太好，道上积水已深，潺潺不住地往雨水箅子淌去，浊流滚滚。

苏新七今天出门穿得比较休闲，才在雨中走了一小段路，她的小白鞋就进了水。雨大风大，时而刮过的风能把伞掀翻，风挟带着雨水直往伞里淌，没多久，她的衣服也被打湿。

陈姆见她走得艰难，微微皱眉，撑着伞快步越过她，径自往巷口走去。

苏新七看着他远去的背影，垂下眼帘，抬手拿手背揩了下脸。她一边斜撑着伞挡住雨水，一边从口袋里拿出手机，打开打车软件，叫了辆车。

雨天的车不好打，苏新七从主街走到马路边，七八分钟过去了，始终没有司机接单。她走到公交站点处，往马路上张望了下，出租车都是红灯载客。她正犹豫着要不要走到附近的地铁站去搭乘地铁，一辆黑色卡宴缓缓停在了公交站前。

苏新七认得这是陈姆的车，一时意外，忍不住往车窗里看了眼，不敢相信他真是来接她的。

325

陈姆见她站着不动,按了下喇叭。

苏新七怔了一下,然后握紧手里的伞快步走过去,打开副驾驶座的门,收伞坐上车。

车门一关,苏新七扭头看向陈姆,嚅了嚅唇,轻声说:"谢谢。"

陈姆见她双眼清亮,别开眼,从中控储物箱里拿过一包纸巾丢过去,冷淡道:"擦擦。"

苏新七随手把披散着的长发绾上,抽了几张纸擦了擦脸。陈姆打开车内的空调,不经心地问了句:"位置在哪儿?"

苏新七报了个地名。

陈姆开了导航,看她一眼:"安全带。"

苏新七怕他觉得自己耽误时间,忙扯过带子,因为紧张,她还手滑了下,费了点时间才把安全带系上。

"好了。"

陈姆见她端正坐好,没再说什么,打了下方向盘,把车驶上道。

大雨瓢泼,整座城市在雨雾中显得朦胧。雨才下没多久,马路上已有积水,汽车经过低洼的地方会溅起大片的水花。

车外大雨滂沱,车内一片岑寂。

苏新七双手交握放在腿上,目不斜视地盯着雨刮器看。时隔几年后再次与陈姆单独相处,她难以抑制地感到紧张,连呼吸都小心翼翼的。

雨天路滑,马路上的车都开得缓慢,雨下得太大,雨幕笼罩了一切,能见度不高,陈姆也开得很谨慎。

苏新七偷偷地看向陈姆,一时有些恍惚。

她早已习惯在电视、手机、报刊上看他,此时活生生的他就在眼前,真实得让她感到不真实。

陈姆察觉到侧面投来的目光,微微转过头看了她一眼。

苏新七像是做坏事被抓包了一样,立刻回过头,看向前方。

"李叔和王姨什么时候搬来大屿的?"陈姆随口问。

苏新七听到陈姆出声微微一怔,忙回答道:"两年前。"

"他们现在住哪儿？"

"叔叔把岛上的房子卖了，在永安区买了套小户型的房子，离古厝不远，你要是想去，我……"苏新七顿了下，接着说，"我可以帮你和叔叔说一声，他会很高兴的。"

"嗯。"陈姆淡淡地应了声，没再开口。

苏新七看了看他，抿唇缄默。

他们都不太自在，回忆是颗炸弹，可除却过去，他们无话可说。

苏新七知道，此刻即使无言也已是难得，但她仍是不由自主地回想起从前。在岛上的时候，他们曾经无话不谈，在海港的船上，他们即使不交谈也能愉快地度过一个中午。

苏新七垂下眼，眼眶有种微微的酸胀。重逢至今，他们每一次见面都无不在提醒她，过去的时光真的一去不复返了。

从永安区到滨海区平时开车只要半个小时就能到，暴雨天出行不便，陈姆用了近一个小时才把苏新七送到目的地。

他把车停在写字楼楼下，苏新七解开安全带，转头看向他，明知他不需要，还是由衷地说了句："谢谢你送我。"

陈姆一手搭在方向盘上，手指无意识地点了下，漫不经心地问："什么时候能结束？"

"嗯？"

"工作。"

苏新七的脑筋有点转不过弯来，她不是笨，是不敢相信自己的猜想。

陈姆瞥了她一眼，轻描淡写道："李叔要我把你安全地送回去。"

"噢。"

尽管他是受了委托，苏新七心底还是浮出淡淡的喜悦。理智告诉她，这时候她应该识相地主动退步，让他别等，可情感上她却不能自控。

"你晚上有别的事吗？"苏新七迂回地问道。她觉得自己有些狡猾，这个问题不过是假意的体贴，以此来掩饰她真实的企图。

陈姆的手指轻轻敲了下方向盘，面无表情地回道："没有。"

苏新七双眸微亮,看着他说:"我会很快处理好的。"

陈姆别开眼,没说要走要留。

苏新七解颐,拿上包和伞,开门前又回头说了句:"我很快就下来。"

陈姆没有回应,他等她关了门,才转过眼透过窗看过去。她迎着风雨,撑着伞跑向写字楼,身影孑然。

苏新七进了写字楼刷卡上楼,到了律所一看,满地狼藉,所里还有两个穿着警服的人,其中一个看见苏新七立刻笑着打了招呼。

"你可算来了。"杨惠见到苏新七忙迎上去,"快去你位置上看看,有没有重要文件丢了或被毁了?"

苏新七往地上看了看,皱起眉头问:"怎么回事?"

"就那点事呗。"杨惠说,"上回那个故意伤害案子的原告家属,不满诉讼结果,上诉被驳回,来找我们撒气了。"

她这么一说,苏新七顿时就明白了,刑事律师总为"嫌疑人"辩护,不仅会被原告及其家属厌恶,有时还会招来讨伐。

"王律呢?"

"和那几个家属一起被带去派出所了。"杨惠指了指身后的两个警察说,"这不害怕晚上还会有人来砸场子,杨韬和他同事就留下来帮忙了。"

杨韬就是刚才冲苏新七笑的警察。苏新七因工作经常和警察打交道,一来二去也认识了几个警察,杨韬就是其中之一。

"苏律师,你看看有没有丢东西?"杨韬看着苏新七,语气热络。

苏新七点了下头,走向工位。

工作上重要的文件她一般都锁在抽屉里,留在桌上的就是一些不太重要的工作日志,桌上一沓文件现在已乱了序,有几份上面还有脚印。桌上摆着的法律书籍和日常的文具用品也是散乱无章,显然这些东西都是刚从地上被捡起来的。

杨韬走近说:"东西我都帮你捡起来了,你看看有没有丢的?"

苏新七拍了拍文件上的灰,抬头说:"没丢什么,谢谢你了。"

杨韬不好意思地挠挠头，腼腆一笑："客气了。"

"小七，你今天是不是出门了？"杨惠一边收拾一边问。

苏新七点了下头："去永安古厝了。"

"哎呀，你怎么在电话里不说？我还以为你在家，想着离得近才叫你来帮忙收拾。你要说你在古厝，我就让实习生来了。"

"没事，先收拾吧。"

雨水打在窗上噼啪作响，苏新七想到陈鸨还在楼下，也不浪费时间，手脚麻利地把几张桌子上的文件整理好，又把地上的玻璃碎片、纸屑之类的东西扫走。杨惠和杨韬他们在苏新七来之前就已经收拾了大半，他们仅用了不过半个小时，律所总算是恢复如初了。

杨惠叉腰，吐口气说："大周末的，还加这种班，晦气。"

苏新七看了眼墙上的挂钟，眼看指针就要指向"9"，她心里着急，环顾了下律所确认没什么东西要收拾后就给王峥打了个电话，汇报了下律所的情况。王峥一时半会儿结束不了，就让她收拾完后直接回去。

苏新七如同得了"特赦令"一样，招呼杨惠回家。她把律所的窗户检查了一遍，最后才关了灯，锁门下楼。

一行人下了楼，杨惠的老公开车来接她，她直接就走了。苏新七和杨韬及他的同事道了别，正要撑伞走时，杨韬喊住她，走过来询问道："苏律师，雨这么大，我送你回去吧。"

"不用麻烦了。"苏新七回答道。

杨韬大概真以为她是怕添麻烦，又说道："不麻烦的。"

苏新七转头往外看了看，没在附近看到陈鸨的车，她心里虽有些失望，但仍是拒绝杨韬："不用了，我……有朋友在附近。"

杨韬表情略微失望："那好吧，雨大，你小心点，有什么事给我打电话。"

苏新七知道他的意思，客客气气地道了谢。

他们走后，苏新七这才快步往路边跑。她到了下车的地方，撑着伞左右张望。

陈姆把车停在了拐角处，这个地方没禁停标志又刚好能看到写字楼门口。苏新七出门时，他就看见她了，当然还有那两个警察，她和其中一个站得近，看样子挺熟的，那警察说话的时候还指了指车，他猜对方想送她。

　　陈姆背靠着椅座，胳膊撑在窗框上，看着他们，表情捉摸不定。

　　两个警察走后，陈姆看着苏新七跑到路边，探头左顾右盼，她在找他。

　　陈姆没动。他看着撑着伞伶仃地站在雨中的苏新七，心头不知所想，直到一阵强风吹来一霎风雨，她趔趄了下，他眸光微闪，这才动了身，踩了脚油门，把车开过去。

　　气象台发布了暴雨黄色预警，强风挟雨，道路两旁的行道树几欲偃倒，细小的枝丫不堪狂风被生生拗断，人行道上处处都是残枝落叶，花圃里的鲜花经过几日恶劣天气的摧残，早已零落成泥。

　　苏新七被风吹了个趔趄，手中的伞吃不住风，顶着她往边上去。她微弓着身勉强握着伞柄，眼前忽然出现两束光，她若有所感，转过头看过去，映着光的眼睛在发亮。

　　陈姆把车停在路边，苏新七走过去，打开车门，收起伞迅速坐进车里。她把伞放在脚边，转过头笑着说："我以为你走了。"

　　明明在雨中站了那么久，苏新七却一点怨言都没有，脸上也没一丝不快，她笑得过于真心，陈姆转开眼，把纸巾递过去。

　　"写字楼前不能停车。"

　　陈姆说完又觉得自己没必要解释，低咳了下，提醒道："安全带。"

　　苏新七系上安全带，抽了纸巾擦了擦胳膊，又低头看了眼身上。她的牛仔裤膝盖以下已经被浸染成深色，上身的短袖衣摆也被雨水浸湿。

　　陈姆抬手把空调温度调高，苏新七不待他问，直接就把自己的地址说了。

　　陈姆对大屿还不熟，仍是点了导航，他把方向盘一打，绕道上路，汇入车流中。

　　行驶过程中，车内一直很安静，陈姆没开口，苏新七也不敢说话。她把包放在腿上，双手交握在前，透过雨帘看着前方汽车的尾灯。

　　暴雨倾盆，雨水如钢珠一样打在车身上，噼里啪啦震天响，极端天气中每个路口都有交警在指挥交通,尽管如此,CBD(中央商务区)附近的道路仍是拥堵。

遇上堵车,苏新七全然没有平时的烦躁,反而有些窃喜。与此同时,她又觉得不安,担心耽误陈姆的时间,也怕他与她待久了不耐烦。

苏新七正犹豫着要不要开口和他搭两句话,再道个谢也好,脑袋才转过去,包里的手机忽然响了,她冷不丁地吓了一跳,要出口的话立刻就咽了回去。

电话是苏父打来的,苏新七瞄了眼陈姆,接通后看向前方:"爸爸。"

"小七啊,今天岛上下暴雨,我看天气预报,大屿也下呢。今天周日,你没出门吧?"苏父关切地问。

"我下午去了趟古厝看李叔、王姨。"苏新七想了下还是老实说道,"晚上律所有点事,我去处理了下,现在在回去的路上。"

"你现在在外面?"苏父大概是听到了她那边的雨声,不由得担心道,"雨这么大,你怎么回去的啊?"

"我……"苏新七顿了下,模棱两可地说,"现在在车上呢。"

苏父理所当然地以为她打了车,稍稍放心:"那就好。"

苏新七听电话里隐约传来母亲的声音,好像在说找不着蜡烛。她不由得问道:"岛上断电了?"

"就刚才断的,估计是天气不好,海底电缆出故障了。"

岛上断电,苏新七的思绪一下子飘向了很久以前。她抬眼,正好和后视镜中陈姆的目光相遇,心底遽然一动。

"小七啊,这阵子天气都不怎么好,你出门记得带伞,别回去得太晚。等下到了出租屋,记得和爸说一声。"

苏新七回神,连应了几声好才挂断电话。

遇上红灯,陈姆踩下刹车,看了眼导航,上面显示再转过两个路口就到目的地了。

"你爸还出海捕鱼吗?"陈姆随口一问。

苏新七像课上被点名回答问题的学生,正襟危坐:"嗯,我妈劝过他,他不愿意退下来，不过他现在很少去公海了。"

绿灯亮起，陈鲟看前面的车动了，踩下油门跟上去。

话题似乎又要不了了之，苏新七不想就此沉默，想了下接着说："二叔现在不出海了，在渔排上开了餐厅，生意挺好的。你还记得吴锋宇吗？他结婚了。"

陈鲟挑了下眉，苏新七见他神色稀松平常，展颜一笑："这几年沙岛变化挺大的。"

陈鲟不置一词。

苏新七的嘴角渐渐放平，敛去笑容，只剩下失落："我想……你应该不会再去沙岛了。"

陈鲟从后视镜中看了她一眼，沉下眼没有否认。

苏新七忽然觉得自己这样小心翼翼地试探实在太过卑劣可耻，明明说好不会打扰他的生活，她还是起了贪恋之心。可很多事情不是她刻意避开不谈就不存在的，何况即使她想逃避，自欺欺人，陈鲟也不见得会允许，他们之间的隔阂、芥蒂始终没有消失。

他们现在这样当真比陌生人还别扭尴尬，又或许只有她一个人多想，五年过去了，对她，他可能早已心如止水。毕竟现在的陈鲟，有诸多光环加身，他站在世界的顶峰，见过不同的风景，遇见过形形色色的人，又怎么会怀念沙岛的海，对一段早已逝去的年少情感念念不忘？

苏新七看着窗外，雨水把城市的灯晕成一幅五彩斑斓的画卷，她的心情却是黑白的。

雨声嘈杂，车内重归沉寂。

再转过一个路口就到了苏新七住的小区，陈鲟把车停在小区外面，转过头看向副驾驶。

苏新七解开安全带，转过头看向陈鲟。她的神情已不如刚才明朗，对着他有礼有节地说："今天麻烦你送我回来，谢谢。"

她抿了下唇，发现自己除了"再见"已无话可说。她拿上包和伞，一手搭上门扣，想了下还是说："路上小心。"

苏新七身子一动，正要开门下车，忽听身后陈鲟冷不丁地问："为什么用我的照片当手机壁纸？"

苏新七的心脏倏地紧缩，脊柱一僵，不敢回头。

她的脑子里一瞬间冒出了许多否认的说辞，每一句都显得欲盖弥彰，她想来想去就是择不出一条合理的解释，一时间想下车逃走的心思都有了。

车内昏暗，外头的路灯穿不透雨幕，更照不进车里。

"说话。"陈鲟沉声说。

苏新七还是没敢转身看他，她咬着唇，半晌才自暴自弃地开口轻声问："我冒犯到你了吗？"

她这个反问算是承认了他的话，她的手机壁纸的确是他。

陈鲟靠着椅背，看着她的背影，目光深深。

从离开面馆开始，他心里始终想着壁纸的事，理智和自尊告诉他，没有询问的必要，他们之间早已是过去式，他克制了一路，最后还是败给了内心深处隐伏着的希冀。

她冒犯到他了吗？陈鲟自问，他的心情有点微妙，轮到他不知道要怎么回答她的问题了，冒犯会让人感到愉悦吗？

苏新七的手紧紧地按住门扣，沉默像把钝刀，慢慢地在她的神经上磨着。时间被无限拉长，她觉得自己随时都会崩溃。在这种境况下，她反而生出了一腔的孤勇。

既然被看破，那么再隐藏遮掩也无用，倒不如豁出去，毕竟他们之间的关系也不能比现在更糟糕了。

思及此，苏新七定下心，深吸一口气，看着窗外缓缓开口问："陈鲟，我们还有机会……重新开始吗？"

黑暗中陈鲟的眼底闪过微光，似彗星划过，他敛起情绪，语气不辨喜乐："你知道自己在说什么吗？"

"我知道。"苏新七喉间干涩，手心里沁出了细汗，她尽量控制住自己的声音，但声线还是不稳，"我知道我没资格提，我伤害过你，我也知道现在说什么都迟了，但如果能弥补，你让我做什么都可以。"

"这几年我每天都在后悔,是我搞砸了。明明高考前我们还说好了,以后要在一个城市,我连报考的大学都想好了……我不知道为什么会发生那样的事?为什么我会不相信你,我怎么能不相信你呢?"

苏新七说到后面都有了哭腔。陈鲔眼神越黯,不由得想起了那年夏天。

"你没找过我。"陈鲔压抑着情绪,声音微哑。

苏新七吸了下鼻子,语气短促:"我找过的。"

"你离开沙岛后,我找过你的。"她眨了下眼,把眼底的潮意逼退,再开口时声音都在颤抖,"我去过你家,你爸妈……不愿意让我见你。后来,郑舒苑告诉我,说你永远都不想见到我了。再后来,你出国了,我想你是真的一辈子都不想见到我了。"

原来如此。

陈鲔靠在椅背上,心里五味杂陈。

他想起刚进国家队的那两年,那是最难熬的一段时间,他人的猜疑、舆论的压力,以及对她难以割舍的情感让他整个人消沉了下去。

他有时会想,是不是他做事太鲁莽才让她觉得他会冲动行事,是不是他对她不够坦白才会让她没法信任他?假如当初他早点把离队的原因告诉她,他们之间是不是就不会有误会,就会有不一样的结果?

可世间没有假如,他们还是走到了无法挽回的地步。

国家队的训练很苦很累,陈鲔独自一人时常拿出苏新七的照片端量,最初的怒火平息后,他居然渴望见到她。可她从来没去找过他,他的自尊心不允许他主动低头,最想念她的那段时间,他甚至有了错觉,有时候觉得她就在身边,在街头巷尾。他甚至想,只要她来,他什么都可以原谅。

他想她或许不知道他现在进了国家队,于是他起早贪黑地刻苦训练,两年后,他拿了冠军。站在最高领奖台上时,他忽然就清醒了,或许走不出去的人只有他一个,和他分开的难过比不上失去挚友的痛苦,一段几个月的感情怎么能抵得过十几年的友情?

何况他们之间,一开始就是他先动了心,兴许对她来说这段经历不值一提,轻易就能揭过去,她对他的歉意也早就随着码头上那句"对不起"

消散了。他想她上了大学,开始新的生活,说不定早就忘了他,这段短暂的感情只有他一个人耿耿于怀。

拿到冠军之后,他消沉了一段时间,那之后他再也没看过她的照片。这两年他原以为自己已经收拾好对她的情感,直到再次见到她,直到今晚。

苏新七始终没等来陈鲔的答复,她想这就是他的回答了。即使是意料之中,她还是忍不住难过,心口像被划了道口子,冷风呼呼地往里灌,五年的凌迟现在终于有了个结果。

她苦笑,抬手抹了下眼睛,说:"对不起,让你想起了不愉快的事。我的话如果让你感到困扰,你别放在心上,以后我不会再提了,我们应该也不会有机会见面了……再见。"

话音刚落,车内的顶灯亮起,苏新七忽然有种无所遁形的感觉,忍不住瑟缩了下身子,仍是没敢转头。

陈鲔解开安全带,来不及细想,探过身欲要拉过她,眼神一瞥忽然看到了她后颈的一个文身。

苏新七察觉到他的气息,身子一僵想转过来,陈鲔按住她:"别动。"

他借着车内的灯光,看清了那个文身。

一叶扁舟。

外面飘泼的大雨像是直接淋到了他身上,他好似被兜头打了一棒,立刻就清醒了。

苏新七像是猜到了他在看什么,她瞳孔微缩,立刻转过身:"陈鲔——"

"苏新七,你真是好样的。"

苏新七眼神慌乱,急切道:"我只是——"

"你会学法也是为了他吧。"陈鲔的眼神恢复清冷,语气薄凉。

苏新七没法否认。

陈鲔冷笑:"想定我的罪吗?"

苏新七张皇地摇头。

"重新开始?"陈鲔往后靠回椅背上,语气轻嘲,也不知是嘲讽她,还是嘲讽自己,"装作什么都没发生,回到过去?你以前倒没这么天真。"

天空像是破了口子似的，雨水直往下漏，整座城市在这个夜晚倾倒。

陈姆阴沉着脸，开着车一路疾驰到了健身馆。他在附近找了个车位停好车，撑着伞从后门进去，直接上了楼，推开罗粤办公室的门。

罗粤见到他有点意外，从办公桌后起身迎上去："看来今天风挺大，这个点，还下着这么大的雨都能把你刮过来。"

陈姆无视他的揶揄，开门见山就问："郑舒苑呢？"

罗粤愣了下，说："今天天气不好，来健身馆的人不多，我就让她早点回去了。"

他见陈姆表情不太对劲，忍不住问："怎么了，她最近每天都在馆里，没招你惹你吧？"

陈姆绷着脸，罗粤见状一头雾水，但还是出言建议："你要是真有事，我把她的住址告诉你，你直接去找她。"

罗粤试探道："看你这样，她是做了什么出格的事，踩了你的底线？"

陈姆抬手按了下太阳穴，缓了缓情绪，逼自己冷静下来。

其实细想下，他和苏新七之间的阴错阳差也怪不到郑舒苑身上。当年他是带着满腔的愤怒离开沙岛的，才离岛那段时间，他整日把自己锁在房间里，谁也不想见。他能理解父母为什么会把苏新七挡在门外，他没对郑舒苑说过永远不想见到苏新七，但在当时的情绪下，即使这话不是从她口中说出的，他也大有可能会当着苏新七的面这样说。

别人只是这段感情走向消亡的催化剂，真正的原因还是在他们自己身上。

陈姆收敛起情绪，表情恢复平静，见罗粤还等着他表态，回了句："不用了。"

"你这情绪变化挺快啊，刚上来你那脸色我还以为你吃火药了，气势汹汹的。"罗粤一手搭上他的肩，冲他使了个眼色，"你今天状态不对，怎么了，和兄弟说说？"

陈姆垂眼，忽然开口说："有酒吗？喝一杯。"

罗粤惊愕："看来事不小啊，把你烦成这样……你能喝吗？"

"我有分寸。"

罗粤看他真是心情不好，叫人送了几罐啤酒上来，最后还确认了一遍："你明天真不用训练吧？"

"嗯。"陈鲟拿过一罐酒，单手拉开拉环，仰头喝了一口。久违的酒精刺激着味蕾，他舒爽地眯了下眼。

"悠着点悠着点，我可不想被老沈痛骂一顿。"罗粤也开了一罐酒，和陈鲟碰了下，他端详着陈鲟的表情，试探地问，"今天你是不是见到那个谁了？"

陈鲟瞥他一眼："谁？"

"苏新七。"

陈鲟手中的啤酒罐微陷："为什么这么问？"

罗粤指着自己的脸画了个圈："都挂脸上了，除了她谁能让你情绪起伏这么大？拿冠军都没见你有什么表情。"

陈鲟又喝了一口酒，倒是没否认罗粤的猜测。

"你还挺长情的，不过也是意料之中。"

陈鲟乜了他一眼，没明白这个意料之中的结论到底是怎么得出来的。

罗粤抿了口酒，身子一转，一副要好好说道说道的模样。

"我们认识十来年了，我还不知道你，好胜，执着得要命……还记得刚进市队的时候，你还不太乐意，训练态度敷衍，被教练训过好几次，差点就被劝退了。那时候队里有几个年长的，仗着有资历欺负新人，一开始我们的实力跟不上，游不过他们，每天被骂。

"那时候年纪小，人生地不熟的不敢反抗，倒是你，天不怕地不怕，一个人都敢直接和他们呛声，即使游不过也要比，他们还笑你自取其辱呢，记得吧？"

陈鲟看着落地窗外，点了下头。

罗粤笑了下说："我那时候以为你会退队，天天被嘲，谁受得了，而且训练太苦，和我们同一批进来的人都嚷着要退队。倒是你，本来比谁都想走，输了比赛后愣是坚持了下来，练得比谁都猛。嘿，不到一年的时间，那几个人都追不上你。那时候我就想，这小子的好胜心可太强了。"

罗粤顿了下接着说："还有一次省内比赛，你拿了个银牌，上台领奖的时候满脸写着不甘心。之后那段时间除了在宿舍，你就没离开过泳池，所以老沈说你是个好苗子。

"后来……你离了队，但我知道你早晚会回来，你不会甘心的。"

罗粤捶了下陈鲟的肩，戏谑地说了句："你就是一生要强啊。"

陈鲟勾了下唇，不否认他的判断。

"虽然比赛和感情不一样，但你这性格，做什么事都倔，当年因为那样的事和苏新七分开，你也很不甘心吧？"罗粤瞧着陈鲟，感慨道，"毕竟你和她相处的那段时间是挺开心的，好家伙，我这辈子都忘不了你拉着她把我们一群人丢在沙滩上就跑的场景，真够重色轻友的。"

陈鲟缄默，举起啤酒罐喝了一口，目光沉沉。

这几年他每天都泡在泳池里训练，把自己练得筋疲力尽无暇去想别的，他以为很多事他早就忘了，可现在他才发现，只要一个引头，过去的回忆就会迫不及待地涌现。

明明当时他们相识不及半年，可在一起做的事他都能清楚地记起来，似乎潜意识里他并不想忘却。那段时光因为短暂而显得珍贵，他们之间的感情因为那场出人意料的变故反而更加深刻难忘，五年的时间把所有细节都打磨得更清晰了。

陈鲟晃着手中的啤酒罐，又想起苏新七身上的那个文身，忽然无奈地笑了下，说："人不可能赢一辈子。"

罗粤咋舌："哟，这可不像你说的话。"

陈鲟缄默，半晌仰头把剩下的酒饮尽，他把空啤酒罐一捏，眼神变冷。

对苏新七，他曾经一败涂地，这么多年过去了，他总不能一点长进都没有，还是轻而易举地被她牵着鼻子走。

这种事，一次就够了。

第五章
重新开始

九月下旬，天气转晴。连日不散的阴云总算被骄阳驱散，太阳一出，气温又开始节节攀升，明明秋分已过，南方的夏天仍是迟迟不肯离去。

出租车一到机场入口，苏新七赶忙下车，从后备箱拿下行李就奔向机场大厅。她站在入口处往里搜寻，看到一群人站在行李托运处，立刻朝他们走过去。

"不好意思，路上堵车，我——"苏新七本以为他们是一起参加法援活动的人，正要为自己的迟到道歉，转眼却在人群中看到了陈鲟。即使他戴着帽子和口罩，她还是一眼就认出了他。

苏新七顿感意外，迅速打量了下与他同行的人，他们几乎都戴着口罩，看样子是想低调出行，她立刻明白他们这群人都是游泳队的运动员。

"对不起，我认错人了。"苏新七看向陈鲟，与他对上眼。她想他肯定不希望别人知道他们认识，所以就没打招呼。

"小七！"

苏新七听到有人喊她，回头就看到孙奕飞朝她走来，边走边招手："我们在这边呢。"

苏新七转过头向游泳队的人颔首致意，最后看了眼陈鲟，转身拖着行李箱迎上孙奕飞。

"这姑娘看着眼熟啊,我是不是在哪里见过啊?"林成义看着苏新七,和身边的陈姆搭话,"是记者吗?"

另一边的小郭听到他这话,毫不留情地开启嘲讽技能:"大林哥,你是看见美女就觉得眼熟吧。"

"小孩子,一边儿去。"林成义挠了下头,嘀咕了句,"我是真觉得眼熟,这么有辨识度的一张脸,我不能忘记吧。"

陈姆听他在一旁自言自语,也不搭腔。他看向苏新七离开的方向,刚才喊她的男人自然地接过她手中的行李箱,正低着头和她说话。

他的眉头微不可察地皱了下,随即别开眼。

游泳队这次分了两批人去青海进行高原训练,陈姆是第一批,老沈带队,为了避免被认出来,增添不必要的麻烦,一行人十分低调。他们订的商务舱的机票,值机后机场服务人员领着他们优先过了安检,又带着他们去了登机口附近的休息室候机。

游泳队的人在休息室坐了没多久,服务人员又领着一伙人进来。陈姆正坐在沙发上闭目养神,林成义忽然拍了下他的肩,凑近说:"嘿,是刚才认错人的那个美女。"

陈姆闻言睁开眼,转过头果然看到了苏新七,她也看见了他。对上眼的那刻,她似乎有些惊讶,怔怔地看着他,直到她身边的男人拍了下她的肩,示意她坐下。

小郭见林成义盯着苏新七看,忍不住说:"大林哥,别想了,没看见人家有男朋友呢,你死心吧。"

"去你的。"林成义又看了眼苏新七,使劲想了想,总觉得差一点就能记起来在哪儿见过她了。他目光一转,瞥到她身边的那个男人戴着检察院的徽章,不由得皱了下眉。

"我没和检察院的人打过交道啊,难道真是我记错了?"

"别琢磨了,哥,就算你以前见过,现在想追也来不及了。"

陈姆听林成义嘀嘀咕咕陷入自我怀疑中,始终没表态,倒是听完小郭说的话,面无表情问了句:"你怎么知道那人是她男朋友?"

小郭没想到陈鲟会对这种话题感兴趣,愣了下后冲对面使了个眼神,理所当然地压低声道:"从进门到现在他们都没分开过,那男人的眼睛就没离开过那个美女,喏,你看,还给倒水。"

陈鲟没什么表情,眼神冰冷。

"这个美女……"小郭略微疑惑,凑到陈鲟身边低声说,"鲟哥,她是不是认出你了?一直往你这儿看。"

陈鲟眸光微闪,抬手压了下鸭舌帽的帽檐,口罩下的嘴角微微勾起,随后意识到自己又被她牵动情绪,立刻放平嘴角,合上眼接着闭目养神。

到了登机时间,工作人员引导着休息室的人优先登机,游泳队和法援的两伙人几乎把整个商务舱包圆了。

陈鲟找到座位后下意识往舱内睃了眼,目光最后落在苏新七身上。她的位置在他的斜前方,与她一路同行的那个男人坐在她旁边。她才坐下,男人就向空姐要了条毯子盖在她腿上。

对她献殷勤的还挺多,不是警察就是检察官,她还和以前一样招人。

陈鲟收回目光,冷着脸坐下,把目光投向窗外。

林成义放好包,在陈鲟身边坐下。他又忍不住看向苏新七,正巧她回过头往他们这儿看来。他和她对上眼,灵光一闪间,像是被打通了任督二脉。

他回过头,一脸兴奋地看着陈鲟说:"我记起来了,她不就是——"

陈鲟回头看了他一眼。

林成义立刻噤声,而后凑过去,激动地压低声问:"她是不是你照片上那姑娘?"

陈鲟没否认。

"我就说看着眼熟。"林成义又往苏新七那儿看了看,"她好像认出你来了,时不时往我们这儿看……要不要我和她换个位置,让你们叙叙旧?"

陈鲟往苏新七那儿掠了一眼,正好看到那个男人低着头凑到苏新七耳边说着什么话,两人姿态亲密。

"不用。"他别开眼,调整了下椅背,把帽子往脸上一盖,冷声道,"没什么好叙的。"

从大屿到西宁的航班需要经停中部的一个城市,飞机着陆后,空姐告诉商务舱的乘客,可自愿选择留在机舱内或者去候机厅休息等候。

苏新七和陈姆都以为对方会在经停站下机,可舱门打开后,法援和游泳队的大部分人都按兵不动,显然都是要飞到青海。

"小七,要下去走动走动吗?"孙奕飞转过头问。

苏新七微微回头往陈姆那儿扫了眼,见他起身往舱门走,立刻站起来,把毯子放在座位上:"好啊。"

苏新七和孙奕飞领了过站牌下了机,苏新七的目光一直跟着前面不远处的陈姆。她看着他有些出神,直到孙奕飞抬手在她眼前晃了下。

"怎么走路还出神呢,你是不是有点晕机?"

苏新七摇了下头:"没有。"

孙奕飞伸了个懒腰:"在飞机上坐得身体都僵了,以前去玩的时候也没觉得多远,果然去工作和去旅游,感觉是不一样的。"

苏新七附和了下,目光又重新落在前方的陈姆身上。他独自一人走进候机厅,没在大厅落座,朝右一拐不知道要去哪里。

"小七,你想不想喝杯咖啡?"孙奕飞指着附近的一家咖啡店问。

"啊,好。"苏新七眼看着陈姆的身影消失在一家店里,心里有些急,她想了下说,"我去趟洗手间。"

"行,我给你带一杯,你想喝什么?"

"拿铁。"苏新七迅速回答道。

"OK!"

苏新七等孙奕飞一走,足尖一踅快步走到刚才陈姆消失的店门口,抬眼看了下招牌。这家店是影音书籍店,店铺面积还挺大,一排排架子整齐地立着,架子上摆放着各种精品图书和影碟。

她走进店里,在书架间看了看,很快就找到了陈姆。他在报刊区站着,手上拿着一本杂志在翻看。不一会儿,有几个女生走到他身边不住地打量,其中一个女生还主动上前询问:"你好,请问你是陈姆吗?"

陈鲟抬眼，那个女生和他对上眼后特别兴奋地转过头对她的姐妹们说："好像真的是他。"

几个女生激动地一拥而上。

陈鲟放下手中杂志，压下帽子想要走却被挡住了去路。

苏新七看见他的处境，想也没想就走上前，对着他嗔怪了句："你怎么来书店也不和我说一声？我找了你好久。"

陈鲟看向苏新七，苏新七冲他笑了下，转过头看向几个女生，一脸疑惑地问："你们找我男朋友有什么事吗？"

陈鲟听到"男朋友"三个字不由得又看了眼苏新七。

"你男朋友……他不是陈鲟啊？"

"陈鲟？"苏新七故作困惑地皱了下眉，随后展颜一笑说，"你说的是那个游泳冠军陈鲟吗？"

几个女生点了下头，眼神还不住地往陈鲟脸上瞥，一脸狐疑。

苏新七走到陈鲟身前，不动声色地回道："你们认错人了，他不是。"

"真的很像吗？"她转过身抬头看着陈鲟，抬起手作势就要扯下他的口罩，"我不觉得啊，你们再看看？"

陈鲟一把抓住她就要摸到颊边的手，她手心濡湿，看着他的眼睛里分明透着紧张。他握住她的手，低头看着她，片刻后沉着声说了句："别闹。"

几个女生看他们在打情骂俏，一时有些尴尬，道了声歉后就窘迫地推拉着离开了书店。

苏新七看她们走后，松了口气。

陈鲟松开她的手，轻嘲道："你还挺能演的。"

苏新七蜷了蜷手指，掌心发烫。她看着他，眼神不安："我想你应该不想被认出来。"

陈鲟的确不想多生事端，她也算是帮了他一把。

他压下帽子往店门口走，苏新七犹豫了下还是跟了上去。到了店外，她看到刚才那几个女生就在附近，立刻加快了几步走到陈鲟身边。

陈鲟低头，苏新七局促道："她们在看。"

343

陈鲟见她神色忐忑，像是在看他的脸色。他喉头一动，最后什么也没说，放慢了脚步，任她跟在自己身边。

"你……"苏新七觑了他一眼，忍不住问，"你们游泳队是要去青海训练？"

陈鲟懒散地应了声："嗯。"

"好巧。"苏新七仰着头说，"我去那儿进行法律援助活动。"

陈鲟刚才就注意到她说话时有鼻音，余光看她一眼，语气不善道："感冒去高原，真有奉献精神。"

上回淋了雨，加上当天晚上没休息好，苏新七第二天就感冒了。她吃了几天的药，现在症状已经不明显了，没想到陈鲟还能看出来，不由得说了句："已经好得差不多了。"

带病上高原，尤其是感冒，在海拔高的地方很容易肺水肿，严重的话会致命。陈鲟看她这不当回事的态度，皱了下眉，不快道："别逞能，我不想'又'背上一条人命。"

苏新七听到他这话，心脏一紧，像是有箭穿过。

"对不起。"她本能地想道歉，说完后还是内疚得不行。

她咬了下唇，看着他真挚道："那天晚上我还有话没说，关于文身，我可以解释。"

"是为了李祉舟吗？"陈鲟直截了当地问。

苏新七握了下拳，点了点头，同时说："但我是为了要——"

"行了，你和他的感情有多坚不可摧……"陈鲟乜了她一眼，冷笑了声，语气薄凉到不近人情，"我早就知道了。"

苏新七握着拳，指甲掐进了掌心里。

在陈鲟面前，她没办法为自己辩驳，认错是唯一的选择。

"对不起。"除了言语，苏新七没办法通过别的方式向他致歉，让他知道自己有多后悔。

陈鲟看她愧疚的模样，心里并没有多少快感，反而觉得烦躁："'对不起'这种没用的话以后不用说了。"

苏新七嚅了嚅唇,下意识地又要道歉,话要出口的前一秒,她才反应过来,抿了下唇说:"……好。"

陈姆也不知道自己到底是哪根筋搭错了,见她一味顺从,对他屏声息气的模样反而不顺眼,最后索性收回眼,眼不见心不烦。

"小七。"

到了登机口,苏新七看到孙奕飞才记起来他去买咖啡了。

"我还以为你先登机了呢。"

孙奕飞捧着两杯咖啡迎上来,眼神不由得打量了下陈姆。陈姆看都不看他一眼,也没和苏新七打招呼,脚步不停,径自走向登机通道。

"他是谁啊?怎么和你一起回来的?"

"就是一个舱的乘客,碰上了就一起走了。"

苏新七随口一诌,也顾及不上这话的可信度。她看着陈姆离开的背影,心里空落落的,像是缺了一块似的。

又是不欢而散,她和陈姆像是走进了死胡同里,不管她怎么尝试,都找不到出路。

飞机到达青海时已是傍晚时分,太阳还没落下去,天空亮堂堂的。西宁已入秋,气温比南方低上许多,拂面的风都是料峭的。

游泳队和法援的人陆陆续续下了飞机,拿了行李后又一前一后从出口走出。两拨人都有人接,机场出口那儿停了两辆大巴,一辆是训练基地派来的,一辆是当地的法律援助协会联系的。

"和我们一起来的那些人好像是运动员。"孙奕飞看着前面那辆车车身上的标志低声说。

法援的人出于好奇看向他们,有人认出了陈姆,立刻拿出手机拍照。苏新七作为知情人,表现得很淡定,她看着陈姆上车,自始至终他都没有往她这儿看一眼。

两拨人分别上了车,依次出发,两辆大巴一前一后在高速路上行驶,半个小时后齐齐下了高速,一辆车拐弯去了训练基地,另一辆车往乡镇方向继续前行。

训练基地的大巴很快就到达了目的地,基地的工作人员列队迎接国家队的运动员,等他们下了车就带着所有人先去了接待楼休整。

接待楼的宿舍是两人间,带队教练老沈让他们自行入住,林成义本是想按平时的宿舍来分配,小郭死乞白赖地说想和陈鲟住一间,他年纪小,林成义作为老大哥自然应允。

分配好宿舍后,老沈带着队员去了餐厅吃饭。今天是上高原的第一天,身体需要时间来适应新环境,教练没有安排训练项目,饭后就让他们自行活动去了。

陈鲟饭后休息了一会儿就去了体能训练室。游泳队每年都会组织高原训练,不是去云南就是来青海,他这几年虽然大多时间都在海外训练,但每年集训都会回来,所以也没什么不适应的。

"第一天别练太猛了。"

陈鲟见老沈过来,也没停下,拉了下拉背训练器的横杆,吐了口气说:"知道。"

老沈在旁边的划船器上坐下,看着他练了会儿,忽然问:"你最近有心事?"

陈鲟动作不停,面无表情地回道:"没有。"

老沈摸着下巴:"让我猜猜……和女人有关的?"

陈鲟乜他:"我说没有。"

"臭小子,我都是过来人了,眼睛尖着呢。你多大人了,有什么不好意思承认的。"老沈笑着说,"有什么心事和我说说,兴许我还能给你点建议。"

陈鲟松开杆,拿过边上的毛巾擦了下汗,不耐烦道:"不需要,我要的是训练教练,不是人生导师。"

老沈带了陈鲟快十年,对陈鲟这种"以下犯上"的行为早就习惯了。他也不介意,仍是用一副长者的口吻说:"你也是时候找个对象了,队里没有禁令,你要是有心上人了,教练我支持你去追。"

陈鲟拿过一瓶水，拧开盖仰头喝了一大半，闻言看向老沈，冷笑了声说："现在不讲究成绩第一位了？"

"成绩当然重要，但是个人生活也很重要，而且你也已经有成绩了。"老沈叹口气，语重心长，"运动员是人又不是机器，这几年你的时间都花在了训练上，你爸妈都以为是我不让你谈恋爱，委婉地问过我好几回了。"

"训练、比赛和谈恋爱不冲突，只要你不乱来，谈恋爱我举双手支持。"

陈鲟听他长篇大论说了一堆，又不由自主地联想到了苏新七，眉头一皱，不耐烦道："你什么时候走起了温情路线，操起了心理咨询师的心？"

老沈一拍大腿，笑着说："这不之前体育局有文件下来，说教练不仅要关心运动员的成绩，还要多关心队员的生活嘛，我当然要做个表率。"

陈鲟冷哼一声，不再搭理他，转过身举起哑铃练臂。

陈鲟才举了几个来回，小郭从外面走进来，和老沈打了声招呼，笑着对陈鲟说："我回去看你不在宿舍就猜你在这儿。鲟哥，你都已经是世界冠军了，就别再'卷'我们了。"

老沈站起身，轻轻拍了下小郭的脑袋："'卷'什么'卷'，你以为世界冠军这么好拿的啊。就是因为你们放松的时候陈鲟在训练，所以他才能拿冠军。"

"是是是。"小郭捂着后脑勺，咧着嘴说，"鲟哥就是我的榜样！"

"这还差不多。"老沈看着他问，"你师兄师姐他们呢，都回去休息了？"

"我回去的时候，他们在玩'狼人杀'。"小郭想到什么说，"刘姐身体不太舒服，我刚陪她去了趟基地医院。"

老沈立刻关切地问："她怎么了？"

"头晕，医生说有点高反，不太严重，休息好了就行，孙教练现在陪着她呢。"

老沈听他这么说才放了心。

"哦，对了，我去的时候还看见和我们一起飞来青海的人，高反挺严重的，听医生说是来之前就感冒了，都上氧气机了。"小郭说到这儿看向陈鲟，"鲟哥，你还记得上午我们聊的那个美女吗？"

他话音刚落，就看见陈鲟放下哑铃，拿上外套转身就往外走。

陈鲟从体能训练室一路跑到基地医院，进门后匆匆走向急救室。室内并排着几张床，他先是看到了那个男检察官，快步走进去，往男检察官旁边的那张床上看去。

躺在床上戴着氧气面罩吸氧的人不是苏新七，他松开紧握的手，呼出了一口气，也不管那个男检察官审视的眼神，转身往门外走。

"沈教练，你怎么在这儿，是不是陈鲟怎么了？"

"他……"

陈鲟才至门口，忽然听到苏新七和老沈的声音。他走出房门，老沈看见他就噤了声。

苏新七若有所感地转过身，看到陈鲟她莫名紧张，立刻解释道："我有个同事高反很严重，市里的医院太远，村里的人说基地里有医院，我们就来这儿了。"

她顿了下，关切地问："你怎么在这儿？"

陈鲟看她一眼，冷着脸说："拿葡萄糖。"

他说完也不等苏新七说出下一句话，迈步就往院门方向走。

苏新七手上捧着保温杯，表情微微失落。

老沈看了眼陈鲟，心里叹口气，又回头看向苏新七，神情有些复杂。

"好久不见啊。"

苏新七勉强笑了笑。

"今天在飞机上看到你，我就知道他为什么最近状态不太对了。他今年愿意留在国内训练，我还以为他已经不在意以前的事了。"

苏新七以为老沈说的"状态不对"是贬义，低着头歉然道："沈教练对不起，我……影响到他了。"

老沈摇了下头，慨然道："这么多年没忘，说明他心里始终有疙瘩，过不去那个坎，'解铃还须系铃人'，你要是能帮他迈过这个坎，对他来说也是好事。"

"他……"苏新七苦笑，"他不想见到我，我想我还是离他远点比较好。"

"啧，你怎么……"老沈指着陈鉧离开的方向说，"你以为他真是来拿葡萄糖的啊？"

"哎呀，一个死要面子，一个太老实。"老沈一脸恨铁不成钢，索性直说了，"他以为高反严重的人是你，直接从训练室跑过来的。就他那速度，什么高反症状都没有，要什么葡萄糖。"

苏新七闻言脑袋一蒙，片刻后才完全领会老沈话里的意思。她先是惊讶，几秒后嘴角忍不住地扬起，眼底浮出笑意，像阳光下的海面泛着粼粼的光亮。

青海的训练基地除了承接赛事，接待国家队、各省市运动队，平时还会接待一些社会团体，在保障运动员训练的前提下，基地平时也对公众开放。近几年当地政府甚至将基地打造成了旅游景点，吸引全国各地的人来基地体验高原体育文化。

基地的接待楼除了有运动员宿舍，还有不同档次的客房可供外来宾客入住，苏新七的同事需要人照看，她和孙奕飞商量了下，决定这两天住在基地里。

苏新七当天晚上在医院陪护，陪护床睡着不舒服，加上她的情绪有些高昂，一整个晚上都没怎么睡。孙奕飞第二天一早来和她换班，让她去接待楼休息。她想着同事的情况已经稳定，便没拒绝。

青海日出时间稍迟，苏新七从医院出来时天还是灰黑色的，晨风料峭，气温不到十摄氏度，清晨的青海有点像南方的初冬。

基地的路灯亮着，苏新七裹紧外套往外走，虽然她对基地不熟悉，但医院和接待楼离得不是很远，她跟着指示牌走倒也不至于迷路。

走了约莫一刻钟，苏新七远远地看到了接待楼一楼大厅的灯光，她加快脚步往大楼走去。到了门口，大门感应开启，她正要进去，抬眼就看到陈鉧迎面走来。他穿着队服，双手插着兜，看样子是要出门。

陈鉧习惯早起先人一步到训练室，所以没等队员集合，先行一步下楼，却没想到会在这儿碰上苏新七。他眉头微皱，目光一移，打算无视她直接离开。

"早上好。"苏新七举起手，笑着和他打了招呼。

陈鲟脚步微滞，看着她笑靥如花还有些莫名其妙，不知道她这一大早的哪儿来的好心情。

他没有回应，直接往门外走。苏新七转过身追上去，跟在他身边问："你现在就要去训练？这么早，不用吃早餐吗？"

陈鲟没有回答，往前走了一段路，发现苏新七还跟着，他眉头微紧，低头看她："别跟着我。"

苏新七没停下脚步，反而噙着淡笑对他说："我不知道餐厅在哪儿，你要是去吃早餐，顺便带我过去。"

陈鲟觉得她今天有点不一样，面对他的时候比前几次放得开了，不再是一味地小心翼翼，眼神里虽然还有愧疚感，却也明亮了许多。

苏新七见他在审度自己，不禁抬手摸了下脸，问道："我昨晚没睡好，脸色看起来是不是不太好？"

陈鲟的目光扫过她眼底的两抹乌青，别开眼冷淡道："你要在基地待几天？"

若是之前，苏新七听他这么问，肯定会觉得他对自己不耐烦了，现在她心里虽还有惶惑之情，却也坦然了许多。

"医生说我同事还要住院观察下，所以我应该会再待一两天。"她如实回答道，片刻后看着他反问，"你呢，这次训练多久？"

陈鲟一开始不想回答，但顶不住她渴望的眼神，几秒后才面无表情地回答："半个月。"

"我一周后就回去了。"苏新七仰着脑袋冲他施施然一笑，"我在大屿等你回来。"

陈鲟听苏新七这么说微微一怔，正要说什么，苏新七抬手指着前面的一栋建筑问："那是餐厅吗？"

被她这么一打岔，陈鲟也没有再驳斥她的欲望，看她一眼，沉默地往餐厅走去。

基地的餐厅灯火通明，空间开阔布局疏朗，内部装潢很华丽。陈鲟和苏新七进去时偌大的餐厅只有几名员工在忙活，打饭的窗口已经摆放好了各式各样的早点，中式西式的都有，任由食客自助取餐。

陈鲟拿了餐盘熟练地取了几样食物后就找了张桌子落座，没一会儿，苏新七就坐在了他对面。

苏新七搅着自己碗里的粥放凉，抬眼看了下陈鲟吃的早点，牛奶、鸡蛋、鸡肉三明治，还有一碗鱼饺，基本上都是蛋白质含量高的食物。

鱼饺汤里放了香菜，陈鲟碰都不碰。苏新七瞧见了，眼神一软，忍不住笑了笑。

陈鲟听到她的低笑声，眉峰一拧，抬起头看向她，没好气地说："你今天心情很好？"

苏新七抿了下唇，眼底还漾着笑意，看着他说："你的口味没变，还是不喜欢吃香菜。"

"你还记不记得徐奶奶，你以前很喜欢吃她做的鱼丸，每次去店里总让她别放香菜。"

一个引头，陈鲟就回想起了以前的事。

关于香菜还有许多回忆，曾经他们为海蜇汤里要不要放香菜小小地争执过。她说香菜是灵魂，但他吃不惯那个味道，她为了让他尝试下，想方设法地哄着他试吃。

思及此，陈鲟眼神一黯，立刻将思绪收回，同时用更加冷漠的表情来掩饰自己的失态。他放下勺子，看着她，冷声说："以前的事我都忘了。"

"你没有。"苏新七很笃定地说。

陈鲟被这么当面挑衅，眼神越发冰冷，看人的时候带着无形的压迫感。他冷笑了下，说："你在玩什么，打算拿以前的事勾起我的旧情？"

苏新七被这么质问，心头一紧，拿着勺子的手攥紧，仍是直视着他的眼睛："有用吗？"

陈鲟声音低哑："你真觉得自己是天仙？

"当初我追你，是觉得岛上太无聊了，想找点事打发时间，你不过是我的一个消遣，别太自以为是了。"

351

苏新七心里像有一块巨石遽然砸下，钝痛不已。

她明知道他说的极有可能是气话，但听到他这么定义曾经那段她珍而重之的感情，她就忍不住难过。她又不由自主地想，会不会在他心里，那段青春岁月真是一场梦魇，他不愿再去回想？

他曾经愤怒地质问她，是不是拿他当消遣，现在他说他只是拿她打发时间。

苏新七深吸一口气，制止自己的负面情绪继续发散。她看着陈鿄，扯出一个浅浅的笑容："岛上那么多女孩，你要消遣，谁都可以，为什么只找我？"

陈鿄盯着苏新七，目光越发深邃。他现在才算看出来她的确是个律师，伶牙俐齿起来会让人招架不住。

苏新七的这个问题看似简单却很犀利，陈鿄不愿承认她是特别的，至少他不想让她知道曾经她对他来说是独一无二的。

他睨着她，片刻后冷笑一声，索性说道："长得好看。"

陈鿄企图用最肤浅的答案，最无所谓的态度来回答她的问题，但苏新七听后并没有被打击到，她反而莞尔，看着他直白地问："那我这张脸现在对你还有吸引力吗？"

陈鿄看着她姝丽的一张脸，她的眉眼还是他熟悉的模样，这么多年过去，她出落得更为夺目动人。

他心旌微动，眉头却微微皱起："你到底想干什么？"

苏新七松开勺子，以一种稍微轻松的姿态面对他。她深吸了一口气，直视着他的眼睛，眼神赤诚热烈。

"看上你了，想追你。"

这话听上去很耳熟，陈鿄不由得微怔。

苏新七手心里沁出一层汗，她到底没能像那时的陈鿄一样从容自如，在他的目光下，她心里还是有些许不安。

"我说想重新开始是认真的。"她抿了下唇，像是补充说明又像是为了堵住陈鿄接下来的反驳一样接了句，"你现在不喜欢我和我想追你不冲突，我喜欢谁,想追谁是我的权利,就算你拒绝……也没用。"

陈鲟有种几年前的回旋镖扎在了身上的感觉,他被反将了一军。

苏新七表面上故作镇定,其实紧张得心跳加速。"死缠烂打"这种事并不在她的能力范畴内,她虽然心里没底,却并不打算后退。

如果能挽回他们的感情,她愿意做一只飞蛾,只要他给出哪怕一丁点的火光,她就敢奋不顾身地往前扑。

"陈鲟,我想追你。"苏新七放在桌下的双手紧攥,迎上陈鲟揆度的目光,一字一句笃定地说。

陈鲟的心情一时微妙,说不出具体的感受。

"你以为这样我就会动摇?"他不屑地一笑,见苏新七神色不变,倒真像是下了决心的模样。他眉间微皱,有种被缴了械的挫败感。

陈鲟不愿承认自己乱了阵脚,他回视着她,两人的目光似胶着又似对峙。几秒后他眼一沉,身子前倾,挑衅似的说:"有能耐你就试试。"

苏新七心口一跳,他们之间这种状态她是熟悉的,一时之间好像回到了最初相识的那段时间,你追我躲,来回交锋。

"鲟哥!"

苏新七回神,往餐厅门口看去,游泳队的人正陆续走进来。她捧起碗,看着他说:"你的队友们来了,我不打扰你了。"

她站起身,低头看着陈鲟,郑重地说:"我今天说的都是认真的。"

苏新七深深地看了陈鲟一眼,端着碗去餐台让餐厅工作人员帮她把粥打包了。她提着打包盒出门,正好在门口碰上沈教练,微微颔首算是打了招呼。

"鲟哥,你怎么和那个美女一起吃饭?有情况?"小郭凑到陈鲟边上问。

"你怎么这么八卦?"林成义推了他一把,等小郭走了,又兴致勃勃地对着陈鲟使眼色,"旧情复燃?"

这时老沈走过来,轻轻拍了下林成义的脑袋:"快去吃饭,今天有训练项目。"

林成义打听不成,叹口气走了。

老沈在陈鲟对面坐下,觑了他一眼,清了清嗓,试探地问:"认识的啊?"

陈鲟盯着他:"这话应该我问你,你是不是见过她?"

"见过啊。昨天在基地医院,还是跟着你去的。"老沈迎着陈鲟研判的目光,面不改色。

"以前没见过?"陈鲟追问。

"没有啊。"

陈鲟紧盯着他,质问道:"没见过她怎么认识你?"

老沈头颅一昂,颇有傲气地说:"我老沈在泳坛好歹也叱咤风云过,人家知道我很奇怪吗?再说了,我给你当了这么多年的教练,她既然认识你,知道我是谁不也很正常吗?"

陈鲟从老沈的表情里没看出什么端倪,听对方这么解释倒也合情合理,只是他心里总觉得奇怪,昨天苏新七见到老沈时的表现看起来不像是第一回见到老沈,那询问的语气熟稔得让人怀疑。

第六章
公平竞争

苏新七在接待楼补了一上午的觉,中午起来时神清气爽。她起床洗漱后去了餐厅一趟,简单吃了点后就去了基地医院。同事的身体情况已经有所好转,医生说只要稍加休息,明后天就能转去海拔更低的地方。

下午苏新七见同事情况稳定,就和孙奕飞一起回了村里。他们和法援的负责人说明了情况,带上行李又回到了训练基地。

到基地门口时,苏新七看到一辆大巴从正门驶进去,她和孙奕飞拖着行李往里走,才进基地,远远地就看到了陈鲟。

大巴在入口的大道上停下,车上下来一群身穿运动服的人。苏新七看到一个女队员一下车就直接奔向陈鲟,旁若无人地扑进他怀里。

苏新七认得她,"水中蝴蝶"周尧,女子蝶泳大满贯选手,她和陈鲟同龄,都是天赋型选手。她不止一次在镜头前表达对陈鲟的欣赏,外界的人都说他们是中国泳坛的金童玉女。

周尧扑进陈鲟怀里后,搂紧他的腰身,抬头说:"我休假回来你就不在队里了,怎么不等我一起来?"

陈鲟毫不留情地把她的手从身上扒拉下去,后退一步拉开距离,不快道:"吴教练才是你的带领教练,我不是。"

周尧又贴上去,完全无视他的冷脸,笑着说:"之前我们不是说好了,一起提高,明年奥运会还要一起拿金牌的。"

"小尧啊,注意影响。"林成义语重心长地说。

周尧耸了下肩,十分大方地说:"单身男女,人之常情。"

她说完看向陈鲟,挽住他的胳膊问:"怎么样,考不考虑和我做一对泳坛神仙侠侣?"

"说什么你,我看你就是欠练,赶紧给我过来,拿上行李去宿舍。"吴教练冲周尧吼道。

"棒打鸳鸯的人真的太多了,没关系,等退役了我们还有机会。"

"没机会,你趁早死心。"陈鲟面无表情地抽手,余光瞥到两个身影,他转过头看去,就见苏新七和那个男检察官并肩走在一起。他们似乎都没注意到别处的动静,一个低头,一个抬头,默契地看着彼此聊得正欢。

青海和沿海地区有时差,饭点差不多迟了一个小时,这里白昼长,晚上七点钟的光景,外面还是亮晃晃的。

苏新七下午待在基地医院里,抱着笔记本电脑处理工作,虽然她外出参与法援活动,但律所的工作没办法甩手不管。孙奕飞也是如此,他现在还是助理检察官,检察院的活儿也不少。

"不好意思啊,这么忙还要你们在医院陪我。"李真真躺在床上十分愧疚,她与苏新七、孙奕飞是大学同学,现在也是一名实习律师。

"说这话就生分了,再说了我们在哪儿都是忙,在医院里起码还能坐着偷偷懒。"说话间工作邮箱里又有一封邮件进来,孙奕飞捂着脑袋,"戴"上了"痛苦面具","啊,我也出现高反的症状了。"

李真真笑着打趣:"氧气面罩借你用用,不用客气。"

"案子案子案子,怎么天下就没有一天是太平的?"孙奕飞仰天长叹,"当初就不应该听我高中班主任的话,报什么法学院。"

"话不能这么说,你要是不学法不就遇不上小七……"李真真冲孙奕飞挤挤眼睛,大喘一口气,"和我了。"

孙奕飞挠了下脑袋,觑了眼苏新七,见她埋头看着笔记本电脑,神色专注,不禁问:"你们律所最近都忙什么啊?"

苏新七把一份修改好的文件发给王峥,抬头笑了笑:"打探敌情?"

"冤枉冤枉,溦姐和王律才是死敌,我和你怎么也算不上。"孙奕飞摆了摆手,"我就是看你这段时间都很忙,三天两头跑检察院和法院,王律是真能使唤你。"

苏新七坦然地笑笑:"还好,就前阵子有几个案子比较复杂。"

孙奕飞看着她,几经犹豫还是问出了口:"小七,都毕业一年了,你打算在王律那儿干多久?你以前说要考检察院,现在不考了?"

年中的时候,苏新七考虑过这个问题,考检察院还是留在律所,这两条路她都仔细想过,前者是她学法的目标,当律师虽是阴错阳差,但跟在王峥身边她的确是学到了许多,也体会到了做律师的乐趣。

苏新七把王峥当作师父,他也毫不吝啬地把自己的本事传授给她,一些小案子他也会放手让她去接。同样是实习律师,李真真毕业一年了,在大所做的还是简单的文书工作,而她作为律师助理,已经跟着王峥上过几回法庭了。

学海无涯,遇上个好老师不容易,苏新七思来想去最后还是决定暂时留在律所,至少等她把王峥的本事学会后再另做打算。

"我暂时会留在律所。"苏新七如实说道。

"这样啊。"孙奕飞的表情有些失望。

李真真反倒说:"我觉得小七挺适合当律师的,而且很适合做刑辩。"

苏新七得到这个评价有些意外:"是吗?"

"是啊,大学的时候我就这么觉得。那时候做小组课题,你不就对刑法很感兴趣吗?做模拟法庭的时候,你对证据要求也很高,你说过的,刑事案件关乎人的自由、生死,如果没有充分的证据就判定一个人有罪,那样会毁了一个人的人生。这是极其不负责任的行为,法律也会因此失去公正性。"李真真一下子说了太多话,缓了缓才接着说,"刑法苛刻,以前老师说了,刑事辩护是律师业务皇冠上的明珠,不是谁都能戴的,但我觉得你可以。"

苏新七沉浸在回忆当中,一时没接话。倒是孙奕飞开了口,冲李真真挥了挥手,说:"你别给她错误的引导啊,要我说小七就适合当检察官,她有正义感,嫉恶如仇,不当检察官太可惜了。"

苏新七听了他们俩的话后陷入沉默中。

孙奕飞和李真真对她的认识都是正确的,她就是个矛盾的人,理智却也冲动。在律所工作的一年内,她接触过很多"嫌疑人",对他们她能用专业的态度理智地看待。但对冯赟她却做不到冷静以待,她不是圣人,是有软肋、有缺点的凡人。

选检察官还是刑事律师,苏新七很茫然。

聊了几句,李真真看了眼时间,说:"时间晚了,你们去吃饭吧。"

"都这个点了。"孙奕飞合上笔记本电脑,看向苏新七,"我们去餐厅吧。"

苏新七点了下头,看着李真真问:"有什么想吃的吗?我给你带回来。"

"清淡的就行,你看着点吧。"

"好。"

从医院出来,苏新七和孙奕飞去了餐厅。这个点虽然迟了些,但正好是青海的饭点,餐厅里吃饭的人不少。苏新七进门就看见游泳队的人坐在一起,陈鲟也在,周尧就坐在他边上。

苏新七去餐台取了餐,孙奕飞找了个空座,远远地冲她挥手示意:"小七,这里。"

就是因为他这一声,餐厅里有不少人看过来。苏新七低着头,端着餐盘走过去,在孙奕飞对面落座后又不由自主地往游泳队就餐的那桌看去。她一转头正好和陈鲟对上眼,他很快就别开了眼。

"小七,小七。"孙奕飞见苏新七走神,顺着她的目光看过去,了然道,"你果然是泳迷,要不要过去要个签名?"

苏新七摇头,收回目光:"不了,打扰他们吃饭不太好。"

"那个陈鲟……你喜欢他吗?"

苏新七心下一跳,愕然地抬眼,见孙奕飞神色如常,这才反应过来他口中的"喜欢"是欣赏的意思。

"都说他有点傲,我看也是。"孙奕飞说,"碰上他几次了,每次他都一脸不高兴,好像我得罪他了一样。"

苏新七垂眼:"别多想,不是因为你。"

孙奕飞几回碰到陈鲔时,她都在场,她想,他不高兴也是因为她。

苏新七没什么食欲,随便吃了点东西垫胃。吃完饭,她和孙奕飞给李真真打包了一份粥。

晚上,孙奕飞见苏新七面有疲色,以为她是昨晚没休息好,就让她早点回接待楼休息,李真真也催她回去。笔记本电脑没电了,苏新七想了想,也就没推辞,拿上包先行回了接待楼。

晚上九点钟的光景,太阳已落,天幕却没完全黑透,天际已有星星在闪烁,高原上的星星更为璀璨,似乎伸手可摘。

苏新七走进接待楼,按了电梯站在门外等候,没多久有人从大厅走过来,站在了她身边。

她下意识转过头,看到周尧时愣了下,又抬头看向周尧身边的男人。她常年关注游泳赛事,自然知道林成义是游泳队队长。

"我知道你。"周尧忽然开口。

苏新七怔住,以为周尧在和林成义说话,但周尧的眼睛却看着她。

"罗粤和我提过陈鲔以前的事,我看过你的照片。"周尧看着苏新七开门见山就说,"你差点把陈鲔害惨了。"

林成义心下一骇,虽不明所以,但还是伸手拉了下周尧的袖子,大有阻拦她的意思。

苏新七一开始有点错愕,但很快就平静了下来。罗粤现在虽然不当运动员了,但他们以前毕竟是一个圈子的,认识也不奇怪。至于照片,当年罗粤和郑舒苑他们来沙岛玩,离开前她和陈鲔被拉着拍了张合照,她想周尧看到的可能就是这张照片。

"你怎么会在基地里,是为了陈鲔来的?"周尧问话时气势凌人,语气并不友好。

苏新七放平心态,表情也郑重起来。她看着周尧微微一笑,不卑不亢地回道:"是的。"

见她这么坦率,周尧微愣,过后反倒有些欣赏她:"你和我想象的不太一样,不过……不管怎么样,你都已经是陈鲟的过去时了。我想他已经往前看了,他的未来属于我。"

苏新七面色不改,一点也没气馁,笑了笑从容地回应道:"他的过去我参与了,他的未来我正在想办法参与。"

周尧的眼神蓦地犀利起来:"你在向我宣战?"

苏新七还没来得及回答,电梯"叮"的一声打开了门,林成义看到陈鲟的那刻眼睛都直了。他的目光在他们三个人身上划过,心里暗道这是什么修罗场,可比比赛刺激多了。

陈鲟正在回消息,电梯门一开,他抬头正要走出去,看到门外站着的三个人时,眉头不由得一皱。

"小鲟啊,大晚上的你要去哪儿?"林成义干笑着打破尴尬的氛围。

陈鲟余光看了眼苏新七,只觉得心里无端焦躁,想做点事情发泄下。他把手机往兜里一揣,举步往外走,面无表情地说:"游泳馆。"

林成义咋舌:"这么晚了你还练啊?"

陈鲟不答,径自往外走。周尧喊了他一声:"我一会儿去找你。"

苏新七看着陈鲟的背影,捏了捏拳,对着周尧缓缓说道:"是的,我在向你宣战。"

陈鲟的脚步微微一滞,他听出了苏新七的声音,但她似乎不是在和他说话。他的脚步放慢了些,垂下眼犹豫了下,最后还是没有回头,直接推开接待楼的大门离开。

苏新七看到陈鲟离开,接着问周尧:"基地的游泳馆我能进去吗?"

周尧下巴微抬:"竞争开始?"

苏新七沉着地点了下头:"用你的方式。"

周尧意外地挑了下眉,看着苏新七的眼神透着些赞许之意。她哂笑了下,说:"我有点喜欢你了。"

她昂起头,自信地回道:"好,我带你进去。"

高原上空气含氧量低,陈姆在水下游了几个来回,觉得比平时喘一些。陈姆从水中上岸,摘下泳帽泳镜,拿起大毛巾擦了下身体,转头看到林成义推开门走进来,瞥他一眼问:"你怎么来了?"

林成义意味深长地看着他:"来看热闹。"

陈姆不解,正要说什么,转眼又看到周尧换了泳衣从更衣室那头入馆,她身后还跟着一个人,绾着头发,裹着浴巾,光着两条腿,踩着拖鞋,低着头走进来,还顺手把门给掩了。

陈姆看到苏新七时略微愕然,旋即皱了下眉看向周尧。

周尧回头指了下苏新七,满不在意地说:"我的泳迷,说想和我比一场,反正今天晚上也没什么事,我就满足她的小愿望,当是为明天的训练热热身。"

陈姆听完脸色更不善了。他瞟了眼苏新七,她双手攥着浴巾站在池边,双眼巴巴地看着他。

他眼睛一沉,又看向周尧,开口说:"你刚来没多久,身体还没适应高原环境,不适合剧烈运动。"

"剧烈运动?和一个业余游泳爱好者?"周尧转过身看向苏新七,自信地笑着说,"不至于,游泳,我可是专业的。"

她微微抬首,看着苏新七说:"你要是不想游,现在回去也行。"

苏新七看着陈姆摇了下头,她把拖鞋一脱,光脚踩在地上说:"现在下水吗?"

"你感冒还没好不能游泳。"陈姆直接说道。他这话是在本能催动下说出口的,等反应过来才惊觉自己暴露了内心所想。

陈姆敛起情绪,无视林成义和周尧审度的目光,看着苏新七,表情严肃:"要是出了事周尧要担责。"

苏新七的心情随着陈姆的话起起落落,她本以为他是在担心她,原来他是在担心周尧。

她心里泛起丝丝苦涩,眼神却更加坚定:"我已经是个完全行为能力人了,出了事我自己能负责,不会连累到别人。"

陈鲟听到这话，眼神微不可察地一变，这么多年过去了，她爱逞能的毛病一点都没变。

"好，我欣赏你。"周尧转了转手腕和脖子，想了下说，"我们就游个五十米，不限泳姿，用你最拿手的游就行。"

"游一个来回吧，一百米，蝶泳。"苏新七简扼地说道。她的表情始终沉着，说话也不慌不乱，好似不知道自己的对手是蝶泳世界冠军似的。

周尧看苏新七的眼神越发欣赏了，她也不是个瞻前顾后磨磨叽叽的人，既然苏新七不接受放水，那她也没必要坚持，遂点了点头，果断应道："行，按你说的来。"

周尧率先跳下水，在水里活动了下。

苏新七刚要松开浴巾，陈鲟不知何时走到了她身边，伸手抓住她的臂膀，声音微沉，似是克制："你想干什么？高原上游泳不是闹着玩的。"

苏新七望着他，眼底情绪翻涌，最后归于坚毅。她挣开他的手，后退一步，说："我不是在闹着玩。"

她手一松，浴巾落地。基地里有商店，运动员穿的专业的连体泳衣一般人穿不了，苏新七就挑了套两截式的普通泳衣，既不暴露也不保守。

陈鲟目光微低，落在她的胸口上，霎时间表情有些愣。还未等他反应过来，苏新七转过身跳入水中。

她在水里鬼了会儿，适应了下水温，觉得身体做好了准备后把泳镜戴上。

她把泳镜戴好，看向苏新七，询问道："可以开始了吗？"

苏新七沉下水中又冒出了脑袋，冲着周尧点了下头。

周尧仰着脑袋看向池边，先是看了眼陈鲟，而后看向林成义说："大林哥，你来喊口令吧。"

林成义瞄了眼一脸阴沉的陈鲟，暗道这都叫什么事。他见局势已定，只好回道："行，我数三声啊，你们听好了，中途要是身体不适一定要停下来。"

苏新七和周尧到起点处踩水候着，两人俱是严阵以待，屏息等着口令。

林成义见她们都已准备好，走到池边，清了清嗓，拿出专业的气势喊道：

"三、二、一,出发!"

他一声令下,苏新七和周尧同时蹬水出发。两人在水中潜游了一段距离,几乎是在同一时间开始展臂划水。蝶泳难度大,对身体、泳技各方面都有比较高的要求,除了少数的游泳爱好者,一般人都不会特地去学蝶泳。

林成义看着苏新七标准的姿势,难掩讶异:"她游得不错嘛。"

周尧的技术林成义是知道的,他这话摆明夸的是苏新七。陈鲟闻言不答,目光落在池中,紧盯着苏新七那道。

周尧到底是世界级的专业选手,在技术、体力等方面都比常人要强。虽然苏新七的水性不错,但在泳池游泳并不同于在海中凫水,她很快就落后于周尧,可她完全没有放弃的意思,仍是拼尽全力追上去。

陈鲟看着水中的苏新七,思绪一时被带到了很久以前。他想起了他们第一次见面;想起了她为了道歉毫不犹豫地跳下海来追他;想起了高考前她想下海纾解压力,他就带着她去情人礁,陪着她游一段,护着她不让她出事。

和她在一起的回忆就像潘多拉的魔盒,一旦打开就覆水难收。

"是个好苗子,要是从小就训练,现在不一定游得比小尧差。"林成义感慨了句。

苏新七转身不够利落,又落下了许多,最后一段距离她虽奋力追赶,但还是没能追上周尧,落后了有五米的距离。

周尧率先到达终点,触壁后转过身,摘下泳镜,对自己能获得胜利她并不意外,倒是对苏新七的表现很是惊诧,她觉得自己应该能甩开苏新七更多才对。

苏新七触壁后浮出水面,剧烈地喘着气,胸口有种缺氧的窒息感,肺像是要炸开似的。她缓了一口气,摘下泳镜,对周尧笑了下,坦然道:"我输了。"

周尧看着她,好一会儿由衷地说道:"游得不错。"

苏新七再次笑笑,仰起脑袋看向池边站着的陈鲟,见他望过来,用轻松的语气说:"这次没有抽筋。"

陈鲟闻言眸光微闪，表情微妙。

苏新七用尽全力游了一百米，觉得比平时累多了，这会儿连说话都费劲。她深吸一口气，潜入水中，游到爬梯那儿上岸，又走回下水的地方捡起自己的浴巾裹着。

"我先回去了。"

她又看了眼陈鲟，嚅了嚅唇，最后什么也没说，转身往更衣室走。

游泳馆更衣室里有个澡堂，苏新七简单冲洗后，去更衣室换了衣服，用室内的固定吹风机把头发吹干后就离开了游泳馆。

是夜，寒风瑟瑟，星河璀璨，偌大的基地悄无人声，保安持着手电筒四下巡逻，几道光束时而忽闪而过。

苏新七走回接待楼，到前台拿了寄存在那儿的笔记本电脑，等电梯开门后走进去，刷卡按了楼层。电梯门即将关上之际，外面忽然伸进一只手一挡，门又打开。她抬眼就看到了陈鲟，他走进电梯里，过了会儿电梯门重新关上，电梯缓缓上行。

苏新七蓦地有些紧张，据她所知，运动员的宿舍在顶楼，和她住的房间不在一个楼层，但他并没有刷卡按楼层。她心里隐约有个猜测，一时忐忑又有些难以言喻的悸动。

"叮"的一声，电梯门开了，苏新七犹豫了下，率先走出电梯。她没有回头，深吸一口气径自往自己的房间走。到了房门口，她从兜里拿出门卡，刷卡开了门。

进门插上卡，苏新七打开房间的灯，把笔记本电脑放在玄关的柜子上，静静地站了会儿。几秒钟后，她听到了门"咔嗒"关上的声音，身体不由得一个激灵，说不上是惊惧还是惊喜。

苏新七咬了下唇，转过身说："你——"

她才说了一个字，陈鲟一把拉过她，转了个身把她控制在门板后面。他低头看着她，眼神晦暗不明，表情因为背光显得不太真切，整个人散发着逼人的气势。

他一言不发，抬起手把她冲锋衣的拉链拉下。苏新七里面穿了件衬衫，他沉着眼又去解她衬衫的扣子，一颗、两颗……

苏新七干咽了下，后背绷直贴在门板上，心跳紊乱，手心冒汗，却没有阻止他的动作。

陈鲟盯着苏新七的脸，手上动作有条不紊。他解开苏新七衬衫的三颗扣子，把衣领扯开，露出她白皙的胸口。他垂眼，在看到她左心口那个鲟鱼文身时，眸光更加幽深。

他抬手触了下，苏新七忍不住打了个哆嗦。他抬眼，压着嗓沉声问："什么时候文的？"

苏新七的眼神有些潮湿，抿了下唇，回答道："你离岛那天。"

陈鲟探手摸向她的后脖颈，盯着她的眼睛问："一起文的？"

"不是。"苏新七沉默了下，接着解释，"脖子上的是前年文的，那时候在写毕业论文，压力很大，很迷茫，所以……就去文了一个，想警醒自己，不能放弃。"

陈鲟听到她的解释，表情没什么特别大的起伏，事实上他的情绪已如潮涌。他又看了眼她胸口的文身，克制道："你根本就不是想和周尧比赛，你是故意的……讨好我？"

"嗯。"苏新七不惧承认，看着近在咫尺的陈鲟，捏了下拳，缓声开口，许诺般郑重道，"你说以前和我在一起是因为岛上无聊，现在我自愿，你要吗？"

陈鲟的目光越发幽邃，像海底漩涡，会把人困住。他看着她，半晌冷笑一声，嘲弄道："你还是像以前一样，对人有愧就想拿自己的人生做赔偿，以前是李祉舟，现在是我。"

他审视她，眼神没有温度："这回想拿几年来补偿，十年，二十年？"

"时间由你决定，十年、二十年……一辈子。"苏新七神情凛然，目光果敢，看着陈鲟斩钉截铁地说，"如果你敢的话。"

陈鲟被她决然的态度震慑了下，而后呵笑，似是被激到了，挑了下眉冷声说："我敢的话？"

苏新七后背沁出了汗，但头颅并没有低下。她毫不回避地与陈鲟对视着，攥着拳一字一顿地笃定道:"陈鲟,你还忘不了我。"

她说完只觉身体莫名一阵虚弱,像今晚竭尽全力游完一百米,一种呼吸不上来的窒息感攫住了她。她很紧张,内心无比焦灼。她知道自己在赌,但既然他今晚出现在这儿,就不能说她没有赢的可能。

陈鲟听到她说的话,心底燃起一簇无名火。他低头逼视着苏新七,两人的目光胶着对峙着,各有各的坚持在,互不相让。

陈鲟察觉到自己愤怒的情绪外还有一丝庆幸,眼前的苏新七才是他所熟悉的苏新七,那个敢浇他酒精,敢甩他巴掌的苏新七。

恍然间他仿佛看到了十七岁的她,那样刚毅、大胆、不服输,像一只小刺猬。

陈鲟微不可察地拧了下眉,心情复杂。

苏新七说得没错,他并没有真正忘了她,虽然收起了所有与她有关的东西,斩断了所有联系,几年不曾见面,但午夜梦回时他总能梦见她。

他有时候想,如果当初没有出现那样的变故,他们会像普通情侣一样顺利交往下去,或许有一天会因为各种原因自然而然地分开,如果是这样,他大概也不会留恋于她,不会怀念那个初夏。

他们之间的感情不是自然消逝,而是被生生斫断的,断面至今清晰,所有的一切历历在目。

罗粤说得对,对苏新七,他不甘心。

他想,如果把不甘心的情绪抚平,他是不是会发觉自己一直执着的感情其实也索然无味,就能真的毫不留情地将她抛下,斩断所有念想?

苏新七和陈鲟对视良久,两人心思各异,不同的心境同样的挣扎,都在隐忍、蛰伏。

僵立太久,苏新七觉得身体隐隐在发抖,忍不住动了下身体。她才小幅度挪了下,陈鲟忽然俯身贴了上来,他们之间的距离一下子拉近,鼻息可闻。

苏新七再次绷紧身体,屏住呼吸。

陈鲟垂眼看着她,哑声说:"最后给你一个机会。"

苏新七知道他这话背后的意思，堵在胸口的一口气总算纾解，整个人像是卸了力，浑身虚软。

她眨了下眼，眼眶微润，片刻后开口轻声回道："我是认真的，这次你说开始，你说结束。"

陈鲟的眸光几经变化，最后定了下来，眼中只倒映着苏新七的身影。他捏起她的下巴，略一低头，触到她的唇瓣前，沉声说了句："你最好别后悔。"

陈鲟捏着苏新七的下巴，俯身吻上她。两唇相触的瞬间，两人都有种触电般的感觉。既陌生又熟悉，恍惚间好像掉进了时光的缝隙里，回到了岛上、海堤、大浴场、海港围栏、石头岛、美人山、情人礁……

苏新七在触到陈鲟的那刻忽地感到一阵灵魂深处的战栗，眼眶霎时就湿润了。这个吻对她来说弥足珍贵，犹如盲龟遇浮孔。她似是一条涸辙之鲋，将毙之时忽逢甘霖，又有了一线生机。

陈鲟吻得很凶，带着惩罚的意味。苏新七背靠门板，双手不由自主地抓住他外套的两侧，仰着脑袋闭着眼承受着、回应着、渴望着。她的回吻明明生疏却又大胆，好似只有这样才能确定自己不是在梦中。

室内温度似在不断攀升，他们都有些动情，欲望炽盛之下，那些隔阂芥蒂暂时被摒弃。

陈鲟松开苏新七的下巴，一只手渐渐下移，脱下她的冲锋衣。苏新七顺从地松开抓着他衣服的手，双手下垂让自己的外套落地。

"小七，你在吗？"

情浓时刻，苏新七忽然听到敲门声，而后就听到了孙奕飞的声音。她蓦地睁开眼，有些回神，下意识转了下脑袋。陈鲟却不给她避让的机会，一只手重新捏住她的下巴，端正她的脑袋，像是要惩罚她走神一样，不轻不重地咬了下她的唇瓣。

苏新七低呼了声，想到孙奕飞还在外面，立刻收声，心底却更加难耐。

"小七？"孙奕飞又喊了一声。

苏新七不敢应声，陈鲟见她紧张，勾勾唇，在她腰际的手一路摩挲着向上,很快就触到了她的文身。

"不回他?"陈姆偏过头,在她耳边压低声说。

苏新七摇了摇头,一口气吊在喉咙里。在看到陈姆眼底的顽劣时,她心头一悸,好似看到了从前的他。

"睡了吗?"

外头孙奕飞说了这么一句,没多久苏新七就听到了对面房间关门的声音,她这才放下心来,松了口气。

"围在你身边的男人挺多。"陈姆忽然说了句。

他面上没有什么特别的表情,甚至语气都是嘲弄的,苏新七的心潮却一漾,双瞳微亮。她不做辩解,双手松开他的脖颈,从他的胸膛往下滑。

陈姆察觉到她要做什么时,脸色微变,立刻抓住她要作乱的手,目光幽深。

"别乱来。"

陈姆觉得体内气血翻涌,微微后退想拉开距离。他才动,苏新七就贴了上去,像只不饶人的小妖精。

"不行,我明天还要训练。"

陈姆脱口而出,才觉得不太合适,语气过于亲昵,内容又显得无奈,好像他真想做什么,只是迫于不可抗力只好罢手一样。

就在这时,陈姆兜里的手机响了起来,他蓦地醒神,松开苏新七,看了她一眼,回过身拿出手机,缓了口气才接通。

电话是老沈打来的,问他在哪儿?

陈姆随口敷衍了几句,很快挂断。

陈姆调整了下呼吸,转过身看到苏新七衣衫不整的模样。

"教练找你了?"苏新七开口问,声音温软,还留有方才亲热的余韵。

陈姆清了下嗓:"嗯。"

苏新七捡起地上的冲锋衣,扯了下自己的衬衫,暗自深吸一口气,把门让开。

不管有没有人找,陈姆都知道自己不能和她待太久。他往门口走,手才搭上门把,苏新七忽地喊住他。

陈鲟动作微顿,侧过身看她。

苏新七其实想问他们现在这样算和好了吗?但她不敢开口,怕得到的答案不是自己想要的。

她看着他,片刻后才启唇道:"手机号码……能给我吗?"

她问得小心,刚才那股强势的狠劲完全褪去,陈鲟的心情有点难以言喻。

他拿起手机,抬眼看她:"号码。"

苏新七看了眼他的手机,立刻领会意思:"我的号码没变。"

陈鲟表情微凝,不动声色地看着她。

苏新七忽然觉得自己的试探很蹩脚,她失落地笑了下,报出了一串数字。

没多久,她冲锋衣口袋里的手机就响起了铃声。

陈鲟挂断,再次抬眼看她。

两相对视,彼此无言。

他最后什么也没说,反手关上门,在门口站了会儿才离开。

第七章
绝处逢生

陈鲟搭乘电梯上楼。

到了宿舍,小郭听到动静,从床上坐起身说:"鲟哥你回来了啊,沈教练刚才找你来着,大概是想和你复盘下今天的训练。"

"嗯。"

陈鲟点了下头表示知道了,他拿了换洗衣物往浴室走。小郭略感疑惑:"你不是去游泳馆了吗?没在那儿洗了回来啊。"

回答他的是关门声,不一会儿浴室里就响起了淅沥的水声。

陈鲟冲了个澡出来,穿上外套去找老沈。老沈找他果然是为了复盘今天的训练,及时调整训练计划。他在老沈的房间待了半个小时,再回来就见小郭躺在床上,对着手机傻乐。

陈鲟脱下外套往床上一躺,拿过手机,点开通话记录看了眼。最上面的通话记录是一串熟悉的数字,当初为了拿到这个号码,他没少花心思。

"鲟哥,你追过女孩吗?"小郭忽然问。

陈鲟回神,转过头看他:"你有心上人了?"

小郭有些不好意思,挠了下脑袋,坦诚道:"就花样游泳队的雅娜。"

"你在追她?"

小郭点头,又压低声说:"暂时保密哈。"

陈鲟颔首。

游泳队现在开明多了,以前还有"禁令",现在提倡人性化管理,但小郭毕竟年纪尚小,难免管得严些。

小郭往床沿边挪了挪,一副讨教的虚心模样:"哥,你有喜欢的人吗?"

陈鲟本想回没有,话到嘴边的时候卡了下,他皱了下眉,乜着小郭:"都问到我这儿来了?"

小郭嘿嘿笑了:"大林哥说你有。"

陈鲟暗骂一声,想着明天在训练馆一定要让林成义吃点苦头,敲打敲打他。

"哥,你和我说说,你以前都是怎么追女孩的?我学两招。"小郭盘着腿,一脸向学的表情。

陈鲟看他热情高涨,不忍打击,沉默片刻回道:"死缠烂打。"

"啊?"小郭愣了下,"就这样?"

"嗯。"

"追到了?"

陈鲟点头。

小郭不太敢信:"不会被讨厌吗?"

陈鲟回想了下:"她开始是很讨厌我。"

"那你后来用什么方法打动她的?"

陈鲟再次陷入回忆之中,他一开始撩拨苏新七的确是一时兴起,后来真就动了心,也用了心。他那时想方设法地讨她欢心,现在回想起来,有些事做得也不成熟,但就是凭着一股劲打动了她。

"哥?"

陈鲟回过神,忽觉自己今晚过于沉湎于过去了。他敛起情绪,随口回道:"人格魅力。"

小郭细嚼了嚼他这话,还真信了,天真一笑说:"也对,哥你现在这么有魅力,以前肯定也不差。也就只有你这样的才敢对女孩死缠烂打,还能追到她。"

陈鲟失语。小郭要是知道他在沙岛的时候有多浑,大概就不会这么认为了。

小郭看着陈鲟,忽然说:"你那时候一定很喜欢她。"

陈鲟闻言沉默,不否认。当年他把一整颗真心都付给了苏新七,这才给了她伤害他的机会,说起来算是咎由自取。

他又想起今晚,他和苏新七的关系又滑向了一个意想不到的境地。仅仅因为一个文身,他竟然失去了冷静。

陈鲟觉得自己今晚过于冲动了,但细究起来,他并不觉得后悔,不过是换个方式了结过去,或许这样比靠时间冲洗回忆来得有效。

他这样警告自己。

第二天天尚未亮,陈鲟早早就醒来了。

大概是受了昨晚苏新七的影响,他做了一个晚上的梦,醒来时还记得梦里的细节。梦境太过纷杂旖旎,似真似幻,既有以前的回忆又掺杂着私欲的幻想。

小郭还在睡,陈鲟掀开被子起身,拿了换洗衣物去了浴室,打开冷水冲澡。

以前他每天都把自己练得筋疲力尽,也没心思去惦记别的事,今天却久违地出现这种状况。他想最近可能要跟老沈商量下,加强训练力度才行。

冲了个澡,陈鲟换上衣物,离开房间。

他今天起得更早,廊道还没有人,队友尚在梦中。他先行搭乘电梯下了楼,打算先去跑两圈活动活动,结果才到一楼大厅,就看到了梦中人。

苏新七坐在大厅的沙发上,听到电梯开门的动静,立刻抬起头。看到陈鲟下来,她起身冲他笑了下。

"早。"

陈鲟摒除杂念,走近后看她一眼:"大早上的不睡觉在这儿看门?"

苏新七走到他身边,抬头看着他解释道:"我同事今天要转去市里的医院,我怕你白天要训练,到时候见不到你,就早起在这儿等你下来。"

陈鲟面上没什么反应,心里却活络开了。

他今天起得比昨天早,她也不知道多早下来蹲点的,给了号码也不知道发个信息问问。

"有事?"

苏新七抿了下唇:"没什么,就是想当面和你说一声,我今天可能会离开基地。"

"哦。"陈鲟反应冷淡。

苏新七咬了下唇,不确定还要不要跟着他往外走。

陈鲟察觉到她脚步慢了,不由得偏过头看她,面无表情地开口:"不去吃饭?"

苏新七双眼微亮,几步追过去:"要的。"

陈鲟的余光看她雀跃的模样,心里莫名松快了些。

出了接待楼,外头天光未亮,路灯还亮着,晨风飕飕,空气里都是凉意。

迎面吹来一阵风,苏新七忍不住打了个喷嚏。陈鲟侧头,想到她昨晚下了水,担心她感冒加重,不由得拧了下眉说:"你是打算接替你同事的床位?"

苏新七反应了下才明白他的意思,遂摇了摇头说:"我昨晚喝了感冒药,没事的。"

"身体不好就别在高原待着了。"

陈鲟的语气不太好,似是不耐烦,苏新七却很满足。昨晚她辗转一宿彻夜未眠,本以为他们的关系已入枯鱼之肆,现在忽然绝处逢生,她自然激动。

今早她在大厅等他,一是想当面和他道别,二也是想确认昨晚的一切并非南柯一梦。所幸,还好,一切都是真的,他没有后悔。

"我每年都会和我爸一起去海里冬泳,身体很好的。"苏新七嚅着笑说。

"冬泳,你?"陈鲟语气轻嘲。

"我已经很久没在水里抽筋过了。"

"是吗？"陈鲟语气淡淡的。

这个话题自然牵扯到了以前的事，苏新七看陈鲟不是很想提，也就缄口不语，心里难免失落。

他们之间的关系看似近了一层，但隔膜仍在，她必须正视。

天虽未亮，但基地的餐厅为了迁就一些早起的运动员，所以很早就开张了。

苏新七和陈鲟同昨天一样，各自拿了食物，坐在一桌安静地进食，席间也没有交谈，大概是关系一时转变，谁都没能适应，或是怕再次不欢而散，只好沉默。

他们今天来得早，吃完饭也不见游泳队的人来。从餐厅出来，陈鲟要去训练馆，生活区和训练区在基地的两个方向，苏新七并不顺路。

分离在即，陈鲟也没和苏新七多说什么，只是在走之前道了句："走了。"

他的态度始终不冷不热的，游离在关系之外，苏新七忍不住想，如果是以前，他不会走得这么干脆，那时候即使是放学后，他都会缠着她。

现在和过去到底是不一样了，但她并不气馁。

"陈鲟。"苏新七开口喊。

陈鲟停下脚转过身，苏新七小跑过去，在他跟前站定，主动抬手勾他弯腰，踮起脚凑到他唇边落了个吻。

"你……"陈鲟微怔。

苏新七眉眼一弯，笑着坦然道："你以前总觉得你喜欢我更多，现在换过来，我愿意成为爱得更多的那个人。"

飞机落地时已是下午五点，大屿夕阳未落，海风徐徐。

苏新七从机场出来，顿感一阵燥热，在户外没站多久就出了一层热汗。她拿手扇了扇风，忽然有点怀念青海秋高气爽的天气。

她打了辆车，回去路上正碰上晚高峰，出租车在高架桥上堵了半个多小时。回到出租屋时已经是晚上七点,她推开门就看到孟芜在客厅铺了瑜伽垫正在拗姿势。

孟芜双腿架在脑后,听到开门声抬头说:"回来啦。"

"嗯。"苏新七弯下腰换鞋,提着箱子往里走。

"你吃饭了没,要不要帮你煮点吃的?"

"不了,我先洗个澡。"苏新七表情疲惫,奔波了一天的她现在一点胃口都没有,只觉得浑身是汗,就想痛痛快快地冲个凉。

洗完澡,苏新七才觉得自己算是活了过来,从浴室出来,孟芜练完瑜伽正在收垫子。苏新七走进厨房,打开冰箱扫了眼,转头问:"我煮鱼丸面,你吃吗?"

"减肥,不吃了。"

苏新七给自己煮了碗鱼丸面,还犒赏了自己一个荷包蛋。她端着碗到客厅,打开电视随便找了档综艺当背景音。正要动筷,她忽然想到什么,起身去了房间,把手机拿出来,对着那碗面找着角度拍照。

孟芜洗了个脸出来,看到苏新七的举止有些吃惊:"欸,你什么时候吃东西先'喂'相机了?"

苏新七被撞破,一时窘迫,收起手机,含糊地回道:"没什么,随便拍拍。"

"不对,有猫腻。"孟芜眯了下眼,坐到沙发上,凑过去看她,"你出差这段时间是不是有情况了?"

苏新七抿了下唇,否认道:"没有。"

"是吗?"孟芜狐疑,"那你拍给谁看?"

"我爸。"苏新七躲开她的目光,低头喝了口汤。

"这样啊。"

"嗯。"

苏新七故作镇定地低头吃面,她也不是故意要瞒,只是她和陈鉧这事一时半会儿说不清楚,且他们现在这状态,她自己都糊里糊涂的。

孟芜没再追问,转了个话题闲谈道:"这次出差怎么样,还顺利吗?"

"嗯，还行。"

"青海天气怎么样？"

"早晚有点冷，白天还好。"

孟芜点头："我还没去过青海呢，之前看朋友发茶卡盐湖的照片挺漂亮的，我想着要不趁十一去玩玩。"

"可以啊。"苏新七喝了口汤，应和道，"今年有八天假，你可以和你男朋友一起去，我看挺多游客去那儿玩的。"

孟芜闻言冷笑两声："呵呵，要男人干吗？"

苏新七这才察觉孟芜不太对劲，她们做室友才几个月，彼此间都很有分寸感，恪守着成年人交往的法则，从不越界也很少谈心。但今晚，孟芜显然状态不对。

苏新七犹豫了下，还是开口关切道："和他吵架了？"

"分手了。"孟芜面无表情地说。

"啊？"苏新七愕然。

"他出轨被我抓个正着。"

苏新七见孟芜表情平静，说这话时语气平平，拿不准到底要不要安慰她几句。

孟芜不是本地人，大学和研究生也不是在大屿读的，她是通过校招签了这里的学校才来这里工作的，在这儿也没什么说得上话的朋友。

想到这儿，苏新七放下筷子，看着她问："想喝酒吗？"

孟芜愣了下："你明天不用去律所汇报工作啊？"

"不用那么早去，喝一点没关系。"

孟芜看来心情是不太好，听苏新七这么说，点了点头，起身去厨房里拿了两罐冰啤酒出来。

苏新七拉开拉环，和孟芜碰了下。

孟芜喝了酒后对苏新七敞开心怀，她说了很多前男友的事，他们怎么认识的，他是怎么追的她，他曾经怎么许诺的……她絮絮叨叨地说了很久，一开始情绪还有些激动，到后来就渐渐平复了，大概她也是想借由述说来整理这段感情。

苏新七静静地听她述说，偶尔和她碰个杯。

"曾经有多美好，现在就有多恶心。"孟芜自嘲道，仰头把一罐啤酒喝尽，转过头问苏新七，"你有喜欢过什么人吗？"

苏新七点了下头。

"看不出来。"孟芜笑了下说，"你看上去清清冷冷的，原来也会动凡心。"

苏新七听她这么说一时有些哭笑不得："我是个人啊。"

孟芜和苏新七述完衷肠，觉得两人关系亲近了许多，也不再拘泥客套，便问："现在呢，有喜欢的人吗？"

苏新七点头，片刻后，轻声说："一直是他，没变过。"

孟芜这下更惊讶了："还有特指。他呢，知道你喜欢他吗？"

苏新七思忖了下说："以前可能知道，现在不一定。"

孟芜听苏新七这话就有故事，没去打探，只是问："你没告诉他？"

"我说了。"苏新七苦笑，"他可能不相信。"

个人际遇不同，孟芜没追问下去，缄默了会儿才开口说："感情这事如人饮水，你别怪我多嘴，我现身说法，用情太深的人更容易受伤，你不要过于深情，免得以后难过。"

苏新七笑了下，没有表态。

吃完面喝了酒，苏新七把客厅收拾了下。回到房间后，她躺在床上，拿过手机翻看消息。

苏新七一一回复了几条工作上的消息，又和爸妈报了个平安，回了陈沉一个表情，点进苏新漾发来的投票链接投了票，答应小姨帮她买护肤品。

苏新七把消息回复完毕，点开和陈鲟的聊天界面。傍晚下飞机，她第一时间就给他发了消息，但他至今未回。她想他可能还在训练，没看手机。

她往上翻了翻聊天记录，划拉了两下就到顶了。自她添加他为好友以来，他们之间的聊天内容大同小异，都有迹可循。往往是她给他发一条消息，过了很久他才会简扼地回复几个字,也没有留下交流的余地让她接话。

苏新七学不来黏人的做派,担心联系得太频繁会打扰到他训练,也怕他觉得烦,所以发消息前常常斟酌再三,发的内容也点到为止。

她的感情热烈澎湃,行为却克制不逾矩。

时间已过晚上九点,苏新七想这时候他应该已结束训练,可他还是没回她的消息,哪怕一个"好"字。这几天她虽然反复告诉自己要平常心对待要知足,但仍是不免失落。

她想起孟芜刚才说的话,孟芜是好意,她自然不会怪孟芜多事,也明白孟芜说的话有道理。爱得更深的人让渡了更多的权利,承担更多的风险,但她并不想收束克制自己对陈鲟的感情。

她曾经失去过他,现在的一切都是侥幸得来的,如果他能回心转意,她情愿斩断所有退路,付出一切。

陈鲟月底回到大屿,当天他没有回基地,而是去了湾泊区的房子。他前脚刚到,罗粤后脚就来了。

罗粤一进门就问道:"周尧和我说你训练受伤了?"

"老伤。"陈鲟不以为意。

罗粤瞄他一眼:"她还说……苏新七也去了青海,还去了基地。"

陈鲟皱眉,语气不快:"我和她的事你少和别人说。"

罗粤举起双手,道了声歉:"之前我喝了酒,被她套话了。"

陈鲟乜他一眼,走向冰箱拿了瓶水,拧开盖喝了口。

"你们现在到底是什么情况?"罗粤往沙发上一坐。

陈鲟语气冷淡:"没什么。"

罗粤嗤笑,摆明不信他的话,拔高声说:"她最近常来健身馆。"

"谁?"

"苏新七。"

陈鲟稍感意外,罗粤接着说:"偶尔问下你的事,你回来没告诉她?"

陈鲟缄默。

苏新七问过他什么时候回来,他那时候不确定训练结束的具体日期就给了个时间段。今天下了飞机,他动过给她发消息的念头,不过稍一犹疑,就打消了这个念头。

"问世间情为何物。"罗粤感慨了句,起身拍拍裤子,"春宵苦短,我要回去了,女朋友还在家里。"

陈鲟没有留他的意思。罗粤才迈出一只脚,忽地想到什么,身形一顿,从口袋里掏出一样东西,嘚瑟地晃了下,说:"买一送一,送你一盒,以备不时之需。"

陈鲟扫了眼罗粤手中的物什,冷漠地瞟了他一眼。

罗粤把东西放在桌上,插着兜哼着小曲儿走了。

陈鲟回到客厅坐下,他拿过手机,找到蓝色海洋的头像,点进去。

他和苏新七最近的聊天截止于昨晚,她问他训练结束了吗?他回了个"嗯",她让他好好休息,他就没再回复。

陈鲟往上翻了翻,这几天他们之间的聊天大约都是如此,重复又重复,没什么新意。但她每天还是会问一遍,对他的冷淡回应她也没抱怨过。

她的朋友圈仅三天可见,他几天前就看过了,都是一些日常。她每天都会发一些图片,比如吃的食物,好看的景色,今天发的是一张健身照。

陈鲟一眼就认出了照片是在 Sturgeon 拍的,不由得又想到罗粤说的话。他盯着照片看了会儿,忽然神色一凛,目光落在她腕间戴着的护腕上。

她那时说丢了,原来还留着。

陈鲟的心情顿时微妙,又不由自主地想起她那天早上说的话,她说她愿意做爱得更多的那个人。

退出朋友圈后,陈鲟盯着聊天界面,正犹豫要不要主动给她发一回消息,她每日的例行询问就来了。

"今天的训练结束了吗?"

陈鲟想了下,回了句:"我在大屿。"

把消息发出去的那一瞬间,他居然有些期待,没多久苏新七就回复了,是个问句:"我可以给你打电话吗?"

陈鲟的嘴角忍不住扬了下，回了个"嗯"。消息才发出去，苏新七的电话就来了，他等铃声响了会儿才清了清嗓接通。

"你回来了？"苏新七直接问。

"嗯。"

"在队里？"

"没有。"陈鲟顿了下说，"住外面。"

苏新七稍微沉默了下，片刻后才缓声说："我想见你。"

她说得直白，陈鲟垂眼，用一种无所谓的语气说："在湾泊区，你想过来就过来。"

"你把地址发给我，我现在去找你。"苏新七的声音透着喜悦，好像怕陈鲟反悔似的，又补了句，"从我这儿过去很快的。"

"嗯。"陈鲟淡淡地应了声，挂断电话后，给她发了个定位。放下手机，他目光一转落到罗粤送的东西上，突然有点心浮气躁。

他拧了下眉，探身拿过那个小盒子，拉开抽屉丢了进去。

只是消遣，他再次警告自己。

华灯璀璨，入夜后的都市又是另一番面貌。

湾泊区靠海，与滨海区办公楼林立的景象不同，湾泊区里创业园区、产业中心和各类基地居多，大屿最大的奥体公园也坐落于此。

苏新七打了个车，按照陈鲟给她的地址让师傅直接送到了他住的小区。陈鲟住在高楼层，电梯上行期间，苏新七借着镜面反光打量了下自己，心里莫名紧张。

电梯门开了，苏新七勾了下头发走出去。一层两户，她看了眼门牌号，走到房门口按了下门铃，没多久，门从里面开了。

陈鲟像是才洗完澡，穿着一条休闲裤，裸着上身，头发还湿湿的。苏新七看见他，眼神柔和，朝他露出一个和煦的笑。

陈鲟稍愣了下，他记得她以前并不是个特别爱笑的女孩，那时候为了逗她一乐，他可谓是煞费苦心。

他让开门往里走，苏新七跟着走进去，在玄关处犹豫了下。

"不用换鞋，直接进来。"

"噢。"

苏新七走进客厅，转眼打量了下室内，套房，两居室，室内面积挺大的，装修也很简约，看得出来他很少住这里，房子里没什么生活气息。

"坐。"

陈姆随手指了下客厅的沙发，苏新七走近，瞥到桌上的几盒药，愣了下立刻紧张地问："你受伤了？"

陈姆转过身，看她指了指桌面，淡定地解释道："旧伤发作。"

"哪处的旧伤，肩上、腰上？还是你之前的肺炎没好全，又复发了？"

这下轮到陈姆稍怔，看她紧张兮兮的模样，好像对他身上的伤病挺了解的。他低咳了声，回答道："背肌拉伤了。"

"严不严重啊？"

"还好。"

苏新七不知道他这个"还好"是什么程度，仍是忧心。她低头看着那几盒药，有口服的也有外用的。她拿起其中一盒药膏抬头问："你擦药了吗？"

她看他才洗了澡，大约是还没来得及上药，遂不假思索地说："我帮你吧。"

陈姆沉默了下。

"我以前经常帮我爸搽药，按摩手法还是不错的。"苏新七收紧手指，抿了下唇，小心翼翼地说，"你知道的。"

陈姆经受不住她殷切的眼神，楚楚可怜又透着一股坚持。从前示软的一方向来是他，哄着她央着她，现在角色互调，她倒成了低姿态的一方。

他有点不习惯，也抵抗不了。

不过是擦个药，也省得自己动手，陈姆很快释然，一声不吭地走过去，拿过一个抱枕往上一趴，把整个背露出来。

苏新七莞尔，拆开药盒，挤了点药膏在手上。她走到沙发边上，为了好使力，单腿跪在沙发上，下手之前还提示他一声："我要擦了。"

"嗯。"

苏新七先把手上的药膏抹到他背上，感受到他背肌一紧，不由得停下手问了句："我的手太冰了？"

陈鲟不好说自己只是下意识对她的接触有反应，闭着眼回道："不会。"

苏新七把手搓热，两掌按在他的背上，帮他把膏药抹开，又借助着药膏的润滑作用帮他按了按背。

"劲儿会太大吗？"

"还好。"她手法得当，陈鲟还挺享受的，有种在按摩店的感觉。

这么多年过去了，她按摩的功夫只进不退。他还记得那年在海堤，给他上药酒她还不太情愿。那时候他是半胁迫半诱哄着她帮自己上药的，药酒气味极冲，他那时还调戏她来着，把她气得够呛。

陈鲟想到这儿忽地有点心猿意马，感觉一簇火从背后烧开，火气往四肢百骸蹿。

"你肩周炎还犯吗？"苏新七说着把手移到他的肩胛处捏按了下。

陈鲟回神，想她大概是通过媒体报道知道了自己的职业伤，遂如实回道："偶尔。"

苏新七蹙了下眉，帮他松了松肩，又问："腰伤呢？"

陈鲟有所预料，未来得及阻止，她的手就移到了他的后腰上，还揉了揉。他忍不住低哼一声，尾骨像是过电了一样，只觉腰腹一紧，浑身血液都沸了。

"别按了。"

陈鲟往后抓住她还想按揉的手，倏地翻过身。他的动作太过突然，不小心撞到了苏新七跪在沙发上的腿。失去支点，她整个人不由自主地往前扑去，跌在了他身上。

苏新七一手被抓着，一手撑在他的胸膛上，表情一时有点蒙。

她的脸近在咫尺，未施粉黛却美丽动人。陈鲟喉头一动，眸光稍黯。他上身微动正想扶着她起来，她却做出相反的动作，她身子一俯，低头吻上他的唇。

苏新七并未浅尝辄止，有样学样地吻着他，轻轻咬了下他的唇瓣。

陈姆觉得身体里有什么东西欲要炸裂，刚才燃起的那把火已经烧到了他的心口，火气又顺着血液汇往一个地方。

陈姆在最后关头刹住车，垂眼见苏新七目含流光，喉头一动，赶在失控前起身，走向浴室。

他再次回到客厅时，苏新七已经把自己整理妥当，此时正安安静静地坐在沙发的一角。

陈姆盯着她看了好一会儿，眼神复杂。

她今晚显然是做好了心理准备过来的，他却没有，他们之间的问题尚未解决，她的主动在他看来就如同献祭，拿自己当赔偿品献给他，有一瞬间他竟然在想她是不是打算就此两清。

陈姆戴上帽子，弯腰从桌上捞起车钥匙，示意她："走吧。"

苏新七放在膝上的手下意识蜷缩了下："时间还早。"

她这话的意思是还不想离开，陈姆掀起眼帘看她，转过身勾了下唇说："去吃饭。"

苏新七愣了下，站起身跟上去："你晚上还没吃饭？"

"嗯。"

"你什么时候到的？"

"六点。"陈姆说了个时间。

苏新七本想问他怎么不告诉她一声，想了想又作罢，垂眼跟着他走进电梯。

电梯门合上，陈姆从镜面上看到她垂着脑袋，似是失落。他大概能猜出原因，却也没多做解释。

从楼里出来，苏新七跟着陈姆往小区外走，这一带她不熟，也不知道他要去哪儿吃饭。

夏夜溽热，小区外的人行道上仍有很多人在散步，夜跑的人也不少，卖花、卖气球的小贩随处做生意，烧烤摊子也是随处可见。

苏新七抬头，借着路灯忽然看到前方有两个熟悉的人迎面走来，是王峥和李潋。他们两个人牵着手，李潋手里还抱着一束花。

苏新七心想这要是正面碰上了该尴尬了，她趁着他们俩都还没看到她，倏地往陈鲟身后躲。

陈鲟莫名，回头看她："做什么？"

苏新七指了指前面："我老板和他女朋友。"

陈鲟闻言转过头往前看了眼，又转过身说："我这么见不得人？"

"不是……"苏新七眼看王峥和李潋就要走近，快速解释道，"他们地下恋不小心被我发现了，现在要是看见了我，以后见面会很尴尬。"

说话间，王峥和李潋已经走近。苏新七低下头，抬手挡着脸正要躲，陈鲟拉过她的手一把将她搂进怀里，把她的脑袋按在胸膛上。

苏新七愣住，静静地在他怀里待着，听着他的心跳。

半晌，陈鲟说："走了。"

他后退一步，正要松开她的手，她却握紧了。

"噢。"苏新七握住他的手，抬头冲他莞尔一笑，"我们也走吧。"

一整个晚上，她都在小心翼翼地放肆。

陈鲟看着她，片刻后什么也没说，转过身往前走，一只手任她牵着。

第八章
痛苦回忆

陈鲟带着苏新七过了一个路口，最后拐进一条小巷，去了家私房菜馆。他似乎常光顾这里，菜馆老板一下就认出了他，熟稔地点了下头，亲切地说："来啦。"

苏新七见老板在打量自己，怕陈鲟难解释，主动松开他的手，打了个招呼："您好。"

陈鲟手上一空，不由得用余光看她一眼。

老板看上去四十岁上下，腆着啤酒肚，脸上容光焕发，大概是出于好奇，他多看了苏新七两眼，脸上乐呵呵的。

"小鲟还是第一回带姑娘来我这儿吃饭。"

苏新七看了眼陈鲟，欣欣然抿出一个浅笑。

陈鲟咳了下，岔开话问："楼上有位置吗？"

"有有有，你常坐的那个位置空着。"老板看着苏新七笑着问，"姑娘有想吃的菜吗？叔给你做。"

苏新七回以一笑："不用了，您做陈鲟喜欢吃的就行。"

老板闻言，目光意味深长："成，你俩在楼上坐着等会儿。"

这家私房菜馆位置有些偏僻，内里布置得古朴雅致，二楼的每张桌子间都用镂空的木质屏风挡开。楼上灯光幽幽,显得古色古香的,厅中央摆着一架古筝,整层楼布局疏朗,颇有一番意趣。

陈鲟拣了个靠窗的位置坐下,苏新七坐在他对面,看了眼桌上的茶具,一时对这家私房菜馆有些好奇。她在大屿读书工作这么些年,还没听说过这家店,抬起头不由得问:"你怎么找到这儿的?"

"王叔是我爸的朋友。"陈鲟简单解释道。

苏新七了然,仰起脑袋看了看头顶的灯笼灯,由衷地问道:"这里环境挺特别的,是新开的吧?"

"嗯,王叔年初才过来。"服务员上了一壶开水,陈鲟问她,"喝茶吗?"

苏新七点了点头,接着说:"我猜就是才开张不久,不然这么有特色的店我大学的时候就该听说过。"

"嗯?"

"我大学四年都住在A大湾泊校区。"苏新七说完心里忽地一个咯噔,抬眼看着陈鲟有点紧张。

她读大学期间是他们完全断绝联系的四年,是他没有参与的一段人生,她这样贸然提起,也不知道他心里会有何想法。

苏新七用指甲掐了下指腹,不待他做出反应,生硬地转开话题,问他:"你什么时候归队?"

陈鲟掀起眼帘瞧她一眼,又垂眼倒了一杯茶给她:"明天。"

"你身上的伤……"

"不耽误训练。"陈鲟不喝茶,给自己倒了杯白开水。

苏新七想他作为专业运动员,肯定知道自己的身体状况,再说还有教练和队医,应该没什么大碍,也就稍稍放心。

她端起茶杯吹了吹,抿了一口,犹豫了下还是没忍住问:"中秋和国庆你们有假吗?"

"不清楚。"陈鲟答完忽然觉得这话听着像在敷衍,顿了下又开口说,"前几年我都在国外训练,不了解国内的休假制度。"

苏新七点了点头,一时沉默。

对话似乎进入了僵局,他在国外的几年也是她没有参与过的一段人生,她想了解,却不敢出声询问。

过去几年他们彼此缺席,这段分离的时间形成了他们之间难以逾越的鸿沟,正如此刻,他们都默契地保持沉默,好像过去是个禁忌,不能触碰。

苏新七放下茶杯,暗暗叹了口气,明明不久前他们还那么亲密,可他们之间的距离却并没有拉近,反而处于一种别扭难言的不自在之中。

这家私房菜做的是粤菜,老板应该是广东人,说话还带口音。他亲自把一道道菜送上桌,末了还问苏新七:"姑娘是本地人?"

"算是吧。"苏新七回答道,"我是沙岛人。"

"呀,你是沙岛的啊。"老板眼神一亮,笑着说,"沙岛我常去,那边的鱼市海鲜种类多,新鲜,价格还合适,小鲟前不久还陪我去过呢。"

苏新七表情微怔,意外地看着陈鲟,讶然道:"你回过沙岛?"

陈鲟眸光微闪,维持着面上的淡定,语气平平道:"帮忙。"

"对对,那次我儿子不在,小鲟正好休假,我就让他一起去了,帮忙提海鲜箱子。"

"这样啊。"苏新七有点失望。

陈鲟看她一眼,低下头吃东西。

老板没察觉到他们之间的暗流,也没觉得苏新七"回沙岛"这个问法有什么奇怪。他兴致高涨,看着她热情道:"你是海岛人,喜欢吃海鲜吧,我记得厨房里还有条新鲜的红斑鱼,你等着,叔给你蒸上。"

苏新七摆了下手,拘谨道:"不用麻烦了,叔叔。"

"不麻烦,小鲟第一回带姑娘来,叔请客,等着啊。"

老板说完就走,苏新七表情无奈,看着陈鲟说:"叔叔是不是……"

她想问老板是不是误会了,但转念一想,误会什么?她和陈鲟现在难道不是在交往吗?

陈鲟抬头,也不知道有没有领会苏新七话里未尽的意思,语气淡淡:"王叔人比较热情,他的手艺不错,你尝尝。"

"嗯。"苏新七垂眼,随意攫了块牛肉,放进嘴里干嚼。

她心里有太多的不确定，陈鲟什么都没承诺过。他们现在这状态与其说是在交往，不如说是陈鲟在尝试。而尝试过后又会是什么结果，她没把握。

苏新七心里堵得慌，怕自己会忍不住把情绪流露出来，遂起身说了句："我去趟洗手间。"

洗手间在二楼的角落里，用落地大屏风挡着。苏新七洗了把脸，盯着镜子里的自己再三警告：不许贪心。

整理好情绪，她从洗手间出来，迎面撞上一个女人。那人一见着她立刻张牙舞爪，情绪激动地尖叫道："你这个帮凶，怎么还敢出现在我面前？"

苏新七一时没反应过来，被她打了一巴掌，耳朵嗡嗡的，不可置信地看向情绪失控的女人，听她喋喋不休地指控，这才想起她是谁。

那女人越说越激动，有人闻声围过来看热闹。苏新七本想尝试沟通，眼看她又要扑过来，下意识往后退了两步，却还是被她抓住了胳膊。

陈鲟就在这时出现，他快步走过来，拉过那女人的手往边上一拽，迅速护住苏新七。他把着她的肩低头看她，在看到她脸上的红肿时，他神色一变，眼神霎时凌厉起来。

他刚想转身，苏新七忙拦住他，低声说："你别出头。"

那女人一直在骂骂咧咧，老板听到动静上来一看，忙招呼人把她架了出去。

"没事吧？"老板走过来，关切地询问道。

苏新七摇了摇头，说："没事。不好意思啊，叔叔，影响你做生意了。"

"哪里的话，人没事就好。"

陈鲟见她颊侧通红，脸色极其难看。他拉住她的手说："走。"

"我没事。"苏新七挣了下，低声安抚似的说，"鱼还没吃呢。"

陈鲟气笑了，心知她不忍辜负别人的好意，便对老板说："王叔，那条红斑打包带走。"

从私房菜馆出来，陈鲟拉着苏新七回到小区，把车开了出来，载着她先去找了家药店，买了医用冰袋让她敷脸，而后开着车往滨海区去。

苏新七把冰袋敷在颊侧,看向驾驶座,愧然道:"对不起啊。"

"你道什么歉?"陈姆的脸色还有些阴郁。

"让你都没办法好好吃饭。"

陈姆皱眉:"这重要吗?"

他缓了口气问:"那个女人是谁?"

苏新七抿了抿唇,如实解释:"两个月前我工作的律所接手了一件故意杀人案,她是……被害人的母亲。"

为杀人犯辩护,行业内的同侪尚且不能够完全理解,更遑论外行人,他们只会固执地认为刑事律师与恶势力沆瀣一气,为了钱想方设法钻法律的漏洞为罪犯开脱,完全不能够也不会想知道什么是程序正义。

"以前也有过这种事?"陈姆问。

苏新七犹豫了下,斟酌着说:"有那么几次。"

几次,一次挨一巴掌,几次得遭多少打,而且万一碰上个丧心病狂的还有性命之虞。今天是在公共场所,有人制止,他都不敢想如果她独自一个人遭到了打击报复该如何自处。

"你干这行,你爸妈同意?"

苏新七沉默了下说:"他们倒没有反对,就是不放心。"

"其实也没那么危险,我现在只是个助理,你看我老板,不是还好好的。"她试图开个玩笑缓解下气氛,但效果不佳。

陈姆打了下方向盘,忽然往后视镜中看她一眼:"我倒是没想到你会去学法律。"

苏新七哑然,虽然他语气稀松平常,但她还是听出了讥诮的意味。

"我会学法是因为——"

"李祉舟。"陈姆的表情和语气都很淡,淡到别人看不穿听不出他的情绪,他甚至能心平气和地说,"上次你说过了。"

苏新七心口一紧,不知道是不是手上冰袋的原因,她觉得自己的手脚都是冰凉的,一缕寒气似乎顺着她的四肢百骸在游走,最后冻结在胸口。

她稍一迟疑就错过了最佳的答复时机,且她也不知道要说什么。平时在工作上她的思维尚且敏捷，处事也够冷静自持，可面对陈鲟，她始终存有顾虑，畏葸不前，像是变了个人似的。

她想和他谈谈祉舟，话到喉咙又胆怯地咽了回去。他们之间的关系好不容易才有了一丝一毫转圜的余地，她不敢冒险。

车内气氛凝滞，一个不想说，一个不敢说。一直到苏新七所住的小区，陈鲟找了个位置，停好车后才重新开口："晚上回去再冰敷下，明天如果还不消肿就去医院。"

苏新七捏着冰袋，点点头："嗯。"

话到这里，似乎就到分开的时候了，多相处一秒对两人来说都是一种考验。

苏新七解开安全带，提着打包盒，迟疑了下，回头说："我回去了。"

"嗯。"

苏新七下车，眼看他启动车子就要离开，她心里莫名低落，今晚看似有所进展，可一顿饭又回到了原点。

她踟蹰了会儿，牙一咬绕到驾驶座那边，敲了敲车窗。

陈鲟降下车窗，苏新七和他对视了几秒，出声问："要是国庆和中秋你有假，能告诉我一声吗？"

她这话问得有礼有节，陈鲟不知怎的心头一动，他看着她，记忆忽然被拨回到了五年前。

有一回情人礁那儿有人溺水，她以为出事的人是他，急急忙忙地赶到那儿。他从人群中把她拉出来，她看见他的第一眼眼圈就红了，开口说的第一句话就是：你吓死我了。

她刚才说那句话的语气和那时奇异地相似，有些委屈，有些勾动人心。

陈鲟蓦地心软，应了句："知道了。"

苏新七站在小区门口，眼看着陈鲟的车离开。她极轻地叹口气，转过身正要进小区时，抬眼看到了孟芫。

"我不是故意躲这儿偷看的啊，正好回来，碰上了。"孟芫自白道。

苏新七并不介意，走过去笑着问："看到了什么？"

"你的……另一面。"

苏新七哂笑："我难道是双面女侠不成？"

"我现在倒相信你是个有情有爱的凡人了。"

苏新七对她的调侃一笑置之。

"你的脸怎么了？"

苏新七抬手碰了碰，说："碰上被害人家属了。"

孟芜皱皱眉："律师这职业都这么高危了？"

苏新七和孟芜一起往小区里走，她见孟芜脸上脱了妆，看上去略微狼狈，不由得问："你今天加班到这么晚，学校有考试？"

"别提了。"孟芜心累得耷拉着肩，脸色憔悴，说话时人蔫蔫的，"我们学校……摊上大事了。"

"嗯？"

孟芜压低声说："班上有个学生家长报案，说她孩子被学校的老师……侵犯了。"

苏新七脚步微滞，愕然道："什么？"

"今天警察来学校调查，整个年级都乱成一锅粥了，为这事我忙了一天，还去了趟派出所。"

苏新七沉默片刻问："学生是男孩女孩？"

"是男孩。"孟芜重重地叹了口气。

苏新七整个人忽然打了个寒战，失神地走了好久，直到进了电梯才缓过神接着问："结果呢，警方立案了吗？"

孟芜摇了下头，苏新七立刻问："证据不足？"

"嗯。"孟芜倚在电梯墙上歇了口气，"是家长觉得自家孩子最近有点奇怪，周末常不着家，问了也支支吾吾的，就偷偷跟踪他，结果发现生物老师带着他去了宾馆，然后就报了案。"

电梯门开了，苏新七率先走出去，按了密码开了门，进屋后开口问："没有取到直接证据？"

孟芜虽然不是学法的，但也知道苏新七说的直接证据指的是什么，她摇了摇头说:"他们才到宾馆不久,家长就领着人上门了,拍了几张照片,但是也说明不了什么问题……那老师说自己是好心,利用课余时间把孩子叫出来补习,天太热了,就开了间房。"

苏新七换了鞋,接着问:"学生呢,他怎么说?"

孟芜走进客厅把空调打开,转过身对着苏新七摇了摇头,说:"警方不予立案的主要原因就是因为那个学生说老师并没有强迫他做任何事。"

苏新七思忖片刻问:"他父母不相信?"

"嗯,他们觉得孩子性情大变,会这么说肯定是被威胁了,所以坚持要把那个老师告上法庭。"孟芜倒了一杯水,喝了几口后接着说,"今天警方来学校调查取证,把校领导都惊动了。班上所有的老师、学生差不多都被问了遍。"

苏新七把打包盒放下,低头看着孟芜问:"这件事你怎么看?"

孟芜瘫坐在沙发上,想了会儿说:"那个老师是老教师了,资历深,口碑也挺好的,很多家长都觉得他教得好,学生对他的评价也不错,同事也觉得与他共事挺舒服的。

"我虽然才来不久,但也觉得这个老师挺好相处的。他一连几年都是学校里的模范教师来着,领导也很器重信任他。

"今天警察问了一圈,基本上所有人都认为那个老师不可能做出那种事。而且那个老师有家室,但是吧……"孟芜话锋一转,看向苏新七,"我个人觉得家长的怀疑也不是没有道理的。"

"哦?你发现了什么异常的地方吗?"苏新七顺势问。

"也不是异常,就是……"

孟芜拿了个枕头抱在怀里,吁了口气说:"那个学生是残疾人,他小时候出过车祸,右手截肢了。"

苏新七忽觉脑中嗡地一响:"什么?"

"那个男孩……"孟芜回想了下说,"他很内向,可能还有点自卑,平时也不大和同学在一起玩……不过这都是我的猜想。"

苏新七愣在原地失神良久,等回过神才惊觉自己出了一身冷汗。

她失魂落魄地回到房间，拉开床头柜的抽屉，颤着手拿出里面的硬壳笔记本。她深吸一口气后才敢翻开，扉页上"李祉舟"三个字刺红了她的眼睛。

仅是翻开封面就已用去了她所有的力气，这本日记里的内容她早已烙印在心，可每回翻开她都痛彻心扉。

日记字字泣血，句句锥心，苏新七看着看着，那一行行字就模糊了，她悲痛难忍，泪珠一颗颗地砸落下来，浸湿了纸面。

今年国庆碰上中秋，调休后连放八天假，大屿作为著名的海滨旅游城市，一到节假日就会拥入大量的外地游客，各处景点人满为患，街头巷尾更是人潮涌动。

王峥最近手头上有几个案子同时在进行，苏新七作为他的助理也是忙得不可开交。虽如此，他还是给她放了假，但也明确说了，如果有紧急情况会喊她回来加班。

苏新七明白他的意思，她没有出省旅游的打算，一号那天她和苏新漾搭乘轮渡回了趟沙岛，一大家子人聚在一起吃了顿饭，算是过了个节。

旺季沙岛游客很多，轮渡码头每天都人来人往的，苏新七和苏新漾在岛上住了三天，四号一早她们就离岛了。苏新漾要去她妈妈那儿，苏新七回律所加了个班。

十月的太阳热力不减，气象局发布了高温预警，但火辣辣的天气也没能阻止游客的热情，短短几天，大屿的人流量翻了几番。

下午五点左右，苏新七结束手头上的工作，从律所出来后打了个车去碧水区找陈沆。到了约定的地点，她坐在车上，降下车窗喊了陈沆一声。

"唉，太热了，这鬼天气。"陈沆才坐上车立刻对着空调口吹风，冷风一吹，她舒爽地叹口气，转过头看向苏新七，"怎么节假日你也要加班啊？你老板是不是太会压榨人了！"

苏新七笑笑："这就是工作常态。"

"我以前还以为律师多高大上呢，结果看你……隔三岔五加班，不是去看守所就是去监狱，苦哈哈的。"

"都是打工族。"苏新七自嘲一笑，又问她，"东西都带了吗？"

"带了。"陈沅提过一大个布袋子放在她们中间，打开让苏新七看了眼，"我特地让人改版了，字体放大了，图片也换了。"

袋子里都是传单，苏新七拿出一张看了眼，上面"警惕伸入校园的犯罪黑手"几个字触目惊心。传单上的图片是动画制作的，一个面目狰狞的人将手伸向一群学生，底下用简单的文字描述了该行为带来的伤害，并科普了相关法律，传单背面是应对方式和报警电话。

"还行吧？"陈沅问。

苏新七点点头。

"快到了。来，我带了帽子和防晒衣，给你。"

苏新七戴上一顶遮阳帽，穿上防晒衣。陈沅也把自己武装起来，还戴上了口罩。她从包里拿出了一罐防晒喷雾，在苏新七的脖子和手喷了喷，又给自己喷上。

出租车停在了星河教育机构前面，她们下车。苏新七看了眼时间，再过十分钟就是机构下课时间。

大屿名气大的补习机构不少，星河教育机构就是其一，它的创办者正是冯赟。

机构傍晚六点下课，三五成群的学生从楼里出来。苏新七和陈沅就在机构楼下派发传单，随传单附赠的还有一个小玩具，这样愿意接传单的学生就多了。

苏新七会观察每一个接收传单的学生的表情，如果他表现出明显的迟疑、困扰，她会追上去和他聊一聊，旁敲侧击地询问一些问题。

她和陈沅每隔一段时间就会来星河教育机构发传单，目的除了警告冯赟，也是为了找出潜在受害者。但目前为止，苏新七都一无所获。

"你们给孩子发的都是什么乱七八糟的传单，误人子弟。"一个中年妇女拿着一张传单气势汹汹地冲到苏新七和陈沅的面前，大声斥责。

苏新七好声好气地解释："您好，我们在进行正常的普法活动。"

"普什么法啊,无中生有,你们这么搞,以后哪个老师敢亲近学生,对学生好?"

"阿姨,"陈沉也拿出强势的姿态,看着家长说,"我们普法也是为了提高学生的警戒心。"

"胡说八道,我看你们就是别的机构派来搅事的,也就是冯老师人好,没叫人把你们赶走。"

陈沉急了:"他才不是什么好人,他就是个——"

苏新七拦了下她,冲她使了个眼色。

"血口喷人。"那个家长骂骂咧咧地拉着孩子走了,边走还边和周边的学生说,"别接她们的传单,传销,唬人的。"

她这一嗓子吓走了不少学生。

陈沉转过头,翻了个白眼:"就是因为有这样的家长,有的孩子出了事才不敢说。"

苏新七轻叹一口气,转过身抬起头,看到冯赟就站在机构二楼,隔着落地玻璃窗低头看着她们,嘴边似乎还挂着他惯常的故作温和的笑。

"真够恶心的,要不下次直播我直接把他捅出去好了。"陈沉愤愤不平道。

"不行,没有证据你会被告诽谤。"苏新七咬了下唇保持冷静,看了眼手上的传单,一阵无力感涌上心头。

片刻后,她说:"今天就不发了,我们走吧。"

事情不顺利,苏新七难免心情不佳。陈沉为了帮她纾解情绪,带着她去了酒吧,两人坐在吧台上喝了一杯又一杯。

"你和陈鲟……现在怎么样了?"陈沉字斟句酌地问。

苏新七晃着酒杯,眼神蒙眬:"貌合神离?"

说是恋人,没那么亲密;说是情人,又没那么坦荡。

陈沉见她难过,安慰道:"他很喜欢你。"

"那是以前。"苏新七苦涩一笑,"我把他伤透了,他现在对我……更多的是不甘心吧,他那么要强的人。"

"都是我自找的。"苏新七一口把酒喝了,又朝酒保要了一杯。

她借用酒精麻痹自己,陈沉见她越喝越猛,忍不住拦住她:"小七,你不能再喝了。"

"没事,明天不用上班。"

"那你也不能再喝了。"

陈沉见她面色酡红,眼神迷离,已有醉态,皱了下眉,扶起她说:"走,我们回去。"

"还有一杯。"

"别喝了,回家休息。"

陈沉叫了辆车,把苏新七送回滨海区。下了车,苏新七稍稍醒神,陈沉想把她送上楼,她摆了摆手,说:"你还要直播,回去吧。"

"你行不行啊?"

"我还没醉到那种程度,都到小区门口了,家门我还是认得的。"

陈沉看她的眼神还算清明,犹豫了下说:"那我走了,你好好睡一觉。"

"嗯,去吧。"

苏新七站在路边,看着陈沉坐上出租车离开。

她脚步虚浮,脑袋发胀,人变得有些迟钝。在原地站了会儿,她拿出手机打开微信,点进与陈鲆的聊天界面,正想给他发条信息,临发送前又删除了。

苏新七走到路口拦了辆车,直接前往湾泊区。她昏头昏脑地进了陈鲆居住的小区,搭乘电梯上了楼,到了门前反倒有点清醒了。

"我真是……"

苏新七扶额,哂笑一声正要离开,眼前的门突然开了。

陈鲆抬眼看到她,眼神意外。

可能是今天情绪本就低落,苏新七看到陈鲆的那刻,难过的感觉忽然就漫溢在心头,压都压不下去。

她眼圈一热,鼻翼翕动,看着他委屈地问:"你休假了为什么不和我说?"

"我……"陈鲟刚想解释,垂眼见她状态不对,鼻端又捕捉到了酒精的气味,不禁眉间一紧,沉声反问:"你喝酒了?"

陈鲟打开门把苏新七拉进来,带到客厅,示意她坐下,又去厨房倒了杯温开水出来。

苏新七一坐到沙发上人就有点懒散,陈鲟看她整个人浑浑噩噩的,神色疲惫,皱了下眉,忍不住轻训道:"大晚上的喝这么多酒,找罪受?"

苏新七接过他递来的水杯,焐在手上,低着头缄默。

陈鲟察觉到她情绪不大对劲,语气稍缓:"应酬?"

苏新七摇了摇头,只觉得脑袋更加混乱。她捧着杯子,咬了下唇,抬头看向他,也不知道是经过深思熟虑还是一时冲动,抑或是赌气,她脱口而出:"因为祉舟。"

陈鲟眼神微变,表情倏地冷峻起来,看着她不发一言。

他有预感,她似乎想要摊牌,想要个了结。

陈鲟竟然有些紧张,身子一动,语气沉冷道:"你喝醉了,我先送你回去。"

酒精催动下,苏新七半醒半醉,既敏感又大胆。她察觉到陈鲟周身的气压都低了,一时退缩,几秒后又豁了出去。

如果不能挤掉脓疮,让脓水流出来,那伤口永远不能愈合。

"我学法的确是为了祉舟。"苏新七下定决心,脱口而出。

"因为我想给他一个公道……祉舟死后,岛上私底下有人说他是读书读傻了,有人说他是被红树林里的恶鬼害了,还有人说他是自杀。但我知道不是这样的,如果真有恶鬼,那它就在人间。"

苏新七眸中有细碎的光在闪动,哽咽了下说:"祉舟留下了一本日记,里面说明了一切。"

陈鲟眸光一闪,却没有说话。

"我今天去找冯赟了,他就是害死祉舟的罪魁祸首,但他现在还逍遥法外,活得人模人样的。

"祉舟死了,李叔和王姨这几年过得没个人样,王姨的精神状态一直很不好，靠吃药吊着，李叔一个人支撑着，始终没有放弃。

"我不明白为什么作恶的人能活得好好的，而好人却要受折磨？所以我学法，想要一个答案。"

苏新七双唇在颤抖，深吸一口气，哑着声说："我觉得所有的一切都是我的错。

"我想，如果小时候我没把祉舟带到船上，他就不会失聪，也不会自卑，不会让人有机可乘；如果我看到他和冯赟待在一起的时候多留个心眼，或许就能发现异常；如果我那时候察觉到祉舟的异样能多关心注意下他，可能他就不会选择一个人背负痛苦；如果你没有遇见我……"

苏新七眨了下眼，把泪意逼退。她双手紧紧地捂着杯子，企图从那杯温水里获取一丝温暖。

陈鲟眼神一凛，面色难看，说话的语气一点温度都没有："你觉得李祉舟当时没把冯赟的事告诉你，是因为我导致你们疏远了，所以你后悔了。如果那年你没有遇见我，李祉舟或许就不会死。"

他整个人愤怒到了极点，脖颈上的肌肉绷紧，看着苏新七的双眼淬着寒意，咬牙切齿道："是这个意思吗？"

苏新七放下杯子，倏地站起身，诚惶诚恐地摇头："不是。"

她攥着手，看着陈鲟，眼眸中透着深深的无力感："我从来没有后悔遇见你，那几个月我真的很开心。我那时候说愿意跟你走是真心的，只是我想……你应该很后悔。"

"后悔去沙岛，后悔遇上我，后悔喜欢上我。"苏新七看着陈鲟，眼角微润，缓声说，"如果你没有遇见我，就不会受伤害。我知道你最讨厌被人背叛。"

她目光幽幽，如泣如诉："这些年我总能梦到那天的场景，我找了你一上午，我很害怕，以为你生气，丢下我走了。我一个人去了红树林，在树林里我就在想，如果你不在那儿，我还能去哪儿找你？然后我看到了那艘小船，我很高兴，以为你就在附近。

"我一直在喊你的名字，可你不在。我上了船，打算等日食结束后再去找你,然后就看到了祉舟。"

尽管事情过去了那么久,苏新七说到这儿还是很崩溃。

陈鲟心头一动,也回想起了那天的事。

第九章
重修旧好

端午节那晚陈鲟去了石头岛，本来那天他就打算游行结束后带她去岛上看烟花的，但没能成行。他当晚情绪不佳，她护着李祉舟提防着他的样子刺痛了他，他后来没接她电话的确是存了小施惩戒的心。

他在石头岛上待了一夜，手机没了电，气也消了。吴锋宇天一亮就让家里师傅开着船来接他，临下岛时几个采珠女带着设备上了岛。他当时正在给苏新七准备生日礼物，一连好几天都去捞海蚌，听采珠女说石头岛附近的海域蚌多，他当下就让吴锋宇去把他的潜水设备送来，跟着她们下了水。

他在水下时潜时浮，耗费了一个上午才找到一个有蚌珠的蚌，收获虽然不算多，但他已然满足。他估算着以这样的进度，到她生日那天肯定能凑出一条手链。

日食开始后他上了岸，那时他还不知道沙岛上发生了什么事。直到吴锋宇乘着船匆匆赶来，告诉他出事了。他搭船回去，一刻不停地赶往派出所，面对的却是她的怀疑。

陈鲟到现在都还记得自己当时的感受，所有情绪都是后来才翻涌上来的，他那时只觉得不可置信。

就算一切证据都指向他，谁都可以怀疑他，警察、李叔、王姨……岛上任何人,但他没想到她也不信任他。

"在派出所看到你的时候我整个人是混乱的,我甚至在想你要是真的回去了该多好。"

陈鲟眼神寂寥,克制道:"你一开始就怀疑我了。"

"我犹豫过的。"苏新七吸了吸鼻子,"我问你去了哪儿……"

陈鲟记得他当时犹豫了,可能就是那几秒的迟疑,在彼时的情境下,她对他的信任尽数崩塌了。

他眼底各种情绪在翻涌,话到嘴边却又格外平静:"你从来没有信过我,你可以无条件地信任李祉舟,他一句话就可以把我为你做的所有事全都变成笑话。"

在这件事上,苏新七知道自己做错了。她不做辩解,即使他不想听,她还是只能说:"对不起。"

陈鲟按捺下千头万绪,问她:"你现在和我提那天的事,是想要我原谅你?"

"不是。"苏新七咬了下唇说,"我们之间是绕不开过去,绕不开那一天的,我不想每次见你都小心翼翼的,生怕哪一句话又让你想到了以前的事。就算我不提你也始终记得,而且耿耿于怀,我不想再假装什么事都没发生过。"

她顿了下接着说:"过去对我来说不只有伤痛,还有很多美好的回忆。我不想为了逃避把所有的一切都抹去,没有过去,我们现在又算什么?"

苏新七哽咽了下,缓了几秒才接着说:"后来的事情都是我的错,是我没有给你百分之百的信任,这件事我永远也没办法原谅我自己。我知道现在说什么做什么都迟了,所以不管你现在是怨我还是恨我,我都可以接受,我可以的。"

她的眼底重新泛起潮意,濡湿了睫毛。酒意熏陶下,她的意识已经开始混沌。她分不清此时此刻什么话能说、什么话不能说,只是凭借本能,一股脑把心里的想法说了出来。

她望着他,语气近乎哀求:"我甚至希望你能报复我,这样我心里还能好受些。"

陈鲟闻言眼神一暗，走过去逼近她，下颌绷紧，说话时有种咬牙切齿的意味："你找到我，就是为了赎罪，让你的良心好受些？"

醉意翻涌，苏新七的脑筋打了结，一时答复不上来。她没办法否认有这部分原因，但她仅有的意识又清楚地知道她找上陈鲟，并不只是因为愧疚。

陈鲟不知她心里所想，只当她默认了，一时气上心头。

什么爱得更多的那个，全是幌子。

他气急反笑，嗤笑道："真伟大。"

苏新七酒劲上来了，太阳穴跳痛，脑子也有些不灵光了。她察觉到陈鲟的情绪急转直下，以为他在为那天的事生气。她心里怯怯，忽然后怕，深感今晚鲁莽冒进了。她明明提醒过自己，不能贪心，可人心的欲望难以餍足，她急于挤破脓疮，却没考虑到贸然行动可能会使伤口更加严重。

他们心里都有不安，这种情感上的缺失感让他们忽视了其他，只听到了对方话里自己存有猜疑的部分，不断放大并信以为真。

陈鲟觉得苏新七对他果然只有愧疚，苏新七觉得陈鲟对过去的事果然不能释怀。

"既然你都把那天的事翻出来了，今天我们就一次性说明白。"陈鲟冷声说。

苏新七听到这话心头一凉，如坠冰窟，觉得下一秒他就要说到此为止。她都等不及听他说完，蓦地打断他，表情惶惑无助，急促道："我今天喝多了，说了很多不该说的。"

她的手松了又握，仓皇道："我今天不该过来的，我、我先回去了。"

苏新七说完急忙忙欲绕过陈鲟往门外走，她脚步虚浮，动作太急躁，走的时候小腿还磕了下桌子。

陈鲟眼疾手快，反手拉住她，一用力把人直接推倒在沙发上。他随之覆上去，一手撑在她脸侧，单腿跪着，居高临下地看着她，眼神晦暗不明。

"不是要赎罪吗，跑什么？"

苏新七先是一蒙，又慢慢清醒了。

陈鲔挑起她的下巴:"想要我报复回来?"

苏新七一阵觳觫,不知是不是喝了酒的原因,她觉得口干舌燥,不自觉地干咽了下,低声说:"如果能让你解气的话。"

陈鲔听到这话更来气了。他盯着她看了好一会儿,哑声问:"之前你说这次我说开始,我说结束,还作数吗?"

苏新七闻言很是紧张,暗咬了下唇,僵硬地点了下头:"作数。"

"你做律师的,这种不平等的关系也接受?"陈鲔故意激她。

苏新七望着他,眼波微澜,真挚道:"我别无所图,任你索取。"

这话又添了一把火,陈鲔沉下眼,冷冷一笑,起身把上衣一脱,伏身贴上去,声音喑哑道:"我成全你。"

苏新七第二天醒来时头痛欲裂,脑袋里好像有个小人拿棒槌在敲打。她抬手按了按太阳穴,睁眼看到陌生的天花板,一时有种不知身在何方,今夕是何夕的错乱感。

她坐起身,环顾四周,这个房间她很陌生。她知道自己现在在陈鲔住的地方,也知道昨晚她和陈鲔发生了什么。

苏新七转头往床的另一边看去,伸手摸了摸,凉的。

苏新七转头看向床头柜,她的衣服就放在上面,好像是洗过烘干好的,还有洗衣液淡淡的清香。她往房门看了眼,拿过衣服穿好。

"陈鲔?"苏新七走出房间,目光在外面睃了一周,试探地喊了声。

无人回应,苏新七站在客厅,一时茫然。

一阵熟悉的铃声唤她回神,她往沙发走去,她的包落在了那儿。

苏新七拿出手机一看,电话是王峥打来的,交代工作的事。他说死刑复核那件案子的当事人愿意会见律师了,让她准备下今天跟他一起去趟看守所。

苏新七应了声"好"。挂断电话后,她看了眼通话记录,王峥已经给她打了三个电话,看来情况的确是比较紧急。她犹豫了下,正想给陈鲔打个电话,手机自动关机了。

事情就是这么凑巧,苏新七思忖片刻,从包里拿出笔和记事本,写了张字条放在桌上。她盯着那张字条看了会儿,表情寂然,也不知道他今天还回不回来。

因为今天要去看守所,她出门后先打了辆车回到住处,换了套比较正式的衣服才去律所。

看守所在郊外,来回两个多小时的车程,加上会见时间,苏新七回到律所已是午后。她把早上的会见资料整理了份给王峥,这才有时间去吃饭。

苏新七到楼下随便找了家快餐店,点了份饭,落座后拿出手机点开微信看了眼。手机开机后,她给陈鲟发了条信息,他至今未回。

她盯着他的空白头像看了许久,脑海也似白茫茫的一片,没了主意。

她大致记得他们昨晚的对话,尖锐、紧张、矛盾频出。她像一只刺猬,对他露出了肚皮,但他不为所动,甚至动怒了。

苏新七很后悔,昨晚她完全是酒后情绪使然,陈鲟休假没告诉她,放平时只会让她感到失落,但在昨晚却如压垮骆驼的最后一根稻草。她没考虑过后果,冲动之下就提了五年前的变故,说了祉舟的事,或许别人会对她的倾诉动容,但陈鲟也是受害者,她遽然提起那年的事,对他来说无疑又是一次伤害。

她又想起昨晚,在那种不和谐的氛围下他们做了最亲密的事。苏新七当然不会以为在那之后他们之间会有质变,更不会想用此作为筹码,去求得陈鲟的谅解。但她明明记得昨晚他的态度有所软化,对她也是极尽温柔,她本以为他们之间的关系就算不能和好如初,至少不会即刻瓦解。

可她现在不确定了,陈鲟一早就离开了住处,未留下只言片语,到现在他也没有联系她,也不回她的消息。或许对他来说,昨晚的温存并未对他有分毫影响。

苏新七咬着汤匙出神,手机忽然振动了下,是孟芜发来的消息。

孟芜说她从同事那儿打听到,那个学生现在已经办理了休学,那个老师也暂时不来学校上课了。警方没找到实质性的证据立案调查,但学生家长似乎不死心,找了律师打算起诉那个老师。

苏新七看到这儿,本想问问学生家长找的哪家律所的律师,转念一想又觉得孟芜应该也不知道,遂作罢。她向孟芜道了声谢,寻思着找个机会问问王峥,他在业内人脉广,兴许能打听到。

下午苏新七还在律所加班,期间频频走神,目光常常不由自主地往手机看去。王峥大概看出了她的心不在焉,大发慈悲地让她在天黑前下了班。

苏新七从写字楼出来,直接打了辆车去湾泊区,径自奔向陈鲟的住处。她按了按门铃,等了几秒,没人开门,侧耳倾听了下,屋子里什么动静都没有。

她拿出手机,略作迟疑,给陈鲟打了个电话,响铃许久无人接听。

苏新七一颗心渐渐沉底,她有种强烈的不安感,此情此景让她回想起五年前她等在他家门口,始终没能见到他,最后他妈妈告诉她,他出国了。

惶恐焦急的情绪霎时充斥在她的心头,她很怕旧事重演。她开始一次次回想昨晚的细枝末节,企图从其中找到蛛丝马迹来证明自己的担心是毫无根据的。可她越想心越凉,昨晚他们的那场交谈并不顺利,她在反复回想中不断放大他的不满。

苏新七在陈鲟的住处门口一等就是两个小时,她不知道要等到什么时候,也不知道等不等得到他,只是不想离开。

约莫晚上九点的时候,电梯门开了,苏新七抬头看到陈鲟的那一刻,毫无神采的双眼才算有了点光,焦躁了一晚上的心平静了下来。

陈鲟从电梯里走出来,看到她站在门外,稍稍意外。

"等我?"

苏新七点头。

"等很久了?"

"没多久。"苏新七直起身,双腿站久了有些酸,她的身子微微一晃,站稳后抬头看着他,按捺下心里的千头万绪,只是冲他笑了笑,甚至都没问他今天去哪儿了,怎么没回消息也不接电话。

陈鲟拧了下眉头,看着她问:"哭什么?"

"我没有。"苏新七暗自吸了口气,抬头看他。

她眼圈都红了，眼底潮湿，却还是强忍着否认。陈鲟见她这样，又想起了以前，每回她有点委屈，话都还没说，眼睛先红一圈，弄得他都没办法。

"你忘了？"陈鲟皱了下眉，不由得问。

苏新七莫名："忘了什么？"

陈鲟没急着解释，走到门口按了密码开了锁："先进来。"

苏新七走进房间，陈鲟给她倒了杯温水，同时问："饿吗？"

苏新七今天跑上跑下，加上心里惦记着事，一整天都没什么胃口，午饭和晚饭都是随意应付的，此时心口的大石落下，现在的确是感觉到五脏六腑需要祭奠了。

"有点。"

"手机给我。"陈鲟伸手。

"嗯？"苏新七不解。

"我的手机昨天掉泳池里，开不了机了。"

苏新七不知道他这算不算是解释，但心里豁然开朗。

她从包里拿出手机，正要解锁，犹豫了下还是直接递给了陈鲟。

陈鲟点亮屏幕，直接问："密码。"

"我生日。"苏新七说完手心里就沁出一层汗，她慌得心脏打鼓，几乎就要伸手去验指纹了。

陈鲟闻言在屏幕上点了几下，解开了锁，入眼就是自己的照片。他扬了下唇，抬眼见苏新七表情愣怔，眼神吃惊，他轻咳了下，上网搜了下王叔家饭馆的电话，打过去订了餐。

挂断电话，陈鲟把手机递还给苏新七，见她还怔怔地看着自己，一副欲言又止的模样，便主动说："今天有个商务广告要拍摄，昨天晚上回来拿点东西。"

苏新七郁结在心口的情绪顿时烟消云散，她释然一笑，捏着手机的手在发烫，忍不住轻声说："你还记得啊。"

陈鲟知道她指的是她的生日，过了会儿指着大门说："自己去录个指纹，开门密码是我生日。"

苏新七心头一动，知道他有意试探，便顺从地走到门边，遵循提示点进录入指纹模式，按了几个数字，把自己的指纹录进去。

显示屏提示录入成功，苏新七转过身说："好了。"

陈鲟心口微松，也不知道自己紧张个什么劲。他今早给她留了字条，把房门密码告诉了她，也说了自己今天有拍摄。今晚在门口看她等着，他还以为她把他生日都给忘了。

现在想来，她是没看到字条，但他看到了她留下的。她说她去律所加班，还解释了昨晚说的那些话是因为喝醉了，要他别放在心上。

但酒后吐真言，陈鲟不可能不在意。

今天他冷静了一天，反复去想她昨晚说的那些话，再次回想了下五年前的变故。他想如果端午祭那晚他没和她赌气，他们之间兴许不会走到现在这步。

当年他们都太年轻了，对待突如其来的变故远远不够成熟。

除去让他愤怒的"赎罪论"，她的话其实没错，没有过去的一切，他们现在也不会纠缠在一起，曾经发生过的事都是真实存在的，与其回避不如面对。

有些事越想忘记反而记得越深刻，陈鲟对此深有感触，既然不能强制忘却，就顺其自然，兴许有一天反而能放下。

"以后我不在你就自己进来。"半晌后，陈鲟说。

苏新七眸光微动，而后喜上眉梢，笑着应好。

订的餐很快就送来了，基本上都是海鲜。陈鲟怕苏新七一个人吃会不自在，就坐在餐桌旁陪她，当是吃夜宵。

苏新七第一筷子便夹走了蒸鱼的鱼眼睛，陈鲟看到了，不自觉地扬了扬嘴角。

十月是吃螃蟹的时节，母蟹蟹黄饱满，公蟹蟹膏丰腴。陈鲟特地让王叔送了份蒸蟹，他打开包装盒，拿起一只螃蟹看了眼它的腹部，伸手放进苏新七的盘子里。

"母的，有蟹黄。"

苏新七愣了下,心里有些触动,抬头看着他说:"你还记得怎么分公蟹和母蟹啊?"

"嗯,你教的。"陈姆的语气还算正常。

正因为那年在岛上,她告诉他怎么辨别公蟹母蟹,这几年只要一看到螃蟹,他就忍不住去看蟹掩,也会忍不住想起她。

苏新七对他的坦然感到吃惊,她想昨晚的对话还是起了点作用的,至少他现在似乎不再像之前那样反感提过去的事。

"有剪刀吗?"苏新七问。

"厨房里应该有。"

苏新七自己去厨房翻找了下,在柜子里拿了把小剪刀,洗干净后重新回到餐桌,抓起盘子里的螃蟹开始处理。她长在海边,螃蟹是沙岛人桌上的常备菜,很多人不会吃蟹,嫌麻烦,但她从小吃到大,不需要"蟹八件"就能利索地把螃蟹拆开。

她把螃蟹的脚和钳子剪了放在小碗里,又把蟹掩掰开,揭开蟹盖,拿小勺把蟹胃、蟹心、蟹肺剜出来,然后把蟹盖和蟹身放到陈姆的盘子里。

陈姆愣了下,抬眼看她。

苏新七说:"你不是嫌吃螃蟹麻烦吗?我帮你处理,你尝尝。"

她说的是五年前的事,她二叔常喊他们去渔排吃饭,每回都蒸上一屉螃蟹。他那时嫌吃螃蟹费事,倒是她吃得津津有味的,他故意央着她帮忙剥蟹,但十回里有一回她答应他就心满意足了。

以前梦寐以求的事现在轻易得到,陈姆没有那种欣喜若狂的感觉,反倒有些不是滋味,心想她为了补偿他真是事无巨细,什么都肯做了。

苏新七不知他心里所想,又拿起一只螃蟹开始处理,同时问:"你明天还有拍摄任务吗?"

陈姆举起杯子喝了口水:"没有,休息。"

苏新七剪螃蟹脚的手停下,忍不住抬起头问:"能休息几天?"

"两天。"

"明天中秋,你要回去看看你爸妈吗?"

陈鲟大概猜到了她想说什么，应道："不回，前段时间见过了。"

苏新七咬了下唇，语气试探："你明天有别的事吗？要是没有，我们一起过节？"

陈鲟掀起眼帘："你不回岛上？"

"我前几天回过了。"

陈鲟垂下眼，片刻后才应了声："嗯。"

苏新七露出笑颜："我上午去趟律所，下午就没事了，中午过来找你行吗？"

陈鲟的手指无意识地点了下桌面："需要很早过去吗？"

"嗯？"

"律所。"

苏新七摇了下头："今天还有一份资料没整理完。"

她怕陈鲟反悔，又补了句："用不了多久的。"

陈鲟垂下眼，语气稀松如常道："那今天晚上你就住这儿，明天早上我送你过去。"

"啊？"

陈鲟低咳了声，说："这里有两间房。"

苏新七领会他的意思，不知道为什么，明明他们的关系前进了一大步，但想到要住一起她居然还会难为情。

"噢。"苏新七机械地掰开蟹掩，手上的力气没控制住使大了，一下子把蟹黄给挤了出来。

接下来的时间他们安静地进食，陈鲟吃得不多，但时不时会动下筷子。他知道如果他不吃，苏新七也会草草了事。

苏新七吃东西慢条斯理的，陈鲟也不催，很有耐心地陪着。以前在学校食堂，他最喜欢看她吃饭，不为什么，就是觉得安安静静斯斯文文的她很好看。

这么看来，她好像没怎么变，脸还是那张脸，一样漂亮，甚至更精致更有女人味。一些小习惯也还留着，比如会下意识把头发勾到耳后，拿筷子拿得远,喜欢吃鱼眼睛。他昨晚注意到她熟睡时还是会微张着嘴,和以前午休的时候一样。

她身上这些熟悉的小习惯让他觉得他们之间好像也没分开太久,但五年说短也不短,她读完了大学,步入了社会,中间有个阶段是他没参与的。

"什么时候学会抽烟的?"陈鲟冷不丁地问。

苏新七被这个问题吓了一跳,筷子夹了个空。她缓缓收起筷子,放嘴里咬了下,觑了陈鲟一眼,含糊道:"……大学的时候,因为好奇试了下。"

"我就是偶尔压力大会想放松一下。"苏新七抬起头,看着陈鲟诚恳地说,"我能戒掉。"

"我帮你。"陈鲟挑眉看着她。

"好。"

一时无言,两人只是隔着桌面看着对方,眼波流转。

一阵手机铃声打破了他们之间的静谧,苏新七回神,低头看向手边的手机,来电人是她父亲。她放下筷子,抽了张纸擦了擦手,这才拿起手机接通。

"爸爸。"

苏父在那头问:"小七啊,明天中秋,你是不是不能回来啊?"

"嗯,律所有事。"

"那我和你妈妈去大屿找你吧,不然别人家都团团圆圆的,你一个人多孤单啊。"

"我不是一个人,你们不用担心。"

"谁陪你过节啊?小沅应该也要回家吧。"

"就……"苏新七看了陈鲟一眼,"一个朋友。"

苏新七这么说是有自己的考量的,她现在还不能明确地界定她和陈鲟之间的关系,说和男朋友一起过节似乎不太合适,且她要是这么说了,家里两位明天还真就来定了,更别说她是和陈鲟在一起。如果说实话,以她对父亲的了解,今天晚上他就有可能亲自开着船来大屿。

陈鲟不再听她讲电话,起身往洗手间走。洗手时他瞟了眼边上镶嵌式的烘洗一体机。罗粤带他来看房时说这是他特意让房东安装的,一套衣服放进去半个小时就能洗净烘干,适合他这种常运动的人。

第十章
金屋藏娇

苏新七吃完东西，把餐桌收拾了下。陈鲟给她拿了新的牙刷和毛巾，她在主卧浴室洗漱完出来时，陈鲟正好也从外面的浴室出来。

苏新七站定，下意识抓了下T恤的下摆。陈鲟知道她不自在，他也有点不习惯，便主动说："不早了，睡吧。"

最终，陈鲟还是走向客卧，回头问："习惯睡哪边？"

苏新七指了指靠窗那边，陈鲟点头，把那一边让给她。他先掀开被子上床，苏新七见了，走到床的另一边，小心地掀被躺下。

关于睡觉，苏新七能想到的也就只有以前午休时，在海港的船上，她会趴在桌上小憩，他有时候会陪她睡一会儿。

陈鲟关了灯，室内静了下来。

苏新七双手交握放在肚子上，偏过头看向他。他已经合上了眼睛，她迟疑了下问："昨天晚上你睡在哪儿？"

陈鲟眼皮都不掀，回答道："你旁边。"

那就不是第一次睡一起了，苏新七回想了下，说："我没印象了。"

"嗯，你晕过去了。"

苏新七脸上一热，轻声说："我喝醉了。"

陈鲟哼笑。

苏新七看着他，再次认真地说："昨天晚上我喝醉了。"

陈鲟知道她什么意思，沉默了片刻后应了声："嗯。"

苏新七拿捏不准他的态度，心里暗自揣摩了下，不知道还要不要接着解释昨晚的事。

她正纠结着，陈鲟开口了："冯燹在大屿？"

苏新七没料到他会主动问起这个，愣了下回答道："嗯，他就住在滨海区，离我住的小区不远。"

陈鲟闻言睁开眼，皱起眉头看向她，语气稍稍急促："你故意的？"

"嗯。"苏新七说，"我想离得近点可能会收集到一些证据，而且，他知道我在盯着他，也就不敢再做坏事。"

陈鲟沉声问："你把自己当警察了？"

"我没有。"苏新七侧过身，解释道，"我有安全意识，不会以身犯险的。"

陈鲟缄默片刻，再次问："找到什么证据了？"

苏新七沉默了几秒，沮丧地说："除了祉舟留下的那本日记，没有别的证据可以证明当年冯燹……"

她顿了下说："李叔和王姨整理祉舟的遗物时发现了这本日记，当时冯燹已经离岛，他们报了警，警察也去学校里调查了，但是一无所获。校长说端午祭那晚冯燹和他在一起，他们喝醉了，第二天上午才醒来，醒来后还一起去了趟学校。"

苏新七停了停，接着说："但是定罪讲究证据，事情过去了那么久，要找物证几乎是不可能的。"

苏新七翻了下身："冯燹创办了家教育机构，我觉得他还有可能下手，这几年我一直注意他的动向，也关注过他的学生，但是都没发现什么异常。"

"他有老婆有孩子，声誉也不错，不会有人相信他会做这种事，可是祉舟……"苏新七想说祉舟不会说假话的，但话要出口时，她忽然心念一动，噤声一秒才接着说道，"祉舟没必要在日记里说谎。"

陈鲟大概能猜出她那一秒为什么犹豫，他睁着眼，时隔几年回忆起了李祉舟这个人。

虽然当时同住一个屋檐下,但他们交集不多,更因为苏新七,他们之间的关系有些微妙。他记得他们之间比较深入的一次交谈,就是有一天晚上,在天台上,李祉舟让他离苏新七远一点。

陈鲟隐约还记得李祉舟承认了自己因为耳朵失聪而自卑的事,现在想来,李祉舟那样的性格的确很容易受人操控。他也不止一次看见李祉舟和冯赟走在一起,当时他并没有多想,岛上民风淳朴,谁也不会往那一方面去猜测。

"我曾经在红树林碰见过他。"陈鲟忽然说。

苏新七一个激灵,微微撑起身看他:"谁?冯赟?"

"嗯。"

苏新七凝神思索:"祉舟不会自杀的,他在日记里还说和冯赟谈完要找你道歉。如果那天早上真是冯赟约祉舟去的红树林,那冯赟就很有可能是推祉舟下水的人。"

"但是校长说……"苏新七的脑袋在快速转动,她的声音有些颤抖,情绪也些微激动,"是不是他喝醉了不知道冯赟早上出门了,还是……他撒谎了?"

苏新七忍不住说:"校长可能是一个突破口,我可以从他身上找找线索。"

她话才说完,忽然被人搂了过去,陈鲟抱着她,沉声说:"破案上瘾了?你是律师,不是侦探。"

他语气虽然不好,但苏新七知道他是好意,她在他怀里说:"我认识一些警察,可以拜托他们帮忙。"

陈鲟忽然想起雨夜那天,他在写字楼下看到的那个警察,她说"他们",看来还不止一个。

苏新七身上一紧,察觉到他搂着她的双臂使了劲,忍不住出声:"陈鲟?"

"睡觉。"陈鲟突兀道,语气不爽。

苏新七不知道自己哪里又惹他不快了,她抿了抿嘴,见他似乎没有再交谈的意思,也就不再开口。

她在陈姆怀里找了个舒服的位置躺着,大概是今天忙了一天,牵挂了一天,闭上眼,听着他有力的心跳声,很快就有了睡意。

陈姆听到怀中人的呼吸平稳绵长,睁开眼借着窗外透进来的微光细细打量她。她睡颜安稳恬静,在睡梦中毫无防备。

陈姆看得出神,过去的几年他不是没被女人追求过,可无论是谁他都不曾有过心动的感觉。他一度对男女之情嗤之以鼻,认为爱情是世上最不值当的感情,可现在他又和她纠缠在了一起。

他端详着她,在想她和别的女人到底有什么不一样,为什么偏偏只对她有感觉?明明一开始他是打算把这段感情收拾干净的,现在却越陷越深。

陈姆摸了下苏新七的脸,忽然想起罗粤的话,他大概真是被她下蛊了。

苏新七一觉安稳地睡到天明,悠悠转醒时晨光熹微,一缕阳光从窗外斜照进来,投在地面,一室生辉。

她迷瞪了会儿,背后传来的温热让她一阵心安。陈姆的手臂被她枕在脑袋下,她侧身去摸他的手。他手掌硕大,掌心还有一道微微凸起的疤痕,是当时帮她父亲捻船时留下的。

她恍了下神,又轻轻地翻过他的手,他的手背上还有几道极其不起眼的细小疤痕。这是在石头岛上为了保护她被牡蛎壳划伤的,这么多年过去了,疤痕都没有褪去。

总有些痕迹留下,为他们的曾经做注脚。

苏新七觉得她和陈姆现在的关系似是向好,但总差点什么。不过她已经想开,他们之间的问题并不是通过言语就能解决的,只要他还愿意给她机会,她会身体力行地把真心证明给他看。

她用指腹轻轻摩挲了下那些疤痕,眼角微润,心念一动忍不住凑过去亲了下他的掌心。

苏新七松开他的手,正想悄悄地掀被起身,身上一重,陈姆不知何时醒了,翻身伏在她上方。

"在做什么?"

苏新七心虚,眼神飘忽:"你醒了啊。"

陈姆早在她醒之前就醒了,不过看她睡得熟就没动,却不想看到她背着他做了那样亲昵的举动。

两人早起消磨了点时间,等收拾妥当,日头已高。

陈姆开车把苏新七送到了写字楼附近,找了个地方停车。苏新七解开安全带,回头说:"我走了。"

陈姆点头。

苏新七开门下车,正巧碰上卢成。他隔着段距离朝她招手,热情地喊:"小七学姐。"

陈姆听见了,眉间不由得一皱,心想现在怎么是个人都能叫她"小七"了?苏新七朝卢成挥了下手算是回应,又弯下腰对着车内挥了挥手,说:"开车小心。"

陈姆把车窗降下,余光看了眼还等着她的男人,忖量说:"要结束了给我打电话,我来接你。"

苏新七绽开笑颜,点点头:"好。"

苏新七等陈姆把车开走后,转身往写字楼走。卢成等她走近,和她一起进楼。

"你怎么也来了?"苏新七问。

"来取点东西。"卢成刷了门禁闸机的卡让她先进去,又问,"大过节的,王律自己加班不够,还要把你薅来啊?"

他小声嘀咕:"这都快赶上周扒皮了。"

苏新七听完一笑,解释道:"没有,是我有点工作没完成,今天上午来补一下。"

"那你下午有空吗?今天中秋,我们博饼去啊。"

苏新七摇了下头,婉拒道:"不了,我和人有约了。"

"和谁啊?"卢成掩不住好奇,"小七姐,早上开车送你过来的人是你男朋友吗?"

苏新七本意不想和别人谈论自己的私事,但又想起章筱筱平时在律所说的话——章筱筱说卢成对她有意思,不管章筱筱是不是开玩笑的,她都觉得自己应该表个态。

"嗯。"苏新七点了点头,淡定地按了电梯。

卢成的神色肉眼可见地消沉了,他耷拉着肩,语气幽怨,好像不太相信似的说:"杨姐前段时间还说你单身呢。"

苏新七淡然一笑,说:"我才把人追到手。"

卢成闻言傻眼了,一脸不可置信:"学姐,你倒追啊?"

"嗯。"苏新七应得坦然。

卢成一脸歆羡:"你男朋友几辈子修来的福气啊。"

苏新七露出一个浅淡的笑,说:"我才是比较幸运的那个。"

电梯门开了,苏新七先行走进去,卢成紧跟其后。

放假期间,在写字楼加班的人不在少数,一会儿工夫,电梯里就站了七八个人。有人在,卢成也就没再追问苏新七的恋情。

从电梯里出来,苏新七和卢成往律所走,才到门口,迎面碰上了从里面走出来的李澈。

"李检。"苏新七颔首。

李澈朝她点了下头,踩着高跟鞋就走了。

卢成回头看了眼,对着苏新七低声说:"我们来晚了,战争刚结束,你说李检和王律会不会在办公室里打起来了?"

"不会的。"苏新七失笑。

"悬。"卢成有理有据,"我看就是因为那个死刑复核的案子,王律要争取改判无期,李检肯定觉得他又罔顾王法了,你看,她都气得直接杀上门了。"

苏新七知道内情,但笑不语。她走到自己的座位上放下包,又往王峥的办公室走去,打算和他打个招呼。

王峥办公室的门开着,苏新七敲了敲门:"王律。"

王峥抬头:"来了。"

他把手上的文件放下,善解人意道:"今天忙完就早点走吧。"

苏新七看他心情不错的样子,想来是李检的功劳。她趁机说:"王律,我想请你帮个忙。"

"说。"

苏新七就把孟芜学校的那个案子简要地说了下,王峥问:"你想知道谁接的这个案子?"

"嗯。"苏新七说,"我想跟进了解下。"

王峥抬头看着她,问道:"你相信家长的话,认为那个老师的确做了此事?"

苏新七犹豫了下,还是如实告知了自己的真实想法:"我觉得那个学生性情大变不会没有原因,而那个老师的行为确实不妥,他给的理由站不住脚。"

王峥往椅背上一靠,看着苏新七说:"你先入为主了。"

苏新七和王峥说过李祉舟的事,此时面对他的质疑,她没办法否认。

"警方没有立案就说明目前证据不足,你是律师,如果预设了立场,就没办法保持客观。你以为走的是捷径,其实是弯路。"

苏新七抿着嘴,受教地点了点头:"我知道了。"

王峥微微抬首,示意她:"去忙吧。"

苏新七知道他这意思就是答应了她的请求。她微微弯了下腰,直起身又看了王峥一眼,犹豫了下还是指了指自己的嘴角,提醒道:"王律,你这边……蹭上东西了。"

王峥表情凝滞,很快又一脸平静,抹了下嘴角,从容道:"哦,早上吃了三明治,沾上酱了。"

苏新七看破不说破,离开王峥办公室后才忍不住露出笑来,觉得恋爱中的老板还挺可爱的。

苏新七急着去找陈姆,早上的工作效率极高。她把手头剩余的工作处理完,再把几份文件发给王峥后,收拾好东西,和王峥打了个招呼就离开了律所。

陈鲟让她结束给他打电话,但她想节假日容易堵车,让他来接麻烦不说,一来一回反而更费时间,于是她就自己做主,打车去了湾泊区。她在小区附近下了车,先去了趟超市,采购了些食材,这才去找陈鲟。

苏新七提着两大袋食材上楼,走到门口,放下其中一袋,腾出手验了指纹。开门后她弯腰提起袋子,进了屋一抬头,看到客厅和厨房里有好几个人,此时皆是一脸震惊地看着她。

苏新七的目光在他们身上掠过,罗粤、郑舒苑、林成义,还有两个她记不起名字的人,但她眼熟,以前他们来过沙岛,是陈鲟在省队的队友。

她踌躇了下,不知道要不要打招呼。

陈鲟这时从卧室里走出来,见到苏新七也有些意外。他朝她走过去,弯腰接过她手上的两大袋东西,问:"怎么没给我打电话?"

"我怕晚点路上会堵车,就自己过来了。"苏新七的目光往他身后示意了下,低声歉然道,"对不起啊,我不知道你有朋友来,没提前和你说一声就进来了。"

她悄声道:"我回避一下吧。"

"不用。"陈鲟看她小心翼翼的模样不由得皱了下眉,毫不客气地说,"他们才是不速之客。"

罗粤听到这话,啧了一声,不满道:"怎么说话呢?我们是觉得大过节的,你孤家寡人太可怜了才过来的,谁知道你还金屋藏娇呢。"

陈鲟乜了罗粤一眼,提着两大袋东西往厨房走。苏新七像刚孵出来的小鸡似的,亦步亦趋地跟着他。

老沈正在厨房忙活,看到苏新七走进来,虽有些意外,但又觉得情理之中。他一边择菜一边说:"小鲟,不介绍下?"

"不是见过了。"

"女朋友啊?"老沈笑。

陈鲟把两大袋食材放在料理台上,瞥他一眼:"不然呢?"

苏新七早在沈教练问话时心里就咯噔了下,听到陈鲟的回答,她的心口又是一跳，恍惚了下。

厨房里还有一个中年女人，陈鲟对她比对老沈客气。他正要给苏新七介绍，那女人先开了口，她看着苏新七笑着说："她认识我。"

苏新七听到这话吓了一跳，余光见陈鲟看过来，立刻解释道："吴笠记者，沈教练的妻子，我知道的。"

苏新七怕陈鲟不信，又补了句："我经常看体育频道，你还去过她的访谈节目。"

陈鲟研读她的表情，又看向吴笠，稍有沉思。

吴笠看了眼老沈，又看向苏新七，大大方方地笑着说："我就说嘛，小鲟的女朋友一定认识我，我常采访他。"

苏新七忙不迭地点头，心跳如擂鼓。

老沈咳嗽两声，打开料理台上的两个袋子看了看："哟，这么多东西呢，还有海鲜。"

他看向苏新七问："你买的啊？"

苏新七点头。

吴笠凑过来看了眼："这海鲜料理起来可有难度。"

"我可以帮忙。"苏新七说。

"行啊，你是本地人，烹饪海鲜肯定有一手。"吴笠笑着说。

陈鲟闻言看了吴笠一眼，又看向苏新七。她转开眼，像是没注意到陈鲟的目光，低下头伸手就要帮忙处理食材。

"不会做饭的出去，杵在这儿碍事。"老沈嫌弃地冲陈鲟摆手，又对苏新七抱怨道，"他啊，不会做饭嘴还刁，中国胃，在国外都不吃西餐。"

"你们住的公寓附近不是有中餐馆吗？"

苏新七说完忽然感受到了陈鲟探询的目光，心中一个咯噔。

"欸，你怎么知道？"老沈都很好奇。

苏新七眼神飘了下，含糊道："沈教练你在一个采访中提过的。"

"是吗？"老沈疑惑了。

吴笠乜了他一眼，不客气地嘲笑道："果然人上了年纪，记性就差了。"

"啧,埋汰谁呢?"

"厨房里就你年纪最大。"

"嘿,差不多得了啊,小辈们还在呢,给我点面子。"

苏新七见话题似乎揭过去了,忍不住轻轻推了陈鲟一下:"你去招待人。"

陈鲟又看她一眼,什么也没问,翻了几个柜子,从里面找出一条围裙,示意苏新七转过身,帮她系上,又拿自己的护腕帮她把头发绑了。

吴笠看陈鲟帮苏新七围裙绑头发,男才女貌甚是般配,不由得感慨道:"有点小夫妻的样子了,年轻真好,羡慕了。"

老沈嗤道:"羡慕什么啊,我们老夫老妻不比他们感情好?"

吴笠白他一眼:"谁跟你感情好,自作多情。"

苏新七听着长辈们的调侃,抬手摸了摸被绑起的头发,回头对着陈鲟施施然一笑:"绑得比以前好。"

陈鲟被她的笑晃了眼,忍不住摸了下她的脑袋。

苏新七留在厨房帮忙,陈鲟走到客厅,几个旧友连游戏都不玩了,齐刷刷地看向他。

林成义冲他挤挤眼睛说:"不出我所料,在基地的时候,我就觉得不对劲了。"

郑舒苑略显不满:"你怎么又和她走在一起了,你忘了——"

"我没忘,"陈鲟冷淡道,"不用你提醒。"

郑舒苑气闷。

陈鲟走到阳台,罗粤跟了过去,站在他边上说:"舒苑没恶意。"

"嗯。"

罗粤看他一眼,笑着揶揄道:"进展挺快啊,我还以为你没那么快被拿下呢。"

陈鲟沉默了几秒,忽然问:"五年前,游泳队为什么同意把我召回来?"

罗粤愣了下:"这还有为什么,你是不是想让我夸你?"

陈鲟直截了当地说:"游泳队当年并不想要一个有争议的运动员,而且涉及两条人命。"

"你不是洗清嫌疑了吗？"罗粤停了下说，"不过当年游泳队是比较保守，加上舆论压力……一开始是不愿意让你回来的，是老沈极力坚持，力排众议，顶着压力才给你争取了个机会。我听说他还做了担保，签了'生死状'的，也是你争气，不然他的工作都难保。"

这事陈姆也有所耳闻，对老沈，他表面上看似不逊，但其实心里是尊敬的。这几年老沈带着他，常年在国外训练，在生活和训练上都无微不至，算是半个父亲。虽然他嘴上没说过感谢的话，但他总是用最好的成绩回报老沈。

陈姆一直以为自己回队的机会是老沈争取来的，可他现在总觉得其中隐约还有别的内情，跟苏新七有关。

陈姆正和罗粤在阳台上说着话，忽听老沈喊他："小姆，跟我回队里一趟，突击尿检。"

陈姆皱眉，罗粤也很无语："检测的人可真会挑时间，大过节的，故意的吧。"

老沈也很无奈："明年就奥运了，排名靠前的运动员都要随时随地接受检测。"

罗粤捶了下陈姆："去吧，世界第一。"

苏新七站在客厅看着他。

陈姆走过去，安抚似的解释道："正常检测。"

检测通知下达后一个小时内要到达检测点，否则就会被判漏检，一年两次漏检就会被判兴奋剂阳性，从而被禁赛。

老沈着急，陈姆怕苏新七一个人在这儿不自在，本想带着她一起出门，转念一想自己未免太过操心。她不是小孩子，以她的性格，根本不可能被别人欺负，且不过做个检测就要捎上她，显得她多黏人似的。

"我很快就回来。"陈姆最后说。

"好。"

苏新七把陈姆送到门口，再回到屋里时，郑舒苑一脸敌意地看着她。前段时间苏新七去健身馆，郑舒苑没少为难她。苏新七不爱和郑舒苑计较，今天也不想和她起冲突。

苏新七回到厨房,接着处理海鲜。吴笠往客厅看了眼,看向苏新七低声说:"我看你们在一起,还以为小鲟知道了。"

苏新七摇了摇头。

"不打算告诉他?"吴笠说,"当年为了能让他回游泳队,你做了很多。"

"我没有做什么,他没必要知道。"苏新七对着吴笠温婉一笑。

"这样瞒着,功劳倒都让老沈占了。"

苏新七闻言只是笑,一点都不介意:"您和沈教练都帮了他很多,这是事实。我做的,不过是我该做的,谈不上功劳。"

"怎么不算?当年你怕陈鲟知道有你参与就不肯回来,现在呢,你们都和好了,还不说?"吴笠想了下说,"他之前一直待在国外训练,也不怎么回国,心里肯定对以前的事还介怀着。你要是告诉他,你给他争取了回队的机会,说不定他就释怀了。"

吴笠语重心长地说:"你虽然做错了事,但也弥补了啊。"

"弥补不了的,他在意的不是能不能归队。"苏新七苦笑了下,仍是摇头,"我当时做那些事并不是为了拿来当筹码,只是不想因为我让他的人生出现偏差。他本来就有选择的机会,都过去那么久了,他现在好好的,也实现了自己的愿望,以前的事他没有必要知道。"

吴笠看着苏新七,深深地叹口气,没再多劝。感情的事本来就如人饮水,她即使作为长辈,是过来人,也不好插手。

陈鲟和老沈回来是两个小时之后,苏新七和吴笠弄了一大桌子菜。今天过节,他们师徒几个聚在一起有说有笑,很是尽兴。

大概是为了照顾苏新七的感受,席间老沈说了很多陈鲟训练时候的事,在省队的、在国外的,还有比赛时的。苏新七听得津津有味。陈鲟本来担心她融入不了会觉得不自在,见她听得入迷,也就没去阻止老沈揭他老底。

老沈抛砖,林成义见陈鲟今天这么好说话,也忍不住爆了个料。

"小鲟参加奥运会那回,200米自由泳决赛那天,他在选手休息室拿了张照片在看。一外国选手看见了问他在干吗,他藏起照片就说自己在祈祷。那外国人信了,以为他在看耶稣的照片,转头就把自己随身带的《圣经》送给他,说摸着《圣经》祈祷比照片管用。"

林成义说到这儿自己忍不住先乐了,嘿嘿笑了两声,接着说:"小鲟告诉那个外国选手自己不信耶稣,信妈祖。那外国选手不知道妈祖,直嚷嚷说耶稣才是万能的神,还叫嚣让小鲟等着瞧,他说信耶稣的一定比信妈祖的游得快,我看着他拿着《圣经》就去角落里祷告了。"

"当天比赛小鲟拿了冠军,赛后那外国选手找上小鲟,问他要妈祖的照片。"

林成义说完,桌上所有人都笑了。苏新七觉得有趣,转过头问陈鲟:"你真的是在看妈祖娘娘的照片?"

"才不是,他看的是——"林成义嘴快,陈鲟一个眼神过去,把他即将脱口而出的话堵了回去。

"不是照片,是比赛的注意事项,我写在纸上的。"陈鲟淡定地说。

老沈和罗粤一脸意味深长地看了眼陈鲟,倒是苏新七不疑有他,信了他的话。

就这么插科打诨,一顿饭吃下来算是宾主尽欢。饭后,吴笠催着老沈、罗粤他们几个回家。陈鲟也不留人,把他们送走后立刻关上门。

人一走,屋子里显得有点安静,苏新七起身想把桌子收拾下,陈鲟走过来说:"放着就好,我找了钟点工。"

"噢。"苏新七放下手中的碗,站在那儿一时不知道要做什么。

苏新七回想以前,读书的时候他们总嫌相处的时间太少,平时要上课,晚上她要回家,真正能独处的就只有午休和晚饭后那一点自由的时间。一周仅一天的假期,陈鲟也不敢独占,怕耽误她学习。

即使这样,他们也一起跑遍了沙岛。那时候陈鲟为了能和她多待一会儿,常常自愿陪读,她在复习,他就在一旁玩自己的,或者帮她扇扇子、端茶送水,服服帖帖地伺候她,还乐在其中。

彼时即使哪儿也不去,什么也不做,两个人静静地在教室、在渔船上待一下午，也觉得知足开心。

　　但现在不行了，至少现阶段他们没办法自在地在一个空间里无所事事地待一下午。苏新七想到这儿还有些难过，感情总归是不如以前来得放肆浓烈。

　　陈鲟见苏新七的表情略微低落，思及她刚才喝了酒，忍不住问："醉了？"

　　苏新七摇了摇头："没有。"

　　她看了眼时间，今天午饭吃得迟，现在已经近下午三点了。她想了想问："我们下午去趟古厝？"

　　陈鲟知道她想去面馆，没有异议，点了下头。

　　他们休息了会儿，一起出了门，直接乘电梯去了地下车库。

　　陈鲟开车，苏新七说想买点东西带过去，他就载着她去了商场。

　　到了地方，找到停车位停好车，苏新七本想自己下车去买东西，陈鲟拿上帽子和口罩先她一步下了车。

　　"商场人多，我自己去买就可以了。"苏新七关上车门，看着陈鲟。

　　陈鲟戴上帽子和口罩，干脆道："走吧。"

　　苏新七跟上去，他们搭电梯到了一层。商场布置得很热闹，"双节"碰在一起，哪里都是人，商场更不例外，今天中秋，前来采购的人熙来攘往。

　　陈鲟回头见苏新七离他好几步远，停下脚，转过身看着她。

　　苏新七犹豫了下，跟上去，解释道："我怕会有人认出你来。"

　　陈鲟不以为意："认出来也没事。"

　　他转过身，一只手往后伸："跟上来，别丢了。"

　　苏新七看着他的手，莞尔，走上前牵住。

425

第十一章
定情信物

商场里人来人往,一楼大厅还举行了博饼活动,人群里里外外围了一大圈,时不时爆发出一阵阵喝彩声。

苏新七经过人群时张望了下,陈鲟停下问:"想玩?"

苏新七摇头:"人太多了。"

她拉着他离开,又问:"你博过饼吗?"

"没有。"陈鲟说,"我们那儿没这种活动。"

苏新七仰头看他,笑着说:"我以前博中过状元,拿了一台豆浆机。"

陈鲟见她像个炫耀的小孩,扬了下唇,附和道:"手气挺好的。"

"不过只有一次,后来连举人都没博中过。"苏新七可惜道。

商场里卖月饼的店铺很多,月饼的种类更是五花八门。苏新七没有猎奇,本本分分地买了两盒传统口味的月饼,又在水果店里抱了两大个柚子。

从商场出来,陈鲟开着车直奔永安区。节假日的路况简直就是水泄不通,陈鲟好不容易找了个停车位。下了车,他们拎着东西进了古厝,险些被拥来的人潮冲散。

陈鲟把她手上的月饼都提过来,一手拉着她,穿过汹涌的人群,拐进小巷道里。巷子里的人比主干道上少很多,他没松开苏新七的手,就这么牵着到了忆舟面馆。

此时不是饭点，面馆里没什么人，李父就坐在靠近门口的椅子上吹空调看报纸。苏新七喊了他一声，他抬头，先是看向陈鲟，又看向苏新七，最后看了眼他们牵着的手。

"一起来啦。"李父摘下老花镜，站起身笑着说。

"嗯。"陈鲟把手上的月饼和柚子放在桌上。

"怎么还带东西？"李父看着他们两个，一脸慈爱地问，"吃了没，叔给你们做点吃的？"

苏新七摇摇头："我们吃了才过来的……阿姨呢？"

"今天十五，她去庙里了。"李父示意他们，"快坐下，外头太热了。"

他倒了两杯水递过去，又问苏新七："今年过节没回岛？"

"前几天回了。"

"你爸妈怎么样？"

"挺好的。"

"你二叔的渔排和你小姨家的旅馆，放了假生意很好吧？"

苏新七点了下头。

李父看向陈鲟，说："沙岛现在变化可大了，都成热门旅游景点了。你要是有时间，可以和小七一起回去看看。"

苏新七心脏一紧，下意识蜷起手。听到陈鲟极淡地应了声，她想他应该是不忍拂了李叔的面子，随口敷衍的。

他们坐着聊了会儿家常，没多久李母就提着一篮子供品回来了，身上还带着庙里的香火味。苏新七见她神色萎靡，眼圈红红的，显然是才哭过。今天中秋，团圆日，她想李母一定是想祉舟了。

李母看到苏新七和陈鲟在面馆里，打了个招呼就往厨房里去。苏新七和陈鲟说了声，跟了过去。

李父长叹一口气，苦涩道："祉舟走后，你阿姨的精神状态一直不太好，平时没事就去庙里烧烧香拜拜佛，今天中秋，看别人团团圆圆的，她心里不好受。"

427

陈鲟看着李父，他和自家父亲一个年纪，可这几年却苍老了许多，两鬓都花白了。

"小鲟啊，当年的事，叔叔和阿姨都欠你一个道歉。"李父语气沉重，愧然道，"把你牵扯进来，差点毁了你的前程。"

陈鲟不太擅长应付这种场面，在长辈面前他向来口拙，此时面对李父也不知道要怎么回应。

"你和小七都是好孩子，虽然你父亲救过我一命，但小七是我看着长大的，难免偏向她。"李父斟字酌句，停了下接着说，"当年的事，你别太怪小七，她和祉舟从小一起长大，看到他……"

李父重重地叹一声："她是受了刺激才会不相信你。这些年她过得也很辛苦，来大屿读书，苦了累了都不敢和家里人说，自己一个人扛着。当初她要学法，我其实是很矛盾的，既想她能替祉舟讨回公道，但是也不愿意看到她一直记着这件糟心事。"

"都是造化弄人。"李父叹息道，"我也没脸让你完全不计较，这件事对你的伤害也很大，我现在和你说这个，有私心。"

"我看你和小七兜兜转转地又在一起了，也不知道你们有没有聊过这件事，你又是个什么想法。我把小七当女儿看，不愿意看她受委屈，就希望她能幸福。"

李父说得委婉，但陈鲟还是听明白了他的意思，他大概是觉得因为以前的事，他不相信他还能全心全意地对苏新七，言外之意就是他并不是很希望他和苏新七在一起。

陈鲟垂下眼，一时缄默。

他心里不服气，却也不能铿锵有力地反驳说他完全不介意以前的事，他没有底气给出承诺，说他一定能给她幸福，以前的事就算他忘了，她也记得，并且始终对他有愧，背负着过去的伤痛，这样的她能幸福吗？

苏新七和陈鲟在面馆待到了傍晚，李父李母想留他们吃晚饭，但陈鲟说晚上有别的安排，带着苏新七离开了古厝。苏新七问晚上有什么安排，他没回答,只说到了就知道了。

陈鲔驾车载着苏新七从永安区到了滨海区,最后停在了码头附近。下了车苏新七还不明所以,直到陈鲔指着一艘游艇,示意她登上去。

苏新七知道大屿有海上观光游轮和游艇,但她从来没坐过,一是她在海岛长大的,对坐船不感兴趣;二是大屿的游客多,搭乘游轮和游艇需要提前预约,尤其是晚上,乘船夜游的人很多,一般没提前预约都买不到票。

登上船,苏新七看甲板上一个人都没有,忍不住惊诧道:"你把整艘船租下来了?"

"私人的。"陈鲔说。

苏新七忽然记起他家里就是做船舶制造生意的,便也觉得合情合理。

陈鲔朝驾驶室里的师傅比了个手势,没多久船就驶离了码头。

这艘游艇有三层甲板,底层主甲板是居住空间,二层甲板还有个小泳池,三层除了驾驶室还有一块露台。

陈鲔先带着苏新七去了一楼的餐厅,餐桌上已经摆满了食物。他稀松平常地说:"先吃点东西,晚点去楼上看月亮,海上视野好。"

苏新七看着桌上的红酒、牛排,低头看看自己。她穿的还是昨天的套装,一本正经的,不像是来游艇约会的,倒像是来会见委托人的,再抬眼看陈鲔,他一身休闲装,也没刻意打扮,便也释然了。

她落座,看着对面的陈鲔忍不住笑了下。

"怎么了?"

苏新七抿着笑,摇了摇头。

她只是觉得有趣,虽然交通方式、吃的东西变了,但他们的约会方式还是一如以往。坐着游艇吃着牛排,但是她的感觉却好像以前在岛上,他骑着车载着她去吃鱼丸一样,怡然惬意。

吃完饭,天色已暗,海天连成一片,浸没在深邃的蓝色里。

陈鲔示意苏新七跟他一起上楼,苏新七带上已经醒好的葡萄酒,拿了两个杯子跟了上去。三楼的甲板上有躺椅有桌子,正适合悠闲地躺着吹风赏月。

海上生明月，天涯共此时。今日十五，一轮皎洁的圆月早已悬挂在天幕上，海面映着月色，如铺上了一层寒霜。

苏新七把酒杯放桌子上，举起醒酒器，晃了晃里面的红酒，问："你能喝吗？"

陈鲟不忍拂了她的兴致，点了点头。

苏新七倒了两杯红酒，一杯递给他，举起另一杯抿了一口。

陈鲟想到她今天中午还喝酒了，不由得道："别喝多了。"

"不会。"

陈鲟看她一眼："前天晚上喝醉的人是谁？"

"那天是意外。"苏新七不服道，"我酒量还可以的，我爸我妈也挺能喝的。"

陈鲟挑眉："还扯上遗传了。"

苏新七跪在地垫上，捧着红酒杯对着他笑。陈鲟不知道是不是喝了酒的缘故，她笑得格外开心，笑容比今晚的月亮还明亮。

他心头一动，忽然放下酒杯，起身说："等着。"

苏新七看他下了楼，没多久拿着一个陶瓷碗上来。

陈鲟把碗放在桌上，苏新七放下红酒杯，探头去看，见碗底有六个骰子，立刻懂了。

"博饼？"她抬头看向他。

"嗯。"陈鲟在她身边坐下，"你不是想玩？"

"就我们两个人？"

"不行？"

"也不是不行。"苏新七抓起一个骰子，又问，"奖品呢？"

陈鲟微微抬起下巴，直接问她："你想要什么？"

苏新七思忖了会儿，说："只有我们两个人，规则就要严格一些。这样吧，我们就博状元。如果我博到了，你就送我一样东西；如果你博到了，你说你要什么？"

陈鲟想了想说："还没想好，留着。"

"好，你博中了我就答应你一件事，你随时可以找我兑现。"

苏新七念及陈姆没玩过，先把博饼的规则说了一遍。其实很简单，只要把六个骰子投出几种特定的点数即可。

海风拂来，海浪声声。

苏新七和陈姆就迎着风在甲板上一来一回地投起了骰子。骰子撞击陶瓷碗的声音格外清脆，每当骰子入碗，他们两个就凑一块儿盯着碗底看。

七八个来回后，苏新七有点泄气。陈姆见状，便说："我让让你，我扔一回，你扔五回。"

"真的？"

"嗯。"

苏新七也不客气，拿起六个骰子一连投了四次，今晚榜眼、进士、举人她都博中过，但就是状元一直没能投出来。

最后一次，苏新七抓着骰子，把手凑到嘴边吹了吹。陈姆见她一副虔诚的模样，嘴角不由得上扬。

苏新七把手中的骰子丢进碗中，紧张地盯着它们跳动旋转，一颗四点，两颗四点，三颗四点……她看到另外三颗骰子还没停下，不禁屏住呼吸。

陈姆也盯着骰子，在最后关头轻轻用手背碰了下碗，其中一颗骰子就从五点转到了四点。

"四点红。"苏新七一心盯着骰子，没注意到陈姆的小动作，看到结果，她抬起头惊喜道，"我中状元了。"

四个四点就是小状元，陈姆见她喜笑颜开，也忍不住笑了，看着她的眼神如月光一样温柔。

苏新七恍惚间好像看到了以前的陈姆，那个愿意费尽心思逗她开心、无条件地包容、宠爱她的黑骑士。

她鼻尖一酸，眼底泛起潮气，一颗心像是被月光晒化了。

她很想问他，他还像以前那样喜欢她吗？但她不敢。

"想要什么？"陈姆问。

苏新七深吸一口气，抬起手指了指腕上的护腕，今天从头发上摘下来后她就一直戴在手上。

"你把这个护腕送给我吧。"她看着他,眼神无比认真,细听她的声音还带些颤抖,"你以前也用护腕帮我绑过头发,那个护腕你说是定情信物,我骗你说已经丢了,其实一直都留着。"

她眨了下眼,缓声道:"陈鲟,我们再定一次情吧。"

陈鲟怔住。

早在她说博中状元要他送一样东西时,他就猜到她心里已有目标,但他没想到她这么认真地玩这个游戏,就是为了要个不值钱的护腕。

他神色如常,心里却早已掀起滔天巨浪。他看着她,似乎能清晰地看到心里的堤坝正在溃堤。

海风乍起,浪声滔滔,苏新七的长发被风吹起。陈鲟眸光微动,下一秒就凑近她,低头吻上她的唇。

万千思绪退去,那一刻他是懊恼的,他想,他早不该那么自负,以为能从她身边全身而退。

中秋那天晚上,苏新七和陈鲟是在海上度过的。第二天他们去了大屿附近的小岛屿上消磨了一天的时间,像普通情侣一样吃吃喝喝,看了场热门电影。

两人待在一起,时间过得飞快,陈鲟只有两天假期,国庆还没结束他就归队了。

他进队后,苏新七每天会在他训练结束后联系他,两人说上几句话,虽不多,但他不像之前那样冷淡了。有时苏新七晚上忙,错过了他下训的时间,他会主动打个电话给她,确认她是安全的才算放心。

苏新七看到了两人关系的曙光,国庆后那几天心情格外好。杨惠见她每天忙得脚不沾地还带着笑脸,直道恋爱养人,热恋能把冰美人都融化了。

卢成嘴快,国庆才过,苏新七恋爱的事全律所都知道了,连王峥都问了她一嘴,她没否认。杨惠几次三番要她把男朋友带来一起吃个饭,苏新七只是婉拒。这样次数多了,加上她上下班又不见人接送,所里的人又怀疑她恋爱的事只是个挡桃花的幌子,卢成觉得自己又有机会了。

苏新七也不在意,任凭他们猜测,忙起来的时候也顾不上别人的议论。王峥最近一直在忙那个死刑复核的案子,一般这类案子改判的概率不大,他要争取改判无期的难度极大。案子的当事人是云南的,为了找到新证据,苏新七跟着王峥去了云南一趟,在那儿待了一周。

出差前,苏新七和陈鲟说了这件事。那一周她跟着王峥在云南乡下取证,地方偏僻,信号不太好,她常常失联,陈鲟放心不下,有时候一天会给她打好几个电话,直到她接通为止。

苏新七觉得他比她父亲还怕她被寻仇,估计是上一回她被扇了一巴掌,他记心里了。她虽然觉得他小题大做了,但心里还是高兴的。她出差在外,不想他训练的时候还为她分心,便和他约定好,每天什么时候给他打电话报平安。

苏新七和王峥从云南回来那天正巧碰上大屿下暴雨,电闪雷鸣,机场大屏一溜红色,全都是延误和取消的航班。候机大厅里人满为患,人声嘈杂,抱怨声四起。

下飞机时已是晚上,苏新七手机开机后先给父母报了平安,之后又给陈鲟发了一条信息。

王峥接了个电话,苏新七见他看向自己,立刻知趣道:"王律,有人来接你吧,你不用担心我,我打车回去就行。"

极端天气出租车生意很好,机场大巴都一票难求。王峥见外面暴雨如注,时间也不早了,便说:"走吧,先送你回去。"

"啊?"

苏新七还没反应过来,王峥已经往前走了,她无法,只好跟上去。

从机场出来,苏新七一眼就看到了李漱的车,酒红色的雷克萨斯,很扎眼。她顿住脚,在犹豫到底要不要上车。

王峥却没给她拒绝的机会,拿过她的行李箱放在后备箱里,打开后座的门示意她:"下雨天回市里的车很难等,上车吧。"

老板都发话了,再推辞反而更可疑,苏新七敛起思绪,坐上车,在看到驾驶座上的李漱时,还故作惊讶道:"李检?"

"嗯。"李检回头看她一眼,笑了笑,解释道,"圈里的朋友说王律今天的飞机,我正好在附近办事,做一回好事。"

"真是巧了。"苏新七应和道,脸上的表情一丝破绽都没有,像真是信了这个蹩脚的理由。

王峥坐上副驾驶座,李澍从车里的箱子里拿出一包湿巾递给他。王峥抽出一张擦了擦手,忽然记起什么,往后视镜看,苏新七正望着窗外。

"雨真大啊。"苏新七说了句废话。

"从下午下到了现在,路况不是很好,估计会堵车。"李澍踩了油门,把车开出去。

王峥叮嘱了句:"慢点开。"

"知道了,王律。"李澍开着玩笑,"要是出了事故,我就请你当我的律师,以你的胜诉率,我肯定能全身而退。"

王峥笑了声:"呵。"

苏新七不知道他们这是在针锋相对还是在调情,只能眼观鼻鼻观心,装作什么都没听见的样子。

如李澍所言,暴雨天路况不佳,每辆车都放慢车速,开得小心翼翼的。他们在高架桥上堵着,不能进也不能退,只能耐心等着。

"这次去云南,有新的收获?"李澍似是随口一问。

王峥看她一眼,反问道:"李检这是在刺探敌情?"

李澍耸了下肩:"这个案子证据确凿,不管你怎么费尽心思,又想钻哪个漏洞,要想最高院改判是不可能的。"

"这么有信心?"王峥漫不经心地说,"那就等着看吧。"

苏新七看他们现在这状态,有点像在法庭上对峙的模样。她不知道他们私下是不是就是这么交流的,或是因为有她这个外人在,所以才刻意表现出不和的样子。她一时尴尬,不知道该不该从中调停。

"小七,跟着王律上山下乡的,很累吧?"

苏新七忽然听李澍问话,客套地回道:"还好,都是工作。"

"真的不考虑来检察院,奕飞说你以前就想当检察官来着。"

苏新七下意识看了副驾驶座的人一眼，用玩笑话的语气说："王律的本事我还没学会呢。"

"你学不会的。"李溦直白道，"不是谁都能像他这么狡诈。"

"呵。"王峥又是一声笑。

苏新七不知道该回什么，只好讪笑。

"小七还单身吧？我们院里的几个男青年常常聊起你，每次你一来检察院交材料，他们是一个比一个积极，平时我都使唤不动。"李溦看了后视镜一眼，问道，"有看上的吗？"

苏新七想了下，不管李溦这是试探还是真心要给她介绍对象，她都有必要说清楚，便开口回道："李检，我不是单身。"

"啊？"李溦讶然，"同行？"

"不是。"

"跟着王律除了委托人、当事人、同行，你平时还能见到谁？"

李溦这话是挖苦王峥来着，苏新七只是淡然一笑，说："我和他很早之前就认识了，初恋。"

听到这话连王峥都有些意外，李溦好奇道："你们在一起很多年了？"

苏新七摇头："我们分开过几年。"

"旧情重燃。"李溦说完瞄了眼王峥，正好他也看过来。

苏新七觉得她和陈姆不算旧情重燃，至少对她而言是这样。

在高架桥上走走停停，半个小时后，他们总算到了市里。李溦开车先把苏新七送到了住处，之后和王峥一起离开。

苏新七下了车后长松一口气，撑着伞拖着小行李箱进了小区，上了楼。

孟芜见到她就说："你回来啦，我还以为你的航班会取消呢。"

苏新七把行李箱放玄关那儿，换了鞋，抬头见孟芜抱着笔记本电脑在客厅，回答道："惊险落地。"

她把行李箱搬进房间里，拿上换洗衣物先去洗了个澡，出来后见孟芜招呼她，走过去问："怎么了？"

"就之前那个事，那个老师已经回学校了。"孟芜说，"他也请了律师，看样子双方是要对簿公堂了。"

苏新七点头,之前王峥帮她打听了下这个案子,她也联系上了学生家长委托的律师。虽然出于保密原则,对方并没有和她说太多,但基本情况她还是知道的。

孟芜盘着腿说:"我看这老师心情不错,没太受影响的样子,今天他还说了,身正不怕影子斜。"

苏新七缄默,目前案件情况并不明晰,就如王峥所言,她要保持客观。

"欸,他今天还发朋友圈了。"孟芜拿起手机,划拉了两下,递给苏新七看,"好多家长给他点赞呢。"

苏新七扫了眼,照片上是一个中年人和一大群学生的合照,文案是一句诗:春蚕到死丝方尽,蜡炬成灰泪始干。

照片上的人看上去的确和善可亲,学生们笑得也很开心,看上去师生关系不错。孟芜的微信里添加了班上的学生家长,很多家长都给这条朋友圈点了赞,还留下评论说支持老师相信老师之类的话。

苏新七虽然告诉自己要客观,但还是忍不住联想到冯赟。国庆之后,她私下多方打听中学校长朱建豪,结果显示他和冯赟以前并不认识,这几年他们也没有交集。

她觉得校长有问题的前提是冯赟是凶手,但如果校长没问题,他的证词就是有效的。

线索又没了,苏新七觉得沮丧。

"湾泊区大面积停电了。"孟芜刷着手机忽然说。

苏新七回神:"什么?"

"新闻上说湾泊区因为设备故障,大面积停电了。"说话间外面一道闪电劈过,紧接着雷声滚滚,孟芜感慨了句,"这雨下得怪吓人的,我们这儿可别也停了。"

话才落,屋里一黑。

孟芜:"不是吧。"

苏新七的心里一瞬间居然有点期盼,她第一时间想到了陈鲟,以前在岛上的时候,他说过断电的晚上就会来找她。

她轻轻摇了下头,笑自己想太多。

孟芜打开手电筒,苏新七就着光回到房间,找到自己的手机,正想给陈鲟打个电话问问他那边的情况,结果他的电话先过来了。

她心口一跳,立刻接通电话:"你们那里停电了?"

"嗯。"

"我们这儿好像也停电了。"

陈鲟说:"我知道。"

"嗯?"

苏新七还在想新闻的时效性挺高的,下一秒就听陈鲟说:"出来吧。"

苏新七蒙了下,反应过来立刻往门外走。

孟芜见她要出门,不由得问:"外面雨这么大,你去哪儿啊?"

"出去看看,你锁好门。"

苏新七套上外套,拿了把伞,急匆匆地下了楼,又一路迎着雨往小区门口跑去。

大雨瓢泼,能见度极低,到了小区门口,她一时看不清。直到陈鲟按了下喇叭,她闻声看过去,这才认出了他的车。

苏新七小跑过去,打开副驾驶座的门,收起伞坐上去。关上门后,她把雨伞往脚边一放,转过身看向陈鲟。

"你怎么来了?"

"停电了,过来看看你。"

这是只有他们才知道的暗号,苏新七心旌一动,有些动容,忍不住凑过去亲他。

外面暴雨哗哗地下,时不时电闪雷鸣,城区停了电,万事万物被笼罩在黑暗之中,天地间仿佛回到了混沌初开的时候,没有日月星辰,一片朦胧。

车内温度在不断地攀高,只有喘息声还在起伏着,像是余奏。苏新七

437

蜷缩在陈鲟怀里，浑身湿淋淋的，像刚从水里捞出来的一样。陈鲟怕她冷，捡起外套给她披上。

这时外面的路灯亮了，灯光下的雨帘亮闪闪的像珠串。城区来电了，时间掐得刚刚好，整个世界像是开了个小差。

"你是不是快要回去了？"苏新七问。

"嗯。"

陈鲟见她有些失落，忍不住低头吻她。

他们静静地拥在一起，听着外面的雨声。

陈鲟估摸着时间，觉得再晚老沈就要来电话催了，即使不愿意，也只能说："我送你回去。"

苏新七恋恋不舍，还是体贴道："我自己回去就可以。"

"走吧，我送你。"

陈鲟拿过她的伞先下车，绕到副驾驶座那儿打开车门。

苏新七穿好外套下车，外面寒风料峭，她忍不住瑟缩了下。

今天下了大半天的雨，马路积水很深。陈鲟见她冷，又看她只穿了双拖鞋，想了想，把伞递给她，转身半蹲下示意她："上来。"

苏新七看着他宽阔的背，不做犹豫，趴了上去，一手搂着他的脖子，一手撑伞。

陈鲟背起她，蹚着水往小区里走。

雨水打在伞面上噼啪作响，风挟带着雨水往伞里溺，伞下这一方小天地风雨侵蚀，却又温情脉脉。

苏新七斜撑着伞，借着灯光看着陈鲟，忽然想起他刚转去沙岛中学的那天，也是雨天。她带他去取教材，他撑着伞非要和她的叠在一起，惹恼了她还光明正大地告诉她，他想追她。

她真是第一回碰上他这样的人，又恼又无奈还有些无措。后来她想方设法甩开他，但兜兜转转，他们还是纠缠在了一起。她第一回见他时肯定怎么也不会想到，现在的她会这么喜欢他。

苏新七把脸往陈鲟脖颈处蹭了蹭，喊他："陈鲟。"

"嗯？"

"你还不想结束吧？"

陈鲟沉默了片刻,点了下头:"嗯。"

第十二章
公开澄清

　　苏新七连轴转了一阵子，总算有个周末是不需要加班的了。周六那天早上她约上陈沅，又去了星河教育机构。这回她们没有在外面发传单，而是直接进了机构。

　　周末来机构补课的人很多，她们进去时正逢下课，学生就在走廊上来回跑动。现在的孩子吃得好，发育得快，从身高上根本分不出是初中生还是高中生。

　　苏新七和陈沅一进门，前台一个年轻女孩就站起身拦下她们，言语间不太客气，直接说：" 欸，你们不能进来。"

　　前台向来都是笑脸迎人的，苏新七对对方这态度倒不觉得奇怪。她和陈沅隔三岔五就在附近发传单，机构里的人应该早就眼熟她们了，说不定对她们的行为积怨已久，早就看不惯了。

　　" 你们开门做生意，我们怎么就不能进来了？" 陈沅在气势上一点都不服输，直接怼回去。

　　" 你别以为我不知道，你们就是来捣乱的。" 那年轻女孩翻了个白眼。

　　陈沅一下子就被激怒了，两步上前就要理论，正好她今天没化妆，也不怕被人认出来：" 喂，说话要讲证据的，我们这儿有个律师，信不信我把你告上法庭啊。"

"这位女士您别生气,她新来的,不懂事。"机构前台还有一个女接待,年纪看着稍长,业务能力强些,至少表面功夫做得还可以,她笑着问,"我们机构主要面向中学生群体,想补哪一科都行,大班、小班、一对一教学都有。您二位家里有中学生吗?如果有,可以先带过来试听几节课,满意了再报名。"

陈沉不愿意和她废话,直接说:"我们找冯瓒。"

"您想报名我们校长的课?物理是我们机构的王牌学科,校长这学期已经没有补课名额了,寒假的补课名额也没了。"

陈沉皱了下眉,这个女接待一直在打马虎眼,她正想不客气地戳破女接待的虚与委蛇,边上苏新七先开口了,语气还算客气,说道:"我们是冯老师以前的学生,想见见他。"

女接待显然不信,还想拿话术打发她们,正巧这时苏新七听到有人喊"冯老师好",她转过头往走廊的一侧看去,冯瓒从办公室里出来。

苏新七和陈沉不顾前台两个接待的阻拦,直接往冯瓒那儿走。

冯瓒看到她们似乎不是那么意外,他看了眼腕表,还很和善地说:"我要去上课了,你们要不要一起听听,重温下高中的知识?"

陈沉不爽道:"没兴趣。"

"我不能翘学生的课,你们要是不能等,就约个时间,下次再过来叙旧。"

上课铃响,冯瓒拿着教材往另一侧的教室走。苏新七考虑了片刻,拉上陈沉跟上去。

冯瓒上的大班课,教室面积挺大,能坐下四五十个学生。苏新七和陈沉从教室后门进去,在最后一排落座,她们两个生面孔吸引了班上不少学生的注意力。

"大家都看到后排两个姐姐了吧,我之前不是和你们提过我在沙岛任教的事吗?她们就是我在岛上教的学生。"冯瓒还介绍了下苏新七和陈沉。

"真能装。"陈沉低声吐槽道。她不愿意听冯瓒讲课,从包里掏出手机和蓝牙耳机,戴上后就开始玩自己的。

441

苏新七看着冯赟讲课，虽然高中毕业已经五年，但大致的知识点她还是记得的。她看他在白板上写的知识点就知道班上坐的都是高三生。

冯赟授课的风格和方式没怎么变，还是和风细雨的，每个知识点都讲得很详细，偶尔还会和学生开个无伤大雅的玩笑。苏新七想起了以前，她那时候天真地觉得他是个好老师，是祉舟的伯乐。如果不是那本日记，她压根儿不会想到冯赟会是披着人皮的恶魔。

一节课四十分钟，不长不短，苏新七听冯赟讲那些早已用不上的知识点，脑子里思绪万千。她又想起了祉舟，想起了他们相处的点滴。

下课铃响起，苏新七拍了下陈沉的肩。她们离开教室，在外面等了会儿冯赟，看他出来后，跟着他去了他的办公室。

冯赟作为校长，办公室自然是单人的。苏新七进去后环顾一周，在看到窗口那台天文望远镜时脸色一变。

冯赟用一次性纸杯倒了两杯水放在桌上，抬头见苏新七一直盯着窗口，转过身看了眼，了然道："这台望远镜就是我当初带去岛上的那一台，祉舟很喜欢用它看星星。"

苏新七双拳紧攥："你还敢提他？"

冯赟坐下，叹了口气说："他是我最得意的一个学生。"

"你不配。"苏新七咬牙切齿道。

冯赟摇了下头，表情很是无奈："新七，你要让我怎么证明才能相信我真的没伤害过祉舟？"

冯赟满脸悲痛，叹息道："没能注意到他精神状态异常我是有责任，但你不能冤枉我，说是我害死了他。他选择那样了结自己的生命，我很惋惜，真的。"

"假惺惺。"陈沉啐道。

苏新七说："自从他跟着你比赛回来后，整个人都变了，你敢说你什么都没对他做过？"

"那段时间你和陈鲟是不是常走在一起？"冯赟反问。

苏新七蹙眉。

"青春期的男孩本来就敏感，心思重，他喜欢你，看到你和陈鲟要好，有所转变很正常。"冯赟不徐不缓地说道。

"你不需要踩我痛点来转移矛盾，这话我以前会放心上，但现在不会。"苏新七很冷静，绷着脸，冷声道，"我问过你以前的同事，他们都觉得你放弃私立学校的高薪工作去一个名不见经传的小岛上任教很奇怪，以往学校组织的支教活动你从来没参与过，你不是那么有爱心的人。

"你的同事曾经见过你和你的前妻因为离职的事吵过架，我打听过，你第一次和学校提出辞职申请是在省物理竞赛之后，在沙岛中学的动员大会上你说过你早在省物理竞赛上就注意到了祉舟。"

苏新七顿了下，眼中锋芒毕露，笃定道："你一开始来沙岛的目的就是祉舟。"

冯赟眸光微闪，笑了："你不当小说家可惜了。"

他摊了下手说："可惜生活不是故事，没那么多情节设计。我去沙岛那年正好四十岁，人到中年突然想尝试下另一种生活，辞职没什么契机，去沙岛倒是缘分使然。我和朱校长在一场饭局上认识，他想为中学招几个好老师，我们聊了聊，在教育理念上一拍即合，我就接受了他的邀请去沙岛任教。"

苏新七冷笑："你说想过另一种生活，但你在岛上也不过才待了半年，高考结束后没多久你就离岛了。"

"我在岛上待了半年才发现我并不适合慢节奏的生活，沙岛中学的孩子大都没有学习的心思，在那里我没办法实现我的价值。我前妻那时候对我的工作意见很大，朱校长也调了回去，而且……"冯赟面对苏新七的质疑仍很镇定，他深深地叹口气，似是诚恳地说，"不管你相不相信，祉舟的死对我的打击也很大。"

关于祉舟，冯赟说得越真挚，苏新七越觉得恶心，对他的表演她冷眼以对："祉舟不会冤枉人，你刚来岛上任教的时候，他那样敬重你。如果不是事实，他根本不会写下来。"

"他写的东西法律认吗？"冯赟推了下眼镜。

苏新七眼神一凛,冯赟大概就是知道法律没办法把他怎么样才这么有恃无恐。

"祉舟不会无缘无故自己一个人去红树林,除非有人让他去。陈鲟说曾经在红树林碰见过你。"苏新七盯着冯赟,不放过他任何一个表情。

冯赟很镇定:"这能证明什么?如果去过红树林就有嫌疑,那陈鲟也是嫌疑人。"

苏新七横眉冷对,愠怒道:"他有不在场证明。"

"我也有。"

"你只有一个不在场证人,他也有可能和你串供。"陈沅心直口快道。

苏新七观察到冯赟的表情变了变,似是不满。他用一副长辈训话的语气说:"说话要讲证据的,朱校长为人正直,在沙岛那几年为了学校的发展也是兢兢业业,你们不能为了攻击我,平白无故就抹黑他。"

陈沅还要说话,苏新七拉了陈沅一下。她神色冷峭,一字一句坚定地说:"除非你真的没做过,否则我一定会找到证据。"

冯赟站起身,从容地整理了下衣领。他看了眼时间,看着她们做出送客的姿态:"我要去上课了,下次要见我,提前约个时间。"

"你离婚的时候没有争取抚养权,还把名下的房产和车都给了你的前妻。照理说,夫妻离婚,如果你没有过错,是不需要净身出户的。"苏新七遽然道。

冯赟身形微微一滞,背着她们理了下袖口,回道:"我工作忙,没时间照顾孩子,他和他妈妈一起生活会更好。至于财产,是我自己觉得对他们母子俩有亏欠,自愿给的补偿。"

苏新七看着他的背影若有所思。

从机构出来,陈沅还心气不顺地骂骂咧咧:"真把自己当个人了,气死我了。小七,我们就真的拿他没办法了吗?"

苏新七的心情也是低到谷底,虽然她刚才在冯赟面前信誓旦旦地说一定会找到证据,但事实并不乐观。

"我们要不要直接去找朱校长,试探一下?"陈沅建议道。

苏新七思忖片刻，摇了摇头："如果他真的和冯赟串供了，那就更不可能承认，做伪证是犯法的。"

"那怎么办啊，就看着他逍遥法外？"

"只能看看能不能找到目击证人了。"苏新七这话既是安慰陈沉也是安慰自己。事情过去了这么多年，希望渺茫，但经过刚才的试探她发现冯赟也并非无懈可击，王峥教她出其不意，这一招果然是有效果的。

上午酷热，陈沉拿出手机："我们打个车回去吧。"

"好。"

"小七。"

"嗯？"苏新七转头看她表情不太对劲，立刻问，"怎么了？"

陈沉迟疑了下说："手机推送了一条新闻……陈鲟好像出事了。"

苏新七闻言眉间微蹙，马上拿出自己的手机，点开新闻软件，划到体育新闻那一版。"世界冠军陈鲟尿检阳性"赫然在头条，这个标题短短几个字却触目惊心。

"都上热搜了。"陈沉说。

苏新七立刻给陈鲟打去电话，铃声响了许久，无人接听。她又急又担心，挂断后打了个电话给罗粤。

罗粤大概猜出她来电的目的，接通后就说："我也联系不上他，老沈也没接电话，估计还在和泳联沟通呢。陈鲟不会嗑药的，这里面肯定有误会，你先别太担心。"

虽然罗粤这样说，但苏新七还是慌得不行。陈沉见她六神无主，拉着她去了附近的一家咖啡馆坐着。

苏新七缓过神来，又尝试着给陈鲟打了个电话，还是没人接。

"现在他肯定忙，你先别太着急。"陈沉安慰道。

现在除了等也没别的办法，苏新七拿着手机去看陈鲟的报道，所有的媒体都猜测他有可能被禁赛。

她又去看网上的评论，现在整体风向都是向着陈鲟的，许多人都不相信他嗑药了，但还是有小部分人趁机踩他一脚，说些阴阳怪气的话。

苏新七看了气上心头,一条条地驳斥回去。

"小七,你看,又有一条与陈鲟相关的词条在上升,还是负面的。"陈沅忽然说。

苏新七翻了翻,就看到了"陈鲟命案"这一词条。她脑袋一嗡,隐隐有种不祥的预感。

她点进去翻看,有一个自称是陈鲟前队友的博主在网上爆料,说陈鲟和两个命案有关系。

陈鲟以前在省队的时候就特别傲,仗着成绩好,目中无人,连教练都不放在眼里。他那时候和队里很多人的关系都不太好,尤其是付聪。他们是一个学校的,成绩又是队里最好的,算是竞争对手,比赛的时候经常杠上,私底下也不对付。付聪出事前,他们还打了一架,陈鲟先动的手,事情闹得挺大,两人都被停训了一段时间。没过多久,付聪就出事了,从学校教学楼掉下去的,他的父母怀疑他是被人蓄意推下去的。警察调查的时候知道付聪生前和陈鲟有矛盾,就对陈鲟进行了调查。

具体怎么个调查法咱也不知道,反正警方最后出的公告是付聪系失足跌落。付聪的父母一直不肯相信,来游泳队闹了好久,说游泳队包庇陈鲟。叔叔阿姨的行为也是可以理解的,毕竟好好的一个人,失足跌落,谁听了能信啊?而且时机又那么巧,正好在国家队选拔名额公布前。陈鲟很有嫌疑,我记得那阵子队里鸡飞狗跳的,基地门口每天都有媒体记者守着,都没办法正常训练。后来游泳队为了平息这件事,就让陈鲟暂时离队了。

第二个命案我也是听说的,陈鲟离了队之后转学去了沙岛。在岛上的中学读了一学期,他寄住在他爸一个朋友家。他爸朋友有个儿子,跟他一个年纪,为了方便就叫对方A吧。高三毕业后,A在岛上离奇死亡,陈鲟又成了嫌疑人。不过最后也是没什么事,潇潇洒洒地出了国,还顺利地进了国家队。

陈鲟短短半年内,两次成为命案嫌疑人,现在成了世界冠军,是不是有点意思?

苏新七看完这个博主的发文,后背沁出了一层冷汗,拿着手机的手都控制不住在颤抖。她咬着唇,脸上都没什么血色。

这个博主行文的导向性非常强,用词也十分戏剧化,很多关键细节他都没写出来,比如陈鲟和付聪打架的原因、警方出示的公告,还有沙岛的事他也是道听途说的,都没考证过。文章通篇看下来给人的观感就是陈鲟犯事后全身而退,最后还功成名就了。

"你看底下的评论。"陈沉皱着眉说。

苏新七点进去看评论,热评第一条的人自称是沙岛的岛民,他还发了一张沙岛中学校门的照片,言之凿凿地说自己可以证明陈鲟就是杀了李祉舟的凶手,原因是他们喜欢上了同一个女生,那个女生和李祉舟是青梅竹马,感情很要好。

热评第一那人的头像是一艘船,苏新七点开看了眼,顿时有种吃了苍蝇的恶心感。那艘船她认得,林家的船。

这篇博文被转了上万次,网上的风向一下子变了。有人把陈鲟的家庭背景扒出来,说他是富二代,有背景;有人说一个有命案嫌疑的人嗑药就不奇怪了;还有人发起抵制陈鲟的话题……

"陈鲟和这个付聪的事,你知道吗?"陈沉问。

苏新七抿紧唇,点了点头。

这事还是郑舒苑告诉她的,那年她去找陈鲟,碰上了郑舒苑,郑舒苑毫不客气地痛骂了她一顿。她就是那时候知道了陈鲟离开省队的原因。正因如此,她才会越加愧疚,也信了郑舒苑说陈鲟永远不想再见到她的话。

她一直抱着侥幸的心理,觉得事情过去了那么久,已经不会再对陈鲟造成影响,但暗雷还在,导火线一点,就爆了。

苏新七直到中午才见到陈鲟,在电视上。

游泳协会和反兴奋剂中心召开了一个联合发布会。发布会上,泳协主席就陈鲟尿检阳性一事进行了说明。两周前国际反兴奋剂中心发布了新的禁药名单,陈鲟平时服用的用于改善心脏不适症状的药物就在此名单内,因其主教练的疏忽，没有注意到禁药名单的更改，才会导致陈姆这次的尿检结果呈阳性。在上午的听证会上，陈姆及其队医已经提供了充足的证据进行证明，且这个月没有游泳赛事，陈姆并没有服用药物提高运动成绩的必要。

发布会把情况说得很清楚了，陈姆属于误服，没有主观服用禁药的意愿，但底下记者们的关注点却不在服用禁药这件事上，而是纷纷问起了两个命案。几个发言人几乎都没有正面回应，只是请大家不要轻信谣言，泳协会把事情调查清楚再向公众进行说明。

记者们毫不罢休，轮番发问，问题一个比一个犀利，最后还有人直接问陈姆承不承认罪名。陈姆的脸色不太好，几次要发言都被老沈给拦下了。发布会最后草草了事，这视频在网上一传，又掀起一番热烈讨论和解读。

网上的舆论对陈姆十分不利，很多人不相信发布会上的澄清，觉得泳协就是在包庇陈姆，误服只是借口。这就更让人往阴谋论的方向去猜测，认为陈姆的背景果然强大。网上甚至还有人谣传他上头有人，所以才能安然无事。

陈姆在发布会上没有对命案的事做出正面回应，有很多网友觉得他是心虚，不敢承认。一时间网络上对他的讨伐之声沸沸扬扬，各个"知情人"出来发帖爆料，真真假假的信息在网上肆意传播，事情一下变了味，俨然成了一群人的狂欢。

苏新七一直没能联系上陈姆，她回到住处，焦灼难安地等了一下午。直到傍晚，罗粤给她发了条消息，她匆忙出门，看到小区门口停着一辆黑色轿车，立刻跑过去。

陈姆戴上衫帽，从副驾驶座上下来。苏新七看到他出现在眼前，惶恐的心总算是安定了不少，她奔向他，忍不住扑进他怀里。

陈姆搂住她，安抚性地拍拍她的后背："我没事。"

只三个字，苏新七还是听出了他的疲惫。她眼圈一红，深吸一口气，开门见山说："我可以出面做证，证明那些事不是你做的，是我错怪了你，才让警察怀疑你的。"

"不需要。"陈鲟松开她,断然回绝。

"可是网上传的都不是事实,再这样下去对你的影响也会越来越大的,我出面去澄清——"

陈鲟打断苏新七,看着她直白道:"你不想在法律这行干了,不想为李祉舟讨回公道了?"

苏新七怔了下,似被问住。

她的反应在他的意料之中,他和李祉舟,她向来是有倾向的。

"我可以——"

"你什么都不用做。"陈鲟没让她把话说完,他表情晦暗,眼眸幽深,低哑着声似是无情地说,"我不需要你赎罪,记一辈子吧。"

他说完便转身要上车,苏新七追上去拉住他的手:"陈鲟。"

陈鲟顿住身,缄默片刻,微微侧过头说:"我最近要留在游泳队,手机不能开机,等我联系你。"

他余光见苏新七咬着唇一脸担忧,停了下,补了句:"事情我会处理,你顾好自己就行。"

苏新七张开嘴正要说什么,迎面走来几个人。陈鲟低下头避开他人的目光,道了句:"回去吧。"

他打开车门坐上去,苏新七往前走了一步,想喊他又碍于有路人在,只能透过窗玻璃,眼巴巴地盯着副驾驶座看。

罗粤往窗外看了眼,陈鲟垂着眼,示意他:"走吧。"

罗粤把车开出去,隔着段距离从后视镜中还能看到苏新七仍一动不动地站在路边,目送着他们。他瞥了眼陈鲟,开口说:"她说得没错,只要她站出来澄清,就能将对你的负面影响降低,既然她愿意——"

"我不会让她帮我堵枪口。"陈鲟看了眼后视镜,苏新七的身影已缩为一点。

"她是自愿的。"

陈鲟无奈道:"你现在让她为我做什么她都愿意。"

罗粤一点就通,叹口气开解道:"她心里对你有愧,想把以前欠你的还给你。"

罗粤继续说:"说实话,我也是搞不明白你,明明心里还介意以前的事,又非要和她在一起。她要做点什么补偿你吧,你还不乐意,自己心里不痛快,又舍不得看她受委屈。"

陈鲟沉默。

他其实很矛盾,既希望在他和李祉舟之间她能选他一次,但事到临头他又退缩了,所以他打断了她的话,怕听到她违心的选择。

说来讽刺,他现在居然能够完全理解当年李祉舟的想法。他当时觉得李祉舟瞻前顾后不够坦荡爽快,现在自己倒沦落成了这副模样。他不想让她因为愧疚而无下限地妥协,似乎又只能通过这样的方式让她留在身边。

"你就当我犯贱吧。"陈鲟最后说。

苏新七在原地站了很久,直到那辆车消失在路口。她回过神,思及陈鲟刚才的话,苦笑了下。他说不需要她赎罪,她想以前的事他大概这辈子都不会释然了。

但不管他原谅与否,苏新七都已做好了决定,以前她的不信任伤害了他,这回她不能让他再受到二次伤害。

苏新七拿出手机,找到了吴笠的电话。

电话刚一拨通,吴笠叹口气就说:"我就知道你会找我。"

吴笠问:"想好了吗?"

"嗯。"苏新七态度决然。

"那你来电视台找我吧。"

苏新七拦了辆车直接去了广播大楼,下了车后见吴笠等在门口。她走过去,笑着说了句:"吴记者,你的独家来了。"

吴笠看着她,表情有些心疼:"你真的决定好了,以前的事一旦公开,你的工作生活都会受到影响,严重的话……你可能没办法再从事法律相关的工作了。"

"我知道。"苏新七的表情很淡然。

"那你……"

苏新七淡淡一笑："本来五年前就该澄清的,都是托您和沈教练的福,我还过了五年轻松日子。"

吴笠听到这儿心里不太好受,五年前她和老沈不想小姑娘因为陈鲟耽误了人生,所以尽力为苏新七和陈鲟各自争取了个机会。可现在想想,倒不如那时候就把事情公布开来,那陈鲟现在也不会遭受质疑,以他目前的知名度,事情一旦反转,苏新七将会遭到舆论怎样的吞噬是可以预见的。

吴笠想说些什么,但话到嘴边,只剩幽幽的一口气："走吧。"

苏新七在广播大楼里做了个专访,吴笠是采访人。专访时间不长,很多话五年前的她就已经说过了,这回她只需要再次陈述一遍,表明态度即可。

从广播大楼出来,手机振动了几下,有网友匿名给苏新七发了几张照片,是冯赟和他前妻今晚碰面的时候拍的。她今天故意给冯赟泄露了些自己掌握的消息,目的除了试探,就是为了刺激他,让他感到不安。

她的确去找过冯赟以前的同事,不管是领导还是同侪对他的评价基本上都是正面的。她能收集到的可用信息并不多,更别说能定罪的证据。

冯赟伪装得很好,要想找到他的破绽难度不小,苏新七于是决定转变策略,不再费尽心思去调查,而是想方设法让他主动暴露。她今天找上门,装作胸有成竹般透露些模棱两可的信息,目的就是为了让他去猜疑、去揣测。

王峥曾经给苏新七分析过罪犯的心理:你越严守着证据,他反而越有恃无恐,因为他知道你手上没有决定性的证据,否则他早就被逮捕,但如果你向他透露一些可用的信息,他反而会去猜你到底掌握了多少,还能顺藤摸瓜查到多少。如果他心里有鬼,就会有所行动。只要他有动作就容易露出马脚,一些决定性的证据往往就是在这时候找到的。

苏新七今天放了个烟幕弹,果不其然,冯赟今晚就有了动作。

虽如此,但她的心情并不豁然。今晚过后,她不知道还能不能继续进行调查,还能不能替祉舟讨回公道。

苏新七仰头望了眼天空,城市灯火璀璨,遮掩了星辰的光芒。夜幕一片漆黑,一颗星星也没有,她忽然有些想念沙岛,想念在美人山观赏星空的时光。

苏新七打了车回到住处。今天焦虑了一天，晚上接受完采访后，她像是卸下了长久以来的包袱，整个人异常轻松。

回到公寓，苏新七抬眼见孟芜看着自己，表情有些复杂，一脸有话要说却又不知该不该说的模样。她无须费心去猜就知道发生了什么，施施然笑了下问："报道这么快就出来了？"

孟芜沉重地点了下脑袋："上头条了。"

苏新七了然地点点头："那就好。"

孟芜不知道要不要说些安慰的话，但现在的一切苏新七似乎乐见其成。她咬了下唇，最后说了句俏皮话："你没怎么变，十八岁的时候也很漂亮。"

苏新七明白她的心意，回以一笑："谢谢。"

回到房间，苏新七拿起手机看了眼，几十通的未接来电并未吓到她。她点开查看了下，有好几个陌生来电，甚至各大报社都给她发了采访邀约的短信，她心态平和，一一无视了。

苏新七先给王峥回了个电话，电话才一接通，王峥就忍不住斥责道："你做决定前应该提前和我说一声。"

苏新七知道自己的行为给律所带来了负面影响，诚挚道："对不起，王律，我会主动离职，将影响降到最低。"

王峥冷静地开口道："你那个时候还不是律师，事情发酵到现在，虽然影响恶劣，但谈不上违反《律师法》。"

他顿了下说："你先休息一阵子，等风头过去再说。"

苏新七深吸了口气，说："谢谢你，王律。"

挂断电话，苏新七看着手机犹豫了下，最后还是点进社交软件看了眼。

采访报道一出，她的照片已经传遍全网，个人信息也被泄露。今天加诸在陈鲔身上的事在她身上重演了一遍，那些羞辱的话语布满屏幕，她原以为自己能够忍受，但看到那些刺眼的字词时却还是忍不住颤抖。

公众只是需要一个发泄口，如果能帮到陈鲔，她甘愿成为一个靶子。

一晚上她的手机都在不断地振动着，她没有关机，只是麻木地盯着，好像自己承受得越多,陈鲟就能背负得越少。

电量一点点耗尽,苏新七起身去拿充电器。微信电话忽然响起,她瞥了眼,来电的人是父亲。她怔了下,忽然想到今晚的事闹这么大,她忘了提前给家里人打个预防针,此时他们应该很着急才是。

苏新七调整情绪,清清嗓子,接通电话后,平静地喊了声:"爸爸。"

苏父沉默了一秒,什么也没问,只是说:"我今天晚上就开船去大屿,你来码头,爸爸带你回家。"

苏新七绷了一晚上的情绪在这一秒溃决,她眨了眨眼,哽咽了声说:"好。"

第十三章
当年之事

游泳队不让陈鲟接受任何采访，他的手机被老沈没收，人也被禁了足，傍晚去见苏新七还是老沈给他争取了个机会，时间只有一个小时。他从湾泊区赶到滨海区，和她不过说了几句话便赶回了基地。

这次事情影响恶劣，舆论热度不减，泳协面临着前所未有的公关危机，为此协会委员还特地成立了一个专门的调查小组。陈鲟今天来来回回已经被提问过多次，虽然那些人对他客客气气的，但他还是有种被提审的感觉，心情难免烦躁。

傍晚回到基地，他再次被喊去问话。那些调查员问的还是那些问题，车轱辘话一套又一套的，陈鲟按捺着脾气一遍又一遍地回答。

问完话，陈鲟回到宿舍楼。他心情不爽，冲了个澡后就躺在床上。变故发生后，他被停训，时间一下子空了出来，倒是不知道还能做什么。

林成义从外面回来，见他躺在床上，问了句："你傍晚出去了？"

"嗯。"

"去见弟妹了？"

中秋过后林成义就一直这么喊苏新七，陈鲟也没去纠正，点了下头："嗯。"

林成义觑了陈鲟一眼，试探道："她还好吧？"

陈鲟缄默，脑子里想的都是苏新七站在路边的孑然身影。他沉浸在自己的思绪中，没注意到林成义纠结的表情。

半晌，陈鲟起身拿了外套穿上，径自往门外走。

"你去哪儿？"林成义问。

"训练馆。"

游泳队让他停训，不代表他不能自己去练练。今天憋了一肚子火，他急需要发泄下。

陈鲟离开宿舍往训练馆走，路上正好碰上下训的周尧。他心情不好就没打招呼，倒是周尧喊住了他。

"下次见到苏新七，替我和她说一声，我认输了。"

陈鲟脚步一顿，皱了下眉，转过身问："什么意思？"

周尧朝他走过去："我就猜老沈没告诉你，他大概也和其他队员说了，让他们瞒着你苏新七的事。"

陈鲟预感不好，眉间深锁："什么事？"

"断网了吧。"周尧想了下说，"反正你早晚得知道，我也不归老沈管。"

她从兜里掏出手机，点开一个视频递给陈鲟看："喏，吴记的专栏今晚发了一个采访视频，一部分是五年前的，一部分是今天的。"

整个采访近二十分钟，陈鲟就站在路边看完了。在看的过程中，他的眉头就没松开过，越皱越紧，心里早已掀起了风暴。

五年前的采访视频中有当年负责调查付聪事故的警察，他详细地还原了调查付聪坠楼事件的过程。因为付聪父母的言论，警方将陈鲟锁定为嫌疑人，对他进行了调查，发现在付聪坠楼前他们的确有过摩擦。在对队内其他运动员和教练进行询问后，警方得知陈鲟和付聪发生冲突的原因是付聪当众羞辱陈鲟的父亲是个瘸子，陈鲟一怒之下动了手，之后游泳队也给予了两人惩罚。

视频还把当年的楼道监控视频剪辑了进来，视频显示付聪失事那天，只有他一个人去了教学楼的天台。当天下雨，教学楼的天台护栏不高，而在付聪滑落的位置上警方找到了烟蒂，所以他们怀疑付聪是为了躲避老师和同学的视线去了天台吸烟，这才不慎失足坠下楼，而当天陈鲟根本没去学校。

那天陈鲟翘了课，在学校附近的网吧待了一下午。吴笠跟随警方的讲述，还特地去了那家网吧，询问了当时的工作人员，获取了网吧的监控，监控视频上清晰地显示，陈鲟在那儿玩了一下午的游戏。至此，他的嫌疑完全被排除。

这些事实当年警方在公告上写得清清楚楚，但付聪的父母完全不相信官方的调查，执意认为游泳队和警方包庇陈鲟。他们大肆在媒体面前抹黑陈鲟，编造谣言，还向陈鲟的父母索赔。当年网络没现在发达，但这件事在当地闹得挺大的，最后陈鲟父母将付聪父母告上法庭，这个官司打了有半年，陈鲟一方胜诉，但热度已过，当时的各家媒体只关注过程，跟踪报道结果的寥寥无几。

关于李祉舟的案件，吴笠去沙岛采访了当地的警察和采珠女，最主要的是苏新七也出了镜。五年前的她面容青涩，面对镜头时眼神还透着紧张，却鼓起勇气承认了错误，说自己在没有充分证据的情况下冤枉了陈鲟，才会让警方怀疑他。

五年后的今天也是，她态度诚恳，甚至低声下气地承认错误，恳求大家不要对陈鲟有误解。她把自己说得很不堪，五年前和五年后她都没在镜头前提过她和陈鲟的感情。她故意和他撇清关系划清界限，好像要把所有的事都揽在自己身上。

陈鲟看到苏新七坐在采访室里，身上还穿着傍晚见他时的衣服。他想兴许他离开后她就直接去了广播大楼，她根本没听进他的话。

"这个视频才发布出来就上了头条，现在网上的舆论风向已经变了，证据确凿，你的事情已经得到澄清，倒是她……"周尧看了眼脸色难看的陈鲟，欲言又止。

陈鲟自己亲身经历过，又怎么会不清楚她现在的处境，甚至她会面临比他更猛烈的抨击和辱骂。

"借你手机打个电话。"

陈鲟说完,熟练地按了一个号码。这个号码他记了好几年,早已滚瓜烂熟。

几秒后,手机机械地提醒他,对方已关机。

他脸色微沉,把手机还回去,转身就走。

周尧在他身后喊:"老沈在开会呢。"

陈鲟径直往会议室去。几个教练和泳协的人正在开会,他门也不敲,直接推门而入,里头一众领导纷纷看向他。

"陈鲟,你干吗呢?"泳协的人问。

老沈看他表情就知道事情瞒不住了。他站起身,和与会的人打了个招呼,示意陈鲟跟他出去。

到了走廊无人处,老沈转过身,看着陈鲟问:"知道了?"

"你傍晚是故意让我去见她的?为了刺激她,让她站出来替我澄清?"陈鲟脸色难看,语气不善。

老沈脸一沉,愠怒道:"我是这样的人?"

陈鲟看了眼老沈,今天因为他的事,老沈没少操心,从早上到现在还没休息过。他自知冲动了,绷着脸不自在地道了声歉。

老沈知道他心急,也不责怪,叹口气说:"晚上你师母给我打电话了,说苏新七找她做采访。其实我早就猜到她会选择站出来替你澄清事实,五年前她就是这么做的,所以我才想着让你去见她一面。我知道你心疼她,说不定还能劝住她。"

"五年前的采访,到底是怎么回事?"陈鲟沉声问。

事情发展至今,也没有再隐瞒的必要,老沈摇了下头,缓缓道来:"五年前你在沙岛出了事,当时队里决策层保守派比较多,经过讨论都觉得你不再适合回到游泳队。你是个好苗子,我向队里争取了几次,都没成功。那时候你也没了斗志,不听劝,后来又出了国,我其实都已经准备放弃了,是小姑娘找到了我,说想给你争取到归队的机会,希望我能帮她一把。

"我带她去见了当时省队的领导,队里的领导担心你自身争议大,让你回来对游泳队影响不好。她一个小姑娘,即使主动承担错误,但是人微言轻,哪有什么能力扭转局面。后来她就想做个专访向公众进行澄清,你师母也是心疼你,就答应帮忙。出镜的那些警察还有证人,全都是小姑娘一个个去找去求的。你那个时候什么名气都没有,很多人嫌麻烦,怕惹事,一开始压根儿就不愿意出面,是她不厌其烦,一次又一次去找人家,这才有了五年前的采访视频。

"我告诉过她,即使替你争取到了机会,你也不一定会回来。但是她一点也不气馁,就只是说想让你有选择的机会,而不是被迫放弃游泳。"

老沈看陈姆面色越来越凝重,歇了口气接着说:"采访视频完成后,本来是要直接发出来的,当时已经是八月,你师母担心事情一旦曝光,会对小姑娘的生活、学业产生影响,就和我商量了下,想找个两全的办法。

"我就拿着这个视频再次去找了游泳队领导,好说歹说,最后还立下了'军令状',承诺不把你带出成绩就不当教练了。领导可能也是考虑到采访视频一旦放出,游泳队反而会落下一个不辨是非,也就同意给你一个机会。"

陈姆一颗心沉甸甸的,哑着声问:"你怎么没和我提过?"

老沈无奈地叹息道:"视频没发出来,小姑娘觉得自己没帮上忙,还说如果你知道有她参与就更不愿意回国,所以……"

话到最后又是一声叹息。

陈姆心情复杂,老沈的话如同一片阴霾覆在他的心头。

当年他出国,颓唐了好长一段时间。老沈告诉他可以归队时他还不屑一顾,接连拒绝几次。现在他才知道这个机会是苏新七低声下气换来的,心里不免堵得慌。

他身形一动,欲离开,老沈喊住他:"去哪儿啊?"

"找她。"陈姆偏过头说,"你就当我违规吧,停训还是离队都行。"

"你先给我站住。"老沈训了句,"这么大人了,怎么还这么叛逆?"

他从兜里掏出一个手机递过去,"不拿手机怎么联系人?"

陈姆愣怔。

老沈说:"刚才开会我就提了,让你休息一段时间调整状态,过段时间再归队训练。你去吧,剩下的事我来处理。"

陈鲟接过手机,欲言又止,最后别扭道:"谢了……师父。"

老沈拍了下他的肩,语重心长地说:"人生很短的,别和自己过不去,该珍惜的好好珍惜。"

陈鲟朝老沈微微颔首,转身离开。

他驾车离开基地后直接去了滨海区。苏新七的手机一直处于关机状态,他联系不上她,也不知道她身边人的联系方式。车到了她居住的小区外,他才后知后觉地想到他连她住在几栋几楼都不知道。

他对她的了解竟然浅薄至此。

陈鲟坐在车上,烦躁地拍了下方向盘。他想到重逢至今自己对她的态度,更是懊悔不已。

他去网上搜了下她律所的电话,正要拨过去,余光瞥到小区外有记者在守着。他脸色一沉,似是风雨欲来。

陈鲟解开安全带下车,朝着那群记者走过去。

"是陈鲟。"

有记者看见他,招呼了声。不一会儿,一群记者就架着长枪短炮围了上来,闪光灯在夜幕中像反着光的匕首。

"网上的澄清视频你事先知情吗?"

"当年的事真的像网上说的那样吗?苏新七陷害你,你没打算起诉吗?"

"可以问下你为什么会出现在这儿吗?是打算私下协商吗?"

"……"

记者们炮轰似的提问,陈鲟眼神冷峭,面无表情地扫视了他们一眼,不客气地说:"你们扰民了,我已经报警,趁警察还没来,赶紧走。"

此话一出,在场的记者们都不约而同地噤了声,愣住了。

"五年前的事我不怕你们查,你们要有本事就去调查,最好能把真正的凶手挖出来。我和苏新七的事你们少管,她不是公众人物,以后不要打扰她。"

"可是她当年冤枉了你，你不记恨吗？"有个男记者问。

陈鲟看他一眼："你有女朋友吗？没闹过矛盾？你记恨吗？"

男记者干咽了下口水，其余记者一阵哗然。

陈鲟面色不善，挡开眼前的摄像机，穿过那群记者往小区里走。有个记者反应过来，追了上去，举着话筒似是要一个确切的答案："请问你和苏新七是什么关系？"

陈鲟停下脚步，侧过头，嘴角微微上扬，似是漫不经心地说着玩笑话："她是我的公主。"

夜幕沉沉，海面黑黢黢的如深渊巨口，渔船在海上颠簸着，像是随时都会被吞入腹中。

苏父开船到了大屿，接上苏新七后就驶回沙岛。他什么也没问，就好像这只是个寻常夜晚，父亲接女儿回家并不是什么稀奇事。

苏新七觉得胸口闷，站在甲板上吹着海风。十五一过，月亮今晚已成一个弯钩，斜坠在天幕上，几颗星星忽闪着缀在周围。

她的手机没电了，直接关了机，本想借父亲的手机给陈鲟打个电话，又想到他今晚说过最近不能和外界联系便作罢。

海风料峭，苏新七拿手腕上的护腕把头发束起来。她走得匆忙，除了一些换洗衣物，她就带了陈鲟送她的物品以及祉舟的日记本。

"小七，外面冷，去船舱里休息下，别感冒了。"苏父喊她。

苏新七应了声，扶着船舷深吸一口气，缓缓地把胸中的郁气吐出，转身去船舱里陪着父亲。

从大屿到沙岛近两个小时的航程，苏新七迷迷糊糊睡了一觉，还做了个光怪陆离的梦。她睡得不是很踏实，醒来时发现身上盖着一层薄毯。

"醒啦？"苏父掌着舵，回头看她。

苏新七点头，往舷窗外看去。

"码头快到了。"

苏新七站起身，放眼望去。沙岛的轮廓已经清晰，万家灯火明亮，微光汇集成灯海，破开夜幕，在无垠的海洋中给人一种温暖的归属感。

船靠了岸，苏父放下梯子，苏新七下了船。码头上母亲、小姨、小姨夫、二叔他们都在。

苏母见到女儿立刻迎上去，握住她的手焐了焐，嗔怪道："手怎么这么凉？晚上海风大，怎么不知道多穿点？"

苏新七笑了笑，回握住她的手说："不冷的。"

"人回来了就好，回家好好睡一觉，明早起来让你妈妈给你煮碗海鲜面。"苏新七小姨爽朗一笑，"没什么事是一碗海鲜面不能解决的，如果不能……"

苏新七笑着接道："那就两碗。"

"时间晚了，先回去休息吧。明天来渔排，二叔给你做一桌好吃的。"

苏新七小姨"啧"了声，抚了下凸起来的孕肚不客气道："你叔是想让你去打下手呢，还是来海崖吧，小姨给你露两手。"

苏二叔伸出手指朝苏新七小姨点了两下，对着苏新七说："你小姨这才是有私心，想让你去旅馆给小螃蟹辅导功课呢。小螃蟹那功课……你还是来渔排吧。"

"行了。"苏母瞪了他俩一眼，挽着苏新七，"我女儿哪儿也不去，就在家里陪我。"

苏新七看大人们斗嘴，一时忍俊不禁。她心里暖暖的，不安感顿时一扫而空，好像在家人面前，她依然可以做个无忧无虑的小女孩，天塌下来也有他们帮忙撑着。

苏父下船后，苏新七和苏新七小姨他们道了别，一手挽着父亲，一手挽着母亲，踏着月色，伴着海浪声，一路闲谈着往家走。

苏父说些最近出海捕鱼的趣事，苏母则把岛上的新鲜事说给苏新七听，他们都十分默契地没有询问今晚发生的事，一点也没露出担忧的情绪，仿佛网上的讨伐辱骂不过是不值得上心的小事。

回到家，苏父帮苏新七把行李提上楼。苏母问："饿了吗？我给你煮

461

碗面?"

苏新七今天一天都没吃什么东西,她没什么胃口,又不想母亲担心,就说:"我回来前吃了,现在不饿。"

她指了指楼上:"我上楼了。"

苏母点头:"早点休息。"

晚上吹了海风,身上沾上了咸腥味,苏新七去冲了个澡。从浴室出来,她口渴,下楼正要去厨房倒杯水,忽听客厅里传来哽咽声。她愣了下,忍不住侧耳去听。

客厅里,苏母揩着泪说:"你说他们怎么能这样骂人呢,这么难听,还诅咒人,多恶毒啊!小七不是道歉了吗?"

苏父叹口气:"我就说你别去看网上的东西,这不是给自己添堵吗?"

"我忍不住啊,我好好的宝贝女儿给人这样骂。"

苏父也是气不过,赌气道:"也就是隔着网线,不然我不把那些人狠狠修理一顿。"

他拍了拍苏母的背,安抚道:"好啦,别哭了,让小七看见,她心里又该不好受了。"

"我知道。"苏母擦干泪,"今天晚上我都没敢问她,我看她也是怕我们担心,装作没事的样子,看得我心里难受。"

"好了,别想了,早点睡吧,明天带她去散散心。"

"她的手机你收了吗?"

"收了,笔记本电脑也拿出来了。"

"那就好,这几天就别让她上网了。"

苏新七听到这儿鼻尖一酸,眼圈立刻就红了。她咬着唇,听到他们往楼梯这边走,立刻转身悄悄地上了楼,回了房间。

晚上,苏新七翻来覆去地睡不着觉,脑中思绪万千,剪不断理还乱。这种感觉就好像回到了五年前,陈鲟离开后,她每晚都辗转难眠,失眠了很长一段时间。

以前失眠好歹还能玩玩手机,今晚手机、电脑都被没收了,她没法上网,因此也不知道今晚因为陈鸣的一句话，她再次上了头条。

实在酝酿不出睡意，苏新七起身从行李箱里拿出一个小盒子，从里面拿出一个紫色海螺，重新躺回床上。她握着海螺闭上眼，这才感到些许安心。

这一晚苏新七睡得不是很安稳，噩梦不断。早上天还未亮透，她就被船鸣声惊醒，醒来时枕巾上都是汗。她坐起身，这才发现昨晚窗户没关。

她把手上握着的海螺放在枕头下，掀被下床。洗漱完出来，她换了衣服下楼，见母亲已经在厨房忙活了，便走过去站在母亲背后往灶台看了眼，吸吸鼻子嗅了嗅说："好香。"

苏母回头："饿了吧？再等等，马上就好了。"

"嗯。"

苏新七离开厨房，见父亲在门外整理渔网，她走过去搭了把手。

苏父抬头看她："怎么这么早就起来了，不多睡会儿？"

苏新七没说自己没睡好，只是笑着回道："肚子饿了，想吃妈妈做的饭。"

"馋了吧。"

苏新七笑着点头。

她在家陪父母吃完早饭，苏母有意陪她到处走走散散心。苏新七不想母亲在她面前强颜欢笑，硬装作无事发生一样，就说自己许久没骑过自行车，想骑车绕岛吹吹风。

苏母听她这么说，就没坚持陪她，怕显得刻意。

清晨海风微凉，朝曦才堪堪升起，如同一颗饱满流黄的咸蛋黄一样，把海面染成橘黄色。几艘渔船赶早出海，远远看去仿佛航向太阳。

苏新七骑上自行车，朝着岛心的方向去。经过码头时，她侧过头看了眼。开渔期的码头一天到晚都很热闹，尤其是近两年，外地人慕名而来，大早上的鱼贩子都忙活开了。有些船才卸下海货，都还没运到鱼市上就销售一空。

苏新七收回眼，往远处眺望，忽然瞥到一艘游艇朝着沙岛缓缓驶来。游艇轮廓熟悉，她怔了下，一个急刹，单脚撑地，眼睛盯着那艘游艇一动不动，一脸的不可置信。

游艇往轮渡码头驶去，苏新七忙蹬着车追过去。游艇的甲板上站着一个人,背着光她只能看到一抹黑色的剪影。尽管如此,她还是认出了他。

游艇靠岸,苏新七连自行车都没来得及停好,径直跑向码头出口。

陈鲟从码头出来,转身看到苏新七时站住脚,定定地望向她。

苏新七在离他几米远的地方迟疑地停下了前进的步伐,她双手不安地扯了下长裙的裙摆,她摸不清陈鲟今天突然回沙岛的目的。

五年前他们在此分离,五年后他是来做了断的吗?

陈鲟看着她,像是察觉到了她的不安,心头一动,主动展开双手,扬起唇冲她一笑,说:"愣着干吗?"

苏新七听他这么说,眼眶瞬间就红了。她不再犹豫,奔向他扑进他怀里。

陈鲟回抱住她,摸了摸她的脑袋:"让我好找。"

苏新七控制住自己的情绪,深吸一口气,在他怀中抬起头看他:"你怎么来了?"

"想见你就来了。"陈鲟说得很干脆。

苏新七心口微烫,环抱着他,满眼泪光:"你知道了?"

"嗯。"陈鲟低头,"你可真会给我搞事情。"

苏新七观察他的表情,似乎没生气的迹象。她还是不放心,解释道:"事情本来就是因我而起,我要负责的。五年前我知道你是想回游泳队的,所以想替你争取一个机会。这次也是,你明明什么错都没有……"

苏新七的声音越来越小,陈鲟始终缄默着,她抿了下唇,心里忐忑,试探地问道:"你是不是生气了?"

陈鲟刚知道专访的事时的确气闷,他气她自作主张把自己推上风口浪尖,更气自己没保护好她。

昨晚他找了她一晚上,提心吊胆了一夜。其间他想了很多,五年前和五年后她都已经做好为他豁出一切的准备,或许她是因为自责愧疚想赎罪,但无论如何,他都不在意了。

他没办法再骗自己说这段感情只是个消遣,而所谓的整理感情一开始就是虚伪的借口,他就是对她念念不忘。

此刻他也不忍去苛责,只轻轻弹了下她的脑门:"仅此一回。"

苏新七敏锐地感觉到陈鲟有些不一样，似乎那个熟悉的人回来了。

他们相拥着，就在这时，苏新七听到有人喊她："七公主？"

陈鲟和苏新七松开彼此，一起回过头。吴锋宇骑着机车一个急刹，看到陈鲟时一脸不可思议，上上下下打量了好几眼，惊喜道："鲟哥！"

吴锋宇发福了，但陈鲟还是认出来了。

吴锋宇屁颠屁颠地跑过来，脸上难掩喜悦："真是你啊，你回来啦。"

"我还以为这辈子都见不着你了，你这几年的比赛我都有看，就你奥运会夺冠那场我都是蹲的直播。你上领奖台的时候可太帅了，我还和我几个朋友说你是我大哥呢。还有今年的世锦赛，最后那几秒的反超，太酷了，我——"

吴锋宇絮絮叨叨地说了一大堆，陈鲟受不了他的聒噪，直接伸出一只手，挑了下眉，递了一个眼神给他。

吴锋宇愣了下，转头看了眼苏新七，立即了然，迅速把手上的机车钥匙递过去，一如从前。

"我还以为你和七公主……果然，你一点都没变，问世间情为何物啊？"

陈鲟接过钥匙，也不跟他废话，拉起苏新七的手就走。

苏新七跟着他："去哪儿？"

"吃早饭。"陈鲟回头，"你吃了？"

苏新七立刻摇头。

陈鲟看穿她，勾了勾唇，谑笑着说："吃了也陪我再吃一点。"

陈鲟跨坐上车，插上钥匙，握着车把手找了找手感。苏新七扶着他坐上后座，自然地搂住他的腰，把脑袋靠在他后背上。

"鲟哥，有空来我家啊，我介绍我老婆给你认识啊——"吴锋宇挥手喊道。

"好。"

晨光熹微，太阳已经开始绽开光芒，海风挟着咸腥味扑面而来，不冷不热，令人心旷神怡。

陈鲟有几年没骑过机车了，他缓速骑了段距离，找到感觉后才提速。

他沿着环海路往前骑,上回他陪王叔来沙岛也只是在码头逗留了小半天,买了海货后就离开了,认真说起来不算进了岛。

今天回来,他骑着车,看着周边的景色,恍惚间觉得自己从未离开过。虽然岛上有些地方变了,但感觉还是熟悉的,连气味都没变,最主要的是身后人没变。五年前离岛时,他以为自己这辈子都不会再来这个地方,也以为自己和苏新七再不会有任何瓜葛,但兜兜转转,他又回来了,身边人还是她。

迎面的风把苏新七的头发扬起,她搂着陈鲟,不知是不是阳光的缘故,她周身涌动着暖意,连心里都是热乎的。她抬头看着陈鲟的背影,眼底泛起潮意。

此刻时光倒流,他们好像回到了五年前,那时候他就是这样载着她,迎着海风,沐浴着阳光,走遍了岛上各个角落。

这样的场景无数次出现在她的梦境中,她也经历过无数次的梦碎。好梦留人殢,这回她终于不需要醒来。

苏新七搂紧陈鲟,侧过脑袋倚着他的后背,嘴角噙着淡淡的浅笑,似是在享受无人知晓的幸福。

第十四章
再回沙岛

陈姆载着苏新七去了海港,他凭着记忆找到了那家鱼丸店,把车停在了门外。

苏新七跳下车,同陈姆一起进了店。早上这个点店里人还挺多,今天周六,学生少了,来吃饭的基本上都是船上的工夫。

"徐奶奶。"苏新七进门先招呼了声。

陈姆找了张空桌坐下,目光四下睃了一圈。这家店重新装修了一番,桌椅都换了,还安装了空调。

"是小七啊。"徐奶奶从厨房里走出来,看见苏新七立刻绽开笑颜,慈爱地说道,"周末回岛啊。"

苏新七没多解释,点了点头说:"奶奶,我们来吃早饭。"

徐奶奶这才转头看向陈姆,笑着说:"哎哟,带男朋友回来啦。"

她眯起眼睛打量陈姆,陈姆抬头和她对上眼。老人家仔细想了想,忽然有些惊喜地看向苏新七:"还是以前那个小伙,对吧?"

苏新七噙着笑点了点头。

徐奶奶回过头,一脸慈祥,眉眼带笑:"没怎么变,脸蛋还是漂亮的。"

苏新七忍俊不禁,给陈姆解释:"奶奶说你长得帅。"

陈鲟挑了下眉。

苏新七指了指桌上贴着的菜单："你看看想吃什么？"

陈鲟扫了眼菜单，随意点了一样，"锅边糊。"

他抬眼，苏新七想了下对徐奶奶说："奶奶，两份锅边糊，一份不加香菜。"

徐奶奶点点头，看着陈鲟指了指自己的脑袋，用不太标准的普通话说："不吃香菜，奶奶记得的。"

徐奶奶："等着啊，奶奶给你们做去。"

徐奶奶进了厨房，没一会儿又走出来，拿了两个土笋冻放在苏新七和陈鲟桌上，热情道："奶奶送的，吃吧。"

她说完就进了厨房。

苏新七记得陈鲟不爱吃土笋冻，遂开口道："你不吃土笋冻，两个我都吃了吧。"

"不用。"陈鲟拿过一个碗，在桌上的餐具盒里拿出两个勺子，递给苏新七一个。

苏新七接过，看着他说："你以前不是嫌里面是虫子，不吃的吗？"

陈鲟扠了一块土笋冻直接放进嘴里，嚼了两下就咽下去。

"你不是说这玩意儿蛋白质多，我补补。"

苏新七似是这才记起他运动员的身份，忽然回到现实，一时紧张起来："你今天怎么会有时间来岛上？不用训练吗？"

"停训了。"

陈鲟说得淡然，苏新七却是一副如临大敌的模样。她身体微微前倾，语气稍稍急促："事情不是澄清了吗？为什么还要停训，是不是影响还没完全消除？要不要我再——"

陈鲟直接舀了一勺土笋冻塞进苏新七喋喋不休的嘴里："就是休息一段时间而已。"

"真的？"苏新七言语含糊。

"嗯。"

苏新七把食物咽下，又问："什么时候回去？"

"不急。"陈姆见苏新七还是一脸忧心忡忡，仿佛他在骗她一样，他放下勺子，和她解释清楚，"老沈让我休息一段时间，调整下状态再回去。冬训的训练任务本来就比较轻松，明年夏训才是重点。"

苏新七闻言，这才放下心来。

徐奶奶很快就端上了两碗锅边糊，苏新七把没有香菜的那碗推到陈姆那儿，笑着调侃了句："你虫子都愿意吃了，怎么还不吃香菜？"

"受不了那个味道。"陈姆拿勺搅了下汤水，抬眼见苏新七一直盯着他看，忍不住道，"看我干什么？"

"觉得不真实。"苏新七实话实说，"我还以为，以后都不会有机会再和你一起来了。"

她这话说得迂回，不敢直接问他是不是已经不介意以前的事了，是不是接受她的道歉了。

五年的分离造成的情感缺失是真实存在的，他们没办法短时间内就将缺口弥合填补。

陈姆沉默了片刻，示意她："吃饭，以后有的是机会。"

这句话不是承诺却胜似承诺，苏新七莞尔，覆在心头的阴翳散去，心情豁然开朗。

岛上现在和外界的联系很密切，网络也很发达，像陈姆这样的名人，就算不关注体育新闻的人，只要会上网基本都认识他。何况昨天的事闹那么大，苏新七都出了名，更遑论陈姆。

吃饭的时候，苏新七就注意到店里有几桌客人时不时自以为隐秘地往他们这儿看，还叽叽喳喳地私下讨论。

苏新七低声说："他们认出你了。"

"没关系。"陈姆很淡定，看了眼她的碗，"吃不下了？"

苏新七早上为了不让父母担心，吃得比平时多，她点了下头："饱了。"

陈姆自然地拿过她的碗，把剩下的半碗锅边糊吃了。他扫码付了钱，起身说:"走吧。"

他说完径自走到一张桌子前,对着一个年轻女人面无表情地说:"照片请不要发到网上去。"

那女人被陈鲟的气势唬住了,心虚地点了点头。

从店里出来,陈鲟坐上机车,把脚撑一踢,看着苏新七问:"接下来去哪里?"

苏新七想了下问:"你想不想去海上看看?"

"渔排?"陈鲟没有异议,"走吧。"

苏新七坐上后座,陈鲟启动车子,载着她往旧码头的方向去。他们搭的岛民的小渔船,经过石头岛的时候,陈鲟留意了下,忽又想起五年前端午节的那个晚上。

"晚上我们可以来看夜景。"苏新七说。

陈鲟点了下头,把心头那个疙瘩抚平。既然决定要往前走,他就不打算再执着于从前的缺憾了。

船绕过石头岛,陈鲟抬眼就看到了一大片渔排。比起五年前,现在的渔排规模更大了。房子虽然还是铁皮搭建的,但看上去更精致了,房前还搭起了遮阳的凉棚。等船近了他才发现,渔排上不仅有餐厅,还有民宿和小卖铺,吃住行在渔排上都能被满足。

船靠上渔排,陈鲟先从船上下来,伸手拉了把苏新七。

"二叔。"苏新七喊了声。

"欸,这儿呢。"二叔从厨房里走出来,身上围着围裙,手上还拿着一条鱼,"你还是来二叔这儿了——"

他抬头看到陈鲟时消了声,片刻后才似回过神般,看向苏新七。

苏新七冲他眨了下眼。二叔立刻了然,尽管心里有些别的想法,但嘴上什么都没问,爽快地笑了。他上下打量了眼陈鲟,熟稔道:"好小子,几年不见,个子高了,壮实了,还成世界冠军了。"

他又问:"早上吃饭了吗?"

陈鲟应道:"吃了。"

"中午这顿在叔这儿吃。"二叔问,"你现在能喝酒吗?"

"不行。"苏新七抢在陈鲟回答前出声,脸色肃然,提防地看着自家二叔,"他不能喝白酒。"

"这样啊。"苏二叔有些遗憾。

陈鲟一笑,说:"啤酒可以。"

"那就说好了。"苏二叔爽然大笑,"中午我们边喝边聊。周末游客多,我先备菜去了,你们到处逛逛。"

陈鲟颔首,察觉到苏新七的目光,他侧过头说:"偶尔喝点没关系。"

"二叔是酒瓮子,喝起来没完的。"

陈鲟觉得她比自己都还谨记运动员的饮食准则,不以为意道:"不是还有你在?"

苏新七想想也是,有她盯着,谅二叔也不敢太过分。

太阳已跃出海平线,开始发威,气温渐渐攀升,但在海上还不至于太热。这几年沙岛大力发展旅游业,渔排越扩越大,很多岛民都在渔排上开起了小店,卖什么的都有,甚至还有小型影院,整个渔排连片成区,自成一个景点。

上午渔排还比较冷清,苏新七带着陈鲟在各处逛了逛。再次回到二叔的餐厅时,她隔着段距离就看到苏新漾冲她招手。

"姐。"苏新漾大声喊。

"你二叔的女儿?"陈鲟隐约记得苏新七以前提过。

"嗯,新漾。"

苏新漾等不及他们走近,主动迎过去。她先是好奇地看了眼陈鲟,然后挽着苏新七的手说:"姐,你手机怎么一直关机?我昨天晚上想联系你来着,没打通电话。后来问了我爸才知道你回岛了,所以我一大早就搭了轮渡回来。你没事吧?"

苏新漾年纪小,她的关心热烈又直接。苏新七摇了摇头:"没事。"

"噢。"苏新漾瞄了眼陈鲟,忽然说,"我爸刚找你来着,可能是忙不过来,想让你去厨房帮忙。"

苏新七迟疑了下,陈鲟在一旁说:"你去吧。"

苏新七看向苏新漾,苏新漾眼珠子一转说:"姐你知道的,我不会做饭,我在外面收拾桌子,不会偷懒的。"

苏新七笑了下,对陈鲟说:"我去厨房看看。"

"嗯。"

苏新七走后,陈鲟正打算去悬挂网箱的地方看看鱼,才转身就听苏新漾说:"我知道你。"

陈鲟看她一眼,心下毫无波澜,这话他听多了。

"你之前是不是一直在澳大利亚训练?"

陈鲟点头。

"我姐读大学的时候每年拿了奖学金就飞澳大利亚,还瞒着家里人。"

陈鲟怔了下:"那你怎么知道?"

苏新漾往厨房方向瞧了眼,压低声说:"我不小心看到了她攒的机票。一开始我还纳闷呢,为什么她就去一个地方?后来有次我爸喝醉酒了,把你们的事和我说了,我才知道她是去找你的。

"伯伯、伯母很疼她,按理说她不缺钱的,但大学的时候她还是做了很多兼职。那时候我周末去找她,她都腾不出时间和我吃个饭,平时也是,为了拿奖学金学业也不敢荒废,学院里有什么活动她都去参加。

"我那时候都不知道她为什么这么拼,现在想想,应该是攒钱去看你吧。"

苏新漾觑了眼陈鲟,眼珠骨碌碌一转,问:"你看见过她吗?"

陈鲟刚想说没有,但脑海中迅速闪过一些画面,那些曾经他以为是错觉的记忆现在回想起来居然如此真实。有几个时刻,他感觉苏新七就在身边,甚至好几次看到了她的身影,但追过去却是什么都没见着。他以为自己是思念过度认错人了,现在想来,那真的是她。

陈鲟的心底涌起万般的情绪,震惊、愤怒、懊恼、后悔……他说不清到底哪种情绪占了上风,只知道自己的心情极其微妙,这一刻他比任何时候都想见到她。

"姐夫……"苏新漾喊得很顺口,眨眨眼,与陈鉧打着商量,"我姐不知道我偷看了她的机票,你别出卖我啊。"

这时苏新七从厨房里出来,手上拎着一个大箱子。苏新漾见机冲陈鉧使了个眼色,脚底抹油溜之大吉。

"欸,小漾,跑什么?"苏新七朝陈鉧走去。她见陈鉧神色有异,以为苏新漾因为昨天的事对陈鉧有气,替她出头了。

"是不是小漾说了什么不礼貌的话?"苏新七蹙了下眉说,"她性子直,要是她说了什么你别放心上,我会好好和她解释的。"

陈鉧看着她,神色复杂,片刻后才按捺下情绪,平静地说了句:"她没说什么。"

他低头看了眼她手上的箱子:"这是什么?"

"噢,坏了的电饭煲,二叔嫌它碍事,想让我回岛的时候拿去海堤放着。"苏新七看着他说,"今天周末,中午渔排上人会很多,我觉得我们还是别在这儿吃饭了。二叔到时候也不一定顾得上我们,不如我们现在回岛,下次再来吃饭?"

陈鉧没有意见:"听你的。"

苏新七遂折回厨房,二叔虽然有话要和陈鉧聊聊,但考虑到各方面原因,也只能另觅时间了。

他们搭乘养殖户的渔船回岛,途中苏新七发觉陈鉧异常沉默,她心里惴惴不安,怕苏新漾口不择言,更怕他触景生情,回忆起不好的往事,败坏了心情。

上了岛,陈鉧载着苏新七去海堤,和来时不同,这回他提高了车速。

绕过吴锋宇家的修船厂,没多久海堤尽头就到了。堤上那个小房子还伫立着,高高在上地睥睨着不断冲堤的海浪。

陈鉧停好车,苏新七抱着箱子跳下来。她先行爬上楼梯,拿二叔给的钥匙开了门。进门才把箱子放下,忽听背后传来关门声,她转过身,还没反应过来就被陈鉧一把抱住。

他边吻边把她往墙边推,她的背撞上墙时忍不住闷哼了声。苏新七抬

473

头看他的表情,本能地想躲,却避无可避,只能无助地喊他名字:"陈姆。"

陈姆微微起身,附在她耳边说:"我在悉尼看见过你。"

苏新七一怔,眼神蓦地清醒了。

陈姆盯着她,缓声问:"你是不是去澳大利亚找过我?"

苏新七咬着唇没回答,陈姆却已经知道了答案。

她浑身绷紧,就像被戳破秘密的小孩,眼神无措且慌张。

"苏新七,你爱惨我了。"陈姆看着她的双眼,望进她心里。

重逢的这段时间,她对他小心且殷勤,大胆又怯懦。她说她愿意做爱得更多的那个,他一直以为她是错把愧疚当爱了,他以为她为他做的一切只是为了赎罪,原来她是真的很爱他。

她瞒着他做了那么多,他忍不住去想,如果当年他知道专访的事,或许他们不会分开那么久。

她让他这几年所谓的尊严、理智都变得可笑。

陈姆埋首在她的颈侧,泄愤似的说:"为什么不直接来找我?"他的语气甚至有些委屈。

苏新七红了眼,忍不住抱紧他,带着鼻音说:"我那时候以为你永远都不想见到我了。"

阴错阳差又好似冥冥之中他们的缘分未尽,这一刻陈姆无比庆幸自己回了国,庆幸自己找回了她。

过往那些纠葛在这一瞬全都化解,他彻底释然,没有不甘心,没有意难平,其实放下也不过是一念间的事。

他们相望着,而后又拥在一起,好像要把这几年错过的弥补回来。

窗外,阳光正灿烂,远处渔船几点,天海正蓝。

海浪一下一下,有节奏地拍击着海堤,析出白色的泡沫浪花,一缕阳光从窗外斜照进室内,在地上投射出两个紧紧依偎着的身影。

陈姆微微起身,垂下眼,抬手把她的长发勾到耳后,又亲昵地摸了下她的脸。

"去了几次澳大利亚?"陈姆轻轻抚了下她的眼角,指腹沾上了些许湿意。

苏新七眨了下眼，知道瞒不住了，略微迟疑了下才说："从你出国那年开始，我每年寒假都会去澳大利亚。"

"老沈知道？"

苏新七摇头说："没人知道。"

陈鲟想，要不是苏新漾看到了她攒的机票，这件事她怕是会永远藏在心里。

他勾唇笑了下说："难怪一到夏天我就觉得有人跟踪，我还以为是被对手盯上了，原来是你。"

他捏了下她的耳垂，话里有怨气："在情人港，我就应该把你抓住。"

苏新七闻言心口一跳，好似他这话的意思是如果当时在澳大利亚，她只要出现在他面前，他们的感情或许能在更早的时候弥合。

想到这个可能，苏新七心里难免有些遗憾，但又说不上后悔。毕竟当年的她并没有足够的勇气在异国他乡直接走到他面前请求原谅，也没有把握能和他重新开始，她需要做好准备，更需要一个契机，而陈鲟归国就是她勇气爆发的契机。

苏新七从陈鲟怀里抬起头，看着他问："你想游泳吗？"

"想下海？"陈鲟低下头，抬手擦了下她额际的薄汗，一眼就看穿了她的想法。

"嗯。"苏新七说，"最近几次回来都比较匆忙，我都好久没下过海了。"

陈鲟看着窗外的这片海也有些蠢蠢欲动，他说："大浴场和情人礁人应该挺多的，我们去野沙滩。"

苏新七点点头。

陈鲟拍了下她的肩："走吧。"

他们离开海堤，找了个位置偏僻的小沙滩，把车停在路边。这个沙滩比不上大浴场大，沙砾也比较粗糙，海滩两侧的矮礁时而被海水淹没，时而又露出海面，海浪一波接一波地涌向海岸，激起水雾，人在岸上站着格外凉爽。

陈姆动作利索，脱了衣裤直接往海里走。他扑进水里游了一段，踩着水回过身。苏新七走到海水及腰处，往前一跃，追了过去。

陈姆仰着游了会儿，见她快要追上来，转过身，又快速地往前游了一段。

苏新七知道他有意捉弄，就如端午祭游岛那晚一样，她会心一笑，非但不恼，反而觉得格外欣喜，好像他又变成了当年那个少年，有些幼稚，有些恶劣，却让她异常心动。

她深吸一口气，划动双臂奋力朝他追去。

海浪澎湃，粼粼的波光滑笏不定，炽热的阳光洒在海上，减了九成威力，海水清凉，夏天的海洋是最好的消暑去处。

苏新七用尽全力游了一大段距离，再次冒出海面时，目力所及之处已没有陈姆的身影，她四下张望，倒不是很慌张。

她凫着水，静静地等待着，没多久就感受到有人贴着自己游过来。她微微抬头，阳光刺眼，她眯了下眼就看到陈姆冒出海面。

这场景似曾相识，苏新七刹那间忆起了他们在海中初遇的场景，戏剧又奇妙，她忍不住嘴角上扬，笑着笑着眼眶一红，眼泪摇摇欲坠。

陈姆见她不太对劲，忙游过去，凑到她跟前端详，见她一副想哭又极力克制的模样，立马慌了。

"怎么了？"

陈姆以为她真觉得他出事了，暗骂自己一声，正要安抚她，还没开口就听她哽咽着说："陈姆，我真的好想你。"

她没头没尾地突然告白，陈姆却立刻明白她因何有感，不由得心头一悸。

他看着她的眼眸越发深情："我知道了。"

苏新七情绪起伏一大，呼吸就不太顺畅。陈姆半托着她往回游，到了脚能踩到海底的地方，他立刻站定，抱着她上岸，找了块平整的矮礁石把人放上面。他俯身看着她，见她脸色酡红，双眼清亮亮的，忍不住凑过去亲了下她的眼睛。

他们并肩坐在礁石上，吹着海风，晒着太阳，等回过劲了才从石上下来，牵着手沿着海滩漫步。

沙滩上有很多小沙球，苏新七说："好久没抓沙蟹了。"

"拿一块肉诱捕？"

苏新七点头："沙蟹比较笨，石蟹稍微聪明点，但是用青口贝也能把它们诱出来，青蟹机灵，会钳人……还记得吗？你被钳过的。"

"记得。"陈鲟看向她，微微挑眉。

他们都回想起了那天的场景。陈鲟看着她，眼眸带笑："说实话，你那天出来见我是不是已经做好答应做我女朋友的心理准备了。"

苏新七眼神飘忽了下，顾左右而言他："我就是想谢谢你，那天晚上在海堤上陪我。"

"就这样？"

"嗯。"

现在的苏新七可以承认自己很爱很爱他，但她不能泄露少女苏新七的秘密。

"口是心非。"陈鲟面色得意。

"我没有。"苏新七微恼，她承认自己那天有所期待，但她确定自己并没有显露出来。

"你有。"

"我没有。"

"你有。"

"我没有。"

"你没有。"

"我——"一个"有"字呼之欲出，苏新七立刻反应过来，噤了声，忍不住瞪他一眼，"幼稚。"

久违的嗔怪，陈鲟像是被打通了任督二脉，浑身舒服。他按着苏新七的脑袋，低头凑过去狠狠地亲了一口，爽快道："行，你没有，是我被你迷住了。"

陈鲟这话说得好像是他大度不愿意戳穿她。苏新七憋着一口气，上不上下不下的，继续和他争辩会显得她也很幼稚，不辩就是默认了，怎么着她都是亏的。

他们又在沙滩上闹了会儿,身上的衣服都沾了一层沙。苏新七抖搂着裙摆,嗔怪道:"衣服脏了。"

陈姆帮她把头发、脸侧、颈侧的细沙拍掉,想了下问:"那家宾馆还在?"

苏新七立刻就知道他问的哪一家,点了下头。

"我们故地重游下?"

"好啊。下午我们还能去中学、美人山、情人礁、海港逛逛。"她说。

"嗯,傍晚还可以去红树林看夕阳。"陈姆语气淡然。

苏新七闻言身体微僵,笑容凝滞,眼底的笑意慢慢敛起,看着陈姆的眼神又带点小心翼翼。

陈姆拍了拍手上的沙子,抬眼见她神色犹疑,立刻就知道她在顾忌些什么。

有些事,不说开一辈子都过不去,陈姆看着她,一脸郑重其事地说:"你不需要讨好我,不用在我面前小心翼翼的,我们之间没什么不能谈不能提的,包括李祉舟。"

"我不喜欢看你在我面前唯唯诺诺,瞻前顾后放不开的样子。"他自嘲一笑,"我就想你像以前一样,在我面前永远明亮,永远高高在上。你之前说这回我说开始,我说结束,现在我把决定权还给你。"

陈姆望着她的双眼,眼神比天上的太阳还炙热。他顿了下,无比认真地开口问:"你的黑骑士回来了,你还要不要当我的公主?"

苏新七眨了眨眼,睫毛上沾上了湿意,心脏怦怦直跳,有什么东西似要从心口漫溢出来。

她不知道普世的幸福到底是个什么含义,但如果可以自己定义,她会将此时此刻定义为幸福。

苏新七吸了吸鼻子,在眼泪落下的那一秒扑进陈姆的怀里,放声回答:"要。"

第十五章
故地重游

从海滩上离开后,陈姆载着苏新七往岛上的娱乐区去。时间隔得久了,陈姆记不清路,还是在苏新七的指引下才七绕八绕到了那片区域。

娱乐区的房屋还是拥挤,网吧、影院甚至按摩店都还在,只是招牌换了,时尚了许多。这条路上新开了很多家店,俨然就是繁华的商业小街。

陈姆把车停在宾馆门口,拉着苏新七走进去。前台的接待是个中年妇女,他们进去时,她正嗑着瓜子看着剧,一派悠闲。

"开一间房。"陈姆说。

前台阿姨上下打量了他们一眼,见他们身上粘着沙子,放下手上攥着的瓜子,拍拍手还有些稀奇:"外地来的啊?"

陈姆敷衍地点点头,苏新七见她没认出陈姆,心里松口气。

宾馆二楼也还是老样子,地毯陈旧,人声嘈杂,各种各样的人都有。

苏新七拉着陈姆快速往前走,避开人的耳目,找到房间后迅速刷卡开门,把人拉进去,反手锁上门,像是后边有谁撵着一样。

"这么着急?"陈姆转过身看着苏新七,带着笑暧昧道。

苏新七正正经经地说:"被人看到你来这种地方不好。"

陈姆揉了下她的脑袋,轻轻拍了下她的肩:"去洗洗。"

苏新七点了下头。

洗完,苏新七给餐馆打了电话,点了几样本地菜,特意叮嘱不要加香菜。挂断电话后,她抬眼看向陈鲟:"我给我妈妈打个电话。"

"嗯。"

苏新七按了号码拨出去,没一会儿电话就通了,她开口就说:"妈妈,是我。"

"小七啊,你现在在哪儿呢?"

苏新七瞄了眼陈鲟,有点心虚:"我在学校附近。"

这话也不是谎言,陈鲟扬了下唇。

"和陈鲟在一块儿呢?"苏母问。

苏新七并不意外,二叔既然知道陈鲟来了,那家里人基本上也都知晓了,否则她爸妈现在应该满岛在找她。

"嗯。"苏新七如实说,"他在边上。"

陈鲟随手薅了下湿发,看向她。

"这样啊。"苏母顿了下说,"那你晚上请他来我们家吃个饭?"

苏新七望向陈鲟,他点了下头。

"好。"苏新七回答道,"我晚上带他来。"

苏新七挂断电话,想了下还是问道:"晚上真的要去我家吗?我爸妈……估计是有话要对你说,他们要说什么,我其实都猜得到,你不去也没关系的,我会和他们好好说的。"

陈鲟笑了笑,语气轻松道:"这顿'鸿门宴'都拖了那么久了,不能再推了。"

如果不是五年前突发变故,陈鲟本来应该在端午节过后的第二天晚上去苏家吃饭的。他见苏新七面上仍有忧虑,拿过浴巾往她头上一罩,一边帮她擦着头发,一边说:"早晚都要和你爸妈见一面的,有什么好担心的?怕你爸揍我啊?"

苏新七的声音闷在浴巾下:"我怕你会不自在。"

"又不是没去过你家,我以前也见过你爸妈,你妈妈还挺喜欢我的,而且……"陈鲟话里透着笑,把浴巾往后挪,露出她的脸,"你不是在吗?"

苏新七见陈鲟这么说了,也就不再纠结,莞尔说道:"你放心吧,有我在,不会让你挨揍的。"

这时,门被敲响,陈鲟起身去开门,接过外卖返回来,拉过一把椅子在床头柜边坐下。他把桌子清干净,再一一把外卖摆上桌。

苏新七挪过去,打开一份鱼饺推到陈鲟面前,说:"不知道这家味道怎么样,你尝尝好不好吃。"

陈鲟拆开一次性筷子,夹起一个放进嘴里。

"怎么样?"苏新七一脸期待地看着他。

"还行。"

陈鲟夹起一个鱼饺吹了吹,送到她嘴边。苏新七尝了尝,眉头微蹙,评价道:"不太正宗。晚上你来我家,我让我妈妈给你做,你要是喜欢,我可以学,以后离了岛我也能做给你吃。"

寻常的话,陈鲟听了却异常心动,听着她的描述,他似乎都能想象到他们以后的生活场景,一饭一菜,简简单单的就令人神往。

"好。"陈鲟抬手刮了下苏新七的鼻子。

吃完饭,苏新七有点犯困。她昨晚本就睡不安稳,今天一早起床,又折腾了一上午。

陈鲟看到她眼底的两抹乌青,不用问也知道因为昨天的事,她昨晚肯定没睡好。他上了床,背靠床头,拍拍肩示意她靠过去。

苏新七精神头不足,迟疑了下,想到下午还要出门,如果精神不济难免玩得不尽兴,也就依言靠过去,在他胸膛上找了个舒服的位置靠着。

"记得叫醒我。"她合眼之前说。

"嗯。"陈鲟搂着她,一动不动地给她当睡枕。

有陈鲟在身边,苏新七觉得很安心。她闭着眼,嗅着他身上的气味,很快就沉沉地睡了过去。

陈鲟扯出一件外套盖在她身上,他低头看着她的睡颜,觉得时间就这么静止了也不错。

苏新七做了一个梦,梦里又回到了端午祭那晚,她看到了陈鲟失望的眼神,画面一转到了码头,她追着轮渡船,大声喊着他的名字,可他却越走越远。

苏新七猝然惊醒,不知是热的还是吓的,出了一身的汗。

"醒了?"

苏新七抬眼,表情尚且茫然,不知道此时是梦还是现实。

她抬手摸了下陈鲟的脸,手上的触感让她有了落地的实感,她胸口一松,莫名有种虚惊一场的庆幸感。

"做噩梦了?"陈鲟问。

苏新七看着他,眸中泛起涟漪。她启唇,忽然真挚道:"陈鲟,我爱你。"

陈鲟有一刹那的愣怔,而后眸光沉沉,哑声说:"你把我当螃蟹抓呢,扔这么大的饵诱捕我。"

苏新七笑着问:"那你上不上当?"

"上。"陈鲟心甘情愿道,"早几年前我就掉进你的陷阱里了。"

这次旧地重游体验十分到位。

而后,他们一起下楼离开。机车的座椅在阳光的暴晒下有点烫手,陈鲟买了瓶水浇了下,用手拂去水珠,他拿衣摆擦了下后座,先行跨坐上车。

苏新七扶着他的肩,上车,伸手搂着他的腰。

"坐稳了。"

陈鲟油门一轰直接往学校侧门开去,他把机车停放在老地方,和苏新七两人从侧门进校。

今天周日,学校里没有学生,略显冷清,苏新七指着不远处的遮阳棚问:"还记得那是哪儿吗?"

陈鲟顺着她的手指看过去:"泳池。"

"你还记得啊。"苏新七拉着他的手说,"学校这几年变了一些,操场铺了塑胶跑道,礼堂翻新了,不过学生人数还是不多,和我们那时候差不多。"

陈鲟问:"现在岛上外地人不是挺多的?"

苏新七解释:"虽然很多人会带着孩子来岛上做生意,但是岛上的家长现在都愿意把小孩送去城里读书,所以学生人数变化不大。"

陈鲟了然。

苏新七说:"我小姨的儿子小螃蟹,不知道你还记不记得,他现在就在大屿读书。"

"城市有什么好的,千篇一律。"陈鲟不以为然。

"但是教育资源好啊,现在的人都不愿意自己的小孩输在起跑线上,岛上有条件的家庭都把孩子往外面送。"苏新七客观陈述道,顿了下又说,"不过我觉得岛上虽然条件差了点,但是在这儿长大会很快乐。小螃蟹现在一放假就回岛,每回都哭着闹着说不想去大屿读书,次次都是我小姨夫押着去的。"

陈鲟看她一眼:"以后我们女儿就放岛上,让她快乐成长。"

苏新七愣了下,看向他问:"你怎么知道是女儿?"

她问完才觉得不对,好像潜意识里她已经觉得自己会和他生儿育女了,更奇怪的是她反应过来后对这个念头并不排斥,心里似乎还隐隐期待着。

太阳西下,天际出现一片粉橘色的彩霞,像泅入水中还没来得及化开的水彩颜料,团团滚滚,昳丽壮观。

苏新七和陈鲟漫步在校园里,聊些读书时的事,他们现在可以从容地提起从前,那些因为变故和时间产生的罅隙在悄无声息地弥合。

走到实验楼那儿时,苏新七突然沉默了。陈鲟低头,见她表情落寞,一下就猜出了缘由,他拉住她说:"时间不早了,走吧。"

苏新七轻轻摇了下头:"我们去看看吧。"

陈鲟看她这么执着,也就顺了她的意。

实验楼本就是老教学楼改的,经过多年的风吹雨打,砌起来的海岩越加圆润。楼前的木棉树还在,此时不是花季,枝丫上绿意盎然,树叶迎风发出搣搣之声,显得周遭越加阒静。

"开学那天你怎么会来这儿?"苏新七问。

陈鲟回想了下,说:"走错了,看这栋楼比较有特色,以为是行政楼。"

"你还拿木棉花砸我。"苏新七控诉。

陈鲟挑了下眉:"我还以为你会上楼看看,没想到你转头就走。"

"我手上拿着卷子。"

说话间他们走到了楼前,打印室的门开着,里面的老师听到动静走出来瞧了眼,问了句:"你们是谁啊?"

苏新七没想到周末实验楼里还有人,愣了下回答道:"我们以前是这里的学生。"

"校友啊。"那老师冲他们友好一笑,"这栋楼就要拆了,要纪念的话多拍几张照,以后就没机会喽。"

老师是个中年男人,苏新七看他眼生,忍不住问:"以前打印室的孙老师呢?"

"孙老师?"打印室老师眯眼想了想,忽然拍手,"孙智啊,他五年前就从学校辞职了,一家人搬去了大屿。"

苏新七倒是不知道这事,印象中最后一次见到孙智还是在五年前,那时候她看完祉舟的日记,特地来实验楼找到他,但什么都没问出来。

"不过他现在回岛上了。"打印室老师叹口气说,"肝癌晚期,说想落叶归根,现在人在卫生院住着,估摸着就剩几个月的时间了。"

他看着陈鲟和苏新七说:"难得还有学生记得他,你们要是有空就去看望下他,让他高兴高兴。"

苏新七点点头:"好的。"

从学校出来时间已经不早了,陈鲟想到今晚还有一场"鸿门宴",太迟过去不大好,就把去红树林看夕阳的行程取消了。他骑车载着苏新七往码头方向去,在快到她家门口时,身后人忽然喊停。

陈鲟捏了下手刹,问:"怎么了?"

苏新七探头,再问了一遍:"你确定要去我家?"

暌违五年再次见她家长,陈鲟本来还有点紧张,见她一副如临大敌的模样反倒释然了,他挑了下眉说:"我见你爸妈,你紧张什么?"

"我……"苏新七咕哝道,"我爸的脾气不太好,他很疼我,我怕他会对你说什么不好的话。"

"大不了揍一顿。"陈鲟为了安抚她,故意用一种无畏的语气说,"挨一顿揍能把你带走也值了。"

苏新七还是愁眉不展,看着他很认真地说:"陈鲟,不管怎么样,你都不能抛下我。"

陈鲟这才知道她在担心什么,他拉过她的手按在自己的腰上,示意她搂紧,轰了两下油门,同时说:"放心吧,就算他们不同意,我拐也把你拐走。"

机车在苏新七家门口停下,她从后座上跳下来,陈鲟拔下车钥匙后也下了车。

苏母闻声从房子里走出来,冲陈鲟露出一个亲切的笑,招呼道:"以前阿姨说了要请你吃饭的,一直没机会,今天总算把这件事落实了。"

苏母到底是长辈,说话做事都有分寸,不会让人难堪不自在。

苏新七拉上陈鲟走进屋。苏父正在餐厅里摆碗筷,抬头见人到了,也很自然地说了声:"来啦。"

"嗯。"陈鲟颔首,整个人稳重许多,本以为今晚会见到很多苏家人,现在看来似乎就只有苏新七的父母在。

人越少,事越大,他不由得正视起这顿晚餐来。

"你现在能喝酒吗?"苏父问。

苏新七正要开口,陈鲟先开口道:"可以。"

"白的不行吧?"

"可以喝一点。"陈鲟知道有些事只能就着酒谈,所以应得很爽快。

"行,我们就喝一点。"苏父拍板,转身去取酒。

苏新七忍不住蹙眉,拉了下陈鲟,他回头低声说:"我有分寸。"

她把目光投向自家母亲,希望母亲能劝劝父亲:"妈妈。"

苏母笑着说:"难得有机会,就让小鲟陪你爸喝两杯吧。"

苏新七只好叮嘱陈鲟:"别喝多了。"

"嗯。"

"小七,别愣着了,快让人家小鲟坐下。"苏母招呼他们坐下。

苏父拿了酒,破天荒地没坐在宝贝女儿身边,而是在陈鲟身边落座。

他给陈鲟倒酒,才倒了几滴,苏新七就紧张地说:"够了够了。"

"杯底都没满呢。"苏父抬眼,语气带怨,像是失了宠的老小孩,"这就这么护上了。"

苏新七脸一热,咳了声解释道:"他不能多喝。"

"知道,你爸爸我有分寸。"苏父给陈鲟倒了小半杯,拍了下他的肩,"空腹不能喝酒,先吃点东西,你阿姨特意做的。"

苏新七拿起筷子,夹了个鱼饺放进陈鲟碗里。她察觉到老父亲的目光,笑了下,又夹了一个放进父亲的碗里:"爸爸,你也吃。"

"哼。"苏父还很不服气。

陈鲟看到他们父女之间的互动,忍俊不禁。

这顿饭吃得还算和气,苏父苏母问了陈鲟一些问题,基本上都是关于游泳队的,陈鲟有一说一,倒还应付得过来。

苏父一直没有举杯,陈鲟心里清楚,这顿饭还没进入正题。

就这么有一搭没一搭地边吃边聊了半个小时,苏父见苏新七放下碗,给苏母递了个眼神。苏母立刻开口问:"吃饱了吗?吃饱了跟妈妈出去走走,消消食。"

苏新七看了眼自家母亲,又看向自家父亲,叹口气说:"您二位是不是太明显了,有什么话是我不能听的吗?"

苏母拉过苏新七的手:"既然知道,就跟妈妈散步去。"

苏新七看向陈鲟,他冲她笑了笑,似是安抚道:"没事,去吧。"

苏新七又看向自家父亲。

苏父竖眉:"你爸爸只会捕鱼不会吃人。"

苏新七知道父亲今晚不和陈鲟谈一谈是不会罢休的,她只好无奈地妥协,不放心地说:"那你不许灌他酒。"

她又看向陈鲟,肃然道:"你也不许多喝。"

陈鲟笑着点头:"我有……我和叔叔都有分寸。"

苏母拉起苏新七："走吧，和妈妈一起看人跳舞去。"

苏新七就这么一步三回头地被拉离了餐桌。

"这小七，还怕我把你揍一顿不成？"苏父说。

陈鲟挑了下眉，心道也不是没有这个可能性。

"喝点？"苏父举杯。

陈鲟拿起杯子和苏父碰一下。

苏父一口喝掉杯中的酒，咧了下嘴说："你不能喝多，意思下就行了。"

陈鲟掂量了下这句话的意思，仰头也把杯里的酒喝尽。白酒烈，咽下去后他感觉像是咽了一个火球，从喉咙一直烧到胃。放下杯子后，他只是微微皱了下眉。

苏父见他这么爽快，眼神多了几分赞许。他给自己满上，又给陈鲟倒了小半杯。

"我只有小七一个女儿，她出生的时候她妈妈难产，鬼门关里走一回，她呢，才从她妈妈肚子里出来就进了保温箱。那时候我就想，我这辈子就只要这一个女儿就好。"苏父沉默良久后开口。

"岛上人都说难产儿难养，小七小时候有个头疼脑热的我和她妈妈都担心得要命，谁家小孩欺负她，我直接找上门揍回去。

"她从小就被护着，七岁以前，她还很活泼，跟着岛上的小孩上山下海，胆子大，哪儿都敢去，后来，祉舟出了事……"

苏父顿了下说："她的性格就变了些，好像一下子就长大了，懂事了，我宁愿她永远长不大，一辈子无忧无虑的。

"祉舟出事后，她也不和别的孩子玩了，他们一起长大，感情是要深厚些。"

苏父喝了杯酒，陈鲟也陪着喝了一杯，他沉默着没有打断苏父的话，预感到苏父要进入正题了。

苏父表情凝重，叹口气说："祉舟是个好孩子，他的耳朵……小七一直过意不去，他的死对小七打击很大，她总觉得一切的根源在她。

"本来子女犯的错，作为父母是有责任偿还的，对祉舟，对他的父母，我和小七的母亲一直尽力照顾，想补偿他们，对你……我们也是一样的态度。"

苏父看着陈鲟，喟叹道："你们之间……唉，我以前就觉得是小孩子之间的感情，也不觉得年轻人的喜欢会有多长久，谁知道后来出了那样的事。

"小七一直对你念念不忘，这点我和她妈妈是知道的。其实我并不想你们碰上，不想她一直纠结于过去的事，但是既然她选择和你在一起，我和她妈妈都尊重她、理解她。

"就是有一点，我必须和你说清楚，算是我拜托你的。"

苏父的表情忽地严肃起来，郑重其事道："以前的事你心里要是有什么气，大可以冲着我们来，就是不能让她受一点委屈，一点都不行！"

陈鲟看到苏父红了眼，一时怔忪。

他和苏新七都猜错了，她的父亲没有揍他一顿，也没有劝说分开，而是以一个父亲的身份让他对他的女儿好。

陈鲟动容，忽然觉得自己之前真是太自大了，竟然以为他会是世界上最爱苏新七的男人，这一回他输得心服口服。

第十六章
情比金坚

暮色四合，天际彩霞散去，天穹变成隐秘的深蓝色，月胐星堕。

苏新七挽着母亲的手沿着环海路慢慢走着，她心里惦记着陈鲟，不知道他和父亲聊得怎么样，也就无心观赏海上夜景。

"今天都去哪儿了？"苏母出声问。

苏新七回神，从容地回道："去了渔排，又去海里游了泳，还去学校逛了一圈。"

苏母瞧她一眼，忽然说："妈妈以前告诉过你，女孩子要保护好自己，还记得吧？"

苏新七心里一个咯噔，惴惴不安，下意识低头看了自己一眼，身上确实没有可疑的痕迹啊。

苏母拍了下她的手，嗔怪道："你忘了谁生的你了？"

苏新七被看穿后一时窘迫，低咳了两声，有点难为情。

苏母没有多加苛责，只是谆谆教导道："你和陈鲟都还小，现在什么都没定下，有些事要考虑好。"

苏新七脸颊微烫，稍稍不自在，低声应道："我知道的。"

苏母看着苏新七，幽幽地叹口气，说："妈妈之前催你谈恋爱，就是怕你总惦记着陈鲒。对你未来的另一半，我也没别的要求，只要全心全意对你好就行，这样我和你爸爸也放心。

"陈鲒当初离开，你难过了很久。我一开始也没觉得多严重，就想着你还小，到了大学，认识了新的人，过个三两年就能走出来。可是你就是长情，对他念念不忘，还悄悄去看他，我和你爸爸那时才知道你是真的忘不了他。"

苏新七讶异："你怎么知道……"

苏母瞧着她："你有次回来，行李箱上的托运信息标签忘了摘下，你还以为我没看见吧。"

苏新七缄默，她去澳大利亚的事没和别人说，包括最亲近的父母，她当真以为他们什么都不知道。现在想来一切都有迹可循，难怪一到年底，他们就找各种名头给她打钱，连万圣节她都能收到父母的红包。

他们明明都知道，却从来没问过，也没点破，就这样默默地支持她……

苏新七鼻尖一酸，伸手抱住母亲，将脑袋贴在她肩上。

苏母轻轻拍了拍她的手，接着说："你们现在既然已经和好，我也不问别的，妈妈就是想知道，小七，和他在一起，你开心吗？"

苏新七深吸一口气，逼退眼底的潮气，点点头说："我很开心。"

"开心就好。"苏母笑着说，"只要你觉得开心，爸爸妈妈就不会反对。"

苏新七亲昵地蹭了下母亲，动容道："谢谢妈妈。"

她们沿着环海路散着步，聊些体己话。走了约莫半个小时，苏母拉住苏新七，说："瞧你心不在焉的，担心你爸爸会为难陈鲒吧？"

苏新七抿了下唇，没否认。

"真是姑娘大了。"苏母说了句，"走吧，回去。"

回去路上，苏新七加快脚程，到家时进门一看，顿时咋舌。

苏父一手搭着陈鲒的肩，问道："拿世界冠军难吗？"

"不难。"陈鲒回答道，"轻松拿下。"

"哟，还挺嚣张。"苏父又问，"明年奥运会有把握再拿牌吗？"

"有。"

"有志气。"苏父颇为赞许地拍了拍陈鲟的肩,兴致很高,"明天我们下海切磋下,我看看世界冠军到底是个什么实力。"

"好。"

苏新七本来还担心回来会看到他们剑拔弩张的模样,现在见他们哥俩好的样子,有点没反应过来,一时不知道要不要过去打断他们的叙话。

她正犹豫着,苏父抬头看到了她们,立刻笑呵呵地喊:"回来了啊。"

苏母板起脸:"你爸真是的,说好了只喝一点,怎么还上头了?"

苏新七走向餐桌,陈鲟见着她,笑了下说:"回来啦。"

苏新七看着他们,轻轻地叹一口气,也不知该放心还是担心,两个自称有分寸的男人都喝大了。

苏母见苏父这副不着四六的样子,气不打一处来,不客气地重重地拍了下他的背。

她抬头看向苏新七,说:"小鲟今晚在家里住吧,三楼的房间我收拾出来了,你扶他上去休息吧。"

苏新七颔首,弯腰拉了下陈鲟的手:"跟我上楼吧。"

苏父被苏母训了几句,也不敢造次,即使兴致未尽,也摆了下手说:"我们明天再继续。"

他话刚说完,又被拍了一下。

陈鲟站起来,身子小幅度晃了下。苏新七忙伸手搀着他,他低头看她,笑了下说:"我没醉。"

苏新七看他都迷糊了,就顺着他的话哄道:"我知道。"

她带着陈鲟去了三楼。楼上有三个房间,平时都没人住。她把人领进最大的那间,打开灯,搀着他坐到床边。

她把枕头摆好,帮他脱了鞋,示意他躺下。

陈鲟的脑袋才挨上枕头,人就闭上了眼,眉间皱着,看上去不太舒服的样子。

苏新七忙问他:"头痛?"

"没事。"陈鲟睁开眼,不知道是不是因为醉酒,他的眼神清亮深邃。

"我帮你按按。"苏新七在床边坐下,抬手用大拇指轻轻按揉着他的太阳穴,"你怎么喝这么多,是不是我爸劝你的?"

"没有。"陈鲟说,"也没喝多少。"

苏新七垂眼看着他,问道:"你和我爸爸都聊了些什么?"

"不告诉你。"陈鲟勾了勾唇,"这是两个爱你的男人之间的秘密。"

苏新七莞尔,觉得喝醉了的陈鲟莫名可爱,更让人心动了。

"我下去给你倒杯水。"

苏新七正要起身,手被拉住。她回头,见陈鲟双目灼灼地看着她,眼神热烈又深情。

"你爸爸说我要是对你不好,会把我扔进海里喂鱼。"

这都是岛上十几年前的恐吓话术了,苏新七忍俊不禁:"你怕了啊?"

"嗯。"陈鲟拉着她的手放脸上蹭了下,"他想都别想,我不会给他这个机会的。"

苏新七心旌一动,伸手摸了下他的脑袋,觉得此时的陈鲟莫名可爱,她忍不住低头亲了下他。

"小七。"苏母在门外喊。

苏新七开门走出去,苏母递过一杯蜂蜜水:"让小鲟喝下,会舒服点。"

"好。"

苏新七回到房间,哄着陈鲟把蜂蜜水喝下。他脑袋昏昏沉沉,没多久就睡着了。她在房里陪了他一会儿,等他熟睡,才轻悄悄地离开。

第二天早上,苏新七醒来,洗漱完毕后第一时间上了楼,敲敲陈鲟的房门,轻手轻脚地走进去。到了床边见他还睡着,她也不想叫醒他,正要悄悄地离开时,手被握住,人还没反应过来,一阵天旋地转人就被拉到了床上。

陈鲟此时光着膀子,他翻身压着苏新七,埋头在她脖颈嗅了嗅。

"你醒了啊?"

"嗯。"

"睡得好吗?"

"嗯。"

"酒醒了？"

"嗯。"

苏新七笑着说："我爸爸喊你吃早饭呢。"

陈鲟动作一顿，片刻后松开她，翻过身仰躺在床上。

苏新七半撑起身，探过去看他，噙着笑问："起来吗？"

陈鲟见她眼神狡黠，知道她有意捉弄，抬手轻轻掐了下她的脸以作惩罚。

他起身，从床上下来，套上衣服。

苏新七给他拿了套新的洗漱用具，陈鲟洗漱完后跟着她下楼，才至楼下，就看到苏新漾从门外蹦蹦跳跳地进来。

"姐姐，姐夫，早啊。"苏新漾一大早朝气蓬勃，进门就热情地打招呼，看着陈鲟就问，"姐夫，你昨晚住这儿吗？"

"嗯。"

"哦——"苏新漾故意拉长音，眼神意味深长，"看来你已经得到大伯的认可了。"

陈鲟挑了下眉，没否认。

苏母这时端着一个盘子从厨房里走出来，看见苏新漾也在，笑着问："小漾来了啊，吃饭了吗？"

"没呢，我就是来蹭饭的。"

"你爸爸呢？"

"他在码头帮人忙呢，一会儿就来。"

"行。"苏母把盘子放桌上，看向陈鲟，关切地问，"小鲟昨晚喝多了，现在还难受吗？"

陈鲟应道："不会。"

"你叔叔心里没个谱，说了就喝一点，还把你灌醉了。"苏母埋怨道，"他自己也醉得不轻，到现在还睡着，真是的。"

陈鲟愣了下，低头看向苏新七，她嘴角悬着笑，冲他眨了眨眼。

"快，都坐下，吃饭。"苏母招呼道。

493

苏新七拉着陈姆坐下,苏新漾往桌上瞅了眼,感叹道:"早饭就这么丰盛啊,伯母不是特意为我做的吧。"

"就是特地为你做的,多吃点。"苏母说完转身又去了厨房。

苏新漾嘿嘿地笑着,转头看向陈姆说:"托姐夫的福。"

她说完,下一秒就掏出手机,打开相机对着一桌子的食物狂按快门:"我得发条朋友圈炫耀一下。"

苏新七给陈姆舀了碗海鲜粥,陈姆接过碗,忽然问:"你最近怎么不发朋友圈了?"

苏新漾奇怪地看向他:"我姐本来也不发朋友圈啊。"

陈姆正用调羹搅着粥,闻言停下手上动作,转头看着苏新七,忽然想明白了什么,眉峰一挑,笑了笑。

苏新七当场被戳穿小心思,神色微窘。她咳了声,看着苏新漾问:"今天周一,你不回校?"

"哦,这几天运动会,我请假了。你呢,什么时候回去上班?"苏新漾性子直,想问什么就问什么,想说什么就说什么,毫不拐弯抹角。她夹起一块鱼饼咬了一口,话语含糊地接着说,"反正姐夫在记者面前帮你说了话,谅他们也不敢再找你麻烦。"

苏新七一愣,转过头正想问陈姆和记者们说了什么,还没开口就听见了二叔的声音。

他匆匆地从外面跑进来,急得满头大汗,进门看见他们,喘了口气就说:"码头来了几个岛外人,说是调查记者,小七、小姆,你们要不要避一下?"

苏新七从母亲那儿拿回手机才知道陈姆对记者说了什么,事情过去了一天,风波不见平息,反而越演越烈,网上经过几轮发酵,现在就如一潭浑水,谣言四起。

泳联发了公告,把几个带头造谣的博主给告了,这下总算是消停了些,倒是网上关于陈姆和苏新七关系的讨论度居高不下,什么看法的人都有,或看好或嘲讽。

最让苏新七意外的是,因为陈鲟的话,网上还真有人开始好奇祉舟的案子,只是苦于信息不多,那些人也只能东拼西凑挖出个大概。这件案子在网上越传越玄乎,有的人把节奏往海岛怪闻上带,也正因为有热度,所以才会有调查记者来岛上。

早上二叔说有记者来岛上后,苏新七和陈鲟为了避开那些人就去了渔排。周一游客骤减,渔排冷清许多,他们待在那儿倒也不担心被人看到。

天朗气清,惠风和畅,比起岛上,渔排上的生活节奏更慢,没有游客的时候每家店都很清闲,有一些商铺只做周末和节假日的生意,游客一少,他们就关门回岛,忙别的去了。

苏新七脱了鞋坐在渔排边沿,晃着腿感受着脚底海水的凉意,放眼远眺,蔚蓝色的大海漫无涯涘,海鸟成群结队地在海上盘旋低飞,低下头时不时还能看到游过去的海鱼。

苏二叔想趁着没有游客,把铁屋内外好好加固整修下。陈鲟无事,自然上手帮忙。苏新七转过头看到他扎着渔民头巾,光着膀子,手上拿着锤子敲打的模样,恍惚间看到了他为她父亲捻船的样子,一时看得入迷。

陈鲟回头,苏新七对上他的视线,这才回过神,难为情地低下头,抬手理了下头发,欲盖弥彰似的。

陈鲟忍不住扬扬嘴角,心情十分舒畅。

"以前我开玩笑说要你当苏家的女婿,现在玩笑成真了。"苏二叔拧着螺丝钉,冲陈鲟扬了下眉,"怎么样,退役之后来岛上,跟我们捕鱼去啊。"

"行啊。"陈鲟心情好,应得很爽快。

"这人和人之间的缘分真是说不清楚啊,看你和小七……"苏二叔慨叹一声,"虽然中间蹉跎了几年,没想到还真能在一起。"

苏二叔放下手中的工具,看着陈鲟问:"昨晚你和小七她爸喝酒了?"

"嗯。"陈鲟颔首。

苏二叔点头:"该说的我大哥应该都说了,我就不跟你啰唆了,反正就一点,要对我们小七好,不然老苏家不会让你好过的。"

陈鲟半点不惧威胁,笑了下说:"扔海里,我知道。"

苏二叔又拿起一枚螺丝，语气松快了些："我们家小七上大学这几年，追求者不少，有几个都追到岛上来了。就是岛上的小伙子，想要她的也不少。叔告诉你啊，别掉以轻心，宝贝着点，别被抢走了。"

陈鲟目光微凝，对准渔排浮木上的一枚钉子用力一捶，钉子直接入木。他回头看了眼苏新七，沉声说："谁都没那个本事。"

苏新七没注意听陈鲟和自家二叔之间的对话。此时，陈沉打了个电话过来，她才一接通，陈沉立刻就说："欸，你开机了。"

苏新七听陈沉这诧异的口气就知道这两天陈沉应该给她打了不少电话，她笑了下说："之前不是给你发消息了，我要回岛一段时间。"

"网上闹这么大，你就留下这么一句话，谁能放心啊？还好我打电话问了下阿姨，她说你没事我才放心。"

陈沉想亲自确认下："你没事吧？"

"没事。"

陈沉又问："陈鲟在岛上吧？"

苏新七怔了下："你怎么知道？"

"前天晚上你手机关机，他找不到你，大半夜的电话都打到我这儿来了。我看他着急，就把你回岛的事说了。"陈沉试探地问，"他回沙岛……你们现在还好吧？"

"嗯。"苏新七转过头看了陈鲟一眼，他蹲在地上正在加固浮木，她轻轻地笑了，"我们很好，和以前一样好。"

只一句话就足以说明苏新七和陈鲟现在的状态，陈沉不知道为什么，居然鼻尖一酸，莫名感动。作为旁观者，她见证了他们年少的喜欢、分离以及后来的挣扎纠结，她看到他们破碎又弥合的整个过程，知道这一路走来，他们有多不容易。

陈沉由衷道："知道你们和好了，我真的很开心。"

苏新七晃着腿，眼底是明晃晃的笑意。

"你要在岛上待多久？"陈沉问。

"不确定。"苏新七如实说，"王律让我休息一段时间，等风波过去了再回去。"

"这样也好,你就当休年假了,正好陈鲔也在,你们可以趁这段时间好好腻歪一阵子。"陈沅嘿嘿两声,笑得意味深长。

"对了,我找你是还有一件事想说。"

苏新七问:"什么事?"

"就是祉舟的事,你看到网上的消息了吗?"

"嗯。"

"现在很多人都对这个案子很好奇,你说我们要不要借着热度,把冯赟捅出来?"陈沅说,"这么多年我们都拿他没办法,或许这是一个契机,借助舆论的力量曝光他。"

苏新七看着粼粼的海面,心里有一瞬间的动摇。

作为法律从业人士,她深知舆论干预司法是大忌,尤其是现在这个网络无比发达的年代,随便一条博文就能轻而易举地让一个人身败名裂。

苏新七不是圣人,她也有自私的一面,一想到祉舟,想到那本字字泣血的日记,想到李叔、王姨,她就想用尽一切手段让冯赟受到惩罚,哪怕这些手段并不合法。

但如果私设刑场,人人皆是法官,那法律还有存在的意义吗?

"小七?"陈沅得不到回应,喊了一声。

苏新七回神,低头盯着海面,片刻后启唇冷静道:"不行。"

"可是……"

"小沅,不行。"

苏新七语气凝重,陈沅顿了顿才无奈地叹了一口气:"我知道了。"

挂断电话,苏新七耷拉着肩,有点沮丧。

陈鲔帮苏二叔把活忙完,看到苏新七还在渔排边上坐着,便把一把大遮阳伞挪到她身后,为她遮挡阳光。

他一屁股坐在她身边,一条腿屈着,另一条腿悬在海面上,看着她问:"不热?"

苏新七抬手摸了下颊侧:"在海上还好。"

陈鲟端详着她的表情，忽然问："怎么了？"

"嗯？"

"担心记者？"

"不是。"苏新七犹豫了下，还是把刚才陈沅说的事告诉了他。

她望着海面，表情略显苦恼，幽幽地叹口气，说："其实我也想过利用现在的热度曝光冯赟的，但是……如果光靠舆论就能制裁他，那我学法是为了什么呢？"

苏新七转头看着陈鲟问："我是不是太理想主义了？"

"不是。"陈鲟说，"你只是有自己的原则。"

他摸摸苏新七的头："你没做错，别想了。"

"你们两个吃西瓜吗？"苏二叔从厨房里探出身，"还有一个，你们一人一半？"

苏新七回头说："我和陈鲟吃一半就好。"

"行。"

苏二叔把一个八九斤重的西瓜剖开，陈鲟起身抱来半个瓜，拿了个勺又回到苏新七身边。他和她一样，双腿垂在海面上，优哉地坐着。

陈鲟用勺子把西瓜中心那一块挖出来，送到苏新七嘴边，示意她："张嘴。"

苏新七顺从地把最甜的部分吃进嘴里，牙齿顿时被冻得发酸："好冰。"

"海水冰过的。"

苏新七惊奇："你居然知道。"

陈鲟自己也尝了一口，瓜瓤又冰又甜，很消暑。他又挖了一勺喂给苏新七，同时说："这又不是什么秘密，小时候住胡同，院里的老人夏天就用井水冰西瓜。"

苏新七嚼着西瓜，咽下去后问："你小时候不和你爸妈一起生活？"

"他们忙。"陈鲟淡然道，"我十岁才被接回去。"

苏新七看着他，表情像是心疼。陈鲟见她这样，笑了："我不缺爱。"

"十岁以前我跟我爷爷生活，胡同里孩子多，也挺有意思的，找个时间我带你去一趟。"陈姆说着又给苏新七塞了一口西瓜。

苏新七听他这么说，咀嚼的速度明显慢了。她看着陈姆，犹豫了下还是问道："这两天你爸妈找你了吗？"

"嗯。"

"他们应该很担心吧。"

"事情差不多摆平了，没什么好担心的。"

苏新七抿了下唇，言语迟疑："我们的事……他们知道吗？"

陈姆掀起眼帘看她，他闻弦歌而知雅意，立刻看穿了苏新七的想法。

"嗯。"他故意说，"过两天他们要来大屿，我带你见见。"

"啊？过两天吗？"

陈姆见苏新七果然被吓住了，忍不住低笑出声。他看她一脸紧张，不再逗她，解释道："他们要来，我没让。"

"噢。"苏新七松口气，又觉得自己这样实在不应该。

"吓成这样。"陈姆抬手揩掉她嘴角的西瓜汁，嘴角噙着笑，"怕他们不喜欢你啊？"

"不是怕不怕……是他们一定不喜欢我。"

"不会。"

苏新七只当他在安慰自己，她想起了以前的事。出事后她去找陈姆，他父母压根儿不愿意让他见她，他们不喜欢她其实情有可原，她并不怪他们，毕竟她做错了事。

陈姆看她眉间微蹙，显然是真为他父母的态度担忧，他想了下说："他们做不了我的主，不用怕。"

苏新七点点头，心里却沉甸甸的，她并不想陈姆因为自己和他父母闹别扭。

陈姆把勺递到苏新七眼前，她习惯性地张嘴，结果只咬到了铁勺，她的牙被一硌，顿时醒神。

陈姆胸膛震颤，忍不住笑出声。

苏新七低头看了眼，这才知道他递的空勺，登时恼了："陈姆，你怎么这么幼稚。"

陈鲟一招见效,看她注意力成功被转移,挑了下眉再出一招,看着她问:"朋友圈怎么回事,说说?"

苏新七一噎,眼神心虚地飘闪。她别开眼,看着波光闪闪的海面顾左右而言他:"二叔这西瓜是不是在海水里泡久了,好像有点咸。"

"咸吗?我尝尝。"

陈鲟余光看了眼厨房,见苏二叔没出来,捏过苏新七的下巴,低头亲下去。他咂摸了下味道,无比认真地说:"甜的啊。"

苏新七血气霎时上涌,陈鲟抬手抚了下她的唇瓣,笑着低声说:"手机壁纸用我的照片,身上文我的名字,几年前送的护腕还留着,朋友圈只对我可见……好大一盘棋啊,七公主。"

苏新七稍稍难为情,却只是笑,并没有否认自己对他的"小心机"。

渔排上的生活很悠闲,但并不无聊。早上陈鲟帮着苏二叔干了些体力活,纯当是体能训练。中午吃了饭,吴锋宇带他老婆来渔排上玩,正好碰上,他邀陈鲟上船。陈鲟寻思着下午也没事,就拉着苏新七坐他家的船出海遛了一圈。

下午太阳更辣,明明已是十月,气温不降反升,夏天像是被无限期延长,冬天迟迟未至。

陈鲟在船舱里观摩,苏新七觉得闷,独自走到甲板上透气,没一会儿就听有人喊她。

"小七姐。"

喊她的人是吴锋宇的老婆刘茵,她比他们小一届,现在是个护士,就在岛上的卫生院工作。

刘茵人文文静静的,还很礼貌,对着苏新七一口一个"小七姐"。她看到陈鲟后很惊讶,但也没反应过度,跟着她老公喊"鲟哥"。

苏新七对刘茵有点印象,毕竟沙岛就只有一所中学,她隐约记得以前吴锋宇还在学校耀武扬威的时候欺负过这个小学妹,当时还是她制止了他。

没想到经年之后，他们居然成了夫妻，而且看细节，吴锋宇对刘茵还挺好的，俨然是个好丈夫，倒是打破了苏新七对他的刻板印象。

刘茵递了个杯子给苏新七："凉茶，今天泡的。"

苏新七接过，道了声谢。

刘茵往船舱里看了眼，说："没想到你们真在一起了。"

"嗯？"苏新七不解。

刘茵笑着解释道："高中的时候姆哥缠着你，全校的人基本上都知道。他为了你不是还和我老公比试过游泳吗？我还去看了呢。"

苏新七想起这件事，面对刘茵还有点尴尬。

"我老公输了，当时我还挺高兴的。"刘茵笑着说，"他以前在学校喜欢欺负人。姐，你还记得吧，有一回他堵我，还是你帮我解的围，我读书的时候真是讨厌死他了。"

苏新七见刘茵并不介怀以前的事，也就顺着她的话问："那你后来怎么和他在一起了？"

刘茵有些不好意思，笑着说："就有回他修船，把小指弄折了，在卫生院住了段时间，我是负责他那一床的护士，照顾了他一阵子，之后……他死缠烂打的，每天接送我上下班，送吃的送喝的，还送了我一个对讲机。每天和我聊天，也不知道哪儿学来的招数。"

苏新七："……"

"我以前觉得他就是个大老粗，后来相处了一段时间发现他这人也挺好的，就在一起了。"刘茵说着还脸红了。

苏新七莞尔，忽然想到她护士的身份，就趁机问了句："卫生院里是不是住着一个叫孙智的人？"

"孙智？"刘茵蹙眉想了下，几秒后眼睛一亮，"孙老师？"

苏新七点头。

"他是住在卫生院，肝癌晚期，现在就是吊着一口气。"刘茵惋惜地叹口气，接着说，"孙老师挺惨的，几年前带着老婆孩子去了岛外，大家都以为他发达了，结果现在……老婆和他离婚了，孩子也不愿意跟他，现在又得了这样的病,病床前都没个人照顾,也是可怜。"

"院长说他没有多少时间了,我看孙老师也是认命了,现在就是耗着。他好像信佛,经常和人讲因果循环,说他现在这样都是报应,下辈子一定要做个好人。"

刘茵喟叹道:"大概人到了这种地步,都会有这样的想法吧。"

苏新七闻言只是缄默,表情若有所思。

陈鲟从船舱出来,见苏新七和刘茵在聊天,也就没过去打扰。他站在船舷边上,双肘撑着栏杆,低头看海。

"鲟哥。"吴锋宇还像高中那会儿一样,屁颠屁颠地跟着陈鲟。

陈鲟看了吴锋宇一眼,随口问了句:"什么时候结的婚?"

"没多久,上半年才领的证。"吴锋宇嘿嘿一笑,看了眼刘茵,"我追我老婆的招数都是跟你学的,死缠烂打软磨硬泡,好不容易才追到的。"

死缠烂打软磨硬泡?陈鲟回想了下,好像说得也没错。

"鲟哥,你这几年很风光啊。"吴锋宇颇有和陈鲟叙旧的兴致,靠在栏杆上说,"以前你说你是运动员,我当你是开玩笑的,没想到你真是,还是国家队的。你这几年的比赛我都看了,太精彩了,现在想想我当年输给你也算是虽败犹荣。"

陈鲟哼笑。

吴锋宇转过头,说:"我看新闻,你一直在国外训练,什么时候回国的?"

"世锦赛后。"

"也没多久啊。"吴锋宇瞄了眼苏新七,"那你和七公主也是这段时间才见的面?"

"嗯。"

吴锋宇略微讶异:"你们旧情复燃的速度有点快啊。"

"没有旧情,"陈鲟回头看着苏新七说,"她不是过去式。"

虽然他曾经尝试把她变成过去式,但都失败了。

吴锋宇咋舌,片刻后"啧"了声说:"我还以为就七公主长情呢。"

"嗯?"

"我结婚的时候七公主来了,我当时问她是不是还忘不了你,她想都不想就点头。"吴锋宇不由得感慨道,"你们两个怕不是情人礁那对礁石转世的,情比金坚啊。"

陈鲟听到他这个比喻,笑了下。

吴锋宇觑了觑陈鲟,陈鲟也斜他:"有话就说。"

"就是那个……李祉舟的事,都过去了?"

"嗯。"陈鲟眺望着远海,海上浪花滚滚,他心中却是一片宁静。

第十七章
真相大白

苏新七和陈鲟搭乘吴锋宇的船在海上晃悠了一圈。回到渔排后，陈鲟让吴锋宇去宾馆把他的行李拿来，吴锋宇爽快应下。

苏新漾一直在岛上，时不时和苏新七汇报下那些调查记者的动态。这些记者去了派出所，去了学校，又采访了许多本地人。苏新七对记者来岛调查并不排斥，如果他们能挖出一些有用的信息倒也帮了她的忙。

晚上吃完饭，苏新七提议去石头岛看夜景，陈鲟没有异议，苏二叔就开着小船把人送到了石头岛上。

每年涨潮的时候，石头岛都会被淹掉一大半，所以岛上并没怎么开发，还是灌木丛生怪石嶙峋。这样原生态的景象倒是更吸引游客，旺季的时候岛上的码头会有专门去石头岛的船。

陈鲟一手拿着手电筒照路，一手拉着苏新七。两人穿过一丛丛灌木，踩着一块块凹凸不平的岩石来到了崖上站定，脚下惊涛拍岸，远望灯火辉煌。

陈鲟穿行沙岛时总觉得岛上变了许多，可是从石头岛眺望过去，又觉得它一点也没变。

海风浮动，渔火幽微，夜幕中的沙岛是人间胜景。

苏新七触景生情，想起了她第一次和陈鲟来岛的场景。那是她第一天认识他,只觉得这人可恶,心里极其不待见他,整天都没给他好脸色。

"你还记得吗?我们第一回来这儿,摔了一跤。"苏新七拉过陈鲟的手,抚着他的手背,虽然伤口已经愈合,但她知道印迹还在。

"记得,上了岸你浇了我一头的酒精。回旅馆的时候,你小姨还以为我酗酒了。"陈鲟笑。

男人和女人的记忆侧重点就是不一样,关于那晚,苏新七印象最深刻的是他为了护住她伤了手,陈鲟则对那一瓶酒精记忆犹新。

苏新七轻轻挠了下他的掌心:"我那是自我防卫。"

陈鲟勾勾唇,伸手揽过她:"我爸当初想让我转到岛上读书,我第一回来沙岛就是踩个点,本来觉得地方小待着没什么意思,不想来,结果碰上了你,我就改变了主意。"

苏新七忽觉命运之诡谲,缘分之奇妙,而人和人之间的感情更是妙不可言。

石头岛上风大,苏新七和陈鲟并没有在岛上待到很晚。苏新漾发来消息说那些记者今天没有离岛,住的是小姨家的旅馆。苏新七想了想,决定今晚就和陈鲟在渔排上住了。

苏二叔跟着他们去了民宿,陈鲟当着他的面开了两间房。

苏新七才洗完澡,就听房门被敲响,她心里已经猜到来者是谁,安全起见还是问了句:"谁啊?"

"我,你的黑骑士。"陈鲟应道。

苏新七笑了,打开房门故意问:"有事吗?"

她根本没用力抵门,陈鲟轻轻一推就把门推开了。他大大咧咧地走进屋,大言不惭道:"怕你晚上一个人睡害怕,我陪陪你。"

苏新七听他说得冠冕堂皇,咳了下故意说:"我在渔排上住过,不害怕,你回去吧,晚安。"

陈鲟磨磨牙,逼近她,索性不再废话,直接把人一扛,丢在床上,倾身压上去。

陈鲟是被海鸟的鸣叫声吵醒的，他睁开眼后下意识地低头看向怀中的苏新七，她还沉睡着，睡颜恬然。

窗外海浪声声，屋内只有除湿器运转的声音。陈鲟静静地看着苏新七，抬手抚摸着她的脸颊。他没去看时间，直到窗外传来渔船发动机的声音，这才估摸出大概的时间，准备起床。他不欲吵醒苏新七，可渔排就这一点不好，他一动，她那边也会跟着动。

苏新七感觉到床垫荡了下，蹙蹙眉悠悠转醒。她动了动身体，睁眼看到陈鲟，迷迷糊糊地说："早啊。"

她伸了个懒腰，醒来只觉浑身酸痛。

"几点了？"苏新七问。

陈鲟说："还早，你再睡会儿。"

苏新七清醒了些，也听到了渔船发动机的声音，养殖户出海了，时间已过六点，她打了个哈欠说："不了，再晚二叔要来喊吃早饭了。"

苏新七坐起身，推开床边的木窗。窗扇才打开，一阵清凉的海风就灌进了室内。

天光将亮未亮，清晨的海上有雾，天与海之间没有明显的分界线，海鸟低飞，时不时掠过海面，叼起一条海鱼，海水荡漾着，连带着整个渔排都在摇荡。

陈鲟也坐起身，和苏新七一起坐在窗前看风景。太阳跃出海平线，阳光劈开海雾的那一刻，他们不约而同地看向对方，相视一笑。

洗漱完毕，苏新七和陈鲟去了苏二叔的餐厅。他们到时苏二叔正在宰鱼，抬头见到人，先问了句："昨天晚上在渔排睡得还好吗？"

陈鲟扬了下唇，回答道："挺好的。"

"我熬了鱼粥，都去吃点。"

苏新七去厨房舀了两碗粥端出来，和陈鲟坐在外面，吹着海风把早餐吃了。

他们现在都是休假状态，没有工作也不需要训练，上午无事，苏二叔邀着陈鲟下海游了个泳。他们游泳时，苏新七就坐在渔排上看着。

手机里有消息进来,苏新七原本以为是苏新漾又来汇报那些记者的行踪,点开屏幕一看却是网友匿名给她发的消息。这两天发生了太多的事,她都忘了过问冯赟的情况。

匿名网友发来了几张照片,苏新七点开看了眼,照片中的冯赟坐在驾驶座上,几张照片连起来是一段动态图像。一个中年男人鬼鬼祟祟地坐上了他的车,前几张照片只拍到了那个男人的侧脸,只有最后一张,他坐上副驾驶座后,拍到了他的正脸。

苏新七放大照片,隐隐觉得这个男人有点眼熟。她蹙紧眉头,仔细辨认着,脑中忽然灵光一闪,拿着手机的手微微一颤,心跳不可抑制地加速。

她再次看了看照片,过后给孟芫发了个消息,让孟芫把那个生物老师的照片发给她。孟芫回了个问号,显然很不解,但还是依言把照片发了过来。

苏新七点开照片看了眼,两相比对,这才敢确定冯赟车上的那个人真是孟芫学校那个涉事的老师。她紧握着手机,脑海中一时千头万绪闪过。

她不会天真地以为冯赟和这个生物老师认识仅仅只是个巧合,他们会不会是因为有同一种嗜痂之癖而结识的?这个生物老师身上还有官司,冯赟和他见面是为了什么?

苏新七满腔疑惑,但无论如何,这都是条重要线索,或许按图索骥,在这人身上挖一挖,会有意外的发现。

她抿紧唇,把收到的照片转发给了学生家长的委托律师,又把冯赟的身份说了,告诉他查查这两人之间的关系,可能会有收获。

消息发出去后,苏新七握着手机,望着海面,心里隐隐有些激动,如果真能从这人身上查出点什么,或许就能找到冯赟犯罪的证据。

陈鲔在海里游了一圈,上渔排后他去冲了澡换了套衣服,再回到餐厅时就看到苏新七蹲在边上,手起刀落地在宰鱼。他站在一旁看了会儿,仍是觉得她冷着脸杀鱼的时候很迷人。

"怎么不戴手套?"陈鲔走过去,蹲下后说。

"不习惯。"

苏新七抬头看他一眼,手上利落地拔了鱼鳃。她正想舀水冲洗一下鱼,陈鲟伸出手说:"我来。"

苏新七看着他,眼神显然在质疑他。

"杀鱼不会,洗鱼我还不会吗?"陈鲟把她手上的鱼拿过来,舀了水把那条已经被开膛剖肚的海鱼里里外外冲洗了遍,最后丢进一旁的大盆里。

他微微抬了抬下巴,邀赏似的。

苏新七施施然一笑,夸他一句:"做得挺好的。"

他们两个分工合作,苏新七负责宰鱼,陈鲟负责洗鱼,还负责把每条活蹦乱跳的海鱼拍晕。他力气大,往往一锤下去鱼就躺平不动了。杀鱼的工作比较烦琐,陈鲟观摩了会儿,拿了把刀,打算上手试着刮下鱼鳞。

"你小心点啊。"苏新七提醒道。

观摩和实操还是不一样,陈鲟一开始动作不熟练,鱼鳞刮不干净。苏新七没打击他的积极性,他刮不干净她就替他收尾,每每还夸他一句:"比上一条干净多了。"

哄孩子似的,偏偏陈鲟很吃这一套,越战越勇,结果一个不慎,把自己的手划了一道口子。

苏新七见他被划伤了,吓了一跳,忙放下剪子,洗了手,拉过他的手看了看。伤口往外冒血,她舀了清水帮他冲洗了下,仔细观察了下伤口。

"有点深啊。"苏新七看伤口还在往外冒血,忍不住皱皱眉。

陈鲟不以为意:"小伤。"

"二叔。"苏新七喊了声。

苏二叔从厨房里出来:"怎么了?"

"你这儿有酒精或者碘伏吗?"

"以前备着呢。前段时间收拾屋子,我看都过期了就丢了。"苏二叔走过来,"怎么了,你们俩谁伤着了?"

陈鲟觉得就一道小伤口,不想让苏二叔看笑话,他想抽回手,苏新七抓着不放。他无奈,只好开口说:"这点血,用不了多久就止住了。"

"不行。"苏新七表情严肃,"刀杀过海鱼,不好好处理很容易细菌感染的。"

陈鲟说:"概率不大。"

"万一呢?你身体不能有差错,要注意点才行。"

苏二叔本来也觉得自家侄女小题大做了,此时听她这么说觉得很有道理,尤其岛上还有渔民被感染险些截肢的先例,就更上心了。

"小七说得对,你现在是运动员,不能有任何闪失。"他大手一挥,直接说,"走,我送你们回岛,去卫生院看看。"

陈鲟看着自己手上不到两厘米的伤口,再看他俩一脸严肃的表情,只好无奈地妥协。

苏二叔行动力极强,立刻就开着小渔船把苏新七和陈鲟送回了沙岛。苏新七在码头向认识的岛民借了辆电动车,载着陈鲟直奔卫生院。

这几年,沙岛政府在医疗方面投入了资金,卫生院原址重建,又在西海岸那儿建了一个分院,招了许多医生和护士,买了很多医疗器材,现在岛民做些基础检查也不需要再往城里跑。以前卫生院的老院长还在医院里工作,因为岛上许多人还是只相信他的医术,有点头疼脑热也只找他开药,因此院方专门给他开了个门诊。

苏新七拉着陈鲟进了卫生院就去找老院长,进门就喊:"赤脚爷爷,有人受伤了。"

诊室里没病人,老院长正在看报纸,听到声音抬起头:"是小七啊,谁伤着了?"

苏新七把陈鲟往前面一推,拉起他受伤的手,朝院长示意:"杀鱼的时候割到手了。"

老院长低头端详着那道小伤口,表情微妙。饶是陈鲟这样心理强大的人,都觉得因为一道不足两厘米的刀口,兴师动众地来医院实在丢人。

"伤口不是很深,消个毒就行。"老院长抬头,推了下眼镜,显然认出了陈鲟,他的反应很淡定,"我就说正常人怎么会没有指纹。"

老院长一边转过身去拿碘伏和棉签,一边说:"我刚才还在报纸上看到你。"

陈鲟瞥了眼老院长桌上的报纸,他的照片占了一整个版面,新闻标题是他是否还能继续为国家队效力,标题后打个问号。

老院长拿棉签蘸了碘伏,一边替陈鲟消毒,一边说:"运动员是要注意点,不能像以前那样,划了个大口子还拖到晚上才来打针。"

苏新七帮陈鲟吹了吹伤口,闻言诧异道:"爷爷,你还记得他啊?"

"怎么不记得?你都不止一次带他来我这儿处理伤口了。"老院长和蔼地一笑。

苏新七抬头和陈鲟对视了眼,笑了下。

"好了,这两天注意不要碰水就行,一点小伤,不影响拿冠军。"

老院长颇为幽默,陈鲟看着手上的小伤口,只觉得形象尽毁。

从诊室出来,陈鲟抬手在苏新七面前晃了下:"放心了?"

苏新七拉过他的手看了看,低声说:"又要留疤了,你在我身边怎么经常受伤。"

陈鲟反握住她的手,不以为意:"骑士不受点伤怎么叫骑士?"

他握了握她的手:"走吧。"

"等一下,我想去看个人。"

苏新七拉着陈鲟去了住院楼,正好碰上刘茵。苏新七说明来意,刘茵就带着他们去了孙智的病房。

"孙老师,有学生来看你啦。"刘茵走进病房,笑着说。

病房里消毒水味道很重,两张床,一床空的,孙智坐在靠窗的那一床上输着液。他整个人形容枯槁,头发已全部脱落,瘦得只剩一把枯骨,病服似乎都兜不住他。苏新七看着他病态的脸,都没能把他和记忆中的孙老师联系起来。

孙智像是没听到,一直看着窗外,半响后才反应迟钝地回过头。

"孙老师,你还记得我吗?我是苏新七。"苏新七试探地问。

听到她的名字,孙智死水般的双眼忽地瞪圆,艰难地抬起手指着她,胸口剧烈起伏。他张张嘴,有话要说却因为激动说不出来,一副即将背过气的模样。

刘茵忙走过去帮他顺气:"孙老师,你别激动,深呼吸。"

孙智盯着苏新七，好一会儿才缓过气来，情绪却蓦地崩溃。他毫无预兆地大哭起来，捶着自己的胸说："报应啊，都是报应啊。"

病房里的人都被吓一跳，刘茵朝苏新七走去，解释道："他平时也常说这个，今天不知道怎么回事，情绪这么激动。"

苏新七点点头，和刘茵道了声谢："你去忙吧，我和老师说说话。"

"好。"

苏新七朝孙智的病床走去，陈鉧紧跟在她身边，和带刀侍卫一样，生怕孙智会做出什么对她不利的举动。

"老师，你还记得我吗？"

孙智看着她，眼神浑浊，眼里有浊泪滚下，像个失智的孩童一般，号啕道："我看见了啊，我看见了啊。"

他这话说得莫名其妙，苏新七闻言一颗心却骤然一紧，身体一晃似是站不住，还好陈鉧及时扶住了她。

就在这时，病房外闯进几个人，其中一个人拿着相机兴奋地喊："真的是陈鉧！"

病房里闯进了记者，卫生院的护士立刻走进来驱赶。几个记者赖着不走，还妄图拿起相机来拍照，他们这一举动把孙智吓着了。他一直捂着脸，嘴里喊着："没脸见人了，没脸见人了。"

陈鉧皱起眉，表情怫然不悦。他低头看着苏新七，说："我去应付他们，你自己一个人可以吗？"

苏新七点点头。

陈鉧语气不善地把几个记者轰出了病房，他们走后，孙智的情绪慢慢地平静下来。他的身体已是强弩之末，就刚才那么一小会儿，他整个人像是被抽了骨头似的瘫靠在床上，气若游丝，似是更脆弱了。

苏新七调整好心态，搬了张椅子坐在病床边，看着孙智问："孙老师，你还记得我是不是？"

孙智艰难地抬起头，两只眼睛又变得无神了。

"你刚才说看见了，是看见了什么？"

孙智木着脸，一声不吭，也不知道有没有听到苏新七的话。

苏新七不泄气，接着问道："我以前找过你一回，我问你有没有看见冯赟对祉舟做的事，你那时候说没有，其实是看见了对不对？"

孙智木刻般的眼珠子这才转了下，他张了张嘴，最后也只是摇了摇头。

苏新七一时有些着急，掐着手逼自己沉住气。孙智现在已经是日薄西山的人了，他没理由再担心自己的身家性命受到威胁，而他还投鼠忌器的原因其实并不难猜。

苏新七冷静地分析，理智地开口问："冯赟拿你的孩子威胁你是不是？"

孙智听到孩子，眼底泛起波澜，表情也有了变化。苏新七盯着他的脸，知道自己猜得不错，紧接着说："如果你愿意做证，把知道的事情说出来，我会申请证人保护，绝对不会让你的家人遭到报复，你的孩子也不会出事的。"

孙智还紧闭着嘴，苏新七徐徐劝道："老师，你难道就愿意让冯赟逍遥法外？如果不及时让他被绳之以法，还会有更多的人受害。你换位思考下，如果你的孩子以后遇上了这样的老师，你不心痛吗？"

孙智的表情有些扭曲，苏新七看着他，一字一句地缓声说："老师，妈祖娘娘看着呢。"

她这话戳中了孙智，他忽而抱着脑袋，痛苦道："都是报应啊，这都是报应啊！"

苏新七内心焦灼，很想追问下去，但她知道孙智目前情绪不稳定，操之过急反而会适得其反，也就按捺着冲动，默默地看着他。

没多久，孙智的情绪稍稍平复，眼神也清明了许多。他看着苏新七，半响后好似才做了决定，艰难地开口说："我看见了。"

苏新七心脏蓦地一紧。

"冯赟还在沙岛中学任教的时候，放学后经常带着那个男学生，叫……"

"李祉舟。"苏新七声音微哑。

"就是他，高三年级成绩最好的学生，我还记得。"孙智虚弱地喘了口气，接着说，"他们经常放学后一起去实验楼，一开始我也没多想，他是教物理的，带学生做实验很正常，直到有一天……"

孙智看着窗外，回想起来："那天周五，学校一放学我就下班了，半路上变了天，突然下起了雨，我想起印刷室的窗户没关，担心里面的卷子、机器被雨打湿了，就匆匆赶回了学校。

"后来雨下大了，我又怕下午上实验课的学生没把教室的窗户关好，器材被雨打湿了校领导要我担责，就上了楼，结果就看到……"

苏新七的脸霎时退了血色，胸口像是有一块巨石压着，喘不上来气。她双手紧攥，手心里都是冷汗。

孙智咳嗽了两下，语气虚浮："这件事我第一时间就汇报给了当时的校长。"

"朱建豪？"苏新七皱眉。

"嗯。"孙智点头，"他听到这件事后也很震惊，交代我暂时不要宣扬出去，他会想办法处理。"

苏新七忍不住说："他替冯赟瞒下了？"

孙智解释道："朱校长调来岛上工作有几年了，一直干得不错，教育局有意把他调回去，冯赟是他请来中学任教的，如果这件事被人知道了，他肯定要担责的，升官无望不说，有可能还会被贬职。"

苏新七看着孙智，哑着嗓子问："冯赟后来找过你是不是？"

"你应该猜到了。"孙智苦笑道，"我一个负责打印卷子的老师怎么会有钱带着老婆孩子移居岛外。"

在苏新七的目光下，孙智神色有愧："我当时也是鬼迷心窍，猪油蒙心才会被他收买。我是一失足成千古恨啊，所以才遭了报应，老婆跟人跑了，孩子也不认我，我现在没几天好活的了。"

他眼中浊泪滚滚，悔恨道："人在做，天在看。这都是妈祖娘娘给我的报应啊。"

苏新七咬着牙，攥着的手隐隐在发抖。她心里拱着一把火，烧得她五脏六腑都怒意满满。她想质问，想怒斥，想剖开他们的胸膛看一看，里面到底有没有心。

她觉得悲哀，一条年轻的活生生的人命在他们眼里比不上钱和权。

人之将死其言也善，孙智短促地喘着气，抹了抹眼睛，声音颤抖道："我也没几天好活的了，你如果要告冯赟，我愿意出庭做证，只要……"

他剧烈地咳着，按着胸口勉强道："冯赟拿孩子威胁我，只要你能保证我的家人平安无事，我愿意赎罪。"

苏新七从病房里走出来时，脚步都是虚浮的。陈鉧正不耐烦地应付着那些记者的问题，余光看到她的身影，立刻撇下人朝她走过去。

陈鉧看她眼眶微红，唇色发白，整个人魂不守舍的，立刻猜到孙智大概都交代了些什么。他不忍她难过，伸手把人拥在怀里。

苏新七靠在他的胸膛上，好一会儿抬起手搂着他的腰，身子微微颤动，在他怀里哭了出来。

陈鉧轻轻抚着她的背，无声安慰着，也不管那些记者的镜头正对准他们。

陈鉧和苏新七当天下午就离开沙岛回了大屿，他们去了古厝，把孙智的事和李父李母说了。李父李母知道找到目击证人后十分激动，李母更是控制不住情绪，当场恸哭。他们一行人去公安局报了案，因为有人证，且又涉及命案，公安机关当即对冯赟和朱建豪展开调查。

因为当天有调查记者在岛上，虽然苏新七和陈鉧没有透露案件信息，但他们多方打探，也拼凑出了部分案情。大屿都市报当天晚上就做了个专题聊这个案件，此案因牵扯陈鉧，一时间网上都在聊李祉舟案，关注度极高，许多人都在跟进案件，这也给大屿警方很大的压力。

公安机关拘留了冯赟和朱建豪，把他们分别关在不同的审讯室里。冯赟始终保持沉默，无论警方问什么他都不答。但朱建豪心理抗压能力不行，二十四小时的讯问时间没到，他就一五一十全都交代了。

五年前，端午节那天晚上，朱建豪的确在冯赟的出租屋里，他们吵了一架，第二天一早是他开车送冯赟去的红树林。冯赟说会和学生见面把事情说清楚，做个了结，他当真了，可是没想到会闹出人命，但后悔已晚，他和冯赟已经是一条绳上的蚂蚱了。

警方根据朱建豪的招供,去询问了冯赟的前妻。她见事情急转直下,立刻坦白了自己知道的事实。她说自己也是受害者,是那天晚上听到冯赟和朱建豪的争吵才知道他的秘密,那之后她就提出了离婚。冯赟为了赔偿她,同时也为了封口,就答应净身出户,也没有要孩子的抚养权。

随着案件信息的进一步披露,冯赟的身份信息捂不住了,网上许多人义愤填膺,对他大肆讨伐,他的机构也受案件影响,闭门停业了。

拔起萝卜带出泥,那几天孟芜学校那个生物老师的案子也有了进展。家长方的委托律师告诉苏新七,那个老师见冯赟败露,就去自首了。那个老师坦白他是因为自己出轨的事被冯赟发现了,这才受冯赟胁迫,引诱班上的学生去和冯赟见面。

苏新七这才知道为什么自己这几年在冯赟的机构里毫无收获,他大概知道她一直盯着他,所以更加谨慎,甚至为了防止暴露,还找了个中间人替他牵线搭桥。

事已至此,冯赟的犯罪事实已经很清楚了。这个案件讨论度高,辐射范围广,社会影响极其恶劣。公安机关侦查完毕后,将案件移送检察院进行审查,一周后,检察院向人民法院提起公诉。

检察院提起公诉那天,苏新七连日以来提着的心总算是落了地。虽然还未开庭,但冯赟犯罪是板上钉钉的事实,他这回肯定难逃法律的制裁,庭审的不确定性只在量刑上。

当天晚上,苏新七仰望星空,举起手张开手指,试着用祉舟教她的方法辨认星星。看着那颗最璀璨的天狼星,她眼底湿润。

"祉舟,你还好吗?"苏新七望着天,轻声问。

漫天的星辰无声闪烁。

苏新七正抬头看着天,身上一暖,有人给她披了件外套。

"降温了,别感冒。"陈鲟握了下她的手。

苏新七回头冲他一笑,回握住他的手。

"饿吗?"陈鲟问。

苏新七这几天为了案子跑上跑下的,今天还在检察院待了半天,都没能好好吃饭。现在她心里大石落下，遂点点头。

"想吃什么？"

现在时间不早了，苏新七觉得下去买太费事，点外卖又不大方便，想了下说："我自己煮吧，家里不是还有面。"

"我来吧。"陈姆说。

苏新七讶异："你会煮面？"

陈姆咳了声说："在国外的时候老沈教的，简单的鸡蛋面。"

苏新七有些惊奇，跃跃欲试："我想尝尝。"

"等着。"

陈姆去了厨房，苏新七跟了过去，在一旁好奇地观望着。

这个房子陈姆就没住过几回，回国后更是从来没下过厨，他不怎么熟悉厨房，行动间略显生疏。

苏新七见他翻箱倒柜地找东西，笑了下，伸手指了指他脚边的柜子，说："锅在那儿。"

陈姆低咳一声，拿出小锅洗了洗，在炉上烧上水，然后一本正经地对苏新七说："你去休息，面好了我喊你。"

苏新七知道他手生，自己站在这儿他更不自在，她也不戳破，点点头善解人意道："我去房间收拾衣服，有什么事叫我。"

"嗯。"

苏新七看他一眼，转身去了主卧。

从沙岛回来后，她一直住在陈姆租的房子里，这阵子她忙着祉舟的案子，今天稍微得了点空闲，就回出租屋收拾了些衣服带过来。

她把今天带来的衣服叠好放进衣柜里，又打开从岛上带回来的小行李箱，从里面拿出笔记本电脑和一些工作资料放桌上。行李箱里还有个小盒子，这个小盒子是她最珍视的东西，里面装的全是陈姆以前送她的东西。

苏新七环顾了下房间，最后决定把它放进床头柜的抽屉里。

抽屉没锁，一拉就开，她正要把小盒子放进去时，目光一瞥，忽然看到了底下的一张照片。

苏新七收回盒子，拿起那张照片凑近看了看，顿时愣住。

这张照片被人撕了又被人用透明胶带小心翼翼地黏合，照片的清晰度不高，一看就知是几年前拍的，照片上的人苏新七再熟悉不过了，她甚至记得这张照片是在哪儿拍的。

她和陈鲔第一天认识时，晚上在石头岛，他用手机拍了一张她的照片，之后她要求删除，他却耍赖，后来时间一久她也忘了追究这件事，也不知道他到底删没删照片。

苏新七看着照片中十七岁的自己，蓦地眼热。

这么多年过去了，这张照片他还留着，甚至一直带在身边。她摸着上面的痕迹，似乎能体会到他撕掉这张照片时的愤怒失望以及黏合时的不舍和珍视。

他还是像以前一样喜欢她，一点都没变。

苏新七擦了擦眼睛，把照片放回原处。她起身走出房间，看到厨房里他的背影，鼻尖一酸，忍不住走过去，从背后抱住他。

陈鲔低头看着腰上的手，说："饿了？面快好了。"

苏新七把脸埋在他后背上，不说话。

陈鲔察觉她不对劲，拉了下她的手想转身，她却紧抱着他不放。

"怎么了？"陈鲔关了火，微微转过头问。

苏新七搂着他，忽而轻声说："陈鲔，我爱你。"

陈鲔愣了下，随即笑了，语气无奈又宠溺："又来，你还想不想吃面了？"

第十八章
问心无愧

几日后，苏新七去了律所，杨惠见到她稍感意外，问："你今天怎么来了？"

苏新七没时间解释，开口问了句："王律在办公室？"

杨惠点了点头。

苏新七不再多言，径自走向王峥的办公室，抬手敲了敲门。

"请进。"

苏新七推开门走进去，王峥抬头见来人是她，一点也不意外。他把手上的文件放下，看着她淡然道："来啦。"

苏新七见他老神在在的模样，猜他大概知道自己因何而来，也就不拐弯抹角，开门见山问道："冯赟的父母早上来过律所？"

王峥早猜到这件事所里会有人给她通风报信，也没否认，点了点头："嗯。"

"他们委托你为冯赟辩护？"

"嗯。"

苏新七抿了下唇："你答应了？"

王峥看着苏新七，表情不变，还是一副从容的模样。他反问："这样的案子，我有理由拒绝吗？"

苏新七语塞。

冯赟的案子关注度高，王峥如果成为冯赟的辩护律师一定会备受瞩目，他又向来喜欢接这种挑战性高的案子，且他的律所才成立不久，要是这个案子他发挥得不错，还能将律所的名声打出去，接到更多的案子。

"一定要接吗？"苏新七蹙了下眉问。

王峥沉默了片刻，看着苏新七问："你是觉得我不应该替冯赟辩护，还是觉得他根本就没有为自己辩护的权利？"

苏新七紧抿着唇，王峥目光尖锐，语气稍沉："哪怕是一个杀人犯，只要法庭还没给他定罪，任何人都没办法剥夺他的合法权利。"

苏新七虽然是初出茅庐的新人，但这个道理她是知道的。以往跟着王峥做了那么多案子，面对其他当事人她尚且能够客观冷静，可一想到有人要替冯赟辩护，向法院争取宽大处理，她就觉得自己不能理解。这一刻她不是律师，只是受害人的家属，她只想冯赟万劫不复。

"他的犯罪事实很清楚了，辩护的余地不大。"苏新七握着拳，语气稍稍急促。

"既然这样，你又何必担心我接下这个案子？"

苏新七缄默，王峥的能力，她是了解的。

"不要对当事人做道德上的评判，这句话你入行的第一天我就告诉你了，还记得吗？"

苏新七点头。

"你对冯赟有私人情绪我能理解，但如果你想当个律师，就不能让情绪左右，甚至影响你的职业素养。"王峥仍是很冷静，"在你心里你已经给冯赟定罪了，我们做律师的，如果在还没开庭前就给当事人下了判决，那基本上就没必要上法庭了，直接劝当事人认罪就好了。这是公诉人干的活，不是律师。"

苏新七深吸一口气，抬眼问："你要替他做无罪辩护吗？"

王峥没有回答，往椅背上一靠，说："这个案子你回避，我会派给你别的案子。"

苏新七沉默了几秒,才开口说:"我现在暂时还不想回律所。"

王峥听明白她这话的意思,倒是没多大的反应,只是点点头,语气还是很平静:"可以,我再给你几天时间,你好好考虑下,还要不要做律师。"

从王峥的办公室出来,苏新七心情沉重,也没留下来和杨惠他们聊会儿,直接下了楼。

这几天大屿的气温大跳水,直接从夏天进入了冬天,海滨城市夏天凉爽,但到了冬天就没那么好过了。海边潮气重,一降温室内室外湿冷湿冷的,即使穿着大袄也抵不住寒气往体内钻。

从写字楼出来,苏新七被冷风一吹,忍不住打了个哆嗦,立刻就被冻得回了神。她裹紧自己的风衣,快步走到路边,伸手拦了一辆车,直接去了湾泊区。

随着冯赟被起诉,陈鲟完全洗清了嫌疑,网上之前喊得最凶的几个博主因为怕被告,纷纷晒出了道歉书。这件案子对陈鲟的负面影响已经消除,出门前沈教练来找陈鲟,苏新七想游泳队应该很快就会召他回去。

她有点矛盾,之前怕游泳队不让陈鲟回去,现在又不舍得他归队,因此有时间她还是想多陪陪他。

进了小区,乘坐电梯上了楼,苏新七验了指纹开门,进门就看到客厅里坐着人,不是沈教练而是一位女士。她愣了下,在看清来人是谁后,忍不住紧张起来。

"回来啦。"陈鲟往门口方向看过去,见苏新七愣在玄关动也不动,朝她招了招手,"过来。"

苏新七暗自掐了下手心,换了鞋后走过去,有些拘谨地朝端庄地坐在沙发上的女士打招呼:"阿姨好。"

"嗯。"陈母颔首。

陈鲟拉住苏新七的手,她手心潮湿,显然是紧张的。他把她拉到身边坐下,转过头对自己的母亲说:"你别故意板着脸,她怕你。"

苏新七一惊,忙挠了下他的手心。

陈母看了眼苏新七，很浅淡地笑了笑说："五年前我更冷漠的时候，她都见过了，那时候她都不怕我。"

那年苏新七去陈鲟家找他，他妈妈的确没给她好脸色。那时候她一心想见陈鲟，也顾不上在意他家人的态度，这件事现在被提起，她还有些尴尬。

"你别拿腔拿调的，也就是看你是我妈，不然她也没必要对你客客气气的。"陈鲟不客气道。

苏新七心头一跳，掐了下陈鲟的手，有些急了："好好说话。"

"臭小子，还没过门就先护上了。"陈母对陈鲟大逆不道的话并不在意，自己儿子的脾性她是清楚的。

她看向苏新七，笑了下问："小鲟明天就要归队，不介意我和他爸爸占用你们独处的时间吧？"

苏新七听到陈鲟明天就要归队心里一个咯噔，但碍于他妈妈在这儿，只好按下不表，恭恭敬敬地回答道："没关系的阿姨，你们也有段时间没见面了……叔叔呢？"

"他去买菜了，说机会难得，想给小鲟做顿饭。"

苏新七心想着他们一家人难得一起吃顿饭，她待在这儿不太合适，便低声和陈鲟说："我出去走走，你好好陪陪你爸爸妈妈。"

陈鲟拉住她："你又不是外人，有什么好回避的。"

他见她拘着放不开，索性道："你不用怕他们，我上回不是说了，他们做不了我的主。"

苏新七见他什么话都往外说，忍不住瞪他一眼。

陈母倒是笑了，她冲苏新七看过去，说："你是小鲟的女朋友，没什么好避嫌的，晚上就一起吃个饭吧。"

陈母都发话了，苏新七也不好再说什么，恭顺地点了点头，心里倒是更忐忑了。

正好这时门铃响了，苏新七立刻起身："是叔叔吧。"

她去开门，门外的确是陈鲟的父亲，他手上提着两大袋食材，她赶忙伸手去接。

"叔叔,我来拿吧。"

"不用,重。"

陈父要推辞,陈鲟走过去,直接接过陈父手上的两个袋子往厨房走。苏新七亦步亦趋地跟在他身后。到了厨房,她往客厅瞄了眼,忍不住低声问:"你爸爸妈妈来了怎么不提前告诉我?"

陈鲟挑眉:"提前告诉你又怎么样?你能跑了?"

"我好歹有个心理准备啊。"

陈鲟把食材放在料理台上:"他们是突然来的,也没给我心理准备。"

他看她实在不安,笑了下说:"怎么见你爸妈你紧张,见我爸妈你也紧张?"

"那……"苏新七蹙了下眉,小声说,"我误会过你啊。"

陈鲟这才正经起来,看着她认真道:"以前的事在我这儿过去了就是过去了,谁也没办法替我计较。"

他摸了下她的脑袋:"他们要是不满意你这个儿媳妇,你是打算和我分手?"

"怎么可能?"苏新七想也不想就回答道。

"那你就别想那么多。"

陈鲟又开始不正经了,苏新七正要说他两句,余光见陈父往厨房来,立刻敛起表情,乖乖地站好。

"我来做饭。"陈父说。

苏新七有些讶异,但还是主动道:"我帮您。"

"你会做饭?"

苏新七点点头:"会一点儿。"

"行。"陈父笑着说,"小鲟和他妈妈都不会做饭,我一个人还真有点够呛。"

他看向陈鲟:"你帮不上忙,去客厅陪你妈吧。"

陈鲟一动不动,陈父故意说:"怎么,心疼女朋友啊?"

苏新七微窘,推了陈鲟一下,低声说:"去吧。"

陈鲟看着自己的父亲说:"别为难她。"

陈父嘿嘿一笑:"还真有点我年轻时候的样子,知道疼人。"

陈鲟拿了围裙给苏新七系上,还不忘在她耳边说:"不用太卖力,别累着。"

苏新七暗地里掐了他一把,把人推出了厨房,之后转过身略微尴尬地朝陈父笑笑。

"我家这小子有点浑吧。"陈父说。

苏新七不知道怎么回答,只好回以一笑。

她虽然见过陈鲟的父母,但从来没有和他们相处过,又因为以前的事,她更觉局促,倒是不知道要怎么表现才好。

陈父把买来的食材从袋子里拿出来,苏新七伸手去帮忙,又听他说:"我和他妈妈工作忙,他小时候就把他丢在他爷爷那儿,他跟着胡同里的孩子都学野了。后来家里的生意稳定了,我们把他接到身边生活,这小子不服管教,三天两头就要和我们吵一架。"

陈父开玩笑似的说:"我和他妈妈实在管不了他,就让他自由成长了。"

苏新七静静听着,她知道陈父还有后话。

"他小时候在他爷爷身边长大,后来又进了游泳队,算起来真正跟我们一起生活的时间没多长。我和他妈妈给他的关心不够,一般孩子心里肯定是有怨气的,他倒是一点不在意,也没有和我们生分。"

陈父指指自己受伤的腿,笑得坦然,一点也不介意戳穿自己的短处:"他出生没多久我就出事了,他和他爷爷生活的时候,胡同里的孩子说我是瘸子,他为这事没少打架。后来在学校也是,谁要是拿我的腿说事,他就跟人动手,和付聪那回也是。"

"他这样维护我的尊严,我这个做父亲的自然更要保护他。"

苏新七听到这儿就明白陈父的意思了。

"老沈很早之前就告诉了我,小鲟能回游泳队多亏了你。这件事我们没告诉他,一是老沈说这是你的意思,二是我们也不愿意他总惦记着你,忘不了过去的事。"陈父说到这儿看了眼苏新七,停了几秒才接着往下说。

"在沙岛出事之后,他一直在国外训练,今年突然说要回国,我们还以为他已经走出来了,结果没多久就在新闻上看到你们在一起的消息。"陈父歇了口气,大概是觉得气氛有点凝重,又开了个玩笑,"他这点像我,专一,长情。"

　　"叔叔,我——"

　　苏新七捏着手上的西红柿,抿了下唇想开口。陈父却摆了摆手,温和地打断她:"你们的事,我和他妈妈商量过了,有些人是拆不散的,我们也不做讨人厌的家长,而且真要反对小鲟和你在一起,他也不会听的。

　　"不过我看他挺听你的话的,看来还是一物降一物。"

　　陈父和煦一笑:"我说这些,不是想翻旧账责怪你,只是想让你知道我们的态度。希望你们以后都能好好的,以前那样的事——"

　　"不会了。"苏新七毫不犹豫地承诺道,"不会再发生了。"

　　她抬眼看着陈父,目光笃实,郑重道:"以后我会像您和阿姨一样,永远信任他,义无反顾地保护他。"

　　"那就好。"陈父点了下头,表情欣慰,又开起了玩笑,"以前我还觉得他这小子这么浑,以后肯定没姑娘愿意嫁给他,现在好了,我和他妈妈也不用担心他这辈子只能和泳池过了。"

　　一番谈话过后,她心中释然许多,此时的笑也有了如释重负的意味。

　　接下来的时间,苏新七帮着陈父做晚餐,期间有说有聊的,关系亲近了不少。晚上吃饭时,陈母还给苏新七夹了菜,甚至询问了下冯赟这件案子的进程。

　　饭后陈父陈母没有多留,说是给年轻人空间,坐了会儿就走了。苏新七把他们送到了电梯口,等长辈走后才彻底松了一口气,心里却颇为感慨。

　　本以为因为以前的事,陈鲟的父母应该不太待见她,可今天相处下来,她发现他们还是很好相处的,至少不是那种顽固的长辈。正如陈父所说的,他们都很保护陈鲟,凡事都以他为重。陈鲟护着她,他们也就没为难她,反而对她态度友善。

　　回到家,陈鲟见苏新七一副如释重负的模样,忍不住调侃她:"喘上来气了？"

苏新七点点头："我第一次和你爸妈一起吃饭，真的好紧张。"

陈鲟摸了下她的脑袋："怕什么，他们很中意你。"

"那是因为你喜欢我，所以他们才喜欢我。"苏新七仰起头看着他，语气真挚道，"陈鲟，你果然不缺爱，你的爸爸妈妈都很爱你。"

"我也很爱你。"她想起下午陈父的一番话，顿了下说，"就算你不缺爱，我也想给你我全部的爱。"

陈鲟眸光微澜，这段时间她总向他示爱，好像怕他不相信似的，反复强调，他听不腻，每回听她告白都心动不已。

大屿气温连降，就在所有人都准备过冬时，气温又骤然回升，一时间大有二次入夏的光景。城市里每栋大楼的空调又开始制冷，街头上短袖短裤重新成为主流。

陈鲟归队后，苏新七搬回了自己租的房子。外面热，她一整天都窝在屋子里，吹着空调看书看电影。以前工作忙，总觉得没时间给自己充电，现在手头上没了工作，她却觉得百无聊赖，闲得发慌。

时至傍晚，房内光线昏暗下去，苏新七也懒得起身去开灯。她放下手中的法律书，仰头靠在沙发上，忽而幽幽地叹口气，有些怅惘。

她当初选择学法，是为了给祉舟讨一个公道。她目标坚定，哪怕曾经有过动摇，最后也不曾放弃。可现在，冯赟罪行曝光，她的坚持有了结果，多年的心愿总算得偿，她欣喜之余却觉得迷茫，对自己，对法律。

她不知道没有了明确的目标后，她还能不能坚定不移地从事法律相关工作。

苏新七又叹了一口气，伸手摸过手机，突然很想听听陈鲟的声音，可她想他刚回队，一定有很多事要忙，几番犹豫后还是打消了念头。

才放下手机，铃声就响了，电话是孟芜打来的，苏新七拿起手机接通。

"小七，你在家吧？"孟芜问。

"在啊。"

"你方便出来一趟吗？有人想见你。"

苏新七疑惑："谁啊？"

"就之前生物老师那件案子，受害学生的家长，他们想见你一面，你能出来吗？"

那个学生的家长也是冯赟案的受害者家长，苏新七以为他们有什么要咨询，没多犹豫就答应了。

孟芫说："我带他们到小区外的咖啡馆等你，到了给你消息，你再出来。"

"好。"

苏新七挂断电话，立刻起身去换了套衣服。因为要见受害者家属，即使她现在是非工作状态，也还是特地打扮得正式了些。

收拾妥当后，孟芫的消息也来了，苏新七立刻出门，按照孟芫发来的定位找到了附近的一家咖啡馆，才推门走进去就看到孟芫朝她挥手。

"小七，你坐这儿。"孟芫把苏新七拉到身边坐下，先为她介绍对面的家长，"这两位就是我刚才和你提的学生的爸爸妈妈。"

说完她又笑着向对面的两人介绍道："这位就是苏律师，冯赟的案子就是她找到了目击证人，也是她发现刘老师和冯赟有联系的。"

她话才落地，学生的爸爸就站起身朝苏新七伸出手，一脸激动地致谢："苏律师，真是谢谢你了，要不是你，我们家孩子可就被毁了。"

苏新七吓一跳，看了眼孟芫，忙起身和学生的爸爸握了下手。

学生的妈妈眼里泛着泪花，十分真诚道："苏律师，我们是真的谢谢你，要不是你，这事没法顺利解决。"

苏新七受宠若惊，抬手摆了摆说："叔叔阿姨，我也没做什么，你们不需要这么客气。"

学生的爸爸说："苏律师，你太谦虚了。我们都看新闻了，报道上都说你这几年从来没放弃过，一直在找证据，多亏了你的坚持，这才把冯赟的恶行公布于众。"

"是啊，要不是你找到了关键证据，冯赟就会逍遥法外，我们也没办法查到他那儿去,最后肯定就被他蒙混过去了。"学生的妈妈抹了下眼睛,接着说,"他要是没被抓,我们的孩子不知道之后还会不会受他控制,又会遭到什么罪。"

苏新七抿了下唇,关切地问道:"孩子现在怎么样了?"

学生的爸爸叹口气说:"他的状态一直不太好,我们把他送去做心理治疗了。"

"他小时候出了车祸,一只手没了,那之后一直很自卑。冯赟就是拿捏了他这一点,威胁利诱他,让他不敢把事情往外说。"学生的妈妈哽咽出声,"要不是我发觉他情绪不太对劲,多留了个心眼,真不知道他之后会变成什么样,会不会想不开。"

苏新七听到这儿,不由得想到了祉舟,蓦地有点难过。

"不过冯赟被捕后,心理医生对小孩进行心理疏导,最近他已经愿意和人交流了。"学生的爸爸的表情开朗些,再次致谢,"苏律师,这都要谢谢你,是你救了我们的小孩,你是我们家的恩人啊。"

学生的妈妈说:"恶有恶报,我们相信法律会给我们一个公正的。"

苏新七闻言动容,对于家长的感恩她受之有愧,心里却也隐隐生出一种欣慰之情。她没想到自己只不过一心做着该做的事,还能受到别人的认可。

见过受害者家长后,路上孟芜一直在夸她:"最近网上好多关于你的报道,你现在是法律界的小红人了,苏律师,当代正义使者啊。"

苏新七无奈地笑道:"都是吹捧的。"

"怎么会?你本来就很厉害啊,要不是你,冯赟能落网吗?这次事件引起社会广泛关注和讨论,现在越来越多人关注类似事件,学校也开始注重青少年心理健康了。我们学校今天还开了个学习讲座。"

孟芜笑着说:"社会进步一小步,你功不可没啊。"

苏新七摇了摇头:"我的出发点没那么伟大,我之所以能坚持下来,是存有私心的。"

她郑重地说:"我想以后仰望星空的时候,能够问心无愧。"

孟芜知道苏新七的好友就是冯赟案的受害者,也清楚苏新七说的私心,但她一点都不觉得这会让苏新七的功劳打折扣。

"结果正义,都说法律是社会的底线,你们学法的不就是为了守住做人的底线,不管你的出发点是什么,为一个人还是为一群人,反正你做到了,你守住了。"

孟芫的话像是一缕阳光,穿透了她心中的迷雾,让她隐隐看到了前方的路。

晚上,苏新七洗完澡后给陈鲟发了条消息,没过多久他就打来了视频电话。她侧躺在床上接通,等屏幕上他露了脸后,冲他粲然一笑。

陈鲟光着膀子,头发还是湿的,看样子也是才洗完澡,苏新七问:"今天训练了?"

"嗯。"

"累吗?"

"适应训练,热热身而已。"

苏新七笑了下:"适应得怎么样,一阵子没训练,退步了吗?"

"怎么可能,我休息的这段时间没少做体能锻炼。"陈鲟冲她挑了下眉。

苏新七一慌:"你在宿舍?"

"放心吧,没人。"陈鲟看她一脸紧张,忍不住笑。

"浑蛋。"苏新七趴在枕头上,嗔他一句,一点威慑力都没有。

陈鲟靠坐在床上,问她:"今天都干什么了?"

"看书。"

"没出门?"

"傍晚出去了一趟。"苏新七拿着手机翻了个身,思忖片刻,把傍晚出门见受害者父母的事和他说了。

"他们这么感谢我,我还挺不好意思的。"苏新七看着手机说,"我觉得他们,包括网上的一些人都对我过誉了。本来我收集冯赟犯罪的证据就只是为了替祉舟讨个公道,结果现在被捧得这么高。"

"没捧高,你应得的,做得好就该被夸。"陈鲟直接说。

苏新七看着他,忽然好奇地问:"你拿冠军的时候,全国的人都以你为荣,你当时什么感觉?激动吗?"

"没什么特别的感觉。"陈鲟没说实话,其实站在最高领奖台的时候他还是激动的,除了为国争光的荣誉感,他当时还有个念头,觉得自己站在了世界的顶点,她这回一定知道他在哪儿了。

苏新七想起媒体对他的形容词,荣辱不惊,他在她面前才会露出顽劣的一面,但对外还是稳重的。

她施施然一笑,说:"你第一次参加奥运会的时候,我本来想去看现场,机票都买好了,但是我爸爸腰伤犯了,要动个小手术,我就没去成。但是我看了直播,在医院食堂,你夺冠的时候,整个食堂都沸腾了。"

"你高兴吗?"

"当然。"

陈鲟心头一软,即使他们当时分隔两地,但心里却都想着彼此。

苏新七叹口气说:"没能去现场亲眼看你拿冠军我还是觉得挺遗憾的,这个冠军对你来说肯定意义非凡。"

"明年你来,我再拿一次帮你弥补遗憾,有你亲眼见证的冠军意义更非凡。"陈鲟语气不羁。

苏新七心里一阵温热,眼神都柔和了。她看着屏幕里他的眉眼,忍不住放轻语气说:"陈鲟,我好想你。"

隔着电话陈鲟都觉得缠绵,他喉头一动说:"才归队你就想勾我出去。"

苏新七笑眼弯弯。

陈鲟看着她,眼眸深深,忽而扬了扬唇说:"我明天打个电话给电力局,问问最近还停不停电。"

苏新七笑意泛滥:"冬天到了,不刮台风了。"

"元旦应该有假。"陈鲟说了句正经话。

"你专心训练,要是不能出来就别出来了。"苏新七隔着手机屏幕和他对视着,忽然说,"我去给你当助理怎么样?陪你训练,给你拎包,端茶送水。"

"扰乱军心。"陈鲟想到她这两天的异样,问了句,"不想干律师了?"

苏新七缄默片刻后说:"我的师父接受了冯赟父母的委托,成了冯赟的辩护人,我知道律师的工作就是这样的,但还是有点……难以接受。"

她叹口气,语气沮丧:"我觉得我可能胜任不了这份工作,你说呢?"

"真要听我的意见?"

苏新七点头。

"辞了。"陈鲟干脆道。

苏新七愣了下:"你也觉得我做不好?"

"不是,危险。"陈鲟言简意赅,"但是……"

他又来了个转折:"这事你自己的想法最重要,你要是觉得不甘心还想再试试,我不拦着你,做得不开心,那就换工作。如果什么都不想干,那你等我退役,我们去岛上养养扇贝养养鲍鱼。"

苏新七见他没说两句又不着边了,忍不住笑着低斥两句,心里却暖乎乎的。

他没有给出理智的建议,但亲近的人似乎就是这样,只在乎她最真实的想法,在意她开不开心。

他们就这么时而说几句恩爱话,时而斗几句嘴地聊着,时间缓缓滑向深夜。苏新七怕影响陈鲟休息,率先提出挂电话。

和陈鲟道了晚安后,苏新七心满意足地放下手机,一时间觉得他们好像又回到了从前。在岛上的时候,每天晚上他们都会用对讲机聊会儿天,互道晚安后再入睡。

一夜好梦。

次日上午苏新七打车去了湾泊区,昨天她搬回出租屋,今天趁着空闲,她打算去陈鲟的住处给房子做下卫生。

好巧不巧的是,她才从车上下来,就碰上了李潋。

李潋正遛着狗,见到苏新七倒是露出了些微意外的表情,问:"你搬家了?"

"没有。"苏新七回答道,"我男朋友住这儿。"

苏新七和陈鲟的事都上热搜了,李潋自然知道她的男友是谁,了然道:

"这里的确离训练基地很近。"

李溦看着苏新七,忽然问:"有时间吗?我们找个地方坐下来聊聊?"

苏新七愣了下,很快就猜到了李溦的意图。她沉默片刻,觉得自己这两天正迷茫着,和业内资深人士聊聊也好,便答应了。

今天阴天,气温不冷不热。李溦还牵着狗,她们找了家户外咖啡馆,在室外的露台上坐着。

点了两杯咖啡后,李溦看着苏新七,冷不丁开口说:"我和王峥的事你都知道了吧。"

苏新七心里一个咯噔,故作镇定地装傻扮痴:"你和王律是法庭上的老对手,圈里人都知道啊。"

李溦露出意味深长的笑:"别演了,我知道你已经知道了。"

苏新七绷着脸,最后还是在李溦的目光中败下阵来,尴尬道:"我也是无意中发现的。"

李溦笑:"很意外吧?"

苏新七点头:"王律知道我……"

"知道,他说你不是傻子,我去机场接你们那回,他就说你已经知道了。"服务员端上两杯咖啡,李溦拿起汤匙搅了搅,抬眼笑着说,"他说你是他亲自带出来的,不会连这点洞察力都没有。"

苏新七微窘,面对这种夸赞倒不知道该不该高兴。

李溦抿了口咖啡:"你不好奇我和他水火不容的怎么会在一起?"

"这是私事。"苏新七没有窥私的欲望。

"我们的确暂时没打算对外公开,检察官和知名刑事律师是一对,听着好像有什么私下交易。"

苏新七蹙了下眉,诚挚道:"你和王律都不是那样的人。"

"你既然已经知道了,我也不妨和你说说我和他的事。"李溦大方一笑,语气直率道,"我和他是读研究生的时候在一起的,毕业后分了手,不久前才旧情复燃。

"他很优秀,在校的时候就锋芒毕露,常常和导师雄辩,和现在一个德行。我们在一起的时候也常因为法律问题起争执,你懂的,法院情侣的日常。"

苏新七心领神会,莞尔。

"在校的时候有分歧尚且可以说是学术切磋,后来毕业,我考入了检察院,他去了律所,成了一名刑事律师,我们之间的矛盾也越来越大。

"步入社会,各方面压力一下子就大了,我和他都是新人,经验不足,困难也多,我在检察院当助理的时候,整天订案卷,累的时候吃饭都抬不起手。

"他拿到执业证后开始独立接案子,你应该知道新人律师没有人脉,没有案源,接不了大案。他一开始做得最多的就是法援案,为了个小案子四处奔波,处处不讨好,有时候还要倒贴,没收入就算了,刑事律师最糟的情况我想你应该知道。"

苏新七颔首:"被报复。"

李溦点头:"他换了好几个住处,但是每个地方都住不长。"

苏新七抿唇。

"在收到几次恐吓信后,我撑不住了。我尝试劝他放弃做刑事律师,去做民商、海事,法务也比做吃力不讨好的刑诉强,但他并不接受我的建议,他有他的坚持和理想,在校的时候我就是看上了他这点。"

李溦垂眼,沉默了几秒后才自嘲道:"只不过后来我变了,变得不能理解他,甚至说他做刑诉就是以挑战法律为乐,替犯罪者开脱,从中获得虚伪的成就感。

"那时候太年轻,工作生活分不清,我总是把工作状态带回家,我和他那两年经常因为案子争吵。"

她苦笑:"你看过我们俩在法庭质辩的样子吧,那都是碍于法庭秩序克制了的。"

苏新七大概能想象到他们私下争吵有多激烈了。

"他是个理想主义者。"李溦回想过去,"我们刚在一起的时候,我就问过他为什么想做刑事律师,他的回答我至今还记得——

"他说法律明确了不同的罪行有不同的量刑,故意杀人罪和故意伤害罪，两字之差，命运天差地别。

"人人都想要对作恶者得而诛之，但法律规定被告也有为自己辩护的权利。如果剥夺了这一权利，法律将威严扫地。辩护人的工作不讨好，但总要有人去做，他就想做皇冠上的明珠，他也的确做到了。"

苏新七神色微怔。

李潋呷了口咖啡，抬眼说："是不是还挺热血的，和你印象中的王峥不太一样？"

苏新七迟疑了下，点头。

"他现在是看着很成熟，其实内心还是一个有理想的少年，哪个案子不讨喜他就接哪个，被人骂也不在意。我现在也不是当初那个新人了，在检察院待了这么些年，和他交锋了那么多次，我知道做刑事律师，他是认真的。"

李潋放下汤匙，抬头看向对面："王峥说你不想干刑诉了？"

苏新七抿了下唇，忽然觉得自己好像猜错了李潋的意图。

"正常，干刑诉压力太大了，只有王峥那样的人才能长久做下去。"李潋笑了下，看着苏新七说，"他为冯赟辩护，你心理上接受不了是人之常情，他有时候接的案子连我都看不惯。"

"我鄙夷，但不质疑，就像他说的，这份工作总要有人去做。"

苏新七沉默良久，心头若有所触，倏尔笑了："潋姐，我还以为你是来劝我去检察院的。"

李潋哈哈一笑，爽朗道："我和你说这些只是分享下过来人的想法，也是不想你对刑事律师这个职业失望。至于还要不要待在王峥的律所，全凭你自己做决定。"

苏新七释然一笑，顿觉心中迷雾散去，前路已然清晰。

第十九章
新年快乐

大屿在几次入冬失败后，终于在十二月成功进入冬季。年底气温直降，海风砭骨，尤其是早晚时分，冻得人瑟瑟发抖，南方没有供暖，过冬全凭一身正气。

卢成说天冷时犯罪率会下降。苏新七却不觉得，年底这两个月律所照样忙得团团转。她跟着王峥每天不是在去看守所的路上，就是在去检察院、法院的途中，加班加点成了家常便饭。

那天和李溦聊完后，苏新七回去后想了很多。正如陈鲟所说，她不甘心。她不愿意因为一点挫折就半途而废，且李溦说得对，总要有人去做辩护的工作，她的能力虽然并不十分出众，但也愿意用所学去回馈社会，即使成不了皇冠上的明珠，为明珠做做陪衬也好。

此前，冯赟案曝出后，引发社会大众很大关注，很多学生和家长对这方面都提高了警惕。因为冯赟案，苏新七现在在律师界小有名气，她在接受赞美的同时也知道自己身上有了新的责任和使命。她并不确定能否在刑事律师这条路上坚持下来，但日子还长，她愿意花时间去探索。无论是检察院还是律所，只要她不忘记初心，便能发光发热。

临近年底的时候，王峥派给苏新七一件未成年人涉嫌故意伤害的案子，她那阵子每天早出晚归，跑学校跑看守所跑法院，累得在车上都能打盹。晚上和陈鲟视频，有几回她聊着聊着就睡着了。

苏新七自知最近因为工作对陈鲟多有忽视，他一直在队里训练，十二月中旬请了半天假出来，她还因当事人有突发情况，匆匆中断了约会。她心里有愧，因此在得知陈鲟元旦有一天假后，便想方设法在新年前把手上比较紧急的工作忙完，将元旦那天彻底空出来。

一年的最后一天下午，苏新七早早下了班后打车去了湾泊区。她先去超市买了食材，到陈鲟住处后，她换了套居家服，把屋子里里外外打扫了一遍，之后就在厨房洗手做羹汤。

陈鲟进门时，苏新七正在炒蛤蜊，她听到开门的动静回过头，一边颠锅一边说："回来啦。"

"嗯。"陈鲟把外套脱了挂衣架上，换了鞋往厨房走去，伸手从背后抱住苏新七，埋头在她颈侧嗅了嗅，闻到她身上熟悉的馨香，眉头舒展。

苏新七忍不住瑟缩了下脖子，盈盈笑着："痒。"

陈鲟收了收手臂，忽然皱了下眉说："你是不是瘦了？"

"有吗？"苏新七关了火，把锅里炒熟的蛤蜊装盘，"没有吧。"

"你都瘦了一圈，最近是不是都没好好吃饭？"

"有啊。"苏新七回得底气不足。

陈鲟一只手从她上衣的衣摆下探进去，在她腰上摸了摸："我检查下。"

苏新七察觉到他的手大有往上攀登的趋势，忙转过身抱住他，仰着头说："先吃饭，我特意做了一桌菜，就等你回来一起吃。"

她难得撒娇，陈鲟垂眼见她双目熠熠动人，忍不住低头亲了下她的眼睛，拍了下她说："我先去换套衣服。"

苏新七展眉一笑："好。"

陈鲟去卧室换了套休闲服，再出来时，苏新七已经摆上了碗筷，抬头看见他就说："你坐着，我先给你盛一碗汤。"

陈鲟顺从，苏新七舀了碗刚熬好的鱼汤放在他面前，示意他："趁热喝，祛寒。"她说完转身回到厨房，炒起了青菜。

今天天气不好,外面下着小雨,天寒地冻,陈姆就这么看着苏新七在厨房忙碌的身影,只觉得有她在的人间一隅,无限温暖。

他们在一起吃了一年的最后一餐,席间闲谈着彼此的近况。虽然很多事平时打电话或视频时都说过了,但他们浑然不觉啰唆枯燥,面对面再说一遍也觉新鲜。

饭后,苏新七洗碗,陈姆帮忙,一个洗一个擦,还真有一起过日子的感觉。

才洗完碗,苏新七就接到了父母的视频电话,元旦放假,他们记挂着她,担心她一个人在城里孤单。苏新七也没瞒着,让陈姆入了镜,直接告诉他们自己和陈姆在一起。

陈姆打了招呼,苏父苏母和他们聊了会儿。挂断视频后,苏新七觉得今天是一年的最后一天,就让陈姆给他爸妈打了个电话。

陈父陈母接到陈姆的问候电话都很意外,在看到他身旁的苏新七后就了然了。陈姆不习惯和父母寒暄,简单问了好后就把手机递给了苏新七。她接过后和他爸妈聊了几句,提前道了声新年快乐,陈父陈母喜笑颜开,之后还给她发了新年红包。

天气预报发布了低温预警,今天的最高温都不超过十摄氏度,苏新七觉得冷,抱膝倚着陈姆坐在沙发上,和陈父陈母说了再见后,她回头把手机递还给他。

两相对视,陈姆把手机丢到旁边,一手搭在沙发背上,低下头去亲她。苏新七微微仰头,自发地合上眼。

外面小雨淅沥,寒风瑟瑟,冬季的爪牙肆虐人间,室内却是一派春色。

苏新七将睡未睡,闭着眼,呢喃着问:"几点了?"

陈姆看了眼桌上的电子钟:"十二点刚过。"

苏新七勉强把眼睛睁开一道缝,看着黑暗中他模糊的一道轮廓,柔声说:"新年快乐,陈姆。"

陈姆心头一动,低头亲了下她的发旋:"新年快乐,七公主。"

这是他们第一次在一起跨年,从十二月三十一日到一月一日,日历上的数字重新开始循环,这不是新的起点,而是一个重要的节点,此后他们将共同度过无数个这样的瞬间。

元旦过后,陈姆归队训练,苏新七重新忙起了工作。两人虽然在同一个城市里,但其实和异地恋没两样。不过五年毫无希望的分离,他们尚且熬过来了,现在靠着电话联系倒也不算艰难。

王峥成了冯赟的辩护人后时不时会去看守所和他会面交谈,苏新七秉着回避的原则,从来不向王峥多加打探。这件案子影响大,情节复杂,法院一直没确定开庭时间,依她的猜测,大概是要等到春节后了。

临近年关,律所的委托多了,苏新七一直忙到年二十八。那天晚上律所的人聚在一起吃了个饭,算是尾牙宴。年二十九那天苏新七早早地就收拾了东西,搭乘轮渡回了沙岛。

回家的两天苏新七照样很忙,她帮着母亲给家里做了大扫除,又帮着父亲把渔船里里外外清洗了一番。年三十那天她一整天都在处理海鲜,为年夜饭做准备。

苏父是家里的大哥,家里老人走后,苏家的年夜饭都是在苏新七家吃的。年三十晚上,苏家灯火通明,客厅里小孩扎堆玩游戏,饭桌上长辈推杯换盏,闲话家常,好不热闹。

苏新七觅了个机会脱身,拿着手机上了天台,找了个信号好的位置站定,给陈姆打去电话。

没一会儿电话通了,陈姆露了脸,见苏新七那边光线昏暗,不由得问道:"在哪儿呢,怎么这么暗?"

"在天台上。"苏新七说,"家里人太多了,楼下吵。"

陈姆了然。

苏新七问他:"吃过年夜饭了吗?"

"嗯。"陈姆反问,"你呢?"

"才吃完。我爸他们在喝酒,我妈妈和小姨她们在聊天,我让小漾看着几个小朋友,溜上来给你打个电话。"

陈姆勾了下唇:"想我了?"

"嗯。"苏新七毫不忸怩,"叔叔阿姨呢?"

"家里有人,他们在外面。"

陈鲟话音刚落,房门被推开。苏新七见他抬头,没一会儿就听到有人问:"你一个人躲在房间里干吗呢?出来打麻将啊。"

苏新七正疑惑是谁,屏幕里忽然冒出个脑袋。那人看到她,顿时一脸恍然:"原来是和弟妹在聊天呢。"

"嗨,弟妹,自我介绍下,小鲟的表哥,你有没有听他提起过?"

苏新七噎了下,没听陈鲟提起过他的表哥,但此时又不知道可不可以说实话。

陈鲟不耐烦地把表哥的大脑袋推开,不客气道:"她不知道你是谁,别在这儿碍事。"

"欸,你怎么能这么对你人生的大恩人呢?要不是当年我生病,让你去替我参加游泳比赛,你现在能成世界冠军?"

陈鲟冷哼:"太阳是被鸡叫出来的。"

"弟妹,看到没有?你男朋友就是个忘恩负义的人。"

"赶紧滚。"

陈鲟表哥哈哈一笑,也不搁这儿讨人嫌,起身和苏新七打了个招呼,出门前喊了句:"和弟妹腻歪完赶紧出来啊,三缺一。"

苏新七听到关门声后笑了下,问:"你家里都有谁来了?"

"我舅他们一家。"

苏新七觉得陈鲟家里来了客人,自己拉着他聊太久不太好,便说道:"你快出去吧,别让人等急了。"

"不用理他们。"

"不行,三缺一呢。"苏新七笑着说,"大过年的,不能扫兴。"

陈鲟见手机屏幕都糊了层雾气,可想而知她那边多冷,他不忍心她在外面受冻,顺势点了下头,想了下又说:"我过两天就去找你。"

"不急,你好好陪陪叔叔阿姨。"

"姐,姐——"

苏新七听苏新漾喊她,大概是应付不了家里的一帮小孩,来搬救兵了。她抿唇笑笑,不再和陈鲟多聊,挂断电话后把手机往兜里一揣,朝手心呵了口气,这才转身下了楼。

晚上家宴散后,苏新七骑电动车载着母亲去美人山的妈祖庙烧头香。年三十晚上的妈祖庙十分热闹,妈祖娘娘的香案上摆满了供品,殿前的蒲团都不够跪的,连放鞭炮都要排队。

苏新七和母亲烧完一炷香回到家已近深夜一点,她洗漱完躺在床上一点睡意都没有。这种感觉有点像小时候,盼着年初一穿新衣,兴奋得睡不着。虽然她现在大了,对新衣裳已经没有了执念,但今年这个新年她却觉得和往年分外不同。

她想归根结底是因为陈鲟,他让她对新的一年有了期待。

想到陈鲟,苏新七拿过手机给他发了句"新年快乐"。陈鲟也还没睡,回了祝福,又和她聊了起来。两人一来一往地说着话,苏新七最后还是被陈鲟哄着睡着的。

年初一一大早,天还未亮透,苏新七就起床了。父亲照常把"出天方"的任务交给她,她熟练地拿着竹香去点爆竹,鞭炮声响起的那刻她下意识地往岛心看了眼,眼底微微潮湿。

"祉舟,新年快乐。"

话语随着海风散去。

大年初一,苏新七跟着父亲在岛上各个亲戚家里做客。初二、初三父亲出海,她在家帮母亲的忙,有时候还会去海崖帮帮小姨的忙。

初四那天一大早,苏新七早早在码头等着。最早的一班轮渡和朝暾一起来了,她凭栏远眺,映着朝晖看到甲板上一个熟悉的剪影时微微一笑。陈鲟同五年前一样,就这么霍然闯进了她的世界里,再也没离开,再也不会离开。

陈鲟出行从简,只带了一个小行李袋,如第一次登岛时那样。下了船才从码头出来,他抬眼就看到苏新七跑向他。他扬起嘴角,把行李袋往地上一丢,朝她张开双臂。

苏新七扑进他怀里,搂着他说了句吉利话:"祝你新年快乐。"

这句话明明元旦时说过,年三十那晚也说了,苏新七仍是想面对面亲口和他说一遍。

陈鲟摸了下她的脑袋:"祝你……不止新年快乐。"

苏新七心旌一动,笑意从眼底溢出来。

她带着陈鲟回了家,初四这天渔民不出海,她的父母都在家,他们见到陈鲟很自然地攀谈了起来,一点也不把他当外人。家里来客人见到他,开玩笑说女婿来了,她父母也没反驳,笑着默认了。

苏母安排陈鲟住进家里,还是三楼的房间。吴锋宇听说陈鲟来岛了,主动把机车留给了他。

午后,陈鲟载着苏新七环岛游玩,他们去了情人礁,去了大浴场,傍晚还去红树林看了落日。因为时间不够,他们没去爬美人山,只在山脚下的妈祖庙里走了一圈。

在海港时,陈鲟和苏新七说起一件事,他说他第一回见到她并不是在情人礁,而是在海港。那时他从海崖下来,远远看到她朝吴锋宇他们扔"彩雷王",那股狠劲他至今还记得。

"我那时候就在想,这座岛上的女孩还挺刁蛮的。"陈鲟笑着说。

苏新七轻轻掐了他一下,陈鲟抓住她的手放嘴边亲了亲:"就因为这样,我后来才会去招惹你,想看看你会怎么反击我。"

结果这么一招惹,他们的人生轨道就有了交点。

晚上他们去了海崖,上回陈鲟来沙岛,因为离开得仓促,都没能来海崖看一看,也没来得及和苏新七小姨一家打个招呼。

陈鲟把机车停在苏新七小姨家的旅馆门口,摘下头盔后,打量了眼几年不见的旅馆。旅馆的外墙重新刷了一遍,大门也换了,看上去比以前更气派了。

苏新七推开旅馆大门,陈鲟跟着走进去,风铃被海风一吹发出叮叮当当的声音。坐在前台的苏新七小姨听到声音,抬头往门口看去,陈鲟见她哭得泪眼婆娑的，不由得一愣。

"小姨，你又在看韩剧呢？"苏新七无奈道。

"这不没事干嘛。"苏新七小姨看着陈鲟，揩了揩眼泪，略难为情道，"怀孕的人情绪波动比较大，泪腺发达，没事就爱哭，让你见笑了。"

陈鲟听闻这话，看了眼苏新七，若有所思起来。

苏新七小姨擦干眼泪，扶着腰挺着个大肚子站起身，开玩笑问："你们两个是打算过夜还是就开个钟点房啊？"

苏新七脸上一热，嗔怪地看了眼自家小姨："小姨你说什么呢，我们就是上来玩玩。"

"嘿，还不好意思。"苏新七小姨见陈鲟没带行李来，想了下问他，"住小七家啊？"

陈鲟点头。

"你什么时候归队？"

"初七。"这问题是苏新七回答的，"我们到时候一起走。"

"那也没几天了啊。"

晚上苏新七小姨做东，把苏父苏母喊上了海崖吃饭。席间觥筹交错，他们都知道陈鲟夏天有重要比赛，也不劝他喝酒，陈鲟得以全身而退。

吃完饭，苏父和苏新七小姨夫都喝蒙了，苏新七小姨见状就对苏母说："姐，姐夫喝多了，你们骑车回去不安全，晚上干脆就住我这儿吧，反正这两天没什么客人，空房多。"

她又看向陈鲟和苏新七："你俩干脆也在这儿住下吧，大晚上的，外头这么冷，别吹感冒了，陈鲟过几天还要回去训练呢。"

苏新七一时又窘又臊，刚想开口借车，却听母亲说："这样也好，晚上都住这儿吧。"

结果他们还真住了下来。苏新七小姨特意把苏父苏母的房间安排在走廊的一头，又把陈鲟和苏新七的房间安排在另一头，偏偏她还掩耳盗铃地给他们分别安排了房间——两个门对门的房间。

苏新七晚上洗了澡，裹着浴袍，开门后左右看了眼，见走廊上没人，就关上自己的房门,走到对面敲响了陈鲟的房门。

很快陈鲟就开了门,上下打量她一眼,挑了下眉,意味深长地问:"特殊服务?"

苏新七直勾勾地看着他,眼波一荡:"需要吗?"

陈鲟眸光微黯,让开门。

苏新七本来以为分开这么久,陈鲟应该会急不可耐才对,结果陈鲟只是抱着她亲了亲,非常安分。

苏新七以为他故意装的,就为了让她主动,便一只手从他胸口缓缓滑下,才摸到他的腹肌,他就按住了她的手。

"别乱来啊,我是正经人。"

陈鲟抱起人往床上一放,躺上去后掀起被子裹住她:"睡觉。"

苏新七动了下身体,刚想把手从被子里抽出来,陈鲟隔着被子按住她不让她动弹。他盯着她看着,眼里明明有火,嘴上却哄她:"乖,早点睡。"

陈鲟抱着她,埋头在她颈边,鼻息炙热,烫得苏新七忍不住瑟缩。

"你小姨不是说了,怀孕的人情绪起伏很大,很爱哭。今天在码头你见到我眼睛就红了,去情人礁你也哭,去大浴场你也哭,在海港和你说个小事你都能哭成那样……"

苏新七忍不住捶了下他的肩,羞恼道:"我那是感动的。"

"那不就是情绪起伏大?"陈鲟忽然低声说,"还是有可能的。"

苏新七掐指算了下,这个月例假是推迟了,但年底工作忙,加上她本来经期就不太规律,所以她压根儿没放心上。此时被陈鲟这么一问,她心里倒是没底了。

陈鲟撑起身看着她,眼眸深邃,像是要把她吸进去。

"这回可能真要被丢海里喂鱼了。"他搂过她,却是很满足,"真好。"

苏新七本来并没往那方面想,被他这么一引导,真有些没底了。

初四那晚他们同床共枕,但两人心里都想着事,睡不踏实,第二天起了个大早。

苏新七回房洗漱,换好衣服和陈鲟一起下了楼,才至一楼,迎面碰上了父亲。

"爸爸。"苏新七有点心虚,"早啊。"

"嗯。"苏父颔首,瞟了陈姆一眼。

陈姆觉得未来老丈人的眼神里带着刀,他也不惧,从从容容地问了好。

苏母在旅馆厨房做早饭,苏新七小姨也在,苏新七进去时,她冲苏新七挤眉弄眼的,笑得一脸揶揄。

"昨晚睡得好吧?"

苏新七无奈道:"挺好的。"

吃了早饭,苏父载着苏母回家,走之前还别有深意地叮嘱女儿:"别玩太晚,记得回家。"

陈姆知道老丈人点的是他。

从海崖下来后,陈姆骑着机车带着苏新七去了卫生院。陈姆心大,进门就想去买验孕棒。苏新七却考虑得多,他是个名人,他们的恋情之前才在网上闹得沸沸扬扬的,他这要是大刺刺地去买,指不定一会儿就有消息传到网上了。

苏新七让陈姆戴着头盔在外面等着,她裹紧衣服,低着头鬼鬼祟祟地往院里走。她本来是想给个借口说自己帮人买的,结果路上碰巧遇上了刘茵,她像是遇到了救星一样,立刻拉住刘茵帮忙。

刘茵很靠谱,一下子买了五盒,还问够不够。苏新七微窘,拿上一盒就去了洗手间。

苏新七觉得中标的可能性不大,但临到检验的时候一颗心又惴惴的。在等结果期间,她心情微妙,说不清到底是害怕还是期待。

陈姆听苏新七的话,老老实实地等在外面。他久不见她出来,放心不下,翻身下车正想进去找人,头盔还没摘下,就见她出来了。

他等人走近,把护目镜往上一推,端详了下她的表情。她脸上没多余的情绪,他看不出结果,遂直接问:"我要不要提前退役?"

此时,苏新七绷着脸,表情甚至有些凝重。陈姆以为自己猜中了,正要许下承诺,就听她开口说:"好好准备比赛吧。"

陈姆怔了下，眼看着苏新七凝重的表情有了裂痕，绷不住笑了。

陈姆磨了下牙，话里带点威胁的意味："耍我玩儿呢？"

苏新七就想故意逗弄下他，见他着实关心结果，好像还有点失望，她于心不忍，老实告诉他："一条杠，你的儿女缘还没到。"

"说真的？"

"不骗你。"

陈姆还有点没回过神来。

谈不上松一口气，虽然他计划里并没打算这么早就当爹，但昨晚他认真想了一夜，如果苏新七是他孩子的妈，其实他也没那么排斥提前换个身份。

现在结果出来了，可能是他心理准备做得过于充分，现在居然还有点失落。

苏新七看他表情："不高兴啊？"

"没有。"陈姆见她还盯着他看，解释了句，"我们现在要孩子的确太早了，算他识趣，没来耽误我们的二人世界。"

他虽然这么说，但苏新七还是能觉察出他情绪稍有低落。

苏新七往前走一步，双手搭在陈姆的腰上，仰着头软声说："对不起啊，我以后尽量保持情绪稳定，不让你误会。"

陈姆拿过头盔往她头上一戴，轻轻敲了下盔顶："想笑就笑，想哭就哭，以后注意点就是了。"

闹了个乌龙，陈姆很快就释然了。他们分离多年才重新在一起没多久，这半年又是聚少离多，二人世界都还没过够，要真来个小朋友，再想要独处就更难了。

初五一整个白天，陈姆和苏新七又去岛上各处转了转，下午还去渔排溜达了下。傍晚，苏新七姗姗来迟的"亲戚"来了。因为突如其来的"变故"，陈姆早早地就带着苏新七回了家，甚至还赶上了饭点。晚上吃饭的时候，他明显感觉到老丈人看他的眼神没那么犀利了。

吃了晚饭，陈姆和苏新七一家出门散步，老夫老妻走在前面，年轻情侣走在后面，路上遇上认识的岛民开玩笑说他们真像一家人，苏父扯着嗓子回答道：就是一家人。

晚上，陈鲟就住在苏家。

苏母给陈鲟备了套洗漱用具，他洗了澡回到三楼客房时，就看到床上隆起了一小坨，像小山一样。

他挑了下眉，走到床边，掀开被子的一角，低头说："你是不是很想看我挨揍？"

苏新七蜷缩在被窝里，一点没下床的打算，看着他说："我爸爸今天晚上要出海。"

"阿姨呢？"

"她不会上来的。"

陈鲟躺进去，展开手臂，苏新七自然地翻了个身滚进他怀里。

他把灯一关，清心寡欲地闭上眼："睡吧。"

"时间过得好快啊，过两天就要离岛了。"苏新七感慨了句。

"不舍得？"

"嗯。"苏新七说，"工作之后在岛上待的时间变得很少，逢年过节才会回来一趟。"

"大屿离沙岛近，以后我退役了，就去考个证，每周开船送你回来。"陈鲟低下头，接着说，"等我们老了，还可以在岛上养老。"

"养鲍鱼、扇贝？"

"还能去渔排上开个小店。"

苏新七随着他的话畅想未来，一时间对遥远的以后充满了憧憬，只要能和陈鲟一起相携到老，未来的一切都是值得期待的。

第二十章
日出东方

苏新七初八要复工,陈姆初八也要归队,初七下午,他们收拾了东西,搭乘轮渡一同回了大屿。

陈姆和老沈打了电话,争取到了初八早上再去基地的机会,苏新七回到大屿的那晚就住在陈姆那儿。

第二天早上,陈姆要归队,苏新七一大早眼圈红红的,明明想哭却还强忍着泪告诉他,她的情绪很稳定。

陈姆不想把气氛弄得太伤感,半哄半逗,总算把人给弄乐了,还讨来一句骂,那句"浑蛋"把他骂舒心了。

陈姆归队后,苏新七收拾好情绪重新投入工作中。

新的一年,似乎一切如旧,但总有哪些地方不一样。

苏新七对于做律师越来越得心应手,王峥也放心把一些稍有难度的案子交给她。工作还是那么忙,她独立代理了几个案子后也渐渐走出了当初的迷茫。

她每天晚上都会和陈姆视频,他今年有重大的比赛,上半年的训练强度非常大,她隔着屏幕都能感受到他的疲惫。

陈姆从不说累,苏新七知道在专业上他是很要强的,她从不在言语上说些"加油""坚持"之类鼓励的话,而是绞尽脑汁地逗他开心,尽量让他能放松些。

陈姆知道她的心意,每每都配合她,其实无论她说什么,只要看见她,听到她的声音,他就很放松。

年后没多久,冯赟案的开庭时间确定了。开庭那天苏新七陪着李父李母去看了庭审,冯赟对自己犯下的罪行供认不讳。

案发那天李祉舟鼓起勇气找他对质,打算把他的事公布于众,他情急之下失手把李祉舟推下了海。等反应过来李祉舟已经溺毙,他怕被发现,仓皇逃离了红树林。

冯赟交代到这儿,李父李母已是泣不成声,苏新七也红了眼,尽力克制才没有崩溃。

因为这个案子情节复杂、影响大又备受关注,庭审包括休庭时间持续了近一天,结束后法官并没有当庭宣布判决结果。

四月中旬,陈姆要出国集训两个月,出国前老沈好心地给了他两天的假,他抽空回家和父母吃了顿饭,剩余的时间都是和苏新七一起过的。

身心都充了电,陈姆这才心满意足地准备出国。他出国的行李是苏新七帮忙收拾的,她每叠一件衣服就叮嘱他一句,好好吃饭好好休息,好似他头一回出国训练一样。不过这是她第一回送他出国,为了能让她安心,她说一句他应一句,半点不敷衍。

陈姆到了澳大利亚,打开行李箱拿东西时,才发现苏新七在夹层里放了张她自己的照片,她在照片背面写了句:以前拍的照片不清楚,换张照片带着吧。

他笑笑,当即给她发去消息:七公主真贴心。

大屿的天气渐渐炎热,雨水也多了。陈姆出国后,朱建豪数罪并罚,被判了十年有期徒刑。没多久冯赟的一审判决结果也出来了,死刑。

判决出来那天,苏新七陪着李父李母去看了祉舟,亲口把这个结果告诉了他。她想他一定早已成了天上的一颗星,每到夜晚就俯视着人间。

接下来的日子苏新七还是忙着自己的工作,陈姆出国后她更觉寂寞了,明明他在大屿时他们也没能天天见面,但距离远了,到底是不一样的。有时候她梦中想起陈姆在澳大利亚便会惊醒,好似又回到了他们天各一方,还没和好的时候。

澳大利亚和国内有时差,苏新七和陈姆打电话总不能讲太久,她怕影响他的情绪,从来不说自己的不安,这样的状态一直持续到了六月。

苏新七的生日在六月,那天凌晨刚过,她就收到了父母的祝福短信,接下来一整天陈姆都没有消息。她知道他训练紧张,可能忘了这个日子,并没有计较,只是心里到底是有些失落的。

没有特别的人在身边,生日也不过是平凡的日子,苏新七没打算特别庆祝。那天她照常去律所上班,王峥知道她过生日本想攒个局,拉律所的员工一起替她庆祝下的,她觉得麻烦就婉拒了。王峥不勉强她,让她早早下了班。

难得提早下班,苏新七觉得时间有余裕,就打车去了湾泊区。陈姆出国差不多有两个月了,虽然不知道他回来后还能不能外宿,但她还是想把房子打扫下,有备无患。

六月白昼渐长,苏新七把房子里里外外打扫完,一看时间,时近八点,夜幕才刚刚降临。

过了饭点,她倒是不饿,但人恹恹的,也没打算给自己煮碗长寿面,就蜷缩在沙发上看着窗外的灯火,一时寂寥。

门口传来动静时,苏新七惊觉回头,一脸不可思议地看着陈姆从门外进来。

"就猜你在这儿。"

苏新七从沙发上跳下来,拖鞋都来不及穿,光着脚跑过去,惊喜道:"你怎么回来了?"

"公主生日,骑士怎么能缺席?"

陈姆把手上的蛋糕放在一旁,张开手:"七公主,赏个拥抱吧。"

苏新七见他风尘仆仆,脸上难掩倦色,眼底瞬间泛起潮气,忍不住扑进他怀里，抱紧他。

"你什么时候回来的？"她问。

"今天，刚下飞机我就过来了。"陈鲟低头闻着她身上独有的馨香气味，神色放松。

"你怎么知道我在这儿？"

"我猜你今天一定很想我。"陈鲟笑。

苏新七没否认，埋首在他胸口，闷声说道："我很想你。"

陈鲟心口一软，偏过头吻了下她的侧脸："所以我回来了。"

陈鲟用不娴熟的厨艺给苏新七煮了一碗面，才陪苏新七吃了面，老沈就来电话了。

他晚上还要回基地，临近奥运会，游泳队对与赛的运动员进行集中管理，一丝差错都不能有，他没办法外宿，回来给苏新七过生日的这点时间还是和老沈争取的。

"要走了？"苏新七一脸不舍。

他把蛋糕拆了，点上蜡烛，示意她："许个愿，我帮你实现。"

苏新七想了想说："希望陈鲟今年比赛一切顺利。"

陈鲟皱了下眉："帮你实现，再许一个，你自己的。"

"那就……希望我们能一直好好的。"

"这不是肯定的？还要许愿？"

苏新七故意说："你之前不是说把决定权还给我？"

"我后悔了。"陈鲟说得理直气壮的，"这件事我说了不算，你说了不算，老天爷说了也不算，谁说了都不算。"

苏新七看他跟耍赖的小孩似的，忍不住笑了，一颗不安的心像泊船有了港湾，安定了下来。

她看着眼前为了替她庆生而匆匆赶回来的男人，心里是无尽的动容。

生日那晚之后，苏新七很长一段时间都没能见到陈鲟。直到游泳队要集结出征奥运会，陈鲟临出国前去找苏新七，他们才匆匆见了一面。

那之后陈姆在国外适应训练，苏新七忙于处理手上的工作，赶在奥运会前把年假休了，订了机票，和父母一起直接飞往奥运会举办地。

陈姆的父母也去了，苏、陈两家父母在赛场上初次见面，之后就同心协力地举着国旗给陈姆呐喊加油。

苏新七算是运动员家属，沈教练给他们留了票，她回回都坐前排，近距离看陈姆的比赛。

陈姆在小组赛、半决赛发挥稳定，顺顺当当地进了决赛。除了个人项目，他还参加了团体项目。赛程安排得十分紧密，除去比赛时间，他要么在奥运村休息，要么在为比赛做热身，根本无暇去见家人和女友。

400米自由泳的决赛最先进行，决赛那晚苏新七和陈父陈母跟着沈教练去休息室见陈姆，他们到时他还没换装，穿着国家队的队服正坐在板凳上调整状态。

陈父陈母和陈姆说了几句话后就把时间让给了苏新七，苏新七怕影响他的比赛状态，一时不知道说什么才好，直到陈姆朝她伸出手，她抬手握上，倒也不需要再说什么了。

"今天没抄比赛注意事项？"苏新七问。

陈姆挑了下眉，从兜里掏出一张照片："带身上了。"

他手上的这张照片正是她送他的那张，苏新七怔然，忽然想到之前林成义说的话。

"原来你是这样用照片的啊。"

"不然呢？"

苏新七看他还有心思和她开玩笑，便放心了。

事实证明陈姆的状态的确很好，当天比赛，他第一个触壁，成绩出来时全场沸腾。

陈姆看到结果后握了下拳，回过头朝场边看去，那里，苏新七正掩面落泪。

陈姆从泳池里出来后接受采访，采访者正是吴笠，她照例问了下他当下的心情。和以往的冷静淡定不同，陈姆这次不再克制情绪，略有激动。

采访最后吴笠问他此次比赛最想感谢谁，陈鲟说了国家、教练、队员、父母，最后看着镜头问：“你们在观众台上有没有摄像？”

"有的。"

"麻烦给一号观众台最漂亮的那位女士一个镜头，她现在应该在哭。"陈鲟扬唇一笑，眼神宠溺，缓声说，"她哭起来也很好看，给所有人介绍下，我还想感谢一个人，我的女朋友，苏新七。"

他说完直播镜头就切到了观众台上，苏新七看到摄像机对准她时还不明所以，一边擦着眼泪，一边难为情地躲着。

当天这段直播就上了头条，网上的人纷纷歆羡，还有人把他们之间的故事翻出来，感慨真是比偶像剧还精彩动人。

半个月的奥运比赛日，陈鲟收获了个人项目的两枚金牌，集体项目的两枚奖牌，说得上是满载而归。

奥运会结束，陈鲟回国后总算不需要紧锣密鼓地训练。那几天除了参加节目接受采访，他一有时间就逮着苏新七腻在一起。

大赛结束，队里给陈鲟放了假，他有了时间，苏新七却没了。为了去看他比赛，她一股脑把所有的假都休了，再回律所时积压的工作让她恨不能一个人当两个人用。

苏新七忙工作，陈鲟倒潇洒，提着个行李袋就去了沙岛度假。苏新七每天忙得团团转之余还能在微信群里看到家人们发的陈鲟的照片，他出海打鱼、下海游泳，每天都过得多姿多彩，简直气死人。

好不容易到了周末，苏新七回岛，听母亲说陈鲟和父亲在海滩捡船，就带上凉茶，骑着小电驴去了海岸。远远地，她就看到陈鲟和父亲站在架子上，两人有说有笑的模样。

她提着凉茶走过去，问了声："渴吗？下来喝凉茶啊。"

陈鲟转过身，笑道："公主驾到了。"

他从架子上跳下来，摘下手套，苏新七倒了杯凉茶递给他。

陈鲟接过后一口喝尽，舒爽地叹口气，说："给咱爸倒一杯。"

苏新七瞪他一眼："你现在不怕我爸爸揍你了？"

"你以为我这段时间在岛上瞎混呢,早拿下了。"

苏新七看着他晒得黝黑的脸,蓦地笑了。

上午陈鉧帮苏父捻船,下午天热,他和苏新七下海去游了泳,之后两人去海堤幽会,一直到傍晚才携手回家。

陈鉧几次来岛,一直没爬过美人山,这周末正好苏新七来了,他们约好去山上看日出。周日夜色未散时,他们就从家里出发,踏着辰星往山顶攀登。

即使是夏季,山里的气温还是低的,陈鉧一手拿着手电筒,一手牵着苏新七,回头问:"冷吗?"

苏新七嘴里呵出白气,摇了摇头:"热。"

"累了?"

"有点。"苏新七喘口气说,"最近工作忙,都没怎么锻炼。"

陈鉧蹲下身:"上来。"

苏新七站定:"背我上去会很累的。"

"我就当体能训练了。"

苏新七想着离山顶不远了,便听他的话,拿过他手里的手电筒,趴在他背上。

陈鉧背着她,步履平稳地一步步拾级而上。

才至山顶,东方已翻出鱼肚白,流云闲散,天穹是神秘的蓝色。

美人山顶的烂尾楼已不在,取而代之的是一座小凉亭,山顶用铁链架了围栏,每条铁链上都挂着游客留下的铃铛,海风一吹,泠泠悦耳的铃声就会响起。

苏新七从陈鉧背上下来,走到围栏边上,弯腰看了眼铁链上挂着的铃铛。每个铃铛上面都有一张小卡片,卡片上写着各式各样的文字,大多是美好的祝愿。

她看着那些文字,忽然也有了冲动。趁着太阳还没出来,她去凉亭里拿了祈福卡和签字笔,伏案写了两句话。

陈鉧一直盯着东方,见海平面上有了微微的橘光,转回身喊:"七公主,太阳要出来了!"

苏新七收笔,拿着铃铛走出去,找了个合适的位置系上去。

"小七。"

"来啦。"

苏新七小跑过去,陈鲟伸手,她一把握住。

天际渐渐变亮,他们眼看着殷红的太阳一点点露脸,朝晖铺满海面,天上的云彩也被映红。

日出东方,将世间的阴霾全都驱散。

"真壮观。"苏新七由衷道。

"嗯。"陈鲟余光看她一眼,低咳一声,清了清嗓,"我想和你说件事。"

"什么事?"苏新七回头,眼里还有霞光。

陈鲟从兜里拿出一串珍珠手串,他尚在措辞,抬眼就看到苏新七双目涟涟,眼里水光荡漾。

他抬手擦了下她眼角的泪珠,语气无奈:"我什么都还没说,你哭什么?"

苏新七吸了下鼻子,红着眼,带着鼻音说:"你别多想,我现在情绪很稳定。"

陈鲟失笑,低头摩挲了下她的手,缓声开口说:"听说岛上有个习俗,男人如果亲自下海找蚌珠,穿成一条手链送给心爱的女人,他们就能长长久久。"

"我觉得送戒指太普通了,还是入乡随俗为好。"

苏新七听到这儿,忍不住哽咽出声。

陈鲟圈了下她的手围,说:"这珠子太难找了,以前找的和这段时间找的凑了凑,不知道会不会小了点。"

苏新七的眼泪在眼眶里打滚,她拼命眨眼,咬着唇忍了忍,才把哭泣声压下去。

"不小不小,我手腕细,能戴。"

陈鲟笑了下,将珍珠手串给她戴上。珍珠在晨光中泛着微润的光泽,衬得她的手腕更加莹白。

他握起她的手放在唇边亲了下，掀起眼帘看着她，眼眸如同这一汪海水，深不可测，其中的感情更是不可斗量。

他问："苏新七，你要不要永远做我的公主？"

苏新七再也忍不住，眼泪一颗颗砸下来。她咬着唇泣不成声，毫不犹豫地点着头，夹着哭音应道："我要。"

陈鲟见她哭成个泪人，心头软得一塌糊涂。他抬手帮她擦眼泪，轻笑了下说："感动成这样？"

苏新七呜咽着："谁让你这么突然。"

"这种事不突然哪有惊喜。"陈鲟笑问，"一辈子的事，不再考虑考虑？"

苏新七泪光闪闪，深吸一口气，泪眼婆娑地看着他真挚道："陈鲟，我们分开了五年，五年的时间虽然很可惜，但是我没有浪费。这五年，我每一分每一秒都在爱你，都更爱你。"

她哽了下，忍住泪意深情地问："一辈子可能有点长，我做好准备了，你呢，愿意一直做我的骑士吗？"

或许是朝暾过于刺眼，陈鲟的眼底也闪起了微光，他失语片刻，不知世上能有什么话语能够回应她这么浓烈炙热的爱意。

他喉头一动，再也控制不住，伸手将她紧紧抱进怀里。

"你真是……喧宾夺主。"陈鲟动容，嘴角不由得上扬，"别说这辈子，我们去妈祖庙里和妈祖娘娘说好，下辈子也给你。"

苏新七破涕为笑，埋首回抱住他。

朝阳完整地从海平线上跃出，天光大亮，和煦的晨光将山顶恋人的影子投在石岩上，雨浇不去，风吹不散。

岛上的花鸟鱼虫、山草树木、风云雷电、霓虹流云见证着他们的相识相爱相离相逢，并将长久地注视着他们的爱情。

海风不歇地拂着，铃铛声起伏不定，在众多祈福卡中，有一张祈福卡上的笔墨未干。卡片上字迹娟秀，清楚地写着：

陈鲟、苏新七，浮槎来去，一生长久。

番外一
香菜

苏新七高考前的一阵子状态不好,考试在即,她心理压力有点大,害怕发挥失常,最后不能和陈鲟去一个地方。为此她很是焦虑,有时候晚上做梦都梦见自己在考场做不出来题,急得满头大汗,最后惊醒。

为了避免噩梦成真,那几天她起早贪黑地做卷子,但越想学进去就越学不进去。杂念太多,注意力就难以集中,错的题反而更多了,她陷入了恶性循环当中。

周日,陈鲟约了苏新七出门,他们去了海港,和往常一样,她复习,他陪读。

夏日太阳热辣,船舱里燠热,苏新七心浮气躁,刷卷子做不出题时更是烦闷,脸上便不由自主地露出了颓色。

陈鲟听到她轻轻地叹了口气,放下手机,抬眼问:"怎么了?做不出题?"

做不出题是表面原因,苏新七放下笔,说:"上回模拟考,我在省内的排名掉了。"

"只是一次而已。"

"可是就要高考了,我担心……"苏新七顿了下说,"我担心我会考砸,到时候就没办法和你去到一个地方。"

前段时间，苏新七了解了下国家游泳队训练基地所在城市的几所大学，在几经对比和评估下，她最后把一所综合性大学作为自己的目标。自从定下目标院校后，苏新七就觉得脑袋里的一根弦被拉紧了，以她平时的成绩来看，报这所大学有八成的机会被录取，概率很大，但不是百分之百，因此她没办法安心。

陈鲟知道苏新七为了他们约定好的未来在努力，心里动容。他见她给自己的心理压力过大，便宽慰道："平常心对待，别太紧张，先考了再说。"

"万一……"

"七公主，杞人忧天可不像你啊。"陈鲟故意说，"害怕和我去不了一个地方，我会移情别恋？"

苏新七抿了下唇，像是默认了他的话。

这下陈鲟不乐意了，他皱了下眉，抬手轻敲她的脑袋，说："你在瞎想什么呢？我是这种人吗？"

"那可说不定。"苏新七垂眼，"郑舒苑还说要拿世界冠军当你女朋友呢。"

陈鲟失笑："她那水平，没戏。"

"所以你真的向她承诺过？"

陈鲟有种搬起石头砸自己脚的感觉，咳了下："我那是被她缠得没办法，随口说的，她的游泳水平我了解，顶多在省里面游游，要拿世界冠军，还远呢。"

苏新七却不接受他的解释，较真道："你给了她希望。"

陈鲟算是知道苏新七介意什么，笑了下说："行，找机会我和她说清楚，就算她走了大运拿了世界冠军，我和她也不可能。"

苏新七低头，拿起笔看着卷子，一副浑不在意的模样，说："我可没让你这么做。"

"口是心非。"陈鲟笑着看她，"以前没发现，你还是个小醋瓶。"

"我不是。"

陈鲟看她别扭的模样,心情舒畅,不忘接着开解她:"到时候如果真的异地,该担心的是我才对,你这么招人。"

苏新七微窘,见他故意打趣,便拿腔拿调地说:"你说得有道理,上了大学,要是有别的男生追我,我也不是不能考虑一下。"

"你敢。"陈鲟的脸色立刻变了,"上了大学,我不在你身边,你不能和别的男生来往。"

"你怎么这么霸道?"

"不霸道你不得被别人抢了。"

苏新七见他满脸沉郁,显然是把她的话当真了,不由得窃笑。

经过陈鲟这么一闹,苏新七被分散了些注意力,心情也愉悦了些,再做卷子时思路也顺畅了许多。

中午,他们离开海港,陈鲟骑车载着苏新七去了码头,搭了便船去往渔排,打算去苏二叔那儿蹭一顿饭。

上了渔排,陈鲟熟练地提溜起水箱,看了看里面捕到的食材。

"好像有只水母。"

苏新七凑过去,陈鲟把水箱里的东西倒出来,里面果真有一只软体动物。

"今天天热,正好可以做海蜇汤消暑。"苏新七喜上眉梢,端着盆子去了厨房,陈鲟跟进去,站在一边看她料理食材。

"我的那份不要香菜。"

苏新七知道他不吃香菜,还是忍不住说:"运动员怎么能挑食呢,要什么都吃一点才行的。"

陈鲟看她一眼,忽然说:"让我吃香菜也不是不行,有个条件。"

"嗯?"

苏新七以为他又要使坏,却听他一本正经地说:"上了大学,要是有别的男的向你示好,你要拒绝。"

苏新七见他还惦记着这茬,忍不住笑了,低下头说:"那我可要多加点香菜才行。"

陈鲟眼看着她往他那碗加了一大把的香菜碎,眉头紧皱,却没有出声阻止。

海蜇汤做好,他们端着碗坐在渔排边上,吹着海风,感受着海水的清凉。

苏新七舀了一勺海蜇汤尝了尝,舒适地眯起眼睛,转过头示意陈姆:"吃啊。"

陈姆看着碗里的一片绿,罕见地面露难色。

"不想吃啊,也可以,那上了大学,你不能干涉我交友。"

陈姆看她眼神狡黠,磨了磨牙,舀了一勺香菜放在嘴里,才嚼了两下,一股刁钻的味道就冲上天灵盖。他腮帮子咬得紧紧的,忍住要作呕的欲望,直接咽下去。

香菜的味道太过强烈,陈姆忍了忍,一鼓作气,又吃了些。

苏新七看他脸都要绿了,看上去的确是受不了香菜的口味。她见他难受,于心不忍,伸手欲要拿过他的碗。

陈姆躲了下,苏新七说:"好了,别吃了。"

"还有一点。"陈姆说着又舀起一些香菜,就着海蜇吃了。

"行了行了,吃得够多的了。"

"不行,还没吃完。"陈姆很执着,"约好了的,我不能给你反悔的机会。"

苏新七无奈道:"就算你不吃,我也不会接受别人的示好。"

"你说的。"

"我说的。"

"妈祖娘娘可听到了。"

"嗯。"

陈姆闻言立刻把自己的碗塞给苏新七,拿过一旁的水漱了漱口,好一会儿才缓过劲来。

苏新七抬眼见他一张脸皱成一团,忍俊不禁:"有那么难吃吗?"

"也就是为了你,不然我打死都不会吃。"

苏新七想到他刚才的表情,又忍不住笑出声。

陈姆把那股恶心感压下去,转头见她笑,故意叹口气,似是指责实则宠溺地说:"你就把快乐建立在我的痛苦上吧。"

"又不是我逼你吃的。"苏新七嘟囔。

"是，都是我自愿的。"陈鲟把手往后一撑，看她嘴角挂着淡淡的笑，全然没了上午的愁容，心头一宽，不由得道，"高兴了吧？"

陈鲟弄这么一出，苏新七心情舒畅，已经忘了自己早上在愁什么了。

"你就别担心考试了，就算我们不在一个地方，急的人是我才对。"陈鲟歪了歪头，"就这么一个小岛，喜欢你的就不少，真要到了大学，你还不知道会给我招来多少情敌。"

"为了防止你被别人勾走，我肯定会想方设法地去找你，说不定到时候你还会嫌我烦。"陈鲟举重若轻道，"所以你就安心吧，不要想太多，只要尽力就行，剩下的我来想办法。"

他的话像是海风，让苏新七的心如同海水般随风荡漾。

番外二
潮汐

陈鲆退役后果真去考了一个船舶驾驶证,此后只要苏新七想回沙岛,他就亲自掌舵,和她一起回去。

婚后,苏新七怀了孕总想吃岛上的食物,因此每到周末,陈鲆就开船陪她回岛,有时候还会开船去岛上把岳父岳母接来大屿。

又一个周末,苏新七忽然想吃母亲做的鱼丸,陈鲆便又干起了船长的工作,周六一早就开着船,带着老婆和她肚子里的孩子回沙岛。

海上风浪大,陈鲆担心开快了苏新七吃不消,因此船行速度极慢,晃晃悠悠的。苏新七在舱内睡了个觉,醒来见还在海上,前后不见陆地,就去了驾驶舱。

"你开得太慢了,我都睡了个回笼觉了还没看到岛。"苏新七说。

"我怕开太快你吃不消。"陈鲆回过头,示意苏新七在舱内的椅子上坐下。

"你忘了我是在哪儿长大的了?"苏新七坐下后说,"我从小就坐船,不会晕船的。"

"你肚子里的那个会晕。"

苏新七怀孕已有八个月,此时肚子越加圆润,像揣了个大西瓜。她低头,摸了摸肚皮，里面的小家伙踢了踢脚。

她笑了，说："他有我的基因，不会晕船的。"

"那还有我的一半呢。"

"也是。"苏新七笑着回忆道，"我还记得第一回带你去渔排的时候，你就晕船了。"

"你看出来了啊。"

"嗯，你绷着个脸，随时要吐的样子。"

陈鲟也笑，坦然承认道："小船不稳，荡来荡去的，那是我第一回觉得双脚着地真好。"

苏新七抚着肚子，笃定道："宝宝以后一定不会晕船的。"

"你这么确定？"

"他还没出生的时候就跟着我们来来回回地坐船，早就在肚子里适应了，说不定还觉得在船上摇来摇去很好玩呢。"

陈鲟点头："胎教，从娃娃抓起。"

陈鲟就这么慢慢悠悠地驶着船，到沙岛时已近正午。苏新七事先和父母知会过，因此他们才上岸就有人接，到了家就有热饭吃。

苏母做了一大桌子菜，自然也有苏新七想吃的鱼丸。

陈鲟见桌上有蒸鱼，拿起筷子就把鱼眼珠子夹到苏新七嘴边。她自然地张嘴吃下，满足地眯了下眼睛。

"有这么好吃吗？"陈鲟见她一副吃到人间美味的表情，忍不住问。

他是吃过鱼眼睛的，小小的一颗，硬硬的，嚼起来没什么味道。

"好吃啊。"苏新七说，"吃哪儿补哪儿。"

陈鲟看着她明亮的双眸，星星一般，笑了下说："你孕期吃了那么多鱼眼睛，以后我们的女儿一定也会像你一样，有一双漂亮的眼睛。"

苏新七觑了他一眼："你就这么确定是女儿啊？"

"嗯，妈祖娘娘托梦告诉我的。"

这肚子就和开盲盒一样，一半一半的概率。苏新七担心陈鲟求女心切，到时候生下的是个男孩他会失望，但看他这么殷切，她又不忍泼他冷水。

下午，他们去了一趟渔排，到了傍晚才回到岛上，见时间还早，他们就去了大浴场散步。

冬天的大浴场相较夏日显得格外冷清，沙滩上有几个岛民或拾青贝或和他们一样在散步，因为是周末，学校放假，岛上一些孩子成群结队地在沙滩上玩耍，甚至还有下海游泳的。

"这些小不点够厉害的啊，冬泳。"陈鲟眺望着海面说。

"冬泳对身体好，我十四岁之后，我爸每年冬天都会带我下海。"

陈鲟挑了下眉说："以后我也学学岳父大人，等女儿大点了，就带她下海。"

"早着呢。"苏新七哂笑。

就在这时，他们忽然听到前面有人求救，说海里有人溺水。

苏新七愣了下，转头看向陈鲟，只见他毫不犹豫地跑向海边，边跑边脱衣服、鞋子，然后一头扎进海里。

他游得快，几个下了水欲要救人的孩子游不过他。苏新七焦急地站在岸上，招呼还在海里的小孩们上岸，同时关注着陈鲟那边的情况。

陈鲟游到溺水的小男孩身边，托着他往岸上游，顺利地把人抱上岸，实施紧急救助手段。没多久，小男孩呛了两口水，睁开了眼。

苏新七见人醒了，松了一口气。

陈鲟见人没事，起身捡起衣裤穿上，转过身就看到一群小不点围着他，刚才被他救上来的小男孩也睁着眼睛看着他。

"你是不是那个奥运冠军陈鲟？"一个小不点问。

陈鲟没否认，凶巴巴地说："边上没大人，不要下海游泳，小心把小命搭进去。"

那些小不点像是没听到他的警告，反而很兴奋地说："真的是他，真的是他。"

陈鲟休息片刻，朝苏新七伸出手。

苏新七看了眼那个溺水的小男孩，他已经自己站起来了。她还是不太放心，就和他的伙伴们说："你们把他送回家去，别再下海了，很危险。"

陈姆以为把人救上来，这事就算是翻篇了，谁想到第二天早上，那个被救的小男孩和他的小伙伴们就找上了门。

岛上的孩子都爱游泳，陈姆又是拿过冠军的游泳健将，自然就成了小一辈的偶像，加上昨天他在海里英勇迅猛的表现，一晚上就俘获了海岛孩子们的心。

几个男孩缠着他，非要他和他们讲讲比赛训练的事。陈姆拗不过，就讲了一些。他说得随意，男孩们却听得热血，甚至扬言以后也要像他一样进国家队，为国争光。

陈姆的话就像是一颗种子，播撒在了他们的心中，他看着他们发亮的眼睛，似乎看到从前的自己，对未来志在必得。

男孩们在苏新七家待了一天，下午陈姆和苏新七要离岛，他们还恋恋不舍地送他们去了码头，千叮万嘱让陈姆下个周末还来岛上。

回去时陈姆开着船，苏新七坐在船舱里，看着码头上齐齐挥手的男孩们，笑着说："没想到你还挺受孩子们的欢迎。"

陈姆挑眉："一群小屁孩。"

苏新七知道他嘴上嫌弃，但心里是高兴的。如果他真的讨厌那些小男孩，就不会花一天的时间给他们讲自己的事，还教他们游泳技巧。

回到大屿那天，晚上陈姆趴在苏新七的肚子上和未出世的孩子交流。聊着聊着，他突然说一句："你要是个男孩也行。"

苏新七稀奇道："怎么突然转变态度了？"

"男孩好养活。"

苏新七想了下，看着他问："是不是今天你和岛上那些小男孩玩得挺开心的？"

"没有。"陈姆面上别扭，清清嗓说，"反正是你生的，男孩女孩我都喜欢。"

苏新七笑道："之前说好，女儿就取名'汐'，要是男孩呢？"

"这倒是个问题。"陈姆摸了下她的肚子，"要不就叫狗蛋吧？"

苏新七推了他一下："正经点。"

"不管是'潮'还是'汐',都是我赢了。"

他们相视着,在无言中一起笑了。

愿汐来潮往,爱的人永远在身边,岁岁如此。

陈鲟和她闹了会儿，这才正经道："'潮'吧，凑一对。"

潮汐，苏新七忽然感到肚子被踢了下，惊奇道："他对这个字有反应，不知道是同意还是反对。"

"就算不同意，三票两胜，不接受也得接受。"

"霸道。"

苏新七产前一个月休了产假，陈鲟陪她回沙岛住了段时间。她的预产期在年底，除夕夜是在医院过的，苏父苏母和陈父陈母心疼她，也待在了医院，全家人在医院里吃了顿团圆饭。

饭后，陈鲟让爸妈们回去休息，自己一人陪着苏新七，她迟迟没"卸货"，他心里难免焦灼。

苏新七见他这样，为转移他的注意力便问："你说是'潮'还是'汐'？"

陈鲟对着她的肚子说："不管是'潮'是'汐'，先出来再说，别再折腾你妈了。"

比起陈鲟，苏新七却更放松，摸着肚子说："或许他是想跨了年再出来。"

苏新七这话本是开玩笑，最后却成了事实。春晚倒计时一过，她就开始阵痛，之后就被推进了产房。

苏父苏母和陈父陈母接到电话，半夜赶来，和陈鲟一起等在产房外。

陈鲟听着产房内苏新七的声音，坐也不是站也不是，心情比参加大赛时还紧张，好不容易听到了婴孩的哭声，他浑身顿时卸了力，有种透支的感觉。

护士出来，陈鲟只看了眼她抱着的婴儿，便立刻跑到了床边。

苏新七刚生产完，整个人非常虚弱，脸上却漾着笑。她朝陈鲟伸出手，说："是'汐'，看来我这辈子是要输给你了。"

之前他们开玩笑打赌，说生下的如果是女孩，苏新七这辈子就输给陈鲟；如果是男孩，陈鲟这辈子就输给苏新七。

陈鲟紧紧握着苏新七的手，眼眶蓦地湿润。他回想起他们一起走过的这些年，就如同舟行海上，遇上过风浪，面对过风雨，最终仍是驶向了幸福的彼岸。